KB060702

마
지
막

우
상

홍성원 장편소설
마지막 우상

펴낸날_2005년 1월 26일

지은이_홍성원
펴낸이_채호기
펴낸곳_(주)문학과지성사
등록번호_제10-918호(1993. 12. 16)

주소_서울 마포구 서교동 395-2(121-840)
편집_338)7224~5   FAX 323)4180
영업_338)7222~3   FAX 338)7221
홈페이지_www.moonji.com

ⓒ (주)문학과지성사, 2005. Printed in Seoul, Korea

ISBN 89-320-1577-5

마지막 우상

홍성원 장편소설

문학과지성사 2005

마
지
막
우
상

**차
례**

바다는 이미
땅이 끝나는 곳에서
시작되지 않는다.
―김광규, 「물의 모습」

제 1 장

1

섬(島)이 가까이 다가든다.

굴곡이 심한 섬의 해안은 대부분이 높고 험한 바위 벼랑으로 되어 있다. 파도가 만드는 하얀 줄무늬가 바위 벼랑의 아랫도리를 구불구불 레이스처럼 두르고 있다. 벼랑의 틈새가 움푹 패인 동굴 근처에서 파도는 레이스 위로 가끔씩 폭발적으로 흰 거품을 뿜어올린다. 그러나 수직의 돌 벼랑 중간쯤이 파도가 이를 수 있는 최대의 높이다. 바위벽에 붙은 무수한 섭조개 군(群)이 만조 때 이 섬의 평균 수위를 뚜렷이 보여주고 있다.

기관 소리는 높아져도 배의 속력에는 별다른 변화가 없다. 아직은 상당한 거리가 있어, 섬의 모양새나 해안선의 굴곡 등이 선명하게 드러나지 않는다. 만(灣)이나 갑(岬)이나 부속된 작은 무인도 따위도 지금은 수평선상에 같은 표고로만 보일 뿐이다.

"섬이 크군요?"

"큰 편이죠."

"사람은 얼마나 삽니까?"

"잘은 몰라두 아마 칠팔백 명쯤 살 겁니다."

"가보신 적은 있습니까?"

"없어요. 갈 일이 있어야죠. 멀리 지나댕기긴 해두 배를 섬에 댄 적은 없습니다."

선복(船腹)에 쌓인 문어잡이용 통발에 뱃사람은 싱싱한 생멸치를 빠른 솜씨로 잡아매고 있다. 기관실 저쪽의 또 다른 뱃사람은 큰 플라스틱 물통에 걸터앉아 키를 잡고 배를 조종한다. 벽돌색의 헐렁한 낚시조끼를 입은 사람만이 아무것도 하는 일 없이 아이스박스 위에 말 타듯 걸터앉아 있다.

"마을은 어느 쪽에 있죠?"

"이쪽에선 보이지 않습니다. 소나무 무성한 저쪽 언덕배기 너멉니다."

"주민이 몇백 명씩 된다니 마을에 찾아가면 밥 같은 것두 시켜 먹을 수 있겠군요?"

"될 겁니다. 내가 들기루는 마을에 공판장두 있다는 것 같더군요."

"객선은 자주 왕래하나요?"

"웬걸요, 섬이 워낙 외져놔서 객선은 예까지 오는 일이 없습니다."

"그럼 저 섬에 사는 사람들은 육지로는 어떻게 나옵니까?"

"나오는 일이 별루 없어요. 정기 객선이 따루 없어서 가끔씩 자기들 배루나 들구 나구 하는 것 같습디다."

수직을 이룬 암회색 바위 벼랑 위로, 별로 높지 않은 섬의 구릉

들이 바다와 나란히 해안을 따라 달리고 있다. 구릉 위에는 큰 나무는 별로 없고 일년생 키 작은 풀들이 새파랗게 무성하다. 여러 해살이 큰 나무들이 없는 것은, 태풍이나 폭풍 따위가 닥쳤을 때 바닷물이 그 구릉까지 덮치고 있음을 의미한다. 대양과 맞닿은, 거칠 것 없는 난바다여서 성났을 때의 이 부근 바다는 아무도 그 위력을 예측할 수가 없다.

"육지에서 세 시간 거리면 섬이 별루 외진 편두 아니지 않습니까?"

"외지다는 게 별건가요. 큰 섬으루 가는 길목에 있다면 배들이 오구 가며 때맞춰 자주 들르지만 여기처럼 저 혼자 뚝 떨어져 있으면 자연히 배들 왕래가 뜸해지는 게 당연하죠."

"이쪽으룬 그럼 딴 섬들은 없나요?"

"없어요, 저 섬 하납니다."

두레박을 바다에 던져 뱃사람은 힘차게 바닷물을 퍼올린다. 길어올린 바닷물에 비린내 나는 손을 씻고 뱃사람은 젖은 손으로 조심스레 담배를 붙여 문다. 상자 위에 걸터앉은 30대 낚시꾼을 뱃사람은 담배 연기 속으로 느긋하게 바라본다.

"낚시를 자주 다니시나 보죠?"

"자주는 아닙니다. 시간 내기두 쉽지 않지만 돈이 여간 많이 들어야죠."

"낚싯대가 여러 벌인데 대충 무슨 고길 낚습니까?"

"대중이 없어요. 낚구 싶은 건 감생이 같은 돔이지만 요즘은 웬일인지 돔 보기가 쉽지 않네요."

"이렇게 혼자 낚시 다니면 힘들거나 불편하지 않습니까?"

"왜요, 불편하죠. 허지만 바다낚시는 시간 때문에 동행 구하기가 어려워요."

"이쪽 바다루두 자주 나와봤습니까?"

"아뇨, K항까지는 서너 번 왔더랬지만 이쪽으루 나오기는 이번이 첨입니다."

뱃사람이 웃는다. 까만 피부에 이가 희고 웃을 때 입가에 여러 겹의 주름이 잡힌다. 가까이 다가든 섬 어딘가에 그는 이 30대의 낚시꾼을 내려주기로 약속하고 있다. 오늘 오후부터 내일 오전까지 낚시꾼은 이 섬의 갯바위에서 혼자 고기를 낚을 것이다. 뱃사람은 좀더 먼 어장(漁場)으로 가서 통발로 조업을 한 후, 내일 오전 중에 다시 이 섬으로 돌아온다. K항으로 돌아가는 귀항 길에 뱃사람은 낚시꾼을 다시 자기들의 배에 태워주기로 한 것이다.

"이 섬에 고기잡이 배들이 자주 오는 편입니까?"

"아뇨, 물이 이상해요. 겉물 속물이 따루 흐르구 물 속에 큰 골이 있어서 물흐름이 대단해요. 낚시나 그물을 처넣어두 여[暗礁]들이 험해서 뜯기기가 십상이구요. 우리두 몇 번 와봤지만 그물만 뜯기구 재미 본 적이 별루 없어요."

"여가 험하면 바닥 고기는 많을 텐데요?"

"가보면 아시겠지만 조금때 아니군 낚시 담그기가 어려워요. 겉물 속물이 따루 도는 데다 물살이 급해 낚시가 아예 바닥까지 내려가질 않아요."

기관 소리가 갑자기 작아진다. 배를 몰던 뒤쪽의 뱃사람이 차일 밑으로 고개를 내밀고 이쪽을 향해 소리를 친다.

"손님 어따 내려드릴 거야?"

"물힘이 어때?"

"물이 뜨구 있어. 지금 아니군 배 대기 어려워!"

이쪽 뱃사람이 낚시꾼을 돌아본다.

"준비하시죠. 만줍니다. 물힘이 죽은 지금 아니구는 배 대기가 어렵습니다."

"맨 절벽인데 어디다 배를 대죠?"

"만일을 위해 마을로 갈 수 있는 바닥 편한 데를 찾는 게 좋습니다."

섬이 지척으로 다가와 있다. 수직으로 서 있는 까마득한 돌 벼랑이 머리를 짓누르듯 하늘의 반을 가리고 있다. 기관 소리가 벼랑에 부딪혀 바다 가득히 팽팽하게 부풀어오른다. 진로가 막힌 파도들은 수직의 돌 벽에 부딪혀 하얀 포말을 공중 높이 뿜어올린다.

배가 돌기 시작한다. 기관의 회전은 빨라졌어도 배를 다루기는 더 어려운 모양이다. 빠른 조류에 얹힌 배가 균형을 잡기 위해 몸을 떨며 안간힘을 쓴다. 잠시 멈추는가 싶었던 배는 이내 다시 물을 박차고 조류권 밖으로 팽이처럼 튕겨져나온다.

"저기야!"

키를 잡은 뒤쪽의 뱃사람이 고함과 함께 절벽 한 곳을 손으로 가리킨다. 길게 벌어진 벼랑 사이로 깊고 검은 틈새가 아득히 올려다보인다. 위에서 잔돌들이 무너져내려 한 번 멈췄다가 다시 흐른 가파른 골이다. 흐름을 한 번 멈췄던 골에는 녹색의 제법 넓은 파란 공간이 자리잡고 있다. 돌들과 함께 흘러내린 흙에 억새 따위 잡초가 무성하게 자란 것이다.

"저기 어때요? 발판이 좋아서 텐트 쳐놓구 낚시 해두 좋겠는데요?"

낚시꾼이 몸을 일으켜 재빨리 자기 짐들을 둘러본다. 짐들을 눈으로 확인한 뒤 낚시꾼이 되묻는다.

"내일 몇 시쯤 오실 겁니까?"

"통발 걷구 곧장 출발하면 내일 이맘때쯤 올 겁니다. 만조 때 아니면 안 되니까 바루 이 시간에 기다리쇼."

낚시꾼이 대꾸 없이 짐들을 재빨리 뱃머리로 옮긴다. 낚싯대 가방을 들어주면서 뱃사람이 다시 입을 연다.

"딴데루 옮기면 안 됩니다. 여기 와 봐서 손님이 안 뵈면 우린 그냥 떠날 겁니다."

기관 소리가 높아지면서 배가 곧장 해안으로 향한다. 뱃사람의 지시가 없어도 낚시꾼은 이미 배 댈 곳을 알고 있다. 벼랑 사이로 흘러내린 돌들 중에, 바다 쪽으로 길게 내민 장방형의 바위가 있다. 위아래로 움직이는 파도의 높이는 물 밖으로 드러난 그 바위의 두 자 아래쪽이 평균치다. 배는 그 돌출한 바위를 접안의 목표로 하여 가까이 접근할 모양이다.

"파도를 타구 배가 솟을 때 바위 쪽으루 건너뛰십쇼. 짐들은 우리가 건네줄 테니 우선 몸부터 올라가요!"

약간 둥글게 만곡된 바다에 두 개의 작은 암초가 물 밖으로 솟아 있다. 배는 그 두 개의 암초와 해안 사이를 통과해야 한다.

물의 흐름이 멈춰야 될 만조(滿潮)에도 이곳 해안을 흐르는 조류는 뜻밖으로 유속(流速)이 빠르다. 배 몰이에 이골이 난 뱃사람조차도 키 잡은 손에 불끈 힘을 준 채, 지금은 검은 얼굴에 긴장감을 떠올리고 있다.

"짐이 몇 개죠?"

"세 갭니다."

"배 대는 시간이 잠깐입니다. 댔다 싶으면 건너뛰세요!"

"짐들은 언제 건네주죠?"

"세 개를 한꺼번에 다 건네긴 어려워요. 늦었다 싶으면 배를 뺐다가 다시 돌아와서 붙을 겁니다!"

기관 소리가 높아지면서 배의 속력이 떨어진다. 바위와의 간격을 좁히기 위해 스크루를 급하게 역회전시키기 때문이다. 닻이 놓인 뱃머리에 올라앉아 낚시꾼은 건너뛸 해안의 작은 바위를 바라본다. 해초나 물이끼가 바위에 없는 것이 낚시꾼에게는 무엇보다 다행이다. 이런 곳에서는 발만 한번 삐끗해도 몸이 파도에 삼켜져서 바위나 암초에 사정없이 내동댕이쳐지는 것이다.

"뛰어요!"

뱃머리가 높이 들리는 순간 낚시꾼은 재빨리 바위로 건너뛴다. 바른 쪽 삼(杉)이 파도에 얹혀 바위 옆구리에 가볍게 부딪는다. 선체에 둔중한 울림이 오자 뱃사람은 짐 하나를 내던지듯 낚시꾼에게 건네준다. 파도가 배를 밀어내기 전에 낚싯대 가방이 다시 주인에게 건네어진다. 그러나 마지막 짐 하나는 건넬 기회를 잃고 만다. 바위와의 충돌을 피하기 위해 배가 이미 바위 곁을 재빨리 떠난 때문이다.

"기다리쇼! 다시 갑니다!"

뱃사람의 고함에 답해 낚시꾼은 손을 흔든다. 멀어진 배가 난바다 위에 크고 둥근 원을 그린다. 바위에 다시 접안(接岸)하기 위해, 배는 방금 통과한 뱃길을 멀리 돌아 되짚어 오고 있다.

바위 위에 올라선 낚시꾼의 눈에 배가 너무나 작아 보인다. 저것이 자기가 타고 온 배라고는 도저히 믿을 수가 없다. 그러나 그는 바다가 만드는 여러 종류의 착각들을 알고 있다. 배가 작게 보인다고 해서 놀랄 일은 아니다.

2

배를 내린 후 인규(金仁圭)가 제일 먼저 착수한 일은 골 중간쯤의 풀밭 공터에 텐트를 치는 것이었다. 더위가 대단했다. 갈증 때문에 물을 찾다가 인규는 그때 비로소 자신이 큰 실수를 저지른 것을 깨달았다. 배에서 급하게 내리느라 식수(食水)를 내려놓지 않은 것이다. 그러나 크게 걱정할 일은 아니다. 마을이 등 너머 1킬로미터 남짓한 거리에 있어서 필요하면 언제라도 물을 길어올 수 있기 때문이다.

팩을 박고 폴을 세우다가 폴대 하나를 부러뜨렸다. 바닷바람에 대비해서 줄을 너무 세게 당긴 것이, 따로 꽂는 식의 폴대 이음새를 망가뜨린 원인이다. 그러나 부러진 알루미늄 폴보다 더 튼튼한 받침대를 구했다. 두 개의 커다란 바위 짬에서 용도가 애매한 통대 하나를 발견한 것이다. 통대 끝에는 외줄 낚시에 흔히 쓰는 25호 정도의 굵은 낚싯줄이 묶여 있다. 아마 누군가가 삼치잡이 같은 대물(大物)용의 낚싯대로 사용한 모양이다.

텐트를 치고 물건들을 대강 정리한 후 인규는 사태 진 돌무더기를 피해 경사 30도 쯤의 비탈을 올라갔다. 그는 낚싯대를 펴기 전에 주위의 지형지물을 살펴두고 싶었다. 길이 없어서 더듬거렸지만 벼랑 위 언덕까지는 큰 어려움 없이 오를 수 있었다.

고르지 않은 들 저쪽에 집들이 밀집된 평화로운 마을이 보였다. 섬의 중심부에는 숲이 무성한 제법 큰 산줄기가 있고, 그 산줄기 아랫자락에 마을은 넓게 자리잡고 있다. 특이한 점은 이 섬의 마을이 바다와 직접 맞닿아 있지 않다는 것이다. 대부분의 섬사람들은 바다가 그들의 생활권으로 되어 있어서 그들이 살고 있는 마을 앞쪽에 포구와 배를 장만해두기 마련이다. 그러나 이곳 섬 마을에는 포구도 배도 보이지 않는다. 오히려 그들은 바다로부터 멀리 떨어진 들녘 복판에 마을을 이루어 살고 있다.

들은 기름져 보인다. 보리와 밀은 이미 수확이 끝났고, 고구마와 콩과 푸성귀 일부가 수확을 기다리고 있다. 더위 탓인지 마을 쪽에는 사람의 그림자도 인기척도 없다. 섬을 에워싼 험준한 바위 벼랑과는 달리, 섬의 안쪽 후미진 마을에는 여름날 특유의 정밀(靜謐)만이 신비하게 깔려 있다.

비탈 아랫녘의 텐트로 돌아와 인규는 서둘러 낚싯대를 편다. 일의 순서는 마을에 찾아가 식수를 길어오는 것이 우선이었으나, 다행히 준비해온 음료수 캔이 몇 개 있어서 당장은 갈증에 시달리지 않아도 된다. 그는 우선 바다 속에 낚시부터 담그고 싶었다.

일상의 삶이 어느 날 문득 강파르게 느껴지거나 가까운 사람들의 얼굴이 지겹게 느껴질 때, 그는 마치 귀신에 홀린 듯 모든 것을 팽개치고 바다로 달려오곤 했다. 볼 것이라고는 수평선뿐인 텅 빈 바다는, 그 비어 있음이 가장 큰 매력이다. 일년 내내 그를 부르는 바다가 그에게는 마치 피투성이로 싸우면서도 사랑하지 않을 수 없는 멀리 있는 연인(戀人) 같았다. 자주 바다로 도망치는 그를 두고 많은 사람들이 그의 취미인 낚시를 탓하곤 했다. 그러나 그들의 비난들은 일부만 타당했고 대부분은 오해였다. 삶이란 한 쪽에 부지런하면 다른 한 쪽은 게을러질 수밖에 없다. 낚시 쪽에 부지런했던 사실을 그들은 짐짓 모르는 체했다. 낚시에 부지런한 것은 아무 일도 아니라는 듯이.

우선 두 대의 낚싯대를 펴기로 한다. 하나는 대물용, 다른 하나는 맥낚용이다. 대물용은 4.8미터 길이로 따로 꽂는 식의 4마디짜리다. 대에 장착(裝着)한 스타 드랙 릴에는 모노 필라멘트 18호가 감겨 있고, 채비로는 38번 와이어에 16호 돌돔 바늘을 목흔들림으로 묶어 달았다. 거친 조류의 흐름에 대비해서 싱커는 30호의 좀 무거운 것을 택했고, 여에 걸릴 것을 고려해서 삼각도래에 버림 봉돌 식으로 매달았다.

아이스박스에 준비된 미끼는 갯지렁이 5백 그램, 낙지 반 꼭지, 생멸치 1킬로그램, 새우와 소라가 약간씩이다.

참돔이나 혹돔을 노려 대물용 대에는 낙지 다리 두 개를 겹으로 꿰었다. 일정한 주기로 높게 달려드는 파도에 대비해서 낚싯대는 발판보다 훨씬 높은 곳에 장치했다. 고기가 차고 나갈 위험도 있어 대에는 끈을 달아 큰 돌부리와 연결했다. 이것으로 갯바위의 대물(大物)대는 기다리는 일만이 남은 셈이다.

더듬낚시와 맥낚을 위해 인규는 손에 들고 낚을, 가벼운 대를 별도로 준비했다. 대는 안테나 식의 네 마디로 된 갯바위용이다. 길이는 3.7미터, 8호 줄이 감긴 스피닝 릴이 장착되어 있다. 채비로는 5호 목줄에 감성돔 바늘 7호를 달았고, 역시 조류의 힘찬 유속(流速)을 생각해서 싱커는 구멍이 뚫린 20호를 사용했다. 여러 종류의 잡고기를 노릴 때는 갯지렁이나 새우가 가장 무난한 미끼다. 그는 우선 갯지렁이부터 시험해보기로 작정한다.

투척 거리 안의 가까운 바다는 예측한 대로 대단한 수심이다. 약간의 굴곡을 무시한다면 평균 수심은 25미터 안팎이다. 수직의 높은 바위 벼랑은 물 밖보다는 물 속으로 더 깊이 곤두박여 있다.

손에 들고 낚던 맥낚대에서 첫번째 어신(魚信)이 왔다. 멈췄다고 생각한 순간 고기의 요동이 대를 통해 다시 느껴진다. 힘차고 빠른 요동이 아닌, 꿈틀거리는 듯한 둔중한 요동이다. 빨려드는 대를 직각으로 세우자 이내 대로부터 요동이 사라진다. 굵은 근육질의 몸통을 지닌, 지느러미가 빈약한 바닥고기Bottom fish임을 알 수 있다.

달려 나온 고기는 가시투성이의 쏨뱅이다. 선홍색 반점들을 온몸에 드러낸 채 고기는 위험에 대비하여 지느러미를 펴서 가시들을 곤두세운다. 잘못 건드려 가시에 찔리면 낚시를 포기하고 진통제를 먹어야 한다. 깊은 수심에서 올라온 고기는 요동을 멈춘 대신 입 안 가득히 자신의 내장을 물고 있다. 달라진 수압(水壓) 때문에 뱃속의 내장들이 크게 벌린 입으로 꿰어져 나온 것이다. 장갑 낀 손으로 고기의 아래턱을 단단히 쥔 후 인규는 빠른 솜씨로 깊숙이 삼킨 바늘을 뽑아낸다.

잡고기의 입질은 계속된다. 쏨뱅이, 노래미, 우럭, 볼락 그리고 돌가자미와 조금은 희귀한 메퉁이 따위도 달려 나온다. 그러나 대물용 큰 대에서는 끝내 아무런 소식이 없다. 밑밥으로 던져준 생멸치 몇 토막은 흐름이 빠른 조류에 실려 흔적도 없이 사라지곤 한다.

만조가 썰물로 바뀌면서 입질은 드디어 눈에 띄게 뜸해진다. 낚싯대를 뽑아 바위 짬에 뉘어놓고 인규는 시장기를 느끼며 텐트 쪽으로 올라간다. 땀이 흘러 눈을 찌르고, 잇달아 목이 타는 갈증이 느껴진다. 햇볕에 노출된 주변의 바위에서는 숨을 막을 듯한 심한 열기가 끼쳐온다. 햇볕을 피할 그늘을 찾다가 인규는 드디어 바위 턱 밑에서 한 평 남짓한 그늘을 발견한다. 바퀴벌레를 닮은 무수한 갯강구가 돌벽의 틈과 모서리 구멍 등에 떼도둑 무리처럼 새까맣게 몰려다닌다. 발을 굴러 벌레들을 쫓고 인규는 허리를 굽혀 바위 밑 그늘로 몸을 디민다. 문득 가까운 바위 틈새로 한 줄기 바람이 불어온다. 볕은 살갗을 태울 듯이 뜨거워도 난바다를 거쳐 온 바람은 날아갈 듯 시원하다. 갑자기 그가 앉은 바위 턱 앞을 검고 짧은 그림자 하나가 조용히 점거한다. 그가 번쩍 머리를 들자 낮고 굵은 목소리가 먼 위쪽에서 날아 내려온다.

"낚시 오셨소?"

"예, 할아버지."

"뭅디까?"

"첨엔 좀 입질이 있더니 물이 바뀌자 지금은 소식이 없습니다."

대춧빛 피부에 수염이 하얀 60대 중간쯤의 풍신 좋은 노인이다. 왼쪽 어깨에 큼지막한 구럭을 메고 노인은 높은 언덕 머리에 목상(木像)처럼 우뚝 서 있다.

"할아버지, 이 섬에 사십니까?"

"그렇소."

"목이 마른데 물을 먹으려면 마을까지 가야 되겠죠?"

"목 축일 물이라면 내게 있수. 하루 낮 견디기엔 넉넉할 게요."

왼쪽 어깨에서 구럭을 내려놓고 노인은 구럭 속에서 물통 하나를 꺼낸다. 물통은 뜻밖에도 하얗게 번쩍이는 알루미늄 군용 수통이다. 언덕배기 위의 노인과 인규는 바다를 향해 나란히 선다.

"고맙습니다. 목이 말라서요. 깜박 잊어먹구 배에서 물통을 내려놓지 않았어요."

"섬에는 언제 오셨수?"

"방금입니다. 문어잡이 통발 배를 얻어 타구 왔습니다."

"객선두 없는데 돌아갈 때는 무얼 타구 갈 생각이오?"

"내일 이맘때면 그 통발 배가 다시 이리루 온다구 했습니다. 여기서 오늘 하루만 묵구 전 내일 떠납니다."

하얀 턱수염을 바람에 날리며 노인은 가볍게 고개를 끄덕인다. 그러나 곧 다시 구럭을 둘러메고 삭막한 눈길로 인규를 무심히 돌아본다.

"내일까지 먹구 지내자면 그 물 가지구는 어림없겠군."

"예, 더 길어와야죠. 마을에 혹시 밥 부쳐 먹을 집은 없겠습니까?"

"그런 덴 없수. 밥 부칠 생각 말구 당신이 직접 해 먹는게 좋을 게야. 물이 더 필요하다면 내가 다시 보내주고……"

"수고 끼칠 생각은 없습니다. 모자라는 물은 제가 올라가 길어와야죠."

"당신 생각해서 하는 말이오. 당신은 마을에 안 가는게 좋아."

의미가 있는 말 같아서 인규는 애매하게 웃어 보인다.

"왜요? 제가 올라가면 안 좋은 일이라두 생깁니까?"

"고약한 병이 돌아. 돌림병 같은데 이제 겨우 잡혀가는 중이오."

인규의 얼굴에서 웃음이 사라진다. 전염병이라면 피할 일만이 아니고 정체를 미리 알아두는 것이 좋다. 예방이라는 것도 있으니까 무조건 피하기보다는 미리 알고 대비하는 것이 현명하다.

"어떤 돌림병인지는 알고 계십니까?"

"알지, 대단치 않소. 심한 설사들을 하는 걸루 봐서는 이질이 아닌가 싶소마는……"

"이질이면 간단하죠. 요즘 항생제가 좋은 게 나와서 이질은 병두 아닙니다."

"약 너무 신용허지 마슈. 그 병은 약을 써두 잘 듣질 않아."

"의사한테 보여는 봤습니까?"

노인이 고개를 내두른다. 잘생긴 흰 수염이 바닷바람에 결대로 하르르 휘날린다.

"보일 의사가 있어야지. 여긴 병이 나 사람이 죽어두 보일 의사가 없는 데요."

"앓는 사람은 몇이나 됩니까?"

"첨엔 여러 집이었는데 지금은 병이 잡혀서 네댓 명밖에 되질 않소."

말을 끝낸 노인이 언덕 너머로 내려가기 시작한다. 인규가 수통을 비워주기 위해 노인을 잠시 불러 세운다. 노인은 그러나 손을 내저어 그대로 두라는 시늉을 한다. 사람을 시켜 다시 물을 보낼 테니 빈 물통은 그때 돌려달라는 것이다.

"전 결국 마을 쪽으루는 올라가지 않아두 되는군요?"

"필요한 게 있으면 말을 하시우. 사람을 시켜 보내드리리다."

"물 한 통만 더 보내주시고 상점에 라면이 있으면 네댓 봉쯤 보내주십시오. 밥을 마을에 부칠 수 없다면 라면이라두 삶아 먹어야죠."

노인은 그러마고 고개를 끄덕인 뒤 떠날 때쯤 해서 다시 인규를 돌아본다.

"배가 오는 건 틀림없소?"

"예, 안 오면 제가 오히려 큰일이죠."

"여기루 오자구 한 건 당신이오, 뱃사람이오?"

"접니다."

"어쩌다가 이 외진 곳까지 찾아올 생각을 했소?"

"작정을 하구 찾아온 게 아닙니다. 언젠가 뱃사람한테서 이쪽에 돔이 많다는 소리를 들었는데, 마침 K항에서 이 방향으루 가는 통발 배가 있길래 그 배에 사정을 해서 억지루 얻어타구 왔습니다."

"원래 사는 데는 어디시오?"

"서울입니다."

"먼 데서 오셨는데 손님 대접이 말이 아니구려."

"천만에요. 찾아주신 것만두 대단히 고맙습니다."

노인이 잠시 머뭇거린다. 뭔가 할 말이 있는 듯 했으나 노인은 끝내 말없이 몸을 돌린다. 그러나 풀 언덕 아랫녘에 이르자 노인이 다시 언덕 위의 인규 쪽을 돌아본다.

"그 자리에 꼭 있어야지 딴 데루 갈 생각은 하지 마시우. 내 말을 명심해요. 내 말대루 안 했다간 당신한테 큰 낭패가 생길지두 모르우."

인규는 잘 알았다는 듯 손을 번쩍 들어보인다.

3

땅거미가 깔린다. 바다는 벌써 빛을 잃어 발아래 물빛이 거무튀튀한 무쇳빛이다

어둠이 깃들자 텐트 주위에 바다 모기떼가 그악스레 달려든다. 악명 높은 갯가의 모기는 드러난 살갗은 물론 웬만한 두께의 여름옷쯤은 거뜬히 꿰뚫어 침을 꽂는다. 모기의 공격을 피하기 위해서는 차라리 더위를 참는 수밖에 없다. 소매 긴 겉옷과 두꺼운 바지로 노출된 모든 피부를 빈틈없이 감싸는 것이다.

잉크 빛 초저녁 하늘에 어느새 별들이 희끗희끗 박혀 있다. 어둠이 좀더 짙어지면 별들은 더 많이, 더 가까이 지상으로 내려올 것이다. 하늘로 팔을 뻗어 껑충 뛰면 별들은 한 웅큼씩 손에 잡힐 듯

반기기 때문이다.

밤을 지낼 번거로운 준비들을 인규는 방금 끝냈다. 손전등 하나에 랜턴이 두 개면 조명기구는 충분하다. 대물용 대에는 톱 라이트 **top light**를 달아서 초릿대의 움직임을 언제라도 감시할 수 있다. 손에 들고 낚던 맥낚대에도 지금은 전기 찌를 달아 찌의 움직임을 재빨리 읽을 수 있다. 바람이 약간씩 강해지는 것이 인규에게는 마음 찜찜한 불안으로 남아 있을 뿐이다.

밤샘 준비를 대충 끝내자 식곤증이 전신으로 휘감겨온다. 수염이 좋던 아까의 그 노인은 인규에게 약속대로 사람을 한 명 보내왔다. 보내온 사람은 20대 청년인데 말을 못하는 벙어리였다. 그는 물 한 통과 라면 다섯 개와 계란 네 개와 소주 한 병을 가져왔다. 쪽지를 주길래 받아보았더니 가져온 물건들의 가격들이 적혀 있었다. 인규는 가격과는 별도로 심부름 온 청년에게 수고비 약간을 더 얹어주었다. 청년은 주는 대로 받아들고 기쁜 듯이 마을로 돌아갔다.

코펠과 버너를 준비하여 라면 두 개를 함께 삶았다. 계란을 풀어 넣고 삶아낸 라면을, 준비해온 깻잎 장아찌와 함께 먹었다. 낚시로 잡아낸 도다리 한 마리도 회를 쳐서 소주와 같이 했다. 윤성희(尹誠姬)가 함께 했더라면 이번 조행(釣行)의 즐거움은 두 배가 되었으리라. 그러나 그것은 인규의 희망일 뿐, 그녀와는 무관한 일이다. 어느 한 쪽의 동의 없는 여행은, 가능하지도 않을 뿐더러 즐거우리라는 보장도 없다.

대물대에 혹돔이 걸린 것은 저녁을 막 때우고 버너에 커피 물을 올려놓은 무렵이다. 다섯 시간 이상을 45도 각도로 공중에 길게 안테나처럼 뻗어 있던 낚싯대가, 이제 막 연주를 시작한 콘닥터의 지휘봉처럼 사뿐히 바다 쪽으로 숙어진 것이다. 모든 동작을 중단하고 인규는 갯가로 달렸다. 낚싯대 고리에서 줄을 풀어내고 그는 두 손으로 대와 릴을 함께 잡았다. 맞추는 타이밍이 중요하다. 대물들은 입안의 연골(軟骨)이 단단해서 섣불리 챔질을 했다가는 낚시가 연골에 미끄러져 입에서 빠져버린다. 이 짧은 한순간을 잡기 위해 낚시꾼이 지불하는 대가는 크다. 설명하려고 애쓰지 말자. 밋밋한 일상의 삶에서 이런 순간과 만난다는 일은, 그 짜릿한 희소성 하나로도 우리 모두에게 소중한 행운이다.

긴 침묵. 그러나 대 끝은 잠시 후 두번째 예신(豫信)을 보내왔다. 아직도 맞추기는 이르다. 몇 차례의 예신을 거쳐 가느다란 낚싯대 끝이 바다를 향해 수직으로 곤두박일 때가 맞추는 시간이다. 숨 가쁘게 내닫던 온몸의 피가 한순간 달리기를 멈추려는 완행열차처럼 느릿느릿 몸속을 흐른다. 터질 듯 가슴이 부풀던 초보자의 흥분에도 그 나름의 즐거움은 있다. 그러나 정확한 순간을 잡기 위해 언제부턴가 인규의 가슴은 더 이상 뛰지 않았다. 그는 고기들과 만났던 순간들을 바르고 정확하게 오래도록 기억하고 싶었다. 종이에 먹물을 찍어두는 따위는 그런 아름다운 순간들에 대한 외설스러운 모독이다. 물고기의 아름다움은 벽에 거는 순간 처형된다. 살아서 만났던 그 짧은 순간만이 그 물고기를 욕되게 하지 않는 아름다운 추억이다.

세번째로 낚싯대가 숙었다. "왔다!"라고 고함을 질렀지만 인규의 입에서는 아무 소리도 들리지 않았다. 고함을 친 것은 입이 아니고 낚싯대를 응시한 인규의 부릅뜬 눈길이었다. 힘이라기보다 그 외침은 온몸으로 엄습한 탱탱한 긴장이었다. 위로 힘껏 쳐든 낚싯대가 커다란 호(弧)를 그린 채 오히려 물 속으로 한없이 빨려들고 있었다.

대를 세워야 한다고 인규는 생각했다. 한순간의 여유도 없이 대는 계속 물 속으로 쿡쿡 처박혔다. 어느 틈엔가 릴로부터 찌륵찌륵하는 비명과 함께 줄이 풀리기 시작했다. 낚싯대 혼자 담당했던 긴장을 풀려나간 줄이 함께 나누어 흡수했다. 그러나 물 속으로 처박힌 낚싯대는 좀처럼 물 밖으로 뽑히지 않았다. 당기고 꿈틀대는 물고기의 동작이 쉴 새 없이 대를 공격해서, 대의 모든 마디에서는 고통스러운 비명이 들려왔다.

나가던 줄이 한 번 멈췄다가 다시 나가고 두번째로 멈췄다. 활처럼 휜 낚싯대의 허리가 서로 맞당기는 두 개의 힘의 꼭지점이다. 강철의 떨림 같은 강렬한 몸부림이, 간신히 유지된 힘의 균형을 위태롭게 위협하곤 했다. 그러나 위기가 닥칠 때마다 인규는 서두름 없이 침착하게 대처했다. 낚시의 걸림만 정확하다면 그는 자기 쪽의 승리가 확실하다고 믿고 있다. 시급한 일은 줄을 감아 물고기와의 거리를 조금이라도 단축하는 것이다. 25미터의 수심과 풀려나간 줄을 합친다면 아마 그 거리는 50미터쯤이 될 것이다. 그 캄캄한 25미터 수심에서 우선은 물고기를 수압이 얕은 상층부로 끌어올려야 한다. 그러기 위해 그가 할 일은, 릴을 감기 위한 펌핑pumping 동작의 재빠른 반복이다.

물고기의 머리가 보인 것은 그로부터 10여 분 후다. 오랜 동안의 격렬한 싸움 끝이어서 녀석은 패자답게 온순하고 공손했다. 짙은 자줏빛의 검붉은 몸뚱이가 드러난 순간 인규는 녀석이 혹돔임을 알아차렸다. 언뜻 헤아린 눈대중으로도 녀석은 두 자가 넘는 대물이었다. 깊은 수심에서 끌려나온 녀석은 수압의 변동 때문에 눈을 디룩대며 어리둥절한 얼굴을 했다. 두툼한 입술 사이로 흰 이빨이 고르게 드러났고, 온몸은 검은빛이 도는 어둡고 진한 자줏빛이었다. 그러나 녀석의 진면목은 역시 이마에 솟은 우스꽝스러운 혹이었다. 그 애교 있는 혹 때문에 녀석의 이름이 혹돔이다.

검은 바다에 흰 이랑들이 쉼 없이 출렁인다. 뒤집히는 파도를 타고 야광충(夜光蟲)의 푸른 인광(燐光)이 주룩주룩 흐르고 있다. 짙어진 어둠을 밝히기 위해 인규는 낮에 준비해둔 랜턴을 켠다. 랜턴이 만드는 빛의 넓이는 그러나 고작 반 평 정도다. 갯가에서는 빛의 밝기가 육지와는 사뭇 다르다. 깊은 바다와 검은 바위들이 빛을 온통 흡수하기 때문이다.

바람이 점점 거칠어진다. 벼랑에 부딪혀 튀어오른 파도가 공중에서 잘게 부서져 물방울이 되어 바람에 실려 온다. 모기를 막기 위해 껴입은 옷들이 지금은 오히려 바닷바람을 막아주고 있다. 심상치 않은 날씨 때문에 인규는 드디어 손에 든 낚싯대를 접기로 한다. 바람이 어느 틈에 구름들을 몰고 와서 하늘에서는 이미 별 무리를 볼 수가 없다. 이렇게 빠른 속도라면 바다는 한 시간 이내에 걷잡을 수 없이 광포해질 것이다. 인규가 아는 바다의 변화는 언제나 예측이 불가능한 것이었다.

접은 낚싯대와 랜턴을 들고 인규는 공터의 텐트로 올라온다. 정리하지 않은 몇 개의 물건들이 텐트 밖 풀밭 위에 아무렇게나 널브러져 있다. 눈에 보이는 몇 개의 물건들을 인규는 하나하나 텐트 안으로 옮겨놓는다. 깔개와 낚시 도구 통과 여벌 낚싯대를 간수하고 인규는 마지막으로 큰 무더기의 륙색도 옮겨 들인다. 세찬 바람에만 대비할 게 아니라 갑작스런 비에도 대비가 필요하다. 오늘과 같은 이런 기상에는 바람과 더불어 폭우도 꼭 따라붙기 때문이다.

네 귀퉁이에 돌들을 눌러놓음으로서 텐트 손질은 대충 끝났다.

단도리를 끝내고 낚시터로 향하는데 인규의 등 뒤로부터 머리통 크기의 돌 하나가 굴러 내려온다. 가속이 붙어 빠른 속도로 굴러 내린 돌은 인규의 바른 쪽 다리를 아슬아슬하게 스쳐 지나간다. 이해할 수 없는 이상한 일이어서 인규는 손전등으로 비탈 위쪽을 비춰본다. 적의를 품은 듯한 짙은 어둠뿐 비탈 위에는 아무 것도 없다. 얼마쯤 더 지켜보다가 인규는 드디어 몸을 돌린다. 갑작스런 강풍에 의한 낙석(落石)이라고밖에 생각할 수 없다. 강풍이 부는 오늘 같은 날은 돌쯤 얼마든지 굴러내릴 수도 있는 일이다.

줄지어 밀어닥친 거대한 파도들이 수직의 돌 벼랑에 부딪혀 연속적인 굉음을 울린다. 급격히 악화되는 날씨의 변화에 인규는 오히려 허탈감이 찾아든다. 이런 험한 날씨에서는 밤낚시를 더 이상 기대할 수 없다. 고막을 때리는 굉음들과 함께 땅이 울리고 피부에 서늘한 물기가 느껴진다. 냉기를 동반한 거친 바람은 어느 틈에 하늘 가득히 비를 몰고 온 모양이다. 밤낚시가 불가능하다면 밖에서 비를 맞을 이유는 없다. 잠시 바다 쪽을 손전등으로 비춰본 뒤 인규는 바위 짬에서 서둘러 낚싯대를 거두기 시작한다.

인기척을 들은 듯싶다. 소리 나는 쪽으로 손전등 불빛을 옮긴 순간, 인규는 빗줄기 속에서 사람 하나를 발견한다.

"누구……?"

손전등 불빛을 막으려는 듯 사내는 한 손을 들어 이쪽으로 길게 뻗고 있다. 인규가 빛줄기를 약간 비켜주자 사내가 그제야 쭉 뻗은 팔을 아래로 내린다.

"라디오 들으셨소?"

"예?"

"폭풍이 온답디다!"

악의가 없음을 보이기 위해 사내는 말을 하면서 히죽히죽 웃고 있다. 툭 불거진 광대뼈에 이가 유난히 길어 보이는, 어딘가 거칠면서도 피폐한 인상의 사내다.

"이 바람이 그럼 폭풍입니까?"

"그렇다니까."

"어디서 오시는 길이십니까?"

"내가 오면 어디서 왔겠소? 헌데 당신은 어디서 왔소?"

"전 서울서 왔습니다. 보시다시피 낚시꾼입니다."

빗방울이 떨어지기 시작한다. 갑자기 주위가 대낮처럼 밝아지며 뒤미처 무서운 폭음이 하늘 가득히 울려 퍼진다.

"괜찮아, 뇌성이야. 어서 갑시다. 소낙비 곧 쏟아지겠소."

말이 늦었다. 사내의 말이 끝남과 동시에 소낙비는 과연 장대처럼 퍼붓기 시작한다.

눈을 뜰 수가 없을 정도다. 몸을 감쌌던 한 겹의 옷들은 비에 젖어 삽시간에 몸에 붙는다. 지표를 때리는 세찬 빗발은 땅 위에 부연 물안개를 만들고 있다. 손에 든 낚싯대를 먼저 밀어 넣고 인규는 비를 피해 텐트 속으로 몸을 디민다. 그러나 곧 낯선 사내가 그의 팔을 꽉 잡는다.

"같이 가요. 여기선 안 돼. 비를 피할려면 날 따라와요!"

번개가 다시 주위를 밝혀, 사내의 얼굴이 어둠 속에 탈처럼 드러난다. 비를 피할 곳으로 안내한다면 따라가지 않을 이유가 없다. 인규는 재빨리 텐트 속에서 옷가지가 든 륙색을 빼내어 어깨에 멘다.

"갑시다!"

비탈을 오르기 시작한다. 땅기죽이 빗물을 머금어서 비탈이 몹시 미끄럽다. 고무신을 신은 사내의 큰 발이 인규를 앞질러 성큼성큼 비탈을 오른다. 평지에 거의 다 오른 순간, 사내는 그러나 갑자기 발을 세운다.

"여기서부턴 불을 꺼요. 불을 끄구 내 뒤루 바싹 붙어 와요!"

사내의 말뜻을 알 수가 없어 인규는 빗속으로 사내의 얼굴을 바라본다. 한 손으로 얼굴의 빗물을 쓸어낸 후 사내는 다시 커다랗게 입을 연다.

"당신 아직두 눈치 채지 못했소? 이 마을에선 아무두 당신을 반기지 않아!"

비를 피하는 게 목적이다. 무슨 이유로 불을 꺼야 하는지 인규는 더 이상 따지고 싶지 않다. 다만 그는 수염 좋은 노인으로부터 딴 장소로 옮기지 말라는 충고 같은 것을 들었던 듯싶다. 이 사내의 말이 그 노인의 충고를 뜻하는 것이라면, 지금과 같은 소낙비 속에서는 그 충고는 전혀 의미가 없다.

언덕 위로 일단 올라왔다가 사내는 다시 왼쪽으로 틀어 해안 쪽 비탈로 내려간다. 코앞도 안 보이는 짙은 어둠 속이건만 사내는 마치 제집 마당처럼 거침없이 걸어가고 있다. 보지 않고도 해안 쪽임을 알 수 있는 것은, 이곳에서도 역시 파도 소리가 굉음으로 들려왔기 때문이다. 다만 이곳의 파도 소리는 아까와는 달리 간격이 밭고 날카롭다. 파도가 크게 부딪치기보다는 어딘가에 잘게 부서져 넓게 퍼지는 소리인 것이다.

"들어와요!"

똑같은 어둠 속인데 얼굴을 때리던 빗물이 없다. 인규는 그제야 자기 몸이 하늘을 가린 구조물 밑으로 들어온 것을 깨닫는다.

"불 켜두 돼요?"

"켜시오."

손전등 불빛이 어둠을 밝힌다. 비를 막아주는 구조물은 좁고 긴 자연 동굴이다. 동굴 안쪽으로 불빛을 옮기는데 뜻하지 않은 짐승의 울음소리가 들려온다. 놀라서 돌아보는 인규를 향해 사내가 히죽 웃어 보인다.

"염소요. 순한 짐승이지. 이쪽에서 건드리지만 않으면 나무나 돌처럼 무심한 동물이오."

인규가 륙색을 내려놓자 사내가 벽 쪽으로 돌아선다. 사내는 대뜸 위아래 옷들을 훌훌 벗더니 알몸이 된다. 두 손으로 젖은 옷들을 비틀어 짜며 사내가 그제야 인규 쪽을 돌아본다.

"당신두 그렇게 섰지만 말구 나처럼 이렇게 옷을 짜서 입으시오."

불을 끈 플래시를 바닥에 내려놓고 인규도 곧 사내를 따라 젖은 옷들을 벗기 시작한다. 캄캄한 어둠 저쪽에서 사내가 다시 말을 걸어온다.

"염소 우리 옆에 마른풀이 깔려 있소. 냄새가 좀 나겠지만 깔구 자는 게 좋을 게요."

보일 리 없는 어둠 속에서 인규는 크게 고개를 끄덕인다.

"여러 가지루 고맙습니다. 덕분에 비 안 맞구 편히 자게 됐습니다."

4

거센 바람에 숨이 막힌다.

콧구멍에서 폐에 이르는 기도(氣道)는 온통 비릿한 바다 내음으로 가득하다. 잘게 찢긴 여러 모양의 구름들이 나지막한 잿빛 하늘을 경기병(輕騎兵)들처럼 빠르게 달린다. 달리는 구름떼 아래로는 희고 긴 줄무늬의 파도들이 해안을 향해 줄지어 달려들고 있다.

30도쯤의 급한 비탈을 인규는 허청허청 힘들이지 않고 걸어 내려간다. 바람 탓이다. 아래서 위로 올려 부는 바람이 인규의 몸을 떠받쳐주고 있기 때문이다.

"안녕허세요?"

긴 대나무 회초리를 든 검은색 비옷의 깡마른 소년이다. 비옷 밖으로 드러난 두 다리가 힘껏 잡아 늘인 엿가락처럼 가늘고 길다. 짜부라진 천막 옆에 삭막하게 서서 소년은 양미간 사이에 깊은 주름을 잡고 웃는다.

"일찍 나왔구나?"

"염소를 몰아요."

"어디 있니, 염소는?"

소년의 가느다란 회초리 끝이 왼쪽 벼랑 위의 언덕을 가리킨다. 물안개 자욱한 언덕 위의 염소들은 마치 검은 점처럼 사방 비탈에 흩어져 있다.

"지독하구나, 정말."

"제가 천막을 망가뜨린 게 아니에요."

"알구 있다. 바람 탓이지. 천막이 아예 갈갈이 찢겨졌어."

눌러놓은 돌들만 아니었다면 천막은 간밤의 폭풍에 흔적도 없이 날아갔을 것이다. 폴이 부러져 짜부라진 천막은 심한 바람에 부대껴서 여러 가닥으로 찢겨졌다. 찢어진 천막자락 사이로 버너와 쿨러와 낚싯대 따위가 엿보인다. 인규는 쏟아지는 물보라를 맞으며 천막포를 눌러놓은 돌들을 하나하나 들어낸다.

비는 멎었다. 그러나 이쪽 절벽 부근은 비보다 한결 굵은 물보라가 하늘에서 날아 내린다. 절벽에 부딪혀 튀어오른 포말이 바람에 휘말려 올라가 하늘 가득히 벼랑을 넘어온다. 그렇게 넘어온 물방울들이 절벽 머리와 구릉 일대로 비처럼 쏟아지는 것이다.

찢어진 천막에서 줄을 풀어내어 쿨러를 제외한 나머지 물건들을 한데 묶는다. 비는 조만간 다시 올 것이다. 이렇게 험한 기상과 바다에서는 배들의 항해는 도저히 불가능하다. 이곳에서 만나기로 한 문어잡이 통발 배는 지금쯤 폭풍을 피해 어느 포구에 닻을 놓고 대피 중일 것이다. 배가 오기를 기다리기보다는 날씨가 좋아지기를 기다리는 쪽이 더 현명하다.

"꼬마야, 너 집이 어디냐?"

파도가 만드는 굉음 때문에 인규는 거의 고함치듯 소년에게 묻는다. 소년은 그러나 대꾸가 없다. 못 들은 듯한 무심한 얼굴로 언덕 쪽을 올려다보고 있다.

"인석아, 집이 어디냐구! 네가 사는 집이 어디냐 말이야!"

"염소를 봐줘야 해요!"

"뭐라구?"

"새끼가 있어요. 낳은 지 사흘 된 새끼들이에요. 이런 날씨엔 봐주지 않으면 바다에 떨어져 죽을지두 몰라요."

"같이 가자군 하지 않았어. 난 너희 집이 어디냐구 물은거야!"

"말할 수 없어요."

"왜?"

"그냥요, 말하기 싫어요!"

붙잡히면 큰일이라는 듯 소년은 갑자기 언덕 쪽으로 뛰기 시작한다.

날씨가 회복될 때까지 인규는 당분간 마을 쪽에 숙소를 마련해야 한다.

어젯밤 인규는 어느 사내의 도움으로, 염소들의 우리가 있는 자연 동굴에서 비를 피해 하룻밤을 잤다. 아침에 눈을 뜨니 같이 잔 사내도, 염소들도 보이지 않았다. 해변에 남겨둔 천막과 물건들이 생각나서, 그는 곧 동굴을 떠나 어제 낚시를 한 해변을 찾아 나섰다. 해변은 그가 잔 동굴로부터 등성이 하나를 사이에 둔 아주 가까운 거리에 있었다. 밤새 심한 폭풍에 부대껴 천막은 심하게 망가져 있었다. 천막이 못 쓰게 된 이상 물건들을 어차피 딴 곳으로 옮겨야 한다. 동굴 쪽으로 옮길 수도 있지만 그곳은 역시 사람이 머물 만한 장소가 아니다. 지금 형편으로는 험해진 날씨가 언제 좋아질지 알 수가 없다. 날씨가 풀리기를 기다리기 위해 인규는 마을 쪽에 숙소를 잡기로 한 것이다.

마을로 가는 길은 안내자 없이도 찾기가 수월했다. 길이라는 것이 별도로 없고, 밭에서 캐낸 돌들을 쌓아놓은 좁은 둔덕들이 길 대신으로 사용되고 있다. 남새밭이나 버덩이나 잔솔밭 아랫녘의 자드락을 따라, 길들은 완만한 구배(句配)로 무질서하게 이어져 있다. 질서 없이 이어진 듯하지만 길들은 자세히 보면 약간의 차이뿐 저마다 마을과 연결된다. 뒤로 등진 산을 제외하고는 마을은 사방으로 작은 길들을 거느리고 있다.

들에서 두 사람의 농부를 만났으나 그들은 고개를 숙여 인규를 피하는 듯한 눈치였다. 외지인에 대한 섬사람들의 수줍음 때문만은 아닌 것 같다. 까닭이 있을 것이다. 자기들만의 급한 일 때문에 인규와의 만남을 피했는지도 모를 일이다.

좋지 않은 날씨 탓인지 마을은 매우 조용하다. 짚보다는 함석으로 이은 개량 지붕이 훨씬 많은 마을의 집들은, 방향과 간격을 무시하고 너른 지역에 여유 있게 흩어져 있다. 간혹 울타리로 돌담을 두른 집도 있지만, 대부분은 마당이나 뒤뜰이 길과 그대로 연결된 형태다. 특별히 큰 길이 필요치 않아 집과 집 사이의 공터가 길 구실을 하고 있고, 더러 길같이 보이는 것은 마을 복판의 느티나무로 이어지는 폭이 넓은 공터일 뿐이다.

개들이 짖어대기 시작한다. 그러나 여러 마리가 게으르게 짖어대더니 어느 한 순간 개들은 다시 짖기를 멈추고 잠잠해진다. 보이지 않던 주민들이 여러 곳에서 눈에 띈다. 마루나 부엌, 헛간 담 모퉁이 등에서 주민들은 자기들 나름의 잔일들에 열중하고 있다. 마을 중심부에 거의 다 이르러서야 인규는 거름을 쳐내는 40대의 중년 사내를 만난다.

"말씀 좀 묻겠습니다. 가게가 있다구 들었는데 어디쯤 있는지 모르겠군요?"

"가게는 없구 공판장이 있수. 바루 저긴데 지금은 문을 닫았을게요."

"고맙습니다."

전면에 미닫이 유리문을 끼운, 시멘트 블록으로 지은 집이 마을의 공판장이다. 유리문에 자물쇠가 물려 있고, 문 바로 안쪽에는 햇볕을 가리기 위한 흰 광목천의 빛 가리개가 드리워져 있다. 인규가 문을 두드리자 건물 왼쪽으로부터 사내 하나가 돌아 나온다.

"어떻게 오셨소?"

"공판장 관리인을 만나고 싶습니다."

"나요, 무슨 일이슈?"

"어제 이 섬으루 낚시를 온 사람입니다. 원래는 오늘 돌아갈 예정이었는데 날씨가 갑자기 사나워져서 며칠 이곳에 묵게 될 것 같습니다. 방을 구하구 있습니다. 아는 사람두 없구 해서 염체 불구하구 공판장을 찾아왔습니다. 부탁합니다. 주선 좀 해주십쇼. 이왕이면 방과 함께 식사도 같이 해결했으면 좋겠습니다."

사내는 머리를 긁고 노골적으로 귀찮아하는 표정을 짓는다. 살이 쪄서 처진 눈꺼풀 사이로 사내의 작은 눈이 힐난하듯 인규를 바라본다.

"댁 혼자쇼?"

"예, 혼잡니다."

"여긴 뭍하구 달라서 손님을 받을 숙박 시설이 따루 없수. 방이라면 민가에서 찾아봐야 하는데 잘 구해질지 모르겠소."

"부탁합니다. 어제는 급해서 해변가 굴에서 한뎃잠을 잤습니다."

"여기서 잠깐 기다리쇼."

공판장 건물 뒤편으로 돌아간 사내는 잠시 후 웃옷을 걸치고 다시 인규 앞에 나타났다.

"갑시다."

무거운 짐 두 개를 들고 가는 인규를, 사내는 앞서 가면서 거들떠보지도 않는다. 좁은 마을길을 몇 굽이 돌아 사내는 마을 끝 부분의 어느 초가 앞에 발을 세운다.

"교섭을 해봐야겠소. 당신은 잠시 밖에서 기다리슈."

인규를 담 밖에 세워둔 채 사내는 집안으로 들어가 어느 노파와 이야기를 주고받는다. 교섭이 제대로 이루어진 듯 사내가 인규에게 손짓을 한다.

"들어와요."

찌푸린 하늘에서 빗방울이 다시 떨어지기 시작한다. 안채 마루 끝에 걸터앉은 사내가 짐을 내려놓는 인규에게 아랫방 쪽을 가리켜 보인다.

"저 아랫방이 댁이 묵을 방이오. 마을에 돌림병이 돌구 있으니까 가급적이면 이 집에서 멀리 나가지 않는 게 좋을 거요. 댁 사정은 내가 벌써 이 할머니에게 자세하게 설명했소. 댁이 별도루 설명하지 않아두 할머니가 잘 알아서 해줄 게요."

"폐 좀 끼치게 됐습니다. 방을 빌려줘서 고맙습니다."

노파는 대꾸가 없다. 사내가 대신 입을 연다.

"가는귀가 먹어서 보통 말루는 알아듣질 못해요. 꼭 해야 될 말이 있으면 오후에 돌아오는 딸에게 하시오."

"따님이 계십니까?"

"분교 교사요. 오늘은 토요일이라서 오전 수업밖에 없을 거요."

사내가 초가를 떠난다. 고맙다는 인사를 했지만 사내는 뒤도 돌아보지 않는다.

빗방울이 점점 굵어진다. 짐들을 아랫방으로 옮겨놓고 인규는 다시 비를 맞으며 집을 나간다. 천막 속의 짐들은 방금 마을로 옮겨왔지만, 간밤에 동굴로 옮겨간 류색은 아직 그대로 굴 안에 남아 있다.

5

빗물이 흐르는 교실 창문으로 여교사 오정은(吳正銀)은 들 쪽을 내다보고 있다. 비옷도 우산도 받치지 않은 사내 하나가 병풍바위

쪽의 해안으로부터 들을 가로질러 마을 쪽으로 오고 있다. 이 고장 사람이 아니라는 것은 옷차장만으로도 알 수 있다. 사내는 벽돌색의 조끼를 입었고, 등에는 은회색의 큰 륙색을 메고 있다.

"오선생, 뭐 하십니까? 저 사람 낚시꾼입니다."

창문으로부터 시선을 옮겨 여교사는 말소리가 들려온 자기 등 뒤를 돌아본다. 비옷을 걸친 사내 하나가 막 교실 문을 들어서고 있다.

"퇴근 안 하십니까?"

"웬일이세요?"

"지나가는 길에 들렀습니다. 상의드릴 일두 있구요."

여교사는 창문 앞에서 한 발짝도 움직이지 않는다. 빗물 흐르는 비옷을 벗고 사내가 할 수 없이 여교사 쪽으로 다가간다.

"직업을 모르겠더군요."

"네?"

"저 낚시꾼 말입니다."

들을 건너오는 사내의 모습이 좀 더 빗속에 뚜렷해진다. 휘몰아치는 비를 맞으며 사내는 잔뜩 목과 어깨를 움츠리고 있다.

"배두 없는데 저 사람이 어떻게 섬엔 올라왔죠?"

"삼선도 쪽으루 문어잡이 가던 통발 배를 얻어 탄 모양입니다. 오늘쯤 그 통발 배루 되돌아갈 예정이었는데 날씨가 이 모양이니 배 오기는 다 틀렸죠."

"배 올 때까지 여러 날 머물러야 되겠군요?"

"하루 이틀룬 안됩니다. 이제부터 태풍이 시작이라니까 날씨가 좋아 배가 오려면 한 대엿새는 있어야죠."

여교사가 창을 떠나 교실 왼쪽의 의자에 앉는다. 사내도 함께 창을 떠나 여교사 맞은편의 의자에 앉는다.

"통발 배가 아주 오지 않으면 이쪽에서 배를 내줘야 되겠군요?"

"그래야겠죠."

"배 나갈 날짜는 아직 멀었죠?"

"나흘 전에 뭍에 다녀왔으니까 날짜로는 아마 다음 달에나 나가게 될 겝니다."

여교사는 서랍을 열고 아이들의 성적표를 책상 위로 꺼내놓는다. 방학이 며칠 남지 않아서 해야 될 일이 많이 밀려 있다. 일을 방해하지 않겠다는 듯 사내가 재빨리 입을 연다.

"알고 계시는 게 좋을 것 같아서요. 공판장의 송필배가 외지 사람 낚시꾼을 오선생 댁에 소개했더군요. 별일이야 없겠지만……송필배한테 연락 받으셨습니까?"

필기도구를 찾다 말고 여교사는 서랍을 열고 성적표를 다시 집어넣는다. 서랍을 얌전히 밀어 닫고 그녀는 빤히 사내를 돌아본다.

"알려주셔서 고마워요. 헌데 별일이란 무슨 뜻이죠?"

"만일을 대비해서 하는 말입니다. 낚시꾼이 혹시 그 사람의 가족일 수도 있지 않습니까?"

여교사는 잠시 말이 없다. 사내가 방금 건네온 말을 그녀는 못들은 듯한 시침 뗀 얼굴을 하고 있다.

'그 사람'이라고 지칭한 사람을 여교사 오정은은 모른다. 그러나 상대편의 안종선(安宗善)이란 사내는 그녀가 '그 사람'을 잘 아는 듯이 넘겨짚어 말하고 있다. 사내는 그렇게 말함으로써 오정은을 그의 대화 속에 끌어들이고 싶은지도 알 수 없다. 사내의 의도에 말려들지 않기 위해 오정은은 짐짓 말대꾸를 피하는 눈치다.

"저두 실은 그 사람 사건은 떠올리구 싶지 않습니다. 허지만 우리 쪽은 잊어버리구 싶더라두 그 사람의 가족 되는 사람들은 그 사람의 뒷소식을 알구 싶어할 게 아니겠습니까? 집 나간 사람이 돌아오지 않으면 가족들이 찾아나서는 건 당연한 일 아닙니까?"

"그 사람 사건이라면 전 아는 게 별루 없어요. 제 집에 든 낚시꾼이 그 사람의 가족이라두 상관없어요. 전 그 사람이 누가 되었건 상관하지 않겠어요."

침묵이 흐른다. 더 이상의 대화는 불가능하다. 사내가 다시 그 사건을 들먹이면 여교사는 칸막이 저쪽의 그녀의 방인 교무실로 건너갈지 모른다. 사내도 그것을 알고 있어서 지금은 얌전히 침묵을 지키고 있다.

사건은 지난 5월 어느 날, 한 외지인(外地人) 사내의 입도(入島)로부터 시작된다. 권기탁(權基卓)이라는 이름의 그 사내는 라이터 돌에서 구리반지에 이르는 온갖 잡화를 파는 떠돌이 행상이었다. 그가 이 가막도(加莫島)에 언제 어떻게 들어왔는지는 아무도 모른다. 본인의 말로는 군(郡)에서 운행하는 행정선(行政船) 청일호(靑日號)를 타고 왔다는 것이지만, 그 즈음 가막도에는 청일호가 들어온 일이 없다. 좌우간 권기탁은 어느 날 아침녘에 큰 자줏빛 보퉁이를 메고 가막도 마을에 예고 없이 나타났다. 그는 마을로 들어와서는 즉시 집집을 돌며 방문 판매를 시작했다. 점포나 장터가 따로 마련되지 않은 곳이어서, 그는 일일이 다리품을 팔며 한 집 한 집을 뒤져나갈 수밖에 없었다.

장사는 그러나 온 마을을 누빈 다리품과 번드레한 입담에도 불구하고, 그의 예상을 훨씬 밑도는 아주 초라한 것이었다. 대부분의 생필품을 공판장을 통해 구입해온 마을 사람들은, 외지 상인 권기탁의 말에는 귀도 기울이지 않은 것이다. 결국 권기탁의 커다란 보퉁이는 일주일이 지나도록 조금도 줄지 않았다. 한 차례 마을을 휘젓고 다닌 권기탁은 급기야 장사를 포기하고 하는 일 없이 마을을 배회했다. 돌아갈 배편이 마련되기를 기다리며 그는 온종일 병술을 마시고는 마을 부근의 나무 그늘에서 낮잠을 자거나 섬 주위를 어슬렁댄 것이다.

그러나 하는 일 없이 마을을 배회하던 외지 상인 권기탁은 기어이 돌이킬 수 없는 큰 실수를 저지르고 만다. 어느 날 해질녘에 술이 거나하게 오른 권기탁은, 마을 외곽인 동박골 부근을 배회하다가, 인근에 사는 박과부 집의 열세 살짜리 어린 딸을 겁탈하기에 이른 것이다. 추행은 다행히 미수로 끝났으나 마을 사람들은 크게 격분했다. 외지인 행상이 마을에 들어와 마을의 나이 어린 소녀를 겁간하려 했으니 마을 사람들이 격분한 것은 당연한 일이었다.

마을에서는 곧 옛부터의 관습대로 마을 어른들의 모임인 향당(鄉堂) 회의를 소집했다. 추행을 저지른 행상 권기탁을 엄한 벌로 다스리기 위해서다.

언제부터인지는 알 수 없으나 가막도(加莫島)에는 오랜 옛적부터 대대로 전수되어 내려오는 죄인에 대한 특수한 처벌 방법이 있었다. 이러한 처벌 방법이 가막도에 따로 생긴 것은 아마도 섬만이 지닌 특수한 자연 환경과 지리적인 조건 때문일 것이다. 섬에는 우선 법을 집행하여 죄인을 심문하거나 처벌할 전문적인 관리가 없다. 행정적 절차로는 범법자가 발생하면 범죄인을 즉시 뭍으로 이첩하도록 되어 있다. 그러나 이첩하기 전에 죄인을 임시로 수용하거나 구금하기 위해서는 뭍에서 흔히 볼 수 있는 파출소나 보호소 따위의 범인 수용 시설이 있어야 한다. 섬에는 그러나 그런 시설도 없을 뿐더러 그런 일을 주관할 관리도 따로 없다. 따라서 뱃길이 막혀 범죄인의 이첩이 늦어지면 섬에서는 어쩔 수 없이 그 범인을 창고나 헛간 따위에 감금하여, 그들만의 방법대로 처리하거나 처벌할 수밖에 없다. 죄질이 별로 무겁지 않아 뭍으로의 이첩까지 필요 없을 경우도 마찬가지다. 섬에서는 곧 향당 회의를 소집하여 오랜 옛날부터 전해 내려오는 '쌈'이나 '달기'나 '무두질' 따위의 전통적인 방법으로 범인을 처벌해온 것이다.

마을 노인들이 오랜 회의 끝에 외지 상인 권기탁에게 내린 처벌은 '쌈'이라는 이름의 원시적인 형벌이었다. 두꺼운 마대 자루로 죄인을 들씌워서 불특정의 여러 사람에게 뭇매를 가하도록 한 뒤, 죄인을 다시 일정 기간 동안 밀폐된 장소에 구금하는 것이 '쌈'이라는 형벌이다. 권기탁 역시 마을 장로들의 결정에 따라 가막도의 전통 관습대로 '쌈'이라는 처벌을 받았다. 격분한 마을 사람들에게 집단 구타를 당한 그는, 다시 두 손을 뒷결박 당한 후 공판장 뒤쪽의 곡물 창고에 한 달 기간으로 구금된 것이다.

그러나 놀라운 일은 구금한지 이틀 만에, 심한 구타로 운신도 어렵던 권기탁이 감금된 창고로부터 감쪽같이 탈출한 것이다. 지키는 사람이 없었다고는 해도 그의 탈출은 뜻밖이었다. 시멘트와 벽돌로 만들어진 그 창고는 창문에 쇠창살까지 장치되어 있어서 외부에서의 도움이 없이는 탈출이 불가능한 곳이다. 그러나 출입문의 자물쇠가 망가진 채 권기탁은 놀랍게도 아무런 흔적 없이 창고에서 사라져버렸다. 누군가가 그를 구출할 목적으로 출입문의 자물쇠를 벗겨준 것이다.

범인의 수색이 시작되었다. 약 6평방킬로미터의 가막도는 산과 들에 숲이 짙었고, 특히 굴곡 진 여러 해안에 조수의 오랜 침식으로 만들어진 해식(海蝕) 동굴이 무척 많았다. 동굴과 숲을 하나하나 뒤쳐나간 수색은, 일손이 바쁜 당시의 주민들에게는 몹시 귀찮고 힘든 작업이었다. 결국 수색 사흘 만에 권기탁은 발견되었다. 섬의 북쪽에는 조수가 크게 휘돌아 흐르는 도래물이라는 이름의 높은 벼랑으로 된 해안이 있다. 권기탁은 바로 그 해안에서 전신에 심한 타박상을 입은 이지러진 시체로 발견된 것이다.

시체는 곧 인양되어 공동묘지에 가매장되었다. 행정적인 처리가 필요해서 섬에서는 배를 띄워 그의 죽음을 소속 관청에 신고했다. 관청에서는 신고를 접수하고 확인 차 직원 한 명을 섬으로 파견했다. 뭍의 직원이 다녀감으로써 권기탁의 죽음은 공식화되었다. 유가족이 나타나기를 기다렸지만 가막도에도 뭍의 관청에도 권기탁을 찾는 사람은 나타나지 않았다. 그러나 가막도 주민들은 아직도 그의 유가족이 나타날 것을 믿고 있다. 그의 죽음에 약간씩의 도덕적인 부담감을 지고 있어서, 주민들은 오히려 권기탁의 유가족이 빠른 시일 내에 나타나주기를 기다리는 형편인 것이다.

교실 창문이 흔들린다. 짙은 구름이 몰려들어 하늘은 더욱 캄캄하다. 그러나 하늘은 캄캄해도 비는 오히려 멎어 있다. 더 큰 비를 내리기 위한 잠시 동안의 준비 기간인 것 같다.

"소문 들으셨습니까?"

사내가 의자에서 몸을 일으켜 벗어 든 비옷을 다시 입기 시작한다. 잠시 비가 멎은 틈을 타서 학교를 떠날 모양이다.

"무슨 소문을요?"

"그 사람한테 큰돈이 있었다더군요."

여교사는 피곤을 쫓으려는 듯 눈을 크게 감았다 뜬다. 집요할 정도로 그 사건에 집착하는 사내를 여교사는 아무래도 이해할 수 없다는 표정이다.

"시골루 떠도는 보따리 행상이 큰돈이 있었다면 얼마나 있었겠어요?"

"봤다는 사람이 있습니다. 만 원짜리 돈다발이 여러 개라는 얘깁니다."

"또 그 사건 얘기로군요. 이젠 저 좀 혼자 있게 놔두실 수 없으세요?"

비옷의 단추를 채우면서 안종선(安宗善)은 학생용의 작은 책상 위에 걸터앉는다. 귀찮아하는 여교사를 보고는 그는 대뜸 눈을 아래로 내리깐다. 그러나 할 말은 해야겠다는 듯 그가 다시 입을 연다.

"그 사람에게 만일 큰돈이 있었다면 그 사람은 실족(失足)한 게 아니라 그 돈을 탐낸 어떤 사람에게……"

"소문이에요. 아시겠어요? 잘못된 소문에 귀를 기울이면 잘못된 생각만 하게 된다는 걸 모르세요?"

"그렇지가 않습니다."

"얘긴 끝났어요. 돌아가줘요. 안선생은 정말 왜 그 사건에 그렇게 끈덕지게 집착하는지 모르겠어요."

"집착할 만한 이유가 있습니다. 그 사건엔 너무나 의문점이 많습니다."

"좋아요. 의문점이 많으면 안선생 혼자 그 의문들을 풀도록 해보세요. 전 지금 제 일만으루두 눈이 핑핑 돌 지경이에요. 안선생도 제가 바쁘다는 거 잘 알구 계시잖아요?"

이제는 어쩔 수 없다는 듯 안종선도 몸을 일으킨다. 출입구 쪽으로 걸어가면서 사내는 그러나 다시 여교사를 돌아본다.

"제가 도울 일은 없습니까?"

"없어요."

"아이들 성적을 내는 일이라면 제가 남아서 도울 수도 있을 텐데요?"

"됐어요. 혼자 하겠어요. 도움이 필요하면 제가 다시 연락 드릴게요."

"뭍에서는 아직 소식이 없나요?"

"무슨 소식요?"

"이번 여름 방학에 이곳 아이들 뭍으로 수학여행 보내실 계획이 아닌가요?"

여교사가 이윽고 짜증을 드러내듯 얼굴을 심하게 찌푸린다. 어떻게 알았을까? 아무도 몰래 추진 중인 그 일을 이 사내가 어떻게 알았는지 여교사는 알 수가 없다. 육지의 모 기업체에 초청장을 의뢰하기 위해, 그녀는 지난 한 달간 육지로 여러 통의 편지를 띄웠다. 아마 그 편지를 몰래 보았거나 쓰다가 찢어버린 그 편지의 파지를 보았을지 모른다.

"초청 조건이 맞지 않아서 그 계획은 연기했어요. 이제 더 할 말 없으시면 저 혼자 있게 해주세요."

사내가 교실을 나간다. 떠나는 사내를 바라보면서 여교사는 그제야 가늘게 한숨을 쉰다.

한때 그녀는 저 사내에게 도움을 청했던 일이 있다. 졸업이나 입학식 따위로 분교 일이 바쁠 때는, 그녀는 안종선을 청해 와서 성적표 정리나 학적부 작성 등의 학교의 잡무를 부탁하곤 했다. 그는 글씨가 단정했고 기록이나 서류 정리 따위에 제법 능숙한 솜씨를 발휘했다. 함께 대화를 나눠보면 아는 것도 꽤 많아서 섬의 무지한 주민들에 비해서는 지적 수준도 상당했다. 그러나 지적으로는 높은 수준에 올라 있지만 그에게는 어딘지 모르게 성격적인 결함과 불균형이 엿보이곤 했다. 갑작스런 다변과, 균형을 잃은 돌출 행동과, 엉뚱한 일에 대한 어린애 같은 고집스런 집착이 바로 그런 것들이다. 그와의 접촉이 오랜 사람들은 그래서 안종선과는 일정한 거리를 유지하곤 했다. 약간 모자라는 사람이라는 것이 안종선에 대한 마을 사람들의 공통된 의견이다.

6

눈을 떴다. 밤이라고 생각했는데 창문에 아직 환한 빛이 남아 있다.

누운 위치를 확인한 뒤 조심스레 방문을 연다. 비가 그친 초가 마당에 작은 물웅덩이가 잡혀 있고, 바람이 마당을 스쳐 지나가자 물 표면에 곱다랗게 잔물결이 잡히곤 한다. 비는 그쳤어도 하늘은 아직 짙은 구름으로 뒤덮여 있다. 어둠컴컴한 날씨 때문에 정확한 시간을 알 수가 없다. 시계는 6시 15분, 새벽이 아니고 아직 해가 있는 초저녁이다.

시장하다. 점심을 들고 상을 물린 후 인규는 이내 깊은 잠에 빠진 것이 생각난다. 밥상을 날라온 할머니는 이가 빠져 입이 합죽했고, 바람이 새는 말보다는 헤픈 웃음으로 모든 말을 대신했다. 귀가 잘 들리지 않아 말 대신 표정이 풍부해진 할머니다.

신을 신고 마당으로 내려선다. 서너 시간의 숙면 후라 몸이 모처럼 가뿐하다. 집안은 바람만 스산히 지나갈 뿐 인기척 하나 없이 쥐 죽은 듯 적막하다. 교사로 있다는 이 집의 딸은 아직도 학교에서 돌아오지 않은 모양이다. 헤픈 웃음의 할머니마저도 지금은 외출 중인 듯 모습이 보이지 않는다.

바람이 아직 사나운 것을 보면 날씨는 쉽게 풀릴 것 같지 않다. 비가 그친 틈을 이용해서 인규는 잠시 마을을 둘러볼 생각을 한다. 배편을 알아보기 위해서는 마을의 배 임자라도 찾아보는 것이 현명하다.

제멋대로인 듯한 여러 가닥의 길들에도 불구하고, 마을에는 역시 그 나름의 중심이 되는 길이 있다. 마을을 동서로 가로지르는 폭 4미터쯤의 큰 길이 그것이다. 밥 짓는 푸른 연기가 바람에 실려 온 마을에 가득 떠돌고, 길에는 비가 멎은 탓인지 주민들이 제법 많이 오가거나 나와 있다. 더러는 괭이를 들고 도랑을 치는 등의 들일들을 하고 있지만, 몇몇 사람은 하는 일 없이 집 앞에 놓인 긴 평상에 우두커니 앉아 있다.

마을에 돌림병이 돌고 있는 징조는 어느 곳에서도 보이지 않는다. 수염 좋은 노인과 공판장의 주인은 인규에게 돌림병에 대해 제법 엄중한 경고를 한 바 있다. 그러나 눈에 띄는 주민들의 표정에는 돌림병을 두려워하는 기색은 좀체로 찾아볼 수 없다. 그들의 경고가 과장된 것이거나 돌림병이 그새 한 고비를 넘긴 모양이다.

"말씀 좀 묻겠습니다."

머리가 흰 60대의 노인이 담 밖에 늘어진 호박 줄기를 바로잡아 준다. 그러나 인규가 말을 건네자 노인은 등을 돌려 총총히 집안으로 사라진다. 아침녘에 들에서 농부 두 명을 만났을 때도 인규는 그들로부터 기피를 당했던 일이 있다. 지금의 노인과 농부들의 행동에는 분명 어떤 종류의 공통점이 있을 것 같다. 그 공통점이 어떤 것인지는 지금으로서는 알 수가 없다.

마을의 유일한 상점인 공판장이 가까이 보인다. 닫혔던 유리문이 열려 있고 아낙네 몇 사람이 안에서 물건을 고르고 있다. 낮에 만났던 공판장 주인은 비대한 체구와는 달리 몸놀림이 아주 민첩하다. 뚱뚱한 동체는 몸의 중심을 잡아주고 팔다리만 헤엄치듯 재빨리 놀린다.

"바쁘시군요?"

한 번 힐끗 바라볼 뿐 주인은 아무런 응대가 없다. 비누와 식초를 사러 온 아낙네 둘이 인규를 보고는 내외하듯 재빨리 공판장을 떠난다. 주인은 그제야 배를 내밀고 두꺼운 눈꺼풀 밑으로 찌르듯이 인규를 바라본다.

"나돌아다니지 말라구 했을 텐데, 당신 어쩌자구 마을을 휘젓구 다니시오?"

힐난하는 듯한 사내의 어투에 인규는 잠시 마음이 언짢아진다. 그러나 불청객으로 찾아든 처지여서 그로서는 이 사내의 어투에 신경 쓸 입장이 아니다.

"우린 당신을 청한 일이 없소. 타처에서 제멋대루 남의 마을에 들어왔으면 이쪽이 하라는 대루 얌전히 있어야 옳지 않소?"

억양 없는 사내의 말투에서 인규는 비로소 힐난과는 다른 어떤 적의(敵意)가 숨겨져 있음을 깨닫는다. 적의의 이유를 알 수가 없어 인규는 잠시 어리둥절한 표정을 짓는다.

"나돌아다니지 말라구 한 건 돌림병 때문이 아니었습니까?"

"귀찮단 말이오. 아시겠소? 우린 도무지 당신들이 반갑지 않소. 와서 우리한테 이쁜 짓을 했어야지? 제발 말썽 피우지 말구 얌전히 있다가 얌전히 좀 가주시오."

인규는 얼굴이 붉어진다. 숱한 여행을 다녀봤지만 현지인으로부터 이런 모욕을 받기는 처음이다. 그것은 차라리 말이 아니고 마구 내지르는 주먹질과 흡사하다.

"내가 산책을 나왔다구 해서 댁이 화내는 이유는 뭐죠?"

"이유라구? 그걸 모르겠소? 당신은 여길 오지 말았어야 하는 거요."

앞으로 내민 사내의 입술에 끈끈한 타액이 접착제처럼 묻어 있다. 이런 사람을 상대로 해서는 더 이상의 대화는 불가능하다. 마치 구정물을 덮어쓴 기분으로 인규는 결국 사내로부터 물러난다.

돌아오는 길은 발걸음이 무거웠다. 서울이 그리워지기 시작한다. 누항(陋巷)은 누항대로의 찐득찐득한 그리움이 있다. 10여 미터 높이 이내로 지구 표면에 달라붙어 사는 사람들, 그들이 나쁘면 얼마나 나쁘며 선(善)하면 또 얼마나 선할 것인가. 신경을 곤두세워 미워했던 그들이 이 외진 섬에서는 사해동포(四海同胞)로 그리움을 부른다. 아마 그것은 익숙한 장소와 익숙한 얼굴들이 그에게 베푸는 편안함 때문일 것이다.

숙소에는 잘 웃는 할머니와 그녀의 딸인 여교사가 돌아와 있다. 인규가 집 안으로 들어서자 여교사는 마루에서 마당으로 내려선다. 머리를 뒤로 묶은 상큼한 인상의 여교사는 더위 탓인지 폭 넓은 치마와 소매 없는 블라우스를 간편하게 입고 있다. 목례와 함께 여교사가 스스럼없이 말을 건네어온다.

"어서 오세요. 아랫방 손님이시죠?"

"예, 폐를 끼치게 됐습니다. 낚시하러 온 김인규라는 사람입니다."

"얘기 들었어요. 부끄러워요. 방이구 음식이구 뭐 하나 변변한 게 있어야죠."

"받아주신 것만두 고맙습니다. 할머니 음식이 제 입에 꼭 맞더군요."

"낡은 고기를 찬거리루 주셨다구 어머니가 무척 기뻐하세요. 낡은 고기를 다 주시면 가실 땐 빈손으로 돌아가시는 게 아닌가요?"

"놔두면 모두 상할 고깁니다. 가져갈 고기는 나가서 다시 낚아야죠."

"식사 곧 준비할까요?"

"예, 부탁합니다."

인규는 방으로 들어가고 여교사 오정은은 부엌으로 내려간다.

공판장에서 받은 불쾌감을 여교사가 대신 갚아주는 느낌이다.

저녁 식사는 10분 만에 끝났다. 상을 물리고 잠시 쉰 후 인규는 툇마루로 나와 안채 쪽을 건너다본다. 그가 안채에서 찾는 사람은 이 집의 주인인 여교사다. 더위 때문에 열어놓은 대청 쪽의 문으로 인규는 어렵지 않게 여교사를 발견한다. 어느새 어둠이 깔려오기 시작해서 여교사는 그녀의 방에 석유등을 켜고 있다. 앉은뱅이책상 앞에 앉아 무언가를 한가하게 적고 있는 여교사의 표정이 지극히 편안하면서도 누이처럼 임의롭다. 인규가 툇마루 쪽에서 안방과 연결된 대청 쪽으로 건너간다. 늘어놓은 일감에 몰두해 있던 여교사가 인규의 인기척을 듣고 고개를 들어 밖을 내다본다. 여교사와 눈이 마주치자 인규는 멈춰선 채 고개를 꾸벅 숙여 보인다.

"실례합니다. 여쭐 말씀이 있어서요. 작업하시는데 제가 혹 방해라두 드린 건 아닙니까?"

"아니에요. 어서 오세요. 막 치우려던 참이었어요."

"아이들 성적푠가요?"

"네."

여교사가 대답과 함께 앉은뱅이책상을 뒤로 물린다. 석유등에 비친 여교사의 그림자가 뒷벽 중간쯤에 풍선처럼 크게 부풀어 있다.

"전기 없는 고장에 와보기는 요 근래에 처음인 것 같습니다."

"아마 많이 불편하실 거예요."

방은 천장이 얕고 두 칸 방이어서 긴 편이다. 나무를 때어 밥을 짓는 탓인지 방바닥에 뜻밖에도 따뜻한 온기가 느껴진다.

"몇 가지 여쭤볼 게 있어서 실례를 무릅쓰구 건너왔습니다."

"말씀하세요."

"배가 어쩌면 필요할지 모르겠습니다. 배를 구하려면 어떻게 해야 좋습니까?"

"배라뇨? 바다에 떠다니는 배 말인가요?"

"예, 날씨가 좋아지면 전 육지로 돌아가야 합니다. 원래는 어선 한 척이 절 여기서 실어 가기루 되어 있었는데 날씨가 이 지경이 되어 그 약속을 믿을 수가 없게 됐습니다. 혹시 이곳에 배가 있으면 그거라두 잠시 이용할 수 없을까 해서요."

"배가 몇 척 있긴 하지만 운행 관계는 잘 몰라요. 동력선이 한 척 있긴 있는데 아무 때나 뭍으로 나가진 않는 걸루 알구 있어요."

"아무 때나 나가지 않는다면 나가는 날짜가 정해져 있다는 뜻인가요?"

"그래요. 한 달에 한 번 정해진 날짜에 운행해요. 이곳 사람들두 뭍에 나가려면 그 날짜를 맞춰야 해요."

"언젭니까, 그 날짜가?"

"뭍에 다녀온 지 며칠 안 됐어요. 아마 다음 달 이맘때쯤이 될 거예요."

다음 달이면 너무 늦다. 정기 객선이 없다고 했을 때 인규는 얼핏 회항(回航)을 걱정했던 기억이 있다. 갑작스런 날씨의 악화로 그 걱정이 적중된 것이다.

"이리루 오실 때 이쪽 사정을 미리 알아보지 않으셨나요?"

딱하다는 표정으로 여교사가 이쪽을 건너다본다. 긴 머리를 뒤로 묶은 탓인지 드러난 목이 유난히 희고 길다.

"객선이 없다는 건 알구 있었죠. 허지만 크게 신경 쓰진 않았습니다."

"이 고장 일기는 반나절 앞두 예측하기가 어려워요. 더구나 이 섬 부근엔 조류의 흐름이 유난히 빠른가봐요."

"선착장이 보이지 않던데 섬 어느 쪽에 있습니까?"

"섬의 서남쪽 고개 너머에 있어요. 원래는 선착장이 있었는데 옛날에 한 번 망가진 걸 그대루 버려둔 채 다시 고치질 않았어요. 배들이 그쪽에 있긴 하지만 닿구 떠나는 데 여간 불편하구 위험하지 않아요."

"그쪽에 집들두 있습니까?"

"아뇨, 옛날엔 집들이 꽤 많았던 모양인데 지금은 한 채두 남아있지 않아요."

침묵이 흐른다. 석유등에 비친 여교사의 그림자가 앉음새를 바꾼 탓인지 실물보다 훨씬 크게 부풀어 있다. 상냥한 외모와 말씨에도 불구하고 그녀의 몸 주위에는 접근할 수 없는 일정한 거리가 유지되어 있다. 이쪽에서 그 거리를 침범하지 않는 한 그녀는 늘 상냥하고 친절할 것이다.

"이곳 태생이 아니신가요?"

"저요? 아니에요."

어머니는 웃음이 헤픈데 딸은 웃음이 인색하다. 웃어도 좋은 대목에서도 그녀의 입술은 야무지고 단정하다.

"정해진 날짜 이외에는 배가 전혀 운행되지 않습니까?"

"글쎄요, 잘 모르겠어요. 전 그쪽엔 관심이 없어서요."

"긴급한 사태가 발생했을 땐 예외라는 게 있지 않습니까? 가령 급한 환자가 생겨 시간을 다투는 경우라든가……"

"긴급한 사태라는 게 있어봤어야죠. 좌우간 배는 이변이 없는 한 대개는 제 날짜에 운행하는 걸루 알구 있어요."

"학교 관계의 공무가 있을 땐 어떻게 육지와 연락을 취하십니까?"

"한 달에 한 번 행정선이 들를 때두 있구 대개는 기다렸다가 여기 배를 이용하군 해요."

"급료두 그렇게 지급받나요?"

"네."

어디선가 종소리가 들려온다. 교회의 종소리와는 달리 간격이 밭고 급한 종소리다.

"배 주인은 어떤 사람이죠?"

"어느 배를 말씀하시는 거죠?"

"뭍으로 나가는 마을의 동력선 말입니다."

"주인이 없어요."

"없다뇨?"

"그 배는 마을의 공동 소유예요. 무동력선은 주인이 있지만 그 배만은 주인이 없어요."

"그럼 배를 운행하려면 누구의 허락을 받아야 합니까?"

"그것부터가 문제예요. 아무도 그런 허락을 단독으론 내릴 수가 없어요. 배 내기가 어려운 이유도 바로 그런 까닭이에요."

"동력선은 그 배 하나뿐입니까?"

"네."

지독히도 곤궁한 섬이다. 이런 정도의 규모의 섬이라면 다른 섬에는 동력선의 숫자가 상당하다. 아니 요즘의 모든 어촌에는 배라면 대개가 동력선뿐, 무동력선은 찾아보기도 힘들 정도다. 마을이 해변과 1킬로미터 가까이 떨어져 있는 것도 어쩌면 배의 부족이 그 원인인지 알 수 없다. 아니 그 반대일지도 모른다. 바다 복판에 떠 있는 섬이면서도 이 섬의 주민들은 바다를 멀리하고 있다. 그들에게 배와 포구가 없는 것은, 그들이 바다를 싫어하는 때문인지 모른다. 지척의 거리에 바다를 두고도 그들은 그들의 섬에 동력선을 한 척도 가지고 있지 않은 것이다.

"일기예보로는 네댓새 후면 날씨가 풀릴 것 같답니다. 그때까지 배를 낼 수 있는 어떤 방도가 없겠습니까?"

"공판장의 송씨를 만나보세요. 선생님을 제 집에 소개해준 뚱뚱한 분 말이에요."

"그분이 배를 관리합니까?"

"뭍에서 물건들을 사입(仕入)하기 때문에 그분이 그 배를 가장 많이 이용하구 있어요."

인규는 고개를 끄덕인다. 공판장의 송씨가 화를 낸 이유를 인규는 그제야 알 것 같다. 송씨는 이미 인규를 만난 순간 모든 사태를 알고 있었음이 분명하다. 배를 요구해올 인규에 대해 그는 미리부터 화가 치밀어 있었던 것이다.

"말씀 대단히 고맙습니다. 여러 가지루 도움이 컸습니다."

"가시겠어요?"

"예, 내려가 쉬어야죠."

방을 나온 두 사람은 마루 끝에 천천히 멈춰 선다. 마당에 서 있던 소년 하나가 그들에게 다가왔기 때문이다.

"선생님……"

"응, 누구니?"

"저 응식이에요."

"오, 그래, 응식이가 웬일이야?"

"이걸 줏었어요, 들에서…… 저 아저씨 물건이 아닌가 해서……"

"그래? 어디 보자. 이게 뭘까? 선생님 물건 맞아요?"

소년에게서 받은 조끼 비슷한 물건을 여교사가 다시 인규에게 건네준다.

"맞습니다. 제 물건입니다. 낚시할 때 입는 구명동의(救命胴衣)입니다."

소년은 물건을 건네주고는 냅다 돌아서서 집밖으로 뛰어간다. 소리쳐 부를 틈도 없이 소년의 모습은 땅거미 속으로 사라진다.

잠시 후 인규는 여교사와 헤어져 소년이 찾아준 구명동의를 들고 그가 묵고 있는 아랫방으로 내려온다. 그러나 아랫방으로 돌아온 인규는 놀랍게도 그의 물건들 중에서 또 하나의 구명동의를 발견한다. 한 회사 제품인 두 개의 구명동의는 너무나 닮아서 구별이 불가능하다. 갑자기 두 개로 불어난 구명동의에 인규는 한순간 곤혹스러움과 불안을 느낀다. 하나가 둘로 불어났으니 둘 중의 하나는 인규의 물건이 아니다. 그렇다면 그의 물건이 아닌 나머지 하나는 누구의 것이며, 왜 하필 그에게 그 물건이 전달되어온 것일까? 그러나 곧 이런 의문은 인규의 손으로 간단하게 풀린다. 자기 물건이 아닌 또 하나의 구명동의에서, 인규는 자기 물건이 아니라는 확실한 증거를 찾아낸 것이다.

7

동녘 하늘이 훤하게 밝아온다. 해가 떠오르기 직전의 바다는 일출 지점을 중심으로 하여 가까운 곳은 밝은 핏빛, 먼 곳은 화려한 자줏빛이다. 길 떠난 낭군을 밤새 기다려온 신부처럼 바다는 이제 막 솟을 해를 설레임으로 얌전히 기다리고 있다.

"낚는 게 뭐죠?"

"농업니다."

"됩니까?"

"방금 나왔어요."

세 발 길이의 대나무 통대를 청년은 벼랑 머리에서 바다를 향해 힘차게 휘두른다. 휘어진 대가 곧게 뻗으면서 대 끝의 낚시 줄이 벼랑 아래 바다로 아득히 튕겨 날아간다. 그러나 바람의 세찬 저항으로 낚싯줄은 겨우 코앞의 바다에 날려 떨어진다. 같은 동작을 세 번이나 되풀이한 후 청년은 포기한 듯 대를 천천히 끌기 시작한다.

"봉돌이 가벼운 거 아니에요?"

"전에는 잘 됐습니다. 바람이 너무 센가봐요."

밀려오는 파도에 줄이 밀려 낚시 채비가 해안으로 붙는다. 폭풍은 끝난 것 같은데 바람과 파도는 여전히 높고 거칠다. 하늘만이 파랗게 개어 폭풍이 끝났음을 알려주고 있다.

"미끼는 뭐죠?"

"게살……"

"새우가 좋은데?"

"있어야죠, 새우가."

파도에 밀린 줄을 바다에서 거두어 청년은 다시 한 번 힘차게 대를 휘두른다. 이번에는 캐스팅이 제대로 된 듯 줄이 바람을 거슬러 제법 멀리 날아간다. 3시 방향에서 9시 방향으로 청년은 흐르는 줄을 천천히 끌어당긴다.

통발 배는 오지 않았다. 사흘간의 악천후를 겪는 동안 통발배는 인규를 잊어버린 것이 분명하다. 섬에서 배를 내줄 때까지 인규는 당분간 이 섬을 떠날 수가 없다. 객선의 왕래가 없는 낙도라는 것이 얼마나 불편한 곳인가를 인규는 비로소 몸으로 실감한 셈이다.

가막도(加莫島)가 섬의 이름이다. 섬은 특이한 분위기를 지니고 있다. 우선 배들의 왕래가 드물어 가막도는 육지로부터 거의 모든 면에서 유리(遊離)된 느낌이다. 육지로부터의 이러한 유리는 섬 주민들의 의지에 따라서는 얼마든지 개선될 수 있다. 그러나 가막도 주민들은 아무도 그런 의지를 보여주지 않고 있다. 육지와의 유일한 교통수단인 동력선을 이 섬의 주민들은 한 척밖에 지니고 있지 않다. 오래전에 파괴된 선착장의 시설물도 그들은 수십 년째 그대로 방치해두고 있다. 요컨대 그들은 육지와의 소통을 적극적으로 추진할 의사가 없어 보인다.

인규를 대하는 주민들의 태도에서도 이러한 유리감은 분명히 드러난다. 그들은 인규를 철저하게 '손님'으로 대한다. 그것도 반가운 손님이기보다는 틈입자의 성격을 지닌 달갑잖은 손님이다. 일상적인 대화나 우연한 만남에서조차 그들은 노골적으로 인규를 꺼리는 표정들이다. 사나운 개 옆을 지나갈 때처럼 그들은 일정한 거리를 유지한 채 서둘러 그의 곁을 피해 가는 것이다.

해가 솟는다. 거대한 주황색 불덩이가 드넓은 수면을 흔들며 붉은빛 아우성으로 폭발하듯 떠오른다. 귀한 손님을 기다리듯 밤새 은밀하게 엎려 있던 바다가, 갓 솟은 붉은 해를 반겨 황금빛으로 환히 맞이한다. 점점 둥글게 분노처럼 커져가던 해는 잠시 수평선에 수줍은 듯 머물다가 무언가에 떠밀리듯 갑자기 수면 위로 불끈 솟는다. 해가 스스로 솟았다기보다는, 수면에서 머뭇거리는 해를 바다가 두 손으로 곱게 떠받쳐 밀어올리는 형상이다.

"한번 해보시겠어요?"

청년이 인규를 돌아본다. 목이 짧고 얼굴이 각진, 성실하면서도 강인한 인상의 청년이다.

"아뇨, 계속하시죠. 전 농어라면 별로 자신이 없습니다."

가막도 주민으로서 인규에게 먼저 말을 건네온 사람은 이 청년이 처음이다. 하긴 인규는 개인적인 접촉에서는 가막도 주민의 은근한 친절을 받기도 했다. 그들은 남이 보지 않는 곳에서는 인규에게 쉽게 거리도 주고 친절도 보여왔다.

"낚시하러 오셨다구요?"

"예, 나흘 전에 통발 배를 타구 건너왔습니다."

"낚으셨나요?"

"아뇨, 운이 없었어요. 도착한 날 바루 폭풍이 닥쳐와서요."

"고기는 꽤 있어요. 물때만 잘 맞추면 제법 큰 놈두 물립니다."

청년이 다시 대를 세운다. 있어야 될 미끼가 낚시에 없다. 게살을 발라내는 청년을 향해 인규가 다시 말을 건넨다.

"권기탁이라는 사람을 아십니까?"

"누구요?"

"권기탁."

청년이 대꾸 없이 힘찬 동작으로 대를 휘두른다. 낚시를 바다로 날려보낸 후에야 청년은 뒤늦게 인규를 돌아본다.

"압니다. 죽었어요. 그 사람 때문에 오셨나요?"

"아뇨, 이름만 압니다. 전 그 사람 만나본 적두 없어요."

"헌데 이름은 어떻게 아셨죠?"

"들었죠, K항에서요. 가막도루 간다구 떠나갔는데 어느 날 갑자기 죽었노라는 소식이 왔답니다. 제가 가막도에 간다구 하니까 수고스럽지만 거기 간 김에 어떻게 죽었는지 한번 알아봐달라구 하더군요."

"알아봐달라구 한 사람은 권기탁씨의 가족인가요?"

"가족은 아니구 같이 장사 다닌 친구 사이라구 하더군요."

청년이 곧추 세운 대를 조금 누이면서 옆으로 끈다. 바다의 표층을 유영(遊泳)하는 농어는 미끼를 흘리거나 끌어주어야만 달려든다. 들물이 막 힘을 얻어 빠른 기세로 벼랑 밑을 흐르고 있다. 낚시에 열중한 청년에게 인규가 다시 말을 건넨다.

"죽은 사연을 아십니까?"

"누구?"

"권기탁씨 말입니다."

방금 떠오른 햇빛을 받아 청년의 각진 얼굴이 붉은 탈을 쓴 듯 번쩍인다. 인규의 질문에 부담을 느낀 듯 청년은 한동안 말이 없다.

"인사가 늦었습니다. 저 김인규라는 사람입니다."

청년이 대를 한 손에 들고 고개를 돌려 인규를 본다. 30대 초반의 인규에 비해 청년은 네댓 살쯤 아래로 보인다. 인규가 내미는 손을 잡으며 청년이 빠르게 입을 연다.

"정동근이라구 합니다."

"정형은 여기 가막도 태생이십니까?"

"예, 여기가 고향입니다."

"육지로는 자주 나가십니까?"

"자주는 못 나갑니다. 나갈 일이 별루 없어서요."

"섬에만 계시면 바깥 세상이 궁금하지 않으십니까?"

"습관이죠. 안 나가기 시작하면 별루 궁금하지두 않습니다."

대부분의 섬들은 육지에로의 동경에 의해서만 존재한다. 그래서 모든 섬들은, 그들을 육지로부터 갈라놓은 바다와 친숙해진다. 바다는 그들에게 극복해야 될 장애이자 섬이 섬일 수밖에 없음을 확인시켜주는 장벽이다.

그러나 가막도의 바다는 섬 주민들에게 장애가 아니다. 그들은 바다를 방치해두고 있다. 육지에로의 동경이 없기 때문에 그들은 바다와 친해야 될 이유도 없다.

"오늘 낚시는 썩 좋은 편이 아니군요?"

"예, 입질이 없는데요."

"다시 권기탁씨 이야깁니다만, 정형은 그 사람의 죽음이 타살이라는 생각을 해본 일이 없습니까?"

네모진 청년의 얼굴이 좀처럼 움직이지 않는다. 낚싯대를 거두어 벼랑 위에 눕히고 청년은 눈이 부신 듯 바다로부터 시선을 거둔다.

"그 사람은 죽었습니다. 잘못을 저지르구 도망치다가 바다에 실족해서 물에 빠져 죽은 겁니다. 제가 아는 건 그뿐입니다. 가막도 주민들은 모두 그렇게들 알구 있습니다."

"그 사람의 죽음을 직접 본 사람이 있습니까?"

"아뇨, 죽어 있는 걸 봤습니다. 우리는 시체만 봤지 죽는 걸 직접 보지는 못했습니다."

"헌데 어떻게 그 사람의 죽음을 실족에 의한 익사라구 믿구들 있죠?"

"달리 생각할 수가 없지 않습니까? 본 사람이 없으니 그렇게들 생각하는 게 당연하죠."

"아니죠, 권기탁씨가 익사했다는 건 마을 회의에서 발표한 것입니다. 그건 진실을 말한 게 아니구 마을 회의의 발표일 뿐입니다."

뉘었던 낚싯대를 꼿꼿이 세운 후 청년은 늘어진 낚싯줄을 긴 통대에 천천히 감기 시작한다. 줄 감기가 대충 끝나자 청년이 문득 턱을 당기고 진지하게 입을 연다.

"한마디 하죠. 가막도는 눈치 채셨는지 모르지만 보통 섬과는 다른 데가 있습니다. 외지 사람은 조심하지 않으면 큰 곤란을 겪을 수도 있습니다. 손님은 지금 현재도 여러 가지루 너무 많이 알고 계십니다. 전 손님께서 이 가막도를 무사히 떠나실 수 있으시기를 바랍니다. 적당한 선에서 멈추시라는 것, 이것이 제가 손님께 하고 싶은 말입니다."

위협에 가까운 험악한 말을 하고도 청년의 표정에는 아무런 변화가 없다. 낚싯대를 가볍게 어깨에 둘러멘 뒤 청년은 꾸벅 목례를 하고는 성큼성큼 마을 쪽으로 걷기 시작한다. 그가 향하는 마을 쪽 들에는 하얀 아침 안개가 천의(天衣) 자락처럼 신비하게 흐르고 있다.

8

이름을 알 수 없는 키 작은 관목들이 인규가 앉아 있는 절벽 머리에 무성하게 어우러져 있다. 가끔씩 바람에 실려 검은 모기떼가 덤벼든다. 해가 쨍쨍한 한낮인데도 가막도의 바다 모기는 가차없이 사람을 공격한다.

이틀 전 숙소로 소년이 가져온 구명동의에는 왼쪽 윗주머니에, 편지 한 통이 찔러져 있었다. 인규의 것으로 알고 잘못 전달된 그 구명동의는 실은 편지를 전달하기 위해 누군가가 의도적으로 소년을 시켜 보내온 물건이었다.

편지에는 어떤 사람의 죽음에 관한 일들이 적혀 있었다. '진실은 밝혀져야 합니다……'로 시작되는 그 편지는 권기탁이라는 어느 행상의 죽음이 사고사(事故死)가 아닌 타살일 가능성이 있다고 지적하고 있다. 편지는 타살의 가능성에 대한 몇 가지 방증들을 열거했다. 권기탁은 단순한 떠돌이 행상이 아니라는 것, 그는 큰 물건을 사기 위해 거금을 지참하고 가막도에 들어왔다는 것, 그 거금을 탐낸 자가 그를 살해했을 가능성이 많다는 것이다. 편지는 그러나 권기탁이 가막도에서 사려고 했던 큰 물건이 어떤 물건인지는 밝히지 않고 있다. 가막도와 같은 궁벽한 낙도에 거금을 주고 살 만한 큰 물건이 어떤 물건인지 인규는 모른다. 가장 중요한 대목에서 편지는 안타깝게도 아무런 해명이 없다.

익명으로 보내온 그 편지는 끝으로 인규에게 한번 만나줄 것을 정중히 요청해왔다. 편지에는 그러나 만날 장소만 지정되었을 뿐, 만날 시간은 적혀 있지 않았다. 익명의 고발자는 긴장했거나 서둔 때문인지 중요한 대목에서 한 가지씩의 실수를 저지르고 있다.

어제 두 차례에 걸쳐 인규는 지정된 장소로 나갔다. 관목 숲의 절벽 머리에는 아무도 나와 있지 않았다. 옥수수 밭을 지나칠 무렵 인규는 50대로 보이는 사내 한 명을 만났을 뿐이다.

다음 날 이른 아침에 인규는 그가 가막도에 첫발을 딛은 벼랑 바위 쪽을 찾아나갔다. 그는 통발 배에 대해 미련을 버릴 수가 없었다. 뒤늦게나마 통발 배가 그를 찾아올지도 모른다고 생각했기 때문이다.

벼랑에는 그러나 통발 배 대신 농어를 낚으러 나온 마을 청년 한 명이 있었다.

약속된 장소에 나가 두 차례나 허탕을 친 인규는 낚시를 나온 청년을 보자 그 청년에게 '권기탁 사건'을 확인해보고 싶었다. 그 청년은 물론 그에게 편지를 보낸 익명의 고발자는 아니다. 그는 바닷가로 농어를 낚으러 나온 마을 청년 중의 한 사람일 뿐이었다.

낚시에 관한 대화 끝에 인규는 자연스레 '권기탁 사건'을 들추어냈다. 그 사건에 대한 청년의 반응은 뜻밖으로 예민했다. 사건의 거론 자체를 청년은 몹시 불쾌하게 여기는 눈치였다. 감정의 노출을 애써 자제하는 표정이었으나 청년은 급기야 인규에게 위협 비슷한 험악한 말을 했다. 사건에 너무 깊이 개입하지 말고 적당히 해두라는 것이 그 청년의 위협적인 충고였다.

청년의 말투에서 풍기는 분위기로, 인규는 '권기탁 사건'에 뭔가 석연찮은 내막이 감춰져 있음을 직감했다. 익명의 고발자가 보내온 편지는 그래서 인규에게 더욱 큰 궁금증을 유발하는 계기가 된 것이다.

진실은 밝혀져야 한다. 그러나 진실이라고 해서 다 밝혀져야 될 필요는 없다. 진실이 밝혀짐으로 해서 사태가 더욱 나빠지는 경우도 있다. 기실 엄밀한 의미에서 진실은 그 자체만으로는 아무런 힘이 없다. 더구나 진실은 그것을 아는 사람들을 때로는 불편하게 만들고, 때로는 고통스런 큰 대가를 치르도록 강요한다. 진실을 알아서 이로운 사람보다 괴로움을 당하는 사람이 이 세상에는 더 많아

보인다.

인규는 물고기를 낚는 낚시꾼으로 가막도를 방문했을 뿐이다. 그의 직업이 잡지 편집인이라는 것과 지금의 이 사건과는 아무런 관계가 없다. 그는 문어잡이 통발 배를 타고 우연히 이 섬에 떨구어진 재수 없는 낚시꾼일 뿐이다. 낚시꾼이 사망 사건 따위로 머리를 무겁게 할 필요는 없다.

그러나 시간의 경과와 더불어 인규의 마음은 조금씩 불편해지고 있다. 익명의 편지가 전달된 그 순간, 그는 이미 그 사건과 무관하지 않은 자신을 발견했다. 그의 머리를 무겁게 만든 것은, 그에게 편지를 보내온 익명의 고발자의 숨은 의도다. 인규에게 편지를 보내온 그 고발자는, 평범한 낚시꾼일지라도 진실을 밝힐 의무가 있다고 믿고 있는 것이 분명하다. 건전한 상식으로는 그의 믿음은 매우 온당하다. 죽음은 어떠한 경우라도 진실이 묻혀지거나 억울한 구석이 있어서는 안 된다. 절도나 사기 사건 정도라면 적당한 선에서 타협할 수도 있지만, 복원이 불가능한 죽음에 한해서는 적당한 타협이나 후퇴는 있을 수 없다.

오후에 인규는 다시 숙소를 빠져나왔다. 공판장 주인에게 알아봤지만 육지로 나가는 배는 당분간 없다는 대답이다. 현지 사정이라는 것이 있어서 개인적인 사정을 들어줄 수가 없다는 것이다.

귀갓길에 인규는 다시 익명의 인물이 만나자고 요청해온 약속 장소로 발걸음을 옮겼다. 두 차례나 헛걸음을 쳤지만 한 번 더 헛걸음을 쳐도 좋다. 편지의 임자가 어떤 인물인지 그는 얼굴만이라도 보고 싶었다. 무책임한 편지 한 통으로 그는 어느새 인규의 머리를 무겁게 만드는 데 성공하고 있는 것이다.

가막도 해안은 9할 이상이 험한 바위 벼랑이다. 비바람이 세차고 조류의 흐름이 거센 탓으로 끊임없이 밀어닥친 파도가 바위로 된 해안을 수직으로 침식한 때문이다.

옥수수 밭을 뒤로 둔 이 절벽도 바다와 수직으로 맞서 있다. 육지로 향한 밋밋한 경사지 아래쪽은 잡목 숲과 암석 무더기와 옥수수 밭의 순서로 이어져 있다. 주춧돌 크기의 돌무더기 사이로 웅크린 형상의 바위가 하나 있다. 이 고장 사람들이 각시바위라고 부르는 곳이다. 편지에 적힌 약속된 장소가 바로 그 각시바위 뒤의 빽빽한 관목 숲이다.

"안녕하쇼?"

나뭇가지가 흔들리고 가지 사이로 사람 하나가 나타난다. 머리에 밀짚 모자를 쓴 반바지 차림의 50대 사내다.

"여기서 뭘 하슈?"

"바람 쐬러 나왔습니다."

"날 아시겠소?"

"글쎄요, 낯은 익은데?"

"당신이 여기 온 첫날 밤 당신을 동굴로 안내했던 사람 아니오?"

"그렇군요. 죄송합니다. 그땐 좀더 젊은 분으루 알았는데?"

"비 탓일 게요. 날두 어두웠고. 그래 지내기는 어떠시오?"

"답답합니다. 가야 될 사람이 배가 없어서 꼼짝 못 하구 갇혀 있습니다."

사내가 나무 그늘 밑의 둥근 돌 위에 걸터앉는다. 반바지 밖으로 드러난 왼쪽 장딴지에 사내는 불에 덴 듯한 큰 상처를 지니고 있다. 듬직한 체구에 키도 큰 편이지만 말이 빠르고 눈을 자주 깜박여서 어딘가 의심이 많고 소심한 듯한 인상의 사내다.

"통발 배는 어떻게 됐소? 당신을 데려가기로 되어 있지 않소?"

"안 오는군요. 잊어버린 모양입니다."

"여기서 나가는 배를 타자면 꽤 오래 지체해야 될 거요. 하루 이틀두 아니구 집에서 혹시 걱정하지 않겠소?"

"걱정할 사람이 없습니다. 아직 혼자라서 가족이 없거든요."

"가족이 없으면 직장이라두 있을 것 아니오?"

"있었는데 요즘은 휴가원을 내구 쉬는 중입니다."

서울을 떠났을 때의 홀가분함이 되살아난다. 잡지는 매달 계속해서 판매 부수가 떨어졌다. 석 달 전에 바꾼 편집 방향이 석 달 후에 좋지 않은 방향으로 뒤늦게 나타나기 시작한 것이다. 애초의 기개는 어딘가로 사라지고 사주(社主)인 윤성희(尹誠姬)는 초조해하기 시작했다. 흥미와 센세이셔널리즘에서 독자의 계도라는 편집 방향의 조심스런 전환은, 사주와 편집인 모두를 불안 속에 몰아넣은 것이다. 판매 부수의 급격한 하락은 윤성희를 이윽고 신경질적으로 만들었다. 이해할 수 있는 신경질이지만 인규는 그녀 스스로 자제해주기를 바랄 수밖에 없었다. 받아주는 사람이 있기 때문에 그녀의 신경질이 빈발한다고 생각했다.

그녀를 얼마 동안 혼자 있게 해줘야 한다는 생각으로 인규는 안성맞춤의 핑계를 찾아냈다. 불현듯 갯내음 뭉클한 바다가 보고 싶었다. 일년 내내 그리워만 하고 찾아보지 못한 바다였다. 윤성희를 위해 생각해낸 핑계가, 바다로 내빼고 싶은 인규 자신의 핑계와 교묘히 야합한 것이다.

"물길이 여간 험해야지."

"예?"

"동력선으루 세 시간이 넘게 걸리는 데다가 그나마 배가 한 척뿐이어서 여기 사람들두 들구 나기가 쉽지 않아."

"객선은 원래부터 없었습니까?"

"손님이 있어야지. 특산물이라두 있다면 모르지만 소출이래야 고작 잡곡뿐인 가난한 궁촌이라……"

"그래두 뜻만 있으면 여기서 얼마든지 뭍으루 나갈 수는 있지 않습니까?"

"있지. 허지만 아무두 나가구 싶어하지를 않소. 몇 해 전까지는 달에 두 번씩 부정기적으루 객선이 들르기두 했지만 손님이 워낙 뜸허니까 항로를 취소해버렸소."

손에 든 낫을 나뭇가지에 걸고 사내는 느릿하게 담배를 뽑아 입에 문다. 작업 중에 찾아온 것 같은데 사내는 조금도 서두는 기색이 아니다.

편지를 보내온 사람이 이 사내일 수도 있다. 그러나 본인 스스로 밝히기 전에는 이쪽에서 먼저 아는 체할 수가 없다. 고발 형식의 그 편지는 마을 주민 전체에 대한 배반일 수도 있기 때문이다.

"얼마 전에 행상 한 사람이 이 가막도에 왔었다면서요?"

"왔었지."

"바다에 떨어져 죽었다던데 어쩌다 그렇게 됐습니까?"

"그 사람 운수 사납게두 제 발루 죽을 델 찾아온 게요. 가막도라는 섬을 너무 쉽게 생각했거든."

"방금 하신 말씀 무슨 뜻이죠?"

"말루는 그 사람이 바다에 떨어져 죽은 걸루 되어 있지만 내가 알기룬 누군가가 죽여서 바다에 내다 버린 거요."

타 들어간 담뱃재가 2센티미터 길이로 담뱃불 끝에 매달려 있다. 재가 꺾여서 옷 위에 떨어지자 사내는 손으로 재를 툴툴 털어낸다.

"그 사람을 죽일 만한 이유라두 있었나요?"

"있지. 돈이 있었거든. 그것두 아주 큰돈이라는 소문이오."

"그 돈은 지금 어디 있습니까?"

"그걸 내가 어찌 알겠소? 돈이 탐이 나서 사람을 죽였으니 사람 죽인 그 사람이 그 돈을 챙겨갔겠지."

"돈이 대략 얼마쯤인지는 아십니까?"

"큰돈이라는 것만 짐작할 뿐 액수까지는 나두 모르우."

아침에 만난 청년보다는 대답이 훨씬 수월하다. 편지를 보낸 사람이라면 대답이 수월한 게 당연하다. 그러나 아직도 이 사내가 익명의 고발자라고는 단정할 수 없다.

"헌데 그 권기탁이라는 사람은 무슨 목적으루 그런 큰돈을 들구 가막도까지 찾아왔답니까?"

"큰 물건을 사자면 큰돈이 필요할 거 아니오? 가막도에 이래 뵈두 큰 물건이 있었던 모양이지."

"큰 물건이란 건 어떤 거죠?"

사내가 고개를 내두른다. 그는 다리뿐 아니라 왼쪽 턱밑에도 불에 덴 듯한 흉한 상처를 지니고 있다.

"그거야 내가 어찌 알겠소? 집집을 뒤지기 전엔 무슨 물건이 있는지 알 수가 없지."

"떠도는 소문두 없습니까?"

"읎써."

벼랑 아래로 들물이 차 올라 수위가 제법 높아졌다. 오후가 되면서 바람이 자고 햇볕만 뜨겁게 내리쬔다. 바위에 부딪혀 튀어오른 파도 사이를 갈매기 네댓 마리가 곡예하듯 날고 있다. 멸치떼라도 발견했는지 갈매기들은 수면을 향해 교대로 내려 박힌다.

"뭍에 나가서는 아무 말두 마시우."

"예?"

"방금 나하구 한 말 뭍에서는 하지 말란 말이오."

인규의 얼굴이 새삼스레 굳어진다. 이 사내가 지껄이는 말의 진의를 알 수가 없다. 정확한 말뜻을 알기 위해 인규는 이 사내와 좀 더 많은 대화가 필요하다.

"뭍에서 하면 안 될 얘기를 저한테는 왜 하셨죠?"

"들어만 두라는 게지 옮기라군 하지 않았소. 하긴 옮겨봤자 크게 문제될 것두 없지. 어차피 지난 일이라 새삼스레 뒤집힐 일두 아니구……"

"진실이라는 건 소문으루 끝나지 않습니다. 살인이라는 증거만 있으면 그 사건은 얼마든지 뒤집힐 수가 있습니다."

"뒤집혀봐야 어쩌겠소? 범인이 잡히질 않을 텐데?"

"진실이 밝혀지는데 범인이 왜 안 잡힌단 말입니까.?"

"외지 사람 하나를 죽였다구 가막도 주민들이 자기들 손으루 제 고장 사람을 잡아서 뭍에다 넘길 것 같소?"

"사람을 죽인 살인범인데도 가막도 주민들은 모른 체한다는 말인가요?"

"그게 바루 여기 가막도의 좀 별난 풍습이오. 뭍에서 죄인으루 점을 찍어두 가막도에서는 소용이 없소. 여기서 인정하는 죄가 아니구는 범인을 쉽게 뭍으루 내주지 않으니까."

"이상한 풍습이군요? 가막도 사람들은 대한민국 백성이 아닙니까? 나라에 엄연히 법이 있는데 어떻게 국법을 무시하구 자기들 풍습대루 죄인을 다스린단 말입니까?"

"국법이 만능은 아니오. 그리구 국법이 사해(四海) 모든 백성에게 늘 공명정대하구 옳게만 적용되지두 않소."

사내의 표정이 심하게 일그러진다. 노여움 때문인지 고통 때문인지 분간할 수 없는 슬픈 표정이다. 사연이 있을 듯했으나 인규는 애써 사내를 외면한다. 지금 인규가 알아야 될 일은 이 섬에 떠도는 살인 소문에 관한 것이다.

"국법까지 무시하는 그런 결정들은 대체 누가 하는 겁니까?"

"마을의 향당(鄕堂) 회의요."

"언제부터 그런 회의가 있었죠?"

"이 섬에 처음 입도(入島)한 도주(島主) 때부터 있었다구 합디다. 중간에 더러 중단되기두 했지만 아마 꽤 오랫동안 이어져내려온 모양이오."

"뭍에서는 그런 사정을 알구들 있습니까?"

"수상한 사건이 몇 번 있어서 눈치들은 챈 것 같습디다. 허나 귀찮게 생각해서 대개는 알구두 모른 체하는 것 같소."

각시바위 숲에 찾아온 목적을 인규는 이제 확인하고 싶다. 익명의 편지를 보낸 사람이 누구인가를 알아보고 싶은 것이다.

"폭풍이 시작된 다음 날 해질녘에 저한테 어떤 주민이 편지 한 통을 보내 왔더군요. 진실은 밝혀져야 한다구 그 편지는 쓰고 있지만 제가 어째서 진실을 밝히는 정의의 사도로 선택되었는지 모르겠습니다. 아저씨는 그런 편지가 왜 저한테 보내져왔다구 생각하십니까? 혹시 그 사람은 제가 뭍으로 나가 그 사건을 바로잡아주기를 바라고 있는 게 아닙니까?"

나무에 걸어둔 낫을 벗겨 들고 사내는 천천히 돌 위에서 몸을 일으킨다.

"편지라는 건 무슨 소리요? 난 도무지 알 수 없는 얘기로군?"

"아뇨, 아실 겝니다. 아저씬 그 일 때문에 각시바위까지 나오신 게 아닙니까?"

목에 두른 수건을 벗어 얼굴의 땀을 닦으면서 사내는 한참 만에 피곤한 듯 입을 연다.

"조심하쇼. 이 섬을 무사히 빠져나가구 싶다면 당신은 매사에 좀더 신중하게 처신하는 게 좋을 게요. 섬에서 배를 내주지 않으면 당신은 이 섬을 떠날 수 없다는 걸 명심하쇼. 당신의 처신이 못마땅하다구 판정되면 이곳 사람들은 얼마든지 당신을 이 섬에 붙잡아둘 수가 있단 말요. 이 섬에 동력선이 하나뿐인 이유를 당신은 절대로 잊어서는 안될 거요."

"지금 하신 말씀은 위협입니까, 충곱니까?"

"당신의 해석 나름이지. 자, 그럼 다음에 또 봅시다."

비켜 가려는 사내의 앞을 인규는 재빨리 가로막는다. 이곳 주민들과의 대화는 묘하게도 모두 위협이나 충고로 끝난다. 위협의 의도가 어디에 있는지 인규는 확실히 알고 싶다.

"제가 만일 조심하지 않으면 저한테 어떤 일이 생기는 거죠?"

"모르겠소."

"저도 혹시 권기탁씨처럼 발을 헛디뎌 바다에 떨어져 죽는 겁니까?"

"모른다니까."

"아저씨 이름을 알고 싶습니다. 그것두 모르십니까?"

"당신 이름부터 듣고 싶소."

"제 이름은 김인규입니다."

"안종선이오."

"한 가지만 더 여쭙겠습니다. 아저씬 제가 이곳을 무사히 빠져나갈 수 있다고 믿으십니까?"

"당신 조심성에 달렸소만 아마 무사히 빠져나갈 수 있을 거요."

"만날 장소를 지정해주시고 왜 시간은 지정해주시지 않았습니까? 그 이유를 제가 말할까요? 아저씬 저하구 만나는 걸 마을 주민들에게 들킬 것이 두려웠습니다. 그래서 시간을 지정하지 못하구 아저씨가 편리한 시간에 이리루 나오려구 한겁니다."

사내는 재미있다는 듯 눈을 크게 떠 보인다. 인규는 아랑곳 않고 그제야 사내의 앞길을 터준다.

9

방문 쪽으로 인기척이 다가온다. 발걸음이 멎는 듯하더니 누군가가 방문을 두드린다.

"계세요?"

뉘었던 몸을 일으켜 세운 후 인규는 앉은 채 방문을 연다. 목소리만으로도 그는 이미 방문객이 누구인가를 알고 있다.

"웬일이십니까?"

"병 보일 어른을 뫼셔왔어요. 안으루 모셔두 되죠?"

여교사 오정은의 뒤에 수염이 좋은 노인 한 명이 서 있다. 교사의 안내도 필요 없이 노인이 성큼 방 안으로 들어선다.

"나하군 아마 구면일 게요. 그래, 어디가 어떻게 아프시오?"

낯익은 노인이다. 인규가 처음 가막도에 올랐을 때 해안에서 먹을 물을 건네준 바로 그 풍신 좋은 노인이다.

"할아버지가 병을 보실 줄 아십니까?"

"의사는 아니오만, 여기서는 급헌 대루 내가 병들을 보구 있수."

노인이 말과 함께 인규의 맥을 짚는다. 병 증세를 묻지 않는 것은 여교사로부터 이미 증세를 들었기 때문일 것이다. 하긴 증세라고 해야 심한 설사뿐 달리 덧붙일 증세도 없다. 초저녁에 약간의 복통이 있더니 가벼운 미열과 함께 이내 설사가 시작된 것이다.

"오늘 저녁에 뭘 자셨소?"

노인이 환자는 제쳐 두고 여교사에게 묻고 있다. 뒤따라 들어선 여교사가 환자 대신 입을 연다.

"감자국에 풋고추 조림하구 나물 몇 가지가 전부에요."

"식사 전에 혹시 간식 같은 건 들지 않았소?"

"바닷가재 몇 마리를 먹었습니다."

"바닷가재라뇨?"

처음 듣는 소리라는 듯 오정은이 두 눈을 똥그랗게 뜬다. 인규가 여교사를 외면한 채 어색하게 웃어 보인다.

"까맣게 잊어먹구 있다가 저두 이제야 생각이 났습니다. 이 댁 할머니가 저녁 식사 얼마 전에 삶은 바닷가재 몇 마리를 쟁반에 담아왔더군요. 어살을 놓아 잡은 거라며 싱싱하니까 들어보라구 해서……"

"어느 집 어살에서 잡은 게야?"

노인이 다시 여교사에게 묻는다.

"글쎄요, 혹시 저 없는 새에 학부모가 가져온 게 아닐까요?"

한동안 말들이 없다. 밤이 꽤 깊어져서 마을 쪽은 잠들을 자는지 개 짖는 소리 하나 들리지 않는다. 뭔가를 골똘히 생각하는 표정이더니 노인이 한숨과 함께 낮은 목소리로 입을 연다.

"돌림병 같소이다. 병이 하마 잡히는가 했더니만……"

"지난번에 말씀하신 바루 그 돌림병입니까?"

"옳지, 내가 댁한테두 조심하라구 일렀을 텐데?"

"예, 말씀 들었습니다. 제가 조심이 부족했습니다."

"빨리 날 찾은 게 다행이오. 마침 약이 좋은 게 있어서 병세는 곧 잡힐 게요."

"이 댁 할머니가 달여준 약을 먹구 지금두 많이 증세가 좋아졌습니다."

"그게 바루 특효약이오. 두세 번만 더 달여 마시면 깨끗하게 나을 거외다."

"병명은 뭐죠?"

"병명이야 뭐든 어떻소? 이런 병이야 우리는 그냥 여름 배앓이라구 부르구 있소이다."

노인이 몸을 일으킨다. 일어서려는 인규의 어깨를 노인은 가볍게 손으로 두드린다.

"환자는 인사 안 차려두 좋수. 여름 배앓이란 뭐니뭐니 해두 음식 조심이 첫째외다. 마음 편히 먹구 병조리 잘 해서 얼른 털구 일어나시우."

"예, 와주셔서 고맙습니다."

"약은 이 댁에두 준비된 게 있소. 내가 지어두 같은 약일 테니, 이 댁 마님이 달여주는 약을 아침 저녁으루 꼭꼭 챙겨 들도록 하시오."

말을 마친 노인이 여교사와 함께 방을 나간다. 닫힌 방문 저쪽으로 두 사람의 발걸음이 멀어진다.

설사는 멎은 것 같다. 열도 내려서 오한도 사라졌다. 대수롭지 않게 생각했던 돌림병이 자기를 덮치리라고는 생각도 못 한 일이다. 이래저래 돌아가는 길은 멀게만 느껴진다. 하긴 노인이 말한 특효약은 그 효능이 신통할 정도다. 쓴맛이 도는 진한 갈색의 풀 삶은 물이 그 지독한 여름 설사를 단번에 잡은 것이다.

인기척이 다시 방 쪽으로 다가온다. 신을 끄는 듯한 느린 발걸음 이 여교사와는 다른 것 같다. 방문 앞에 도착한 인기척은 노크도 없이 방문을 벌컥 연다.

"어떻수?"

가는귀가 먹은 주인집 할머니다. 설사를 자기 탓이라고 생각해 서 노파는 인규에게 끔찍이도 미안해한다.

"괜찮아요. 좋아졌어요. 이젠 설사두 멎은 것 같아요."

주위가 조용한 탓인지 노파는 쉽게 인규의 말을 알아듣는다. 고 개를 몇 번 끄덕이더니 노파는 이내 인규의 손에 무언가를 꼭 쥐여 준다.

"뭡니까, 이게?"

"받아둬요."

인규의 손에는 뜻밖에도 꼬막 조개 한 개가 쥐여져 있다.

"할머니, 이 조개를 어쩌라는 거죠?"

"약이우, 배앓이 약이야. 지니구 있어요. 쓸 데가 있을 테니."

인규가 손톱을 세워 맞붙은 조개를 열어본다. 둘로 열린 조개 속 에는 뜻밖에도 고체 형태의 검은 고약 같은 것이 담겨져 있다. 의 아해하는 인규를 향해 노파가 대견한 듯 조용히 웃고 있다.

"할머니, 고마워요. 이제 그만 들어가 주무세요."

노파는 알았다는 듯 고개를 끄덕이고 방문을 닫는다. 멀어져가 는 발자국 소리를 들으며 인규는 다시 조개 속의 약을 불빛 아래로 가져가 본다. 용도를 알 수가 없다. 겉모양으로 보아서는 종기류의 환부에 바르는 한방의 고약과 유사하다. 그러나 노파의 말은 분명히 배앓이 약이라는 것이었다. 노파가 초저녁에 가져왔던 배앓이 약은 말린 풀을 삶아서 만든 쌉쓰레한 맛의 갈색 액체였다. 지금의 이 검은색 고체와는 전혀 다른 형태였다.

빠르고 잰 또 다른 발걸음이 뜰을 가로질러 방 쪽으로 다가온다. 발소리가 방 앞에 다다르자 인규가 먼저 방문을 연다.

"가셨습니까?"

"네, 골목 어귀까지 바래다 드리구 오는 길이에요."

"수고가 많으시군요. 잠깐 들어오시지 않겠어요?"

"피곤하지 않으세요?"

"아뇨, 좋아졌습니다. 이젠 뱃속두 편안해졌습니다."

머리를 말총처럼 뒤로 묶어서 여교사는 평소보다 여윈 듯한 얼굴이다. 방안에 남녀가 마주 앉자 여자 쪽이 먼저 입을 연다.

"일찍 발견한 게 다행이래요. 아이들은 간혹 탈수증으루 위험한 경우두 있나봐요."

"그동안 발병한 환자가 모두 몇 명이나 되죠?"

"정확한 숫자는 알 수 없구 꽤 많은 걸루 알구 있어요."

"죽은 사람은 없습니까?"

"젖먹이가 한 명 죽었대나봐요."

"환자를 육지로 보내 정확한 병명을 알아보는 게 어때요?"

"잘 듣는 약이 있어서 뭍으루는 좀체 나가려구 하질 않아요."

"방금 오신 그 할아버지 성함이 어떻게 되죠?"

"성씨는 윤(尹)씨구 함자는 다섯 오(五)자, 복 복(福)자예요."

"한의사 출신인가보죠?"

"정식 자격은 없을 거예요. 하지만 웬만한 의사보다 병을 더 잘

보세요."

주위가 고요하다. 바다로부터 멀리 떨어져서 이곳에서는 전혀 파도의 굉음이 들리지 않는다. 자리 밑에 넣어둔 꼬막 조개를 꺼내며 인규는 오정은을 조심스레 마주 본다.

"제가 먹은 배앓이 특효약이 어떤 약인지 알고 싶습니다."

마주 보던 여교사가 서둘러 시선을 옮긴다. 난처해한다기보다는 곤혹스러워하는 표정이다.

"증세가 꽤 심각한 데두 이 가막도 주민들은 배앓이를 별루 무서워하지 않더군요. 특효약 때문이라구 하는데 그게 대체 어떤 약입니까?"

"한방 처방이라는 것만 아시면 돼요."

"그 정도는 저두 압니다. 저는 그 약이 어떤 원료에서 어떻게 추출된 약인가를 알고 싶습니다."

"양귀비 삶은 물이에요."

"양귀비라면 아편의 원료가 아닙니까?"

침묵이 흐른다. 인규는 그제야 손에 쥐고 있던 꼬막 조개를 여교사에게 펼쳐 보인다.

"오선생 어머님께서 이걸 제게 주셨습니다. 집안에 비치해둔 상비약인 모양인데 이 속의 검은 고체두 배앓이 약이라구 하더군요. 이곳 가막도 주민들은 모두 생아편을 배앓이 약으로 쓰나보죠?"

여교사가 턱을 당긴 채 묵묵히 인규를 바라본다. 피할 수 없는 곤경에 부딪혀 여교사는 오히려 도전적인 표정이다.

"그래요, 아편을 썼어요. 이곳에서 구할 수 있는 가장 손쉬운 만병통치 약이거든요."

"만병통치?"

"진통, 진정, 지사(止瀉), 해열 등 거의 모든 병에 다 듣는 약이에요. 특히 죽어가는 환자가 생겼을 땐 없어서는 안 될 귀중한 약이기두 해요. 바다가 사나워서 뱃길이 막히면 죽어가는 환자가 생겨두 여기서는 육지루 나갈 수가 없어요. 그땐 죽어가는 환자를 지켜보며 고통이라두 덜어주기 위해 진통제나 주는 게 고작이에요."

"좋습니다. 그럼 그 진통제는 어디서 구입해 쓰고 있습니까?"

"구입하지 않아요. 자체에서 생산해 써요."

"여기 이 가막도에서 아편을 만든다는 말입니까?"

"그래요. 요즘은 단속이 심해서 그런 일이 드물지만 예전에는 숲 속에 양귀비를 심어서 주민들이 직접 만들어 썼다구 알구 있어요."

"그건 앵속(罌粟) 밀경(密耕)입니다. 그게 얼마나 무서운 범죄인지 아십니까?"

여교사가 한 쪽 무릎을 세워 일어날 자세를 취한다. 잠시 망설이는 표정이더니 그녀는 곧 몸을 일으킨다.

"가막도를 좀더 아시게 되면 그런 질문이 이 고장에서는 얼마나 무의미한가를 깨닫게 되실 거예요. 편히 주무세요. 내일 다시 뵙겠어요."

제 2 장

1

섬의 아침은 유난히 이르다. 산등성이나 고층 아파트의 모퉁이에서가 아니라 바로 수평선에서 해가 뜨기 때문이다.

고개 윗녘의 소나무 숲은 벌써 아침 햇살이 화사하게 퍼져 있다. 가마우지로 보이는 검은 바닷새 한 무리가 젖은 깃털을 말리기 위해 햇살 바른 벼랑 머리에 나란히 늘어앉아 있다.

야트막한 산등성이에 가려 마을은 이미 보이지 않는다. 숙소를 떠나온 지도 어느새 20여 분이 지났다. 6평방킬로미터의 섬이 막상 걸어보니 꽤 넓다는 느낌이다. 하긴 섬 복판에 큰 산이 솟아 있어서 마을 반대편의 해안으로 가려면 산을 비켜서 먼 길을 돌아가야 한다.

처음 찾아 나선 낯선 길이건만 길 찾기는 생각보다 어렵지 않다. 산자락 아랫녘에서 세 갈래 길을 만나기도 했지만 인규는 망설임없이 왼쪽 길로 접어들었다. 사내가 일러준 대로 길모퉁이에 큰 곰솔이 있었기 때문이다.

　사내와의 약속을 믿기는 어렵다. 어쩌면 말이 나온 김에 뒷감당 없이 한번 해본 소리인지도 모른다. 그러나 약속을 어긴들 인규로서는 크게 낭패볼 일도 없다. 어차피 인규는 마을 반대편인 가막도 서북쪽 해안을 한번 찾아보고 싶었던 것이다.

　이름도 모르는 그 사내를 만난 것은 어제 낮 2시쯤이다. 배앓이를 쉽게 고치고 무료한 나날을 보내던 인규는 모처럼 낚싯대를 들고 가막도 서남쪽의 뒷개[後浦]라는 해안으로 나갔다. 낚시를 즐길 만큼 여유를 얻은 것은, 사흘 후면 가막도에 군(郡)의 행정선이 들른다는 정보를 입수했기 때문이다. 인규의 간청에도 불구하고 섬에서는 좀처럼 배를 내줄 뜻이 없었다. 경비 일체를 부담하겠다는 제안을 해도 송필배라는 공판장 주인은 무뚝뚝하게 같은 말만을 되풀이했다. 좀더 참고 기다렸다가 월말의 '정기 출항때'를 이용하라는 것이었다.

　그들이 말하는 '정기 출항때'는 20여 일의 시일이 더 남았다. 가막도 생활이 여드레째로 접어드는 인규에게 20여 일을 더 기다린다는 것은 생각할 수도 없는 일이다. 좁은 섬에서의 하릴없는 체류는 권태나 무료 이전에 숨 막히는 압박이다.

　이럴 즈음 인규에게 의외의 정보가 전해졌다. 군에서 관리하는 소형 행정선이 무슨 일인지는 알 수 없으나 사흘 후 가막도에 잠시 들른다는 소식이다. 행정선 기착의 소식을 전해준 사람은 이번에도 역시 익명의 사내였다. 산책 후 숙소로 돌아오니 그의 방 안에 쪽지 한 장이 떨어져 있었다. 네모로 접힌 작은 쪽지에는 연필로 쓴 몇 줄의 글이 적혀 있었다. 사흘 후 뒷개 포구로 군의 행정선이 들어온다는 소문이 있으니, 뭍으로 나가고 싶으면 그 기회를 놓치지 말라는 내용이었다.

뒷개는 옛날 가막도의 선착장(船着場)이 있던 포구다. 옛날이라는 단서가 붙은 이유는 그곳이 폐촌이 되어 지금은 사람이 살고 있지 않기 때문이다. 실제로 답사해본 뒷개 포구는 바다로 향한 완만한 경사면에 밭이 일구어진 조용한 해안이었다.

섬의 대부분이 높은 암벽이나 벼랑으로 둘러싸여 있는데 이곳만은 완만한 경사로 바다와 잇닿은 것이 지형상 특이한 점이다. 그러나 만곡된 포구 앞의 바다는 배들이 닿고 떠나는 선착장으로는 적합하지 않았다. 안으로 깊게 후미진 바다는 외해의 큰 파도를 막아주는 데는 적합하지만, 바다가 얕고 수중에 암초가 많이 박혀 있어서 배들이 왕래하기에는 많은 어려움이 있을 듯한 곳이다. 그러나 후미진 만에는 바다로 길게 내민 선착장 비슷한 구조물의 흔적이 있다. 원래는 길게 뻗은 꽤 큰 구조물이었던 모양이지만 지금은 파괴되어 마치 암초처럼 수중에 흔적만 남아 있다.

포구에 마을이 있었다는 흔적은 경사지에 일군 밭들 사이에서도 얼마든지 발견된다. 항아리와 식기류의 파편들이 여러 곳에 흩어져 있고, 구들장과 주춧돌과 토담의 일부도 높은 지대의 일부 숲에 숨듯이 방치되어 있다. 밭으로 남겨진 제법 높은 공터로 보아 포구 마을은 지금의 마을에 버금가는 크기였음을 알 수 있다.

인규가 이 포구를 찾은 것은 어떤 목적이 있어서다. 소문에 의하면 가막도 유일의 동력선이 이 포구에 정박해 있다는 것이다. 그는 낚시를 핑계 삼아 그 소문을 확인하고 싶었다. 그러나 막상 와보니 동력선은 보이지 않았다. 인규가 포구에서 발견한 배는 농선(農船)으로 보이는 무동력의 거루 네댓 척과, 누군가가 낚시를 하고 있는 낚시 거루 한 척이었다. 포구 왼쪽 암초 지대에 떠 있는 낚시

거루에는 어떤 사내가 웅크리고 앉아 짧은 낚싯대를 드리우고 있었다. 암초 사이에 드리운 낚시에는 노래미와 볼락, 우럭 따위의 잔고기가 달려 올라왔다. 물 흐름이 완만해서 배는 그대로 얕은 바다에 띄운 채였다.

인규가 사내를 소리쳐 부르자 사내는 곧 배를 저어 해안으로 나왔다. 키가 크고 깡마른 체격에 눈이 움푹한 어두운 인상의 사내였다. 나이는 마흔 안팎. 얼굴에 검버섯이 핀 것은 큰 병을 앓았거나 볕을 많이 쬔 탓일 것이다. 볕 가리개 대용으로 챙이 넓은 밀짚모자를 썼고, 몸에서는 한약 냄새 비슷한 묘한 체취가 풍겨왔다.

"좀 낚이나요?"

"예, 헌데 자잘허우."

"미끼는 뭐죠?"

"바지락 살을 쓰구 있수."

입이 무거워 뵈는 사내였지만 묻는 말에는 꼬박꼬박 대답을 했다. 같이 낚자고 부탁을 했더니 사내는 미안하다면서 자기는 지금 대를 막 거두려던 참이라고 했다. 낚은 고기를 물칸에서 퍼내어 그는 몇 마리를 줄에 꿰어 인규에게 건네주었다. 인규가 고맙다고 하자, 사내가 모처럼 입을 열었다.

"내일은 솔섬으루 나갈까 허는데 생각 있으면 그리루 나오시우."

"솔섬이 어디죠?"

"여기선 뵈질 않수. 저쪽 산너머에 있는 섬이우."

"거긴 뭐가 낚입니까?"

"멸치떼가 붙기만 허면 돔하구 농어가 잘 물리지."

어디서 만날까를 물었더니 그는 솔섬 가는 길을 차근차근 일러주었다.

"뱃길이 좋지 않아서 손은 길을 따라 뭍으로 가는 게 좋을 게요. 너럭바위루 내려오면 내가 미끼를 구해 바다에서 기다리리다."

인상으로 보아서는 약속을 어길 사람 같지는 않았다. 그러나 약속을 어긴들 인규로서는 낭패볼 일도 없다. 낚시로 시간을 보낼 작정이면 섬 어딘들 상관이 없기 때문이다.

긴 고갯길의 마루턱에 서자 바다가 지척에 있다. 산 그림자가 드리운 바다는 어두컴컴한 군청색이고, 햇빛이 비치는 먼 곳의 바다는 녹색 채소의 즙과 같은 부드러운 연초록빛이다. 망망한 군청색 바다 위에 베레모를 엎어놓은 듯한 작은 섬 하나가 둥실 떠 있다. 섬의 아랫도리는 파도에 깎여 흰 천을 두른 듯 하얗게 드러났고, 윗부분은 짙은 솔숲이 흡사 돔처럼 둥글게 뒤덮여 있다. 사내의 설명이 없더라도 인규는 이 섬이 솔섬임을 알 수 있다. 가막도 본섬에 사마귀처럼 딸린, 지도에 이름도 없는 조그마한 무인도다.

너럭바위는 깊게 터진 벼랑과 벼랑 사이의 좁고 긴 갯골 아래 있다. 사람 하나가 겨우 다닐 만한 길이, 벼랑 위에서 아래로 뻗어 갯골에 떠 있는 너럭바위에 이르러 있다. 그것이 길이라는 흔적은 어느 곳에서도 보이지 않는다. 바다로 내려갈 수 있는 통로가 그곳 하나뿐이어서, 그것이 길이라는 것을 미루어 짐작할 뿐이다.

"어어이!"

벼랑 사이의 좁은 틈새로 인규의 음성이 강렬하게 부풀어오른다. 암벽으로 된 좁은 골짝이 소리를 되퉁기는 공명통이 되어준 때문이다.

"어어이!"

또 하나의 부푼 음성이 골짝 아래 갯골로부터 커다랗게 날아오른다. 약속대로 어제의 그 사내가 배를 몰고 너럭바위로 나온 것이다.

좁은 통로를 내려오는 데는 상당한 인내와 조심성이 필요하다. 40도에 이르는 가파른 돌벽이어서 작은 실수도 실족으로 이어져 바다에로의 추락을 면하기 어렵다. 땀투성이 얼굴로 너럭바위에 다다르자 사내가 능숙하게 노를 저어 바위 곁으로 배를 붙인다. 인규가 바위에서 배로 건너뛰자 사내는 이내 배를 뽑아 큰 바다로 나간다.

"안 오나 싶어 가려든 참이었수."

"일찍 나오신 모양이군요?"

"아니, 나두 방금 나왔수."

난바다와 맞닿는 해역이라 이쪽만 해도 파도의 크기가 상당하다. 만조가 가까운 시간이라 다행히 물 흐름은 완만한 편이다. 부실해 뵈는 깡마른 체구에 꾸부정한 자세로 노질을 하는 사내는, 밀짚모자를 눈썹 가까이 눌러써서 얼굴을 전혀 볼 수가 없다. 노질에만 열중해 있을 뿐, 한동안 사내는 말이 없다. 큰 파도에 얹힌 작은 거루는 부지런한 노질에도 불구하고 앞으로 나가는 기색이 없다. 가볍게 들까부는 배의 움직임이 흡사 급류에 떠가는 한 잎의 작은 가랑잎 같다.

"어디루 가죠?"

"솔섬."

"배 댈 데가 있습니까?"

"벼랑 틈새에 두어 군데 있지."

움직이는 기색이 전혀 없는데도 배는 해안으로부터 제법 멀리 흘러와 있다. 배를 다루는 사내의 솜씨는 놀라우리만큼 능숙하다. 밀고 당기는 노질에 맞춰 사내는 온몸을 율동적으로 움직인다. 배와 사람이 한 몸이 되어 거친 파도를 매끄럽게 타넘고 있다.

"배에서 낚는 게 아닙니까?"

"발판이 좋으니까 섬에서 낚는 게 편할 게유."

"가까워 뵈더니 섬이 꽤 멀리 있군요?"

"빤히 보여두 두어 마장이 넘수."

바다가 밝아진다. 산 그늘 속에 있던 배가 햇볕 속으로 나온 것이다.

마을과 반대쪽이 되는 이쪽 해안은 산의 경사가 가팔라서 평지가 거의 없다. 40도 이상의 가파른 산기슭이 급히 흘러내려 해안 절벽과 잇닿은 것이다.

"이쪽 해안으로는 길이 없나 보죠?"

"없수, 손이 지나온 솔고개까지가 길이구 그 너머루는 길이 없수."

"섬의 동쪽 끝은 어떻습니까? 거기두 여기처럼 험합니까?"

"여기보다는 덜허지만 그쪽두 겨우 염소 같은 짐승이나 다닐까."

"어제 갔던 뒷개라는 포구는 왜 사람이 살지 않죠?"

파도가 뱃머리에 부딪혀 자주 배 안으로 물이 튀어든다. 목적지인 솔섬 쪽에 시선을 준 채 사내가 하기 싫은 대답하듯 느리게 입을 연다.

"선착장이 망가진 후루는 배들을 모두 팔거나 없앴다구 헙디다. 고기잡이들을 안 허게 되니 어촌이 자연 피폐해진 모양이우."

"그게 언제 적 일입니까?"

"오래 됐수. 난 너무 어린 때라 그 마을 본 기억두 가물가물허우."

"고기잡이를 안 하게 된 건 선착장이 망가진 때문인가요?"

"그렇다구들 헙디다만."

"선착장은 어쩌다가 망가졌답니까?"

"동란 때 군인들이 올라와서 폭파했다구 들었수."

"육이오 때 이 섬에까지 군인들이 올라왔습니까?"

"여러 차례 올라왔답디다. 올라온 이유는 잘 모르지만."

노질이 급해지면서 사내가 손바닥에 침을 뱉는다. 바쁜 노질이 힘에 겨운 듯 사내가 찐득하게 땀을 흘리기 시작한다. 배가 해안에서 멀어질수록 노질은 더 급해질 수밖에 없다.

2

측백나무 울타리를 끼고 사내 한 명이 마을 쪽에서 분교 쪽으로 걸어오고 있다. 교실을 겸한 교무실에 앉아, 여교사는 다가오는 사내를 무심한 얼굴로 담담히 내다보고 있다. 꾸부정한 어깨에 머리털이 성긴 사내는 뜨거운 햇빛 때문에 얼굴을 잔뜩 찌푸리고 있다. 사내의 모습이 울타리 뒤로 사라지자 여교사는 그제야 시선을 옮겨 운동장 쪽을 내다본다.

사흘 전 여름 방학이 시작되어 아이들로 붐비던 분교는 인기척 하나 없이 빈 절간처럼 썰렁하다. 5백 평 남짓한 볕 뜨거운 운동장에는 여자아이들 네댓 명이 산벚나무 그늘 밑 땅바닥에 띄엄띄엄 떨어져 앉아 있다. 땅뺏기 놀이라도 하고 있는지 아이들은 맨땅에 앉아 뼘으로 땅을 재거나 줄을 그었다가 지우곤 한다. 한여름의 매미 울음소리만이 드넓은 분교 마당을 귀 따갑게 울려대고 있다.

"다녀왔습니다."

열려 있는 교실 문으로 나이 지긋한 사내 한 명이 들어선다. 방금 전 울타리 뒤로 사라졌던 학교 급사인 김대식(金大植)이다. 쉰줄의 이 사내는 분교 개교 이래 줄곧 급사로 있는 사람이다. 무수한 선생들이 들고 났지만 그만은 30여 년을 이 분교에 한결같이 붙박이로 머물러 있다.

"만나뵀어요?"

"예, 두 분 다 만나뵙구 오는 길입니다."

"얘길 전했더니 뭐라구들 해요?"

"이장님은 걱정스런 얼굴루 모른다는 대답이셨구, 안(安)씨는 무척 놀라면서 큰일 났다구 혼잣말을 하더군요. 안씨는 점심 들구 곧 학교루 나오마구 했습니다."

서울 낚시꾼이 실종되었다. 심한 배앓이를 앓고 나서 불과 이틀 만에 그는 어딘가로 사라진 것이다. 어제 아침에 집을 나갔으니 그의 실종은 만 하루가 지난 셈이다. 그가 가막도를 빠져나간 흔적은 어디에서도 발견할 수가 없다. 하긴 배를 내준 일이 없으니 그가 가막도를 떠났을 가능성은 거의 없다. 혹시 그를 이 섬으로 데려다준 문어잡이 통발 배가 다시 왔는지는 알 수 없다. 그러나 통발 배가 다시 왔다면 누군가가 섬에서 배를 보았을 것이 틀림없다. 사방이 툭 터진 난바다여서 가막도에서는 아무리 작은 배도 들고 나는 것이 한눈에 보인다.

"이장님은 걱정만 하시구 찾아보실 생각은 안 하시든가요?"

"찾아보는 게 어떠냐구 여쭈었더니 겨우 하루 안 보이는데 사람까지 풀어 찾아볼 필요가 있느냐구 되묻더군요."

"하루든 열흘이든 없어진 건 마찬가지예요. 만일 사고라두 생겼다면 빨리 서둘수록 좋잖아요?"

"저두 그렇게 말씀을 드렸지만 이장님은 오늘 하루만 더 기다려보자구 했습니다. 낚시를 워낙 좋아하는 사람이니 어디선가 고기 낚느라구 정신 놓구 있는 게 아니냐는 얘깁니다."

"딱하군요. 아무리 낚시를 좋아해두 밥까지 굶어가며 낚시하는 사람이 어디 있어요. 어제 아침에 집을 나갔으니 그 사람은 지금 세 끼를 굶은 거예요."

늙은 급사는 말이 없다. 꾸중 듣는 어린 학생처럼 그는 고개를 떨구어 자기 발 앞을 내려다보고 있다.

"안씨는 왜 또 학교루 나온다는 거죠?"

"드릴 말씀이 있노라구 하더군요."

"알았어요. 수고하셨어요. 이제 그만 가보세요."

급사가 머뭇거린다. 할 말이 있는 모양이다.

"뭐예요, 김씨?"

"내일 뭍으로는 꼭 나가실 생각이십니까?"

"나간다구 했잖아요?"

슬쩍 바라보는 늙은 급사의 시선에서 여교사는 그제야 질문의 참뜻을 깨닫는다. 가벼운 한숨과 함께 여교사가 다시 입을 연다.

"낚시꾼이 돌아오든 않든 전 내일 뭍으로 나가야 해요. 놀러 가는 게 아니에요. 전 뭍에 볼일이 있어요."

"그럼 그렇게 알겠습니다."

고개를 꾸벅 해보이고 급사는 천천히 교실을 나간다. 그의 머리가 창문 밑을 지나가자 여교사는 다시 운동장 쪽으로 시선을 옮긴다.

군의 행정선이 들른다는 소식을 여교사 오정은이 들은 것은 어제 오전 10시경이다.

가막도에는 육지와 통하는 무선 송신기가 한 대 있다. 긴급한 행정 연락을 위해 하루 한 시간씩 뭍의 지시를 받도록 된 송수신기다. 그러나 노상 고장이거나 불통이어서 이 기계는 가막도 주민들에게 있으나마나 한 존재로 되어 있다. 오전 10시에서 7시까지가 교신 시간으로 되어 있지만 고장이 잦고 잡음이 많아 가막도 쪽에서는 호출만 해보고는 응답이 없으면 기계 작동을 중단하는 것이다. 한데 그 고물 수신기가 나흘 전에는 호출에 응해 뜻밖의 연락을 취해왔다. 군의 행정선이 3일 후 오전 중에 업무 연락 차 가막도에 들린다는 통보다. 기항(寄港) 목적은 업무 연락과 여름철 방역(防疫)에 필요한 소독약 지급에 있다고 했다. 배를 해안에 댈 수 없으니 후포(後浦) 선착장 쪽으로 작은 도선(渡船)을 대기시키라는 지시도 했다. 30톤 급의 행정선만 해도 후포 포구의 수심이 얕아 배를 해안까지 접안시킬 수가 없다.

행정선이 들린다는 소식을 듣고 여교사가 제일 먼저 생각한 사람은 자기 집 아랫방에 묵고 있는 서울 낚시꾼 김인규다. 가막도의 동력선을 내지 않아도 그는 이제 행정선을 이용하여 뭍으로 나갈 수가 있다. 소독약을 받으러 가는 도선을 타고 행정선까지 갈 수 있고, 그는 다시 행정선을 타고 뭍으로 나갈 수가 있는 것이다.

그러나 공교롭게도 지금 그는 간 곳을 알 수가 없다. 그토록 바라던 뭍으로의 탈출 기회가 주어졌는데도 김인규라는 그 사내는 만 하루 동안 행방이 묘연하다. 행정선이 가막도에 들른다는 것을 그는 전혀 몰랐을 것이다. 그 소식만 들었어도 그는 낚시 따위를 떠나지는 않았을 것이다. 행정선의 도착과 그의 실종은 너무나 공교로운 불운의 일치다.

"오선생."

하얀 백발의 노인 하나가 밀짚모자를 벗어들고 교실로 들어서

다. 머리털은 희고 얼굴은 붉어서 그 대조가 연극 배우들의 과장된 분장처럼 극명하다. 의자에 앉았던 여교사가 몸을 일으켜 자기 옆의 의자를 노인에게 옮겨준다. 노인이 앉기를 기다린 후 여교사도 곧 자기 의자에 내려앉는다.

"대식이 얘기를 듣구 걱정이 되어 나와봤소. 어찌 된 영문이오? 서울 낚시꾼이 돌아오질 않았다구?"

"네, 어제 새벽녘에 집을 나가서는 지금껏 소식두 없구 돌아오지두 않구 있어요."

"새벽녘에 어딜 나간 게요?"

"낚시를 한다구 나갔어요."

"낚시는 어디루 갔노?"

"관심이 없어 물어보질 않았어요. 그제는 뒷개루 나가 쏨뱅이를 몇 마리 잡아왔더군요."

길게 뻗은 눈썹 밑에 노인의 눈이 물기로 질척하다. 70세를 넘긴 고령에도 불구하고 서관수(徐寬洙)라는 이 노인은 아직도 가막도의 이장(里長)을 맡아보고 있다. 손에 든 밀짚모자를 아이들의 책상에 내려놓고 관수 노인은 질척한 눈으로 창 밖의 운동장을 내다본다.

"오선생은 날 믿소?"

"네?"

"내가 하는 말을 믿을 수 있느냐는 이야기요."

"무슨 말씀이신지?"

"그 사람한테 탈이 없으면 좋으련만……"

혼잣말을 하는 관수 노인을 여교사는 가만히 지켜본다. 날 믿느냐는 노인의 물음은, 당장은 해석이 불분명한 여러 가지 함의(含

意)를 지니고 있다. 마을의 의견을 대표하는 이 노인은 적어도 지금까지는 여교사에게 허튼소리를 해본 일이 없다. 그럼에도 불구하고 날 믿느냐고 물은 것은, 자기에 대한 여교사의 신뢰도를 노인은 또 한 번 확인하고 싶기 때문일 것이다

"행정선이 들린다기에 난 이제 그 외지 낚시꾼두 우리 고장을 뜨겠거니 생각했소. 헌데 일이 이 지경이 되었으니 우리가 외려 큰 낭패를 볼 것 같소그려."

노인의 말뜻은 이제 분명하다. 행방불명된 낚시꾼에 대해 노인은 마을이 전혀 관여하지 않았음을 강조하고 있다. 관여는 고사하고 행방불명된 낚시꾼에 대해, 마을도 여교사와 함께 걱정하고 있음을 넌지시 전하고 있다. 지금까지의 전례로 보아 있을지도 모를 여교사의 의구심을 관수 노인은 사전에 분명히 밝혀두고 싶은 것이다.

"갔을 만한 데를 몇 군데 골라 사람을 보내보면 어떨까요?"

"길을 모르는 외지 사람이 갈 만한 데가 따루 있겠소? 그보다는 오늘 저녁에 회중(會衆)을 모아 수소문을 해볼 생각이오."

"큰 회중을 모을 건가요?"

"그렇게 크게야 모을 게 있나. 장로들 몇이 뜻을 맞춰 집집이 말을 전허면 되는 게지."

힘겹게 말을 끝낸 노인이 부시시 몸을 일으킨다. 여교사가 따라 일어서자 노인은 다시 입을 연다.

"배를 내달라구 성화더니 내일 뭍에는 안 나가시오?"

"나갈 거예요."

"집 안의 손님이 없어졌는데 주인이 뭍으로 나갈 작정이오?"

"나가야 해요. 학교 일 때문에…… 미룬 일들이 너무 많아서 더

는 뒤루 미룰 수가 없어요."

"오선생이 없으면 일이 더 어려워지겠구먼……"

"저하구 그 손님하구 무슨 상관이 있다는 거죠? 제 집에 식객으루 들었을 뿐 제가 청한 손님이 아니잖아요?"

"맞소. 이게 모두 외지 사람들이 스스로 만든 사단이오. 아무두 청허지 않았는데 왜들 자꾸 건너와 말썽들을 피우는지……"

노인이 일어설 채비로 벗어놓은 모자를 집어든다. 교실을 떠나는 노인에게 여교사가 정중히 고개를 숙인다.

"이장님, 살펴 가세요."

"그래요, 쉬시구려."

교실을 나간 서관수 노인이 창틀 밑을 느릿느릿 지나간다. 그늘 밑에서 땅뺏기를 하던 아이들도 이미 운동장에 보이지 않는다.

2년 전 이 낙도에 처음 왔던 때를 여교사 오정은은 잠시 머리 속에 떠올린다.

가막도 분교는 교사들 사이에 '삼수갑산'이라는 옛 유배지의 이름으로 불리고 있었다. 발령을 받은 어떤 교사는 아예 교육청에 사표를 내고 가막도 행을 포기한 예도 있다. 섬이 너무 외지고 멀어 가막도 전임(轉任)을 모든 교사들이 기피해온 것이다.

두 명의 교사가 임기를 채우고 육지로 돌아간 지 석 달 만에 오정은은 자청하여 가막도 분교에 부임했다. 그녀는 그 즈음 오래 사귀어온 어떤 사내를 외국으로 떠나보내고 마음이 크게 상해 있었다. 상한 자존심을 수습하고 헝클어진 마음을 정리하기 위해 그녀는 얼마 동안 사람들을 피해 홀로 있고 싶었다. 그때 떠오른 것이 그녀의 외가(外家)가 있는 가막도 분교였다. 학생 수가 58명이나 되는 가막도 분교는 교사가 최소한 두 명이 필요하다. 그러나 희망자가 없어, 가급적 빠른 시일 내에 또 한 명의 교사를 충원하기로 약속받고 오정은은 우선 홀로 가막도에 부임했다.

정기 객선이 없기 때문에, 8월의 어느 무더운 날 그녀는 고깃배를 타고 가막도에 도착했다. 햇볕에 찌들어 바스러질 듯한 아이들 십 여 명이 뒷개의 부서진 선착장에서 그녀를 박수로 맞아주었다. 종이에 써서 달달 왼 환영사를 깡마른 계집애 하나가 숨도 안 쉬고 한달음에 내리 읽었다. 마중 나온 어른이라고는 급사 김대식과 관수 노인과 공판장 관리인인 송필배 세 사람이 고작이었다.

김대식에게 짐을 맡기고 여교사는 우선 학교부터 찾기로 했다. 방학 동안에 비워둔 교실은 장마철 누기로 책상 걸상에 곰팡이가 시퍼렇게 돋아 있었다. 그러나 정작 놀란 것은 교실 마룻바닥을 뛰어다니는 주먹만한 크기의 개구리들이었다. 천장이 새어 교실 귀퉁이에 물이 질척하게 고여 있었고, 그 물을 놀이터로 삼아 개구리들이 찾아든 것이다. 새 선생을 찾아 인사 온 아이들이 개구리를 발로 뻥뻥 걷어찼다. 선생만이 개구리가 뛸 때마다 흠칫흠칫 놀라곤 했다.

신임 여교사 오정은에게 가막도는 결코 낯선 고장이 아니었다. 가막도와는 환경이 다르지만 그녀도 역시 섬 태생이다. 더구나 가막도는 그녀에게는 외가가 있는 섬이기도 했다. 그녀에겐 새로운 임지 가막도가 결코 낯설거나 미지의 땅이 아니었다.

기억 저쪽에 희미하게 남아 있는 옛날이야기들이 되살아났다. 돌아가신 외할머니가 들려준 가막도에 관한 기괴한 얘기들이었다. 전설과 실제의 역사가 뒤범벅이 된 그 얘기들은 가막도 생활에 익숙해지면서 가공과 사실들이 조금씩 구별되기 시작했다. 믿을 수 없는 일이 가공이 아니었다. 가공은 단순한 과장 정도에 불과했지만, 실제로 있었던 사실들은 가공된 이야기보다 더욱 믿기가 어려웠다.

섬들의 생존 가능성은 대부분 육지에로의 짝사랑에서 비롯된다. 육지는 섬 없이도 생존이 가능하지만, 섬은 육지 없이는 아무 일도 할 수 없다. 그러나 가막도의 지난 역사는 육지에로의 동경과 짝사랑을 포기하도록 가르치고 있다. 사람들은 역사가 보여주듯 관심과 이익의 크기만큼 서로 자주 야합하고 배반한다. 자연은 또 거칠면 거칠수록 사람들의 삶에 철저히 무관심하다. 육지는 가막도를 되풀이하여 배반했고, 그 결과 가막도 사람들은 무관심한 바다 뒤로 철저히 몸을 숨겼다. 이 과정을 이해하기까지 여교사는 한 여름 내내 우울한 나날을 보내야 했다. 겨우 그 과정을 이해했을 때, 그녀는 비로소 이 세상에는 서로 다른 여러 삶과 질서들이 섞여 있음을 깨달았다. 좋고 나쁜 질서의 등위(等位) 결정이 어떤 기준에 의해 행해지는지 그녀는 모른다. 다만 그러한 자리 매김에는 다윈 Darwin적인 힘의 행사가 큰 역할을 한다는 것만 어렴풋이 알 뿐이다. 그 힘은 다수(多數)도 되고, 폭력도 되고, 반복에 의한 교육도 된다. 힘이 달리는 약자의 질서들은 그래서 간혹 은밀하게 무리도 하고 억지도 부린다. 그 발버둥과 억지들이 이곳 낙도인 가막도에는 그 동안 주민들의 동의 하에 심심치 않게 벌어진 것이다.

누군가가 측백나무 생울타리를 뚫고 지름길을 잡아 교실 쪽으로 오고 있다. 여교사는 창 앞에 섰다가 그 사람을 알아보고 창을 떠나 탁자 쪽으로 걸어간다.

일이 있을 때면 찾아오는 이 사내를 여교사는 미워하면서도 거부할 힘이 없다. 그에게는 사태의 핵심에 접근하는 본능적인 직감이 있다. 그 직감이 때로는 주먹질처럼 난폭하지만, 어려움에 처한 그녀에게 많은 도움을 준 것도 사실이다. 이 난해한 낙도에서의 생활에는 온당한 사리(事理)보다는, 때로 직감이나 본능이 더 효과적인 대응이 될 수 있다.

"김대식이 안 왔습니까?"

교실 문으로 들어선 안종선이 큰 몸짓으로 교실 안을 둘러본다. 환영받지 못하는 자신을 잘 알고 있어서 그의 행동은 평시보다 더욱 거칠고 활달하다.

"왔다가 방금 갔어요. 오는 길에 못 만났나요?"

"실종된 서울 낚시꾼은 아직 아무런 소식이 없죠?"

"그런가봐요."

관수 노인이 앉았던 의자에 안종선이 서둘러 앉는다. 화상 흉터에만 땀이 없을 뿐 종선은 온 얼굴이 땀으로 번들번들 젖어 있다. 여교사의 침착한 응대에 사내는 이미 기가 꺾여 공손한 얼굴이 되어 있다.

"이건 중대한 사곱니다. 사건의 중대성을 아시겠죠?"

"사람이 행방불명이 됐는데 중대하지 않다면 이상하죠. 허지만 어쩌겠어요? 기다려볼 수밖에 없잖아요?"

그럴 줄 알았다는 표정으로 안종선은 크게 숨을 들이쉰다. 힘든 말을 시작하기 전에 늘 해보이는 이 사내의 버릇이다.

"말이 씨가 될른지는 모르지만 전 자꾸 불길한 예감이 듭니다. 실종이란 게 말이 돼야죠? 손바닥만 한 섬에서 실종은 무슨 실종입니까?"

반응이 클 줄 알았으나 여교사는 장난스레 눈만 크게 떠보일 뿐이다. 너무 태평한 여교사의 표정에 사내는 어느새 불안하고 초조한 기색이다.

"이런 말을 해서 어떨른지 모르지만 저는 자꾸 지난번에 있었던 권기탁 사건이 생각납니다. 그 사람두 실종됐다가 그런 변을 당하지 않았습니까?"

"고만해둬요. 못 할 소리가…… 이 손님은 자기 발루 낚시질을 간 거예요. 안선생은 어째서 모든 일을 불길한 쪽으루만 생각하시죠?"

"저는 김씨라는 그 사람이 낚시질을 갔다는 걸 도저히 믿을 수가 없습니다. 어쩌면 그 사람은 누군가에 의해 유괴됐는지두 모릅니다."

"어느 쪽인지 분명히 하세요. 아까는 죽었을지두 모른다더니 이번엔 또 유괴로군요?"

"선생님은 내일 가막도에 행정선이 온다는 걸 아시겠죠? 그동안 잘 지내던 그 사람이 하필이면 왜 이런 때 행방불명이 돼야 합니까? 이건 누군가가 고의적으루 그 사람을 이 섬에 묶어두자는 수작입니다."

"모든 일에는 이유가 있는 법이에요. 섬에서 왜 그 사람을 묶어둬야 한다는 거죠?"

"모릅니다. 허지만 반드시 이유가 있을 겁니다. 우리가 모르는 이유라는 것두 있을 수 있지 않습니까?"

여교사는 탁자 속에서 열쇠 꾸러미를 꺼내 든다. 교무실로 쓰는 칸막이 앞에서 그녀는 상냥하게 사내를 돌아본다.

"창문 좀 닫아주시겠어요? 당분간 이 분교두 닫아둬야 될 것 같아요."

"닫다뇨? 어딜 가십니까?"

"내일 행정선 편으루 뭍에 나갈 생각이에요."

여교사가 보는 앞에서 사내는 몸을 돌린다. 갑자기 공손한 태도가 되어 사내는 하나하나 열린 창문들을 닫기 시작한다.

3

아침 햇살이 퍼지면서 비로소 몸이 풀리기 시작한다. 그러나 몸
떨림만 겨우 멈췄을 뿐 목과 무릎, 손발 따위는 감각이 무디어 추위
조차도 느낄 수 없다. 체온을 빼앗기지 않기 위해 밤새 몸을 웅크린
탓에 심장에서 먼 부위는 가벼운 경직과 마비가 찾아온 때문이다.

한여름에 이런 추위를 느끼기는 처음이다. 산허리에 걸려 있던
차가운 새벽 안개도 햇살과 더불어 조금씩 옅어지고 있다. 몸이 풀
리자 졸음과 함께 견딜 수 없는 시장기가 느껴진다. 어둠이 주는
공포가 없어 그나마 인규에게는 아침 해가 고마울 뿐이다.

무인도 솔섬에 버려진 후로 두번째로 맞는 아침이다. 이런 지경
에 이르게 된 것은 재앙이라고밖에 설명할 길이 없다. 그를 버려두
고 떠나간 사내를 인규는 아직도 이해할 수가 없다. 한 가지 분명
한 것은 그가 자기를 고의적으로 이 무인도에 버렸다는 사실이다.
뒷개에서 만난 것까지는 우연이라고 할 수 있다. 그러나 낚시 얘기
를 꺼내어 인규를 유혹한 순간부터 그 사내는 지금의 유폐를 계획
했던 것이 분명하다.

그렇다. 분명한 유폐다. 엊그제까지도 인규의 희망은 가막도를
떠나는 것이었다. 그러나 지금의 인규의 희망은 가막도의 부속 도
서인 이 작은 무인도를 탈출하는 것이다. 그는 이제 뭍에서가 아니
라 가막도로부터도 완전히 고립된 것이다.

5백 미터쯤의 좁은 바다가 이 무인도와 가막도를 갈라놓은 장애

다. 온순한 바다라면 5백 미터쯤은 통나무 같은 것을 부여잡고 헤엄을 쳐서라도 건너갈 수 있다. 그러나 첫날 뛰어들어본 바다는 사람의 체력으로는 어쩔 수 없는 엄청난 힘을 행사했다. 높은 파도와 빠른 유속으로 물 위에 떠 있기조차 힘겨운 바다였다. 파도에 부딪고 물살에 휘몰려 엄청난 양의 바닷물을 마시고야 기진맥진하여 겨우 솔섬으로 되돌아갈 수 있었던 것이다.

사내는 지극히 자연스레 인규를 무인도에 버렸다. 너럭바위에서 인규를 태운 거루는 사내의 힘겨운 노질로 20여 분 만에 무인도 솔섬에 도착했다. 사내가 배를 댄 곳은 이곳에서도 역시 바위 벼랑의 틈새였다. 거친 파도에 부대끼면서 거루는 어렵게 벼랑 틈새로 접안했다. 인규가 배에서 섬으로 건너뛰자 사내는 기다리라면서 배를 다시 바다로 뽑았다.

배는 삽시간에 섬으로부터 멀어졌다. 인규는 사내를 불렀다. 배를 돌려 떠나가는 사내를 그는 바위 끝에 서서 목청껏 소리쳐 불렀다.

가까운 거리였다. 소리쳐 부르는 그의 목소리를 사내는 분명 듣고 있었다. 그러나 소리를 듣고도 사내는 이쪽으로 고개조차 돌리지 않았다. 그는 갑자기 귀머거리라도 된 듯 가막도를 향해 힘차게 노질을 시작한 것이다.

날이 저물었다. 가상할 수 있는 여러 이유들을 인규는 모두 찾아 하나하나 점검해보았다. 그리고 자기를 이 섬에 버리고 떠난 사내에 대해서도 열심히 생각해보았다. 그러나 어느 것 하나도 납득할 수 있는 이유로는 떠오르지 않았다. 그는 자기를 버린 사내를 미치광이라고 생각할 수밖에 없었다. 그러나 미치광이라면 사태는 더욱 심각했다. 그가 이 섬에 유폐된 사실을 아는 사람이 아무도 없다. 결국 그 사내가 미치광이라면 인규는 미치광이의 처분에 그의 운명을 맡길 수밖에 없다.

밤이 찾아왔다. 어둠이 짙어지면서 그는 문득 자기에게 불을 만들 수 있는 수단이 없다는 것을 뒤늦게 알았다. 옷을 바꿔 입은 것이 탈이었다. 늘 몸에 지니고 다니던 라이터와 담배를, 그는 옷을 바꿔 입으면서 숙소에 그대로 두고 왔다. 불을 만들 수 없게 되면서 밤은 그에게 지옥이었다. 코앞도 안 보이는 어둠 때문에 그는 밤새 한 걸음도 움직일 수가 없었다. 가까운 곳에 땔나무를 두고도 그는 밤새 몸을 웅크린 채 추위로 떨어야 했다.

지옥의 밤이 어렵게 지나갔다. 그러나 낮이 되면서 또 다른 지옥인 갈증이 찾아왔다. 소나무와 잡초가 무성한 섬은 사람의 통행을 몹시 어렵게 만들었다. 수백 년 동안 생성과 소멸이 반복된 숲에는 잔가지와 넝쿨과 고사목(枯死木) 등이 뒤엉켜 몸 하나 비집고 들어갈 여유나 공간이 없었다. 섬이 생긴 이래 사람의 발걸음이 한 번도 닿지 않은 원시 그대로의 숲이었다. 특히 그가 조심해야 될 것은 해변에 면한 깎아지른 듯한 벼랑이었다. 숲에서 조금만 벗어나도 눈앞에 갑자기 짙푸른 바다가 나타났다. 세심한 주의를 기울이지 않으면 그는 어느 틈에 아슬아슬한 벼랑 끝에 서 있곤 했다. 그러나 그는 구원을 청하려면 좀더 전망이 좋은 섬의 정상으로 올라가야 했다. 숲 밖으로 자신의 몸을 드러내어 그는 자신의 존재를 외부에 알려야 했다.

그러나 섬의 정상에도 원시의 숲은 빽빽했다. 다행인 것은 세찬 해풍으로 대부분이 소나무인 숲이 키가 별로 크지 않다는 것이다. 정상에 올라 둘러본 전망은 가막도 쪽을 제외하고는 삼 면이 끝없는 바다였다. 간혹 드넓은 난바다 쪽 수평선에 가물가물하게 고깃배들이 보이기도 했다. 구원이 온다면 가까운 가막도뿐 까마득한 외해 쪽에서는 어떤 구원도 올 듯싶지 않았다.

분노가 절망으로, 절망이 다시 공포와 좌절로 바뀌곤 했다. 점점 심해지는 갈증을 느끼며 인규는 막연한 기대로 물을 찾아 섬 안을 배회했다. 크지 않은 무인도여서 같은 장소를 여러 차례 오간 끝에, 그는 드디어 물 찾기를 포기하고, 쉬기 위해 작은 그늘을 찾아 몸을 뉘었다. 기적은 그러나 바로 그때 나타났다. 뒤엉킨 나뭇가지 사이로 사람이 만든 듯한 작은 구조물이 눈에 띈 것이다.

구조물은 움막이었다. 톱으로 잘린 나뭇가지와 비닐 조각 따위가 움막 주위에 버려져 있었다. 움막 주변의 두 평 남짓한 공터에는 여러 개의 솥을 걸었던 화덕 자리까지 눈에 띄었다. 그러나 무엇보다 놀라운 발견은 움막 뒤 작은 돌 틈에서 맑은 샘을 찾아낸 것이었다. 샘은 돌무더기 사이에서 가는 실처럼 흘러나와 아래쪽에 사람이 괴어놓은 듯한 사발만한 크기의 옴팍한 돌에 고여 있었다. 수량은 아주 적었지만 소금기라고는 전혀 없는 순수한 담수였다. 이렇게 작은 섬에 담수의 샘이 있다니 눈앞에 샘을 보고도 인규는 좀체 자기 눈을 믿을 수 없었다.

경사면을 깎아 앞쪽으로 기둥을 세우고 억새로 지붕을 덮은 움막은 적어도 수 년 전에 지어진 해묵은 것이었다. 그러나 사람이 살았던 흔적이 역력하게 남아 있어서 인규에게는 그것만으로도 커다란 위안이었다.

샘과 움막이 발견됨으로써 인규는 새로운 희망을 품게 되었다. 이러한 대비가 있었기 때문에 그 사내는 그를 이 섬에 버렸는지도 몰랐다. 사내는 결국 자신을 섬에 버렸지만 자기가 죽기를 바란 것은 아닐 것이라고 인규는 생각했다. 정신과 육체 양쪽으로 기진해 있던 인규에게 샘의 발견은, 삶에 대한 새로운 의지로 되살아났다.

그러나 기다림은 지루했고 추위와 굶주림은 견딜 수 없는 고통이었다. 해가 저 어둠이 닥치면서 인규의 절망은 다시 짙게 되살아났다. 움막이 있는 서쪽 해안에서는 가막도 쪽이 보이지 않는다. 그래서 그는 낮 동안은 가막도 쪽에서의 구원을 기대하여 움막을 떠나 섬의 동남 해안에 머물렀다. 그러나 해가 빠진 후로는 그는 서둘러 움막으로 돌아왔다. 낮에도 건너기 힘든 바다를 거룻배 같은 작은 배가 밤에 건너올 리 없었기 때문이다. 불을 만들 수 없는 것이 그를 또 한번 후회와 절망에 빠트렸다. 모닥불을 지펴 큰 불만 만들 수 있다면 그는 추위도 피하고 가막도 본섬에 자신의 위치도 알릴 수 있다. 그러나 평소의 하찮은 부주의가 이 모든 희망과 가능성을 허망하게 날려버렸다.

조류가 다시 밀물로 바뀌면서 섬의 바위벽을 사납게 물어뜯기 시작했다. 어둠과 더불어 시야가 막혀 인규는 더 이상 아무것도 볼 수 없었다. 불을 준비하지 않은 인규에게 어둠은 또 하나의 견디기 힘든 고통이었다. 주위의 사물들이 어둠에 삼켜지면 날카롭게 곤두 선 신경은, 쉽게 가상의 공포들을 만들어내곤 했다. 바위벽을 물어뜯는 거대한 파도들은 당장이라도 벼랑을 넘어 섬을 송두리째 삼킬 듯한 기세였다. 딛고 있는 발밑의 지층이 파도에 부딪혀 우릉우릉 울릴 때면, 섬은 이미 땅이라기보다는 물 위에 떠 있는 한 개의 작은 가랑잎이었다. 누군가가 어둠 속에서 느닷없이 그의 이름을 부르곤 했다. 인규는 그 소리를 쫓아 끊임없이 자기 등 뒤를 돌아보았다. 이것은 환청이다 하고 매번 자신을 타이르지만, 그는 번번이 환청에 속아 큰 소리로 대답을 하거나 등 뒤 어둠을 돌아보곤 했다. 솔섬의 밤은 이 모든 착각과 환청들을 파도의 굉음에 실어 밤새도록 반복했다.

똑같은 낮과 밤이 절망 속에 두번째로 지나갔다. 만 이틀을 비워 둔 위는 더는 참을 수 없다는 듯 닥치는 대로 먹을 것을 요구했다. 소나무 가지를 꺾어 겉껍질을 벗긴 후 말로만 듣던 송기라는 것을 손톱으로 벗겨 먹었다. 썰물 때면 해안 절벽으로 내려가서 암벽에 붙어 사는 게 같은 작은 갑각류와 다시마, 미역 같은 해초를 채취하기도 했다. 언제 올 지 모르는 외부로부터의 구원을 기대하며, 그는 이제 절망 속에서도 자신을 추슬러 장기 체류에 대비해야 했다.

4

뱃고동 소리가 길게 울린다. 포구 안 갯골에 머물러 있던 행정선이 짐들을 도선(渡船)에 부리고 가막도를 떠나갈 모양이다.

마중 나갔던 도선용 거룻배가 덩치 큰 행정선으로부터 조금씩 멀어진다. 두 배 사이가 벌어지면서 행정선은 천천히 난바다로 뱃머리를 돌린다. 행정선이 포구를 떠나면 도선은 다시 뭍으로 돌아올 것이다. 뭍에서 배까지의 거리는 눈어림으로 대강 2백 미터쯤이 될 듯하다.

거룻배는 이 쪽의 예상보다 더 많은 사람들을 태우고 있다. 셋이 나가서 한 사람이 큰 배로 옮겨 탔으니 거룻배에는 남은 사람이 두 명이 되어야 셈이 맞는다. 그러나 노를 젓고 있는 사공 한 명을 제외하고도 도선에는 어림잡아 사내들 서넛이 더 타고 있는 눈치다.

햇볕이 뜨겁다. 수평선 멀리 뭉게구름 몇 점이 떠 있고, 바다는 바람이 없어 기름을 부은 듯 매끄럽다.

바다로 무너져내려 뿌리만 남은 선착장 끝에 가막도 이장 서관수(徐寬洙) 노인은 주민 세 명과 함께 돌아오는 도선을 기다리고 있다. 둘이 탔어야 할 거룻배에 사람이 네댓이나 된다는 것은 누군가가 뭍으로부터 가막도로 찾아온다는 이야기다. 관수 노인과 가막도 주민들에겐 찾아오는 뭍의 사람이 궁금할 수밖에 없다.

"도선에 모두 몇이 탔나?"

"대식이하구 송씨 말구 셋이 더 탄 모양입니다."

"물건만 전한다더니 웬 사람이 셋이나 탔어?"

대꾸가 없다. 모르기는 주민들 역시 관수 노인과 마찬가지다. 군으로부터 행정 연락을 받은, 수신기(受信機) 담당 기사(技師)인 정동근(鄭東根) 청년이 입을 연다.

"연락 오기는 여름철 방역용의 소독약을 전한다는 얘기였습니다. 업무 연락을 하겠다더니 서류가 아니구 사람이 직접 올라오는 모양이군요."

"사람이 와두 하나면 됐지, 셋씩이나 올라올 까닭은 뭐라든가."

딴은 그렇다. 결국 직원이 아니라면 다른 목적의 방문객이 분명하다. 문제는 직원 아닌 외지 사람이 어떤 목적으로 가막도에 셋씩이나 상륙하느냐 하는 데 있다. 얼마 전에는 외지 상인 권기탁이 바다에 떨어져 죽은 사건이 발생한 데다가, 지금은 또 마을에 머물던 서울 낚시꾼 한 사람이 어딘가로 사라져서 종적을 알 수가 없다. 마을에 우환이 거푸 일어난 바로 이때, 외지 사람들의 갑작스런 방문은 가막도 주민에게는 또 다른 걱정이 아닐 수 없다.

밀물이 들고 있어서 도선으로 나간 작은 거루가 물결을 타고 빠르게 뭍으로 다가든다. 뱃머리를 돌린 덩치 큰 행정선은 벌써 포구를 뒤로하고 먼 난바다 쪽으로 아득히 멀어지고 있다. 부채로 햇볕을 가리고 다가오는 거루를 걱정스레 바라보던 관수 노인이, 한 걸음 뒤로 물러서며 등 뒤에 늘어선 젊은 사람들을 돌아본다.

"나 먼저 들어가네. 일이 있으면 내 집으루 연락들 주게."

갑자기 먼저 들어가겠다는 노인을 젊은 사람 셋은 묵묵히 바라볼 수밖에 없다.

"예, 그럼 먼저 올라가십시오. 즈이는 배 오는 것 보구 천천히 올라가겠습니다."

노구에도 불구하고 이장 직을 맡고 있어서 관수 노인은 행정선이 온다기에 일부러 뒷개 포구까지 마중을 나왔다. 그러나 도선이 지척으로 다가든 지금 그는 갑자기 몸을 돌려 뒷개를 뒤로하고 휘적휘적 마을을 향해 비탈을 올라간다. 뒤에 처진 젊은 사람 셋은 잠시 난감한 표정들이다. 행정선에서 건너온 뭍의 관리를 그들이 직접 맞아야 하기 때문이다.

배가 가까이 다가들면서 낯선 선객들의 얼굴이 보이기 시작한다. 노타이 차림의 얼굴이 흰 두 사내는 배 가운데 앉아 송필배와 이야기를 하고 있고, 선글라스를 쓴 청회색 티셔츠의 사내는 뱃머리에 혼자 앉아 찌푸린 얼굴로 이쪽을 올려다보고 있다. 짙은 고동색의 안경이 얼굴의 반을 가리고 있어서 30대의 뱃머리의 사내는 얼굴을 전혀 알아볼 수 없다. 배가 좀더 가까이 다가들자 선글라스의 사내가 뱃머리에서 몸을 일으킨다.

"동근이!"

사내가 안경을 벗어든다. 눈썹이 짙고 이마가 넓은 선한 얼굴의 장년이다. 햇볕 때문에 여전히 찌푸린 얼굴이지만 뭍에 서 있던 한 사람이 대뜸 그를 알아본다.

"문호형님!"

기사 정동근이 제일 먼저 커다랗게 손을 흔든다. 오래간만에 만나보는 뜻밖의 반가운 얼굴이다. 원래는 가막도 출신인데 섬을 떠나 뭍에 나가 산 지 여러 해째가 되는 사람이다. 갑작스런 서문호(徐文浩)의 귀향이 정동근에게는 반갑기도 하고 놀랍기도 하다.

"저게 누구야? 새터 살던 서이장 큰조카 문호 아니야?"

동근과 나란히 서 있던 30대 사내가 그제야 문호를 알아본다. 그러나 스물 안팎쯤 되어 뵈는 또 한 명의 청년은, 낯은 익은데 이름까지는 생각이 안 나는 모양이다. 다가오는 도선을 향해 30대의 사내가 큰 소리로 말한다.

"서문호! 나 당골 승철일세! 이게 대체 몇 해 만이야?"

뱃머리의 사내가 손을 흔들며 이쪽으로 다시 소리를 친다.

"자네 승철이지? 여전들 하구먼! 그 동안 어떻게들 지냈나?"

"자네 큰아버지께서 기다리시다가 방금 마을루 올라가셨네."

가막도 이장 서관수 노인이 이 사내의 큰아버지다. 배가 선착장에 닿고 있어서 잠시 대화가 끊어진다. 옆구리를 안벽(岸壁)에 댄 도선에서 짐 네댓 개가 뭍으로 부려진다. 선착장에 섰던 세 사내들이 짐들을 하나씩 받아 선착장 공터로 옮겨 놓는다. 노타이 차림의 두 사내와 함께 공판장의 송필배가 배에서 뭍으로 먼저 오른다.

"복진이 너 이 짐들 좀 마을까지 지구 가자."

스물 안팎의 앳된 청년이 지게를 세워 짐들을 지게 위에 싣는다. 짐이래야 네 개뿐이어서 지게 하나에 다 얹힌다. 청년이 짐들을 지게 뿔에 묶는 동안 필배가 다시 동근을 돌아본다.

"인사 여쭙게, 보건소 양반들일세. 자넨 들어가는 길에 이 편지 묶음 좀 내 집에 갖다 두게. 일이 급해서 먼저 갈 테니 자네들은 천천히 올라오게."

"어서 오십시오. 더위에 고생들 많으십니다."

동근의 인사말에 보건소 직원들은 웃음으로 인사를 대신한다. 별로 바쁠 것도 없어 보이는데, 두 사람은 필배와 함께 서둘러 비탈을 올라간다. 그 뒤로 서너 걸음 처져 앳된 청년이 지게를 지고 따라간다. 갯가에 처진 젊은 사람 셋이 그제야 환한 얼굴로 악수를 하며 서로의 안부를 묻는다.

"대첫물 잡수셔서 그런지 형님 신색이 훤하시구려? 그 동안 어디 기셨기에 소식 한자 없으셨수?"

"서울에 잠깐 있다가 지금은 B시에 내려와 있다. 헌데 여긴 예나 이제나 도무지 변한 게 없군?"

"변할 건덕지가 있어야죠. 그래, 형님은 여전히 혼자쇼?"

"응, 혼자야. 먹구 살자니 여자 꿰찰 여유가 있어야지."

서둘러 올라가는 보건소 패들을, 뒤에 처진 세 청년들은 한가하게 따라간다. 조금 넓직한 버덩에 오르자 동년배 승철이 입을 연다.

"자네 여길 언제 떠났지? 몇 해 만에 고향 찾는 겐가?"

"제대하구 4년 있다 떴으니 이럭저럭 6년짼가 보군."

"그동안 한 번두 안 들렀었나?"

"뭍에 나간 그 이듬해 잠깐 한 번 들렀었지."

두 사람은 동갑 나이에 이곳 분교도 함께 다닌 동기 동창이다. 학생이라야 두 학급에 40여 명이 고작이라 그들은 어린 시절 한때를 친형제처럼 가까이 지냈다. 지금은 뿔뿔이 흩어져 뭍으로도 나가고, 장가들어 딴살림도 났지만 그 즈음의 아름다운 추억이야 아직도 그들에게는 생생하고 소중하다.

"오래간만에 고향에 들렀으니 이번엔 푹 좀 쉬었다 가게."

"벌여놓은 일이 있어서 푹 쉴 형편이 되질 않아."

"그래, 뭍에서는 무슨 일루 밥벌이를 하나?"

"선생질."

"학교 선생?"

"고등학교에서 역사 가르치네. 방학이라 잠깐 들른 걸세."

침묵이 흐른다. 가막도 출신치고는 유일하게 4년제 대학을 나온 사람이다. 그래서 그는 뭍으로 나가서도 고등학교 선생으로 제 몫의 밥벌이를 하고 있다. 비탈이 끝나고 평지에 오르자 문호가 다시 입을 연다.

"큰아버님이 내가 온 걸 어떻게 알구 피하셨지?"

드러내놓고 싶지 않은 말을 문호 본인이 먼저 내놓는다.

"자네가 안경을 써서 젊은 우리두 못 알아보겠던데, 그 어른이 그 먼 거리에서 어떻게 자네란 걸 아셨을라구?"

"지난달에 편질 띄웠어. 큰아버님은 내가 찾아올 걸 진작부터 알구 계셨네."

마을이 보인다. 앞서 간 보건소 일행은 벌써 마을길 초입으로 들어서고 있다. 한낮의 뜨거운 볕으로 길과 들에서 열기가 솟아 숨을 턱턱 막아온다. 6년 만에 다시 보는 고향이건만 문호에게는 마을의 모습이 조금도 새롭지가 않다. 퇴락한 초가들과 꾸불텅한 마을길과, 그리고 작게 나뉘어진 고만고만한 논밭들이 오래된 사진을 보듯 옛 모습 그대로다.

"여교사가 새로 왔더군?"

"만나셨군요?"

정동근이 말을 받는다.

"도선에서 웬 여자가 올라오길래 가막도 처녀거니 생각했지. 헌데 낯이 설어 물어보니 여기 분교 선생이라더군."

"그 선생 아직 처넙니다. 형님 혹시 생각이 있었던 게 아닙니까?"

"참하게 생겼더군. 생각이 있으면 자네가 중매 서줄 텐가?"

"맨입으루야 곤란하죠. 콧대가 좀 세긴 하지만 형님이라면 제가 나설 수도 있습니다."

"농담일세. 저두 총각 딱지 못 뗀 주제에 누가 누굴 중매 선다는 이야기야?"

농담 끝에 세 사람이 모처럼 크게 웃는다. 웃음이 끝날 즈음 이번에는 승철이 입을 연다.

"같이 온 보건소 직원들은 무슨 일루 둘씩이나 건너온 겐가?"

"예방 주사 놓는다던가."

"무슨 예방 주사?"

"들었는데 잊어버렸어. 콜레란지 장질부산지……"

"뭍에 또 그 빌어먹을 비브리온가 뭔가 하는 병이 도는 모양이군?"

"여름철이면 늘 있는 일 아닌가. 걱정할 정도는 아닌 것 같네."

동글동글한 자갈이 깔린 꾸불텅한 둑길이 나타난다. 섬은 크지 않아도 들이 제법 넓은 편이다. 140여 호의 주민이 살자면 하긴 이만한 들쯤은 필요한지 모른다.

"근래에 섬에 사고가 있었나?"

문호가 다시 동근에게 묻는다.

"사고라뇨?"

"사람 하나가 죽었다면서?"

"그 얘긴 어디서 들었죠?"

"배 타기 전에 K항에서 들었네. 죽은 사람이 행상이라구?"

말이 끊긴다. 문호는 더 이상 묻지 않는다. 가막도의 풍습에 의하면 질문은 종종 뜻하지 않은 죄가 된다. 세상에는 대답할 수 없는 질문이라는 것도 있다. 침묵으로 지내도 별 탈이 없을 것을, 때때로 어리석은 질문이 평지풍파를 일으켜 불행의 사단(事端)을 만들기도 한다. 가막도 출신인 서문호는 그런 경우를 많이 알고 있다.

"형님, 어디서 묵으실랍니까?"

"큰아버지 댁에."

대답이 수월한 것은 문호에게 이미 작정이 섰다는 이야기다. 큰아버지 관수 노인에게 문호는 어쩌면 볼일이 있는지도 알 수 없다.

"요즘두 여기서는 배 잘 내지 않나?"

"마찬가지죠."

"보건소 직원들은 그럼 어떻게 떠나보낼 작정이야?"

"직원들이야 도리 있나요. 배 내라면 아무 때라두 내줘야죠."

"한호형님이 궁금하군?"

"그 형님 잘 지내구 계십니다."

문호는 잠시 큰집을 생각한다. 관수 노인에겐 아들이 하나 있다. 문호보다 7살이 위로 서씨 집안의 장손이다. 군대 3년을 제외하고 장손 서한호(徐漢浩)는 가막도를 떠난 일이 없다. 아버지를 일찍 여읜 문호는 유년과 소년기를 큰아버지 밑에서 컸다. 사촌간인 문호와 한호는 나이 차이에도 불구하고 친형제처럼 가까이 지냈다. 그러나 나이가 들면서 그들 사이에는 변화가 찾아왔다. 큰아버지 관수 노인이 자기 친자식을 버려둔 채 뜻밖에도 조카인 문호를 뭍으로 유학 보낸 것이다. 표면상의 이유는 장손을 바깥 세상에 내보낼 수 없다는 것이지만, 관수 노인의 마음속에는 친자식 한호보다 조카 문호에게 더 기대가 컸던 것 같다. 그는 문호가 큰 공부를 한후 가막도로 다시 돌아와 고향에 큰일을 해줄 것을 기대한 것이다.

그러나 대학을 마치고 군대를 다녀온 서문호는 큰아버지의 기대를 저버리고 아이 밴 처녀 하나를 가막도로 데려왔다. 그는 그 처녀와 결혼하여 가막도를 나가 뭍에서 살겠다고 했다. 기대가 배반당한 관수 노인은 묵묵히 말이 없었다. 그는 허락도 반대도 않고 여러 달을 그냥 보냈다. 이럭저럭 세월이 흘러가면 그는 조카가 마음을 돌려 가막도에 그대로 주저앉을 것으로 생각했던 모양이다.

그러나 만삭이 된 산모는 어느 날 갑자기 산통을 시작했다. 진통은 심상치 않았다. 위험과 두려움을 느낀 문호는 산모를 뭍으로 데려가기 위해 마을 동력선을 내줄 것을 간청했다. 가막도는 동력선 운항에는 늘 까다롭고 인색했다. 웬만큼 급한 일이 아니고는 개인에게 좀처럼 배를 내주는 일이 없었다.

운항 허락이 떨어졌다. 그러나 아무도 예상치 못한 뜻밖의 탈이 생겼다. 멀쩡하던 배가 고장이 나서 정작 허락이 떨어져도 배를 바다로 띄울 수가 없었다.

하루 만에 만삭의 산모는 모진 산통 끝에 태아와 함께 숨을 거두었다. 뒷산에 산모와 태아를 묻고, 문호는 작별 인사차 큰아버지를 찾아갔다.

"아버님, 저 떠납니다. 어쩌면 아버님을 다시 못 뵐지두 모르겠습니다."

관수 노인은 눈을 감은 채 한참 만에 입을 열었다.

"가거라, 언젠가는 네가 내 뜻을 알게 될 게다."

그로부터 6년이 흘렀다. 중간에 한 번 들른 것은 고향에 대한 그리움 때문이었다. 관수 노인을 만나고자 했으나 노인은 병탈을 대고 문호를 만나주지 않았다. 좀더 기다려서 만나 뵙고 싶었지만 갑자기 배편이 생겨 그는 서둘러 가막도를 떠난 것이다.

마을이 가까워진다. 앞서 가던 보건소 직원들은 어느새 보이지 않는다. 한낮의 열기 때문인지 들에도 마을에도 사람이 별로 없다. 염소를 모는 아이들만이 산자락 숲 사이로 가끔씩 보일 뿐이다.

"먼저들 들어가겠나? 난 좀 들를 데가 있네."

"어딜 들르려구?"

문호가 말없이 뒷산 묘지 쪽을 올려다본다. 뒷산 공동묘지에는 문호 부모의 묘가 있다. 동근과 승철 두 사람은 그제야 고개를 끄덕인다.

"다녀오게. 먼저 가겠네."

"이따 보세."

5

해가 바다에 빠져 수평선이 텅 비었다. 지금까지는 핏빛이지만 잠시 후면 바다는 검붉은 흑자색이 될 것이다. 그러나 곧 흑자색 바다도 칠흑의 어둠에 휩싸여 검은 덩어리로 남을 것이다. 오늘은 날이 흐려 달도 보기 어려울 것 같다.

어둠과 더불어 습관처럼 찾아오던 고통도 지금의 인규에게는 대수로운 것이 아니다. 유폐(幽閉)에 대한 공포감조차도 지금은 오히려 둔통(鈍痛)처럼 무디다. 그에게 닥친 당장의 고통은 조금씩 탈진을 몰고 오는 견딜 수 없는 허기다.

밥이 먹고 싶다. 음식이라고 이름 붙여진 것은 무엇이라도 먹고 싶다. 아직 쓰러져 눕지 않은 것은 때때로 해변에서 잡아 날것으로 먹은 게와 다시마 따위의 해물 덕분이다. 지름이 불과 50미터 남짓한 무인도에서 그가 할 수 있는 일은 별로 없다. 같은 장소를 여러 차례 왕복해서 그는 이제 눈을 감고도 섬의 모양새와 지형을 알 수 있다. 할 수 있는 일이 지극히 단순해서 그는 같은 일을 수십 번씩 반복할 수밖에 없다. 그가 매일 반복하는 일은 누군가가 구출해줄 때를 기다리며, 허기와 탈진을 막는 일이다. 그러기 위해 그는 낮 동안 섬의 구석구석으로 게와 고둥, 미역 따위의 먹을 것을 찾아 헤맨다.

그러나 이 모진 인내도 지금의 그에게는 별로 의미가 없어보인다. 앞으로 남은 시간이 별로 많지 않기 때문이다. 인규는 이제 자기 앞에 사흘 정도의 시간밖에 남지 않았을 것으로 생각한다. 그 이상은 어떠한 수단으로도 그의 체력이 견뎌주지 못할 것 같다. 결국 그를 이 무인도에 유폐시킨 사공은 애초부터 계획적으로 그를 살해할 목적이었음이 분명하다. 그렇지 않고는 사흘씩이나 그를 이 무인도에 방치해둘 이유가 없다.

무슨 까닭일까? 왜 그 낯모르는 사공은 인규를 유인해내어 살해할 계획을 세운 것일까? 피차 처음 보는 사이여서 그 사내와 자기 사이에 개인적인 원한은 있을 것 같지 않다. 그렇다면 사적이 아닌 공적인 이유가 될 법한데, 그 공적인 이유라는 것도 인규로서는 전혀 생각나는 것이 없다. 결국 가상할 수 있는 가장 근사치에 가까운 이유는, 자기도 모르게 인규의 행동 속에 누군가의 비위를 거스른 치명적인 실수나 잘못이 있었다는 이야기다. 그러나 그 잘못이라는 것이 어떤 것인지 인규는 모른다. 잘못을 모르기 때문에 그는 사과나 반성 역시 불가능하다. 사과와 뉘우침이 없이는 상대편의 관용이나 동정을 바라기도 어렵다. 지금으로서는 모든 것이 무망한 상황인 것이다.

벌써 땅거미가 깔리기 시작한다. 해만 지면 나타나는 모기떼가 다시 인규의 노출된 피부에 집단으로 달려든다. 매일 밤 계속된 모기떼의 공격으로 인규의 피부는 성한 곳이 거의 없다. 먼지보다 조금 큰 이 작은 곤충들조차 인규에게는 처음 겪는 무서운 시련이다.

인기척을 들은 듯하다. 인규는 그러나 허리를 폈을 뿐 고개까지는 들지 않는다. 자주 듣는 환청(幻聽)이다. 파도와 바람이 해안의 동굴이나 바위벽을 때리면서 이곳에서는 상상할 수 없는 묘한 소리들을 만들어내고 있다. 한밤에는 바로 등 뒤에서 다정한 목소리로 인규의 이름을 부르는 때도 있다. 몇 번씩 속아서 뒤돌아보고도 그는 번번이 다른 환청에 속곤 한다. 부르는 소리가 너무나 은근해서 잠시 환청이라는 것을 잊어버리기 때문이다.

"누구요?"

부지중 튀어나온 외침이다. 잠자리로 쓰는 움막 앞에서 인규는 앉은 채로 다가오는 사내를 망연히 바라본다. 환각은 분명 아니다. 아직 어둠이 짙지 않아 붉은 놀 속에 사내의 얼굴이 선명히 보인다. 낯익은 사내다. 그러나 누구라는 것을 확인하기도 전에 인규는 전신으로 형언할 수 없는 공포를 느낀다. 누군가의 구조를 기다린 처지에 인규는 오히려 눈앞에 나타난 사람이 두렵다

"생각한 대로군. 날 아시겠소? 겁내지 마시오. 당신을 구하러 온 사람이오."

안종선이라는 50대의 사내. 인규가 처음 가막도에 왔을 때 그를 염소들이 자는 동굴로 안내했던 사람이다. 각시바위에 나갔을 때도 우연히 이 사내를 만났던 적이 있다. 왼쪽 턱 밑에 있는 큼지막한 화상이 인규에게는 아직도 기억에 생생하다.

"어떻게 된 거죠? 아저씨가 여길 어떻게 알구 왔습니까?"

"안심해요. 난 당신이 죽은 줄로만 알구 있었소. 이젠 살았소. 날

믿어요. 배가 있으니 어서 날 따라오시오."

몸을 돌리는 안종선을 향해 인규가 그제야 한 발 다가선다.

"혼잡니까?"

"혼자요."

"배가 있다구 하지 않았습니까?"

"있소. 내가 배를 몰구 왔소. 갯가 바위틈에 묶어놓구 왔소."

땅거미 깔린 움막 공터에서 두 사람은 큰 눈으로 잠시 서로를 바라본다. 인규가 받은 놀라움 못지않게 안종선 역시 큰 충격을 받은 얼굴이다. 그 동안 겪은 인규의 고초가 더부룩한 수염과 함께 초췌한 모습으로 그대로 얼굴에 드러났기 때문이다.

"갑시다."

사내가 이윽고 몸을 돌리더니 앞서 솔숲을 질러가기 시작한다. 서너 걸음 처져 있던 인규도 곧 사내 뒤를 허청허청 따라간다.

"그 사공은 어디 있죠?"

"어떤 사공?"

"날 이 섬에 버리구 간 사공 말입니다."

사내가 고개를 내두른다.

"그런 건 난 모르겠소. 오늘 낮에 난 이쪽으루 당신 시체나 찾을까 하구 나왔더랬소. 헌데 섬 남쪽 뿌리에서 누군가가 돌을 들구 조개 따는 걸 우연히 봤소. 직감적으루 난 그게 당신이라는 걸 알아차렸소. 일단 마을에 돌아가 날 어둡기를 기다렸다가 이제야 배를 구해 당신을 찾으러 건너온 거요."

심한 허기와 탈진 속에서도 인규는 언뜻 사내의 말에서 공포를 느낀다. 이제 겨우 목숨을 구해 마음의 여유를 느낀 순간, 지금껏 숨어 있던 공포가 새로운 모습으로 되살아나고 있는 것이다.

"시체를 찾으러 왔다는 건 무슨 말씀이죠?"

"사흘이나 소식이 없길래 난 당신이 죽은 줄 알았소."

"낮에 절 발견했으면 왜 그때 구하러 오지 않았습니까?"

"사람 눈을 피하느라구 해 질 때를 기다린 거요. 당신이 죽기를 바라는 사람이, 내가 당신 구하는 걸 봤다면 그대루 가만히 놔뒀겠소?"

말이 끊긴다. 사내가 몸을 낮추어 비탈을 내려가기 시작한다. 길이 없는 숲 속이어서 사내는 가끔씩 나뭇가지 사이로 방향을 가늠한다. 경사가 더욱 급해지면서 사내 앞에 이윽고 바다가 내려다보인다. 하얗게 부서지는 파도 거품 속에 작은 거룻배 하나가 낙엽처럼 들까불고 있다. 갯가로 앞서 내려간 사내가 늘어진 바를 끌어당기자 거룻배가 파도에 떠밀려 쉽게 뭍 쪽으로 다가온다. 뱃머리 용골을 두 손으로 부여잡고 사내는 인규를 돌아보며 커다랗게 고함친다.

"어서 타요!"

인규가 뭍에서 배로 건너뛴다. 파도가 솟았다가 내려갈 즈음 사내도 재빨리 배에 오른다. 로프가 풀린 작은 거룻배는 파도에 얹혀 당장이라도 뒤집힐 것 같다. 사내가 뱃바닥에서 노를 집어 들어 놋좆에 끼우고 재빨리 노질을 시작한다. 들까불던 배가 제자리를 잡자 사내가 힐끗 주저앉은 인규를 내려다본다. 사내의 눈에 그제야 비로소 인규의 탈진이 보인 모양이다.

"괜찮소?"

"예."

"힘들면 드러누워요."

인규가 하늘을 향해 반듯이 배 위로 눕는다. 검게 젖어든 하늘에는 벌써 구름 사이로 별들이 하나 둘 보이기 시작한다. 눈을 감고 생각을 모으자 그제야 인규에게 죽음을 벗어난 안도의 한숨이 새 어나온다. 그러나 기쁨은 잠시뿐이고 그에게는 새로운 불안과 의 구심이 찾아온다. 그를 죽음에서 구해준 사내도 인규에겐 의문투 성이의 미지의 인물이기 때문이다.

"지금 어디루 가시는 거죠?"

"벼락터."

"거기가 어딥니까?"

"내가 아는 작은 굴이오."

무인도에서 탈출하여 이제는 다시 동굴로 옮겨진다. 왜 굴로 가 야 하는지 인규로서는 궁금할 수밖에 없다.

"내가 사흘간 없어진 걸 마을에서는 알구들 있습니까?"

"알지."

"왜 아무두 찾지 않았죠?"

"찾아야 될 의무라도 있소?"

"의무라는 건 무슨 소립니까?"

"당신이 없어진 게 마을 사람들과 무슨 상관이 있냔 말이오?"

그렇다. 지극히 간결한 대답이면서 바로 이것이 가막도만의 독 특한 풍습인 모양이다. 그러나 이런 정도로 질문을 쉽게 포기할 수 는 없다. 그들에게는 어리석은 질문인지 모르지만 인규로서는 꼭 알아야 될 질문이다.

"이 부근 섬들의 인심은 모두 그런 것입니까?"

"여기선 인심을 들먹이지 마쇼. 뭍에 사는 당신들의 인심은 이 고장 사람보다 더 모질구 흉악했소."

내뱉듯 하는 사내의 말이 강한 울림으로 인규에게 전달된다. 이유가 분명 있음 직했지만 인규는 더 이상 응대하지 않는다. 지금은 기력을 모아 당장의 위기부터 모면하는 것이 급선무다.

흐름이 빠른 조류에 얹혔는지 배가 빠르게 움직이기 시작한다. 힘들어 보이던 사내의 노질도 이제는 훨씬 수월한 듯하다. 하늘을 향해 눈을 뜬 채 인규가 다시 한참 만에 입을 연다.

"뭍에서 행정선은 왔습니까?"

"오긴 왔는데 벌써 갔소."

"언제 갔죠?"

"어제."

"난 마을로 가고 싶습니다. 마을로 데려다줄 순 없습니까?"

"아직두 사태를 잘 모르시는 모양이군? 당신을 마을루 데려가지 않는 것은 모두 당신의 안전을 위해서요. 당신은 마을에 가면 이번에는 진짜루 죽을지두 몰라."

자주 들먹이는 죽음이라는 말에 인규는 이제는 노여움 비슷한 저항이 느껴진다. 솔섬에서 그가 죽을 뻔한 것은 사실이다. 그러나 그가 그런 위험에 빠진 것은 그의 잘못이라고 하기보다는 어느 사내의 부주의나 오해에 의해 저질러진 것일 수도 있다. 그에겐 목숨을 빼앗길 정도로 남에게 원한을 샀거나 잘못한 일이 없다.

"마을에서 누가 나를 해친다는 겁니까? 무슨 잘못을 저질렀기에 내가 마을 사람들에게 죽임을 당해야 된다는 말입니까?"

"꼭 이유가 있어야만 사람이 죽는 건 아니오. 아무 이유나 까닭이 없어도 사람은 불가피하게 죽어야 될 때가 있소. 비밀을 지키거나 입을 다물게 하기 위해서도 사람들은 때로 남을 해치거나 죽이지 않소?"

"아저씨 말씀은 내가 바루 그런 경우에 해당된다는 뜻인가요?"

"꼭 그렇다군 말하지 않았소. 허나 예를 들면 그런 경우도 있지 않겠느냐 하는 거요."

인규는 다시 눈을 감는다. 전신이 꺼져드는 듯한 허기와 탈진 속에서도 인규는 그를 솔섬에 버리고 떠난 키 큰 사공을 생각해본다. 소리쳐 부르는 인규의 외침을 그 사내는 등을 돌린 채 들은 척도 하지 않았다. 그가 인규를 무인도인 솔섬에 버린 것은, 살해 목적 이외에는 딴 목적이 있을 수 없다. 외부로부터의 구조만 없었다면 인규의 죽음은 너무나 뻔한 것이다. 결국 인규는 누군가에 의해 살해당할 뻔한 피살 대상자다. 그는 마을에 돌아가면 자기를 솔섬에 버린 그 사공을 반드시 고발해야 한다고 생각한다. 그가 다시 죽을지도 모른다는 것은 가막도가 만지(蠻地)가 아닌 이상 절대로 있을 수 없는 일이다. 마을로 가면 안 된다는 사내의 말에 인규는 전혀 동의할 수 없다.

탈진으로 몸은 떨리는데 땀은 온몸으로 비오듯 흐르고 있다. 허기를 메우기 위해 물을 많이 마신 때문일 것이다. 노질을 하는 안종선이라는 사내는 지금이라도 인규를 바다 속에 처넣을 수 있다. 이상한 것은 가막도에서는 개인의 부당한 죽음이 별로 큰 의미를 지니지 않는다는 것이다. 거칠고 열악한 자연 환경 속에서는 인간이 오랜 세월 축적해온 문명과 법 따위도 하찮은 것으로 쉽게 무시된다. 사흘간이나 소식이 끊긴 인규의 실종도 가막도 주민들에게는 별로 문제가 되지 않는 모양이다. 가막도는 어쩌면 난폭한 바다를 울타리 삼아, 그 컴컴한 그늘 뒤에 숨은 법의 사각(死角)지대인지도 모른다.

"나는 마을에 가더라두 누군가에게 복수를 하거나 처벌을 가할 생각은 없습니다. 내 목적은 하루라두 빨리 이곳 가막도를 떠나는 것입니다. 저를 구해주신 건 고마운 일이지만 이제 다시 동굴 같은 데 숨어 있구 싶지는 않습니다. 마을에서 만일 저를 해코지할 게 확실하다면 동굴 같은 데 숨는다구 해서 제가 안전할 리 없지 않습니까? 전 우선 마을루 가서 따듯한 음식도 먹고 망가진 건강도 회복하고 싶습니다."

"순서대로라면 당신 말처럼 당연히 그렇게 해야 될 거요. 허지만 당신을 마을로 보낼 수 없는 내 나름의 이유가 있소. 우리는 당신을 해치려 한 사람이 누구인가를 모르고 있소. 만일 당신이 되살아온 걸 알면 그 친군 이번에야말로 진짜로 당신을 죽이려고 할 거요. 당신을 이미 해치려 했던 죄가 있어서, 그 죄를 감추기 위해서도 당신을 기어이 해코지할 거란 말이오. 그 사람이 누군지 알아내기 위해서도 당신은 당분간 마을에 나타나지 않는 게 좋다는 거요."

"이름은 모릅니다. 허지만 생김새가 특이해서 얼굴을 보면 쉽게 알아낼 수 있습니다."

"그럴 테지. 허지만 그 사람이 당신을 죽이려 한 범인이라는 걸 당신은 어떻게 증명할 생각이오?"

"증명하다뇨?"

"상대편에서 딱 잡아떼면 당신은 무엇으로 그 사람이 범인이라는 걸 증명해 보일 거요?"

"증인이 있지 않습니까?"

"나?"

"안됩니까?"

사내가 대꾸 없이 고개를 크게 내두른다. 어둠이 좀더 짙어져서 얼굴 윤곽만 대충 보일 뿐 그의 표정은 알아볼 수가 없다. 급한 조류를 벗어났는지 바다가 의외로 잔잔하다. 미친듯이 바쁘게 움직이던 노질도 지금은 한결 누그러져 여유롭게 느껴지기까지 한다.

"그 사람은 하려구만 들면 당신을 아예 미친 사람으루 몰 수도 있소. 우선 당신은 없어진 사흘 동안 어디서 무얼 하며 지냈는지 사건의 전말을 자세하게 설명해야 될 거요. 누군가가 나를 죽이려 했느니 하는 말은, 그런 것들을 입증하지 않고는 저쪽에 씨도 먹히지 않는 헛소리로 들릴 뿐이오."

인규는 다시 입을 다문다. 머리의 회전이 놀랍도록 빠른 사내다. 때로는 모자라는 듯 보이다가도 어느 때는 다시 뒤통수를 치듯 뜻밖의 민첩한 말로 상대편을 제압한다. 낙도에 사는 50대의 장년답지 않게, 그는 또 생각이 자유롭고 가끔은 매우 유식하기까지 하다. 그러나 누구도 부인할 수 없는 사실은, 이 사내가 인규에게 호감을 품고 있다는 것이다. 솔섬에서 그를 구해낸 것만으로도 안종선은 인규에게는 생명이 은인이나 다를 바 없다.

"한 가지 정말 궁금한 게 있습니다. 그 사람은 왜 저를 죽이려 한 겁니까?"

"나두 확실히는 알 수가 없소. 허지만 이런 정도의 어림짐작은 할 수가 있소. 어쩌면 그 사람은 외지인인 당신이 가막도의 여러 가지 불미스런 일에 대해 너무 많은 것을 알고 있다고 생각했는지도 모르겠소. 당신이 뭍으로 나가 가막도에 여러 가지 해를 입히도록 놔두기보다는, 당신을 아예 가막도에서 없애버리는 게 더 이롭다는 생각을 했는지도 모른단 말이오."

"내가 가막도에 관해 뭘 많이 안다는 거죠?"

"그 점에 한해서는 나두 범인과 동감이오. 머문 시간이 짧은 것에 비해 당신은 가막도에 관해 너무 많은 것을 알아버렸소. 그 정도의 가막도 정보라면 당신은 뭍에 나가 가막도에 얼마든지 해를 입힐 수 있을 거요."

"내가 누구에게 해를 입히죠? 나는 가막도에 해 되는 일은 생각조차 해본 일이 없습니다."

"말들은 늘 그렇게들 합디다. 옛날에두 한 사람이 들어왔다가 당신 같은 말을 하구는 뭍으로 돌아갔지. 허지만 그는 뭍에 나가서 한 달두 못 돼 큰일을 만들었소. 말 않겠다던 약속을 저버리구 가막도 주민 세 사람을 2년씩이나 징역을 살게 했단 말이오."

현기증에도 불구하고 인규는 윗몸을 일으킨다. 그제야 그의 혼란한 머릿속에 오랫동안 의문으로 떠돌던 한 가지 사건의 윤곽이 떠오른다. 실족사로 처리된 권기탁 사건에 대한 가막도 사람들의 일관된 침묵이 그것이다.

가막도의 모든 주민은 하나의 얼굴을 지닌 것이 아닐까. 그들은 누구를 대하든 외지 사람에겐 모두 같은 얼굴을 만든다. 아무도 그들 세계에 머리를 디밀거나 마음을 열어보일 수가 없다. 그들은 섬 전체를 둘러싼 엄청나게 질긴 보호막을 갖추고 있다. 그들이 용납하는 질서라는 것은, 이 두꺼운 막으로 구분된 안과 밖 두 세계의 구분 속에서만 가능하다. 자기들의 세계를 지키기 위해서 그들은 바깥 세계에 못할 짓이란 거의 없다. 살인조차도 그들에겐 대수로운 범죄가 아니다. 그들이 가장 증오하는 사람은 양쪽 세계를 넘나들며 그들의 보호막을 파괴하려는 사람이다. 그들이 애써 구축한 보호막을 무심한 외지의 틈입자들은 걸핏하면 잡아 찢거나 헝클어 놓곤 한다. 한 번 헝클어진 보호막은 가막도 주민에게는 재앙이다. 서로 다른 법과 질서가 헝클어진 보호막을 넘나들면서 예상치 못한 큰 충돌과 분쟁이 발생하기 때문이다. 가막도에 언제 뭍과 구분되는 보호막이 생겼는지 인규는 모른다. 인규는 다만 지금 이 시간에 가막도 주민들에게 자신이 이미 외지인 틈입자로 낙인찍혔음을 감지할 뿐이다.

"다 왔소. 뱃전을 꽉 잡으시오. 이제 곧 배를 댈 거요."

사내가 노를 뽑아 좁은 배 안에 길게 누인다. 어느 틈에 인규의 눈앞에는 높고 험한 바위 벽이 컴컴하게 다가와 있다.

6

아침 햇살이 온 누리에 눈부시게 쏟아지고 있다. 산자락에 걸렸던 새벽 안개도 날이 새면서 씻은 듯 사라졌다. 멀리 남쪽의 난바다 쪽에는 매끄럽게 번쩍이는 배의 항적(航跡)이 셀룰로이드 띠처럼 기다랗게 떠 있다. 보건소 직원들을 태운 마을의 동력선이 방금 뒷개를 떠난 것이다.

길쭉한 돌 위에 걸터앉았다가 문호는 햇살 퍼진 비탈을 따라 바다로 내려간다. 조금을 하루 지난 한물 때라 바다는 조류의 흐름이 한달 중 가장 약하다. 좋은 미끼에 물때만 맞으면 이런 날은 호쾌한 농어치기 낚시가 제격이다. 물살 급한 물굽이에서 생새우를 끼워 던지면 팔뚝만한 두 자짜리 농어가 곧잘 달려나오던 기억이 있다.

물가 돌 위에 올라서서 문호는 바다를 끌어안듯 두 팔을 활짝 벌려본다. 밤새 잠을 설쳤을 만큼 그리워했던 고향의 바다였다. 바다를 보고 싶은 사무치는 그리움으로, 그는 때로 그가 사는 대처 부근의 바다로 정신없이 달려간 적이 있다. 그러나 그가 사는 도시의 바다는 가막도 고향 바다와는 빛깔이나 생김새가 너무나 달랐다.

도시가 만든 온갖 퇴적물이 한데 엉겨 떠도는 바다에는, 그가 아는 어떤 생명체도 살아 있을 것 같지 않았다. 문호는 오히려 그 고동색 오염의 바다에서 고향 바다에의 그리움을 한층 간절히 키웠을 뿐이다.

난해한 고향이다. 머물러 있을 때의 가막도는 그의 숨통을 쥘 만큼 고집스럽고 답답하다. 그러나 떠나서 돌이켜보는 고향은 늘 아름답고 다정하며 관대하다. 특히 고향 가막도의 풍광은 그 어느 곳과도 견줄 수 없이 빼어나게 아름답다. 고향이란 결국 머물러 살기는 불편하고, 버리고 떠난 후에야 그리워하는 존재인지 모른다. 세상살이의 힘든 고비를 겪을 때마다 고향은 어김없이 그를 강하게 붙잡아주곤 했다. 기쁨은 더 크게 슬픔은 더 깊게, 고향은 그의 가슴속 어딘가에 온갖 정서의 근원으로 깊디깊게 엎디어 있다. 그는 어쩌다 자기에게 그토록 아름다운 풍광의 고향을 점지해준 행운이 주어졌는지 신기했다. 인구 몇백만의 대도시를 고향으로 둔 사람들은, 자기처럼 고향에 대해 질긴 생각들을 하지 않는다. 작고 외지고 옹색할수록 고향은 더욱 끈끈한 집착으로 타향살이의 고달픔에 달려든다. 버리고 떠난 지난 6년 동안 가막도는 문호에게는 수시로 받들고 섬겨온 신앙의 대상이다

청태가 낀 왼쪽 바위 모서리를 처녀 하나가 돌아온다. 대바구니를 옆에 낀 처녀는 문호를 아직 못 본 모양이다. 양 갈래로 땋은 검은 머릿단이 탐스럽게 어깨 뒤로 출렁이고, 크게 부푼 가슴에는 젊은 동력이 터질 듯 팽팽하다. 우쭐우쭐 생각 없이 다가오던 처녀가 이윽고 문호를 발견하고 그 자리에 우뚝 멈춰 선다. 두 사람의 시선이 마주치는 순간 문호는 그러나 시선을 얼른 딴 곳으로 돌린다. 둘로 갈라진 윗입술을 한 재 처녀는 큰 눈으로 문호를 똑바로 쳐다

보고 있다.

"오빠 저쪽에 계신데요……"

갈라진 입술 사이로 붉은 잇몸이 살짝 엿보인다. 처녀는 그제야 한 손으로 입을 가리고 자유로운 또 한 손을 들어 바위 모서리를 가리킨다.

"동근오빠 저쪽에 있어요. 제가 불러드릴까요?"

바람이 새는 듯한 묘한 말소리지만 못 알아들을 정도는 아니다. 바위에서 내려와 처녀와 마주서며 문호는 문득 처녀를 향해 장난 스레 입을 연다.

"가만 있어. 알아맞춰볼게. 그래, 알았다. 너 동숙이지?"

눈이 웃는다. 흰 동자와 검은 동자가 선명히 구분되는 아름다운 큰 눈이다. 자기 이름을 기억해준 것이 처녀는 꽤나 기쁜 모양이다.

"오셨다는 얘기 들었어요. 오빠 지금 저 아래서 깔다구 낚구 계세요."

국민학교에 다니던 언청이 계집애가 지금은 저렇듯 커서 성숙한 처녀로 활짝 피었다. 가리지 않은 두 눈과 코가 아까울 만큼 서글서글하고 오뚝하다. 마주 보기가 고통스러워 문호는 기어이 손짓을 한다.

"알았다. 가봐 어서. 오빠 내가 찾아볼게."

처녀가 몸을 돌려 바다와는 반대편인 숲 쪽의 비탈을 오른다. 통 넓은 검정 치마를 입은 처녀는 이쪽에 흰 다리를 보이며 사내처럼 성큼성큼 씩씩하게 걷고 있다. 부끄럼 없이 내보이는 희고 통통한 다리에서 문호는 언뜻 이 고장 처녀들만의 눈부신 건강미를 느낀다. 영양실조에 걸린 도시 처녀들의 가늘고 긴 다리와는 비교도 할 수 없는 아름답고 튼튼한 다리다. 시선을 옮겨 갯바위 모서리를 돌아가자 파도가 밀려드는 작은 바위 위에 동근이 과연 낚싯대를 바다에 드리우고 있다.

"문호형님 아니십니까? 여기 있는 줄 어떻게 아시구?……"

"낚았어?"

"깔다구 세 마리뿐이에요. 그나마 미끼가 떨어져 더 낚지두 못하겠네요."

반바지 밖으로 드러난 다리가 바닷물에 흠씬 젖어 있다. 밀려온 파도가 바위에 부딪쳐 여러 차례 물거품을 끼얹은 때문이다. 낚싯대를 거둬 줄을 감고는 동근이 낚싯대를 들고 앞서 비탈을 오른다.

"집에 갑시다. 깔다구 회 떠서 아침 해장이나 같이 합시다."

문호가 고개를 내두른다. 술은 싫다. 간밤에 너무 마셔서 지금은 술 소리도 듣기 싫다.

"방금 올라간 애가 자네 동생 동숙이지?"

"예."

"걔를 왜 아직두 그대루 내버려뒀어?"

동근이 대답 없이 낚싯대를 내려 바위틈 사이에 길게 누인다. 발로 밟아 대를 단단히 바위 짬에 끼우고 그가 다시 허리를 편다.

"여러 번 말해봤지만 어른들이 통 들어줘야죠. 문제는 수술비 마련인데 그게 생각처럼 쉽질 않아요."

고루 퍼진 아침 햇살이 어느새 살갗에 따갑다. 고기를 만진 동근의 몸에서 생선 비린내가 비릿하게 풍겨온다. 어깨를 한 번 들썩해 보이더니 그가 다시 입을 연다.

"큰아버지 이장 어르신을 그새 만나보셨나요?"

"응."

"형님이 우리 가막도에 배를 한 척 만들어주시기루 했다면서요?"

"주제넘은 짓 하지 말라구 어른들한테 꾸중만 들었어."

"그게 어째 주제넘은 짓이죠?"

"마을에 돈이 없어 배를 못 사는게 아니라는 거야. 필요 없어서 안 살 뿐인데 네가 주제넘게 배를 왜 사느냐는 말씀들이더군."

"큰일이에요. 어쩔 셈들인지. 노인네들 고집은 아무두 못 말려요."

"참 어제 이상한 소릴 들었는데 그게 사실인지 알아보자. 이리루 외지 사람이 낚시를 왔는데 그 사람이 여러 날째 행방불명이 됐다면서?"

"사실이에요."

"사실이면 왜 찾지를 않아?"

"누가 앞장서서 공론을 내야 할 텐데 서루 눈치만 보구 있으니 찾기는 다 틀린 일이죠."

"이래선 안 돼. 그 사람 찾아야 돼. 가막도두 이젠 옛날 껍데기를 벗어야 돼."

"너무들 해요. 제 생각두 그래요. 우선 행방불명된 사람부터 찾구 그 다음 일은 나중에 생각해야죠."

비탈 위 솔숲 쪽에서 염소떼가 내려온다. 회초리를 든 노인 하나가 비탈 위에 높이 서 있다. 무심히 이쪽을 내려다본 노인이 동근을 향해 꾸지람하듯 입을 연다.

"이 자식아, 염소 좀 보랬더니 그새 또 낚싯대 메구 나왔냐! 빨리 이것들 산우루 몰아! 내 말 들은 게야 못 들은 게야!"

"알았어요 아부지! 봐두구 어서 들어가세요!"

노인이 더 수작 않고 순순히 몸을 돌린다. 동근이 그제야 염소떼를 막으며 등 뒤에 선 문호를 힐끗 돌아본다.

"형님, 이따 만납시다. 공판장으루 나오세요."

"자네 아버님 여전허시군. 날 몰라보시는 것 같아."

"식전에 벌써 술을 허셨어요. 몰라보는 게 당연하죠."

문호가 고개를 끄덕이며 한 옆으로 비켜선다. 회초리를 들고 염소떼를 몰고 가는 동근을, 문호는 그 자리에 서서 한참 동안 지켜본다.

7

길고 좁은 공간 저쪽에 청자색의 꾸불텅한 하늘이 보인다. 하늘은, 껍질을 등에 진 채 두 뿔을 곧추 세우고 천천히 기어가는 달팽이 모양을 하고 있다. 동굴 입구에 돌출한 돌 조각들과 그 너머 언덕에 박힌 여러 모양의 바위들이 까맣게 오려내어 만든 하늘이다. 입구 쪽으로 서너 걸음 나가면 달팽이는 돌연 뿔이 없어지고 목이 굵어지며 등 껍질이 넓게 퍼진다. 물 속으로의 도약을 위해 잔뜩 웅크린 수달 같은 모양이다.

인규는 당분간 이 정도의 하늘로 만족해야 할 것 같다. 늦가을에 홍합을 따기 위해 여인들이 타고 내려오는 가파른 외길이 동굴 왼쪽에 있을 뿐이다. 그 길은 얼핏 보면 희끄무레한 폭포의 물줄기와 흡사하다. 바위 사이에 길게 터진 틈이어서 실제로 큰 비가 오면 그 길은 곧장 폭포가 되기도 한다. 다행인 것은 한여름이라 이쪽으로 홍합 따는 사람이 찾아오지 않는다는 것이다. 그렇기는 해도 만일을 대비하여 안종선은 인규에게 그 이상의 출입은 삼가달라고 말하고 있다. 길 잃은 염소를 찾기 위해 마을 사람이 가끔 나타날 수도 있기 때문이다.

이제 비로소 가막도의 개략적인 역사를 알았다. 안종선의 설명에 의하면 가막도는 백 년도 채 못 되는 짧은 역사를 지녔을 뿐이다. 사람이 살고 간 흔적을 기록하는 것이 역사라면 가막도에 사람이 산 것은 백 년도 채 안 되는 짧은 기간이다.

외대박이 돛배인 야거리 한 척이 어느 해 여름 무인도인 가막도에 도착했다. 무인도와 유인도의 구분은 흔히 식수의 유무로 결정된다. 섬이 크고 들이 넓어도 그곳에 먹을 물이 없으면 사람이 살수 없다. 마르지 않는 담수(淡水)의 샘이 있어야 비로소 그곳에 사람들이 짐을 풀고 정착한다.

가막도에는 물이 풍부했다. 바다를 지척에 두고도 가막도의 물은 짠맛이 전혀 없었다. 마을 외곽을 흐르는 두 개의 개천에서는 논을 풀어도 좋을 만큼 일년 내내 맑은 담수가 넉넉하게 흐르고 있다.

외대박이 야거리에는 서로 다른 성씨를 가진 다섯 가족이 탔다고 했다. 그들이 왜 뭍을 떠나 외진 가막도에 정착하게 되었는지는 아무도 모른다. 그것은 가막도에 오른 제1세대의 어른들이 그들의 자손들에게 그들의 과거와 근본을 일러주지 않았기 때문이다. 윗세대들의 이러한 침묵에 대해 그들의 후손들은 그럴듯한 추측들을 하고 있다. 그들의 추측은 자기네의 부모들이 뭍에서의 박해를 피해 바다로 도망쳐 나온 동학도(東學徒)나 천주교도(天主敎徒)들이 아닌가 하는 것이다. 19세기 말 동학도와 천주교도들의 박해 때가, 그들 부모들의 입도(入島) 시기와 시간상 비슷했기 때문이다. 그러나 이러한 후손들의 추측은 그 추측을 뒷받침할 만한 어떤 증거물도 가지고 있지 않다. 다만 한 가지 그 추측의 간접적인 증거로는 그들의 부모들이 당시로서는 매우 높은 지적 수준에 있었다는 사실이다. 그들은 본인들 스스로도 매우 높은 지적 수준에 있었지만, 자식들을 교육하는 데도 매우 엄격했고 열성적이었다. 정규 교육 기관이라고는 국민학교가 고작인 가막도 주민들이, 높은 수준의 한문 문자를 예사롭게 구사하는 것은, 바로 그 조상들의 높은 교육열에 원인이 있다. 섬 안에 중학교나 고등학교 교과서는 보기 드물어도 동몽선습(童蒙先習)이나 소학(小學) 같은 한자 책은 어느 집에나 비치되어 있을 정도다. 비록 뭍을 피해 궁벽한 섬으로 숨어들어왔지만 그들의 조상들은 당시 수준으로는 상당한 지식 계급이었던 것은 분명한 사실인 것 같다.

어쨌건 그들 다섯 가족은 가막도에 정착했다. 밭을 일구고 논을 풀고 한편으로는 배를 만들어 고기도 잡는 반농 반어의 정착 생활을 시작한 것이다. 그러나 정착 얼마 후에 이 가련한 다섯 세대는 뜻하지 않은 큰 비극을 맞이했다. 안종선의 설명에 의하면 이 비극이 가막도의 운명을 크게 결정지은 중대한 사건이라는 것이다.

어느 해 초봄 바다에 심한 폭풍우가 일었다. 다음 날 크게 부서진 배 한 척이 가막도 해안에 표류해왔다. 침몰 직전의 난파선에는 죽어 가는 선원이 예닐곱이나 타고 있었다. 가막도 정착민들은 그들을 구해내어 자기 집에 재우면서 정성껏 간호를 했다. 그러나 살려놓고 보니 그들은 뜻밖에도 말이 안 통하는 어느 외국의 뱃사람들이었다. 몸들이 회복되고 부서진 배가 수리되자 그들은 이내 물건들을 챙겨 가막도를 떠날 준비를 했다. 어느 날 이른 새벽녘에 그들은 과연 수리한 자기들의 배로 가막도를 몰래 빠져나갔다. 그들이 묵고 있던 박씨 일가를 몰살시키고, 그들은 박씨 집의 과년한 두 딸만을 납치하여 떠난 것이다.

가막도 정착민은 이리하여 다섯 세대가 네 세대로 줄었다. 이 비극을 치른 후로 가막도 주민들에게는 한 가지 불문율이 생겼다. 바다에서 무슨 일이 일어나도 그들은 바다 쪽을 쳐다보지 않기로 한 것이다.

갈매기 대여섯 마리가 동굴 입구 쪽의 바위 잔등에 앉아 있다. 이상하게도 이 부근 일대에는 밤과 낮의 구분 없이 거의 하루 내내 날짐승들이 눈에 띈다. 해가 저물어 땅거미가 깔리면 이곳에는 갈매기와 교대하여 또 다른 날짐승이 나타난다. 해안에 널려 있는 크고 작은 동굴에서 낮 동안 숨어 있던 박쥐들이 일제히 밖으로 쏟아져 나오는 것이다. 어둠 속을 미친 듯 떼지어 나는 박쥐들은, 흡사 가위로 오려 하늘에 날린 검은 천 조각을 연상시킨다. 광란에 가까운 요란스런 날갯짓과 함께 그들은 밤새도록 밤하늘을 유령처럼 떠도는 것이다.

인규에게 베푸는 안종선의 친절은 친족 간에나 볼 수 있는 정성스럽고 지극한 것이다. 솔섬에서 구출해내어 이 동굴에 인규를 묻어두고, 안종선은 식사 일체를 손수 지어 동굴로 날라 오고 있다. 그는 가막도 안에서는 농사를 짓지 않는 몇 안 되는 주민 중의 하나다. 그의 주된 생계 수단은 육지에 보약으로 팔리는 검은 염소를 키우는 것이다. 1년에 예닐곱 차례씩 뭍으로 내다 파는 이곳의 염소는 안종선뿐 아니라 가막도 모든 주민에게 빼놓을 수 없는 중요한 소득원이다. 적으면 두세 마리에서 많으면 백 여 마리에 이르기까지 이곳 가막도 주민들은 거의 전 세대가 흑염소를 키우고 있다.

새벽 6시가 조금 못 되어 안종선은 구럭을 메고 인규가 머문 해안 동굴을 찾아왔다. 그가 메고 온 구럭 속에는 베 보자기에 싼 밥 두 그릇과 날된장 약간, 멸치볶음 한 줌, 그리고 물이 가득 담긴 한 되들이 됫병 하나가 들어 있었다.

솔섬을 탈출하여 인규가 이 동굴에 몸을 숨긴 지도 오늘로 벌써 사흘째가 되고 있다. 동굴에 도착한 첫날밤을 인규는 결코 잊을 수가 없다.

안종선은 치밀한 사내였다. 배를 댄 해안으로부터 동굴은 약 백 미터 남짓 떨어져 있었다. 가파른 절벽 틈을 오르자 폭 1미터쯤의 바위 시렁이 나타났고, 그곳을 다시 왼쪽으로 꺾어 돌자 불거져나온 바위 군 뒤에 동굴 입구가 큰 입을 벌리고 있었다. 서너 칸 넓이의 긴 장방형 동굴은 천장이 매우 높았고 한 쪽 벽 밑에 통나무를 엮어 만든 뗏목형의 평상이 놓여 있었다. 염소 몰이 후 갑작스런 악천후로 마을에 돌아가지 못할 경우를 대비하여 안종선은 섬 여러 곳에 이런 비상용의 잠자리를 마련해두었다고 했다. 동굴에는 평상 외에도 깔개짚과 덮을 것 한 장과 유지(油紙)로 싼 성냥과 초토막 등이 준비되어 있었다. 심지어 그는 작은 냄비에 오랫동안 굶주린 인규가 회복기에 먹을 죽까지 끓여왔다.

사흘 동안 비어 있던 인규의 위장에 안종선은 고체식보다는 죽과 같은 유동식이 좋다는 것을 알고 있었다. 탈진 직전에 이른 인규의 식욕은 동물적일 만큼 탐욕스럽고 난폭했다. 그는 안종선의 제지에도 불구하고 죽 냄비를 감출 때까지 세 사발의 죽을 먹었다. 초 토막 하나가 다 탈 무렵에야 안종선은 인규만을 남겨둔 채 조용히 동굴을 떠났다. 그는 다음 날부터는 죽 아닌 밥을 준비해오겠다고 했다.

인규가 안종선을 다시 만난 것은 다음 날 해가 높이 뜬 정오가 가까운 무렵이었다. 안종선은 아침에 일찍 왔었지만 인규가 잠을 깨지 않아 일단 동굴을 떠났다가 다시 들른 길이라고 했다. 짚이 깔린 포근한 침상에서 인규는 죽음의 공포 없이 꼬박 15시간을 깊은 잠에 빠진 것이다.

볼이 미어지게 밥을 퍼넣는 인규를 향해 안종선은 이날도 역시 여러 가지 질문들을 했다. 허기가 대충 메워진 무렵에야 인규는 안종선의 질문들에 어떤 의미들이 담겨져 있음을 깨달았다. 몇 가지 새로운 정보들이 안종선의 질문들 속에서 자연스레 묻어나왔다.

인규가 갇혀 지낸 솔섬에서는 특수한 물질이 제조되었던 모양이다. 하긴 인규는 그곳 움막에서 용도를 알 수 없는 여러 개의 화덕 자리를 발견했다. 솥이나 냄비가 걸렸을 그 화덕들은 오랫동안 불을 땐 흔적으로 검댕과 재와 숯 토막들이 남아 있었다. 아마 누군가가 그 화덕들에 솥을 걸고 특수한 용도의 액체를 고열로 오랫동안 달이거나 고았던 모양이다.

인규가 화덕의 용도를 묻자 안종선의 질문은 끝났다. 그의 대답을 듣지 않고도 인규는 솔섬에 있던 화덕과 솥의 용도가 무엇인지 알았다. 액체로 된 내용물을 오랫동안 지속적인 고열로 달이거나 졸이는 것이 그들의 용도였다. 그러나 인규가 농축물의 종류를 알고 있다는 것을 안종선이 눈치채도록 한 것은, 인규의 경솔한 실수라고 해야 옳았다. 안종선이 알고 싶어한 것이 바로 인규가 그 농축물의 정체를 아는가 모르는가의 확인이었기 때문이다.

"당신을 솔섬에 가둔 이유가 이제는 분명해졌소."

인규는 의아했다. 지금까지 그 이유를 알기 위해 백방으로 고심해온 그였기 때문이다.

"전 아직도 모르겠습니다. 어떤 이유로 제가 그 섬에 갇힌 거죠?"

"솔섬이라는 장소가 문제요. 그 섬은 가막도 사람 중에서도 특별히 선택된 사람들만이 드나들도록 되어 있소. 아편을 고아 만드는 비밀스런 장소여서 마을 노인들이 지정하는 몇몇 사람만이 일정한 시간에 드나들게 되어 있소."

"그렇다면 왜 제가 그런 비밀 장소에 갇히게 된 겁니까?"

"당신을 가막도 밖으로 내보내지 않기 위해서요."

"그건 또 무슨 소리죠?"

"당신은 솔섬에 건너감으로써 가막도가 숨기고 싶은 중대한 비밀을 알게 되었소. 그 비밀이 뭍으로 새어나가지 못하게 하기 위해, 가막도 주민들은 당신이 가막도를 떠나는 것을 원치 않게 되었다는 이야기요."

"내가 알고자 해서 알게 된 비밀이 아니지 않습니까?"

"알게 된 경위야 뭐래도 좋소. 당신은 딱하게도 가막도가 만든 가장 좋지 않은 덫에 걸려들었소. 문제는 당신이 솔섬의 비밀을 알아버려서 이제는 가막도 주민과 운명을 같이해야 한다는 사실이오. 어떤 사내가 당신을 솔섬으로 데려간 이유도 바로 그 사실을 확인시키기 위한 작업이었던 거요."

보이지 않는 힘으로 옥죄어오던 덫의 정체가 비로소 인규에게 구체적 얼개로 다가온다. 분노나 항의는 이제 아무런 소용이 없다. 그 비밀을 발설하지 않겠다는 서약이나 맹세도 그들에게는 통하지 않는다. 안종선의 설명에 의하면 이미 여러 차례 가막도 주민들은 외지 사람들의 그런 약속에 기만당하거나 배반당해왔다는 것이다.

"그건 무법입니다. 나는 이 섬을 반드시 떠납니다."

안종선은 고개를 내둘렀다. 그런 생각은 건강만 해칠 뿐 사태 해결에 아무런 도움도 되지 않는다고 안종선은 말했다. 가막도 탈출을 끝내 고집하면 그에게는 심상치 않은 더 큰 불행이 닥칠지도 모른다는 것이다. 그 불행이 어떤 것인지 밝힐 필요는 없을 것이다.

솔섬의 비밀을 지키기 위해 최악의 경우 가막도 주민은 인규의 입을 영원히 봉할 수도 있다는 것이다.

재앙이라는 생각이 들었다. 전혀 예상치 못한 불의의 재앙이었다. 그 재앙은 다수에서 분리된 어느 괴팍스런 소수 집단의 폭력적인 횡포에서 비롯되었다. 상대가 아프리카 오지의 미개한 만족(蠻族)이라면 그런 폭력의 가능성을 납득할 수도 있으리라. 그러나 가막도는 만지(蠻地)도 아니고 야만인의 오지도 아니다. 그들은 명백하게 범법 행위를 하고 있었고, 그 범법을 숨기기 위해 더 큰 범죄를 준비하고 있는 것이다.

그러나 이러한 항의도 안종선에게는 대수로운 의미로 전달되지 않는 눈치다. 그는 인규가 항의하고 비난하는 폭력을, 오히려 정당한 것일 뿐 아니라 가막도 주민들에게는 신성한 것일 수도 있다고 했다. 폭력이 모두 나쁜 것은 아니다. 자기를 지키기 위한 폭력은 정당방위라는 이름으로 법으로도 보호받고 있다. 더 큰 폭력을 방지하기 위한 작은 규모의 예방적인 폭력이라는 것도 있다. 다수와 소수의 개념이라는 것도 경우에 따라서는 해석이 달라져야 한다. 도둑 10명이 한 사람의 시민을 공격했다면 도둑이 다수라고 하여 법이 도둑을 편들 수는 없다. 악한 다수와 선한 소수 중 보호를 받아야 할 것은 마땅히 선한 소수여야 한다. 결국 가막도는 뭍의 일방적인 횡포에 대항하여 그들만의 독특한 방법으로 정당방위적인 폭력을 행사하고 있을 뿐이다. 뭍에 사는 모든 사람들을 그들은 언제라도 그들의 적으로 돌릴 수 있다.

8

대단한 더위다. 갯가의 돌 벼랑과 크기가 다른 여러 모양의 바위
들에서 숨을 막을 듯한 열기가 뿜어나온다. 한여름의 불볕 속이라
돌들이 온통 불에 달군 쇠처럼 뜨겁다.

반나절에 걸친 수색 작업에도 불구하고 성과는 전혀 없다. 사람
이 보이지 않으면 무언가 흔적이라도 있을 법한데, 아직은 실종된
사람의 흔적조차 발견되지 않고 있다. 하긴 성과가 없는 것도 하나
의 성과일 수 있다. 찾아봤는데 사람이 없다면 그 사람은 실종이
다. 실종을 확인한 것만도 수색 작업의 성과인 셈이다.

바다를 굽어보는 높은 벼랑 머리를 사내 둘이 넘어온다. 혹처럼
불거진 벼랑 머리에는 사오 년생 어린 솔이 네댓 그루쯤 박혀 있
다. 키가 비슷한 두 사람 중 한 사람은 수염이 좋은 노인이다. 노인
은 색 바랜 밀짚모자를 썼고, 손에는 몸통이 가는 지팡이를 짚고
있다. 젊은이 못지않은 걸음걸이로 노인은 둔덕을 지나자 산자락
숲길로 앞서 들어간다.

"덥네, 그늘에서 잠시 땀이나 들이구 가세."

기다리고 있었던 듯 젊은 사내는 노인을 따라 발을 세운다. 바람
은 신통치 않아도 우선 볕이 없어 쉴 만하다. 곰솔 그늘이라 바닥
에는 소나무에서 떨어진 갈비들이 황금색으로 곱게 깔려 있다. 키
작은 억새풀의 떨기 위에 내려앉으며 서문호는 땀을 닦고 있는 윤
오복 노인을 돌아본다.

"금년엔 약농사가 어떻습니까?"

"봄철 수확은 신통찮았네. 가을이나 기다려봐야지."

윤노인은 건재로 쓰는 약초를 많이 재배한다. 가막도에 환자가 생기면 제일 먼저 불려가는 한의사이기도 하다. 진맥도 잘 하고 약도 잘 지어서 그는 가막도의 유일한 무면허 한의사다.

"찾아봐서 끝내 없으면 낚시꾼은 어떻게 처리되죠?"

"없는 게야 어쩌겠나. 찾아봤으니 우리 할 일은 다 한 게야."

"그래두 뭍에 나가 실종 신고는 해야 되지 않을까요?"

"그런 일이야 우리 보다는 집안 권속이나 연고자가 나서야지. 외지서 들어온 남의 식구라 남인 우리가 나설 계제가 아니잖은가."

"그 사람을 한 번 만나보셨다면서요?"

"봤지. 배앓이가 났다길래 약을 지어준 일이 있어."

"사람이 어때요?"

"앓는 사람으루 잠시 봤는데 까탈스럽지 않은 무던한 인상이었네."

"많이 배운 사람 같았다면서요?"

"그 소린 뉘게서 들었어?"

"동근이가 낚시하다가 우연히 한 번 만났답니다. 말 몇 마디 나눠봤는데 뭍에서두 꽤 많이 배운 사람 같다더군요."

갑자기 불어닥친 시원한 들바람에 어느새 땀이 잦아든다. 심한 갈증과 더불어 때 이른 시장기도 느껴진다. 가막도 내에서의 낚시꾼의 실종을 서문호는 이해할 수가 없다. 그의 경우는 옛날에 있었던 전도사 사건과도 사정이 다르다. 이곳을 찾은 그 사람의 목적이 낚시 한 가지뿐이었다면 그 사람은 당연히 무사했어야 마땅하다.

"낚시꾼이 오기 전에 행상 한 사람이 죽었다면서요?"

"그랬지."

"그건 어떻게 된 사곱니까?"

윤노인이 곰방대를 꺼내 잘게 썬 담배를 꼭꼭 쟁인다. 성냥을 쳐서 불을 댕긴 후, 윤노인은 자기 앞 풀밭에 담뱃진 섞인 갈색의 침을 뱉는다.

"온 지 얼마 안 되는 자네가 그런 소문은 뉘게서 들었어?"

"어제 향당(鄕堂)에서 낚시꾼을 수색하자는 공론이 나왔는데, 그때 누군가가 말을 해서 우연히 들었습니다."

"그 일 때문에 골치들을 썩이구 있어. 여기 사람 중에 누군가가 외지 사람하구 내통하는 기색이 있어."

"죽은 그 행상하구 누가 내통을 했다는 건가요?"

"술 처먹구 못된 짓을 하길래 마을에서 잡아다가 혼을 낸 뒤 빈 창고에 가뒀었지. 헌데 누가 한밤중에 쇠를 따구 그 사람을 몰래 풀어준 게야. 뒤늦게 행상이 없어진 걸 알구 마을 사람을 풀어 도망친 죄인을 찾아나섰더니, 사흘 후 도래물 쪽에 죽은 송장으루 떠올랐어. 가둬둔 창고의 쇠를 따구 끌러준 사람이, 그 행상을 몰래 해쳤던 게야."

"쇠를 따구 끌러준 사람이 밖에서 왜 다시 그 행상을 해친 거죠?"

"까닭이 있었어. 돈 욕심이 났던 겔세."

"돈이라니요?"

"행상 치구는 그 사람 수중에 큰돈이 있었던 모양이야. 그걸 탐내어 끌어냈다간 돈만 챙기구 사람은 해친 게지."

"보따리 메구 행상하는 사람이 큰돈을 지녔다는 건 이상하지 않습니까?"

"행상이라는 건 드러난 구실이구, 실은 그 사람이 돈 많은 약상(藥商)이었던 모양일세. 딴 욕심으루 섬에 왔다가 돈 잃구 목숨까지 잃은 셈이지."

"약상이라면 무슨 약을 사자구 이곳 가막도까지 큰돈을 마련해 왔다는 얘깁니까?"

"뭍엣 사람들이 큰돈 쓰구 살 약은 우리 가막도에 한 가지뿐일세. 헌데 그건 자네두 알다시피 내놓구 거래할 약이 못 되지 않은가. 거래가 안 돼는 약을 사자니 그런 화통이 생길 밖에."

문호의 두 눈이 크게 열린다. 그는 어린 시절에 가끔 찾아갔던 어느 숲 속의 화사한 꽃밭을 생각한다. 봄과 가을 두 차례에 걸쳐 마을의 아낙네들은 몇 사람씩 패를 지어 당산 숲 속으로 깊숙이 찾아들곤 했다. 그들이 준비한 연장은 자루를 반으로 부러뜨려 그 끝을 날카롭게 간 몽당 숟가락 한 자루였다. 숲에는 꽃밭이 있었고 꽃밭에는 꽃잎이 이울어 상수리 열매 크기의 대궁만 남은 꽃대들이 빽빽히 서 있었다. 아낙네들은 날카롭게 간 숟가락 손잡이 끝으로 꽃대궁 주위를 나선형으로 빙빙 돌려 파서 깊은 상처를 만들었다. 상처에서는 칼질과 동시에 우윳빛의 뽀얀 액체가 샘솟듯 솟아나왔다. 시간이 흐르면 이 액체는 뽀얀 빛에서 검은 색으로 변색했다. 어른들은 대궁에서 솟아나와 갈색으로 변한 끈끈한 즙을 숟가락으로 따거나 긁어모아 작은 종지에 받았다가 그것들을 다시 큰 그릇으로 옮겨 모았다. 작업은 보통 반나절쯤 계속되었다. 칼질을 하고 즙을 따는 동안 여인들의 손끝은 새까맣게 물들곤 했다. 이렇게 채취된 소중한 생약은 마을로 옮겨져서 향당의 노인들에게 맡겨졌다. 노인들은 그것을 다시 어딘가로 옮겨가서 일정한 모양을 지닌 작은 덩이의 고체로 정제했다. 그 약이 쓰이는 용도는 놀라울 정도로 다양했다. 그러나 쓰임새와 효용에 비해 그 약의 보관과 관리는 아주 신중하고 조심스러웠다. 꼭 필요한 경우가 아니고는 노인들은 그 약을 쉽게 내놓지 않았던 것이다.

"그래, 행상이 지녔던 돈은 지금 누구 차지가 됐습니까?"

"행상을 해친 범인을 모르는데 돈의 행방을 어찌 알겠나?"

"행상이 큰돈을 지녔다는 건 틀림없는 사실인가요?"

"전대(錢帶)를 봤다는 사람이 있지만 그것두 믿을 만한 얘기는 아니야."

해변 쪽 벼랑 너머로 바닷바람이 불어온다. 벼랑 쪽의 솔숲을 통과하면서 바람은 싱그러운 송뢰(松籟) 소리를 내고 있다.

"여기서 살인이 났다는 걸 뭍에서두 알구 있나요?"

"일만 크게 버르집을 듯해서 살인이라구 하질 않았어. 술이 취해 발을 헛딛어 바다에 떨어져 죽은 것 같다구 신고를 했지."

"만일 살인이 확실하다면 자체적으루라두 범인을 밝혀야 하지 않습니까?"

"그래서 탈이라는 겔세. 사건에 돈이 얽혔으니 그게 어디 쉬운 일인가."

문호는 가슴을 부풀려 커다랗게 바닷바람을 들이마신다. 가막도에도 작은 변화가 오고 있다. 일사불란하던 주민들의 일체감이 지금은 자체의 균열에 의해 조금씩 파열음을 내고 깨지거나 흔들리고 있다. 더 큰 문제는 그 균열이 밖으로부터의 충격이 아닌 내부의 분열과 배반으로 만들어지고 있다는 것에 있다. 섬을 지배해온 향당 노인들의 권위도 이번의 살인 사건에서는 상당한 상처를 받은 듯하다. 섬을 찾아온 외지인 한 사람을, 누군가가 장로들의 동의 없이 개인의 이익을 위해 살해해버린 것이다.

"참, 얘기 듣자니 자네가 섬에 배 한 척을 내기루 했다던가?"

"큰아버님께 말씀 드렸다가 크게 꾸중만 들었습니다."

"자네 생각은 고맙네만 섬에 급한 건 배가 아닐세."

"급하구 덜 급하굴 따져 배 살 생각을 한 게 아닙니다. 이제 여기 두 담을 헐구 뭍하구 좀더 가까이 지내도록 해야 합니다. 살인이 일어나구 사람이 실종되구 이게 어디 요즘 세상에 있을 법한 일입니까?"

윤 노인이 곰방대로 작은 돌을 가볍게 두들긴다. 무심코 하는 노인의 행동이 격해진 젊은이의 감정을 능률적으로 억제한다.

"자네 눈에는 우리 사는 게 딱해 보여서 하는 말일 테지만, 그거야 울 밖에서 남이 보는 딱함이지 지금 당장 울안에서 내가 겪는 딱함은 아닐세. 섬을 떠나 사는 자네들한테는 실은 우리한테 그런 말 할 자격두 없어."

윤노인의 말은 꾸중이라고 해도 좋다. 어쩌면 노인은 더 이상의 대화를 원하지 않는지도 모른다. 온화한 표정을 잃지 않은 채 노인이 다시 젊은 사람을 돌아본다.

"여기 살면서 늘 하는 생각은 언제쯤에나 바깥 세상에서 우리를 우리 사는 대루 놔둘 것인가 하는 걸세. 세상 물정에 어둡긴 하지만 여기서두 여기 나름으루 바깥 세상에 맞춰 살려구 애들을 쓰구 있네. 허나 세상과 너무 가까이 어울려두 우리한테 노상 좋은 일만 돌아오진 않아. 좋은 일루 세상이 떠들썩할 때야 여기두 가끔 그 턱찌끼가 떨어지네만, 나쁜 일루 세상이 발칵 뒤집히면 이 섬은 하룻밤에 사람 살지 않는 무인도가 될 수두 있네."

자주 들어온 노인들의 경고다. 한때 가막도는 무인도가 될 뻔한 위기를 당한 적도 있다. 노인들의 공통된 분노는 뭍에서 행사해오는 뭍의 질서 속의 일방적인 폭력에서 비롯된다. 뭍의 질서 밖에 버려져 있으면서도 가막도는 가장 혹독하게 뭍의 폭력에 지배받은 경험이 있다.

솔섬 쪽의 가파른 비탈을 사내 한 명이 걸어내려온다. 불볕 속을 걸어오는 사내는 가끔씩 찌푸린 얼굴로 이쪽을 올려다보곤 한다.

"어어이!"

런닝 셔츠에 반바지 차림으로 사내가 고함과 함께 한 팔을 번쩍 쳐들어 보인다. 그가 쳐든 바른 손에는 깃발 같은 것이 쥐어져 있다.

"올라오는 게 누군가?"

"안종선씨 같습니다."

"배를 타구 나간 사람이 이리룬 어떻게 올라왔어?"

"서둘러대는 품이 뭔가를 찾아낸 것 같은데요?"

비탈의 경사가 매우 가팔라서 안종선은 헤엄치듯 양팔을 휘저으며 올라오고 있다. 거리가 조금씩 단축되면서 안종선의 땀투성이 얼굴과 철판처럼 번쩍이는 화상의 흉터가 보인다. 그는 가막도에 찾아든 외지 사람으로 뒤늦게 섬에 정착한 몇 안 되는 '굴러온 돌'이다. '굴러온 돌'로 가막도 사람과 충돌 없이 어울려 사는 사람은 그가 아마 유일한 존재일 것이다.

"윤대인님, 찾았습니다! 이게 솔섬에 떨어져 있었습니다!"

흔들어대는 안종선의 손에는 노란 줄무늬의 타월 한 장이 들려 있다. 숨을 헐떡이며 솔숲으로 들어서는 안종선을 향해 윤노인이 꾸짖듯 다부지게 되묻는다.

"자네 지금 그 물건을 어디서 얻었다구 했나?"

"솔섬이라구 했습니다요."

"그 물건이 어떻게 해서 솔섬에 있다는 겐가?"

50대의 안종선을 향해 60대의 윤노인이 서슴없이 '하게'로 말을 한다. 듣는 쪽이나 하는 쪽에서는 그것을 조금도 이상하게 여기지 않는다.

"배를 저어 섬 밖을 돌다가 혹시나 해서 헛걸음 삼아 솔섬에 배를 댔습지요. 실은 제가 댄 게 아니구 같이 간 건식이 녀석이 한번 대보자구 해서 댔습니다. 헌데 배를 붙여놓구 제가 배 안에서 기다리구 있자니까 섬에 올라간 건식이가 한참만에 이걸 주워 들구 왔습니다. 건식이 얘기루는 이 수건이 약 고던 움막 발치에 떨어져 있더랍니다."

"건식이는 그래 어디 있나?"

"지금 너럭바위에서 배 붙여놓구 기다리구 있습니다."

"기다리다니 누굴 기다려?"

"이런 게 거기 떨어져 있었다면 딴 물건두 있었을 게 분명하지 않습니까? 이왕이면 윤대인 어른께서두 함께 건너가서 둘러보시는 게 어떨까 해서……"

"이리 줘보게."

윤노인이 안종선으로부터 노란 줄무늬의 타월을 받아든다. 타월을 찬찬히 살피는 동안 안종선은 다시 빠른 말씨로 입을 연다.

"건식이 말루는 화덕 근처에 게 껍질이랑 소라 껍데기랑 섭조개 껍질두 수북하더랍니다. 낚시꾼인지 누군지는 모릅니다만 사람이 있었다는 건 한눈에 알아볼 수 있드랍니다."

살피던 타월을 문호에게 건네주고 윤노인은 다시 안종선을 바라본다.

"최근에 가막도 사람 중에 솔섬에 건너간 사람이 있었던가?"

"거긴 봄에 한 번 가구는 간 사람이 아무두 없습니다."

"그렇다면 저 물건은 외지 사람들이 흘리구 간 물건이겠군?"

"그렇게 봐야 옳겠습지요. 더구나 움막 근처에는 바다에서 갓 딴 섭조개 껍질두 있었다니까요."

"사람은 안 보였다든가?"

"보였으면 건식이가 이 물건만 들구 왔겠습니까?"

윤노인이 고개를 갸웃하며 혼잣말하듯 중얼거린다.

"모를 일일세. 배두 없이 어떻게 솔섬으루 건너갔을까?"

"배 없이는 어림두 없죠. 그쪽 물흐름이 어지간히 사나워야죠."

"알았네. 앞장서게. 건너가 보면 알 수 있겠지."

9

모깃불 연기가 온 뜰 안에 자욱하게 퍼져 있다. 마당 귀퉁이에 지펴둔 짚불이 아직도 어둠 속에 흰 연기를 꾸역꾸역 피워올린다.

몸집 큰 사내 하나가 땀을 흘리며 뜰 안으로 들어선다. 배를 내밀고 뒤뚱거리는 걸음걸이가 공판장 관리인인 송필배가 분명하다.

"댕겨오는 길입니다."

"한호(漢浩)는?"

"곧 올 겝니다. 잠시 들를 데가 있다구 해서 저 먼저 이리루 왔습니다."

"앉게."

송필배가 평상에 앉는다. 느릅나무 잔가지에 걸린 석유등 두 개가 어둠을 희뿌옇게 밝히고 있다. 원래는 모임이 있으면 향당 큰방이나 곁방을 쓰곤 했는데, 오늘은 날씨가 더워 마당에 멍석을 깔고 그 위에서 일을 본 모양이다. 모임이 벌써 파한 후라 평상에는 겨우 대여섯 명 정도의 노인들이 앉아 있다. 사람들이 하나 둘 떠나

자리가 썰렁해지자 그들은 멍석에 앉았다가 평상 위로 다시 옮겨 앉은 눈치다. 노인들이 빨아대는 곰방대의 불이 어슴푸레한 어둠 속에 빨간 열매처럼 매달려 있다.

"그래 어떻게들 공론을 모으셨습니까?"

"내일 하루 더 찾아봐야 될 것 같네."

"오늘 그렇게 이 잡듯 뒤졌는데 내일 또 찾아본다구 없는 사람이 나타날까요?"

"사람을 찾자는 게 아니야. 없으면 없어진 대루 확인이라두 해두자는 겔세."

침묵이 흐른다. 실종된 낚시꾼의 유품이 오늘 낮에 솔섬에서 발견되었다. 사람이 머문 흔적은 솔섬 곳곳에 뚜렷이 남아 있었다. 그것이 낚시꾼의 흔적이라는 것도 움직일 수 없을 만큼 확실하다. 발견된 타월 한 장에 염색된 글씨가 박혀 있는데 그것이 어느 잡지사의 창간을 기념하는 내용의 글이었던 것이다.

수색 결과는 드러났다. 낚시꾼이 가막도 본도(本島)에서 솔섬으로 건너간 것은 분명하다. 아니, 솔섬으로 건너간 그는 그곳에서 최소한 이틀 이상을 살았던 것도 확실하다. 그러나 문제는 왜 그 낚시꾼이 하필이면 낚시를 하러 솔섬으로 건너갔으며, 또 그곳으로 건너간 그가 왜 흔적만 남기고 어딘가로 다시 사라졌는가 하는 것이다.

의문은 그뿐이 아니다. 솔섬은 조류가 세차서 배가 없이는 건너 갈 수 없다. 그렇다면 그가 배로 건너간 것이 분명한데 누가 그에게 배를 내주어 솔섬으로 건너가도록 편의를 봐줬는가 하는 것이다. 일차적으로 떠오른 혐의자는 며칠 전에 뭍으로 나간 분교 여교사 오정은이다. 혐의를 둘 이유는 충분했다. 낚시꾼이 그녀의 집에 머물렀다는 것이 그 첫째고, 그를 최후로 본 사람이 그녀라는 것이 둘째 이유며, 낚시꾼의 실종과 그녀의 출도(出島)가 비슷한 시기라는 것이 세번째 이유다. 그러나 논란만 시끄러웠을 뿐 확실한 증거는 아무것도 없다. 솔섬에서 발견된 낚시꾼의 흔적이 오히려 주민들에게는 더 큰 혼란을 안겨준 셈이다.

"배들은 모두 확인을 했는가?"

오랜 침묵 끝에 샘골의 박유사(朴有司)가 묻는다.

가막도에는 섬 자체 내에 육지와는 다른 자치제 비슷한 특이한 조직체를 두고 있다. 향당(鄕堂)으로 불리는 그 조직은 여러 명의 유사(有司)를 두어 각기 분야별로 일들을 맡게 했고, 모임이 필요할 때 모임을 주선하거나 대표하는 직책으로 임시직인 도유사(都有司)를 두어 조직을 능률적으로 관리 운영하도록 하고 있다. 마을의 노인들이 번을 서가며 하는 이 직책은, 대충 두 달 아니면 석 달이다. 헌데 이번 달은 순서에 의해 샘골의 박석철 노인이 도유사를 맡은 것이다.

"여러 포구에 흩어진 배들을 끌어 모아 알아봤는데 망가져 못쓰는 놈 말구는 없어진 거루가 한 척두 없었습니다."

"그렇다면 이 사람은 무얼 타구 솔섬을 드나든 게여?"

퉁기는 듯한 박유사의 반문에 좌중은 다시 말들이 없다. 그러나 말은 없어도 그들은 모두 똑같은 생각들을 하고 있다. 이번에도 역시 누군가가 낚시꾼을 태워 어딘가로 다시 빼내갔으리라는 생각이다.

"그래, 그 사람의 방에서는 뭘 좀 알아보았는가?"

"예, 알아는 보았습니다만 신통한 게 없었습니다."

"사는 데는 서울이 틀림없구?"

"적힌 주소는 없었습니다만, 서울 산다는 건 믿어두 될 것 같습니다."

"생업은 뭐야? 그만한 연치면 놀구 지냈을 리는 없을 테구."

이번에는 박유사 옆의 점돌 노인이 말을 묻는다.

"그게 도무지 확실치가 않습니다. 웃웃에서 명함 두 장이 나왔는데 하나는 인쇄소 명함이구, 다른 하나는 술집 이름이 적힌 안내장 비슷한 명함이었습니다. 이름들이 서루 다른 걸 보면 남의 명함을 받아둔 것 같더군요."

"이름조차두 확실치가 않으니……"

야트막한 돌담을 돌아 키가 껑충한 사내가 들어온다. 마당을 지나 불 밑으로 오더니 사내는 몸을 돌려 평상 끝에 엉덩이를 걸친다.

"늦었습니다."

"곧장 오지 않구 어딜 들렀냐?"

서관수 노인이 아들 한호에게 꾸중 비슷하게 한마디 한다. 한호는 그러나 아버지를 무시하고 옆자리에 앉은 송필배를 돌아본다.

"자넬 찾네."

"누가?"

"공판장에 가보게. 젊은 아이들이 술이 없다구 자네를 기다리구 있네."

필배가 몸을 일으키자 한호가 따라서 일어선다.

"얘기는 필배한테 대충 다 들으셨을 테구, 저두 그만 이 사람 따라 돌아가보겠습니다."

노인들이 잡을 틈도 없이 두 사람의 건장한 장년은 곧 마당을 빠져나간다. 돌담 모퉁이를 돌아 향당에서 멀어지자 한호가 그제야 비스듬히 필배를 돌아본다.

"공론이 어떻게 났나?"

"내일 다시 한 번 찾아보자시네."

"내일은 동력선을 내게."

"동력선은 왜?"

"난 그 작자가 어디 있는지를 알구 있어. 반드시 찾아낼 게야. 그 작자는 틀림없이 죽지 않구 살아 있네."

"살았다는 걸 어떻게 믿나?"

"죽을 놈이면 진작 죽었지 하루나 이틀씩 솔섬 같은 데 박혀 있질 않아. 누가 녀석을 구해준 걸세. 돈을 받기루 약속허구 누가 그 녀석을 구해준 게 틀림없어."

"구해준 건 나중 일이구 먼저 솔섬에 데려다준 것부터 이상허지 않은가? 배 없이는 못 가는 솔섬에 대체 누가 그 사내를 건네준 걸까?"

갈림길이다. 술내 풍기는 한호를 피해 필배가 먼저 몸을 돌린다. 멀리 보이는 공판장 쪽에서 젊은 패들이 왁자지껄 떠드는 소리가 들려온다. 필배와 헤어져 얼마쯤 걷다가 한호가 갑자기 발을 세운다. 누군가가 그의 가는 길을 서너 걸음 앞에서 막아섰기 때문이다.

"누구야?"

"접니다, 형님."

서 있던 사내가 이쪽으로 다가온다. 다가온 사내는 며칠 전 고향을 찾은 한호의 사촌 동생 서문호다. 가던 길을 다시 걸으며 한호가 그제야 퉁명스레 묻는다.

"술판 끝났나?"

"아직 하구들 있습니다."

"너만 빠졌구나?"

"피곤해서요."

사촌 형제가 나란히 걷는다. 바쁜 농사일을 제쳐두고 마을은 오늘 쓸데없는 일에 반나절을 허비했다. 밀린 농사일을 서둘러 끝내고 청년들은 밤이 되자 여럿이 어울려 공판장에서 술판을 벌인 것이다.

"넌 어떻게 생각허냐?"

"뭘 말입니까?"

"낚시꾼이 죽었을까 살았을까?"

"글쎄요, 시체가 없으니 지금으로서는 살았다구 봐야겠죠."

"생각이 같아 다행이다. 녀석은 절대루 죽지 않았어."

"그 사람의 생사보다 더 중요한 문제가 있습니다."

"중요한 문제?"

멈출 듯하다가 두 사람은 다시 걸음을 옮긴다. 아우 문호가 잠시 후에 천천히 말을 잇는다.

"전 오늘 마을 사람들한테 크게 실망했습니다. 사람들을 풀어 반나절 동안이나 없어진 낚시꾼을 찾구두, 마을 사람들은 그 낚시꾼을 어떻게 할 것인지는 아무 마련두 생각두 없더군요. 형님은 그 사람을 찾으면 어떻게 허리라구 생각해두셨습니까?"

침묵이 흐른다. 갑작스런 질문이어서 한호는 잠시 대꾸가 없다. 달려드는 모기를 손으로 쫓은 후 문호가 다시 차분하게 입을 연다.

"찾아내는 일이 중요한 게 아닙니다. 그 사람을 찾아낸 후 어떻게 처리할 것인가가 더 중요한 일입니다. 찾아내어 붙잡아둘 생각이면 굳이 그 사람을 찾을 필요가 없습니다. 뭍으로 돌려보낼 생각이 있을 때만, 그 사람을 찾도록 하라는 것입니다. 붙잡아두거나 해치기 위해 그 사람을 찾는다는 건 생각만 해두 끔찍한 일입니다."

"그렇지 않아. 난 너하구 생각이 다르다. 그 친구는 낚시를 하러 솔섬으루 건너간 게 아니야. 약을 고는 솔섬으루 건너간 건 그 친구가 약상이거나 수사관이기 때문이다. 이런 사람을 그대루 두라니 그게 어디 말이나 되냐?"

"딱하군요. 설혹 그 사람이 약상이라두 좋습니다. 내가 살기 위해 남을 해친다는 건 짐승들 세계에나 있을 수 있는 일입니다. 그건 이 세상이 어지러울 때 어쩔 수 없이 취했던 가막도의 수칩니다. 그에게 처벌이 필요하다면 차라리 엮어서 뭍으루 보내십시오. 왜 손을 더럽혀가며 주민들 손수 처벌하려 하십니까?"

형이 아우의 팔을 잡는다. 무서운 힘이 주어지면서 형이 술내를 풍기며 아우에게 속삭이듯 입을 연다.

"너와 나 새에는 일곱 살의 나이 차가 있다. 네 부모가 어떻게 죽었는지 어린 너는 못 봤어두 나는 두 눈으루 똑똑히 봤다. 어떻게 해서든 여기 이 땅은 우리 손으루 꼭 지켜내야 한다. 지키지 않으면 이 가막도는 험한 파도에 쓸려 흔적두 없이 사라지구 말어. 가막도 여러 집안에 줄초상 나는 꼴을, 두 눈 번히 뜨구 어떻게 또 지켜보라는 이야기냐?"

제 3 장

1

절벽의 좁은 틈새를 따라 짙은 귤색의 불빛이 조금씩 아래로 내려온다. 비추는 방향이 바뀔 때마다 불빛은 좀더 밝거나 아주 희미해져 보이지 않을 때도 있다. 한 방향으로만 빛줄기를 내보내는 휴대용 손전등의 곧은 불빛 때문이다.

무덥다. 땅이 지닌 낮 동안의 열기를 얇은 구름층이 가두어둔 때문일 것이다. 짙은 어둠이 하늘과 바다를 한 색깔로 까맣게 버무려놓고 있다. 물이 써는 데다 바람이 없어 바다는 갓 시집온 새색시처럼 그 큰 몸뚱이를 얌전하게 뒤척인다. 해안에 부딪는 작은 파도들이 암벽의 굴곡에 따라 은분(銀粉)을 뿌린 듯한 흰색의 곡선을 만들고 있다. 충격에 의해 푸른빛을 내는, 바닷물 표층에 사는 한여름의 야광충(夜光蟲)들 때문이다.

"계시오?"

자갈이 깔린 동굴 바닥을 손전등의 불빛이 급하게 훑고 지나간다. 침상 아래서 초 토막을 찾아들고 인규는 서둘러 불빛 속으로 모습을 드러낸다.

"늦었군요."

안종선이 메고 온 구럭을 침상 위로 내려놓는다. 인규가 초 토막에 불을 댕기자 종선은 구럭 속에서 음식이 담긴 그릇 두 개를 꺼내놓는다.

"점점 사정이 어려워지고 있소."

"짐작하구 있습니다."

"하루나 이틀 기다려봐서 장소를 딴 데루 옮겨야 될 것 같소."

그릇 두 개를 당겨놓고 인규는 대꾸 없이 식사를 시작한다.

아직은 참아야 한다고 인규는 스스로 다짐한다. 어떠한 감정의 노출도 안종선에게는 무의미하다. 세상과의 모든 왕래가 지금은 이 사내의 중계에 의해서만 가능하다. 지루한 밤과 조심스런 낮을 그는 오로지 이 사내만을 기다리며 살아가고 있다. 와야 될 시간에 그가 나타나지 않았을 때, 인규가 겪는 불안은 피를 말리는 고통이다. 그러나 인규의 이러한 고통을 안종선은 전혀 개의치 않는 얼굴이다. 그에게 있어 인규의 존재는 길 잃은 염소보다 나을 것이 하나도 없다. 정성스레 돌본다는 사실이 중요할 뿐, 인규의 기다림따위는 그에게는 관심 밖의 일로 보인다.

"도무지 짐작이 가질 않소. 누가 당신을 솔섬에 가뒀는지……"

밥으로 멘 목을 트기 위해 인규는 천천히 물을 마신다.

"그 사람을 찾아내는 게 급한 일이 아닙니다."

촛불을 마주 한 안종선이 침상 끝에 걸터앉는다. 계속 밥을 퍼넣던 인규가 말을 하기 위해 잠시 수저를 내려놓는다.

"전 벌써 닷새째나 이 동굴 속에 갇혀 지내구 있습니다. 좋은 소식을 기다렸지만 사정이 좋아진 건 아무것두 없습니다. 얼마를 더 참구 기다려야 전 이 굴에서 나갈 수가 있습니까?"

안종선은 멀뚱히 인규를 바라본다. 턱을 당기고 엉덩이를 뒤로 뺀 품이, 언제 물어뜯을지 모르는 사나운 들짐승을 바라보는 듯한 표정이다.

"날더러 어쩌라는 거요? 내가 당신 편이라는 건 당신이 더 잘 알 지 않소?"

"여길 나가구 싶습니다. 이 좁고 답답한 굴에서 전 벌써 닷새째 나 혼자 처박혀 지냈습니다. 어떻게 좀 해주십시오. 잘 풀릴 전망 도 없이 무작정 이렇게 기다릴 수만은 없지 않습니까?"

동굴 속에 크게 울리는 자기 목소리에 인규는 놀란다. 거친 감정 을 함부로 드러내어서는 아무 일도 되지 않는다. 이 사내를 핍박해 봤자 돌아오는 것은 냉대와 무관심뿐이다.

"죄송합니다. 딴 뜻은 없습니다. 아무 잘못도 없다는 생각이 저 를 더욱 괴롭히고 있습니다. 입장을 바꿔놓구 생각해보십시오. 제 가 뭘 잘못했길래 이런 고생을 해야 합니까?"

안종선이 고개를 내두른다.

"당신에겐 잘못이 없소. 군이 있다면 여기 가막도를 당신이 살던 뭍과 혼동하고 있다는 거요. 당분간 뭍을 머릿속에서 지워버리시 오. 당신이 지금 할 일은 당신에게 닥친 여러 일들을, 뭍이 아닌 가 막도 방식으로 생각하도록 애써야 한다는 거요. 이것 저것 따지지 말고 적당한 때가 올 때까지 기다리며 참는 길뿐이오."

"전 많이 지쳤습니다. 밤이면 혼자 지내는 게 이제는 끔찍합니 다."

"그 고생 알 만하지만 여기서는 당신 자신밖에 아무도 믿을 수 없소. 남의 동정을 기대하지 마시오. 당신이 아무리 딱해 보여도 이 고장 사람들은 누구 하나 손을 내밀어 붙잡아주지 않을 거요. 마을 사람들의 눈에 당신은 여전히 뭍에서 건너온 수상한 외지인일 뿐이오."

인규는 다시 밥을 먹기 시작한다. 안종선의 말은 현실에 대한 과장 없는 확인이자 정확한 진단이다. 결국 인규의 앞일은 마을 사람들의 처분에 맡겨두는 도리밖에 없다. 그들의 온정이나 관대한 처분만이 인규가 바라는 한 가닥 희망이다.

"마을의 공론은 어떻게들 돌아가구 있습니까?"

"당신에게 나쁜 쪽이오."

"어느 정도로 나쁜 편이죠?"

"마을에서는 당신을 수색할 때 당신의 시체가 발견될 것으로 예상했던 모양이오. 헌데 예상이 빗나가서 마을은 지금 큰 걱정과 실의에 빠져 있소. 시체로 발견되어야 할 당신이 아직도 섬 어딘가에 살아 있을지도 모른다는 가능성으로 드러나자, 마을 사람들은 당신이라는 존재를 대단히 불편하고 못마땅하게 생각하고 있소."

"제가 살아 있다는 게 어째서 마을 사람들에게 불편하죠?"

"당신이 다녀간 흔적이 솔섬에서 발견됐기 때문이오. 그곳에 떨어뜨린 세수 수건 한 장으로 당신은 예사 낚시꾼이 아니라 뭍에서 냄새를 맡고 건너온 수상한 인물로 낙인이 찍힌 거요."

"수상한 인물이라는 건 어떤 사람을 말하는 겁니까?"

"약을 사러 온 약상일 수도 있고, 마약을 단속하러 나온 단속반원일 수도 있고, 가장 나쁜 건 행상 권기탁의 사인을 캐러 온 친척이나 수사관일 수도 있다는 거요."

"농어가 잘 물린다구 해서 전 솔섬으로 낚시를 갔던 것뿐입니다.

절 그 섬에 데려다준 사공은 제가 낚시꾼이란 걸 누구보다 잘 알고 있습니다."

안종선이 고개를 내두른다. 인규를 바라보는 그의 얼굴에 딱하다는 표정이 역력히 떠올라 있다. 눈먼 봉사에게 길이라도 일러주듯 그가 다시 또박또박 입을 열기 시작한다.

"내 말을 정신차려 들으시오. 당신 말대루 그 사람은 당신이 낚시꾼이란걸 잘 알구 있을 게요. 허나 당신은 그 사공의 입에서 당신이 낚시꾼이라는 말을 절대루 들을 수가 없을 거요. 왜냐하면 그 사람이야말로 당신이 가막도에 찾아온 걸 가장 못마땅해하는 사람이기 때문이오. 당신을 솔섬에 데려감으로써 그 사람은 당신을 가막도에 영원히 붙잡아둘 생각을 했던 거요. 내가 운 좋게 구해주지 않았으면 당신은 실제로 솔섬에서 아무도 모르게 굶어죽을 뻔하지 않았소?"

인규는 식사를 끝내고 빈 식기들을 다시 구럭에 담는다.

어느 쪽을 둘러보아도 인규에게 손을 빌려줄 친절한 얼굴은 없다. 이 섬에는 그의 시체를 보고 싶어하는 적의에 찬 사람들만이 가득할 뿐이다. 따라서 감정적인 불만의 토로보다 지금은 모든 것을 참고 냉정히 생각해야 할 시간이다. 그의 죽음을 바라는 가막도 사람들에게 인규는 살아남아서 더 큰 실망을 안겨줘야 한다.

"절 찾는 수색 작업은 앞으로도 계속될 건가요?"

"아니오, 오늘로 끝났소. 마을이 전부 나서서 당신을 찾는 일은 없을 거요."

"절 찾지 않는다는 건 절 포기한 것과 같은 뜻이 아닌가요?"

"천만에. 포기하진 않소. 농사일이 바쁘다 보니 당신을 잠시 내버려두기로 한 것뿐이지."

"오래도록 제가 나타나지 않으면 마을 사람들은 저라는 존재를 잊어버릴 수도 있지 않습니까?"

"당신이 말하는 오래도록이라는 것이 햇수로 따져도 될 만큼 긴 것이라면 그럴 수도 있소."

"섬에서 간혹 개인적으로 탈출하는 경우는 없습니까?"

"있었소. 그것두 여러 번. 허지만 한 번도 성공한 일은 없소."

"대개 어떤 사람들이 탈출을 시도했죠?"

"보통은 외지 사람들이지만 더러는 여기 사람들도 뭍으로 나가려구 할 때가 있소."

"때가 되면 동력선이 나가는데 왜 여기 사람이 몰래 나가려구 하는 겁니까?"

"사노라면 사람마다 개인 사정이라는 게 생기게 마련이오. 여기도 사람 사는 고장인데 왜 그런 사정이 없겠소."

침묵이 흐른다. 손가락 한 마디 정도로 작아진 초 토막을 인규는 불안한 눈으로 초조하게 바라본다. 동굴에 혼자 있을 때는 인규는 촛불을 켜놓지 않는다. 불을 켜놓고 있는 것보다 어둠 속에 있는 것이 훨씬 더 편하기 때문이다. 불을 켜두면 지내기는 편하지만 누군가가 동굴 속의 자기를 발견할지도 모른다. 그 불안을 모면하기 위해 인규는 불을 두고도 어둠을 감수해야 한다.

"제가 만일 마을에 나타나면 마을 사람들이 절 어떻게 대할까요?"

"설마 그렇게 할 생각은 아닐 테지?"

"만일이라고 했습니다. 전 그랬을 경우의 마을 사람들의 반응이 알고 싶습니다."

"마을에 나타나는 순간 당신은 아마 쥐두 새두 모르게 어딘가에 갇힐 거요."

"가두는 이유가 뭐죠?"

"당신의 정체를 밝혀내기 위해서지."

"제 정체가 낚시꾼이라는 게 밝혀지면 저로서는 오히려 잘 된 일이 아닙니까?"

"그래두 당신에게 달라지는 건 아무것두 없소. 당신은 여전히 어딘가에 갇히거나 연금되어 마을 사람들의 엄한 감시 속에 목을 움츠리고 살게 될 테니까."

"그건 납득이 안 됩니다. 전 약상도 아니고 단속반원도 아니지 않습니까?"

"그때는 당신의 정체는 별 문제가 되지 않소. 당신이 누구냐 하는 것보다 당신의 입이 새로운 위험이 되는 거요. 당신은 가막도에서 너무 많은 일들을 보고 들었소. 그래서 뭍으로 나가면 당신은 입이 가려워서 절대로 가만 있지 않을 거요. 가막도는 그런 입들 때문에 벌써 여러 번 마을 사람들이 지독한 고통을 겪었던 경험이 있소. 당신의 입이 살아 있고 그 입을 믿지 못하는 한, 가막도는 당신을 결코 뭍으로 놓아주지 않을 거요."

"제가 입을 놀리지 않겠다면 전 적어도 갇혀 지내지는 않아도 되겠죠?"

"입을 놀리지 않겠다는 약속을 무엇으로 증명하겠소?"

"찾아봐야죠. 보증할 수 있습니다. 잘 찾아보면 뭔가 방법이 나올 겁니다."

걸터앉았던 평상에서 안종선이 몸을 일으킨다. 떠날 것으로 생각했는데 그는 뜻밖에도 개켜둔 깔개를 침상 위로 얌전히 펴기 시작한다.

"늦었소. 여기서 자야겠소. 함께 자도 괜찮겠소?"

"물론이죠. 주무십쇼. 저야 아무래두 좋습니다."

아무래도는 아니다. 솔섬에서부터 인규는 줄곧 많은 밤들을 홀로 지내왔다. 좋아하던 바다도, 밤하늘의 화려한 별들도 그가 홀로 지내야 했던 길고 긴 밤 동안에는 그에게 별로 큰 위로가 되지 않았다. 지구의 끝에 홀로 선 듯한 외로움에 그는 줄곧 몸을 떨며 지독한 시간들을 견뎌야 했던 것이다.

촛불이 꺼진다. 침상은 두 사람이 눕고도 별로 좁다는 느낌이 없다. 오늘밤은 혼자가 아니라는 것이 인규에게는 모처럼 맞는 축복과 같은 위안이다. 잠을 청하려고 애를 쓰다가 그는 기어이 다시 입을 연다.

"여기서는 뭔가를 결정할 때 반대 의견은 나오지 않습니까?"

"여기라구 딴 의견이 왜 없겠소? 의견은 누구라도 낼 수 있소. 허나 일단 의견이 하나로 모아지면 그 결정은 절대적이오. 주민 모두가 그 결정에 승복해서 딴 소리는 거의 없소."

"시행 착오나 잘못이 발견되어도 그 결정은 변경되거나 철회되지 않습니까?"

"향당(鄕堂) 회의나 마을 전체 회의에서 잘못을 인정할 때까지는 그 결정은 여전히 유효하지."

가능한 일이다. 섬이라는 특수한 상황이 그들에게 공동 운명체로서의 강한 복종심을 강요하고 있는지 모른다. 말하자면 자기들만의 생존 법칙의 하나인 셈이다.

"여기서 살다가 한 가족 전체가 뭍으로 나가 사는 경우는 없습니까?"

"왜 없겠소. 많지는 않지만 가끔씩 솔가해서 섬을 떠나가는 사람들이 있소."

"그 사람들도 입이 있는데 뭍으로 나가도록 허락하는 이유는 또 뭡니까?"

"가막도에 살던 사람의 입은 조금도 걱정할 게 없소. 이곳에 머물러 사는 동안 그들도 이곳 관습에 알게 모르게 협조했기 때문이오."

"말하자면 공범 관계라 입을 열 염려가 없다는 거군요?"

한동안 대답이 없다. 잠이 들었는가 생각할 무렵 종선이 다시 입을 연다.

"가막도가 어떤 고장인지 당신에겐 아직도 이해가 안 되는 모양이구려. 우연한 기회에 처음 가막도를 찾은 사람들은 너나없이 가막도를 상식으로는 이해할 수 없는 고약한 고장이라고 말들 하고 있소. 허나 내막을 알구 보면 이곳도 결코 이해 못 할 고장은 아니오. 사람 사는 세상은 모두가 다 비슷해서 여기도 이권 다툼이나 내 편 들기나 각종 분쟁은 겉모습 번드레한 육지와 크게 다를 게 없다는 이야기요. 결국 외지인들의 눈에 가막도가 이해할 수 없는 고약한 마을로 비친 것은, 먼저 화를 당한 가막도가 다시는 똑같은 화를 되풀이해서 당하지 않기 위해 자기 나름으로 여러 궁리 끝에 이런 저런 방비책을 마련한 때문이오. 말하자면 뭍에서 먼저 상식으로는 이해할 수 없는 고약한 방법으로 위해를 가해와서, 그 위해와 고약함에 맞서다 보니 이곳도 이곳 나름의 고약한 대응책이 자연스레 마련된 셈이지."

"뭍에서는 주로 어떤 위해들이 있었습니까?"

"사례는 여러 가지요. 가막도의 긴 역사만큼이나 그 역사도 화려할 거요. 내가 직접 겪은 사건만도 밤새워 얘기해도 모자랄 지경이오."

"뭍에서 위해가 가해졌을 때 그것을 온당한 상식이나 합법적인 절차로 해결할 수는 없었습니까?"

"어느 쪽 절차 말이오? 뭍에서 애용하는 저 번드레한 법적 절차라면 여기 사람들은 관심도 없고 떠받들 생각도 없소."

"뭍의 법은 신용할 수 없다는 뜻인가요?"

등을 돌려대고 누웠던 안종선이 천천히 몸을 돌려 천장을 향해 바로 눕는다. 맞닿은 팔꿈치를 끌어당기면서 그가 다시 입을 연다.

"내가 기억하는 아주 재미있는 일화가 하나 있소. 누군가로부터 들은 얘긴데 너무 오래되어 사실 여부도 가려내기 힘든 내용이오. 허지만 사실이야 어찌 되었건 그 줄거리만은 대단히 재미와 의미가 있소. 당신이 가막도를 이해하는 데 그 얘기는 아마 좋은 본보기가 되어줄 거요."

2

아주 오랜 옛날 가막도에 괴질(怪疾)이 돌았다. 일곱 살 미만의 어린아이들이 심하게 열이 오른 후 하루나 이틀 뒤에 힘을 잃고 죽는 것이다. 거푸 두 아이를 괴질로 잃고 나자 섬에서는 부랴부랴 돛배를 내어 뭍으로 나갔다. 뭍의 의사를 불러와서라도 아이들의 병을 잡아야겠다고 생각한 것이다.

뭍의 대처에 도착한 가막도 사람들은 병원을 찾아가 정중히 의원을 청했다. 그들과 함께 섬에 가서 병든 아이들을 보아달라고 간청했다. 그러나 뭍의 의사들은 어느 한 사람도 그들의 청을 들어주지 않았다. 그들의 애원과 간청에도 불구하고 의사들은 하나같이 고개들을 가로 내둘렀다.

　의사들을 탓할 수도 없었다. 풍랑이 심한 겨울 바다에 돛배를 탄다는 것이 우선 무리였다. 더구나 가막도는 바람이 좋을 때도 돛배로 무려 6시간이 걸리는 먼 거리였다. 동력선이 드물던 당시로서는 겨울철의 가막도는 아예 엄두도 낼 수 없는 멀고 험한 뱃길이었다.

　뭍에서 이틀을 허송한 그들에게 그러나 놀랍게도 하늘의 보살핌이 있었다. 변두리에서 개업을 하던 나이 젊은 의사 하나가 섬 주민들의 간청을 듣고는 가막도행을 흔쾌히 응낙한 것이다.

　배는 즉시 돛을 달고 가막도를 향해 뭍을 떠났다. 6시간의 험한 항해 끝에 돛배는 무사히 가막도 포구에 닿았다. 일행이 배에서 뭍으로 오르자 마을 사람들은 길게 늘어서서 황송하게 의사를 맞이했다. 그들의 섬에 처음으로 찾아오는 뭍의 귀한 양의원이기 때문이다.

　의사는 즉시 병든 아이들을 보기 시작했다. 병세가 가벼운 아이는 주사 한 방으로 대번에 효험이 났다. 심한 아이도 주사와 약을 쓰자 병세가 바로 잡히면서 회복되는 기색이 뚜렷했다.

　그러나 주민들에게는 한 가지 큰 걱정이 있었다. 의사가 부르는 치료비와 약값이 놀랄 만큼 비쌌기 때문이었다.

　여러 날이 지났다. 치료가 계속되는데도 마을에는 매일 새로운 신환(新患)이 생겼다. 환자가 계속 불어나서 의사는 여전히 치료에 바빴다. 치료비와 약값을 대느라고 마을 사람들은 애를 먹었다. 잘 살지 못하는 몇몇 집안들은 며칠 사이에 어렵사리 큰 빚돈을 내기도 했다. 그러나 자식을 구하기 위해 그들은 빚을 내고도 불평 한마디 하지 않았다. 그 엄청난 의사의 약값에도 그들은 그저 묵묵히 돈을 디밀 뿐이었다.

그러나 어느 날 새벽녘에 뜻하지 않은 사건이 발생했다. 제때에 치료를 받지 못한 아이가 하룻밤을 겨우 넘기고 새벽에 숨을 거둔 것이다. 치료를 제때에 못한 것은 치료비 마련이 안 됐기 때문이었다. 환자를 데려온 가족에게 의사는 먼저 치료비를 요구했다. 가족은 그러나 돈 마련이 안됐으니 우선 환자부터 보아주면 돈은 며칠 후에 꼭 마련하여 갚겠다고 했다. 결국 이들의 지루한 승강이는 환자 가족들의 패배로 끝났다. 약값 마련이 덜 된 가족은 위급한 환자를 데리고 다시 그들의 집으로 돌아간 것이다.

죽은 아이의 장례가 치러졌다. 마을 주민들의 거의 전부가 그 장례식에 참례했다. 장례식은 엄숙했고 대단히 침통했다. 눈물을 흘리는 사람도 없이 그 장례식은 침묵으로 일관했다. 마을의 숙소에 홀로 머문 채 의사는 그 침통한 장례식을 모르는 척 외면했다. 마을 사람 전체가 참석한 그 장례식을, 그는 약간 언짢은 기분으로 예사롭게 생각했을 뿐이다.

장례가 끝난 그날 저녁에 의사는 숙소에서 저녁 식사를 기다렸다. 바쁜 일도 없는 눈친데 그날따라 주인집은 늦은 시간까지 저녁 식사를 내오지 않았다. 벌써 여러 날째 그 집에 묵고 있었지만 저녁 식사가 그날처럼 늦은 적은 한 번도 없었다. 기다림에 지친 의사는 결국 주인을 불렀다. 저녁이 늦는 이유를 알아보기 위해서였다.

"오늘은 왜 이렇게 저녁이 늦소? 지금이 밤 아홉 신데 언제쯤 저녁상을 내올 작정이오?"

주인은 두 손을 마주 잡고 머리를 조아리며 공손하게 입을 열었다.

"밥이 늦는 걸 용서하십시오. 오늘부터는 매끼 식사를 선불로 받고 해 올리기루 했습니다."

의사는 눈살을 찌푸렸다. 주인의 말이 무슨 뜻인지 얼핏 이해가 되지 않았기 때문이었다.

"당신 지금 무슨 얘길 하는 거요? 여태까지 아무 말이 없다가 밥값 선불이 웬 소리요?"

집주인은 더욱 공손하고 상냥하게 입을 열었다.

"말씀드린 그대롭니다. 오늘부터는 선불을 받아야 밥을 해 올릴 수 있겠습니다."

의사는 화가 났지만 자제력을 발휘했다. 그래서 한결 음성을 낮춰 사무적으로 입을 열었다.

"그래 선불을 낼 테니 밥 한 끼에 얼마를 받겠소?"

"20원씩을 받기루 했습니다."

"20원?"

의사의 음성이 높이 튀었다. 선불을 내라는 소리보다 의사는 더욱 놀라는 빛이었다.

의사의 놀람은 당연했다. 쌀 한 가마의 당시 시세가 10원을 밑돌던 시절이었다. 집주인은 그러나 밥 한 끼에 쌀 2가마 값인 20원을 내라고 했다. 두 손을 맞잡은 집주인의 얼굴을 의사는 그제야 처음 보듯 유심히 살폈다.

뭔가가 잘못되고 있다는 것을 의사는 그제야 조금씩 깨닫기 시작했다. 그는 숙소를 빠져나와 가까이에 사는 마을의 사공을 찾아갔다. 뭍에서 자기를 이곳으로 데려온 낯이 익은 사공이었다.

"숙소를 당장 옮겨야겠소. 앞으로는 당신 집에서 밥을 부치도록 해야겠소."

의사는 숙소를 옮겨야 될 이유를 사공에게 소상히 밝혔다. 의사의 설명을 다 듣고 난 사공은 그러나 갑자기 난처한 얼굴을 했다.

"이걸 어떡해야 좋습니까. 저두 오늘부터는 밥 한 끼에 20원을 받아야 되겠는데요?"

의사는 이번에도 역시 사공의 얼굴을 처음 보듯 유심히 살폈다. 그러나 곧 시선을 옮겨 의사는 자기 주위를 차근차근 둘러보았다. 그의 시선에 제일 먼저 잡힌 것은 드넓은 묵청색(墨靑色)의 사나운 겨울 바다였다. 바다를 보자 비로소 의사는 자기의 현주소가 광막한 바다의 한복판이라는 것이 생각났다.

일이 잘못되고 있다는 것은 이제 의심할 여지가 없었다. 마을이 준비한 은밀한 보복도 이제는 의사의 눈에 분명히 드러났다. 낭패감과 두려움이 경련처럼 그의 몸을 에워쌌다. 섬 전체가 한 순간에 전혀 낯선 모습으로 바뀌었다. 그가 안심하고 농락해온 가막도가 이제는 역전된 위치에서 그를 농락하기 시작한 것이다.

타협을 모색하는 길만이 의사가 할 수 있는 최선의 방법이었다. 그는 두려움을 무릅쓰고 마을의 책임자를 찾아갔다. 밥 한 끼에 20원을 주고라도 그는 우선 이 난국을 헤쳐나가야겠다고 생각했다. 마을에서 그에게 원하는 것이 무엇인가를 그는 정확히 알고 싶었다.

결과는 그러나 더 큰 실망의 확인일 뿐이었다. 의사가 제시한 어떠한 타협에도 마을 사람들은 응하지 않았다. 그들은 바윗덩어리와 같은 침묵과 무표정으로 일관했다. 주민 전부가 하나의 색깔로 통일되어, 그들은 흡사 쇠로 깎아 만든 무쇠 탈을 쓴 듯한 표정이었다. 한 번 등을 돌려버린 그들은 두 번 다시 의사를 바로 쳐다보려 하지 않았다.

이 우스꽝스러운 이야기는 결국 의사의 죽음으로 끝이 난다. 한껏 마을을 농락해온 그 무모한 젊은 의사는, 똑같은 마을의 보복으로 해동과 더불어 목숨을 잃었다. 의사의 사인(死因)은 굶주림이었다는 후일담이다. 치료비 선불을 고집하다가 병든 아이를 죽인 것처럼, 마을 사람들은 밥 한 끼에 20원을 받음으로써 끝내는 의사로 하여금 지닌 돈을 모두 털린 후 굶어죽도록 만든 것이다. 가막도 사람들의 손님 접대 방식의 하나다.

<h1 style="text-align:center">3</h1>

멀리 있던 바위 벽이 코앞으로 다가들면서 바위 벽 윗녘 모서리에 바늘귀 같은 작은 구멍이 나타난다. 구멍이 뚫린 돌출된 바위는 바다 쪽으로 비스듬히 흘러내려 사람의 코 형상을 하고 있다. 생김새 그대로 이곳 사람들은 그 바위를 코바위로 부르고 있다.

배가 코바위로 다가든다. 돌 벽에 가까이 다가들수록 기관 소리는 요란하다. 깎아지른 듯한 해안 바위 벽이 기관 소리를 되퉁기기 때문이다.

"여기 와본 지두 꽤 오래간만이군요."

키를 잡고 있는 정동근이 서관수 노인을 돌아본다. 테두리 해진 밀짚모자를 쓴 관수 노인이 목을 길게 늘여 자라목 쪽을 넘겨다본다. 이 부근에 오기만 하면 서이장은 표정이 굳어진다. 말수가 차츰 적어지면서 깊은 생각에 잠기곤 하는 것이다.

"어느 쪽으루 배를 댈까요?"

"웃목에 대."

"그쪽에 대면 길을 많이 둘러 가시게 될 텐데요?"

옆자리에 앉은 윤오복 노인이 한쪽 눈을 끔적해 보인다. 어른한테 말대꾸 말고 시키는 대로 하라는 눈짓이다.

코바위 앞을 휘어 돌자 눈앞에 이내 자라목 뒤통수가 나타난다.

당산을 넘어 이리로 오자면 험한 산길로 3시간을 걸어야 한다. 그러나 벼랑이 많고 길이 워낙 가팔라서 이쪽으로 올 일이 있으면 대개는 산보다 바다 쪽의 뱃길을 이용한다. 시간도 2시간이나 절약되는 데다 뱃길이라 짐 나르기도 좋고 우선은 편하기 때문이다.

거루로는 한 시간이 걸리는 뱃길을 동력선은 불과 20여 분만에 당도했다. 마땅한 거루가 눈에 띄지 않아 오늘은 관수 노인이 섬의 동력선을 내자고 했다. 웬만큼 급한 일이 아니고는 섬에서는 좀처럼 동력선을 내지 않는다. 그러나 오늘은 무슨 까닭인지 섬의 큰 어른인 관수 노인이 먼저 동력선을 내자고 한 것이다.

바다로 쑥 빠져서 바라보면 자라목은 본도(本島)에서 떨어진 자그마한 섬으로 보인다. 그러나 가까이 다가갈수록 자라목은 섬이 아니라 곶이라는 것이 드러난다. 바다로 돌출한 곶머리 반대쪽에 육지와 잇닿은 자라목 형상의 긴 육로가 있는 것이다. 조금만 풍랑이 일어도 바닷물이 넘나드는 긴 육로는, 그 형상이 길게 잡아 늘인 자라목을 닮았다. 곶의 이름이 자라목인 것은 바로 그 바위투성이의 좁직한 육로 때문이다.

비어져 나온 곶머리의 크기는 어림잡아서 솔섬과 비슷하다. 가막도는 결국 서북방과 동북방에 각기 크기가 비슷한 섬과 갑(岬)을 하나씩 거느리고 있다. 솔섬과 자라목 이 두 장소는 가막도 주민들에게는 모두 큰 의미를 지닌 곳이다.

배가 기관을 죽인다. 이 부근의 바다는 겉보기는 잔잔해도 낚시나 그물을 내려보면 바닷속의 겉물과 속물이 심하게 엇갈려 흐른다. 그나마 이쪽은 자라목 형상의 긴 육로가 방파제 구실을 하고 있어서 겉물을 많이 죽여 배라도 댈 수가 있다. 겉으로는 모두 한 색깔로 보이는 바닷물이 속에서는 층을 이루어 겉물과 속물이 따로따로 흐르는 것이다.

"배 단단히 묶어놓구 저두 어르신들 따라 올라가면 안 될까요?"

정동근 청년이 윤오복 노인을 어리광스럽게 바라본다.

"이 녀석 너 지금 선유(船遊)라두 나온 게냐? 한눈팔지 말구 배나 잘 지키구 있어."

묻기는 윤노인한테 물었는데 대답은 서노인이 퉁명스레 내뱉는다. 젊은이는 무안한 낯빛으로 고물 쪽에 건너가 닻줄을 살피는 척한다.

용골을 번쩍 쳐들고 배가 웃목의 큰 돌 짬에 머리를 박는다. 물이 병병하게 들어 있어서 뱃바닥에 아무것도 걸리는 것이 없다. 윤노인이 먼저 뭍에 올라 정동근이 던져주는 바를 받아 돌에 감는다. 서노인이 뒤따라 배를 내린 후 젊은이를 뻔히 돌아본다.

"올라오구 싶냐?"

"아뇨."

"갈 테면 가자."

"고만둘랍니다."

한 번만 더 권하면 못 이기는 체하고 따라붙을 작정인데 서노인은 더 권하지 않고 그대로 몸을 돌린다. 이물로 나와 허리를 펴며 젊은이는 다시 두 노인에게 입을 연다.

"시간이 얼마나 걸릴 것 같습니까?"

"두어 식경 걸릴 게다."

"그럼 전 아랫목에 내려가 여 쪽에 낚시나 담궈볼랍니다."

노인들은 대꾸 없이 돌 짬을 빠져 곶머리 쪽으로 올라간다.

잔뜩 찌푸린 동쪽 하늘부터 구름이 조금씩 벗겨지기 시작한다. 날씨 궂은 덕에 더위를 모르고 지냈는데 이제 구름이 걷히고 나면 너른 돌밭에 불볕이 내리쬘 것이다. 자갈과 큰 돌들이 뒤섞인 길에는 수많은 갯강구와 게들이 떼를 지어 몰려다닌다. 둑길 저쪽의 곶머리에는 무성한 잡목 숲 위로 바다 갈매기가 희끗희끗 날고 있다. 돌이 태반인 이곳 곶머리에는 유난히 바닷새가 많다. 그들이 돌 위에 싸놓은 똥이 한 자 두께로 쌓일 때도 있다.

"동생, 물목(物目)은 가져왔는가?"

서노인이 목수건을 목에 걸며 윤노인을 돌아본다. 윤노인이 윗저고리 주머니를 툭 쳐본 뒤 부채를 좍 펴면서 고개를 두어 번 끄덕인다.

"예, 여기 있습니다."

관수 노인은 윤노인보다 7년이 연상이다. 어려서 이미 형과 동생으로 부른 터라 지금도 그들 사이는 호형호제가 자연스럽다.

"헌데 형님, 오늘 갑자기 자라목은 웬일이십니까?"

"알아볼 게 있어."

"알아보다니요?"

"죽을 날이 멀지 않았는지 요즘은 느느니 걱정일세. 물목에 적힌 물건 중에 그새 혹 축난 물건이나 없는지 모르겠네. 그동안 한번 와 본다구 허면서두 차일피일 허다 이렇게 늦었구먼."

단순히 살핀다는 정도로 이렇게 자라목 행을 서둘러야 될 까닭은 없다. 갑작스런 서이장의 자라목 방문이 윤노인에게는 예사롭지 않다.

자라목에는 한 많은 역사가 있다. 대부분 그 역사는 가막도의 수난과 연결된다. 그러나 자라목의 가장 큰 쓰임새는 위급한 경우를 대비하여 그곳에 몇 가지 필수품들을 비치해두고 있다는 것이다. 자라목 곶머리의 바위 무더기 사이에는 밖에서는 잘 보이지 않는 석실(石室) 두 개가 있다. 아주 오랜 옛날에는 그 곶머리 석실 안에 상하기 쉬운 생선 따위를 보관해두었다고 한다. 소금에 절이거나 말린 생선을 그 석실에 보관하면 꽤 오랜 시간이 지나도 변질되는 일이 없다.

그러나 가막도에 큰 수난이 닥치면서 석실은 그 용도가 조금씩 달라지기 시작했다. 사람을 숨기고 혹 가두고, 때로는 뭍에서 탐내는 희귀한 물건이나 귀중품을 감추기도 했다. 위치가 가막도의 으슥한 뒤편에 있어 뭍의 사람들은 자라목의 존재와 그 쓰임새를 잘 모른다. 코바위까지 시야를 가로막아서 섬을 한바퀴 돌지 않고는 자라목은 쉽게 눈에 띄지도 않는 것이다. 아마 이러한 눈가림 때문에 섬에서는 자라목을 그들의 은밀한 은닉 장소로 택했는지 모른다. 실제로 섬 주민들 사이에서도 자라목은 결코 잘 알려진 장소가 아니다. 가을철에 청각, 봄철에는 돌미역을 따기 위해서만 지정된 몇 사람이 이 부근에 들락거릴 뿐, 보통 주민들은 그곳 출입이 통제된 것이나 마찬가지다. 가지 말라는 말은 따로 없어도 주민들은 어른들의 눈치로 자라목 출입을 삼가하거나 기피하고 있다.

볕이 내리쬔다. 곶 부리의 대부분이 바위 무더기로 되어 있지만 막상 넓은 곶머리 부분에는 숲이 무성한 것이 신통하다. 얼마 안 되는 적토(積土)에도 불구하고 아마 갈매기 똥 따위의 좋은 거름이 쌓여 있는 탓일 것이다.

서노인은 땀을 닦으며 하얗게 바랜 곶머리의 바위들을 둘러본다. 그러나 곧 시선을 옮겨 반 보쯤 앞서 가는 윤노인의 옆얼굴을 바라본다.

"뒷개에 축방(築防)을 쌓자는 공론인데 동생은 어찌 생각허시는 가?"

"저두 얘기는 들었습니다. 배 대기가 불편해서 언제 쌓아두 쌓기 는 쌓아야죠."

"젊은 것들은 오해들을 허구 있어. 내가 고집을 피워 축방 쌓는 걸 반대허구 있다는 게야."

"옛날 일들을 생각해서 지레 짐작들을 허는 게지요. 뒷개에 축방 쌓는 일이야 저두 예전에는 반대허지 않았습니까."

"동생만 반대를 했다든가. 온 도중(島中)이 마다했지."

"웃대 어른들은 당연했지요. 그런 큰 변을 당하구야 축방 쌓을 생각이 났겠습니까."

침묵이 흐른다. 뒷개[後浦]는 가막도 유사 이래 가장 큰 비극을 부른 장소다. 가막도를 드나드는 출입구이기 때문에 그곳의 비극 은 오래전에 이미 예정된 것인지도 모른다. 폐허로 남은 뒷개의 집 터들을 요즘의 젊은 사람들은 태풍이 휩쓸고 간 상처쯤으로 잘못 알고 있다. 그 폐허가 뭍에서 온 사람들의 폭력에 의해 만들어진 현장임을 그들은 알 리가 없다.

자라목의 긴 둑길이 끝난다. 해가 나자 돌 바닥에서 벌써 열기가 홧홧하게 치솟는다. 소나무 한 그루를 칡덩굴이 뒤덮어서 그 아래 로 차일을 친 듯한 큰 그늘이 드리워졌다. 걸음이 빠른 윤오복 노 인이 먼저 그늘로 들어선다.

"형님, 좀 쉬었다 가십시다."

"그러세."

땅 위로 불거진 소나무 뿌리 위로 두 노인은 나란히 엉덩이를 내 려놓는다. 서노인의 삼베 잠방이가 벌써 땀으로 축축히 젖어 있다.

곰방대에 담배를 꼭꼭 쟁이면서 윤노인이 다시 입을 연다.

"그래, 축방 쌓자는 공론은 어떻게 허기루 작정을 허셨습니까?"

"나야 지금 그대루두 좋은데 젊은것들이 성화를 대니⋯⋯"

"그것들두 즈이들 나름으루 생각들이 있을 겝니다. 자구 나면 변하는 세상이라 이제는 여기두 옛날처럼은 어렵지요."

"쌓자는 데는 나두 별루 반대헐 뜻이 없네. 허나 그게 아무 마련 없이 말만 가지구 성사되는 일이어야지."

"한참 바쁜 농사철이라 울력 나오기가 어렵긴 허겠군요."

"울력이야 어려울 게 없지. 정작 어려운 건 공사에 드는 돈 마련일세."

그렇다. 선착장을 쌓는 데는 울력보다도 축조 경비가 큰 문제다. 흔한 돌이야 사방에서 배로 실어 나를 수 있지만, 축조에 드는 시멘트 따위 자재들은 돈 마련이 없고서는 달리 만들 수가 없는 것이다.

"그래 축방에 드는 경비는 미리 좀 뽑아보셨습니까?"

"필배가 대충 뽑아봤는데 천두 넘게 들 것 같다네."

"그렇게 커서는 계(契)를 모아두 경비 마련이 어렵겠군요."

"우리 힘으루는 애시당초 틀린 이야기야. 그보다 더 급한 학교 지붕두 손을 못 대구 있지 않은가."

분교 지붕에 빗물이 새는지가 벌써 여러 해 전 옛날 얘기다. 뭍에 있는 관(官)을 찾아가봤지만 그때마다 예산 타령일 뿐 선뜻 팔 걷고 나서는 사람이 없다. 뭍의 보조는 안 되는 것으로 생각하고, 그렇다면 마을 자력으로 지붕을 갈자는 공론이 나왔다. 그러나 그 적은 경비 마련도 쉬운 일은 아니었다. 여러 해를 넘기고도 학교 지붕은 여전히 빗물을 줄줄이 흘리고 있다.

"경비 마련이 틀렸으면 축방 공사는 단념해야죠."

"단념해서는 안 된다는 게야. 기어이 하겠다는 극성들이니 무슨 속셈인지 나는 통 모르겠네."

서노인이 먼저 몸을 일으킨다.

곶머리의 숲에 들어선 이상 석실까지는 그리 멀지 않다. 인적이 없던 곳에 사람이 들자 숲의 새들이 요란스레 지저귄다. 무성하게 자란 잡초와 덩굴 때문에 아는 길도 찾기가 쉽지 않다. 봄에 찾아본 눈어림으로 두 노인은 더듬더듬 묻힌 길을 어렵게 찾아간다.

꽉 찬 잡목 숲에 칡과 싸리나무 따위가 마구잡이로 뒤엉켜 있다. 약간 내리막을 이루던 길이 잡목 숲을 끼고 다시 비스듬한 오르막이 된다. 야트막한 돌무지 위로 칡과 싸리와 같이 무성하다. 풀덤불을 지나 곰솔 그늘로 들어서자 서늘한 냉기와 함께 석실의 숨겨진 아가리가 발 아래로 내려다보인다.

통나무 문짝이 굴 입구를 막고 있다. 쇠로 된 문고리를 잡아당기자 문이 쉽게 밖으로 열린다. 사람을 막자는 문이 아니고 비바람을 막자는 문이다. 사람 둘이 빠져나갈 정도로 석실 입구는 넓은 편이다. 늘어진 거미줄을 손으로 걷어내며 두 노인은 석실 아래로 돌층계를 밟고 두어 길쯤 내려간다.

새어드는 빛이 적어 석실 안이 생각보다 어둡다. 앞서 내려가던 윤노인이 층계참에 멈춰 서서 돌 벽에 걸린 작은 남포등을 떼어낸다. 등피를 쳐들어 석유 심지에 불을 당긴 후, 윤노인이 다시 남포등을 들고 길을 밝히며 층계를 내려간다. 층계가 끝나고 왼쪽으로 조금 틀자 자연 동굴에 인공이 가미된 제법 큰 석실이 나타난다. 세 칸 넓이의 큰 방에는 넓적한 돌을 괴어 만든 커다란 받침틀이 놓여 있고, 그 위에 다시 쌀가마 크기의 천막포를 씌운 무더기 세 개가 놓여 있다. 남포등의 불빛이 유일한 빛이어서 두 노인은 잠시 어둠에 눈이 익기를 기다린다. 한참 만에 서노인이 늘어진 거미줄을 걷어내며 옆에 선 윤노인을 비스듬히 돌아본다.

"자네 물목 좀 이리 줘보게."

윤노인이 윗저고리 주머니에서 넷으로 접은 물목 적은 종이를 꺼내준다. 그것을 받아 손에 든 서노인은 곧 무더기 위에 씌운 천막 포를 걷어낸다.

"이쪽은 발동기가 한 대, 돛천이 석 장, 바가 두 사리…… 이쪽은 소금이 서 말, 폭약이 한 상자, 참숯이 네 포……"

손으로 일일이 물건들을 짚어가며 서노인은 물건과 물목을 대조하기 시작한다. 큰 물건들의 확인이 끝나자 그는 굽혔던 허리를 편다.

"여긴 대충 맞는 것 같네. 이젠 옆방으루 건너가보세."

석실 안쪽으로 깔때기 목처럼 좁아진 곳에 석가래 크기의 통나무 기둥들이 키대로 세워져 있다. 가운데 부분에서 두 개의 기둥을 들어내자 사람 하나가 겨우 드나들 수 있는 작은 공간이 나타난다. 바깥 날씨는 숨이 막힐 듯 무더운데 석실 안은 땀이 잦을 만큼 서늘하다. 신통한 것은 지하 동굴의 석실인데, 외부와의 심한 기온 차이에도 불구하고 습기가 전혀 느껴지지 않는다는 것이다. 노인들이 다시 옆방으로 들어와 어두운 벽 밑에 세워진 갈색 플라스틱의 기름통들을 눈으로 헤아린다. 비상시에 뱃기름으로도 쓰고 발동기에도 쓸 여러 말의 비상 연료다.

"천장의 물건은 동생이 꺼내게. 자네가 나보다 키가 크지?"

두 노인이 마주 보고 웃는다. 윤노인이 곧 손에 든 남포등을 서노인에게 건네준다. 서노인이 남포등을 받아 가슴 높이로 쳐들어주자, 윤노인이 옷소매를 걷으며 움푹 팬 벽 한 곳을 가까이 들여다본다. 돌 벽을 파내어 등을 얹도록 된 그곳은 벽에서 천장에 닿도록 굴뚝용 구멍이 뚫려 있다. 그을음이 앉아 검게 착색된 굴뚝 속으로 윤노인은 손을 디밀어 무언가를 더듬는 눈치다. 잠시 후 윤노인은 굴뚝 속에서 긴 장방형의 나무 상자 하나를 조심스레 들어낸다. 겉으로는 별로 크지 않은 구멍인데 구멍 안쪽에는 생각보다 큰 공간이 있는 모양이다. 긴 상자를 두 손으로 받들어 석실 바닥에 내려놓은 윤노인은, 서노인을 한 번 올려다본 뒤 서두름 없이 상자 뚜껑을 연다.

누런 색깔의 기름종이가 상자 안에 여러 겹으로 들어 있다. 그 종이들을 풀어헤치자 검은 색 윤기를 띤 고체형 덩어리 세 개가 드러난다. 목침 반 개쯤의 그 검은 색 고체들은 매운 맛의 향료 비슷한 묘한 냄새를 풍기고 있다.

"한 개가 비어!"

석실 안이 쩌렁 울린다. 서노인의 목소리가 크기도 했지만 석실이라 소리의 반향이 뜻밖으로 컸기 때문이다. 소리를 지른 서노인보다도 윤노인이 안색이 더욱 해쓱하다. 잠시 아무런 말이 없다가 윤노인이 절레절레 고개를 내두른다.

"봄까지두 네 개였는데…… 이럴 수가, 낭패로세……"

석실에 한동안 무거운 침묵이 흐른다. 그 무거운 침묵을 깬 사람은 일곱 살 연상인 서관수 이장 노인이다. 그는 상자를 닫기 전에 세 개의 검은 덩어리 중 한 개를 들어내어 가져온 무명 천에 조심스레 따로 싼다. 그때까지 말이 없던 윤노인이 잠에서 깬 듯 갑자기 입을 연다.

"형님, 그건 또 어쩌시려구 들어내십니까?"

"축방두 쌓구 학교 지붕두 고쳐야지."

눈을 껌벅이던 윤노인은 말없이 한 걸음 물러선다.

그렇다. 축방을 쌓으려면 큰돈이 필요하다. 그 큰돈을 마련하기 위해 가막도가 팔 물건은 저 위험스러운 검은 약 덩어리뿐이다.

4

암벽을 때리는 파도 소리가 폭음처럼 귀청을 울린다. 바다를 건너온 사나운 바람은 몸을 가누기도 힘들 정도다. 산비탈 바람맞이 쪽의 잡초와 밭곡식들은 바람에 불려 땅을 기듯이 비탈을 따라 낮게 엎뎌 있다. 벼랑 머리 쪽의 잔솔밭 위로는 튀어 오른 파도의 물안개가 흰색 너울처럼 아득히 치솟곤 한다.

뒷개 포구가 눈 아래로 멀리 내려다보인다. 짙은 물안개와 굉음 속에서도 포구의 전경은 그림처럼 아름답다. 하늘이 짙은 회색인 것은 폭풍이 몰고 온 여러 켜의 구름장들 때문이다. 해가 많이 기울긴 했어도 아직은 날이 저물 시간은 아니다.

마을 사람들이 들을 가로질러 뒷개 포구 쪽으로 급하게 내닫고 있다. 마을 언저리 어디에선가 종소리가 땅땅 울린다. 제대로 만든 종이 아니고 쇠토막이나 빈 산소 통 같은 것을 망치로 때리는 소리다. 위급을 알리는 종소리라는 것은, 마을 사람들의 잰걸음과 달음질을 보면 알 수 있다. 종소리가 울리는 범위 내의 사내들은 하나도 빠짐없이 뒷개 쪽으로 내닫는 모양이다.

무슨 일일까? 포구로 내닫는 수많은 마을 사람들을 인규는 잔솔밭 속에서 숨을 죽이고 바라본다. 배가 닿는 선착장 부근에는 벌써 삼사십 명의 사내들이 모여 있다. 늘 잔잔하던 뒷개 쪽 포구도 지금은 큰 파도가 닥쳐 하얀 물기둥이 분수처럼 치솟곤 한다. 비탈을 내려온 마을 사람들은 물기둥에 쫓겨 뒤쪽으로 멀찍이 물러나 있다. 종소리가 그친 후에도 사내들은 연달아 포구로 몰려 내려온다. 그러나 그들 중 반수 이상은 포구 바른쪽으로 비어져 나온 큰 바위 뒤로 돌아가고 있다. 그쪽 바위 뒤에 무엇이 있는지 인규 쪽에서는 알 길이 없다. 많은 사내들이 달려가는 것으로 보아 그쪽에 긴급한 사태가 발생했음을 짐작할 뿐이다.

바다가 더욱 사납게 부풀어오른다. 축방 옆쪽으로 비켜 선 사내들이 기다란 열을 짓더니 비탈진 자갈밭에 긴 통나무들을 깔기 시작한다. 통나무는 비탈 위쪽의 너른 공터에 늘 보던 모습대로 무더기로 쌓여 있다. 지금껏 그 통나무의 용도를 궁금하게 생각했는데 오늘 드디어 그 궁금증을 풀게 될 모양이다. 한 걸음 간격으로 갯가 자갈밭에 깔린 통나무가 기찻길의 침목(枕木)들처럼 비탈 아래까지 촘촘히 이어져 있다. 축방 아랫녘에 거의 다 다다르자 사내들은 파도를 무릅쓰고 여벌의 통나무들을 축방 뒤쪽에 가지런히 기대어 놓는다.

파도의 굉음을 뚫고 갑자기 동력선의 기관 소리가 들려온다. 들끓는 파도와 폭풍 소리에 묻혀 동력선의 기관 소리는 애처로울 만큼 미약하다. 이런 날씨에 동력선을 띄우다니 인규는 언뜻 납득이 가지 않는다. 아무리 포구라고는 해도 지금의 뒷개 바다는 배를 띄울 형편이 아니다. 집채 같은 사나운 파도 속에 10톤짜리 동력선 따위는 가랑잎이나 다름없기 때문이다.

기관 소리와 어우러져 또 하나의 소리가 포구를 울린다. 많은 사람들이 함께 외쳐대는 노래도 아니고 고함도 아닌 일정한 박자의 타령 소리다. 바위 머리로 돌아갔던 사내들이 타령 소리와 함께 이쪽 해안으로 돌아 나온다. 외줄로 늘어선 사내들의 행렬이 하반신을 파도에 담근 채 해안 위쪽으로 무언가를 끌어당긴다. 솟구쳐 오르는 물기둥들 사이에 사람들은 위태위태하게 잠겼다가는 다시 솟곤 한다. 큰 파도가 덮칠 때마다 길게 늘어선 사람들의 열은 토막토막 끊어진다. 밀어닥치는 파도의 중량에 사람들이 무더기로 해안 자갈밭에 나뒹구는 때문이다.

인규는 호흡이 답답해진다. 폭풍을 동반한 사나운 바다 앞에 사람들은 딱하리만큼 왜소하고 무력해 보인다. 당장이라도 큰 파도가 덮쳐 백 명 남짓한 마을 사람들을 바닷속으로 통째 휩쓸어갈 것 같다. 그러나 놀라운 일은 가막도 사내들의 터무니없는 용기와 담력이다. 곁에 두고 늘 대하는 바다여서 가막도 사람들이 바다의 위력을 모를 리 없다. 이런 험악한 날씨의 바다라면 사람 따위는 아주 쉽게 작은 파도에도 휩쓸린다. 일단 바다로 휩쓸려 들어가면 그가 육지로 다시 헤엄쳐 나올 가능성은 희박하다. 암초 사이로 소용돌이치는 사나운 물살 때문에, 사람들은 수중 암초에 부딪혀 대개는 몸을 가눌 틈도 없이 기절하거나 익사하는 것이다.

그러나 이런 험악한 날씨에도 가막도 사내들은 바다를 별로 겁내는 기색이 아니다. 한 패는 자갈밭에 늘어서서 물을 덮어쓰며 통나무를 깔고 있고, 또 한 패는 파도에 휩쓸리며 로프를 당겨 무언가를 끌어내고 있다. 파도가 한 차례 해안을 덮칠 때마다 물가에 늘어선 사람들은 반수 이상이 자갈밭에 쓰러지곤 한다. 그러나 파도가 물러가면 그들은 몸을 털며 다시 물 속에서 불쑥불쑥 일어선다. 쓰러졌다 일어서고 함께 뭉쳐 고함치면서, 그들은 장난이라도 하듯 조금씩 비탈 쪽으로 무언가를 끌어당기고 있다.

끊겼던 기관 소리가 다시 가냘프게 들려온다. 기관 소리와 거의 동시에 바위 머리 뒤로 작은 거루들이 줄줄이 나타난다. 집채 같은 파도에 얹혀 거루들은 마치 바람에 날리는 가랑잎과 같다. 한 줄로 길게 엮인 작은 거루들은 눈어림으로 대강 칠팔 척이 넘을 듯 하다. 포구로 대피했던 거루 전부가 지금 다시 사람들에 의해 뭍으로 한꺼번에 끌어올려지고 있는 것이다.

다급하게 울린 종소리의 의미를 인규는 그제야 알 것 같다. 바다가 험해질 조짐을 보이자 마을의 누군가가 종을 쳤고, 그 종소리를 신호로 하여 마을 사람들은 모든 일을 제쳐두고 뒷개 포구로 내달았다. 비상사태 때의 주민들의 이런 행동은 오랜 세월 반복해온 이 마을 특유의 관행임이 분명하다. 마을의 거루들을 안전하게 뭍으로 대피시키기 위해서는 마을은 주민 모두의 단합된 협력이 필요하다. 동력선은 한 척뿐이지만 작은 거루들은 여러 척이었다. 섬 주위의 바다를 자주 왕래하는 주민들에게 거루는 유일한 교통수단이며 마을의 소중한 재산이기도 하다. 없어서는 안 될 마을의 소중한 거루들을 그들은 험한 바닷속에 떠내려가도록 내버려둘 수가 없다.

타령 비슷한 구령에 맞춰 배들이 하나 둘씩 자갈밭 위로 끌어올려진다. 연달아 닥치는 파도 때문에 그들의 작업은 생각처럼 쉽지가 않다. 배들은 더러 파도에 실려 사람의 손을 빌지 않고도 제풀에 불쑥 높은 뭍으로 오르기도 한다. 그러나 대부분의 배들은 옆구리 쪽에 파도를 맞아 훌렁 뒤집어져 다시 물 속으로 휩쓸려 들어간다. 배 한 척은 아예 거센 파도에 파손되어 작은 널조각으로 파도에 둥둥 떠다니는 것들도 있다.

그러나 배들만이 파도에 휩쓸려 들어가는 것은 아니다. 떠다니는 배를 잡으려다가 사람들도 더러 파도에 휩쓸리곤 한다. 한 사람이 파도에 엎어지면 곁의 사람들이 달려들어 팔이나 다리, 허리 등을 잡는다. 큰 파도에 휩쓸리지 않기 위해 때로는 예닐곱 사람이 팔과 팔을 걸어 함께 파도에 맞설 때도 있다. 따로 통솔자나 지휘자가 없어도 그들의 단결과 협조는 놀라우리만큼 잘 이루어지고 있다. 오랜 세월 동안 바다와 싸우면서 부지중에 익힌 그들만의 협동일 것이다.

절벽에 부딪혀 튀어오른 물보라가 하늘 높이 솟았다가 잔솔밭 위로 비처럼 날아 내린다. 눈길을 포구로 향한 채 인규는 잠시 오늘 밤 쉴 곳을 머릿속으로 생각해본다. 결행을 이미 작심한 이상 그 뒤의 일은 어떻게 되어도 상관없다. 결행에 필요한 시간이나 장소를 달리 마련해야 될 이유도 없다. 안종선에게는 미안한 일이지만 인규는 지금부터는 그로부터도 자유로워지고 싶다. 그와의 결별이 확실해진 이상, 사전에 그에게 결행을 귀띔할 생각도 없다. 이제부터는 모든 행동이 인규의 판단에 의해 결정되어져야 하는 것이다.

결행의 결과가 어찌 될 것인가는 지금으로서는 예측할 수 없다. 그가 결행을 작정한 것은 지금과 같은 긴 기다림의 상태에서 어떤 변화가 필요하다고 생각했기 때문이다. 안종선은 그에게 계속 기다려줄 것을 요구하고 있지만, 그것은 유폐의 무한정한 연장일 뿐 현재로서는 별다른 의미가 없다. 그의 장래가 가막도 주민들의 손에 달렸다면, 기약 없는 기다림보다는 주민들과의 직접 협상이 유리할 수도 있는 것이다.

해 뜰 무렵인 오전 7시경 인규는 동굴을 빠져나왔다. 그의 부재를 발견한 안종선이 어떤 얼굴을 할 것인지 궁금하다. 숨어 지내기를 포기한 이상 인규의 행동은 자연스러울 수밖에 없다. 그러나 먼

발치로 가막도 주민들이 발견되면 인규는 자신도 모르게 몸을 숨기거나 동작을 멈추곤 한다. 동굴이 있는 서북쪽 해안으로부터 그는 조심스레 마을 쪽으로 접근했다. 멀리 보이는 산자락에서 밭일을 하는 마을 주민 세 사람을 발견했으나, 그들은 인규를 보고도 거리가 멀어 그가 누구인지 알아보지 못했다. 아침부터 궂은 날씨여서 해안 쪽으로는 마을 사람들이 한 명도 보이지 않았다. 낮 동안을 줄곧 해안 절벽 길을 따라 걸어, 해가 기운 오후 늦게야 뒷개를 굽어보는 잔솔밭에 다다른 것이다.

동굴에서 지낸 불면의 여러 날들이 인규에게는 다행히도 가막도를 배우는 소중한 시간이 되었다. 바다가 가막도를 둘러싸고 있는 것이 아니다. 가막도가 바닷속으로 들어와 바다의 보호를 받고 있는 것이다. 가막도 사람들에게 바다는 성(城)이다. 그들은 바다로 성벽을 둘러치고 그 속에 스스로 갇혀 그들의 삶과 안전을 도모한다. 외부로부터 적을 막아주는 튼튼한 성채(城砦)가 가막도의 바다인 것이다. 그리하여 가막도 주민에게는 바다를 열고 밖으로부터 들어온 자는, 성을 타고 넘어 들어온 초대받지 않은 틈입자다. 손님으로 초대받지 않은 자는, 그들에게는 적으로 간주될 수밖에 없다. 그들의 삶을 지켜준 바다를 강제로 열고 들어온 것이, 바로 그 초대받지 않은 손님이 적으로 간주되는 이유다. 그들에게는 바다를 변경으로 하여 뭍과의 방식이 다른 그들만의 삶이 마련되어 있다. 뭍과 다른 그들의 삶을 가막도 사람들은 '현지 사정'이라고 부른다. 그러나 틈입자가 되어 가막도에 오른 뭍의 사람들은, 가막도의 '현지 사정'을 이해하려 하지 않는다. 다른 방식의 삶이 있다는 게, 뭍에서 온 사람들에게는 우선 놀랍고 불쾌하다. 초대받지 않은 틈입자의 주제로도 그들은 대부분 가막도의 삶을 고발하고 싶은 충동을 느끼는 것이다.

불면의 긴 밤들을 지내면서 인규는 이제야 비로소 '현지 사정'을 깨우치기 시작했다. 안종선의 유도에 의해 동굴 속에 유폐된 자신이, 그는 우선 '현지 사정'의 결과임을 깨달았다. 가막도 사람들은 하려고만 들면 언제라도 그를 소문 없이 제거할 수가 있다. 실제로 얼마 전에 권기탁이라는 행상은, 가막도의 '현지 사정'에 의해 해안가 절벽 아래에서 주검의 모습으로 발견되었다.

불행한 사태를 모면할 길은 하나뿐이다. '현지 사정'을 이해하고 가막도의 일원이 되어 가막도 바다 밖으로의 탈출을 포기하는 것이다. 그러나 아직도 문제는 있다. 탈출을 포기한다 해도 가막도 현지 주민들이, 그의 가막도 거주를 용납해줄 것인가 하는 것이다. 가능성은 반반씩이다. 우선 그가 탈출을 포기하고 주민들이 자기를 용납할 수 있도록 가능한 모든 수단으로 거주 허락을 받아내야 한다. 허락이 선행되지 않고는 그는 언제 다시 솔섬 같은 곳에 죽음의 유폐를 당할지 모른다. 절반의 가능성밖에 없지만 이 시도는 해볼 만한 가치가 있다. 인규는 바로 오늘을 그 결행의 날로 잡아, 숨어 있던 해안 동굴로부터 가막도의 밝은 지상으로 과감히 올라온 것이다.

동력선의 기관 소리가 다시 가늘게 들려온다. 두 패로 갈렸던 마을 사내들이 통나무가 깔린 아래쪽 해변에 어느 틈에 한 무리로 합쳐졌다. 그들이 당기는 굵은 로프가 튀어오르는 물기둥들 사이로 물방울을 뿌리며 팽팽히 솟곤 한다. 기관 소리가 멎는가 싶더니 당겨진 로프 저쪽에 동력선 선체가 커다랗게 모습을 드러낸다. 파도에 얹혀 떠오른 선체가 암초에라도 걸렸는지 해안 가까이에서 기우뚱한 자세로 다시 멎는다. 아랫녘 물가에 몰려 섰던 사내들이 통나무를 어깨에 메고 가서 배의 용골 밑에 괴듯이 밀어 끼운다. 모로 기우뚱히 멎어 있던 배가 파도에 고물을 떠밀려 다시 두어 발쯤 해안으로 밀려 올라온다. 새로운 통나무가 배 밑에 깔리고, 사내들은 같은 방법으로 로프를 다시 육지 쪽으로 끌어당긴다. 자갈밭의 경사가 매우 급해서 배는 쉽사리 움직일 기색이 아니다. 사내들은 그러나 긴 로프에 개미처럼 달라붙어 노동요(勞動謠) 비슷한 타령조의 노래들을 외쳐대며 배를 조금씩 뭍으로 끌어올리고 있다.

<h1 style="text-align:center">5</h1>

처마 밑 서까래에 내걸린 갓 큰 남포등에 크고 작은 날벌레들이 부옇게 어울려 날고 있다. 바람의 기세가 한풀 꺾이자 그동안 숨어 있던 벌레들이 극성스레 달려들고 있다.

"가까이 앉게."

방금 상을 물린 윤노인이 서문호에게 자리를 권한다. 문호가 무릎을 꿇고 앉자 윤노인이 다시 입을 연다.

"편히 앉어."

천장과 벽과 시렁 위에까지 이 방에는 언제나 약봉지들이 그득히 달려 있다. 벌써 여러 해가 지났건만 이 방의 옛 모습은 조금도 변함이 없다.

"오늘 뒷개에서 다친 사람은 없었습니까?"

"왜 없어. 살가죽 까지구 무릎 깨진 건 열 명두 넘는 것 같구, 막은골 복진이 녀석이 팔뼈를 분지르구 앞여울 장서방은 다리를 상해 걷지두 못허네. 바다가 자면 배를 내서라두 빨리 뭍의 의사에게

두 사람을 보여야 될 것 같아."

"바다가 수이 잘까요?"

"라디오 예보를 들었는데 내일 새벽이면 큰 바람은 잘 거라는 군."

사기 등잔이 밝혀졌건만 방 안은 겨우 사람의 얼굴이나 알아볼 정도다. 마루에 내건 남포등 불빛이 오히려 사기 등잔보다 더 밝은 느낌이다. 윤노인이 담배를 붙여 문 후 다시 문호를 건너다본다.

"자네 곧 떠난다면서?"

"예, 다음 뱃길엔 뭍으로 나갈 생각입니다."

"왜 그렇게 일찍 떠나? 뭍에 긴한 볼일이라두 있나?"

"방학이라 뭍에 나가두 긴한 일은 없습니다. 허지만 여기 있어봤자 밥이나 축낼까 별루 할 일이 있어야죠."

"자네 오늘 저녁에 뒷개 포구에 내려갔었던가?"

"예, 한호형님 따라서 저두 바닷물 흠씬 뒤집어 썼습니다."

"그래, 물을 덮어쓰니 무슨 생각이 떠오르던가?"

"서글픈 생각이 들더군요. 아직두 바다가 험해지면 온 마을 사람이 갯가루 내려가 그 짓을 한다는 게 딱했습니다."

"그건 이 섬에 사람이 들어산 후 대대루 내리 전해오는 오래된 울력이야. 천재지변이야 어쩌겠나. 서루 힘들을 보태지 않구는 달리 방도가 없지 않은가."

"방도가 없는 건 아니죠. 배들을 뭍으루 끌어올릴 게 아니라 큰 파도가 포구 안으루 못 들어오게 방파제를 쌓으면 되지 않습니까? 파도 닥치는 건 내버려두구 배만 치우니 그게 딱하다는 얘깁니다."

"아직 못 들은 모양이군? 뒷개에두 곧 파도막이루 큰 축방을 쌓을 걸세."

"축방 쌓자는 공론이야 어디 한두 번 나왔나요? 공론만 나오면 반대를 해서 성사된 일이 없지 않습니까?"

"이번엔 돼. 자네 백부님두 허락을 허셨네."

"큰아버님이요?"

담배 연기가 향긋하다. 건재(乾材)를 잘 아는 윤노인은 담배에 가끔 딴 약재를 섞어 피운다. 놀라는 문호를 무시하고 윤노인이 다시 입을 연다.

"뒷개엔 원래 축방이 있었어. 그 축방이 언제 무너졌는지 자네 혹 알구 있나?"

"얘기만 들었죠. 사변 때 일이라 너무 어려서 전 그때 일은 아무것두 기억하는 게 없습니다."

"튼튼했네. 잘 쌓은 축방이었지. 그놈이 있었을 땐 태풍이 와두 끄떡없었네."

"그게 어쩌다 무너졌습니까?"

"폭파해버렸네, 남포를 묻어서…… 그놈의 축방 때문에 사람이 많이 죽었거든."

"또 사변 때 있었던 그 무서운 학살 얘긴가요?"

윤노인은 눈만 깜박일 뿐 더 이상 말이 없다. 사변 때의 학살 얘기만 나오면 노인들은 입을 다문 채 슬며시 딴청을 쓴다. 마을 하나가 송두리째 없어질 정도로 그때의 비극은 엄청났던 모양이다. 그러나 비극의 규모만 전해질 뿐 비극의 원인에 대해서는 누구 하나 시원스레 이야기하는 사람이 없다. 오십 대 이상의 노인들은 무슨 언짢은 사연이라도 있는지 약속이나 한 듯 입들을 다물고 더 이상 입을 열지 않는다. 의도적인 노인들의 침묵은 결국 그 뒷개의 비극을 신비한 것으로 만들었다. 언짢아하는 노인들의 표정을 감안해서, 젊은이들 역시 그 즈음의 일들에 대해서는 질문들을 자제하곤 했다. 그러나 진상은 밝혀지지 않았지만 그 비극의 단편적인 흔적들은, 마을 여러 곳에 드문드문 남아 있다. 폐허가 된 뒷개 마을과 흔적만 남은 포구의 축방이 바로 그 비극이 남겨놓은 대표적인 자취들이다.

"축방 쌓자는 공론은 누가 먼저 냈습니까?"

"젊은 축들이 어울려서 먼저 공론을 모은 모양일세. 향당 모임에 공론을 낸 건 공판장 하는 송필배라는군"

"축방을 쌓자면 큰돈이 들 텐데, 경비 마련은 어떻게 하시렵니까?"

윤노인이 고개를 내두른다.

"학교 지붕에 빗물이 새두 몇 해째 그걸 못 갈아 얹는 형편이야. 돈 마련이 난감해서 이번에두 말만 내구는 흐지부지 끝날지두 모르네."

"모래 퍼올리구 돌 나르자면 굵은 배두 필요하지만, 가장 큰돈이 들어가는 건 축방에 쓸 세멘입니다. 어디루 얼마만큼 쌓을 진 모르지만 바다를 막는 축방 공사라면 예사 경비가 아닐 겝니다."

윤노인이 대답 없이 벽에 걸린 괘종시계를 올려다본다. 윤노인의 시선을 쫓다가 이번에는 문호가 입을 연다.

"기다리는 사람이 있습니까?"

"자네 형 한호하구 필배와 동근이가 오기루 했네."

"제가 오기 전에 만날 약속들이 되었었나요?"

"내가 좀 보자구 했어."

문호가 일어설 채비를 하자 윤노인이 가볍게 고개짓을 한다.

"그대루 있게. 자네가 있어두 상관없네."

바람의 기세가 많이 죽었다. 이제야 폭풍이 자고 평상의 날씨로 되돌아오는 모양이다. 집 밖으로 시선을 준 채 문호는 엉뚱하게 큰 아버지 서관수 노인의 화난 얼굴을 생각한다.

이번에 그가 고향을 찾은 것은 큰아버지 서노인에 대한 빚 갚음의 뜻이 크다. 철 들고 성인이 될 때까지 문호는 서노인을 백부가 아닌 친아버지로 생각했다. 너무 어릴 때 부모를 잃어 그는 친부모의 얼굴을 전혀 기억할 수가 없다. 그래서 백부인 서관수 노인을 당연히 친부모로 여기고 자란 것이다. 백부의 사랑은 극진했다. 그는 친자식인 한호보다도 혈통상 조카인 문호를 오히려 더 사랑하는 듯했다. 문호는 그러나 어느 뭍의 여인을 사랑함으로써 백부의 기대와 사랑을 무참히 배반했다. 여인도 잃고 백부도 잃은 채 그는 결국 가막도를 떠났다. 그러나 뭍에 살면서 그는 잠시도 백부의 은혜를 잊은 일이 없다. 수려한 가막도의 풍광만큼이나 큰아버지 서노인의 은혜는, 뭍에 사는 문호에게 잊을 수 없는 빚이었다. 결국 여러 해 동안 조금씩 돈을 저축하여 그는 다시 가막도를 찾기로 했다. 백부의 기대를 배반했던 것에 대해 그는 어떤 방식으로든 빚 갚음을 하고 싶었다. 그러나 큰아버지 서노인은 문호의 빚 갚음의 뜻을 순순히 받아주지 않았다. 어쩌면 문호에게 아직도 기대와 미련을 두고 있는지도 알 수 없다. 그에게 빚 갚음의 기회를 줌으로써 그가 영원히 떠나는 것을 보고 싶지 않은지 모른다.

"실은 부탁이 있어서 아저씨를 찾아뵈러 왔습니다."

윤노인이 문호를 바라본다. 예상하고 있었다는 듯 조용한 눈빛이다.

"제 깐에는 백부님 은혜에 조금이라두 보답하겠다는 생각으루 이번에 고향 찾은 길에 마을에 동력선 한 척을 마련해드릴려구 했었습니다. 헌데 막상 말씀을 드렸더니 큰아버님은 제게 꾸지람만 내리셨습니다. 그렇다구 마련해온 돈을 다시 들구 돌아가기두 난처하더군요. 아저씨가 이 돈을 맡아주십시오. 마을에 일이 생기면 아저씨가 알아서 쓰십시오. 제 마음이 편하자구 하는 짓입니다. 큰아버님이나 다른 사람에겐 말을 안 내는 게 좋을 듯싶습니다. 제겐 역시 약방 아저씨밖에는 믿을 분이 없습니다."

윤노인 오른쪽의 앉은뱅이책상 위에 문호는 얌전히 흰 봉투 하나를 올려놓는다. 봉투 쪽은 보지도 않고 윤노인이 불쑥 묻는다.

"얼만가?"

"다섯 장입니다. 모두 뭍에서 수표루 끊었습니다."

"우리 형편에는 적지 않은 돈일세그려."

"교원질 하면서 여러 해 동안 계 들어 만든 돈입니다."

시선이 부딪는다. 두 사람의 얼굴에 잔잔한 웃음이 떠오른다. 서로의 뜻을 존중하고 아끼는 신뢰의 웃음일 것이다. 마당에 인기척이 들려와서 두 사람은 다시 시선들을 거둔다. 정동근 청년이 마루에 오르며 윤노인에게 꾸벅 허리를 굽혀 보인다.

"진지 잡수셨습니까? 그리구 형님이 여긴 어쩐 일이십니까?"

"왜? 내가 못 올 델 왔나?"

"앉게. 헌데 왜 혼자야?"

윤노인의 질문에 동근은 머리를 벅벅 긁는다. 방바닥에 내려앉으며 동근이 퉁명스레 입을 연다.

"내일 뭍에 나가야 한다면서 필배 형님은 늦을 거라구 하더군요."

"날짜가 아닌데 내일 배가 어떻게 나가?"

"얼마 전에 뭍에서 긴급 무전이 왔습니다. 분교 오선생이 들어오겠다구 배를 급히 내달라는 전갈입니다."

"무슨 일이 그렇게 급해서 날짜두 아닌데 배까지 내달라든가?"

"학교 아이들을 몽땅 데리구 대처에 나갈 일이 생겼답니다. 봄철부터 어딘가루 여러 차례 편지질을 해대더니 아무래두 뭍의 어느업체에서 아이들 청하는 초청장을 받아낸 모양입니다."

"그래서 방학 되자마자 내빼듯 뭍으루 나갔구면?"

"서울 낚시꾼의 실종하구는 관련이 없다는 것두 밝혀졌습니다."

사기 호롱불이 퍽 소리를 낸다. 작은 날벌레가 불꽃에 날아들어퍽 소리와 함께 방바닥으로 떨어진다. 떨어져 날개를 퍼덕이는 날벌레를 동근이 손으로 집어 뜰 쪽으로 휙 던진다.

"그래 몇 시쯤 배를 낼 생각인가?"

"태풍을 피해 지난번에 배를 뭍으루 끌어올려놔서 큰물이 들기전에는 배를 다시 띄울 수가 없습니다. 12시 경에 만조니까 그때나돼야 배를 띄울 수 있을 겝니다."

"나두 그럼 그때 나갈까?"

문호의 말에 동근이 입귀를 실쭉하게 일그러뜨린다.

"형님은 뭐가 급해서 그렇게 서둘러 가시려는 게요? 좀 느긋이 앉아 계슈. 방학 아직 멀었으니 염소나 한 마리 해 드시구 가시구려?"

"내가 더 있어봐야 할 일이 없네. 고향 그리워 찾아왔다가 볼 것다 보구 찾아뵐 어른들두 다 뵈었어. 뭍에 벌여놓은 일두 있어서이젠 떠나야 될 듯싶네."

"참, 서이장님께서두 내일 뭍으루 나가실 모양입디다."

"큰아버님이?"

"필배 형님이 염소 낼 때가 됐다니까, 그렇다면 거기 껴 붙어서당신두 잠깐 나갔다 오겠다구 허십디다."

"내일 뭍으루 염소를 내나?"

"삼복 때라 값이 좋다구 이집 저집에서 머리 싸매구 야단들이우. 뭍에 낼 염소가 벌써 백 마리가 넘는답디다."

염소가 가막도의 큰 소득원이 되고부터 한 달에 한 번꼴로 가막도는 뭍으로 염소를 반출하고 있다. 그러나 내일은 출항 날도 아니건만 돈들이 급한 나머지 염소 반출을 서로 다투는 모양이다.

"자네들 둘이만 알구 있게."

윤노인이 오랜 침묵 끝에 밑도 끝도 없이 입을 연다. 이쪽을 바라보는 노인의 눈빛에 힘든 말을 꺼내기 전의 결의 같은 것이 엿보인다. 두 젊은이가 다음 말을 기다리자 노인이 이윽고 차분하게 입을 연다.

"뒷개에 축방 공사를 한다구 해서 며칠 전에 자네 백부님과 내가 코바위 자라목엘 다녀왔네. 축방 공사를 시작하면 이래저래 큰돈이 들 테구, 그 돈을 마련하자면 우리한테 돈 될 게 뭐가 있어야지. 헌데 정작 자라목엘 당도허니 기막힌 일이 기다리구 있더란 말이야. 의심두 않구 약함을 열어보니 덩이 한 개가 감쪽같이 없어진 걸세. 석실에 감춰둔 약 덩이 네 개 중에 세 개만 남구 한 개가 비었더란 말이야."

정동근은 말이 없는데 문호가 눈을 크게 뜬다.

"그 약이 아직두 덩어리루 있습니까?"

"급할 때 쓰려구 남겨둔 게 있네. 봄까지두 분명 네 덩이였는데 그새 한 덩이가 감쪽같이 없어졌어. 필시 누군가가 손을 댄 모양인데 어쩌자구 이런 일들이 생기는지 낭패가 아닐 수 없네."

말들이 없다. 동근은 윤노인을 따라 그날 함께 자라목에 갔었다. 그러나 윤노인이 말하기 전까지는 약 덩이가 없어진 사실을 까맣게 모르고 있었다. 석실에 다녀온 두 노인의 표정이 그날따라 왜 그렇게 어두웠던가를 그는 이제야 알 것 같다.

"권기탁이라는 행상 사건하구 관련이 있는 게 아닐까요?"

"우리두 같은 생각이야. 그자가 오자 누군가가 자라목에 건너가 약함에 손을 댄 게 아닌가 허는 생각일세. 큰돈을 주마는 그 행상 놈의 꾐에 빠져 우리네 사람이 뒷감당 없이 일을 덜컥 저지른 듯싶네."

"약은 그럼 행상한테 돈 받구 진작에 넘겼겠군요?"

"넘겼는지 어쨌는지는 행상이 죽었으니 알 수가 없지. 그나마 다행인 것은 그 약이 아직 섬 안에 있다는 걸세."

"그걸 어떻게 믿습니까?"

"약이 빠져나갈 틈이 없었어. 우리한테는 행상이 죽은 게 여간 다행한 일이 아닐세."

"이렇게 되면 그 행상은 실족사가 아니라 타살일 가능성이 많아지는군요?"

"광에서 그자를 빼낸 사람이 죽였다구 봐야겠지."

"범인이 혼자가 아니구 둘이나 셋일 가능성은 없습니까?"

"있어. 큰돈이 걸린 조심스런 일이라 두셋이 작당을 해서 일을 도모했을 가능성두 있네."

다시 방안에 침묵이 흐른다. 그러나 침묵 속에서도 세 사람은 동시에 같은 생각들을 하고 있다. 실종으로 알려진 서울 낚시꾼이 그들에겐 역시 의혹의 대상이다.

"자네 백부님께서 실망이 여간 아니시네."

윤노인의 시선이 문호에게 옮겨진다.

"가막도에 마을이 생긴 후 섬 안에서 섬 물건을 도둑맞기는 이번이 처음일세. 우리가 지금껏 섬을 바르게 지켜온 건, 어떤 어려움

이 닥쳐서두 마음들이 하나로 되어 흩어지지 않은 덕일세. 허나 이
제 우리 고을에두 돈을 탐내어 마을 물건에 손을 대는 불한당 같은
사람이 생겼네. 이제는 너나없이 우리들끼리두 남을 믿기가 어렵
게 된 게야."

　문호가 윤노인을 마주 본다. 윤노인을 보는 그의 시선에 어떤 결
의와 힘이 담겨있다.

　"세상 인심을 탓할 일이 아닙니다. 가막도를 지켜주던 바다도 더
는 뭍에서 부는 바람을 막아주지 못합니다. 축방 공사를 하자는 공
론두 결국은 뭍의 대세를 받아들이자는 생각에서 나온 게 아닙니
까? 언젠지는 알 수 없지만 믿었던 바다두 곧 헐리구 말 겝니다.
틀어막는 게 능사가 아니구 이제는 우리 쪽에서 조금씩 바다를 열
구 나가야 한다는 말씀입니다."

　"그 얘길 자네 백부가 들었다면 어떤 얼굴을 허실 지 궁금허네."

　"가막도는 백부님을 포함해서 어느 한두 분의 개인 소유물이 아
닙니다. 가막도를 위한다는 그럴듯한 명분 아래 저는 옛적에 가막
도가 살인을 하는 것두 봤습니다. 억지루 뭍과 떨어지려구 하다보
면 가막도는 본의 아니게 더 큰 죄를 저지를 뿐입니다."

　"자네 듣자 허니 못 헐 소리가 없네그려. 그게 모두 우리 고을이
살아남자구 하는 일 아니든가?"

　"제 말이 좀 거칠어서 듣기 거북하실지 모르겠습니다만, 전들 왜
고향 마을이 잘 되기를 바라지 않겠습니까. 가막도는 제게두 역시
이 세상에 둘두 없는 그리운 고향입니다. 허지만 멀리 떨어져 뭍
쪽에서 바라보노라면 문을 첩첩이 걸어잠근 가막도가 도무지 갑갑
허구 답답해서 숨이 막힐 지경입니다. 이제는 마을 어르신들부터
앞장서서 닫힌 문들을 여셔야 합니다. 여기서 낳구 자란 저니까 감

히 어른들 꾸중 무릅쓰고 이런 말씀이나마 올릴 수 있는 겝니다."

"우리라구 왜 자네 말을 모르겠는가. 허나 우리네 사는 모양을 뭍에서두 이제는 깊이 헤아리구 푸근허게 이해해줘야 허네. 지금처럼 아무 이해 없이 힘 앞세워 깔아뭉개기만 해서는, 언제 또 사변 때처럼 우리 고을만 큰 화를 당할지 모르잖는가."

인기척이 마당을 질러 온다. 필배와 한호가 들어오는 것을 보고 문호는 천천히 몸을 일으킨다.

"말씀들 하십시오. 전 내일 떠나려면 먼저 들어가 짐을 좀 챙겨야 되겠습니다."

6

볕이 뜨겁다. 간밤에 그토록 날뛰던 바다가 하룻밤을 자고 나더니 신기하리만큼 잔잔하다. 수천의 얼굴을 지닌 바다의 변덕이 새삼스레 놀라울 정도다.

본선(本船)으로 가는 마지막 거루에 물건들이 다시 부산하게 실린다. 오늘 뭍으로 나가는 물건은 살아 움직이는 네 발 달린 짐승이다. 포구 밖에 멀리 있는 동력선에는 벌써 백 여 마리의 염소들이 실려 있다. 마지막 거루가 다시 나가면 동력선은 염소 떼로 빈자리가 없을 것이다.

"몇 마리여, 모두?"

거루에 걸친 뱃널을 치우면서 누군가가 배 안에 있는 김대식에게 소리쳐 묻는다. 대식이 손가락으로 짐승들을 세다가 고개를 두어 번 흔든 후 이쪽으로 맞고함을 친다.

"열일곱이면 셈이 맞나?"

"맞아. 우리가 일곱이구 봉수네 물건이 꼭 열일세."

대식이 염소떼 사이에서 노를 집어 들어 놋좆에 끼운다. 갯가에 섰던 장년 둘이 허리를 굽혀 두 손으로 배를 민다. 배가 물 위에 가볍게 뜨자 고물 쪽의 필배가 상앗대로 갯바닥을 민다. 배가 조금씩 바다로 나가자 늘어섰던 마을 아낙네들이 동력선을 향해 손들을 흔든다.

"아따 그 아줌마들 이별 한번 흠뻑지네. 이번에 가면 영이별인데 어째 눈물 한 방울 비치지 않는 게어?"

염소를 몰던 회초리를 휘두르며 정동근이 여인들 사이를 이리저리 빠져나온다. 나이 젊은 처녀나 새댁들이 동근의 등줄기를 암팡지게 팡팡 주먹으로 때린다. 동근이 아구구 소리를 지르며 주먹질하는 여인들 사이를 이리저리 도망쳐 나온다.

오늘따라 너른 갯가에 마을 사람들이 그들먹하게 나와 있다. 염소를 내기 위해 몰려나왔다가, 배 떠나는 것을 보고 가려고 기다리는 사람들이다. 갯가를 멀리 물러 나와 동근은 눈으로 문호를 찾는다.

배를 타기 위해 갯가에까지 나왔다가 문호는 배에 오르기 직전에 친구들에게 붙잡혔다. 물건을 내려 나온 동년배 친구들이 갑작스런 그의 떠남을 막무가내로 막은 것이다. 배는 이번에 한 행차를 한 후 며칠 뒤에 다시 뭍으로 나간다. 여선생이 아이들을 인솔해서 대처 구경을 시켜주기로 했기 때문에, 어차피 섬에서는 다시 배를 내지 않을 수 없다. 친구들이 문호를 붙잡은 것도 그때를 염두에 둔 때문이다. 며칠 더 쉬어가라는 친구들의 우격다짐에 문호는 몇 번 뻗대다가 할 수 없이 주저앉고 만 것이다.

"가십시다, 형님."

동근이 문호를 찾아 비탈 위쪽의 곰솔 그늘로 들어선다. 배를 묶어두는 계선주(繫船柱) 돌기둥 옆에 문호는 포구 쪽을 향해 맥없이 주저앉아 있다.

"뭍에 못 나간 게 그렇게두 섭섭하쇼?"

"자네 내 가방 보지 못했나?"

"승철이 형님이 들구 갑디다. 지금쯤 아마 마을에 옮겨다 놨을 게요."

"큰아버님이 갯가까지 나왔다가 도루 들어가신 건 무슨 까닭인가?"

"약방 아저씨가 붙잡습디다. 생각을 돌리신 모양입니다."

뱃고동 소리가 길게 울린다. 가막도에서는 드물게 울리는 동력선의 뱃고동 소리다. 뱃머리를 난바다로 향해 동력선이 천천히 포구를 빠져나간다. 물건을 싣고 갔던 거루에는 이제 염소 대신 사람들이 빼곡히 타고 있다. 자기 물건들을 배에 옮겨 싣고 되돌아오는 사람들이다.

"오늘 뭍에 나가는 사람 중에는 약을 내가는 사람이 없을까?"

갑작스런 문호의 질문에 동근이 눈을 크게 뜬다.

"형님 지금 뭐라구 했수?"

"석실에서 약 덩이를 들어냈으니 이제는 그걸 다시 뭍으루 내가구 싶어할 게 아닌가?"

"무슨 얘기라구…… 잊어버리쇼. 약 얘기만 나오면 난 온몸에 두드러기가 돋으려구 하우."

농담으로 돌리려는 동근의 얼굴을 문호는 턱을 당긴 채 비스듬히 쏘아본다.

"어제 약방 아저씨 말씀을 듣구 나는 밤새 뒤척이다가 새벽에야 겨우 눈을 붙였네. 하는 짓이 온통 데퉁맞구 어기져두, 가막도에 꼭 한 가지만은 자랑으루 알았던 일이 있었지. 어제 초저녁 험한 바다에서 장정들이 온통 배들을 끌어올리듯이, 섬 안에 큰일이 생기면 온 마을이 한 덩어리가 되어 서루 돕구 거드는 아름다운 모습일세. 허나 이젠 그것마저두 세태 따라 풍비박산이 된 것 같네. 마을 귀물(貴物)을 몰래 훔쳐내는 도둑까지 생겼으니, 이 마당에 누굴 믿구 누구 손을 빌리겠는가? 좀 괜찮다 싶은 것들은 도무지 한 가지두 남아나는 게 없다니까."

"형님답잖게 왜 자꾸 이러십니까? 눈 한 번 붙였다 떼면 달라지는 게 세상 인심인데, 여기라구 언제까지나 태평성대루 남아 있을 줄 아셨습니까? 전 오히려 풍비박산이 날 바에야 안팎으루 홀랑 곪아서 한꺼번에 왕창 터졌으면 좋겠습디다. 제가 형님더러 고향으루 들어오십사 하는 것두 그렇게 곪아터졌을 때를 대비해서 하는 말입니다."

"자네 내가 이리루 들어와서 무슨 일을 할 수 있다구 생각하나?"

"형님이 왜 일을 하십니까? 일 부려먹자구 형님더러 이리루 들어오시라는 게 아닙니다. 형님은 가만히 계시면서 노인네들과 우리 사이에 다리나 놓아주십시오. 서루 말이 통할 수 있도록 말 다리를 놓아달라는 말입니다."

말이 끊긴다. 아랫녘 선착장 부근에 뭔가 일이 생긴 모양이다. 거루를 기다리던 아낙네와 사내들이 양쪽으로 갈라지면서 왼쪽 솔밭 쪽의 비탈길을 올려다보고 있다. 떠들어대던 말과 웃음이 일시에 사라져서 선착장 부근은 단조로운 파도 소리뿐 비정상적인 정적이 흐르고 있다.

사내 하나가 비탈을 내려와 콩밭 머리를 비스듬히 질러, 선착장 쪽으로 느릿느릿 오고 있다. 회색 바지와 줄무늬 노타이에 사내는 구두를 신었고, 온 얼굴에 수염이 더부룩이 자라 있다. 선착장으로 다가오면서 사내는 여러 사람을 향해 끊임없이 웃고 있다. 얼굴이 이쪽으로 돌려질 때마다 덥수룩한 수염 속에서 흰 이가 하얗게 드러나곤 한다. 아낙네를 포함한 이십 여 명의 마을 사람들은, 다가오는 사내를 바라볼 뿐 누구 하나 말이 없다. 사내가 가까이 다가오면 그들은 길을 터주듯 한두 걸음씩 조용히 뒤로 물러설 뿐이다. 사내 역시 웃어보일 뿐 사람들을 향해 말을 건네는 일이 없다. 이쪽 저쪽을 돌아보면서 그는 아무에게나 열심히 웃어보일 뿐이다.

선착장에 거의 다 이르러 사내는 이윽고 멈춰 선다. 말 건넬 사람을 찾는 모양인지 사내는 웃음 띤 얼굴로 하나하나 주변 사람들의 얼굴을 살피곤 한다. 그러나 사람을 살피고는 있지만 입에는 아첨하는 웃음이 끊임없이 머물러 있다. 웃지 않는 사람들 속에 사내 혼자 웃고 있어서, 어딘지 사내의 웃음은 비굴해 보이고 한편으로는 애처로워 보인다. 그러나 선착장의 마을 사람들은 웃음 없는 무표정한 얼굴로, 여전히 사내를 둘러싼 채 구경하듯 지켜볼 뿐이다.

"그 사람입니다."

정동근이 오랜 침묵 끝에 속삭이듯 입을 연다. 별다른 반응이 없다가 문호가 불쑥 되묻는다.

"서울 낚시꾼?"

고개를 끄덕임으로써 동근은 대답을 대신한다. 잠시 뭔가를 생각하는 눈치더니 동근이 다시 입을 연다.

"모를 일입니다. 그렇게 찾아두 꼼짝을 않다가 왜 이제사 자기 발루 걸어나오는 걸까요?"

"사정이 있었겠지. 죽은 줄 알았는데 살아 있으니 그나마 다행 아닌가."

"혼자 지내지는 않았을 겝니다. 저렇게 멀쩡한 걸 보면 누군가가 도와준 게 분명합니다."

"이쪽으로 오구 있네. 자네를 본 모양일세."

동근에게 눈을 맞추어 사내가 과연 이쪽으로 오고 있다. 십 여 미터의 짧은 거리를 사내는 줄타기라도 하듯 느릿느릿 걸어온다. 수염으로 뒤덮인 사내의 얼굴은 몹시 여위었고 병자처럼 창백하다. 두어 걸음 거리에 다가와서야 사내가 천천히 멈춰 선다.

"정형이시죠? 길을 잃었습니다. 저를 마을까지 좀 데려다주십시요."

여러 날 실종된 사람치고는 사내는 말과 행동이 태연하고 천연덕스럽다.

"어디 계셨죠, 지금까지?"

"동굴입니다. 잠만 잤어요. 전 육지로 돌아가지 않습니다."

사내는 무언가를 과시하듯 큰소리로 말하고 있다. 육지로 돌아가지 않겠다는 말도 이런 장소에서는 할 말이 아니다. 어색해하는 사내에게 동근이 장난스레 말한다.

"저게 보입니까? 뭍으로 나가는 뱁니다. 당신은 저걸 타구 뭍으로 나가구 싶어하지 않았나요?"

"전엔 그랬죠. 허지만 지금은 아닙니다. 오해받을 일이 있다면 하지 않는 게 현명한 일 아닙니까?"

"우리가 당신을 찾았다는 걸 당신은 알구 있습니까?"

"아뇨, 몰랐습니다."

동근과 시선을 마주한 채 그는 한층 진한 웃음을 짓고 있다. 선착장 아래쪽에 모여 선 사람들은 사내와 동근의 수작을 숨을 죽인 채 지켜보고 있다. 한참 동안 말이 없다가 사내가 다시 입을 연다.

"못 믿으시겠지만 전 이곳에 정착하기루 했습니다. 댁들 때문이 아닙니다. 제 스스로 원해서 결정한 일입니다."

사내의 말이 동근에게 복잡한 의미로 전달된다. 이런 결심을 하기까지 사내는 여러 날 고민했을 것이 분명하다. 이 사내의 존재 자체가 동근에겐 갑자기 역겹고 불쾌하다.

"연극을 썩 잘 하시는군요. 무대와 관객두 아주 잘 선택했습니다."

"두고 보십시오. 전 당신들의 허락 없이는 아무 데두 가지 않습니다. 이장님을 만나 뵙고 싶습니다. 이장님 댁으로 절 데려가주시지 않겠습니까?"

결사적인 사내의 말이 동근의 심사를 또 한번 어지럽힌다. 대꾸가 부질없다고 생각하며 동근은 몸을 돌려 비탈길을 올라간다. 말상대를 잃은 사내가 이번에는 가까이에 있는 문호를 바라본다. 말을 건네려는 사내에게 문호가 갑자기 손을 들어 막는다.

"아무 말도 하지 마십시오. 지금은 말을 안 하는 게 당신에게 좋을 것 같습니다……"

7

해가 진다. 수평선에 걸린 새빨간 반 토막의 해가 바다를 온통 자줏빛으로 물들이고 있다.

마을 동남쪽의 비스듬한 고갯길을 한 떼의 아낙네와 아이들이 길을 메운 채 바쁘게 넘어오고 있다. 빈손인 사람은 거의 없고 제각기 손과 머리에 자배기나 양동이 등의 그릇들을 지니고 있다. 샘터에서 고기를 받아든 그들은 늦은 저녁에 대어가기 위해 걸음들이 몹시 바쁘다.

내려오는 그들을 마주 보면서 윤노인과 안종선이 고갯길을 올라간다. 소식을 늦게 들어서 그들은 이제야 샘터로 향하고 있다. 소를 잡은 지가 서너 시간 전이라니 아직도 그들 몫의 쓸 만한 고기가 남았을지 알 수 없다.

"이게 모두 웬 떼거리야?"

앞서 내려오는 젊은 아낙에게 윤노인이 말을 건넨다. 함지박을 머리에 이고 있어서 여인들은 하얀 눈으로 이쪽을 비스듬히 바라본다.

"당집 샘터에서 오는 길이에요. 올라가보세요. 게서 소를 잡았어요."

"소 잡은 건 나두 아네만 지금 올라가두 쓸 만한 고기가 있을까?"

"많아요 아직. 뒷사람들 몫이라구 살코기며 내장이며 여러 무더기 따루 떼어놨어요."

"알았네, 어서들 내려가시게."

아낙네들과 엇갈려서 두 사람은 다시 고갯길을 올라간다. 해는 바다로 빠졌어도 열기는 그대로 지표에 남아 있다. 부채질을 하며 올라가는 윤노인을 뒤쳐진 안종선이 땀을 닦으며 뒤쫓고 있다.

"뉘집 소를 잡았답니까?"

"박두서(朴斗緖) 소라던가."

"두서네 소라면 아직 어린데……"

"고창(鼓脹)으루 쓰러졌다네. 덜 불은 콩을 삶아 멕여서 그게 탈을 낸 것 같다더군."

"일 부리다가 쓰러졌나요?"

"웬걸, 들에 매어뒀는데 졸지에 벌렁 나자빠진 모양이야."

"그럼, 제대루 먹을 따서 피라두 뺐는지 모르겠군요."

"두서가 마침 풀을 베다가 낫으루 먹을 땄다더군."

"아까운 선지는 죄 땅에 쏟았겠군요?"

"들일 허느라구 물통을 가지구 갔더라네. 절반은 땅에 쏟구 절반은 물통에 받은 모양일세."

산제(山祭) 때 말고는 가막도에서 소를 잡는 일은 거의 없다. 오늘 저녁에 잡은 소도 고기를 먹기 위해 잡은 것이 아니다. 고창에 걸려 죽어가는 소를 어쩔 수 없이 급하게 잡은 것이다.

사정이 급해 잡긴 했어도 고기는 역시 처분해야 한다. 냉동 시설이 없는 섬에서는 여름 고기는 하루를 넘기기도 쉽지 않다. 소는 물론이고 돼지 따위의 작은 가축도 여름에 잡은 것은 바로 당일에 처분하는 것이 보통이다. 결국 여름에는 가축을 잡으면 온 마을이 덤벼들어 하루 만에 고기를 처분한다. 마을을 상대로 급하게 내는 물건이라 고깃값이 뭍에서처럼 시세대로 매겨질 리 없다. 길게 두고 먹을 음식도 아니어서, 웬만큼 큰 식솔이 아니고는 한 집에서 덥석 많은 고기를 사지도 않는다. 집집이 형편에 따라 먹을 만큼씩만 사기 때문에, 잘 살고 못사는 집의 차별 없이 온 마을에 골고루 고기 몇 점씩은 돌아가는 셈이다. 따라서 마을에 큰 가축이 잡히면 그 날은 갈데없이 바로 마을의 떠들썩한 잔칫날이 된다. 고기를 굽고 지지고 하여, 온 마을에 때 아닌 고기 냄새가 진동하는 것이다.

네댓 명의 처녀 아이들이 다시 떼를 지어 고갯길을 내려온다. 냄비나 들통 따위를 손에 든 것으로 보아, 그들도 역시 두서네 샘터에서 고기를 받아오는 모양이다.

"할아버지 안녕하세요?"

처녀들이 인사를 한다.

"오냐. 고기 많이들 받아왔냐?"

"네."

"조심들 해라. 기름진 음식 많이 먹으면 여름엔 탈 나기 십상이야."

"네, 할아버지."

윤노인과 엇갈려 처녀들이 길 아래로 내려간다. 해가 그새 바다로 빠져 서쪽 하늘에 놀이 곱게 물들었다.

"대인 어른."

안종선이 문득 윤노인을 부른다. 두어 걸음 앞서 가던 윤노인이 대꾸 없이 뒤를 돌아본다. 머뭇거리는 표정이더니 안종선이 다시 입을 연다.

"엊저녁 향당 모임에선 어떤 결정들을 보셨습니까?"

"결정을 보다니?"

"서울 낚시꾼이 제 발루 찾아들어 마을 공론들이 분분하다구 들었습니다만?"

잠시 대꾸가 없다. 길가 두엄더미 위에 하루살이떼가 먼지처럼 날고 있다. 부채를 접어 주머니에 꽂고 윤노인이 한참만에 입을 연다.

"무슨 속셈인지는 모르겠네만 그 사람이 뭍으루 안 나가구 예서 아예 눌러 살기루 작정을 했다네. 예서 살기루 작정을 했다니 우리야 구경꾼으로 지켜볼밖에 없지 않은가?"

"그게 본심에서 나온 말일까요?"

"본심이 아니면?"

"그렇게 뭍으루 나가구 싶어하던 사람인데 예서 눌러 살겠다는
건 이상하지 않습니까?"

"생각허기 나름이지. 이상허다면 이상허구 깊이 생각허면 그렇
지 않기두 허네. 더구나 당자가 그렇게 말했다니 우리야 그 말을
믿을밖에."

그렇다. 그가 그렇게 말했다면 마을은 그의 말을 액면대로 믿을
뿐이다. 그에게 문제가 되었던 것은, 그가 무리를 해서 섬을 떠나
려고 했던 것에 있다. 뭍으로 나갈 것을 포기한 이상, 마을은 그의
체류를 지켜볼 수밖에 없는 것이다.

그러나 외지에서 아무 연고 없이 찾아든 그가, 이 고장 사람들의
도움 없이 홀로 어떻게 살아갈 것인가 궁금하다. 이곳에서는 육지
에서와는 달리 농사일 말고는 달리 할 일도 거들 일도 없다. 지닌
돈이 넉넉하다면 모르지만 특별한 생계 수단이 없는 그가, 가막도
에 장기간 눌러 살기는 쉬운 일이 아니다.

"대인 어른께선 그 사람을 직접 만나보셨습니까?"

"동근이를 시켜 만나보게 했네."

"그동안 어디 있었답니까?"

"그건 물어두 대답을 않드라네."

예측한 대로다. 그가 뒷개에 나타났다는 말을 듣고 안종선은 자
기에게도 곧 마을의 추궁이 있을 것으로 생각했다. 그를 솔섬에서
구해낸 이후 자기가 그를 줄곧 돌봐왔기 때문이다. 그러나 시간이
흘러도 마을에서는 아무런 추궁이 없었다. 서울 낚시꾼은 입을 다
물어 안종선과의 관계를 비밀로 해준 것이다.

"분교 선생이 뭍에서 돌아와 그 사람을 찾더라는군."

"그 사람이 밥 부쳐 먹은 데가 바루 분교 선생 집이 아닙니까?"

"오늘 아침에 짐을 싸들구 선생 집을 떠났다네."

"어디루요?"

"간 데는 몰라."

"잠시 가까운 갯가 같은 데루 바람 쐬러 나간 게 아닐까요?"

"아니야. 쌀하구 건건이까지 선생 집에서 준비해 떠났다네. 잠깐 바람 쐬러 나간 사람이 양식을 한 말씩이나 마련해 떠났겠나?"

어디로 떠났을까? 아니, 마을로 돌아온 그가 왜 다시 하룻밤을 자고는 짐을 싸들고 숙소를 떠났을까? 양식을 준비하여 떠난 것을 보면 그는 어딘가에 장기 체류할 모양이다. 이슬을 막아줄 잠자리를 걱정할 필요는 없다. 그는 여러 개의 해안 동굴을 알고 있고, 추위를 막아줄 침낭을 비롯하여 천막과 취사 도구와 약간의 연료까지 지니고 있다.

"그 사람을 제가 한번 찾아보면 어떨까요?"

"내버려두게."

"찾지 말라는 말씀입니까?"

"어떻게 허나 잠시 두고 보자는 겔세. 자기가 우리를 간섭 않으면 우리두 자기를 간섭 않네. 서둘지 말구 기다리노라면 언젠가는 자기두 우리 입장을 이해헐 테지."

이것이 간밤에 있었던 향당 모임의 결정인지 모른다. 하긴 가막도 입장에서 보자면 낚시꾼의 존재는 눈 위의 혹처럼 거북하다. 그를 뭍으로 내보내자니 화근을 불러올 뒷일이 걱정이고, 섬에 그대로 잡아두자니 잡아둘 핑계가 막연하다. 그러나 그는 다행하게도 자기 발로 찾아와 가막도의 고민을 해소해주었다. 섬에 남기로 작정함으로써 일시적이긴 하지만 두 가지 걱정을 한꺼번에 해결해준 것이다.

"영리한 사람일세."

"낚시꾼 말인가요?"

"전에두 몇이 섬에 들어와 우리를 난감허게 만들곤 했네만, 아무두 이 사람처럼 섬에 남겠다는 사람은 없었어."

"저두 겪어봐서 잘 압니다. 억지루 떼쓰듯이 뭍으루 나가려다가 몇 사람은 결국 낭패를 보구 말았죠."

"당장에 큰일이라두 낼 듯이 앞뒤 가리잖구 서두는 게 탈일세. 공연히 일을 만들어 서둘다가 스스로 화들을 부르지. 세월이 약이란 걸 알면 그렇게 서둘 일두 아닌데 말이야."

"여선생 집을 나가긴 했어두 곧 다시 돌아오겠죠?"

"양식 떨어지면 돌아올 테지."

"혹 마을에서 얼굴이 부닥치면 말을 건네두 괜찮을까요?"

"건네오는 말이야 어쩌겠나만 이쪽에서 일부러 말 건넬 필요는 없을 게야."

"분교 오선생은 무슨 까닭으루 그 사람을 찾는답니까?"

"자기가 뭍에 나간 새에 낚시꾼두 가막도를 떠난 걸루 알았던 모양일세. 자기 집에 들어 있던 사람이니 뒷일이 궁금허겠지."

샘터가 보인다. 빨래터로도 쓰일 정도로 이 샘터는 터가 넓다. 붐비던 아낙네들이 거의 다 떠나고 우물가에는 남녀 대여섯 명이 뒷마무리를 위해 물을 긷거나 피 묻은 그릇들을 씻고 있다. 샘 곁에 놓인 자배기 두 개에는 허파 지라 곱창 같은 내장들이 그득 담겨있고, 나무 함지에 담긴 것은 쇠머리와 가죽이다. 윤노인이 우물가로 가까이 가자 두레박을 든 박두서가 고개를 꾸벅 숙여 보인다.

"안에들 기십니다. 지금 마루에서 횟간들 잡숫구 기십니다."

"늦었네. 소를 잃어 어쩌나? 몇살잽인데 변을 당했나?"

"이제 겨우 네 살입니다. 일년 내내 일 가르쳐서 부릴 만허니까 죽는구먼요."

두서네 집 토담 안에서 웃음소리가 떠들썩하게 들려온다. 먼저 온 노인들이 횟간과 천엽을 안주로 술잔이라도 나누는 모양이다.

"나 살코기 세 근허구 정갱이뼈 하나 싸주겠나?"

"예, 어르신, 들어가 기십시요."

윤노인이 우물가를 지나 담을 끼고 집안으로 들어간다. 뒤에 쳐진 안종선이 우물가에 놓인 여러 그릇들을 내려다본다. 내장들이 그득 담긴 자배기에서 육고기 특유의 비릿한 냄새가 느끼하게 풍겨온다. 샘터 주변에는 피 냄새를 맡고 파리들이 야단스레 떼 지어 날고 있다. 함지 앞에 쭈그려 앉으며 안종선이 두서를 올려다본다.

"내 몫두 있겠나?"

"몇 근이나 쓰실려우?"

"두 근이면 되네. 양두 있으면 한 근 주구."

"양은 없수. 고기나 쓰슈."

물 묻은 손을 타월에 닦고 두서는 수첩을 꺼내 연필로 무언가를 꼼꼼히 적는다. 아마 안종선의 이름을 적고 그 밑에 고기 두 근을 함께 적어넣는 모양이다.

"고기가 많이 남았구먼?"

"임자 있는 고기들이우."

"여기 따루 싼 물건은 어느 집으루 갈 몫인가?"

"분교 선생 집에 배달 갈 거요."

"선생이 직접 올라왔던가?"

"선생이 아니구 서울 낚시꾼이 왔습디다."

"그 사람이 어떻게?"

"방금 다녀갔수. 자기 몫으루 두 근 사구 여선생 몫으루 닷근을 사줍디다."

"샀으면 자기가 가져갈 일이지 고기를 왜 자네에게 맡겼나?"

"마을 쪽으루 내려가질 않구 자긴 딴 데루 간답디다."

"딴 데 어딜?"

"그걸 내가 어찌 알우."

잠시 대화가 끊어진다. 그러나 곧 박두서가 빈정거리듯 입을 연다.

"모를 일이우. 아저씨가 그 사람 일에 왜 그렇게 관심이 많수?"

안종선은 두서를 외면한다. 이 녀석이 아닐까 하고 그는 불현듯 두서를 의심한다. 껑충한 키와 우묵한 눈이 서울 낚시꾼 김인규가 말하는 문제의 사공과 비슷하다. 더구나 두서는 낚시를 즐겨해서 거루를 타고 솔섬 근처에서 농어나 돔 따위를 자주 낚는다. 두서라면 낚시를 핑계 삼아 김인규를 쉽게 유인하여 솔섬에 감쪽같이 가뒀을 수도 있다. 더구나 두서는 한때 약에 중독된 적이 있다. 벼랑에서 떨어져 몸을 크게 다친 후, 그 약을 장복한 것이 약에 중독된 원인이다. 담배에 섞어 약을 몰래 써오던 그는 가족들의 신고로 들통이 나서, 당산 아래 젓갈을 보관하던 긴 토굴에 여러 날 갇혔다. 굴이 깊어 여름철에도 서늘한 이 토굴은, 예전에 중독자 여러 명을 함께 가두어 수용한 적도 있다. 여러 증세에 이래저래 그 약을 자주 쓰는 가막도 사람들은, 자기도 모르게 약에 중독되어 약을 끊으면 금단증상(禁斷症狀)이 보일 정도로 중증이 된 사람이 많았다. 박두서는 그러나 토굴에 수용된 뒤 열이틀 만에 굴에서 풀려났다. 중독 증세가 생각보다 심각하지 않았기 때문이다.

"자, 고기 여기 있수."

두서가 신문지에 싼 고기를 전해준다.

"고맙네, 그럼 수고하게."

고기를 받아들고 샘가를 떠나면서 안종선은 다시 골똘하게 생각에 잠긴다. 서울 낚시꾼을 솔섬에 가둔 범인의 윤곽이 어슴푸레 좁혀진 느낌이다. 약에 중독된 사람들 중에 범인이 있을 가능성이 많다. 가막도에는 약에 중독되어 아직도 자가 치료 중인 사람들이 더러 있다. 한때는 열 명이 넘어 마을에 큰 우환이 된 적도 있었지만, 지금은 대부분 완치되어 겨우 서너 명이 요주의 대상으로 남았을 뿐이다. 방금 만난 박두서 역시 과거의 그런 중독자 중의 하나다. 이들 중독자의 공통점은 뭍에 대한 과민한 반응과 병적일 정도의 뭍에 대한 공포다. 그들의 병증이 뭍에 알려지면 곧바로 체포되어 수용소에 철저히 격리 수용되기 때문에, 뭍에서 누군가가 가막도로 찾아오면 그들은 우선 만사 제쳐두고 몸부터 피하고 보는 것이다. 완치가 되었다고 하지만 방금 만난 박두서 역시 그런 의심스런 사람 중의 하나다. 자신의 중독이 들통날 것이 두려워서 어쩌면 그는 서울 낚시꾼을 단속반원으로 착각하여 솔섬으로 은밀히 유인해서 없애려 했을지도 모른다.

그러나 골똘히 생각에 잠겼던 안종선은 갑자기 무언가를 부정하듯 고개를 크게 내두른다. 박두서는 방금 서울 낚시꾼이 고기를 사기 위해 이곳 샘터에 다녀갔다고 말하고 있다. 두 사람의 상면이 이루어졌다면 솔섬의 범인은 자연스레 밝혀진 셈이다. 범인으로 밝혀진 이상 박두서는 결코 무사할 수 없다. 살인 혐의가 있는 그를 서울 낚시꾼이 그대로 둘 리 만무하기 때문이다. 그러나 박두서는 지금 아무렇지도 않게 샘터에 남아, 도살된 소의 뒷처리를 하고 있다. 중독자 중의 한 사람이기는 하지만 박두서는 이렇게 되면 범인의 혐의에서 벗어난다. 그렇다면 박두서를 제외한 나머지 중독자 중에서 솔섬의 범인을 찾아야 한다. 몇 안 되는 그들 중에 낚시꾼을 찾으면 범인의 윤곽은 거의 다 잡힌 셈이다. 그러나 이 모든 가상이 사실이라고 하더라도 범인의 자백이나 증거가 없는 한, 솔섬의 범인은 영원한 미궁 속에 빠질 수밖에 없다. 가막도의 난해한 점이 바로 이 미궁에 있다. '굴러온 돌'로 30여 년을 섬에 살았지만 안종선에게 아직도 가막도는 친숙하지 않은 타향이다.

8

달빛이 휘영청 밝다. 아래가 헐린 반쪽 달인데도 하늘이 맑아 유난스레 밝은 밤이다.

마을 동남쪽 산자락을 끼고 비슷한 체격의 사내 둘이 뒤뚱거리며 위태롭게 걸어오고 있다. 한 사내가 또 한 사내의 팔을 걸어, 부축한 상태로 걸어오기 때문이다

"문호야, 내가 취했냐?"

"아뇨, 형님이 왜 취하십니까?"

"그럼, 내가 안 취했으니 네가 취한 모양이구나?"

"예, 제가 좀 취한 것 같습니다."

몸이 크게 흔들리긴 해도 한호(漢浩)의 다리는 아직 짱짱하다. 아우 문호가 부축하고 있어서 한호는 어쩌면 더 취한 체하는지도 모른다.

"여기가 어디냐?"

"참죽나무 아래 물도랑 둑길입니다."

"여기서 좀 쉬어가자."

"밤이 깊었는데 그냥 가시죠. 집에서 큰아버님 기다리실지두 모릅니다."

한호가 대꾸 없이 둑 위로 털썩 앉는다. 그를 부축해온 문호 역시 한호에게 끌려 무너지듯 주저앉는다. 누가 먼저라고 할 것도 없이 형제는 이내 풀밭 위로 몸을 던져 벌렁 눕는다. 그렇게 한동안 하늘을 보고 누워 있다가, 한호가 큰 숨을 한 번 내쉬더니 혼잣말하듯 입을 연다.

"네가 뭍으루 떠나기 전에 꼭 해둘 말이 있었는데……"

"들어봅시다, 무슨 얘긴지?"

"술이 취해서 오늘은 안 돼. 나중에 다시 기회를 보자."

침묵이 흐른다. 한호가 하려는 이야기를 문호는 대충 짐작할 수 있다. 다그치면 들을 수 있겠지만 문호는 성급하게 얘기를 조를 생각은 없다. 얘기도 생리적인 배설과 같아서, 마려울 때를 기다려 듣는 것이 현명하다.

"언제 떠나나?"

"다음 배 나갈 때 떠날 생각입니다."

"배가 언제 나가는데?"

"글피쯤 나가게 된답니다."

"방금 뭍에 다녀왔는데 무슨 배가 글피에 또 나가?"

"분교 여선생이 마을 아이들을 대처루 구경시키려 데리구 나가는 배랍디다."

말이 끊긴다. 염소를 내려 간 동력선 편으로, 뭍에 나가 있던 분교 여선생이 오늘 오정 때쯤 가막도로 돌아왔다. 그녀는 섬에 오르

자 곧장 마을의 서관수 노인을 찾아갔다. 그 동안 편지를 띄워 몇
몇 단체에 교섭한 결과, 섬 아이들 열댓 명 정도를 가까운 P시(市)
에 구경시킬 수 있게 되어, 그 문제를 상의하기 위해서 서이장을
찾아간 것이다. 마을의 큰 어른인 서관수 노인이 어떤 대답을 했는
지는 아직 모른다. 혼자 결정할 일이 아니라서 어쩌면 대답을 향당
모임에 미뤘는지도 알 수 없다. 그러나 전에도 국민학교 아이들이
방학을 이용하여 대처로 구경 나간 일이 있어서, 이번에도 역시 아
이들을 추려 뭍으로 보내줄 공산이 많다. 문제는 뭍 쪽의 사정으로
늦어도 닷새 안에는 아이들을 P시에 도착토록 해야 한다는 것이
다. 배를 글피에 띄우기로 한 것도 실은 그 뭍의 일정에 맞추기 위
한 것이다.

"누구 소행일까?"

한호가 밑도 끝도 없이 다시 혼잣말을 중얼거린다. 뉘였던 몸을
일으키며 문호가 한호를 내려다본다.

"누구 소행인가는 별 문제가 아닙니다."

"무슨 얘긴데 네가 나서?"

"저두 압니다. 며칠 전에 약방 어른한테 자세한 얘기 들었습니
다. 약 덩이 네 개를 보관해 뒀는데 그중에 한 개가 없어졌더라는
얘기 아닙니까?"

한호가 풀밭에서 일어나 앉는다. 목마른 사람 물 찾듯이 그는 서
둘러 담배를 붙여 문다.

"도둑맞은 물건이 아까운 게 아니야. 그 물건이 뭍으루 나가면
가막도가 성하질 못해. 네가 떠난 이듬해 가을에두 그 물건 때문에
한바탕 크게 소동이 났다."

"그렇게 큰 고생들을 겪으면서 그 물건은 왜 자꾸 산에다 가꾸는

겝니까?"

"이제는 여기서두 가꾸질 않아. 약에 쓸 만큼만 가꿔오다가 그것 두 요즈막엔 그만뒀다."

"그러면 잃어버린 덩어리는 어떻게 생긴 물건입니까?"

"여러 해 전에 만들어 쓰던 걸 아껴뒀다가 큰 뭉치루 만든 거야. 급히 돈 쓸 데가 있을 것 같아 몇이서만 알구는 마을 재산으루 남겨둔 게다."

"그게 한 뭉치에 얼마나 나갑니까?"

"임자 만나기 나름이지. 계란만 한 덩어리 하나두 벼 수십 섬 값이라든가."

"그렇다면 이번에 잃어버린 한 덩어리는 값으루 쳐서 대체 얼마나 나가는 겁니까?"

"돈으루 셈허기가 어려울 만큼 큰돈이라는 이야기를 들었다. 워낙 무더기가 크기 때문에 그게 뭍으루 나갔다가는 가막도가 온전치 못할 게라구 걱정들이다."

한호의 걱정하는 말에 문호는 무심코 먼 뒷개 쪽의 바다를 돌아본다. 그 물건이 언제부터 재산 구실을 하게 되었는지 알 수가 없다. 그가 분명히 기억하는 것은 그 물건이 어느 해 여름 돈으로 바뀌지는 현장을 보았다는 것이다.

열두어 살의 소년 시절로 기억된다. 어느 여름날 한밤중에 문호는 문득 눈을 떴다. 자정이 지난 깊은 밤인데 마당에서 큰아버지를 비롯한 여러 어른들의 두런대는 말소리가 들려왔다. 다투는 듯한 말소리에 섞여 문호는 얼핏 알아들을 수 없는 외국 사람들의 낯선 말을 들은 듯했다. 중국말 비슷한 그 말소리 뒤에는 반드시 한국 사람이 또 한 차례 말을 했다. 앞서 말한 외국인의 말을 우리나라 사람이 통역해주는 말이었다. 어른들의 나지막한 대화는 진지하고 신중했다. 간혹 음성이 커지거나 거칠어지면 큰아버지가 꾸짖어서 음성을 낮추곤 했다. 얼마 후 큰집 마당에서 한 떼의 어른들은 썰물처럼 빠져나갔다. 호기심에 끌려 마당으로 나온 소년은 그들의 행선지가 뒷개 포구라는 것을 알았다. 포구 밖의 난바다 쪽에서 소년은 전에 못 보던 불빛 두어 개를 발견했다. 어슴푸레한 달빛을 통해 소년은 그 불빛이 난바다에 닻을 내린 낯선 배의 불빛임을 알았다. 이튿날 소년은 큰아버지의 거처방에서 결코 잊을 수 없는 놀라운 물건을 발견했다. 지전(紙錢) 다발이 꼭꼭 쟁여진 누런색 광목천의 커다란 돈 전대를 발견한 것이다. 훗날 문호는 그날 밤의 기억들을 되살려 일관된 한 사건으로 꿰어 맞추는데 성공했다. 돈 전대가 새롭게 생긴 대신 그날 밤 큰아버지 방에는 없어진 물건이 하나 있었다. 늘 자물쇠가 단단히 물려 있던 오동나무 약궤(藥櫃)가 감쪽같이 사라진 것이다.

"형님, 고향이라는 걸 어떻게 생각하십니까?"

갑작스런 문호의 질문에 한호는 멀뚱히 달빛 흐르는 콩밭 쪽을 내려다본다. 바람도 드세지 않은데 모기가 없는 것이 신통하다. 턱을 가슴께로 파묻듯 하면서 한호가 천천히 입을 연다.

"객지에 나가 사는 사람에게만 고향이 각별한 건 아니야. 어려서 불에 덴 흉터처럼 평생 사람 몸에 붙어 다니는 게 고향이라는 생각이다."

"원하든 원치 않든 주어진 고향은 떼쳐버릴 수가 없다는 뜻인가요?"

"내치구 싶어두 내쳐져야 말이지. 어려서 익힌 장 맛이나 김치 맛을 우리 혓바닥이 평생 기억허는 것과 비슷허지,"

"고향을 김치 맛에 비하는 건 좀 엉뚱하게 들리는데요?"

"설명할 수 있는 부분보다 없는 부분이 더 많은 게 고향이야. 자기가 태어난 고장이라는게 고향의 온전한 설명이 될 수 있냐?"

"단순치 않다는 건 인정합니다만 전 형님하구 생각이 좀 다릅니다. 뜻을 세워 노력을 하면 전 안 되는 게 없다는 생각입니다. 객지 생활 6년 하면서 전 가막도를 많이 잊어먹구 살았습니다."

"체질의 차이야. 하긴 너라면 그럴 만두 허지……"

"제가 가막도를 머릿속에서 어떻게 몰아낸 줄 아십니까?"

"글쎄. 짐짓 미움을 만들어 욕을 하면서 억지루 내몬 게 아닐까?"

한호의 목소리가 뜻밖으로 차분하다. 여러 시간 동안 마신 술이 이제야 조금씩 깨는 모양이다. 갑자기 잡은 소 때문에 가막도 사람들은 오늘 밤 모두 술에 취해 있다. 9시부터 마시기 시작해서 한호 형제도 무려 3시간을 마신 것이다.

"그래요. 이런 저런 구실을 만들어 이를 갈며 저주두 했습니다. 이런 거지 같은 고향이라면 내게는 차라리 없는 게 더 낫다구 생각했죠."

"넌 섬 밖에서 그런 생각을 했겠지만, 난 섬 안에 있으면서 수백 번두 더 그런 생각을 하며 살았다. 허지만 욕이라구 해서 너와 내 욕이 같은 건 아니다. 너는 가막도를 경멸하지만 난 미워할 뿐 경멸한 적은 한 번두 없다."

"경멸과 미움이 뭐가 크게 다릅니까?"

"미움 속에는 그래두 아직 아끼는 마음이 살아 있지만, 경멸 속에는 버림만 있을 뿐 건져서 구할 게 아무것두 없어."

"제가 왜 가막도를 버리구 떠난 줄 아십니까?"

"내가 아는 이유 말구 또 다른 이유가 있었냐?"

"죄를 만드는 섬입니다. 제 말의 뜻을 아시겠죠?"

침묵이 흐른다. 맑고 푸른 달빛 속을 검은 천 조각 같은 박쥐들이 이리저리 소리 없이 날고 있다. 대꾸가 없는 한호에게 문호는 차츰 초조감을 느낀다. 엄청난 독서량과 독학으로 무장된 한호는, 정규 학력과는 상관없이 문호를 늘 지식으로 압도해왔다. 그가 이렇게 긴 침묵에 빠진 것은 문호의 마지막 말이 큰 아픔으로 전달되었기 때문인지 모른다.

"넌 아직두 말을 골라 할 줄 모르는구나."

"죄송합니다."

"사람이 살기 시작하면서 모든 땅들은 죄를 짓기 시작했다. 가막도가 특히 심해 보이는 건 뭍에서 유난히 멀리 떨어져 있기 때문이다. 거리가 멀면 당하는 수난도 그만큼 혹독하거나 잦을 수밖에 없어. 거리라는 건 가막도 같은 낙도에서는 물리적인 개념 이상의 다른 힘으로 작용할 때가 많아. 멀다고 느껴지면 사람 마음속에 왜곡이나 비행이 대수롭지 않게 생각되는 게지. 아메리카 인디언이나 아프리카 오지 부족에게 유럽의 백인들이 유난히 많은 죄를 지은 것두, 바루 그 거리가 만든 마음의 조작 때문이다."

"형님 말씀은 잘못은 몽땅 바다에 있다는 뜻이군요? 핑계를 만들어주는 바다에 가막도 사람들은 고마워해야 되겠군요."

"빈정거리지 마라. 넌 지금 가해자와 피해자를 거꾸로 생각하구 있어. 진짜 핑계를 만드는 자들은 우리가 아니구 뭍에서 건너온 악당들이야. 여긴 섬이니까 괜찮겠거니 하구 그자들은 뭍에서보다 우리에게 훨씬 더 방자하구 난폭하게 굴곤 했다. 바다를 핑계루 이용한 쪽은 우리가 아니구 그자들이 먼저였어."

소금기 머금은 끈끈한 바닷바람이 머리털을 어지럽게 흐트러트린다. 모기가 달려들지 않는 것은 이 거칠어진 바닷바람 탓일 것이다. 문호의 술 취한 머릿속에 해야 될 말들이 넘칠 듯 가득하다. 모처럼 함께한 한호형과의 술자리가 문호에게는 고향을 찾은 가장 값진 보람인 듯 느껴진다.

"바다를 무심히 대할 수 있어야만 가막도를 온전히 건질 수가 있습니다. 바다가 점점 좁혀져서 언젠가는 가막도가 뭍에 붙는 날이 올 겝니다. 그때를 미리 대비하지 않으면 가막도는 나중에 더 큰 대가를 지불해야 될 겝니다."

"시간이 필요해. 목을 움츠려서 될 일이 아니지만 사나운 뭍엣바람은 우선 피해놓구 볼 일이다."

"늘 같은 이유로군요. 허지만 그렇게 해서는 일을 순조롭게 풀어나갈 수가 없습니다. 서울 낚시꾼을 붙잡아두는 것두 제겐 도무지 이해할 수 없는 일입니다."

한호가 문호를 돌아본다. 머리를 두어 번 내졌더니 그가 다시 입을 연다.

"몇 해 전에 전도사 한 사람이 가막도에 왔다가 두 달 살구 뭍으로 돌아갔다. 그 사람이 뭍에 돌아가서 우리한테 무슨 짓을 했는지 아냐?"

"비슷한 사건이겠죠. 제가 있을 때두 비슷한 사건들루 가막도 사람들이 호되게 곤욕들 당하지 않았습니까?"

"모두 스물세 사람이 간첩 혐의를 둘러쓰구 한 달에서 두 달 간이나 뭍에 끌려가 고생들을 했다. 농사일이구 집안일이구 그해는 온통 엉망진창이 되어버렸지. 외지 사람이 입만 한번 뻥끗 해두 우리 가막도 온 마을은 쑥대밭이 되는 게야."

"서울 낚시꾼은 다릅니다. 생각이 깊고 배운 게 많아서 순리대루 말을 이르면 알아들을지두 모릅니다."

"전도사두 우리 앞에서는 차분허게 알아듣는 척했지. 헌데 뭍으루 돌아가서는 보름두 채 못 돼 말을 홀랑 뒤집었어. 더욱 기가 막힌 노릇은 양심의 가책 때문에 우리를 고발하지 않을 수 없었다는 게다. 폭풍을 피해온 낯선 뱃사람 네댓 명에게 더운 밥 두 끼 해준 것이 그 사람 눈에는 간첩과의 접선으루 비친 게야."

다시 침묵이 찾아온다. 그러나 곧 한호가 풀밭에서 먼저 몸을 일으킨다.

"서울 낚시꾼은 가능하면 좋은 쪽으루 생각해볼 작정이다. 본인이 다행히 남기루 했으니 정체가 곧 밝혀지겠지."

"늦었습니다. 내려가시죠."

9

"자, 다시 한 번 묻겠어요. 뭍에 나갈 사람 손 들어봐요."

분교 여교사 오정은은 똑같은 말을 세 번이나 반복하고 있다. 수십 개의 손들이 올라갈 줄 알았는데, 뜻밖에도 올라간 손은 전교생 58명 중 일곱 개에 불과하기 때문이다.

"수남인 왜 손 안 들어? 너 엘레베타 타구 싶다구 했지 않니?"

소년의 구릿빛 얼굴에 땀방울이 송글송글 맺혀 있다. 꽉 다문 소년의 입은 쉽게 열릴 것 같지 않다. 이마에 오종종 매달린 땀은, 더 위보다는 긴장 탓일 것이다.

"기온이 너두 안 갈 거야? 이유가 뭐야? 엄마가 못 가게 하시든?"

"아뇨, 아버지가요……"

"아버지가 왜? 돈은 한 푼두 필요 없어요. 뭍에 있는 큰 회사에서 너희들을 공짜루 초청했어. 선생님 따라서 입은 옷 그대루 몸만 따라가면 되는 거야. 돈 안 드는 공짜 구경인데 왜들 못 가게 하시는 걸까?"

교실이 조용해진다. 가고 싶은 욕심과 그것을 말리는 어른들의 힘 사이에 끼어, 아이들은 땀이 내밸 만큼 화가 나고 초조하다. 더 이상 그들에게 선택을 강요하는 것은, 그들에 대한 고문과 다름없다.

"좋아요. 알았어요. 이제 모두 돌아들 가요."

늘 하는 인사를 끝내고 아이들이 교실을 몰려나간다. 그들이 빠져나간 빈 교실이 오늘따라 유난히 허전하다. 의자를 창가로 옮겨 다놓고 여교사는 잠시 생각에 잠긴다. 일 년에 걸쳐 아무도 몰래 조금조금씩 추진해온 일이다. 일을 비밀로 추진한 것은 주민들의 요란한 사전 공론과, 신문이나 방송 따위의 매스컴의 시선을 피하기 위해서다. 행선지를 서울 아닌 지방 도시로 택한 것도 세상의 주목을 피하자는 똑같은 이유에서다.

아이들의 육지행을 추진하게 된 것은 좀더 넓은 세상을 보여준다는 의미보다는, 교과서에 자주 등장하는 여러 종류의 문명의 이기(利器)들을 실물 그대로 보여주고 싶어서다. 기차와 자동차 등 탈 것은 물론이고, 아이들은 그 흔한 텔레비전이나 냉장고, 전화조차 본 일이 없다. 전력이 섬에 공급되지 않기 때문에 소위 가전제품이라는 것은 건전지용 라디오 외에는 본 일이 없는 것이다. 실물을 보지 못한 아이들에게 교통 지옥이니 소음 공해니 하는 것들이 제대로 설명될 리 만무하다. 컴퓨터 같은 최첨단 이기들은 보여주지 못할 망정, 일상으로 쓰는 냉장고 따위 가전제품은 직접 보여주는 것이 최선의 교육이라고 오정은은 생각한 것이다.

그녀의 숨은 노력은 어렵사리 결실을 보았다. 옷감과 음료수를 만드는 지방 모 재벌 회사에서 그녀의 부탁을 흔쾌히 받아들였다. 초청 인원은 15명 이내고 여행 일정은 4박 5일이다. 경비 일체를 부담하는 대신 회사에서는 아이들의 여행을 비디오테이프에 담겠다고 했다. 상업용 광고가 아닌 사내(社內) 홍보용의 교육 자료로 쓰겠다는 것이다. 대기업답게 회사 측의 계획은 자상하고 치밀했다. 가막도 사람들의 뭍의 길목인 K항에서부터 회사는 아이들을 맡겠다고 했다. 가막도에서 할 일이라고는 동력선을 두 차례 띄워 아이들을 K항까지 데려갔다가 데려오는 일 뿐이다.

일의 성사를 기뻐하면서 오정은은 바쁘게 가막도로 돌아왔다. 그러나 가막도의 반응은 늘 그렇듯이 덤덤했고 시큰둥했다. 수고했노라는 인사말조차 그녀는 듣지 못했다.

시큰둥했던 마을의 반응은 오늘 드디어 인원 미달로 드러났다. 초청인원은 15명인데 겨우 7명이 응해온 것이다. 그러나 실망은 아직 이르다. 출발 날짜가 아직 3일이나 남아 있기 때문에 미달된 8명은 그 안에 채워넣으면 된다. 한여름 더위에 집집을 찾아다니면서 고집스러운 학부모들을 설득할 일이 여교사는 짜증스러울 뿐이다.

인기척도 없이 교실 문이 열린다. 노타이 셔츠의 사내 하나가 선캡을 벗으며 교실로 들어선다. 믿을 수 없다는 표정으로 여교사가 천천히 의자에서 일어선다. 사내가 두어 걸음 다가오자 여교사가 고개를 갸웃해 보인다.

"김선생님이시죠?"

"오래간만입니다."

사내가 멈춰 서서 마주 고개를 숙여보인다.

"어떻게 된 거예요? 아직두 여기 계셨던 거예요?"

"네, 다시 뵙게 되어 반갑습니다."

두 사람의 거리가 좁혀진다. 여인이 먼저 앉기를 기다린 후 사내
도 가까운 의자에 앉는다. 잠시 살피듯 서로를 바라본 후 여자가
다시 활달하게 입을 연다.

"전 떠나신 줄만 알았어요. 마을 사람들이 아직 계시다구 말했지
만 직접 뵙기 전에는 믿을 수가 없었어요."

"여러 날 낚시를 했더랬죠. 아주 긴 낚시 여행이었습니다."

"참, 어제 김선생님이 저한테 고기를 보내셨다죠?"

"예, 소를 잡았다는 소문을 듣구…… 고깃값이 무척 싸더군요."

"많이 찾았어요. 대체 지금 어디 계세요? 여러 사람에게 물었지
만 아무두 계신 델 모르더군요."

"바닷갑니다. 자연 동굴인데 넓구 시원해서 모기만 아니면 지내
기가 집보다 편합니다."

"제 집에선 왜 떠나셨어요? 엄마가 혹 불편하게 하시던가요?"

"아뇨, 전혀 아닙니다. 당분간 생각두 정리할 겸 혼자 있구 싶었
을 뿐입니다."

약간 여윈 느낌일 뿐 김인규는 별로 달라진 얼굴이 아니다. 벽돌
색 낚시 조끼가 노타이 셔츠의 평상복으로 바뀌어서 오히려 예전
보다 더 친숙한 느낌이다. 그에 관해 마을 사람들의 이런저런 얘기
가 많아서, 여선생 오정은 역시 인규에게 묻고 싶은 질문이 많다.

"솔섬에 건너가셨던데 거기 가신 게 사실인가요?"

"갔었습니다."

"왜요?"

"낚시를 하러 건너갔는데 뜻하지 않게 그 섬에 갇히구 말았습니다."

"배를 타구 건너가셨을 텐데 갇혔다는 건 무슨 소리죠?"

"저를 배루 건네준 사람이 저만 섬에 남겨두고 배를 저어 떠나버렸습니다."

"왜요? 왜 그 사람이 김선생님을 혼자 두고 떠났죠?"

"대답하기 어렵군요. 그 이유는 저두 아직 확실히 모르고 있습니다."

"버리구 떠난 사람은 누구예요?"

인규의 얼굴에 애매한 웃음이 떠오른다. 다그쳐 묻는 여인 쪽의 질문을 인규의 애매한 웃음이 효과적으로 방어하고 있다.

"이름은 모릅니다. 얼굴만 알고 있을 뿐입니다."

계속되려는 여인의 질문을 사내의 굳어진 웃음이 적절하게 제지하고 있다. 입술이 굳은 듯한 그 웃음에는, 더 묻지 말아달라는 사내의 강렬한 암시가 들어 있다. 사내의 뜻을 알아차린 듯 여인이 재빨리 화제를 바꾼다.

"어제 또 다른 얘기를 들었어요. 가막도에 머물러 계시겠다는 건 어떤 뜻으루 하신 말씀이죠?"

"말 그대룹니다."

"섬에 머물러서 계속 사시겠단 말씀인가요?"

"그렇습니다."

"왜요? 까닭이 뭐예요? 선생님은 하루라도 빨리 뭍으로 나가시길 원하셨잖아요?"

"생각을 바꿨습니다."

"이해할 수 없군요. 왜 갑자기 생각을 바꾸셨죠? 이런 궁벽한 낙도 같은 데 선생님은 사실 분이 아니잖아요?"

"큰 이유는 없습니다. 그러나 분명하게 말할 수 있는 것은, 이제는 제가 여길 떠날 생각이 없어졌다는 것입니다."

"사흘 후면 이곳 동력선이 뭍으로 다시 나가요. 지금이라두 늦지 않아요. 생각을 바꾸실 의향은 없으세요?"

"없습니다."

사내의 대답이 너무나 간결해서 여선생은 더 이상 할 말이 없다. 의아해하는 여선생을 향해 인규가 다시 입을 연다.

"이곳에 머문다는 제 결심에 오해가 없기를 바랍니다. 외부의 협박이나 위협 때문에 그런 결심을 하게 된 게 아닙니다. 이곳에 있구 싶어서 스스로 결정한 일입니다. 협박이나 위협 같은 건 제게는 이제 별 뜻이 없습니다."

진의를 알아내려는 듯 여인은 뚫어지게 사내를 바라본다. 부딪쳐오는 여인의 시선을, 사내는 부드럽게 저항 없이 받아주고 있다. 인규 스스로 생각해도 이 변화는 신기한 것이다.

뒷개 포구에 처음 모습을 드러내었을 때, 인규는 그에게 닥칠 여러 종류의 위험들을 가상했다. 쉽게 뭍으로 빠져나갈 수도 없을 뿐더러, 어쩌면 누군가로부터 생명의 위협을 받을 수도 있다고 생각한 것이다. 그러나 뒷개에 스스로 모습을 드러낸 것은, 그의 상황 판단이 정확했음을 증명했다. 포구에 가득히 모여 섰던 수많은 마을 사람들은, 어리둥절한 얼굴을 한 채 그를 부지중 용서했다. 환영까지는 해주지 않았으나 그의 존재를 못 본 체 묵인해준 것이다. 그의 존재는 빠른 시간 내에 마을에 속속들이 사실로 받아들여졌다. 부어지는 시선들이 아직은 차고 냉랭했지만, 주민들의 표정이나 말씨는 적의나 미움을 보이지 않았다. 생명의 위협이 사라졌음을 인규는 그제야 확인할 수 있었던 것이다.

제일 큰 위협이 사라지자 인규는 갑자기 생각할 시간을 갖고 싶었다. 뒷개 포구가 가까이 있는 한, 그는 끊임없이 뭍으로 가고 싶은 유혹에 시달릴 것 같았다. 차라리 마을로부터 멀리 떨어짐으로써 그 끈덕진 유혹으로부터 벗어나고 싶었다.

낚시에 몰두함으로써 인규는 비로소 편안한 시간을 갖게 되었다. 생각하는 시간이 길어지면서 그는 어느덧 가막도의 정체에 호기심이 가기 시작했다. 그가 긴 세월 동안 살아야 될 삶의 현장으로, 가막도의 참모습을 새롭게 알고 싶었다. 이곳에서의 삶이 육지와 어떻게 다른 것인지, 그는 직접 자기 몸으로 살아보고 싶어진 것이다.

"부탁이 있어서 왔습니다."

벗어둔 선캡을 집어들면서 인규가 의자에서 일어선다.

"말씀하세요."

"사흘 후 뭍에 나가시거든 이 엽서를 좀 부쳐주십시오."

인규가 건네주는 엽서를 여선생이 받아든다. 수취인 주소 쪽을 내려다보는 여인에게 인규가 빠르게 입을 연다.

"서울에 있는 여자 친구한테 돈을 좀 부쳐달라는 엽섭니다."

"돈은 어디에 쓰실 거에요?"

"이곳에서 일을 찾기까지 당분간 생활비가 필요할 것 같더군요."

"돈을 받을 수취인 주소는 어디루 되어 있죠?"

"여기 가막도 분교 주소를 차용했습니다."

엽서를 탁자 위에 내려놓고 여선생이 그제야 의자에서 일어선다.

"애초에 여기 오신 건 잘못된 일이지만, 여기서 얼마간 사시기루 한 건 어쩌면 잘 하신 일인지두 몰라요."

"저두 그렇게 생각합니다."

수월한 사내의 대답에 여선생은 오히려 당혹해하는 표정이다. 자신의 말이 사내에게 복잡한 의미로 받아들여지는 것이 싫다.

"좀 특이한 고장이라 좋은 경험이 되리라는 뜻이에요."

"알고 있습니다."

"제가 힘이 될 일이 있으면 언제라두 말씀하세요."

"고맙습니다. 부탁이 또 하나 있습니다."

"뭐죠, 또?"

"뭍에서 돌아오실 때 여기 적힌 이 물건들을 구입해주셨으면 고맙겠습니다. 공판장에 가봤지만 이런 물건들은 보이지 않더군요."

작은 쪽지가 다시 여교사에게 건네어진다. 여교사가 받아들고 종이에 적힌 여러 물목들을 읽기 시작한다.

"커피, 가위, 건전지, 모기약……"

읽기를 중단하고 여선생은 종이를 접어 주머니에 찔러넣는다. 선캡을 쓰는 인규에게 그녀가 다시 입을 연다.

"제가 섬에 없을 때는 안종선이라는 사람을 찾아가세요. 어머니가 그분 집을 잘 알아요. 부탁하면 아마 집에까지 데려다줄 거예요."

"알겠습니다. 그럼 또 뵙겠습니다."

제 4 장

1

달이 떴다. 초저녁에는 붉은색이더니 지금은 잘 닦은 은화처럼 희고 맑다.

사위어가는 모깃불 연기가 집 안 곳곳에 은은히 퍼져 있다. 안채 쪽 안식구들의 방은 벌써 불이 꺼져 캄캄하다. 자기 위해 불을 끈 것이 아니라 사랑 쪽에 자는 척하기 위해 거짓으로 불을 끈 것이다.

사랑채 장지문에 사람 그림자가 일어서는 것이 보인다. 동근은 마루에 앉았다가 신을 꿰어 신고 뜰로 내려선다.

소동은 끝났다. 가끔씩 내놓는 부친 정수만(鄭壽萬)의 험한 술버릇이, 오늘도 또 두 시간 가까이 온 마을을 시끄럽게 만든 것이다.

장지문이 열리더니 윤오복 노인이 마루로 나온다. 뜰 아래 내려섰던 동근이, 윤노인의 흐트러진 신을 댓돌 위에 가지런히 놓아준다. 신을 꿰고 뜰로 내려서며 윤노인이 동근을 돌아본다.

"방금 잠이 들었네."

"괜찮겠습니까?"

"깊이 잠이 들었으니까 내일 아침까진 별일 없을 게야."

"몸이 상한 덴 없던가요?"

"어두워서 보여야지. 크게 상한 덴 없는 것 같아."

"어르신은 괜찮으십니까?"

"내가 왜?"

"아까 아버님 부축하실 때 머리를 문설주에 크게 부딪는 것 같아서요……"

윤노인이 대꾸 없이 삽짝 쪽으로 걸음을 옮긴다. 응대가 없는 것은 부딪친 머리가 참을 만하다는 뜻일 것이다. 작은 혹이라도 생겼음 직한데 무던한 성품대로 그는 아무런 내색이 없다. 삽짝을 막 벗어날 즈음 윤노인이 다시 동근을 돌아본다.

"언짢게 생각지 말게."

이번에는 동근이 대꾸가 없다. 술이 취해 날뛰는 부친을 공판장 송필배가 달려들어 땅바닥에 메어꽂았다. 더 달라는 술을 없다고 하자 정노인이 공판장 좌판을 몽둥이로 내려친 때문이다. 제정신이 아닌 소행이긴 해도, 정수만 노인은 환갑 지난 60대 노인이다. 40대의 송필배가 정노인을 메어친 것은, 시비 여하에 상관없이 동근에게는 너무하다는 느낌이다. 그러나 동네 사람들은 한결같이 정노인을 나무랐다. 아들 동근의 입장으로는 그것이 못내 서운하고 야속하다.

"필배 형님이 방금 제 집엘 다녀갔습니다."

"왔던가?"

"공판장 물건 때려부순 게 2만 여 원이 넘는다구 하더군요."

"그렇게 많다던가……"

"전 집엘 찾아왔길래 아버님 뒷일이 궁금해서 들렀거니 했습니다. 헌데 아버님은 묻지두 않구 손해 본 물목만 쪽지에 적어 디밀어 보입디다."

달빛이 휘영청 밝다. 휘적휘적 앞서 가는 윤노인을 동근은 따라잡듯 바싹 뒤쫓아가고 있다. 말없이 앞서 가다가 윤노인이 혼잣말하듯 중얼거린다.

"당해 싸지. 해두 너무했어……"

"압니다. 그래두 자식이 뻔히 보는 앞에서 그 아비를 사정없이 메어꽂는 법은 없습니다. 자식 얼굴두 봐줘야죠. 눈알이 뒤집히는 걸 살인 날 것 같아 간신히 참았습니다."

"자넨 나중에 와서 그간의 소동을 못 봐서 그래. 송필배두 화나게 생겼네. 자네 부친이 필배 모친을 험하게 몰아세웠어. 필배두 처음엔 무던히 참다가 자네 부친이 몽둥이를 휘두르자 그걸 막느라구 일을 크게 벌인 걸세."

동근이 한숨을 내쉰다. 하긴 그에게 기별이 왔을 때는, 이미 부친의 주사(酒邪)가 한고비를 넘겼을 때였다. 그전에 있었던 흉한 일들이야 동근으로서는 알 수가 없다.

"들어가게."

"댁까지 뫼시구 가렵니다."

"공판장에 오기 전에 안종선이가 새터에서 당한 일은 알구 있나?"

"예, 이야기 들었습니다."

"억울해할 사람은 정작 안종선이 그 사람일세."

"그러지 않아두 날 밝으면 찾아볼 생각입니다."

송필배와 시비가 붙기 전에 부친은 새터 술판에서 먼저 안종선을 크게 욕보인 모양이다. 이상하게도 동근의 부친은 술만 취했다하면 안종선에게 패악(悖惡)을 부린다. 그것도 동석한 자리에서 시비 끝에 부리는 패악이 아니고, 멀쩡히 혼자 있는 사람을 집에까지 찾아가 욕설과 함께 주먹질을 해대는 것이다. 헌데 더욱 모를 일은 그 험한 패악을 당하고도, 안종선은 무슨 까닭인지 그 수모를 고스란히 참는다는 것이다. 아주 심해서 참기가 어려우면 안종선은 몸을 빼쳐 어딘가로 피하는 게 고작이다. 나이 차이가 많이 나서 안종선이 정노인을 어른 대접하여 피하는 것도 아니다. 50대 초반인 안종선은 정노인과는 불과 아홉 살의 차이밖에 없다.

"오늘두 또 손찌검이 있었나요?"

"뺨을 몇 차례 때렸다던가."

"모를 일입니다. 왜 그 양반은 아버님한테 노상 당허구만 계십니까?"

"까닭이 있네. 지은 죗값을 하는 겔세."

"죗값이라뇨?'"

대답이 없다. 돌담 모서리를 돌아가는 윤노인을 동근은 어둠 속에서 뚫어지게 쏘아본다. 오늘만은 무슨 일이 있어도 동근은 윤노인으로부터 오랜 의문을 알아낼 작정이다. 가끔씩 터지는 부친의 주사는 하루나 이틀 전에 시작된 예사로운 술버릇이 아니다. 부친의 오래된 술주정에는 분명히 어떤 말 못 할 곡절이 숨어 있다. 곡절의 원인이 어디에 있는가는 동근도 눈치로 어렴풋이 짐작하고 있다. 다만 그 곡절의 밑바닥에는 언제나 마을 어른들의 무거운 침묵이 저울추처럼 매달려 있다. 애기가 육이오 사변 때로 거슬러 올라가면 노인들은 약속이나 한듯 입들을 굳게 다무는 것이다.

"누군가?"

앞서 집 안으로 들어가던 윤노인이 발을 세우고 두 사내를 바라본다. 집에서 막 나오던 두 사내는 윤노인을 향해 머리를 꾸벅 해 보인다.

"댕겨오십니까, 대인 어른. 저올시다, 안종선입니다."

"자네가 여긴 어인 일인가? 잘 왔네. 들어가세."

"아닙니다. 갈랍니다. 정수만씨는 어떻습니까?"

"여기 동근이랑 같이 왔네. 잠든 걸 보구 방금 거기서 오는 길일세."

뒤로 처져 있던 정동근이 안종선 앞으로 불쑥 나선다.

"여기서 뵐 줄은 몰랐습니다. 아저씨, 정말 죄송합니다."

예상치 못한 만남이라 안종선이 오히려 더 놀라는 빛이다. 아버지를 대신하여 허리를 굽히는 동근에게, 안종선이 평소와 달리 큰 동작으로 고개를 내둘러보인다.

"자네가 죄송헐 게 무언가. 부친께서 혹 상하신 데는 없든가?"

"지금까지는 없는 것 같습니다만, 아침이 돼봐야 알죠. 헌데 문호형님은 여기 또 무슨 일루 오셨습니까?"

"아저씨한테 드릴 말씀이 있어서 왔네. 안 계시다구 해서 이제 막 가려든 참이야."

"마당에서 이러지들 말구, 자, 어서 안으루 들어가세."

서문호는 몸을 돌리는데 안종선은 오히려 몸을 빼듯 뒷걸음질을 친다.

"들어들 가십시오. 전 그만 집에 갈랍니다."

"자네가 내 집 걸음이 쉽지 않은데 앉지두 않구 그냥 갈 텐가?"

"지나는 길에 들렀을 뿐입니다. 자, 그럼 안녕히들 계십시오."

붙잡을 사이도 없이 안종선이 집을 나간다. 그가 담 모퉁이로 모습을 감추자 세 사람은 그제야 마당을 거쳐 사랑채로 오른다.

집 안이 괴괴하다. 하긴 딸린 가족 없이 홀로 사는 윤노인은 귀머거리 석이와 부엌 할멈이 잠들고 나면, 언제나 건재 냄새 그윽한 사랑에서 혼자 지낸다. 집 안에 인기척이 없는 것을 보면 오늘도 두 사람은 일찍 잠자리에 든 것 같다.

"앉게."

사랑으로 앞서 들어가며 윤노인이 두 젊은이에게 앉을 자리를 눈짓으로 일러준다. 어려서부터 몸 어디가 아플 때면 어른들에게 손목 잡혀 자주 침 맞으러 찾아오던 방이다. 천장에 매달린 수많은 약봉지는 물론이고 작두, 저울, 약연(藥研) 따위도 예전의 모습 그대로다. 윤노인이 곰방대에 담배를 쟁이면서 누가 듣기라도 바라는 듯 입속으로 중얼거린다.

"안종선이 그 사람이 어쩐 일루 내 집엘 다 찾아왔을고."

"전할 말씀이 있는 것 같더군요."

대꾸 비슷한 서문호의 말에 윤노인이 다시 묻는다.

"언제 왔던가?"

"제가 와보니 먼저 와 있더군요."

"자네한테는 무슨 말 없는가?"

"뭍의 얘기를 이것저것 묻습디다."

"뭍의 무슨 얘기?"

"배운 것 없구 기술 없이두 뭍에 나가서 살 수 있느냐, 막노동 같은 품팔이를 하자면 어디루 누굴 찾아가야 하느냐. 종잡을 수 없는 얘기들이어서 전 건성으루 코대답을 했습니다."

담배 연기를 길게 내뿜더니 윤노인이 다시 혼잣말하듯 입을 연다.

"그 사람이 뭍에 나가 살구 싶은 모양이군."

"아마 그런 것 같습니다. 자기가 뭍에 나가 사는 걸 아저씨가 어찌 생각허시는지 궁금해 하는 것 같았습니다."

윤노인이 고개를 내젓는다. 안 된다는 뜻인지 딱하다는 뜻인지 알 수 없는 고갯짓이다.

"이제 와서 나가 살기는…… 그따위 주변머리루 어떻게 뭍에서 살겠다구……"

"왜 그 사람을 가막도에 잡아두는 거죠?"

"잡아두긴 누가 잡아둬?"

그렇다. 잡아두는 사람은 아무도 없다. 그런 풍문이 도는 것은 안종선이 자기 스스로를 수인(囚人)처럼 생각하는 것에 있다. 어째서 안종선이 그런 생각을 하는지는 아무도 모른다. 분명한 것은 잡는 사람이 없는데도 불구하고, 안종선이 30년 동안 가막도 밖으로는 한 발짝도 나가지 않았다는 것이다. 가막도 사람들도 그것을 잘 알아서 이제는 안종선이 뭍으로 절대로 나가지 않는다고 믿고 있다. 그가 새삼스레 뭍으로 나가겠다는 것은, 그를 아는 가막도 주민에게는 오히려 놀랍고 충격적인 일이다.

침묵이 흐른다. 곰방대에서 담배 연기가 푸른 수실처럼 구불구불 피어오른다. 남폿불 주위에는 언제나처럼 수모기떼가 먼지처럼 날고 있다. 갑작스레 찾아든 침묵이 젊은이들에게는 불편하다. 턱을 가슴께로 끌어당긴 채 동근이 다시 윤노인을 바라본다.

"어르신께 여쭤볼 말씀이 있습니다."

"해봐."

"방금 얘기한 안종선씨는 원래는 이 고장 사람이 아니라구 알구 있습니다. 그 사람이 언제 가막도에 들어왔습니까?"

"오래 됐네."

대답이 의외로 수월해서 동근의 목소리가 한층 낮아진다.

"육이오 사변 땐가요?"

"아마 그 무렵쯤일 거야."

"어떻게 들어왔죠? 무슨 배를 타구 누구랑 같이 들어왔습니까?"

잇달아 말을 물어오는 동근을 윤노인은 지긋이 바라볼 뿐 말이 없다. 동근은 그러나 여유를 주지 않고 잇달아 다음 말을 묻는다.

"전 알아야 되겠습니다. 제 아버님이 왜 술만 취하면 온 동네에 소란을 떨구 안종선씨를 욕보이는지 말입니다. 뒷개 포구에 있던 큰 마을은 왜 홀랑 폐허가 됐습니까? 자라목에 있는 석실 창고는 무엇에 쓰자는 것입니까? 말씀 좀 해주십시오. 우리두 이제는 알 만한 나이들이 아닙니까?"

윤노인이 눈을 감는다. 갑자기 돌이라도 된 듯 노인은 전혀 움직임이 없다. 한참 그렇게 말이 없다가 노인은 꿈틀 하더니 한숨과 함께 눈을 뜬다.

"편히들 앉게. 얘기가 기네."

2

시월 어느 날 해질녘에 그들은 갑자기 수평선상에 나타났다. 그들을 처음 발견한 사람은 해변가 돌 틈에서 돌미역을 따던 어느 소녀였다. 소녀는 뒷개 마을로 숨을 헐떡이며 달려 올라갔다.

"배예요! 배가 와요! 엄마, 뭍에서 큰 배가 와요!"

뒷개 포구를 굽어보는 언덕에, 마을의 60여 호 집들은 비탈을 따라 층층이 자리잡고 있었다. 소녀의 새된 고함으로 마을 사람들은 일손을 놓고 저마다 바다를 굽어보았다. 뭍에서 배가 온다는 것은 전쟁이 아니더라도 그들에게는 하나의 사건이었다. 몇 달째 계속되는 뭍 쪽의 전쟁으로, 그들은 다가오는 배가 더욱 궁금하고 불안했다.

해가 기운 빈 바다에 배 두 척은 빠르게 다가오고 있었다. 뒤쪽으로 흐르는 번쩍이는 항적(航跡)으로 보아, 그들은 가막도를 향해 곧바로 오는 것이 분명했다. 아직은 거리가 멀어 배의 정체를 알 수가 없었다. 그러나 마을 사람들의 얼굴에는 형언할 수 없는 불안의 그림자가 떠올랐다.

초여름에 시작된 뭍의 전쟁이 벌써 석 달째로 접어들고 있었다. 뭍에 나갔다가 전쟁 소식을 우연히 듣고 온 후, 가막도 주민들은 한 달 뒤쯤 다시 뭍으로 배를 내었다. 늘 하던 대로 석유나 비누 종이 따위의 생필품을 구해오기 위해서였다. 그러나 뭍으로 나간 배는 뭍에 발도 들여놓지 못한 채 그대로 뱃머리를 돌려 급히 가막도로 돌아왔다. 뭍에는 이미 옛날과 다른 겨자빛 군복의 낯선 군대가 들어와 있었다. 바뀐 세상을 눈치채고 가막도는 다시는 뭍으로 배를 내지 않았다. 전쟁의 승패가 궁금했지만 가막도 사람들은 조용히 참고 기다렸다. 전쟁은 뭍의 소관일 뿐 그들의 일이 아니었다. 전쟁이 그들을 건드리지 않는 한. 그들도 전쟁을 모른 체하기로 했다. 지난 세월 여러 종류의 전란을 치른 바 있는, 나이 많은 노인들의 지혜로운 대처였다.

그러나 오늘 기어이 노인들의 지혜도 시험대에 오를 운명이었다. 뭍의 전쟁이 바다를 건너 그들에게 다가오고 있었다. 자기들은 간섭한 일도 참여한 일도 없는 전쟁이, 바야흐로 가막도에 건너와 그들의 생존을 간섭하려 하는 것이다.

"무슨 뺄까?"

"고깃배는 아닐세."

"객선 같은데……"

"누가 탔을까?"

두 척의 배는 크기가 비슷한 50톤 안팎의 연안 객선인 것 같았다. 상갑판 밑의 선실에 뚫린 무수한 창구멍이 객선임을 알려주었다.

누군가가 땅땅 종을 쳤다. 마을에 위급한 일이 있을 때 사람들을 부르는 종소리였다. 집 안에 있던 사람들은 물론이고 들일 나간 사람들까지 종소리를 듣고 포구 쪽의 선착장으로 내려갔다. 당산 밑 마을 쪽의 사람들도 이쪽 종소리에 답하는 종을 쳤다. 바다로 오는 낯선 배 두 척을 그들도 보았노라는 신호의 종소리였다.

가까이 다가오던 낯선 배가 속력을 줄이더니 포구 밖에 멈춰 섰다. 곧장 포구로 들어오지 않은 것은, 그들도 이쪽 반응에 불안을 느낀 탓이었다.

멈춰 선 배를 멀리 바라보며 마을 사람들은 말들이 없었다. 배에는 이상하게도 사람의 모습이 보이지 않았다. 선수(船首)와 상갑판과 좌우현(左右舷)은 물론이고 조타실에조차 아무도 없는 것 같았다. 사람이 보이지 않아 마을 사람들은 더욱 불안했다. 배 안에 사람이 몸을 숨긴 이유가, 그들에게는 불길한 징후로 보였기 때문이다.

"빈 배 아니어?"

"그럴 리 없어."

"사람이 뵐질 않으니 대체 이게 무슨 조환가?"

수군거리는 잡담을 제압하듯 그때 누군가가 조용히 입을 열었다.

"빈 배가 저절루 왔을 리는 없구 저 배엔 분명히 누군가가 타구 있네. 예까지 찾아온 걸 보면 우리한테 뭔가 볼일이 있을 게야. 이렇게 한데 몰려들 있으니 저 사람들두 우리가 어려워서 우리헌테 쉽게 다가들지 못허는 겔세. 어느 쪽 사람이 됐건 우리야 무슨 상관인가. 이쪽이니 저쪽이니 알려구 말구 모두 흩어져 제 할 일이나 하는 겔세. 반기지두 말구 냉대두 말구 우리야 그저 저들 하는 대루 지켜볼 밖에 없지 않은가."

말을 한 사람은 오동나무집의 김노인이었다. 김노인의 말이 너무나 온당해서 마을 사람들은 이내 하나 둘씩 포구에서 흩어지기 시작했다.

선착장은 삽시간에 텅 비었다. 얼마 후 포구 밖의 배가 다시 움직이기 시작했다. 기관 소리를 요란히 울리면서 배는 곧장 포구 안으로 들어왔다. 기다란 뱃고동 소리와 함께 갑자기 뱃머리 쪽에 많은 병정들이 나타났다. 그들은 총들을 마을로 향한 채 고동을 울리면서 전속력으로 항진해왔다. 흩어져 집 안으로 들어간 부락민들은 각자의 집 안 뜰에서 다가오는 배를 조용히 지켜보았다. 그러나 그들은 김노인의 지시대로 자기들 일에 몰두한 채 다가오는 배를 모른 체했다. 배가 오는 것을 알고는 있었으나, 그것을 아는 체함으로써 배에 탄 사람들에게 이쪽의 관심을 보이고 싶지 않았다.

갑자기 총소리가 포구를 진동했다. 여러 명이 한꺼번에 쏘는 벼락 치는 듯한 요란한 총성이었다. 처음 듣는 요란한 총소리에 마을 사람들은 숨이 멎는 듯한 공포와 불안을 느꼈다. 총질과 함께 다가온 두 배는 선착장에 접안(接岸)한 후, 많은 병정들을 뭍 위에 쏟아놓았다. 병정들은 뭍에 올라서도 하늘에 대고 총을 쏘았다. 집 안에 틀어박힌 섬 주민들을 향해 그들은 약간의 위협이 필요하다고 생각한 것 같았다.

선착장에서 가장 가까운 집에 병정 몇 명이 총을 들고 들어갔다.

뒤이어 마을 사람 네 명이 병정들에게 덜미를 잡혀 마을 책임자의 집으로 끌려갔다. 상륙한 병정들은 80여 명이 넘었으나 대부분은 선착장에 남고 그들 중 예닐곱이 마을 대표인 최한수(崔漢洙) 노인의 집을 찾아간 것이었다.

"우리들은 동무들을 해방하기 위해 멀리 뭍에서 찾아온 인민해방군 전사들이오. 우리를 따듯하게 환영하지는 못할망정 왜 동무들은 우리를 피해 집 안으로 숨는 거요? 우리는 동무들을 해치러 온 사람들이 아니오. 미제의 압제로부터 동무들을 해방하여 우리 조선을 아름다운 사회주의 국가로 만들기 위해 찾아온 사람들이오. 우리를 피한 동무들의 반동적인 행동은 참으로 유감이오. 앞으로 우리는 동무들의 행동을 조용히 지켜보겠소. 그리고 지금부터는 인민해방군의 이름으로 우리가 이 섬을 접수하겠소. 치안과 행정 법적인 조처 등 마을의 모든 기능을 지금부터는 우리 인민 전사들이 접수한다는 이야기요. 여러분들의 열성적이며 적극적인 협조와 성원을 부탁하오."

마을의 대표인 최한수 노인은 머리를 숙여 정중히 사과했다. 마중을 나가지 않은 것은 그들의 정체를 몰랐기 때문이라는 대답이었다. 최노인의 사과는 조건부로 받아들여졌다. 사과를 받아들이는 조건으로 병정들은 마을 쪽에 몇 가지 요구 사항을 제시했다.

"집을 몇 채 비워줘야겠소. 80명이 잠을 자려면 아마 열 채쯤은 필요할 거요. 그리고 여성 동무들의 노력 동원이 필요하오. 우리가 먹을 밥을 짓고 빨래도 좀 해주시오. 양식은 배 안에 있으니 우선 동무들의 양식으로 밥을 지으시오. 소비된 양식은 우리가 나중에 정확한 양으로 갚아주겠소."

그들의 요구 사항은 즉시 실행으로 옮겨졌다. 노인들의 지시에 따라 작업은 공평하게 분배되었다. 비울 집 열 채가 지정되었고, 80명분의 밥을 해댈 일곱 가구의 집들이 따로 지정되었다.

밤이 찾아왔다. 병정들은 회의를 거듭했고. 사방에 보초를 세웠고, 배 한 척을 포구 밖에 닻을 뽑은 채 띄워두었다. 아마도 밖에서 들어올 다른 배들을 경계하자는 뜻인 것 같았다.

동력선을 포함한 가막도의 모든 거루들은 병정들에게 징발되어 한곳에 집결되었다. 그들의 허락 없이는 이제 누구도 마을의 배를 부릴 수가 없었다.

선착장에 묶인 또 한 척의 배에 병정들은 마을 사람을 시켜 먹을 물을 싣도록 했다. 물을 가지고 간 마을 사람 여럿은 그 배 안에 갇혀 있는 민간인 셋을 발견했다. 그들은 배를 부리는 K항의 뱃사람들이었다. 배와 함께 병정들에게 잡혀, 그들은 어쩔 수 없이 배를 몰게 된 사람들이었다.

뱃사람들의 입을 통해 마을 사람들은 뭍에서의 전쟁 소식을 들을 수 있었다. 전쟁은 뒤집히고 있었다. 밀고 내려왔던 북쪽의 군대가 지금은 남쪽 군대에게 쫓겨 북쪽으로 퇴각하는 중이었다. K항도 이미 남쪽 군대가 되찾아서 북쪽 군대는 도망치는 중이라고 했다. 가막도에 나타난 겨자빛 군복의 병정들은 그렇게 쫓기는 무리 중의 아주 작은 일부라고 했다. 먹을 물과 양식을 싣고 가기 위해 그들은 쫓기는 중에 잠시 가막도에 들른 것이라는 이야기였다.

"언제쯤 병정들은 떠날 것 같소?"

"그건 우리두 모릅니다."

"배 안에 양식이 있다더니 그건 모두 거짓말이었군?"

"배 안에 양식이라군 한 톨두 없습니다. 아마 당신들한테 내놓으라구 할 겝니다."

뱃사람들의 말은 정확했다. 다음날 병정들의 우두머리는 뒷개 마을과 당산 마을의 두 노인을 불러 명령했다.

"양식이 필요하오. 쌀 열 가마, 보리 다섯 가마, 그리구 소금 두 말과 간장 된장두 한 말씩 빌려주시오."

두 마을의 대표 노인들은 무표정하게 고개를 끄덕였다. 그들은 이런 경우에는 딴 소리가 전혀 소용이 없음을 잘 알았다. 거절은 물론 가벼운 항의조차 자칫하면 저들로부터 폭력과 약탈을 유발할 수 있기 때문이다.

집을 비워주는 일과는 달라서 이번에는 섬 주민들 사이에도 약간의 논란이 있었다. 그러나 곧 논란은 가라앉고 주민들은 포구 선착장에 병정들이 요구한 물건들을 쌓아놓았다.

다시 하루가 지나갔다. 병정들은 아주 높은 곳에 올라가 쌍안경을 들고 먼 바다를 바라보곤 했다. 그러나 세번째 날 새벽녘에 그들은 갑자기 섬을 떠날 준비를 했다. 선착장에는 두 척이던 배가 한 척밖에 보이지 않았다. 늘 포구 밖에 띄워뒀던 배는 이미 병정들을 싣고 먼저 떠나간 모양이었다. 올 때도 그러했듯이 그들은 갈 때도 조용히 섬을 떠났다. 대부분의 마을 사람들은 날이 밝아서야 그들이 떠난 것을 알았다.

같은 날 해질녘에 그러나 병정들은 다시 배를 타고 돌아왔다. 떠날 때는 두 척의 배였으나 돌아온 것은 한 척뿐이었다. 뭍에 오른 병정들은 즉시 감시병을 태워 배를 딴 곳으로 떠나보냈다. 조급하게 서두는 그들의 태도에서 마을 사람들은 그들에게 급박한 사태가 닥친 것을 깨달았다.

뭍에 오른 40여 명의 병정들은 즉시 종을 쳐서 마을 사람들을 선착장 공터로 불러모았다. 총부리에 쫓겨 몰려든 마을 사람들에게 병정들의 우두머리는 당당한 목소리로 입을 열었다.

"전술적인 부득이한 사정으로 우리 영용한 인민 해방군은 얼마 동안 이 가막도에 머물기로 결정했습니다. 양코쟁이 미제의 발악적인 공격으로 우리는 잠시 이곳에 머물러 새로운 반격을 위해 전력을 정비할 생각입니다. 전력이 정비되고 반격 준비가 갖추어지면 우리는 다시 해방 전선으로 싸우기 위해 떠날 것입니다. 빠른 시간 내에 우리가 반격 준비를 하기 위해서는 이곳 가막도 인민들의 전폭적인 협조가 필요합니다. 아마 내일이나 모레쯤이면 국방군 해군 함정이 우리를 찾아 이곳까지 올지도 모릅니다. 유감스럽게도 지금의 우리에게는 놈들을 맞아 싸울 힘과 무기가 부족합니다. 그래서 이곳에 머무는 동안 우리는 여러 동무들의 전폭적인 도움이 필요합니다. 잠시 동안 우리는 동무들과 같이 군복을 벗고 민간복을 입게 될 것입니다. 국방군의 눈을 속이기 위해 얼마 동안 우리는 여러분의 가족처럼 민간인으로 행세하게 될 것입니다. 동무들이 우리 지시대로 잘만 협조해주면 우리는 국방군들에게 절대로 들키지 않을 것입니다. 하루나 이틀만 놈들을 속이면 놈들은 배를 타고 다시 이곳을 떠날 것입니다. 신성한 우리 공화국의 조국 통일 해방 전선에, 나는 이곳 가막도 인민들이 기꺼이 참여하리라 생각합니다. 분명히 말하지만 우리를 돕는 길만이 동무들과 우리 해방군이 함께 사는 길이 될 것입니다. 우리에게 필요한 일들은 잠시 후 촌장님을 통해 동무들에게 알리겠습니다. 한마디 덧붙일 것은 여러분 중 어느 한 사람이라도 배반자가 있어서는 안 된다는 것입니다. 군복을 벗고 민간복으로 갈아입더라도 우리는 모두 몸 안에 무기들을 가지고 있을 것입니다. 다시 한 번 경고합니다만 동무들 중 단 한 명이라도 배신자가 발생하면 그날은 바로 이 가막도의 마지막 날이 될 줄 아십시오. 이상입니다."

그날 밤 뒷개와 당산 두 곳의 마을에서는 모두 50여 벌의 허름한 민간복들이 거두어졌다. 대부분의 옷들이 흰 천의 한복들이지만 더러는 낡은 셔츠와 반바지 따위도 섞여 있었다. 마을이 거두어준 옷들을 받고 병정들은 즉시 겨자빛 군복들을 벗어던졌다. 짧은 머리털을 제외하고는 그들은 옷들을 갈아입자 영락없는 시골의 농사꾼들이었다. 비밀 장소에 무기들을 감추고 그들은 권총 따위의 소형 무기들만 몸에 지녔다. 그들은 스무 명씩 두 패로 나뉘어 뒷개와 당산 두 마을에 새로운 가막도 주민으로 감쪽같이 끼어들었다.

마을은 평온한 듯 보였다. 감시병을 태워 떠나보낸 배는 어디로 갔는지 두 번 다시 보이지 않았다. 마을에 끼어든 북쪽의 병정들을, 가막도 주민들은 무표정하게 받아들였다. 어떠한 고난이나 어려움이 닥쳐도 그들은 얼굴에 특정한 표정을 만들지 않았다. 뭍에서 온 사람들에게 표정은 대부분 어떤 오해의 단초가 되곤 했다. 얼굴에서 표정을 지우는 것이 뭍의 사람들에 대한 가막도 주민들의 습관화된 대응 방법이었다.

다음 날은 날씨가 나빴다. 종일 비가 뿌렸고 바다도 몹시 사나웠다. 저녁 무렵에 바다가 자면서 돌연 수평선에 검은 점 하나가 나타났다. 검은 점은 점점 커지더니 높다란 선교(船橋)와 함께 검은 선체(船體)를 드러내었다. 날렵하게 생긴 그 검은 배는 아주 빨리 가막도 쪽으로 다가왔다. 별로 큰 편은 아니었지만 그 배의 이물과 고물에는 대포로 보이는 두 쌍의 포신(砲身)이 뻗어 있었다. 마스트 꼭대기에 팽팽히 펄럭이는 것은 분명히 태극 무늬가 박힌 남쪽의 국기였다. 겨자빛 군복의 병정들이 예고한, 바로 그 국방색 군복의 국방군 병정들이었다.

3

가막도는 잠자듯 조용했다. 종일 비가 온 뒤끝이어서 들이나 갯가에는 사람들의 그림자가 거의 없었다. 날렵하게 생긴 검은 배는 뒷개 포구 쪽으로 점점 가까이 다가왔다. 낯선 배가 다가오는 것을 마을 사람들이 모를 리 없었다. 그러나 자잘한 집안일에 열중한 채 그들은 다가오는 배를 완강히 외면했다. 배가 들어오면 늘 울리던 마을의 종소리조차 그날은 울리지 않았다. 아예 배 따위는 관심이 없다는 듯, 주민들은 닭 모이를 주거나 멍석을 터는 따위의 잔일들에만 조용히 열중했다.

돌연 포구 안에 귀청을 찢을 듯한 경적 소리가 울려퍼졌다. 목이 긴 짐승의 울음처럼 그 경적음은 아주 높고 날카롭게 울려퍼졌다. 무표정하던 주민들의 눈길이 그제야 놀란 듯 포구로 돌려졌다. 빠르게 다가오던 검은 배는 포구 밖 외해(外海) 쪽으로 비스듬히 멎어 있었다. 그 배의 긴 옆구리에서 작은 보트가 밧줄을 타고 내려왔다. 보트는 곧 모터를 가동시켜 물살을 가르며 쏜살같이 포구 안으로 달려 들어왔다. 포구로 곧장 달려든 보트는 하얀 물보라를 일으키며 비스듬히 누워 커다란 원을 그렸다. 그러나 곧 속력을 줄이더니 보트는 선착장 끝에 조심스레 접안했다. 엔진을 그대로 가동시킨 채 보트는 갑자기 마이크를 통해 커다랗게 말을 시작했다.

"알립니다. 가막도 주민에게 알립니다! 우리는 국군입니다. 여러분이 기다리던 대한민국의 국군입니다! 여러분들을 보호하기 위해 우리는 방금 가막도에 도착했습니다. 우리는 곧 섬에 상륙하여 여러분들을 만나볼 것입니다. 그전에 여러분들께 한 가지 알려드릴 사항이 있습니다. 우리는 여러분의 가막도에 괴뢰군 잔당들이 출몰한다는 정보를 입수했습니다. 전쟁은 곧 끝납니다. 괴뢰군은 완전히 궤멸해서 지금 사방으로 흩어져 도주하고 있습니다. 그러나 며칠 전 K항이 국군에 수복되자 괴뢰군 패잔병 일부가 민간 선박을 빼앗아 타고 바다로 탈출했습니다. 놈들의 대부분은 우리 해군 함정들이 섬멸했습니다만, 몇 개 잔당은 포위망을 뚫고 외해로 빠져나갔습니다. 헌데 며칠 전 우리 해상 초계기(哨戒機)로부터 놈들의 패잔병 일부가 가막도 근해에 나타났다는 정보를 보내왔습니다. 만일 그 정보가 사실이라면 주민 여러분은 지금 즉시 마을을 떠나 가까운 산으로 대피해 주십시오. 적의 잔당을 섬멸하기 위해 우리들의 포함(砲艦)이 섬을 포격하게 될지도 모릅니다. 여러분이 대피할 시간은 앞으로 한 시간뿐입니다. 잠시만 대피하셨다가 여러분은 다시 돌아올 수 있습니다. 만일 섬 안에 적이 있다면 여러분은 지금 곧 산으로 대피해야 합니다. 다시 한 번 알려드립니다. 다시 한 번 알려드립니다……"

포구 안을 천천히 맴돌면서 보트는 몇 차례 더 확성기 방송을 계속했다. 방송을 들은 가막도 주민들은 그러나 여전히 무표정하게 집안일에 몰두했다. 이윽고 국군의 모터보트는 방송을 끝내고 그들의 모선으로 돌아갔다. 포구 밖에 정박한 국군의 함정은 약속을 지키려는 듯 꼼짝도 하지 않았다.

시간은 자꾸 흘렀다. 보트가 말한 한 시간의 여유가 피를 말리듯 차근차근 줄어들었다. 드디어 조용하던 뒷개 마을에 사람들의 빠른 움직임이 눈에 보이기 시작했다. 일러준 사람은 아무도 없는데 주민들은 하나 둘씩 마을의 어른 격인 박노인의 집으로 몰려들었다. 드러내놓고 말은 하지 않았지만 그들은 눈과 표정으로 박노인의 현명한 지시를 재촉했다. 그의 지시만 떨어지면 그들은 즉시 그 지시에 따를 자세였다. 다행히 그들의 모임에는 북쪽의 병정들이 끼여들지 않았다. 국군 보트의 방송을 듣고도 북쪽 병정들은 아직 이렇다 할 반응이 없었다. 너무 갑작스레 당한 일이어서 그들도 당황한 나머지 미처 대비책을 마련하지 못한 눈치였다.

"우선 마을을 빠져나갑시다. 여기 앉아서 대포알을 맞을 수는 없지 않습니까?"

성급한 젊은 축이 먼저 의견을 내놓았다. 그러나 나이 많은 노인층은 선뜻 입을 열려 하지 않았다. 움직이기는 쉬웠지만 행동을 선택하기는 어려웠다. 산으로 피하면 북쪽의 병정들이 그들을 곱게 놔둘 것 같지 않았다. 마을을 떠나는 행동 자체가 마을 안에 북쪽 군대가 머물러 있음을 알려주는 행동이어서, 북쪽 병정들이 그것을 막기 위해 어떤 험한 짓을 해올지 알 수 없었다. 그렇다고 그대로 주저앉아 있으면 국군 병력이 상륙하여 마을은 더 큰 싸움터로 변할지 몰랐다. 양쪽 병정들이 정면으로 부딪치면 어차피 서로의 정체가 드러나 그들의 싸움은 시간문제일 뿐이었다. 바로 마을이 싸움 마당으로 선택되어 주민들은 싸움에 휘말려 더 큰 희생을 치를지도 알 수 없었다.

참담한 침묵이 지나간 뒤 이윽고 박노인이 조심스레 입을 열었다.

"사내들은 모두 마을에 남구 아이들과 여자들만 산으로 올려보내게."

반대 의견이 나오지 않았다. 좋은 타개책이 없는 지금 그 의견은 그런대로 괜찮게 생각되었다. 이왕 당해야 될 위험이라면 어린애와 여자들만이라도 지켜주는 것이 남자들의 의무인 것 같았다. 그러나 미구에 그 결정은 소용없는 것으로 드러났다. 당산 마을 쪽의 청년 하나가 숨을 헐떡이며 뛰어들어 뒷개 마을 사람들에게 뜻밖의 소식을 전한 것이다.

"뭣들 하구 계십니까? 지금 당산 마을엔 난리들이 났습니다."

하얗게 바랜 입술을 한 채 그 청년은 말을 이었다.

"당산 마을에 머문 병정들이 방금 마을 사람 아홉을 잡아갔습니다. 이쪽에서 행여 한 사람이라도 산으로 대피하면 인질로 잡아간 아홉 사람들을 모조리 쏴 죽이겠다는 협박입니다. 아무도 움직여선 안됩니다. 뒷개 마을 사람들이 움직이면 당산에서는 떼죽음이 납니다."

헐떡이는 청년을 향해 누군가가 되물었다.

"잡힌 사람이 누구누군가?"

"이장 어른 포함해서 모두 마을의 나이 지긋한 어르신들입니다."

"잡아서 모두 어디에들 가두었나?"

"가둔 게 다 뭡니까. 이장댁 사랑에서 어르신들이 얘기들을 나누시는데, 병정들이 댓바람에 달려들어 어르신들의 팔을 묶어서는 당산 숲으루 끌구 들어갔습니다. 어디루 갔는지두 모릅니다. 총들을 들이대구는 막은골 쪽으루 넘어가는 것만 봤습니다."

"병정들 스무 명두 모두 함께들 넘어갔나?"

"반쯤은 함께 가구 나머지 반은 마을에 남았습니다."

갑자기 대화가 끊어졌다. 머리에 수건을 동인 홑바지 적삼의 청년 대여섯이 들어섰다. 그들은 드러나지 않게 바지춤과 적삼 속에 권총 따위의 작은 무기들을 지니고 있었다. 해쓱해진 얼굴의 뒷개 마을 사람들을 향해 청년 중의 하나가 나직이 입을 열었다.

"동무들 지금 당장 집으루들 돌아가십시오. 이렇게 모여들 있으면 의심받기가 십상입니다. 잠깐이면 끝납니다. 하루나 이틀만 참으면 우리 모두가 사는 겁니다. 방금 이 사람이 한 말 우습게 생각해선 안 됩니다. 여러분들이 잘못 처신하면 당산 마을의 노인들 아홉 명은 큰 화를 당합니다. 이런 일이 있을 것에 대비해서 우리는 하루 전에 벌써 준비들을 해뒀습니다. 되도록 침착하게 아무 일두 없는 듯이 행동해야 합니다. 가막도엔 아무도 오지 않았고 우리는 오래전부터 가막도에 살던 사람들입니다. 자, 이제 돌아들 가셔서 집안 식구들에게도 알아듣게 설명을 하십시오. 여러분들을 위해서 하는 말입니다. 절대로 경솔하게 행동해서는 안 됩니다."

사람들이 흩어지기 시작했다. 언덕과 작은 들이 사이에 있을 뿐 당산 마을은 뒷개 사람들에게 그들의 마을과 다름없었다. 그곳에는 아우가 살고 처자가 있고, 외삼촌과 큰아버지와 사돈네가 사는 곳이었다. 놈들에게 잡혀간 그 마을의 노인들은 바로 그들 자신의 당숙이거나 백부거나 조부일 수 있었다.

약속된 시간은 이미 지났다. 포구 밖에서 보는 마을은 그림처럼 조용할 뿐이었다. 해가 기운 바다에는 벌써 놀이 드리우기 시작했다. 잠시 후면 놀이 사라지고 마을과 포구에는 땅거미가 깔릴 것이었다.

갑자기 바다 쪽에서 모터 소리가 들려왔다. 처음에는 실낱처럼 가늘게 들리던 소리가, 폭약이 폭발하는 것처럼 점점 크게 부풀어 올랐다. 두 척의 모터보트가 하얗게 물살을 가르며 외해에서 포구 쪽으로 살처럼 달려 들어왔다. 보트에는 각기 총을 휴대한 병정들 여러 명이 타고 있었다. 선착장에 보트가 닿을 무렵 마을에서는 사내들 다섯 명이 마중하듯 갯가로 내려갔다. 그들은 다가오는 두 척의 보트를 긴 축방에 늘어서서 우두커니 기다렸다. 선착장에 다가들자 속력을 줄이더니 두 척의 보트는 안벽 옆에 옆구리를 댔다.

계선주(繫船柱)에 배를 묶지도 않고 경무장(輕武裝)의 국군 다섯 명은 빠르게 배를 내렸다. 앞서 내린 장교 하나가 마을 사람들에게 퉁명스레 입을 열었다.

"배에 타시오."

"예?"

"알아볼 게 있으니 어서 배에 타란 말이오."

마을 사람들은 망설였다. 이렇게 되리라고는 생각지도 않은 얼굴들이었다. 재촉하는 말을 듣고도 그들은 선뜻 배에 타려 하지 않았다. 장교가 이윽고 총부리를 들이대며 명령하듯 단호하게 말했다.

"타란 말이오! 타지 않으면 당신들을 모두 체포하겠소!"

그때였다. 한 사내가 몸을 돌려 마을 쪽을 향해 내뛰기 시작했다. 도망치는 사내를 향해 장교가 총을 겨누며 커다랗게 고함을 쳤다.

"정지! 서란 말이야! 서지 않으면 발포한다!"

총소리가 울렸다. 달리던 사내가 뛰어넘기를 하는 사람처럼 두 손으로 허공을 긁더니 천천히 앞으로 엎어졌다. 사병들 둘이 달려가서 엎어진 사람의 몸을 뒤집었다. 뒤집힌 사내의 허리 쯤에서 짧고 뭉뚝한 총기가 떨어졌다. 그것을 집어든 두 병정들은 다시 급하게 보트 쪽으로 돌아왔다.

"권총입니다. 역시 놈들이 분명합니다."

"타라!"

장교가 마을 사람들을 총대로 후려갈겼다. 네 명의 마을 사내들은 머리를 감싸며 쫓기듯 보트에 올랐다. 나머지 사병들이 배에 오르자 보트는 다시 포구 밖에 정박한 큰 배를 향해 선착장을 떠났다.

그날 검은 배에서는 더 이상 보트가 오지 않았다. 9시쯤 되어 검은 배는 어딘가로 조용히 사라졌다. 항해등도 끈 채 사라져버려서 배는 어둠 속에 빨려들 듯 형체를 감추었다.

어둠에 묻힌 뒷개 마을은 언제나처럼 조용했다. 초저녁에 갯가에서 일어난 일들을 마을 사람들은 누구나 알고 있었다. 그러나 그들이 할 수 있는 일은, 모든 것을 잊어버리고 평소보다 일찍 잠자리에 드는 것뿐이었다. 서로 다른 두 패의 병정들 사이에 끼어, 그들은 정작 아무 일도 할 수 없었다.

구름이 뒤덮인 달 없는 밤은 유난히 어두웠다. 자정쯤 되어 어둠 속에서 급히 내닫는 발자국 소리가 들려왔다. 잠 못 이룬 채 뒤척이던 마을 사람들에게 그 소란한 발자국 소리들은 형언하기 어려운 불안과 두려움으로 다가왔다. 무언가 일들이 꾸며지고 있다는 것은 알았지만, 그들은 숨을 죽인 채 날이 밝기만을 기다렸다.

4

엄청난 폭음을 듣고 가막도 사람들은 잠을 깨었다. 첫닭도 울기 전이어서 밖은 아직 캄캄했다. 그러나 동녘 하늘에는 새벽빛이 부옇게 터 오고 있었다.

폭음은 세 번 울렸다. 강렬한 폭발음의 뒤를 이어 연발 총성이 무질서하게 들려왔다. 사람들은 잠자리에서 일어나 바다 쪽에 귀를 기울였다. 세 번에 걸친 강렬한 폭발음은 함정에서 발사한 함포의 포격인 것 같았다. 다행인 것은 총성과 포성이 모두 바다 쪽에서 들려온다는 것이었다. 밤 동안에 바다에서는 주민들 몰래 싸움이 준비된 모양이었다.

총성이 뜸해진 사이에 주민들은 하나 둘씩 잠자리를 빠져나왔다. 바다 한 구석이 대낮처럼 휘황했다. 배 한 척이 한 곳에 정지한 채 불길에 휩싸여 빨갛게 타고 있었다. 그 주위를 덩치 큰 배가 가끔씩 총격을 가하며 커다랗게 돌고 있었다. 불타는 배는 한 쪽으로 기우뚱한 채 불길이 작아지면서 천천히 가라앉기 시작했다. 선미(船尾)가 먼저 물에 잠기더니 배는 미끄럼을 타듯 삽시간에 바다 속으로 사라졌다.

사라진 배와 함께 바다는 다시 칠흑처럼 캄캄해졌다. 그러나 곧 캄캄한 빈 바다를 여러 개의 강렬한 빛줄기가 이리 저리 훑고 지나 갔다. 주위를 맴돌던 덩치 큰 배가 생존자를 찾아내기 위해 탐조등으로 바다 위를 살피는 것이었다.

날이 밝기 시작했다. 새벽에 작은 배를 격침시킨 검은 배는, 어느 틈에 난바다에서 가막도 포구 앞으로 들어와 있었다. 새벽의 사건들을 모두 알고 있었으나 가막도 사람들은 늘상 하던 대로 그들의 자질구레한 일상사에 몰두했다. 그러나 촌장 격인 박노인의 집에는 예닐곱의 마을 사람들이 약속이나 한 듯 차례로 몰려들었다. 그들은 모두 북쪽 병정들에게 집을 비워주었거나 밥을 해주던 주민들이었다.

"떠났습니다. 한 명두 없습니다. 간밤에 병정들이 모두 어딘가로 떠났습니다."

박노인은 놀라지 않았다. 마을 사람 넷을 선착장에서 잡아간 검은 배는, 어제 초저녁 아홉 시쯤 해서 어딘가로 사라졌다. 그들이 사라진 얼마 후에 마을에는 북쪽 병정들의 발자국 소리가 어지럽게 들려왔다. 일이 꾸며지고 있다는 것을 알았지만 마을 사람들은 불을 끈 채 평소와 다름없이 일찌감치 잠자리에 들었다. 북쪽 병정들의 바쁜 발걸음은 결국 가막도를 탈출하기 위한 것이었다. 포구를 막고 있던 남쪽의 큰 배가 아홉 시쯤 해서 어딘가로 사라지자, 형세가 불리하다고 생각한 북쪽 병정들은 서둘러 짐들을 꾸려 가막도를 떠난 것이었다.

"무슨 배들을 타구 떠났을까?"

"숨겨둔 배가 있었든 모양입니다."

"전에 왔던 그 객선인가?"

"한 척은 진작 떠났구 또 한 척은 도래물 근처에 나뭇가지를 들씌워 감춰뒀다는 얘깁니다."

"새벽에 가라앉은 배가 바루 그 객선인가?"

대답이 없었다. 새벽에 불탄 배가 북쪽 병정들이 타고 나간 배라면, 어제 초저녁에 사라진 큰 배는 그들을 난바다에서 기다리고 있었다는 얘기가 된다. 포구에서 일단 물러난 듯했으나, 큰 배는 탈출하려는 북쪽 병정들을 섬에서 바다 쪽으로 유인해낸 셈인 것이다.

"당산 마을 쪽은 어찌 됐을까요? 그쪽 병정들두 함께 섬을 떠났을까요?"

"함께 들어온 사람들인데 이쪽이 떠났으면 그쪽두 같이들 떠났겠지."

해가 뜰 무렵쯤 해서 당산 마을 사람들 셋이 빈 지게를 지고 뒷개 마을로 내려왔다. 그들은 들일 나온 사람들처럼 자연스럽게 박노인의 집으로 찾아들었다. 포구 앞 바다에 큰 배가 떠 있어서 그들의 모든 행동은 여전히 신중하고 조심스러웠다.

"병정들이 간밤에 모두 마을을 떠났습니다. 일전에 잡혀간 마을 어른들 아홉 분두 당산 숲에서 마을루 무사히 돌아왔습니다. 여긴 어떻게 됐습니까? 이쪽 사정이 궁금해서 우리들 셋이 알아보러 내려왔습니다."

이것으로 닷새 동안에 걸친 북쪽 병정들의 점거는 끝났다. 마을은 애초의 예상보다 훨씬 적은 피해로 곤경을 무사히 넘겼다. 지난 닷새간에 가막도가 입은 피해는 약간의 곡식을 강탈당한 정도에 불과했다. 그러나 아침 밥상을 물릴 때쯤 해서 마을은 이번에는 남쪽 병정들의 입도(入島)를 맞이했다. 포구 밖에 세워진 큰 배로부터 남쪽 병정들은 고무 보트를 타고 삽시간에 가막도에 상륙했다. 다섯 척의 보트에 분승한 그들은 포구의 선착장에 닿자 즉시 확성기를 통해 마을 사람들을 불러모았다. 남녀노소를 물론하고 그들은 가막도 전 도민을 포구 앞 자갈밭에 집합하도록 명령했다. 마을에 그대로 남아 있는 자들은 민간복으로 갈아입은 북쪽 병정들로 간주하여 수색대가 발견하는 즉시 사살하겠다고 경고했다.

상륙한 일부 병력은 당산 마을로 올라갔다. 그곳에도 같은 명령이 주어진 듯, 풍을 맞아 거동을 못하는 노인 두 명을 제외하고는 갓난아이에서 팔십 노인에 이르기까지 모두 포구 앞의 자갈밭에 집결했다. 병정들은 모여선 도민들로부터 어린아이와 부녀자들을 한 쪽으로 가려내었다. 사내들만을 따로 몰고 가서 병정들은 즉시 몸 뒤짐을 시작했다. 무기를 찾는 모양이지만 도민들로부터는 아무것도 발견되지 않았다. 그러나 몸 뒤짐이 끝난 직후 병정들의 우두머리가 다시 색다른 명령을 내렸다.

"지금부터 이름을 부르는 사람은 이 앞으루 나오시오."

이름들이 불리워졌다. 가막도에 오늘 처음 상륙한 그들의 입에서 주민들의 이름이 불리어진다는 것은 놀라운 일이었다. 그러나 눈치 빠른 몇 명의 주민들은 엊저녁에 큰 배로 잡혀간 마을 사람 네 명을 재빨리 머리에 떠올렸다. 뒷개 마을의 박노인을 비롯하여 열세 명의 사내들이 이름이 불리워 앞으로 나섰다. 병정들의 우두머리는 다시 도민들에게 커다랗게 입을 열었다.

"지금 호명된 사람들은 즉시 선착장에 대기한 아군 보트에 타도록 하시오. 우리는 가막도 주민들 중에 유감스럽게도 적에게 협조한 악질 부역자가 있다는 정보를 입수했소. 부역자를 가려내기 위해 우리는 당신들 중 몇 사람을 함정에까지 연행하기로 결정했소."

이의가 있을 수 없었다. 이름을 불린 사람들은 모두가 북쪽 병정들에게 집을 비워주었거나 밥을 해준 사람들이었다. 가족들이 지켜보는 가운데 열세 명의 사내들은 보트에 실려 큰 배 쪽으로 떠나갔다. 변명이나 항의는 가막도 사람들이 즐겨하는 바가 아니었다. 뭍에서 온 사람들에게 항변이나 변명은 무용했다. 제3의 증인이 없기 때문에 가막도에는 사건의 당사자인 가해자와 피해자가 있을 뿐이었다. 현장에서 당장 유용한 것은 시비의 판가름이 아닌 힘의 우위(優位) 뿐이었다.

초가을 한낮의 볕은 살갗을 태울 듯 따가웠다. 2개 조(組)의 수색대가 두 마을을 뒤질 동안 8백 여 명의 가막도 주민들은 두 시간 가까이 뒷개 자갈밭에 서 있어야 했다. 난폭하고 철저한 수색에도 불구하고 수색대는 성과 없이 빈손으로 포구로 돌아왔다. 지시를 내릴 마을의 책임자를 남겨두고 병력의 우두머리는 그제야 도민들에게 각자 집으로 돌아가도 좋다고 했다.

가막도에는 다시 남쪽 병정들이 주둔했다. 그러나 그들은 하루를 머물고 다음 날 정오쯤 해서 다시 가막도를 떠나갔다. 떠나기 전에 남쪽 병정들은 큰 배로 잡아갔던 가막도 사람들을 두 차례에 걸쳐 석방했다. 먼저 석방된 사람들은 자기들의 발로 각자의 집으로 돌아갔다. 그러나 두번째로 석방된 여덟 명의 사람들은, 가족들의 등에 업혀 가거나 지게에 실려 옮겨졌다. 지게에 실려온 두 사

람은 목숨만 붙어 있을 뿐 시체나 다름없는 중태였다. 그들은 모두
부역자로 판명되어 조사를 받는 과정에서 당국의 처벌을 받은 것
이 분명했다. 여덟 명의 환자들을 인계하면서 병정들의 우두머리
는 명령과 당부를 잊지 않았다.

"전쟁 중에 적을 돕는 일은 총살형에 해당되는 중대한 반국가 행
위입니다. 앞으로 다시 이런 일이 발생하면 여러분은 오늘보다 더 큰
처벌을 받게 될 것입니다. 작전 때문에 떠나가지만 우리는 조만간
다시 가막도로 돌아옵니다. 그때까지 가막도 도민 여러분은 괴뢰
군을 한 명도 섬 안에 받아들여서는 안 됩니다. 가막도가 대한민국
영토라는 것을 증명하기 위해 여러분 마을에 태극기를 두고 갑니
다. 우리가 언제라도 볼 수 있도록 태극기를 반드시 높은 곳에 게
양하도록 하십시오."

남쪽 병정들은 떠나갔다. 그들이 해놓고 간 것이라고는 부역자
여덟 명을 처벌한 것과 마을의 높은 곳에 게양할 깃발 하나를 놓고
간 것뿐이었다.

그러나 가막도에는 그날 밤 다시 놀라운 일이 벌어졌다. 완전히
섬을 떠난 것으로 알았던 북쪽 병정들이 그날 밤에 다시 가막도에
나타난 것이었다. 그들은 마치 연기가 스며들듯 한밤에 소리 없이
두 개의 마을로 스며들었다.

뜻밖이었다. 당산 마을의 두 가족들이 그들의 총에 무자비하게
희생되었다. 희생된 두 가족들은 그들을 새로 상륙한 남쪽 병정들
로 착각했다. 태극기를 내보이며 그들을 반갑게 맞이한 것이 화근
이었다. 자기들을 남쪽 병정들로 착각한 데 격분하여 북쪽 병정들
은 그들 두 가족들을 본보기 삼아 무참히 학살한 것이었다.

그들은 가막도에 오늘 처음으로 상륙한 병정들이 아니었다. 첫

번째 상륙 때 이미 가막도에 입도한 그들은, 그들의 동료들이 해상 탈출을 시도할 때, 그 계획에 반대하여 스스로 가막도에 잔류한 병정들이었다. 대부분의 북쪽 병정들은 새벽에 이미 가막도를 탈출했으나, 이들은 해상으로 탈출하는 대신 무기와 짐을 챙겨들고 오히려 가막도의 깊은 숲 속으로 숨어들어갔다. 모두 22명인 이들 잔류병들은 남쪽 군대가 주둔한 동안은 당산 숲에 숨어 꼼짝도 하지 않았다. 주둔했던 남쪽 군대가 철수한 후에야 비로소 그들은 마을로 다시 내려온 것이다. 잔류한 이들의 존재를 눈치 챈 사람은 아무도 없었다. 그들의 가막도 잔류는 철저한 비밀 속에 감쪽같이 이루어졌다.

약탈과 보복이 시작되었다. 병정들은 새벽에 바다에서 그들의 동료들이 탄 배가 불길에 휩싸여 침몰하는 것을 목격했다. 만일 그들도 같은 배를 탔더라면 죽어간 동료들과 똑같은 운명에 빠졌을 것이었다. 이제 그들이 탈출할 희망은 거의 없어 보였다. 남쪽의 해군 함정들이 바다를 지키는 한, 그들은 언제까지고 섬에 갇혀 불안한 하루하루를 지내야 할 운명이었다. 다행인 것은 남쪽 군대가 그들의 병력을 섬에 주둔시키지 않았다는 것이었다.

하긴 큰 전쟁에 몰두해 있는 남쪽 군대에게 가막도와 같은 작고 외진 섬은, 병력을 주둔시킬 만큼 가치 있는 곳은 아니었다. 패잔병을 뒤쫓아 한 차례 섬에 상륙한 것만으로도 남쪽 군대의 임무는 다한 것이나 마찬가지였다.

마을을 점거한 북쪽 병정들도 이 점을 잘 알았다. 그들은 가막도 도민들이 언젠가는 그들에게 등을 돌릴 것을 잘 알고 있었다. 전쟁도 그들 쪽의 패색이 짙어 도민들이 쫓기는 그들에게 충성을 보일 까닭이 없었다. 남쪽 군대가 상륙해 온다면 두말할 필요도 없이 그들의 운명은 끝장이었다. 그러나 남쪽 군대의 본격적인 상륙이 없는 한, 가막도는 북쪽 병정들에게 좋은 피난처가 될 수 있었다. 그들의 가막도 점거가 뭍이나 해군 함정에 발각되지만 않는다면, 남쪽 군대는 이 작은 섬에 그들의 군대를 상륙시키지 않을 것이고, 그렇게 되면 북쪽 병정들은 탈출 기회를 엿보면서 꽤 오랫동안 가막도에 안전하게 숨어 지낼 수 있는 것이었다. 그러나 문제는 있었다. 남쪽 군대의 상륙을 유발하지 않으려면 그들은 도민들을 감시해서 도민들이 뭍이나 해군 함정에 자기들의 가막도 점거를 알리지 못하도록 막아야 된다. 다행인 것은 섬 안에 동력선이 한 척도 없어 섬 주민이 해상으로 탈출할 가능성은 없다는 것이다. 바다를 통해 들어오는 외부 세력만 잘 감시하면 그들은 당분간이나마 현상 유지가 가능한 셈이었다.

마을을 점거한 북쪽 병정들은 옛날처럼 다시 군복을 민간복으로 갈아입었다. 그들은 섬 마을에 세운 남쪽의 태극기를 그대로 두었다. 밖에서 보는 가막도는 다시 옛날 같은 평온과 안정을 되찾은 듯했다. 필요한 물건만 가끔씩 요구할 뿐 병정들은 대체로 마을 사람들에게 무관심했다. 바다를 살피거나 마을에 가끔 순찰을 돌 뿐, 그들은 주로 밖으로부터의 적의 침공에만 신경을 썼다.

그러나 위태롭게 유지되던 가막도의 평화는 어느 날 뜻밖의 사건으로 무참하게 깨어졌다. 마을의 평온을 깨트린 사건은 우려했던 바다 쪽이 아니고 조용하던 섬 안에서 일어났다.

5

순찰을 나간 북쪽 병정 두 명이 어느 날 예정 시간을 넘기고도 숙소로 돌아오지 않았다. 그들을 찾으러 나간 수색대가 그들의 시체를 해변의 잔솔밭 속에서 발견했다. 돌로 짓이겨진 그들의 시체는 형체를 거의 알아보기 힘들 정도였다. 그들이 휴대했던 두 자루의 총기도 어딘가로 사라지고 현장에 없었다. 그들을 타살한 범인들이 두 병정의 총기를 탈취해 간 것이 분명했다.

가까운 산에 시체를 매장한 후 병정들은 즉시 범인 색출에 착수했다. 물어볼 필요도 없이 범인은 가막도 도민들 중의 일부였다. 총기까지 휴대한 두 명의 병정들을 살해한 것을 보면, 범인은 한두 사람이 아닌 여러 명이라는 것을 알 수 있었다. 범인 색출도 중요하지만 병정들은 무엇보다 잃어버린 총기를 되찾는 것이 급한 것 같았다. 그들이 섬 마을을 지배할 수 있었던 것은, 그들의 손에 무기가 있었기 때문이었다. 잃어버린 총기를 되찾지 않는 한 마을에 대한 그들의 우위는 언제 무너질지 알 수 없었다.

오랜 숙의를 거듭한 끝에 병정들은 이윽고 엉뚱한 작업을 시작했다. 물이 들고 나는 포구 앞 자갈밭에 그들은 구덩이를 판 후 다섯 개의 기둥을 박았다. 작업이 끝나자 병정들은 뒷개 마을의 종을 쳐서 도민들 전부를 갯가로 불러모았다. 장탄된 총으로 삼엄한 경계를 편 후 그들은 도민들을 향해 다섯 사람들의 이름을 불렀다. 이름을 불린 다섯 사람들은 모두가 나이 많은 위아래 마을의 노인들이었다. 병정들은 곧 그들을 끌고 가서 자갈밭에 세운 다섯 개의 기둥에 몸을 묶었다.

썰었던 물이 들기 시작해서 기둥들의 밑둥으로는 벌써 바닷물이 찰랑거렸다. 다섯 명의 노인들이 기둥에 묶이자 병정들의 우두머리가 도민들을 향해 커다랗게 입을 열었다.

"우리가 원하는 것은 범인을 찾아내고 총 두 자루를 회수하는 것이다. 기둥에 묶인 저 노인들은 밀물이 들면 천천히 죽게 된다. 그러나 그렇게 되려면 아직도 약 세 시간쯤의 시간이 남아 있다. 범인은 분명히 당신들 중에 있고, 당신들은 또 범인이 누구라는 것을 알고 있다. 지금이라도 범인이 밝혀지면 저 노인들은 즉시 묶인 기둥에서 풀려난다. 그러나 범인이 나타나지 않을 경우, 우리는 저 노인들이 죽은 후에도, 새로 다섯 명을 골라 다시 같은 기둥에 묶을 것이다. 우리는 어떻게 해서라도 범인을 꼭 잡고야 만다. 희생을 최소한도로 줄이는 길은 당신들이 한시라도 빨리 범인을 우리 손에 인도하는 것뿐이다. 자, 이제 돌아들 가서 현명한 결정을 내리기 바란다."

해가 진 포구에는 땅거미가 깔리기 시작했다. 병정들의 총부리를 등에 느끼면서 마을 사람들은 하나 둘씩 각자의 집으로 흩어졌다. 기둥에 묶인 노인들은 그들에게는 아버지도 되고 삼촌도 되고 당숙도 되었다. 그러나 흩어지는 마을 사람들 중에는 도무지 울부짖거나 용서를 비는 사람이 없었다. 폭력으로 억압하는 상대에게 가막도 주민들은 감정으로 맞서지 않았다. 그들이 이런 때 해보일 수 있는 유일한 항의는 일제히 벙어리가 되어 침묵으로 대처하는 것이었다. 그러나 마을 사람들 대부분이 자갈밭을 막 벗어나려는 무렵이었다. 기둥에 묶인 노인 중의 한 명이 그들 가족에게 당부하듯 커다랗게 소리를 쳤다.

"얘들아, 우리는 이제 죽은 목숨이다 ! 우릴 살릴려구 애쓰다가는 공연히 생사람만 더 죽인다! 죽는 건 우리루 됐다! 더 이상 생목숨 죽이지 마라!"

흩어져 가던 마을 사람들은 잠깐씩 발걸음을 멈추었다. 그러나 이내 그들은 다시 벙어리가 되어 느릿느릿 움직이기 시작했다.

시간이 흘렀다. 어둠과 더불어 달이 떴고, 밀어닥친 바닷물은 어느 틈에 기둥의 절반까지 차올랐다. 병정들은 어둠 속에 웅크린 채 초조하게 시간을 기다렸고, 마을은 평시나 다름없이 일찍 불을 끈 채 쥐 죽은 듯 고요했다. 발끝에서 시작된 거친 파도가 이제는 노인들 가슴과 얼굴을 덮치곤 했다. 이미 기진한 노인들은 살아 있다고 믿어지는 아무런 흔적도 보여주지 않았다. 세 시간 가까이나 차고 거친 바닷물에 부대껴, 그들의 가녀린 생명은 조금씩 꺼져가는 중이었다. 그러나 그 고통스러운 시간에 갯가의 침묵을 흔든 뜻밖의 고함이 울려퍼졌다. 믿을 수 없는 큰소리로 누군가가 어둠을 향해 무서운 비명을 내지른 것이다.

"살려다오! 죽구 싶지 않다! 어서 나를 풀어다오!"

어둠에 묻힌 광막한 갯가에 그 비명 소리는 귓속을 후비는 비수처럼 울려퍼졌다. 그러나 그 비명을 들었음 직하건만 지척의 마을에서는 누구 하나 응답이 없었다. 잠시 후 그 외로운 비명은 점점 작아져서 파도 소리에 파묻혔다. 파도가 그 비명을 삼켜버린 것이 아니었다. 눈뜨고 있던 그 밤의 모든 가막도 도민들이 갯가의 그 비명 소리를 영원히 울리는 귀울림으로 받아들인 것이다.

새벽이 찾아왔다. 뜬눈으로 새운 가막도 사람들은 하나씩 둘씩 자갈밭의 갯가로 내려왔다. 썰물 때가 되어 물이 빠진 갯가에는 다섯 구의 노인들의 시체가 가지런히 뉘어져 있었다. 기둥들은 뽑혔다. 병정들의 보복은 다섯 노인들의 죽음으로 충분했다. 도민들의 침묵에 기가 질린 병정들은, 더 이상 도민들에게 범인 인도를 요구하지 않았다.

장례를 치르기 위한 조용한 며칠이 지나갔다. 열흘 남짓한 짧은 기간에 가막도는 병정들의 시체를 포함하여 모두 열일곱 구의 시체들을 매장했다. 가막도를 그대로 두었던들 이러한 죽음들은 없었을 것이다. 뭍에서 건너온 두 패거리의 외지 사람들이, 이 모든 죽음들을 열흘 사이에 만들어낸 것이었다. 그러나 며칠 후에는 더 큰 비극이 가막도를 기다리고 있었다. 그 비극은 가막도 땅에서 60여 호의 마을 하나를 송두리째 지워버렸다.

험한 날씨가 그 비극의 원인이었다. 강풍이 비를 몰고 오면서 그 날은 밤새 바다가 미쳐 날뛰었다. 다음 날 먼동이 틀 무렵쯤 해서 남쪽의 작은 초계정(哨戒艇) 한 척이 사나운 바다를 피해 가막도 포구로 들어왔다. 초계정의 가막도 입항은 전혀 예측하지 못한 일이었다. 주민들과 북쪽 병정들은 아무 준비 없이 그들을 맞이했다. 포구 안 선착장에 계선(繫船)된 초계정은 식수를 얻기 위해 병력 약간 명을 상륙시켰다. 그들은 뒷개 마을로 들어와 마을 사람들에게 상륙한 목적을 얘기했다. 폭풍을 피해 입항한 그들은, 바다만 잔잔해지면 출항할 것이라고 했다. 반나절을 머문 후 그들은 과연 조용히 가막도를 떠났다. 그새 바다가 잔잔해져서 초계정은 서둘러 외해로 빠져나간 것이다.

그러나 그들이 떠난 바로 그날 한밤이었다. 포구 앞 바다에는 뜻밖에도 대형 함정 두 척이 소리 없이 나타났다. 함정은 포구 앞의 먼 바다를 왕래하며 가막도를 향해 커다랗게 방송을 하기 시작했다. 조용히 떠난 듯한 남쪽 해군의 초계정이, 실은 가막도를 떠난 직후 기지에 연락하여 큰 함정을 불러온 것이었다. 방송을 통해 가막도 주민들은 그간의 사정을 자세히 알았다. 그러나 이때부터 북쪽 병정들의 발악적인 광란이 시작되었다. 함정에서는 방송을 통해 가막도에 숨어 있는 북쪽 병정들의 투항을 권고했다. 내일 새벽까지의 다섯 시간 가량이 그들에게 주어진 투항에 필요한 유예 시간이었다. 만일 그때까지 투항하지 않으면 함정은 포격을 가한 후 가막도에 대 병력을 상륙시킬 것이라고 했다. 북쪽 병정들을 섬멸하기 위해 전투까지도 불사하겠다는 위협이었다.

그러나 이 위협은 처음부터 잘못된 것이었다. 이십 명의 북쪽 병정들은 투항을 거부하고 싸울 준비를 착수했다. 그들은 어둠을 이용해 무엇인가를 비밀스레 준비했다. 그들에게 주어진 다섯 시간의 유예는 바로 다음 날 새벽 다섯 시에 해당되었다. 그 소중한 다섯 시간을 북쪽 병정들은 잘게 쪼개어 어떤 음모를 꾸미는 데 알뜰하게 사용했다. 그들의 음모가 어떤 것인가는 다음 날 새벽에 밝혀졌다.

주어진 다섯 시간은 아주 빨리 지나갔다. 먼동이 터 오던 가막도 하늘이 예고 없이 환하게 밝아졌다. 하늘이 갑자기 밝아진 것은 마을에 솟은 여러 개의 불길들 때문이었다. 뒷개 마을의 여러 곳에서는 약속이나 한 듯 큰 불길들이 솟아올랐다. 때마침 세차게 불어오는 바람으로 불길은 걷잡을 수 없이 온 마을로 옮겨 붙었다. 잠에서 깬 마을 사람들은 불에 놀라 집 밖으로 뛰쳐나왔다. 타오르는 불을 끄기 위해 주민들 몇이 불더미 속으로 물을 끼얹었다. 그러나 그들의 행동은 즉시 북쪽 병정들의 무자비한 제재를 받았다. 병정들은 총을 휘두르며 마을 사람들을 닥치는 대로 가까운 언덕이나 등성이로 내몰았다. 총부리에 내몰린 주민들은 이유도 모르는 채 병정들에게 쫓겨 높은 곳으로 올라갔다. 자기네 집과 세간들이 타고 있었지만 그들은 병정들의 제지로 손 하나 쓸 수가 없었다. 몸만 간신히 빠져나온 그들은, 높은 곳으로 쫓겨 올라가 불타는 마을을 우두커니 내려다볼 뿐이었다.

이것은 그러나 북쪽 병정들이 뒷개 마을 주민들에게 베푼 마지막 선심이었다. 병정들의 눈을 피해 마을 안에 숨어 있던 몇몇 사람들은 잠시 후에 일어난 대 폭발에 의해 거의 다 목숨들을 잃었기 때문이었다. 폭발은 예비된 것이었다. 북쪽 병정들은 밤을 새워 선착장과 포구 일대에 많은 폭약을 장치했다. 그들이 두려워한 것은 남쪽 군대의 상륙이었다. 상륙을 저지하기 위해서는 선박의 접안 시설인 선착장을 파괴하는 것이 최선의 방법이었다. 날이 새자 그들은 뒷개 마을에 불을 질렀고, 뒤이어 선착장에 설치한 폭약을 폭발시킨 것이다.

어마어마한 폭음과 함께 포구 일대의 시설물들은 하늘 높이 날아올라갔다. 폭발이 얼마나 강렬했던지 불타던 마을 쪽의 집들도 그 일부가 폭풍으로 날아갔을 정도였다. 높은 곳에 올라가 있던 주민들은, 선착장의 대 폭발로 간담이 서늘해졌다. 이제 낯익은 포구와 마을은 그들의 눈에 더 이상 보이지 않았다. 축방과 방파제와 선착장은 흔적도 없이 바다 속으로 함몰하고, 불길에 싸인 그들의 마을은 송두리째 불길 속에서 재가 되어 사라진 것이었다.

남쪽 군대가 상륙한 것은 그로부터 일곱 시간 후였다. 파괴된 선착장을 피해 그들은 소형 보트로 병풍바위 쪽의 절벽을 타고 상륙했다. 새벽에 불탄 뒷개 마을은 그때는 이미 잿더미뿐인 폐허였다. 따라서 상륙군의 목표는 뒷개가 아니고 해안에서 멀리 떨어져 있는 섬 안쪽의 당산 마을이었다. 그들은 2개 소대 병력으로 북쪽 병정들을 경계하면서 조심스레 마을로 접근했다. 그러나 그 즈음의 마을에는 북쪽 병정들은 한 명도 남아 있지 않았다. 그들은 애초부터 남쪽 군대와 싸울 의지가 없었던 것 같았다. 새벽에 선착장을 폭파시킨 그들은, 마을 주민들이 당황해하는 사이에 어딘가로 재빨리 사라져버렸다. 뒷개 마을에 불을 지른 것도 사람들의 주의를 그쪽으로 모아 자신들의 도피 행각을 용이하게 하자는 수단이었다. 가막도를 진동시킨 그 어마어마한 폭발과 방화가, 결국은 북쪽 병정들의 도망 길을 돕는 위장 전술로 판명되었다. 그러나 이들은 마을을 떠나면서 또 하나의 걱정을 마을에 남겼다. 많은 짐들을 운반하기 위해 마을 장정 여러 명을 함께 데리고 떠난 것이다.

가막도 주민들에게는 남쪽 군대도 초대하지 않은 손님이었다. 더구나 뒷개 마을로부터 많은 사람과 부상자가 몰려들어, 당산 마을은 상륙해온 남쪽 군대를 개 닭 보듯 무심히 쳐다볼 뿐이었다. 많은 시체들과 부상자들을 보고 남쪽 병정들은 마을 사람들의 무관심을 이해했다. 병정들은 곧 짐들을 풀고 마을에 장기 체류할 준비들을 갖추었다.

지휘소로 쓰기 위해 집 두 채가 징발되었다. 바다에 떠 있는 함정으로부터 많은 탄약과 보급품이 뭍으로 옮겨졌다. 그들의 보급품 중에는 상당량의 의약품도 포함되어 있었다. 새벽의 방화와 폭발로 심한 부상을 당한 주민들을, 그들은 의무병을 동원하여 열심으로 치료도 해주었다.

작전은 다음 날부터 개시되었다. 주민들로부터 적정(敵情)을 대강 탐지한 남쪽 군대는, 토벌대를 2개 조로 편성하여 섬의 동서 방향인 두 길로 나뉘어 작전에 들어갔다. 길 안내를 맡고 섬의 지형을 설명하기 위해, 두 개의 토벌대에는 각각 네댓 명의 마을 청년들이 배치되었다. 가막도는 면적은 작지만 숲이 짙었고 해안에 자연 동굴이 많았다. 따라서 토벌대의 작전은 숲을 뒤지고 동굴을 터는 것이어서, 지불한 노력에 비해 성과는 언제나 초라한 것이었다. 매일같이 숲과 동굴을 샅샅이 훑었지만 이십 여 명의 북쪽 병정들은 끝내 한 명도 모습을 드러내지 않았다.

그러나 시간이 흐르면서 작전은 갑자기 쉽게 풀리기 시작했다. 작전을 풀어준 것은 패잔병들의 굶주림이었다. 여러 날에 걸친 굶주림을 견디다 못해 그들은 숨어 있던 장소에서 스스로 모습을 드러낸 것이었다. 작전이 활발해지면서 북쪽 병정들의 투항자가 속출하기 시작했다. 잡혀갔던 마을 청년들도 감시의 눈을 피해 하나 둘씩 마을로 도망쳐왔다. 투항자들의 입을 통해 패잔병들의 은신처와 그들의 정황이 속속들이 밝혀졌다. 토벌은 더욱 활기를 띠어 북쪽 병정의 잔당 소탕은 시간문제인 것처럼 생각되었다.

그러나 마무리 단계에서 소탕 작전은 뜻밖의 벽에 부닥쳤다. 세 명만 남은 최후의 잔당이 마을 청년 두 명을 거느린 채 끝내 토벌대에 투항해오기를 거부한 것이다. 그들은 끈덕졌고 교활했으며 민첩했다. 양식을 구하기 위해 야간에만 주로 행동하는 그들은, 게릴라 작전의 본보기라도 보여주듯 신속하게 치고 뛰는 기민한 행동을 보여주었다. 더욱 놀랍고 안타까운 일은 그들에게 잡혀간 형제간인 두 청년이 마을에의 약탈 행동에 함께 가담하고 있다는 사실이었다. 그들 형제는 부모가 일찍 죽어 형제끼리만 외롭게 살아왔다. 북쪽 병정들에게 잡혀간 후 다시 남쪽 군대에 쫓기게 되자, 그들은 어쩔 수 없이 북쪽 병정들과 한 패가 된 것 같았다. 토벌 작전은 결국 잔당 세 명을 그대로 둔 채 병력 대부분을 철수시킴으로써 보름 만에 마무리를 지었다. 열 명 남짓한 소수 병력만 뒷마무리를 위해 남겨둔 채, 남쪽 군대는 나머지 병력 백 여 명을 가막도로부터 재빨리 철수시킨 것이다.

잔당 세 명이 잡힌 것은 그로부터 다시 보름쯤 후였다. 그 잔당들은 남쪽 군대의 도움 없이 마을 사람들의 손에 의해 생포되었다. 그러나 잔당은 잡혔지만 그들과 함께 행동한 마을 청년 형제는 잡히지 않았다. 남쪽 군대는 잔당보다도 그들 형제를 더 잡고자 애써 왔다. 그들의 교묘한 길 안내와 은신 때문에 토벌대가 여러 차례에 걸쳐 큰 피해를 입었기 때문이었다. 나머지 세 명의 잔당까지 생포함으로써 가막도에 주둔한 남쪽 군대는 이제 전원이 가막도를 철수했다. 150여 명의 인명 피해와 마을 하나를 송두리째 파괴한 후에야, 전쟁은 외딴 섬 가막도를 그들의 억센 손아귀에서 인심 쓰듯 놓아준 것이다.

6

"그래 도망친 그 형제들은 그 후루 어떻게 됐습니까?"

"마을루 돌아왔네."

"돌아오다뇨?"

정동근의 쏘는 듯한 눈길을 윤오복 노인은 담배를 쟁이며 외면한다. 꽤 오랜 동안 긴 얘기를 했는데도 윤노인은 전혀 피로한 기색이 없다. 성냥을 쳐서 곰방대에 불을 댕긴 후, 윤노인이 다시 무연한 표정으로 입을 연다.

"실은 그 형제들은 도망친 게 아니구 바루 그날 즈이가 살던 집에서 마을 사람들헌테 얌전히 붙잡혔네. 그 형제들을 붙잡구두 내놓지 않은 건 남쪽 병정들이 그 아이들을 잡아죽일 것 같았기 때문이야. 마을에서는 다음 날 새벽에 그 형제들을 데리구 몰래 당산을 넘었네. 병정들이 마을을 떠날 때까지 자라목 석실 속에 그 형제들을 숨겨두기루 했던 겔세."

"모를 일이군요. 괴뢰군들하구 한패가 된 형제를 마을이 두둔한 건 무슨 이유닙까?"

동근이 묻는 말에 윤노인은 천천히 고개를 내두른다.

"마을에서두 말들이 많았지. 허지만 그때 나이 지긋허신 어른들이 그 형제들을 감싸면서 우릴 조용히 꾸짖던 말이 생각나네. 어른들은 그 형제들한테는 아무 죄두 없다는 게야. 잡혀간 몸으루 총부리 앞에서 한 짓인데, 그게 어찌 그 형제들의 죄가 될 수 있느냐는 걸세. 결국 여러 날 만에 석실에서 풀려나긴 했지만 형제 중 형 되는 사람은 열병을 앓구 곧 죽었어. 그 아우만 지금까지 살아서 아들 딸 낳구 잘 지내구 있네."

"그게 제 부친인가요?"

대답 없이 윤노인이 허공 저쪽을 바라본다. 윤노인의 시선을 쫓아 동근도 함께 허공을 바라본다. 이해할 수 없던 아버지의 거친 행동들이 그제야 아들 동근에게 얼개를 갖춰 선명하게 떠오른다. 그 고통스런 과거 때문에 부친은 요즘도 술만 취하면, 온 동네가 시끄럽도록 망나니 주사를 부리곤 한다. 아직도 부친은 그 옛날의 죄책감을, 고통스런 응어리로 가슴속 깊숙이 간직하고 있는 것이다.

"아버님한테 늘 당하는 안종선씨는 누굽닙까?"

"그때 용케 살아남은 단 한 명의 북쪽 병정이야."

"북쪽 병정이요?"

거푸 놀라는 청년들을 외면한 채 윤노인은 담담히 담배 연기를 내뿜는다.

"그 끔찍헌 난리들을 치르구 반 년이나 지난 이듬해 봄이었네. 봉두난발의 다 죽어가는 사람 하나가 아득낭 근처 동굴 밖에서 미역 따던 어떤 아낙에게 우연히 발견되었네. 죽어가는 사람을 마을루 떠메구 왔더니, 아무두 그 사람을 모르는데 자네 부친이 한참 보다가 용케두 그 사람을 알아보더군. 북쪽 병정들의 한패루 있다가 어딘가루 도망쳐버린 나이 어린 의무병이라는 게야."

"의무병이라구요?"

"그 사람이 공부가 깊네. 이북서 대학까지 다니다가 전쟁 터지자 병정으루 붙잡혀온 사람일세."

정동근과 서문호가 부지중 한숨들을 내쉰다. 30여 년간 숨겨졌던 비밀들이 그들에겐 너무나 놀랍고 충격적이다. 그토록 긴 세월을 거쳤건만 아직도 그 즈음의 일들이 생생한 아픔과 고통으로 다가온다.

"그래 북한군 출신인 줄 알면서 왜 안종선씨를 뭍으루 내보내지 않았습니까?"

"내보내면 뭘 허나? 상이라두 준다든가?"

이쪽을 바라보는 윤노인의 시선에 알 수 없는 힘이 실려 있다. 말없이 담배를 몇 모금 빨더니 노인이 다시 입을 연다.

"그 사람은 원래 성품이 어진 사람일세. 우리가 나중에 또 한 번 놀란 것은 우리 눈에 띄지 않구 그 사람이 반 년 동안이나 혼자 짐승처럼 우리 곁에서 살아왔다는 게야. 가끔 밭에서 고구마랑 콩대가 없어지군 하더니 나중에 알구 보니 모두 그 사람의 소행이었네. 허지만 밭곡식이나 가끔 축냈을 뿐 그 사람은 마을에 들어와 옷 한 가지두 손댄 게 없네. 몸에 누더기를 걸치구두 도둑질 한 번 하지 않구, 그 모질게 추운 겨울을 짐승처럼 살아온 게야. 헌데 우리가 이렇게 어질구 순한 사람을 왜 우리 손으루 엮어서 뭍으루 보내야 허나? 더구나 본인이 무릎을 꿇구 제발 지금 그대루 섬에 살게 해 달라구 애걸을 했네. 결국 향당에서 여러 차례 공론 끝에 마을에서 그 사람의 청을 받아주기루 결정했지. 사람 하나쯤 더 산다구 가막도가 당장 어떻게 되는 건 아니거든."

윤노인의 긴 얘기가 끝나자 서문호가 갑자기 앉음새를 고친다. 한참 동안 방바닥을 굽어보고 있다가 문호가 고개를 들더니 정면으로 윤노인을 바라본다.

"제 두 분 부모님들두 그 즈음에 돌아가신 걸루 알구 있습니다. 말씀이 계실 줄 알았는데…… 제 부모님 얘기두 들려주십시오."

"그 얘긴 나한테보다는 자네 백부님한테 듣는 게 좋을 게야."

"그래야 될 이유라두 있습니까?"

"이유가 있어서가 아니야. 나보다는 자네 백부가 그때 사정을 더 잘 알구 계신 탓이야."

"전 내일이면 이곳을 떠납니다. 큰아버님한테 새삼스레 제가 어떻게 그때 얘기를 묻겠습니까? 이왕 말씀이 나왔으니 아저씨가 마저 해주십시오."

윤노인이 벽에 걸린 괘종을 올려다본다. 어느새 밤도 깊어 바늘이 새벽 한 시를 가리키고 있다. 무언가를 골똘히 생각하는 빛이더니 그가 다시 말을 잇는다.

"자네 아까 내 얘기 중에 북쪽 병정 두 사람이 돌 맞아 죽은 대목을 기억하는가? 순찰 나갔던 북쪽 병정 둘이 끔찍한 송장이 되어 발견됐다는 대목 말일세."

"예, 압니다."

"실은 그 병정들이 죽기 하루 전에 마을에 또 한 사람이 아까운

나이에 세상을 버렸네. 세 살배기 아들 아이를 둔 젊은 새댁 하나
가 목숨을 잃었지."

말을 잇기가 힘이 드는 듯 윤노인이 다음 말을 망설인다. 문호는
그러나 지체하지 않고 윤노인에게 다음 말을 재촉한다.

"아저씨, 계속하십시오. 어떤 얘기라두 괜찮습니다. 제가 꼭 들
어야 될 얘깁니다. 전 아무렇지두 않습니다."

고개를 가볍게 끄덕이더니 윤노인이 다시 말을 잇는다.

"그 새댁이 실은 병으루 죽은 게 아니구 목을 매어 자진을 했네.
볼일이 있어 들에 나갔다가 그 전날 병정들에게 겁탈을 당했기 때
문일세. 새댁의 서방이 그걸 알구는 다음 날 청년 여럿하구 목을
지켰다가 그 병정들을 덮쳤네. 결국은 그 일 때문에 그 서방두 목
숨을 잃었지. 새댁의 장례를 치뤄주구는 남자두 며칠 후 같은 나무
에 목을 매었네."

"자살입니까?"

"어쩔 텐가? 자기들 패거리 둘을 죽였다구 병정들은 그날 밤 마
을 노인 다섯을 기둥에 묶어 죽도록 했네. 자기 때문에 동네 어른
다섯이 죽었는데 그 사람이 어떻게 그 일을 모른 체하구 살 수 있
겠나? 며칠 후 아낙을 따라 같은 나무에 목을 매어 죽었지."

늙은 괘종이 느릿느릿 새벽 한 시를 친다. 방안은 숨이 막힐 듯
답답하고 고요하다. 엄청난 비밀에 짓눌린 두 청년들은 숨소리를
내기도 두려운 표정이다. 끊어진 대화를 이으려는 듯 문호가 한참
만에 다시 입을 연다.

"그때 해변에서 돌아가신 어른들은 지금 어느 댁의 할아버지들
이십니까?"

"필배, 승철이, 두서네 조부님들하구 김대식이 부친하구 바루 우

리 부친이시네."

"아저씨 부친께서두요?"

고개를 끄덕이던 윤노인이 잠시 후 다시 고개를 가로 흔든다.

"실은 돌아가신 그 다섯 어른들보다 그때 마을에 우리허구 같이 계셨던 몇몇 어른들이 더 장허구 훌륭허셨네. 그 어른들이 그때 말리지만 않았으면 가막도에는 그날 아마 떼죽음이 났을 게야. 낫이라두 들구 싸우러 나가겠다는 젊은이들을, 그때 그 어른들이 눈물을 흘리시며 밤새도록 붙잡아 앉히셨네."

다시 침묵이 찾아온다. 그날의 비통한 장면이 눈에 잡힐 듯 선명하게 떠오른다. 가막도를 지켜낸 역사가 얼마나 처절했던가를 그날의 사건들이 극명하게 보여주고 있다. 이야기의 마무리를 지으려는 듯 윤노인이 다시 입을 연다.

"마을 사람들은 그후로는 통 바다 쪽으로는 내려가질 않았네. 온갖 재앙을 불러오는 바다가 가막도 사람들한테는 꼴두 보기 싫었던 게야. 뒷개 마을은 그렇게 해서 다시는 옛날처럼 마을 꼴을 되찾지 못했네. 배가 닿는 걸 싫어해서 부서진 선착장두 다시는 고칠 생각을 하지 않은 곌세."

"헌데 왜 그런 얘기들을 저희들한테 진작 해주시지 않으셨습니까?"

원망 섞인 문호의 반문에 윤노인은 다시 고개를 내두른다.

"마음에 골병들이 들어 그때 일들은 생각허기두 힘이 드네. 그때 죽은 사람들을 생각하면 살아 있는 내가 죄스럽구 부끄러워. 요즘두 가끔 그때 일들을 생각하면 자다가두 벌떡 일어나 멍하니 허공을 쳐다보군 허네. 몸이 떨리구 살이 내리는, 내 평생에 가장 끔찍헌 악몽일세. 자네들이 그때 일을 어찌 상상이나 헐 수 있겠는가."

"방금 들은 제 부모님 얘기를 내일 큰아버님한테 확인해봐두 괜찮겠습니까?"

"그 얘기에 확인이 왜 필요한가?"

"큰아버님이 자주 하신 말씀이 이제야 어렴풋이 생각납니다. 넌 마을에 큰 빚이 있어, 하며 큰아버님은 걸핏하면 저한테 다짐두듯 말씀하셨습니다. 그 말의 뜻을 알게 된 이상 제가 어떻게 이대루 가막도를 떠나겠습니까?"

문호의 눈에 물기가 축축이 어려 있다. 양친 부모의 죽음의 진상을 처음으로 알게 된 그로서는, 고향 가막도가 새로운 의미로 다가들지 않을 수 없다. 기둥에 묶인 채 갯가에서 죽어간 다섯 어른들에 대한 죄책감이, 문호에게는 대를 이어 가슴 저미는 회한으로 다가들고 있다. 윤노인은 그러나 문호의 격정을 평온한 눈빛으로 차분히 다스리고 있다. 짐짓 목소리를 밝게 하며 윤노인이 되묻는다.

"그래서 자네는 내게 동력선 사라구 돈까지 맡기지 않았는가?"

"그건 큰아버님에 대한 제 개인적인 부챕니다. 돌아가신 다섯 분의 어른들에 대한 빚은 아직 한번도 생각해본 일이 없지 않습니까?"

"잊어버리게, 옛날 얘기야. 마을에서두 이제는 그때 일을 아무두 들먹이지 않네."

"밤이 너무 깊었습니다. 저희들 그럼 물러가겠습니다."

"그래, 돌아들 가게. 나두 이제 자야겠네."

7

선착장 좁은 석축에 거루 두 척이 바싹 묶여 있다. 거루에는 나들이웃을 입은 국민학교 아이들이 여남은 명씩 빽빽하게 앉아 있다. 한껏 멋을 낸 아이들은 저마다 상기된 얼굴로 갯가에 나와 있는 자기 부모 쪽을 힐끔거린다. 뭍으로 나간다는 황홀한 기대감에, 그들의 검은 얼굴들은 긴장과 흥분으로 팽팽하게 당겨져 있다.

배웅 나온 학부모들과 함께 여교사 오정은이 갯가로 내려온다. 미리 내려와 갯가에 늘어섰던 학부모들 역시 여교사가 내려오자 공손하게 맞아들인다. 먼 길 떠나는 아이들을 맡기면서 주민들은 평소와는 달리 새삼 여교사에게 고마움을 느끼는 듯하다. 열다섯이나 되는 많은 아이들이 한꺼번에 섬을 떠나기는 이번이 처음이기 때문이다.

"부탁해요."

"고생하시네요."

"댕겨오세요."

모처럼 건네오는 주민들의 인사에 여교사는 새삼 가슴이 뿌듯하다. 그 동안 아무도 몰래 무척이나 공들여 준비한 여행이다. 특히 그 중에도 초청 인원 열 다섯을 채우기가 그녀에게는 가장 힘들었다. 4학년 이상의 고학년생만을 선발 대상으로 삼은 것이 문제였다. 방학 중이지만 고학년 아이들은 집 안에 제각기 자기 할 일들이 주어져 있었다.

들일을 나가는 부모들을 대신해서 아이들은 집 안에 남아 청소를 하고 밥을 짓고 동생들을 돌봐야 했다. 더러는 갯가에 나가 찬거리로 쓸 파래나 돌미역을 따기도 했고, 사내아이들은 염소를 먹이거나 산에 올라가 취사용 땔나무를 해와야 했다. 일손이 달리는 어른들은 아이들을 쉽게 내놓지 않았다. 여행도 좋고 뭍도 좋지만 어른들은 아이들이 거드는 당장의 일손이 더 필요했던 것이다. 그러나 여행을 반대하는 더 큰 이유는 따로 있었다. 여교사는 그 이유를 나중에야 깨달았다.

아이들을 뭍에 내보내는 것을 학부모들은 우선적으로 싫어했다. 뭍에 나갔다가 돌아온 아이들은 한동안 뭍 생각에 잠겨 넋 나간 표정들을 짓곤 했다. 그들이 정상으로 돌아오는 데는 짧게 잡아도 보름 이상의 시간이 필요했다. 심한 아이는 반 년 이상을 뭍 생각에 잠겨 학교 성적이 떨어지고, 어른들에게 사소한 일로 걸핏하면 대들곤 했다. 주민들은 뭍에 나간 청년들이 결국은 가막도를 버리고 영원히 뭍으로 도망치는 경우를 자주 보아왔다. 특히 군대를 갓 다녀온 청년들은 거의 예외 없이 뭍을 향한 열병을 앓곤 했다. 더러는 아예 고향에 들르지도 않고, 제대와 동시에 곧바로 뭍에 주저앉는 경우도 있었다. 주민들이 두려워하는 것은 바로 그러한 뭍을 향한 섬 아이들의 독특한 열병이었다. 특히 어린아이들에게는 뭍은 황홀한 꿈의 세계였다. 그 꿈에서 깨어나기까지 아이들은 한동안 심한 열병을 앓곤 했다. 그 속사정을 잘 아는 부모들은 그래서 더욱 아이들의 뭍 여행을 꺼려했다.

그러나 여교사 오정은은 끝내 어른들을 설득하는 데 성공했다. 두 번 세 번씩 거듭 찾아오는 여교사의 성의도 외면할 수 없었지만, 무엇보다 경비가 들지 않고 아이들의 간절한 소망을 꺾을 수가 없었기 때문이었다.

돌기둥 뱃말에서 바가 풀리고 아이들을 태운 거루가 조심스레 갯가를 떠난다. 두 배가 석축을 벗어나자 사공들 둘이 노를 젓기 시작한다. 포구 복판에 떠 있는 동력선은 거리가 약 이백 미터쯤은 됨직하다. 거루가 뜨자 배 안의 아이들이 갯가의 부모들을 향해 요란스레 손을 흔든다. 한 배에 탄 여교사와 서문호도 멀어지는 갯가

를 향해 아이들을 따라 손을 흔든다. 뱃머리에 앉은 정동근이 여교
사를 향해 생각난 듯 입을 연다.

"아이들이 K항에 닿으면 마중 나올 사람은 있는 거죠?"

"회사 버스가 대기했다가 곧장 아이들을 P시로 데려갈 거예요."

"닷새를 줄곧 P시에서만 지낼 건가요?"

"닷새가 아니에요. 하루는 지방에 있는 공장 견학을 가기루 되어
있구, 거기에 또 오는 날을 빼면 P시엔 막상 이틀밖에 머물지 않아
요."

"배는 그럼 닷새 되는 날 몇 시쯤 K항에 대야 합니까?"

"정오까진 대야 해요. 마지막 날은 피곤할 것 같아서 P시에서 일
찍 출발할 예정이에요."

동근의 시선이 문호에게로 옮겨진다. 문호는 오늘 뭍으로 나갔
다가 오후에 다시 같은 배로 돌아올 작정이다. 짧은 일정으로 잠깐
다니러 온 가막도에, 문호는 방학 기간 동안 계속 머물 생각을 한
것 같다. 오늘 뭍으로 나가는 것은 가막도 장기 체류를 대비하여
몇 가지 뭍쪽의 일들을 마무리 짓기 위해서다. 동근이 송필배와 공
판장 물건을 사러 가는 길이어서, 문호도 그들과 어울려 함께 뭍으
로 나가는 것이다.

"문호형님은 낮 동안에 학교 일 다 보실 수 있겠습니까?"

문호는 B시에서 고등학교 교사로 일하고 있다. 배가 머물 K항에
서 B시는 꽤 멀리 떨어져 있다. 동근은 문호가 낮 동안에 B시를 다
녀올 수 있겠느냐고 묻는 것이다.

"백육십 리를 낮 동안에 무슨 재주로 다녀오나. 우체국에 들러
몇 군데다 전화 서너 통만 넣으면 되네."

"참, 잊을 뻔했네요. 동근씨한테 부탁이 있어요."

오정은이다. 동근이 장난스레 눈을 크게 떠 보인다.

"부탁이라구요? 오선생이 저한테 부탁이 있다는 얘깁니까?"

"실은 저두 어떤 사람한테 부탁 받은 일이에요. 자, 우선 이것부터 받으세요."

오정은이 핸드백에서 종이 쪽지를 꺼내 동근에게 건네준다. 쪽지를 펴본 동근의 얼굴에 대뜸 실망하는 표정이 떠오른다.

"이건 몽땅 물건 이름들 아닙니까?"

"그래요. 거기 적힌 물건들을 저 대신 동근씨가 구입해줬으면 좋겠어요."

"아이들 인솔할 오선생한테 이 물건들이 모두 무슨 소용이죠?"

"제가 쓸 물건이 아니에요. 가막도에 머물러 있는 서울 낚시꾼이 부탁한 물건이에요."

정동근이 서문호를 돌아본다. 두 사람 모두 의외라는 얼굴들이다.

"그 낚시꾼 언제 만났죠?"

"그제요."

"딴 부탁은 없었습니까?"

"엽서를 맡겨왔어요. 돈이 필요한 모양이에요. 서울에 있는 친구한테 송금을 부탁하는 엽서에요."

"엽서라면 제게 주십쇼. 제가 마침 우체국에 가는 길입니다."

서문호의 말에 오정은이 고개를 내젓는다.

"부두에두 우체통이 있어요. 엽서는 제가 부치겠어요."

"이 물건들 다 구입하자면 돈이 꽤 들겠는데요?"

다시 동근이다. 오정은이 대답 대신 백에서 돈 봉투를 꺼내든다.

"여기 돈두 맡겨왔어요. 이 정도면 돈은 충분할 거라구 하더군요."

돈 봉투가 건네진다. 잠시 침묵이 흐른다. 거루가 동력선에 다다르자면 아직 삼사 분은 더 기다려야 될 것 같다. 갯가 부모들에게 손을 흔들던 아이들도 이제는 고개를 돌려 훨씬 가까워진 동력선 쪽을 보고 있다.

"배편두 있는데 왜 그 사람은 뭍으로 돌아가지 않는답디까?"

서문호가 오정은에게 묻는다. 두 사람은 서로 안 지가 이틀밖에 되지 않는다. 그러나 같은 교사라는 직업 때문에 그들은 남들보다 쉽게 친숙해진 느낌이다.

"저두 그분한테 같은 질문을 했었어요. 대답 비슷한 말을 들었는데 명쾌하진 않았어요. 아마 그분 나름으루 다른 이유가 있나 봐요."

"설마 가막도에 아주 눌러 살 생각은 아닐 테죠?"

정동근이 다시 묻는다. 오정은이 고개를 내젓는다.

"거기까신 저두 몰라요. 그런건 동근씨가 직접 그분한테 알아보세요."

"여기 구입할 물목 중에 항생제 따위 약품 이름두 적혀 있군요?"

"그래요. 의사가 없는 고장이라서 만일을 대비해 비상약 몇 종은 준비해두는 게 좋겠다구 하더군요."

"지금 그 사람 어디 있습니까?"

"멸치 막(幕)이 있던 마당바위 근처인 것 같아요. 저두 말만 얼핏 들었지 직접 가보진 않았어요."

햇볕이 따갑다. 바다에 부딪혀 되쏘는 햇볕도 얼굴이 후끈거릴 정도로 열기가 대단하다. 아직 열 시도 안 된 시각인데 바다는 바람이 없어 찜통처럼 후덥덥하다.

"궁금한 게 있어요."

여교사가 갑자기 입을 연다. 그녀의 시선이 동근에게 향해 있다.

"그동안 마을에서 서울 낚시꾼을 어떻게 한 거죠?"

"어떻게 하다뇨?"

"꽤 여러 날 실종됐던 모양인데 실종 이유가 뭐였어요?"

"그걸 우리가 어떻게 압니까? 본인이 그 얘긴 안 하던가요?"

"어떤 사람이 자기를 배에 태워 솔섬에 건네준 후 그곳에 버리구 갔다구 하더군요. 솔섬에 그 사람을 버리구 간 건 그 사람이 거기서 굶어 죽길 바란 게 아닌가요?"

"그 사람을 배에 태워 솔섬에 데려간 사람이 누구랍니까?"

"가막도 사람이지 누구겠어요?"

동근의 눈빛이 차분해진다. 이마에 내밴 땀을 닦고 동근이 한참 만에 또박또박 입을 연다.

"우리는 그 사람의 실종에 관해 아무것두 아는 게 없습니다. 우린 오히려 뭍으로 떠난 오선생을 의심했습니다. 실종되기 직전에 그 사람을 마지막 본 게 오선생이었으니까요."

"오해가 풀려 다행이군요?"

"가막도를 의심해선 안 됩니다. 실종된 그 사람을 찾기 위해 마을은 두 번씩이나 온 섬을 뒤졌습니다. 여기 계신 문호형님이 바로 그 증인입니다. 우리가 찾기를 포기한 후에야 그사람은 어슬렁어슬렁 자기 발로 나타난 겁니다."

동력선이 지척에 있다. 거루를 저어온 복진이 청년이 노를 뽑아 배 안에 눕힌다. 거루가 옆구리를 동력선에 붙이자 아이들이 서둘러 큰 배로 오르기 시작한다. 말을 나누던 어른들도 그제야 배 안에서 몸들을 일으킨다.

8

인기척을 들은 듯하다. 바위 짬에 낚싯대를 끼워놓고 인규는 천천히 등 뒤를 돌아본다.

껑충한 키에 짧은 반바지를 입은 소년이 낚싯대를 손에 들고 인규를 내려다보고 있다. 새까맣게 탄 피부에 몸이 몹시 여위어서 소년은 한낮의 햇볕 속에 바스러질 듯한 몰골을 하고 있다. 그러나 인규가 바라보는데도 소년은 전혀 수줍어하는 기색이 없다. 보기만 해도 도망치는 이곳의 수줍은 아이들에 비해, 이 소년은 깡마르긴 해도 매우 당당한 눈빛을 하고 있다.

"이쪽으루 내려오겠니?"

소년이 대꾸 없이 비탈을 타고 아래로 내려온다. 손에 든 굵은 낚싯대는 한 발 남짓한 짧은 막대기다. 아마 갯가 돌 짬에서 볼락이나 쏨뱅이라도 낚으러 나온 모양이다.

"고기 낚으러 나왔구나?"

"네."

"미끼는 뭘 쓰니?"

"바지락요."

왼쪽 팔목에 줄로 매단 작은 주머니를 소년이 열어 보인다. 주머니 속에는 껍질에서 방금 까낸 하얀 바지락 살이 한 줌 가량 들어 있다. 인규가 바위 밑 그늘로 비켜서자 소년은 햇볕 속에 던져둔 노래미 장어 따위의 죽은 잡고기들을 내려다본다.

"많이 잡으셨네요?"

"너 가져라."

"안 쓸 겁니까?"

"버린 고기야."

소년이 고기들을 두고 그늘 쪽으로 들어온다. 해안의 깎아지른 벼랑 사이에 기다란 장방형의 자갈밭이 흘러 있고, 그 위쪽 턱진 곳에는 움막 비슷한 초가가 한 채 있다. 인규가 거처로 쓰는 곳은 바로 그 움막 옆이다. 바위가 끝나고 흙이 드러난 좁은 땅 위에 인규는 천막을 치고 여러 날째 혼자 지내고 있다.

소년이 그늘로 들어와 움막 쪽을 바라본 후 눈살을 찌푸린다. 인규에게 들으라는 듯 소년이 갑자기 입을 연다.

"지네가 있어요."

"응?"

"이렇게 큰 지네가 돌 틈에 엄청 많이 살구 있어요."

"지네라니? 독 있는 벌레?"

"말리다 버린 멸을 먹을려구 지네들이 꼬여드나봐요."

"멸이 뭐냐?"

"멸치요."

안종선으로부터 이곳 움막이 멸치를 삶아 말리던 멸치 막이라는 말을 들었다. 소년은 멸치 막뿐 아니라 이곳에 살고 있는 지네 같은 벌레도 알고 있다. 주름살이 많아 늙어 보이는 이 소년은 어쩌면 인규가 모르는 엉뚱한 비밀도 알고 있을지 모른다. 우연히 찾아온 이 소년에게 인규는 새삼 흥미가 느껴진다.

"난 지네를 본 일이 없어. 넌 언제 지네를 봤니?"

"작년에요. 일할 때에요. 밤이면 한 뼘이나 되는 지네들이 한번에 두 마리씩 짝을 지어 움막 천장을 이리저리 기어다녔어요."

"작년에 움막에서 무슨 일을 했다는 거냐?"

"아버지랑 멸을 잡아 솥을 걸구 삶았어요."

"바루 저 움막에서 말이지?"

"네."

"헌데 왜 금년에는 멸치를 잡지 않니?"

"혼자서는 할 수 없어요. 아버지가 병이 들었거든요."

"안됐구나. 아버지 병환이 꽤 중한 모양이지?"

"폐병이에요. 수술을 해서 폐 한 쪽을 잘라내야 살 수 있대요."

소년은 말을 할 때 딴 곳을 보는 버릇이 있다. 폐병이라는 말을 듣고 보니 소년도 혹시 결핵이 아닐까 하는 생각이 든다. 이마와 눈가의 주름살로 미루어 소년은 겉보기보다 나이가 훨씬 많을 것 같다.

"몇 살이니?"

"열여섯요."

"그렇게 많아?"

"많은 건가요?"

"혹시 너두 아버지처럼 폐가 나쁜 게 아닌지 모르겠다?"

"전 폐는 튼튼해요. 사진두 찍어봤어요. 선생님이 괜찮댔어요."

"어떤 선생님?"

"오정은 선생님요. 아저씨하구 친하잖아요?"

처음으로 소년의 눈이 인규의 얼굴을 똑바로 바라본다. 얼굴은 검게 탔지만 눈만은 크고 맑다. 얼굴이 여윈 때문인지 소년의 눈이 유난히 퀭해 보인다.

"이름이 뭐냐?"

"이일복요."

"학교는 언제 다녔어?"

"금년 봄에 졸업했어요."

"열여섯 살에 국민학교를 졸업해?"

"3년 꿇어먹었어요. 뭍으루 도망쳤다가 작년에야 붙잡혀왔거든
요."

"뭍으루 도망쳐?"

"네. 배 밑창에 몰래 숨어 타구 육지까지 나갔어요. 더워서 죽
는 줄 알았어요. 네 시간이나 게딱지만 한 배 밑창에 갇혀 있었거
든요."

얼굴은 삭막한 표정인데 말씨는 새처럼 빠르다. 묻지도 않은 말
까지 그는 주절주절 혼잣말하듯 지껄인다.

"그래, 뭍에서는 얼마 동안 살았어?"

"3년이요. 신났어요. 과자 공장에서 일했어요."

"도망쳐 나갔으면 그냥 살지 섬으룬 왜 다시 들어왔나?"

못 들은 듯한 얼굴을 한 채 소년은 아득히 난바다 쪽을 바라본
다. 모기 물린 자국을 손으로 긁으면서 소년이 다시 입을 연다.

"아저씬 왜 뭍으로 나가지 않으시죠?"

이번에는 인규가 말이 없다. 끈덕지게 기다리는 소년을 향해 인
규가 한참 만에 입을 연다.

"나갈 거야. 허지만 지금은 안 돼. 나는 여기서 사는 연습을 하는
거야."

"무슨 연습요?"

"모르겠어. 설명이 안 돼. 여기선 하루하루 사는 게 진짜라는 생
각을 하구 있다."

"아저씬 여기가 좋으세요?"

"바다 때문이야. 정직하거든. 뭍에선 바쁘기만 했지 사는 게 여

기처럼 절박하지 않아."

"전 알아요. 아저씬 뭍으로 돌아갈 수 없는 사정이 있어요."

"돌아갈 수 없는 사정이 뭔데?"

"전에두 그런 사람이 있었어요. 뭍에서 죄를 짓구 도망쳐 온 거예요. 여기까진 아무두 잡으러 오지 않거든요."

소년은 하고 싶은 말을 거침없이 내뱉은 뒤 삭막한 표정으로 인규를 외면하고 있다. 직설적인 특이한 어법 때문에 인규는 소년이 차츰 귀엽게 느껴진다. 소년의 깡마른 얼굴을 향해 인규가 빙긋 웃어 보인다.

"실망을 시켜 미안하다. 난 죄를 짓지두 않았구 도망쳐 오지두 않았어. 혹시 네가 죄를 짓구 뭍에서 섬으루 도망쳐 온 게 아니니?"

대답이 없다. 인규가 지적한 말을 소년은 무언으로 수긍하는 표정이다. 어쩌면 인규의 생각보다 소년은 훨씬 영악한지 모른다.

"또 하나 네 생각을 맞춰볼까? 네가 나를 찾아온 건 나한테 할 말이 있어서지?"

발뒤꿈치의 굳은살로 소년은 땅바닥을 가볍게 찍어댄다. 눈길을 여전히 난바다에 둔 채 소년이 다시 입을 연다.

"아버지가 곧 죽을 거예요."

"누구 아버지?"

"우리 아버지요."

"아버지가 어디 아프시냐?"

"매일 피를 토하세요. 아마 한 달두 못 갈 거예요."

"안됐다. 식구는 몇이냐?"

"저 혼자에요."

"어머닌?"

"제가 뭍에서 돌아와보니 어머니두 뭍으루 도망치구 없었어요. 절 찾으러 나갔다가 그 길루 소식이 끊어진 거예요."

"아버진 그때두 병중이었니?"

"그래요. 오래됐어요. 늘 심하게 기침을 했었어요."

"그래 아버지가 돌아가시면 넌 혼자서 어떻게 살 작정이냐?"

"뭍에 나가 살겠어요."

"왜 하필 뭍이야?"

"여기 있으면 위험해요. 절 죽이려는 사람이 있어요."

소년이 민첩하게 인규를 한 번 훔쳐본다. 자기 말의 반응을 보기 위한 교활한 눈빛이다. 동물적인 그의 시선에서 인규는 그러나 예사롭지 않은 조짐을 발견한다.

"그런 얘길 내가 믿을 거라구 생각하니?"

"그래요. 아저씬 믿어요. 아저씨두 한 번 죽을 뻔했거든요."

침묵이 흐른다. 이 소년이 자신에 관해 어디까지 알고 있는지 인규는 궁금하다. 인규가 죽을 뻔했다는 것은, 그가 솔섬에 갇혔던 사실을 지칭하는 말일 것이다. 어른들도 잘 모르는 사실을 이 소년이 어떻게 알아냈는지 알 수가 없다.

"그 얘긴 너 누구한테 들었니?"

"듣지 않았어요. 전 봤어요."

"보다니? 뭘 봤다는 거냐?"

"아저씨가 솔섬에 갇혀 섭조개 따는 걸 봤단 말이에요."

"그게 언제냐? 그리구 봤으면 왜 어른들한테 알려주지 않았니?"

"어른들은 모두 알구 있는 줄 알았어요. 더구나 그건 우리 같은 아이들은 참견할 일이 아니라구 생각했어요."

손바닥에 내밴 땀을 인규는 손수건으로 꼼꼼히 닦는다. 이것은 교육의 결과다. 이곳 아이들은 어른들이 하는 일에 무관심하도록 가르쳐졌음이 분명하다. 많은 부도덕한 사건들이 이곳에서는 소수의 사람들에게만 알려진 채 아무 일도 아닌 것처럼 예사롭게 자행되고 간과(看過)된다. 강제나 명령에 의한 의도적인 간과가 아니고, 이곳의 오랜 전통과 관습이 그런 무관심을 끌어내는 것이다. 그들의 이러한 무관심은 어린아이들에게는 일종의 생활의 지혜로 받아들여진다. 바다를 건너온 예측할 수 없는 침입자들에게, 그들은 무관심한 표정을 지어 그들의 관심 밖에 놓여남으로써 위험을 모면하는 것이다.

"널 누군가가 죽일 거라구 했는데 죽일 만한 이유라두 있니?"

"그럼요."

"이유가 뭔데?"

"비밀을 알거든요."

"어떤 비밀?"

"그건 말할 수 없어요. 아저씨두 절 죽일려구 할지 몰라요."

바람이 땀을 식혀준다. 햇볕에 노출된 자갈밭에서는 숨을 막을 듯한 더위가 뿜어나온다. 이 눈부신 한낮의 태양 아래 소년이 하는 말은 조금도 사실성이 없다. 당돌하다는 느낌보다는 어딘가 비정상적인 엉뚱한 느낌이 드는 소년이다. 열여섯의 어린 소년은 그러나 누군가가 자기를 죽일지도 모른다고 말하고 있다. 죽음의 공포를 경험한 인규에게 소년의 말은 상당한 설득력이 있다. 그것이 그럴듯하게 들리는 이유는 이곳이 뭍과 떨어진 가막도이기 때문이다.

"비밀 따위는 나두 별루 듣구 싶은 생각이 없어."

"그러실 줄 알았어요. 허지만 전 어차피 그 비밀을 털어놓구 말 거예요."

"참기가 힘든 비밀인 모양이지?"

"좋지 않은 비밀이에요. 그래서 더욱 오래 가지 못할 거예요."

"나두 나쁜 비밀은 오래 못 간다구 믿구 있어. 허지만 이 섬에서는 반드시 그런 것두 아니야. 비밀이 위험하게 생각될수록 빨리 세상에 털어놓는 게 좋을 수도 있어. 속임수는 당장은 좋지만 시간이 갈수록 사람을 점점 지치게 만들거든."

소년이 말하는 비밀은 대수롭지 않은 것일 수도 있다. 어쩌면 이 소년은 뭍으로 도망칠 생각인지 모른다. 이곳 사람들이 두려워하는 것은 비밀 그 자체가 아니고, 그 비밀이 누군가에 의해 뭍으로 운반되는 것이다. 도망칠 생각을 하고 있는 소년은 뭍으로 나가기 전에 그 비밀을 털어버리고 싶은지 모른다.

"아저씬 언제까지 우리 멸치 막에서 지내실 거죠?"

"모르겠다. 날씨가 나빠지면 마을루 다시 들어갈 생각이다."

"아버지가 돌아가시면 전 뭍으루 나갈 거예요."

"아버지가 돌아가신다구 네가 뭍으로 나가야 되는 이유는 뭐냐? 아, 그렇구나, 누가 널 죽일지두 몰라서?"

"위험해서만두 아니에요. 전 뭍에서 할 일이 있어요."

"네 나이에 뭍에서 할 일은 내가 알기룬 하나뿐인데?"

"공부하라는 말씀이죠? 전 허지만 공부는 안 해요."

"공부를 안 하면?"

"돈을 벌겠어요. 아주 많이요. 그래서 가막도를 통째루 사구 싶어요."

"통째루 사서 뭘 할려구?"

"사람들을 모두 내몰아버리구 가막도를 사람 안 사는 무인도루 만들 거예요."

"왜 그런 생각을 하지? 여긴 네 고향이지 않니?"

"여기가 싫어요. 바다두 싫구요. 차라리 무인도라면 우리가 여기서 고생할 까닭이 없잖아요?"

주름진 소년의 얼굴을 인규는 찬찬히 바라본다. 왜 그 생각을 못했을까? 이 어린 소년까지도 가막도를 생각하는 깊이가 인규보다 훨씬 깊다. 사랑을 베풀기에 지쳐 이 소년은 지금 고향 땅을 버려도 좋다고 말하고 있다. 이 섬을 통째로 사서 무인도로 만들어버리고 싶다고 말하고 있다. 그러나 그것은 본심을 숨긴 반어법(反語法)에 다름 아니다. 무심코 내뱉은 소년의 말에서 인규는 고향에 대한 한없는 깊이의 사랑을 본다.

"점심은 어떡했니? 안 먹었으면 같이 먹자."

"아니에요. 가야 해요. 또 올게요. 제가 찾아와두 괜찮겠죠?"

"물론이지. 언제라두 오렴. 널 알게 되어 무척 기쁘다."

"저두 그래요. 실은 아저씨를 가까운 곳에서 여러 번 훔쳐봤어요. 약상(藥商)이라는 소문이 돌아 그걸 알아보구 싶었어요. 약상이 아니어서 다행이에요. 아저씬 제가 훔쳐보는 걸 진작부터 알구 계셨죠?"

"아니, 전혀 몰랐어. 앞으루두 날 또 훔쳐볼 작정이냐?"

"아뇨, 약속해요. 앞으룬 그러지 않을 거에요."

소년이 몸을 일으킨다. 손을 내밀어 악수를 청했지만, 소년은 뒤로 물러서서 자연스레 악수를 피한다. 내민 손을 거두어들이고 인규는 정중히 소년에게 입을 연다.

"잘 가거라, 일복아."

9

하늘에 별이 하나 둘씩 보이기 시작한다. 두 사내가 마을 끝에서 들길 쪽으로 빠져나온다. 한 사내는 담배를 물었을 뿐 몸에 아무것도 지닌 것이 없고, 또한 사내는 왼쪽 어깨에 자루 같은 것을 묵직하게 메고 있다. 어둠이 제법 짙어져서 그들의 발걸음이 낮처럼 활발하지 않다. 한 발 너비의 잘 다져진 자갈길을 두 사람은 보조를 맞춰 나란히 걸어가고 있다.

생울타리 측백나무 사이로 이윽고 불그스레한 석유등 불빛이 보이기 시작한다. 아직은 그 불빛이 교실과 교무실 중 어느 쪽 창문에서 새어나오는 것인지 알 수 없다. 앞서 가던 빈 몸의 사내가 반걸음쯤 뒤쳐진 자루 멘 사내를 돌아본다.

"불빛이 내비치는 걸 보니 사람이 돌아온 건 확실하군."

"가봐야죠. 대식이 아저씨두 가끔 학교에서 잠을 잘 때가 있습니다. 천장이 높아 시원하답니다. 모기두 교실이 훨씬 덜한 모양입니다."

오전에 뭍에 나갔다가 당일로 돌아온 서문호와 정동근은 저녁을 들고 쉴 틈도 없이 곧장 마당바위로 서울 낚시꾼을 찾아 나섰다. 여교사 오정은의 부탁을 받아 그들은 뭍에 올라 서울 낚시꾼의 물건들을 구입해 돌아왔고, 그것을 섬에 돌아온 즉시 서울 낚시꾼에게 전해주기로 한 것이다. 그러나 들일을 나갔다가 집으로 돌아오던 박승철이, 두 사람을 마을길에서 만나 엉뚱한 소식을 전했다. 륙색을 멘 서울 낚시꾼이 방금 분교 교정으로 들어가는 것을 보았노라는 것이다.

마당바위까지 찾아가려던 그들은 우선 길이 짧아져서 반가웠다. 분교라면 지척의 거리여서 사오 분만 걸으면 닿을 수 있다. 승철이 혹시 땅거미 속에 잘못 볼 수도 있었지만, 마침 그리로 지나가는 길이어서 그들은 먼저 학교부터 들르기로 한 것이다.

학교에는 과연 생울타리 사이로 누군가가 밝힌 불빛이 불그스레 내비치고 있다. 인가와 떨어진 그쪽 방향에서는 학교 말고는 불빛이 보일 까닭이 없다. 그 불빛은 의심할 여지없이 서울 낚시꾼이 교실에 밝힌 불이다.

"형님은 오늘 그 사람을 처음으루 만나보시는 거죠?"

"아니, 인사는 없어두 가까이서 얼굴은 봤어."

"언제 보셨죠?"

"실종됐다가 뒷개에 나타난 바루 그 현장에 나두 있었어."

"그렇군요. 저랑 계셨죠. 내가 이렇게 까마귀 고길 먹었습니다."

창문 너머로 불빛이 보인다. 교실 쪽이 아니고 칸막이 뒤쪽의 교무실로 쓰는 방이다. 그쪽은 자물쇠가 물려 있는데 어떻게 안으로 들어갔는지 알 수가 없다. 두 사람은 생울타리를 지나 우선 문을 열고 교실로 들어선다.

"계십니까?"

목소리가 크게 울린다. 창문을 모두 닫아두어서 낮의 열기가 실내에 그대로 갇혀 있다. 칸막이 복판의 출입문이 열리더니 불빛을 등지고 한 사내가 교실로 나온다. 어깨에 멘 자루를 내려놓고 정동근이 먼저 사내에게 입을 연다.

"서울 손님이시죠?"

"예, 헌데……"

"정동근입니다. 기억하실 겝니다. 전할 물건이 있어서…… 우선

이것부터 받아주십시오."

동근이 건네주는 자루를 인규가 받아 교실 바닥에 내려놓는다. 당황해할 줄 알았는데 인규는 의외로 행동이 차분하다. 자루를 다시 집어들더니 인규는 몸을 돌려 교무실 쪽으로 되건너간다.

"잠깐 이쪽으루 들어오십시오. 등불이 있습니다. 그쪽은 너무 어두워서요."

동근과 문호가 인규를 따라 들어간다. 방안에는 왼쪽 벽을 따라 책상과 의자와 서류함 둘이 놓여 있고, 등불이 걸린 안쪽으로는 철제 캐비닛과 목침대 하나가 놓여 있다. 인규가 주인이라도 되는 듯 두 사람 앞에 의자 두 개를 놓아준다. 두 사람이 의자에 앉자 인규 자신도 의자에 앉으며 입을 연다.

"찾아오신 이유를 알 것 같습니다. 이 자루 속에 든 물건들 제게 전하는 물건들이죠?"

"맞습니다. 분교 오선생이 우리한테 부탁을 해서 우리가 뭍에 나간 김에 K항에서 구입해 왔습니다."

"두 분두 뭍에 나가셨던가요?"

"예."

"폐가 많군요. 공판장 물건을 사입한다길래 그 짬에 함께 부탁을 드렸는데."

"공판장은 아예 빈손으로 돌아왔습니다. 물건 대주던 업체에서 선불을 평계루 물건을 대주지 않더군요."

"석유도 받아오지 못했습니까?"

"예, 구입선을 바꿔야겠습니다. 석유가 떨어져 걱정입니다만, 보름은 아마 견딜 수 있을 겝니다."

석유가 떨어지면 이곳에서는 밤에 불을 켤 수가 없다. 뭍에서 전기가 들어오지 않아 주민들이 대부분 석유등을 쓰는 때문이다.

"교무실은 문이 잠겼을 텐데 어떻게 열구 들어오셨죠?"

"오선생께서 열쇠를 제게 주셨습니다. 마을에서 지내는 게 불편하다구 하니까, 그렇다면 자기 없는 동안 교무실을 써두 좋다구 하더군요."

"마당바위 근처에 계신 걸루 아는데 오늘은 어떻게 마을루 들어오셨습니까?"

"저녁에 배가 들어오는 걸 보구 실은 부탁한 물건을 찾으러 나왔습니다. 물건이 꽤 기다려지더군요. 제일 많이 기다린 건 커핍니다만."

인규가 웃자 서문호도 따라 웃는다. 물건만 전하는 것이라면 한 사람이 와도 충분하다. 동근과 함께 온 낯선 사람이 인규에게는 궁금하지 않을 수 없다. 이쪽의 궁금증을 눈치 챘듯 문호가 드디어 인규에게 인사를 청한다.

"저 서문호라구 합니다. 지금은 B시에 살구 있지만, 원래 고향은 가막돕니다."

"김인굽니다. 저두 사는 덴 서울입니다…… 당분간은 아마 가막도에서 살게 될 것 같습니다."

"학교에 나갑니다. 방학 중이라 다니러 왔죠. 김선생 얘기는 저두 많이 들었습니다."

"물의를 일으켜 죄송합니다. 앞으로는 아마 그런 일이 없을 겝니다."

목례와 함께 악수까지 나눈 두 사람은 정중한 말씨만큼이나 서로를 깍듯이 대하고 있다. 엇비슷한 연배에 배움도 비슷해서 두 사람은 정중하면서도 서로를 조금은 경계하는 듯한 인상이다. 잠시 두 사람의 눈치를 살핀 뒤 정동근이 다시 입을 연다.

"물건들 한번 확인해보시죠. 영수증과 계산서두 그 안에 있습니다."

인규가 물건들 담긴 자루를 자기 앞으로 옮겨 놓는다.

"맞겠죠. 오선생은 그래 아이들 인솔하구 떠났습니까?"

"예, 마중나온 버스가 부두에 대기하구 있어서 아이들에게 점심 먹이구는 금방 P시루 떠났습니다."

인규가 자루를 열고 물건들을 꺼내기 시작한다. 여러 개의 보통이로 물건들이 나뉜 것은 종류별로 여러 상점에서 물건들을 따로따로 사들였기 때문일 것이다. 구입한 물건은 건전지와 약품 따위에서 커피와 내복, 바늘까지 놀라울 정도로 종류가 다양하다. 보통이 속에서 커피가 발견되자 인규가 몸을 돌리더니 륙색에서 무언가를 급하게 끄집어낸다.

"대접할 게 생각났습니다. 두 분 커피 좋아하십니까?"

"좋아는 합니다만, 여기서 끓일 수 있을까요?"

"예, 버너가 있습니다. 잠깐만 기다려주십시오. 5분두 안 걸립니다."

인규가 버너를 작동시킨다. 낚시를 즐기는 인규에게 버너는 자주 다뤄 손에 익은 물건이다. 인규의 작업을 지켜보다가 서문호가 다시 입을 연다.

"낚시를 오셨다구 들었는데, 일정을 넘겨두 댁에서 기다리는 사람이 없습니까?"

"가족이 없습니다. 직장두 다니다가 쉬던 참이어서 한두 달 방을 비워봤자 걱정할 사람이 없습니다."

서울에 있는 아파트 방이 잠시 인규의 머리를 스친다. 22평짜리 서민 아파트가 서울에서의 그의 거처다. 관리인도 없고 수위도 없어서 그의 아파트는 얼마를 비워도 궁금히 여기거나 걱정하는 사람이 없다. 공공요금 고지서 따위만이 편지함 속에 수북히 쌓일 뿐이다.

"실은 김선생한테 알아보구 싶은 일이 있어서 왔습니다."

이제 드디어 본론이군 하고 인규는 속으로 생각한다. 그러나 대답만큼은 태연하고 예사롭다.

"말씀하십시오."

"뭍으로 돌아가시지 않구 계속 가막도에 머무시는 이유가 뭡니까?"

머뭇거리는 대답은 서로간에 오해만 키울 뿐이다. 이런 경우 대답은 솔직하고 간명할수록 좋다.

"죄송합니다, 대답하기가 어렵군요. 제 나름의 이유가 있다구만 이해해 주셨으면 좋겠습니다."

"이곳 주민들은 김선생의 가막도 체류를 이상하게 생각하구 있습니다. 오해의 소지를 없애기 위해 체류하는 이유를 밝혀주시는 게 좋을 겝니다."

생각보다 질문이 집요하다. 그러나 결코 예상 못 한 질문은 아니다.

버너에 올린 주전자의 물이 어느새 끓기 시작한다. 세 개의 사기잔에 커피 가루를 나누면서 인규는 한참 만에 차분하게 입을 연다.

"전 우연히 낚시를 왔다가 이 섬에 머물게 됐습니다. 그런데 머물다보니 저를 붙잡아두는 보이지 않는 장애가 생겼습니다. 이제는 그 장애가 없어졌지만 그 대신 제 자신에게 새로운 문제가 생겼습니다. 제 개인적인 일이기 때문에 그 일은 설명이 어렵습니다. 제가 할 수 있는 말이라고는 여러분이 절 이해해주십사 하는 것뿐입니다."

가루 커피가 담긴 잔에 끓는 물이 부어진다. 두 사람에게 잔을 돌리자 서문호가 다시 입을 연다.

"가막도에서는 직접적인 해가 없는 한, 뭍에서 들어온 사람에게 말을 건네거나 간섭하는 일이 없습니다. 그래서 아마 김선생의 실종에도 이 고장 사람들은 입을 다물고 잠자코 있었던 것 같습니다. 그러나 전 김선생과 같이 뭍에서 건너온 사람입니다. 부당하게 고통을 겪으셨다면 그 경위쯤은 알아야 하지 않겠습니까?"

"알구 싶으신 게 어떤 거죠?"

"솔섬에 배루 건너가셨다는데 건네준 사람이 누구며 건너간 목적은 뭐였습니까?"

가막도 사람들과는 어딘가 종류가 다른 질문이다. 가장 큰 차이점은 그의 질문에 호기심이 묻어 있다는 것이다.

"농어라는 고기를 낚으러 솔섬으루 건너갔습니다. 그리구 절 건네준 사람은 얼굴만 알 뿐 이름은 모릅니다."

"다시 보면 알 수 있습니까?"

"물론이죠. 허지만 전 그 사람에게 아무 감정이 없습니다."

"선생을 솔섬에 가둬 아사(餓死)시키려구 하지 않았습니까?"

"이유가 있겠죠. 그뿐입니다. 실은 그 이유를 찾아내는 게 제가 이곳에 머문 이유 중의 하나이기도 합니다."

모처럼 마시는 커피가 입 안에 황홀한 향기를 전한다. 서문호라는 사내 역시 커피를 매우 즐기는 눈치다. 거푸 두 모금의 커피를 마신 후 그가 다시 말을 물어온다.

"솔섬에 일단 갇혔던 선생을 다시 그곳에서 구해낸 사람은 누굽니까?"

"죄송하군요. 말할 수가 없습니다. 그분과 말 안하기로 이미 약속을 했습니다."

"잘못된 일은 벌을 받고 잘 한 일은 보상을 받아야 마땅합니다. 그 사건은 어떤 의미로는 김선생 혼자만의 일이 아니지 않습니까?"

그의 호기심에 새로운 무게가 실리려 하고 있다. 현실적인 대답을 줄 수 없다면 이쯤에서 그의 질문을 차단하는 것이 현명하다.

"제 기분을 말씀드리죠. 전 그 사건을 겪으면서 세상을 다시 한 번 새로운 방법으로 살게 된 듯한 경험을 했습니다. 가막도에서 다시 태어나 새로운 삶을 사는 겁니다. 그리고 아주 지극히 제 개인적인 이유도 있습니다. 제 남은 생을 부끄럽지 않게 살기 위해, 저는 여기 가막도에 남기로 했습니다. 무언가에 쫓기듯이 이곳을 떠나서는 뭍으로 무사히 돌아가더라도 언젠가는 그 쫓겨온 일이 부끄러워 다시 한 번 이곳을 찾아오고야 말 것 같은 생각이 들었습니다. 제가 말한 부끄럽다는 의미가 두 분께 제대로 전달되었는지 모르겠군요."

잘 되지 않는 웃음을 웃다가 인규는 얼굴에서 재빨리 웃음을 지운다. 설명하려고 애쓸 필요가 없다. 적절치 않은 설명이나 설득은 진실 위에 또 하나의 거짓을 덮어씌우는 어리석은 일이다.

가막도야말로 음흉한 거짓이 가장 그럴듯한 이유를 달고 유용하게 쓰이는 땅이다. 무관심의 두꺼운 껍질을 둘러쓰고 가막도는 온 주민이 진실을 깔고 앉아 온순한 피해자인 척 거짓의 삶을 살고 있다.

"커피 아주 잘 먹었습니다. 앞으로 자주 좀 뵈었으면 좋겠습니다."

"물건들 대단히 고맙습니다. 자주 뵙도록 하겠습니다."

두 사내가 몸을 일으킨다. 인규는 그들을 교실 밖까지 배웅한다.

제 5 장

1

해 기운 뒷개 포구에 뱃고동 소리가 길게 울린다. 그늘이 드리운 저녁 포구 안에 방금 도착한 동력선이 기관을 끄고 정물처럼 멎어 있다. 이미 마중 나간 두 척의 거루가 동력선이 멎자 부산하게 큰 배로 저어간다. 뭍 구경을 나간 열다섯 명의 아이들이 예정보다 이틀 늦게 오늘에야 가막도에 돌아오고 있다.

선착장과 자갈밭 갯가에는 마중 나온 사람들이 사십 여 명은 됨직하다. 어른은 겨우 열두어 명에 불과하고 나머지는 모두가 열 살 안팎의 꼬맹이들이다. 뭍에서 돌아오는 언니들의 귀향이 저학년 꼬맹이들에게는 손꼽아 기다려온 반가움일 수밖에 없다. 언니들이 들려줄 뭍의 황홀한 이야기가 나이 어린 그들에게는 가슴 설레는 기다림인 것이다.

드디어 두 척의 거루가 동력선에서 아이들을 받아 싣는다. 업혀 내려오는 아이도 있고, 더러는 짐을 옮기느라 두 번 세 번씩 큰 배

를 오르내린다. 자잘한 짐들이 많은 것은, 돌아올 때 기업체로부터
여러 제품들을 선물로 받은 탓일 것이다. 두 척의 거루가 가득하리
만큼 아이들은 저마다 서너 개씩의 짐들을 지니고 있다.

동력선 왼쪽에 붙었던 거루가 큰 배에서 떨어져나와 먼저 갯가
로 저어온다. 노질을 급히 서두는 것으로 보아 마음들이 꽤나 조급
한 모양이다. 하긴 이레나 뭍 구경을 했으니 아이들에게는 뭍에서
보고 들은 숱한 이야기가 준비되어 있을 법하다. 그것을 가족들에
게 풀어놓기 위해 그들은 마음이 먼저 바쁠 수밖에 없다.

"자네가 어쩐 일인가?"

비탈을 내려가던 박승철이 잔솔밭 그늘에 앉아 있는 문호 곁으
로 다가온다. 솔밭에 혼자 떨어져 앉아, 문호는 눈 아래 포구를 무
심히 굽어보고 있다. 기다릴 사람이 없는 그가 갯가에 나온 것이
승철에게는 이상하다.

"나두 배 오길 기다리구 있네."

"뭍에서 누가 오기루 했나?"

"사람이 아니구 물건일세."

"무슨 물건?"

"뭍에 나간 필배 형님한테 물건을 좀 부탁했네. 공판장 물건두
적지 않아서 내 물건 내가 찾아가려구 나온 게야."

잠시 대화가 끊긴다. 머뭇거리는 승철을 향해 이번에는 문호가
묻는다.

"자네 아이두 뭍 구경 나갔든가?"

"응."

"그럼 어서 내려가보게."

내려가지도 않고 앉지도 않고 승철은 선 채 입을 연다.

"큰놈이야. 육학년일세. 에미 보구 나가보랬더니 저녁 짓는다구 날더러 대신 나가라는군."

눈 아래 갯가에는 사내는 불과 셋뿐이다. 사내 체면에 아이 마중을 나온 것이 승철에게는 부끄러웠던 모양이다.

"뱃길이나 험허지 않았는지……"

연 이틀 날씨가 험해서 배를 뭍으로 보낼 수가 없었다. 뭍 구경 나간 아이들이 이틀 늦게 도착한 것도 날씨 탓으로 배를 못 내, 아이들이 임시로 K항 여관에 묵은 때문이다. 오늘 아침에도 파도가 사나워 배를 내기가 쉽지 않았다. 다행히 해가 솟으면서 바다가 좀 숙는 듯 해서, 젊은 축들이 고집을 세워 억지로 배를 띄운 것이다.

"배가 들어오네. 내려가볼까."

문호가 몸을 일으키자 승철이 곧 앞서 걷는다.

갯가에 늘어섰던 아이들이 어느새 모두 선착장 쪽으로 몰려가고 없다. 앞서 도착한 작은 거루에서 아이들이 차례로 짐들을 들고 뭍으로 오른다. 가족들 간에 반가운 인사들이 오고 가고, 마중 나온 꼬마들의 새된 고함 소리가 선착장에 왁자지껄 울려퍼진다. 그러나 한 차례 소동이 끝나자 선착장이 돌연 묘한 술렁임에 휩싸인다. 아이들의 이름을 부르는 듯하더니 아낙네 두세 명이 거푸 고함들을 내지르기 시작한 것이다.

"어쨌다구? 재순이가 못 와? 병이 들어서 같이 못 와?"

"기 찰 노릇일세. 무슨 병인데 병원에 입원까지 시켰다는 게여?"

"희옥아, 어디 아프냐? 걷지두 못하겠냐? 멀미가 난 게냐, 배탈이냐?"

아이 하나가 업혀 나오고, 두 아이는 친구들에게 부축을 받고 뭍으로 올라선다. 그러나 병색의 세 아이들을 포함하여 가막도로 돌아온 아이는 15명 중에 12명뿐이다. 나머지 세 아이는 병이 깊어 K항 병원에 임시 입원을 시켰다는 것이다.

"선생은 어디 있어? 너희들이랑 같이 안 왔어?"

"못 왔어요. 아픈 아이들 간호한다구 선생님은 병원에 남아 계세요."

또 하나의 거루가 도착했지만, 그 배에는 아이들이 두 명밖에 타고 있지 않다. 아이들 대신 그 배에는 30대 중반쯤 되어 뵈는 낯선 외지 여인이 타고 있다. 복작대던 선착장에서 아이들이 가족들과 함께 무더기로 빠져나간다. 못 온 아이들의 몇 안 되는 부모만이 혹시나 하고 뒤늦은 거루를 기다리고 있다.

"형님 이게 어찌된 일입니까?"

박승철이 뒷거루로 도착한 송필배에게 대들듯 묻는다. 양장한 낯선 여자와 이야기를 하다가 송필배가 짜증스레 승철 쪽을 돌아본다.

"자네 딸은 병원에 있네."

"방금 얘기 들었습니다. 헌데 어쩌다 일이 이지경이 됐습니까?"

"배탈이야. 여름철 설사 자네두 잘 알지 않나? 나 같으면 데려와두 되겠던데 오선생이 고집을 피워 한사쿠 못 데려가게 했네. 하긴 뱃길이 워낙 험해놔서 성치 않은 아이들은 멀미 때문에 고생 좀 했을 겔세."

"그래, 배탈이 얼마나 심했으면 아이들을 병원에 입원까지 시켰답니까?"

"꼭 심해서 입원한 게 아니야. 선생이 혹시나 해서 경과를 보자구 입원을 시킨 겔세."

물건 붙이랴 말대꾸하랴 필배가 바쁘게 움직인다. 눈치껏 필배를 거들면서 승철이 다시 말을 묻는다.

"아이들 병은 그래 언제 났답니까?"

"닷새간 구경 끝내구 K항에 돌아온 그 다음 날 병이 났다네. 오선생 말루는 여관에서 사먹은 생선 백반이 식중독을 일으킨 것 같다더군."

"그래, 형님두 아이들 직접 만나봤습니까?"

"뵈주지 않아서 보지는 못했네."

"뵈주지 않다뇨?"

"설사가 심해 기운이 떨어졌다구 병원 의사들이 못 보게 막더군."

기운이 떨어질 정도라면 아이들의 설사가 예사롭지 않다.

"병원 치료비는 누가 물죠?"

박승철의 옆에 섰던 주철이라는 아이의 어머니다. 주철이 역시 박승철의 딸처럼 함께 못 오고 K항에 처진 것이다.

"병원빈 나두 모르우. 당장은 분교 오선생이 알아서 하는 눈칩디다."

"그 아이들 데려오자면 내일 배를 또 내야 되겠군요?"

다시 승철이다. 필배는 그러나 고개를 내젓는다.

"어려울 게야. 바다를 보게. 폭풍이 온다네. 배는 글피쯤에나 띄울 수 있을 것 같네."

박승철이 바다를 본다. 흰 새떼 같은 하얀 파도가 난바다 쪽에서 겹겹으로 일고 있다. 요즘은 태풍 철이 가까워서 걸핏하면 바다가 사납게 뒤집힌다. 승철과 함께 온 서문호가 그제야 짬을 내어 필배에게 입을 연다.

"형님, 고생이 많습니다."

"자네가 부탁한 물건 시간이 없어 못 해왔네."

"괜찮습니다. 공판장 물건두 다 못 해온 모양이죠?"

"도매상들이 생떼를 쓰구 있어. 전에는 곧잘 물건들을 내주더니 요즘은 현금 아니면 물건을 못 준다는 고집일세."

짐 꾸러미가 선착장에 기다랗게 놓여 있다. 자루 네 개와 상자 세 개가 이번에 해온 물건의 전부다. 김대식과 한상수(韓相水) 형제와 복진이 청년이 물건들을 들고 나간다. 거루를 뱃말에 붙잡아맨 뒤 송필배가 그제야 서문호를 바라본다.

"자네 이분 좀 뫼시구 가게."

송필배가 이분이라고 한 사람은 30대 중반의 외지 여인이다. 하늘색 블라우스에 베이지색 바지 차림을 한 그녀는 뒤로 묶은 머리에 노란 꽃 모양의 핀을 맵시 있게 찌르고 있다. 단정한 눈썹과 수수한 화장이 어딘가 깔끔하고 세련된 인상이다. 떠들썩한 선착장의 소란에도 불구하고 그녀는 한 쪽에 비켜서서 묵묵히 자기 차례가 오기를 기다렸다. 필배의 뒤늦은 소개를 받고야 그녀는 웃음과 함께 서문호에게 목례를 보내온다.

"사람을 찾아왔어요. 김인규라는 사람인데, 어디루 가야 만날 수 있을까요?"

"서울 낚시꾼을 말하는 걸세. 그 사람 지금두 분교에 있나?"

"예, 그대루 있을 겝니다. 절 따라 오십시요. 제가 그분한테 안내해 드리죠."

여인이 숄더백을 어깨에 걸며 서문호를 따라가기 전에 필배 쪽을 먼저 돌아본다.

"송선생님, 고마웠어요. 그럼 이따 뵙겠어요."

타월로 목덜미의 땀을 닦을 뿐 필배는 전혀 대꾸가 없다. 서너 걸음 앞서 가는 문호를 따라가며 여인이 이번에는 문호에게 입을 연다.

"분교가 여기서 먼가요?"

"아뇨, 가깝습니다. 저 위루 올라가면 보일 겝니다."

자갈이 깔린 갯가를 벗어나 두 사람은 비스듬한 비탈길을 오르기 시작한다. 앞서 떠난 아이들과 부모들은 벌써 비탈을 올라 마을 쪽으로 사라지고 없다. 돌로 다져 만든 층계를 오르면서 이번에는 문호가 여인에게 묻는다.

"김인규씨의 가족 되시나요?"

"아뇨, 친구 사이예요."

"어떻게 연락을 받으셨죠?"

"엽서가 왔더군요. 돈이 필요했던 모양이에요. 돈두 전할 겸 얼굴두 볼 겸 제가 직접 내려왔어요."

"시간을 용케 맞췄습니다. 이곳은 객선이 없어 찾아오기가 수월치 않은 곳이죠."

"네, 운이 좋았나봐요. 혹시나 하구 부두에 나왔다가 가막도 배를 우연히 만났어요."

바람이 거칠다. 비탈 위 들머리로는 풀들이 땅을 기듯 납작하게 엎드려 있다. 아직은 폭풍도 아닐 텐데 해 떨어진 바다를 하얀 백파(白波)가 거칠게 뒤덮고 있다. 날리는 머리털을 손으로 누르고 여인이 다시 입을 연다.

"김인규씨 건강은 어때요?"

"좋은 편입니다."

"인규씨랑 자주 만나세요?"

"아뇨, 저두 실은 뭍에서 건너온 사람입니다. 인사가 늦었습니다. 서문호라구 합니다."

"반가워요. 윤성희라구 해요."

조금은 차가워 보이는 깔끔한 용모와는 달리 여인은 의외로 말과 행동이 싹싹하고 활달하다. 하긴 낯선 고장에 처음 찾아오는 여인으로서는, 현지인의 도움을 얻기 위해서는 활달한 척이라도 하지 않을 수 없다.

"원래는 저두 가막도 출신입니다. 뭍에서 교편을 잡구 있는데 방학을 틈타 잠깐 고향에 들른 거죠. 김인규씨를 알게 된 건 불과 일주일 전입니다."

"지금 어느 분 댁에 머물러 있죠?"

"처음엔 분교 여선생인 오정은이란 분 댁에 머물러 있었죠. 헌데 그 후론 따루 나가서 혼자 바닷가에 천막을 치고 지냅니다."

"혼자서 말인가요?"

"예, 혼자서요."

"헌데 우리는 왜 김인규씨를 분교루 찾아가는 거죠?"

"오늘처럼 날씨가 험할 때는 마을로 들어와 분교 교실에서 지냅니다. 방학 중이라 교실이 비어 오선생이 그분에게 교실을 쓰도록 허락한 것 같습니다."

"오선생님은 K항에서 저두 잠깐 만나 뵈었어요. 실은 제가 임시 머물 곳도 그분 댁이 될 것 같아요."

"잘 됐군요. 헌데 혹시 김인규씨로부터 다른 이야기는 들으신 게 없습니까?"

다른 이야기란 무슨 뜻이냐는 듯 여인은 잠시 의아한 표정을 짓는다. 그러나 곧 바람을 피해 여인은 고개를 돌려 문호를 돌아본다.

"제가 받은 건 엽서뿐이에요. 행방이 묘연해서 궁금해하던 차에 마침 인규씨한테서 송금을 요청하는 엽서가 왔더군요. 그 엽서가 안 왔더라면 전 경찰에 실종 신고를 할 뻔했어요."

"떠날 때 행선지를 알리지 않았던 모양이죠?"

"직장에 휴직원을 내구 집에서 며칠 쉬겠다는 얘기였어요. 전에두 낚시를 좋아하긴 했지만, 이렇게 멀리 아무도 모르게 낚시를 떠났을 줄은 몰랐어요."

이 먼길을 찾아올 정도라면 여인과 김인규 사이는 친구 이상의 관계임이 분명하다. 그러나 친구가 아니라면 이 두 사람은 대체 어떤 관계일까? 30대 중반이라는 그들의 어중간한 나이가 문호에게 더욱 호기심을 유발한다.

마을이 멀리 보인다. 해가 빠진 저녁 무렵이어서 마을은 엷은 놀빛에 신비하게 물들어 있다. 바다를 건너온 세찬 바람이 두 사람의 등을 거칠게 앞으로 떠민다. 문호가 한 손을 들어 마을 서북쪽을 가리켜 보인다.

"저쪽 측백나무 울타리가 있는 곳이 가막도 분교 교삽니다."

"교사 건물이 보이질 않네요?"

"돌벽을 친 작은 건물이 바로 교사 건물입니다."

"저렇게 작은 건물이?"

"증축 계획을 세워놓긴 했지만 예산이 책정되질 않아 손을 못 쓰는 모양입니다. 학생 수가 계속 불어나서 내년에는 어차피 교실 증축이 불가피하답니다."

여인이 걸음을 빨리 한다. 서문호는 그러나 그 자리에 발을 세운다.

"그 길루 곧장 가십시오. 전 여기서 실례해야겠습니다."

여인이 주춤 발을 세운 뒤 갸우뚱한 얼굴로 문호를 돌아본다.

"같은 방향이 아니던가요?"

"예, 전 이쪽 마을길로 갑니다. 자, 그럼 다음에 뵙죠."

"네, 고마웠어요. 안녕히 가세요."

2

설풋 잠이 들었다가 윤성희(尹誠姬)는 눈을 뜨고 출입문 쪽을 바라본다.

주위가 캄캄하다. 꼭꼭 걸어 잠근 교실의 창문들이 사나운 바람에 부대껴 부서질 듯 요란한 소리들을 내고 있다.

섬에 도착한지 어느 틈에 세 시간이 지나고 있다. 서문호라는 남자와 헤어져 분교 교사에 찾아가 보았지만, 김인규는 쪽문을 자물쇠로 채운 채 어딘가로 가고 없었다. 얼마쯤 기다리다가 그녀는 다시 마을로 찾아갔다. 행방도 모르는 인규를 윤성희는 무작정 기다릴 수 없었다. 더구나 날이 저물고 있어서 그녀는 숙소도 정하고 저녁 식사도 해야 했다. K항에서 만난 오정은이라는 여교사를 생각하고, 그녀는 마을로 내려가 여교사의 집을 찾기로 한 것이다.

가는귀가 먹은 여교사의 노모는 윤성희의 설명을 듣고 기꺼이 방도 치워주고 저녁 식사도 지어주었다. 잠자리와 식사가 해결되자 그녀는 다시 김인규와의 만남이 기다려졌다. 그녀가 마을로 내려간 사이에 어쩌면 김인규가 분교로 돌아와 있을 듯한 생각도 들었다. 마을에서 별로 멀지 않은 거리여서 그녀는 땅거미 속에 분교를 다시 찾아간 것이다.

서둘러 찾아간 분교에는 그러나 여전히 김인규가 보이지 않았다. 날은 이미 어두워서 등불이 필요한 시간이었다. 석유등이 눈에 띄었지만 윤성희는 일부러 불을 켜지 않았다. 불을 켜면 어둠 속에 그녀의 모습만 두드러지게 노출될 것이다. 낯선 고장에서 그녀 혼자 빈 교실을 지키는 것이 그녀는 불안했다. 차라리 불편할망정 그녀는 어둠 속에 그대로 앉아있기로 한 것이다. 목침대가 눈에 띄었다. 인규가 쓰던 야외용 침대 같았다. 피곤한 몸을 쉬기 위해 그녀는 잠시 목침대 위에 몸을 뉘었다. 그리고 설풋 잠이 들었다가 소란한 바람 소리에 그녀는 다시 눈을 뜬 것이다.

인기척을 들은 듯하다. 사람의 거친 발걸음 소리가 닫아 건 창문 밑을 지나오고 있다. 발걸음의 방향으로 미루어 다가오는 사람은 운동장을 질러온 듯하다. 교사(校舍)를 왼쪽에서 바른쪽으로 돌아 인기척은 정확하게 출입문 앞에 멈춰 선다.

윤성희는 가슴이 뛴다. 불을 켜두지 않은 것이 그녀는 새삼스레 후회가 된다. 상대가 김인규라면 다행이지만 그렇지 않다면, 그녀는 바로 지금 자신의 존재를 알려야 한다. 아무런 준비 없이 교실로 들어오는 낯선 사람에게, 그녀의 갑작스런 출현은 커다란 실례이자 놀라움이 될 것이기 때문이다.

"누구시죠?"

교실 문이 열린 것과 그녀가 입을 연 것은 동시다. 예측한 대로 상대편은 매우 놀란 모양이다. 열어젖힌 문을 닫을 생각도 않고 상대는 한참 후에 이쪽에 똑같은 질문을 한다.

"누구십니까?"

"김인규라는 사람을 찾아왔어요. 여기서 지낸다구 해서…… 전 서울서 온 윤성희라는 사람이에요."

멈춰 섰던 사람이 교실 문을 닫고 교탁 앞을 지나 안쪽으로 들어온다. 석유등이 놓인 곳에 다나르자 사내는 서두름 없이 성냥을 쳐서 불을 켠다. 석유등의 불꽃을 크게 키우고 사내는 그제야 윤성희 쪽을 돌아본다.

"엽서를 띄우는 게 아니었어. 사장님이 오시리라군 생각두 못했는 걸?"

"인규씨?"

"저녁녘에 뭍에서 들어온 동력선 편으로 왔나보군?"

"그래요. 그 배를 보셨어요?"

"낚시대 걷다가 뱃고동 소리를 듣구 뭍에 나간 배가 들어오는구나 생각했소."

침묵이 흐른다. 석유등을 사이에 둔 두 사람은 한동안 말없이 서로를 바라본다. 여러 날만에 만나는 반가움보다는 서로의 달라진 모습에 그들은 서로 놀라고 있다. 특히 사내 쪽의 놀라운 변모에 여인은 큰 충격을 받은 얼굴이다. 그러나 재빨리 충격을 지우고 여인이 입술을 둥글게 앞으로 내밀어 장난스런 웃음을 떠올린다.

"어떻게 된 거예요? 그 수염하구 몰골하구?"

"편하게 사는 거요. 여기서는 있는 그대루 편히 살기루 하구 있소."

"이발두 못 해요? 턱의 그 탑삭부리 수염은 혼자서두 깎을 수 있잖아요?"

"몸단장 할 필요가 없소. 남이 나를 어떻게 보는가가 여기서는 문제가 되질 않소."

"바쁘다는 얘긴가요?"

"바쁘다고도 할 수 있지."

다시 침묵이 찾아온다. 인규가 작은 탁자 위에 놓인 석유등을 집어든다. 등불이 움직이자 교실 모습이 좀더 크고 넓게 보인다. 쪽문의 자물쇠를 한 손으로 딴 후 인규가 허리를 굽힌 채 여인 쪽을 돌아본다.

"이쪽 방에 커피가 있소. 윤사장이 한잔 끓여주면 좋겠는데?"

"끓일 도구들이 있긴 있어요?"

"있지, 이쪽으루 건너오라구."

인규가 석유등을 들고 쪽문 안쪽으로 사라진다. 인규의 뒤를 따라가면서 윤성희는 새삼스레 그와 함께 했던 지난날들이 생각난다. 한적한 물가를 찾아 그와 동행했던 여러 시간들이, 그녀에겐 늘 새롭고 신선한 기억으로 남아 있다.

주로 그들이 찾은 물가는 바다와 호수 혹은 강이었다. 천막을 치고 쌀을 씻고 찌개를 끓이는 등의 일들이, 대부분의 야외에서는 모두 인규의 차지였다. 취사 따위의 번거로운 일들을 그는 자청하여 즐기면서 하는 듯했다. 이런 일들의 각별한 즐거움에 대해 그는 언젠가 자기 나름의 이유를 달았다. 손에 물을 묻히는 등의 직접적인 경험을 통해 사람은 평범한 일상의 일에서도 예상치 못한 즐거움을 만날 수 있다. 해보지 않은 사람은 쌀을 씻을 때 살갗에 느껴지는 그 청결한 따끔거림을 모른다. 밥이 잦을 때의 쌀 익는 향기와, 끓기 직전의 국 냄비에서 나는 금속성의 경쾌한 쉬쉬 소리와, 그리고 깍두기처럼 네모로 썰어놓은 참돔의 그 부드러운 회맛 등등. 그리하여 우리들의 일상적인 음식 속에도, 만든 사람이 누린 즐거움은 곳곳에 제각각의 맛으로 알뜰하게 스며 있다는 이야기다. 그는 이러한 즐거움을 맛보기 위해 걸핏하면 큰 짐들을 챙겨들고 먼 고장으로 고생스레 낚시를 떠난다. 일상의 탈출이니 스트레스 해소니 하는 말들은 적어도 그에게만은 전혀 빗나간 해석이다. 그는 낚시를 위해서라면 그에 따르는 얼마간의 번거로움은 오히려 즐거움이 될 수 있다고 생각한다. 직장에서 생활비를 벌기 위해 그가 하는 모든 일들은, 그 의미의 절반 이상이 낚시를 떠나기 위한 일종의 준비 작업이라고 해도 좋다.

"여기는 무슨 방이죠?"

"교무실."

"오선생을 만났어요."

인규가 버너를 꺼내 성냥을 쳐서 불을 댕긴다. 물주전자를 버너 위에 올려놓고 그는 다시 성희를 돌아본다.

"같은 배로 들어왔겠군?"

"아뇨. 오선생은 환자가 생겨 K항에 처졌어요."

"환자라니?"

"데리고 나간 아이들 셋이 설사를 만나 입원했어요."

"설사가 무슨 큰 병이라구?"

"심한가봐요. 식중독이래요. 더구나 바다가 사나워 환자를 배에 태우기가 어려웠던 모양이에요."

성희가 사기 컵에 커피를 조금씩 옮겨 담는다. 버너에서 이는 파란 불꽃에 그녀의 얼굴이 백랍처럼 희게 보인다. 바람은 점점 드세어져서 모든 창문들이 부서질 듯 흔들리고 있다. 서울에서의 잦은 싸움이 그녀에게는 못내 후회스럽고 민망하다. 화해를 위해 이 사내를 찾아왔지만 그녀는 아직도 적당한 말을 찾지 못하고 있다.

"잡지는 조금씩 좋아지구 있어요."

성희는 여성 잡지를 발행하는 사주(社主)다. 편집 방향을 바꾼 이후 잡지 판매고가 급속히 감소되었다. 그 결과를 놓고 다투다가 편집장인 인규는 휴가원을 내고 회사를 쉬었다. 그가 가막도로 낚시 여행을 떠나온 것도 바로 그 직후의 일이다.

"그동안 고기 얼마나 잡았어요? 그리구 서울엔 언제쯤 올라갈 작정이죠?"

"글쎄, 잘 모르겠군. 지금 형편으론 아마 여기 좀더 있어야 될 것 같아."

"낚시 말구 또 다른 볼일이 있나보죠?"

"아냐, 넘겨짚지 말라구. 딴 볼일 같은 건 전혀 없소. 열심히 생각하구 제때에 밥 해 먹구 짬짬이 낚시질 하는 게 여기서의 내 일이지."

"걱정했어요. 행선지를 몰라서. 이렇게 오랫동안 낚시하기는 이번이 첨이 아닌가요?"

그렇다. 정확한 날짜는 알 수 없지만 이십 일쯤이 지나지 않았나 생각된다. 절박했던 초기의 기억들이 잠시 인규의 머릿속을 스쳐 지나간다. 이제 막 뭍에서 건너온 이 여인에게 그때의 절박한 상황들을 설명하기란 불가능하다. 그러나 그녀가 가막도에 찾아옴으로써 이곳 주민들은 차후의 그의 행동을 새롭게 주목할지 모른다. 뒷개에 스스로 모습을 드러낸 후, 인규는 비교적 행동이 자유로웠다. 그러나 문제는 어느 미치광이 사내가 언제 또 그를 솔섬에 가두듯이, 그에게 예상 밖의 위해(危害)를 가해올지 알 수 없다. 윤성희가 가막도에 찾아옴으로써 좋은 쪽이든 나쁜 쪽이든 변화의 가능성은 훨씬 더 커진 셈이다.

"저녁은 어떻게 했소?"

"오선생 댁에서 먹었어요."

"그 집에 짐을 풀었나?"

"네, K항에서 오선생을 만나 임시 머물 집을 부탁했어요."

"배는 언제 또 뭍으로 나간답디까?"

"몰라요. 입원한 애들 때문에 곧 나가긴 해야겠는데 날씨가 좋질 않아서 이삼 일 후에나 배를 띄울 생각인 것 같아요."

등불 속에서 모처럼 바라보는 낯익은 여인의 얼굴이 인규에게 새삼 뭍에서 함께 한 여러 일들을 환기시킨다. 결혼에 실패해서 홀로 된 이 여인과 최초로 몸을 섞은 것은 일년이 조금 더 되는 작년 초봄의 어느 날이다. 일 때문에 티격태격 싸움이 잦았던 두 사람은, 그날 잔무 처리를 위해 직원들이 모두 퇴근한 밤늦게까지 편집실에 남아, 일부 기사들을 수정하거나 들어온 원고들을 특집별로 정리하곤 했다. 일들이 대강 끝난 것은 밤도 깊은 열 시 무렵이었고, 밖은 꽃샘추위와 더불어 오늘처럼 비바람이 몹시 거칠었다. 말없이 어딘가로 사라져 한동안 보이지 않던 여인이, 퇴근 마무리를 끝내고 막 편집실을 나오려는 사내에게 뜨끈뜨끈한 술안주가 담긴 커다란 종이 봉투를 떠안겼다. 출출하던 참에 만두와 통닭구이 등의 안주와 술을 보자, 사내는 퇴근하려던 발길을 돌려 여인의 방인 사장실로 옮겨갔다. 일 때문에 자주 다투던 그들은 그날 모처럼 일터에 남아 두 사람만의 자연스러운 화해의 시간을 맞은 셈이다. 그러나 소주잔이 오가고 서로에 대한 오해들이 풀릴 무렵, 여인이 문득 무슨 말 끝엔가 갑자기 눈에 눈물을 떠올렸다. 한 치의 빈틈도 없이 늘 차돌처럼 야무지게 일 처리를 하던 여인이, 그날따라 흐트러진 자세로 여인 특유의 약한 모습을 보여온 것이다. 대학 선후배로 여행 중 가끔 한방을 쓰는 일도 있었으나, 그들은 그날까지는 친구 이상의 허튼짓을 하지 않았다. 그러나 외로움을 타는 듯한 갑작스런 여인의 눈물에, 사내는 그날 처음으로 이 여인에게 뜻하지 않는 보호 본능이 발동했다. 홀로 견뎌내는 이혼녀 특유의 외로움을, 사내는 지금까지와는 다른 이성(異性)으로 위로하고 싶었다.

최초의 동작은 자연스러운 포옹으로 시작되었다. 여인은 처음에는 당황해하는 빛이더니 어느 순간 몸에서 힘을 빼고 사내의 포옹에 몸을 편안히 맡겨왔다. 녹색 카페트가 깔린 사장실 바닥에서 그들의 포옹은 이내 황황한 욕망으로 이어졌다. 갑작스레 발동된 그들의 욕망은 잠시의 유예도 없이 거칠고 난폭한 직접 행동으로 옮겨졌다. 그들의 조급한 욕망 속에는 상대편에 대한 신중한 배려도 따듯한 보살핌도 없었다. 행위에 돌입하기 직전 여인이 갑자기 눈살을 찌푸렸다. 서둔 나머지 그녀의 등에 안경이 깔려 있었던 것이다. 안경을 치우는 잠깐의 정지 동작 후 그들의 중단된 욕망은 더 거칠게 이어졌다. 그것은 사랑의 행위라기보다는 몸과 몸이 서로 부딪치는 차라리 싸움과 같은 격렬한 것이었다. 여러 차례의 절정을 치른 후 그들은 심한 노동 후의 피로 비슷한 흡족함을 느꼈다. 서로의 얼굴을 바로 보기가 민망할 정도로 그날의 두 사람의 결합은 격렬했고 뜨거웠다.

그러나 하루가 지난 그 다음 날 그들은 다시 평상의 모습으로 되돌아갔다. 아침 인사를 악수로 나누면서 그들의 관계는 자연스럽게 옛모습으로 복원되었다. 간밤의 일은 까맣게 잊은 채 다시 다투고 화해하면서 그들은 노총각과 이혼녀의 오랜 친구로 돌아간 것이다.

그러나 이 외지고 삭막한 가막도에, 지금의 이 여인은 너무 화사해서 어울리지 않는다. 그녀의 온몸에서는 숨이 막힐 듯한 도시의 냄새가 풍기고 있다. 비릿한 갯비린내 풍기는 바다와 그녀의 도시 냄새는 원시와 문명의 대비와는 사뭇 다르다. 어느새 인규에게 바다는 내 편이 되어 있다. 바다가 내 편이 되면서 여인은 자연스레 먼 거리의 남이 되어 있다. 이 등식이 머릿속에 떠오르자 그를 찾아온 여인에게 인규의 부담감은 사라졌다. 바다를 사랑하지 않는 사람은 가막도에 머물 자격이 없다. 가막도와 후회 없는 단독 강화 (講和)를 맺기 위해서도, 인규는 지금 이 시간은 철저히 혼자여야 한다.

"언짢게 듣지 마시오. 나를 걱정해서 어려운 걸음을 한 건 알지 만 윤사장은 하루라도 빨리 이 섬을 떠나는 게 좋을 것 같소. 전기 도 없는 섬이오. 윤사장 참 메뚜기 같은 곤충을 겁내지 않았던가? 밤낮 없이 이 섬에선 모기에 뜯기며 살아야 하오."

"방금 온 사람한테 떠나라는 말부터 먼저 해야겠어요?"

진정 어린 사내의 말을 여인은 가볍게 농담으로 받고 있다. 그녀 에게 가막도는 아직 익히 알고 있는 낙도 중의 하나일 뿐이다. 여 인이 다시 말을 잇는다.

"저두 오래 머물고 싶지 않아요. 인규씨가 동행해준다면 내일이 라두 떠날 수 있어요."

"같이 떠나긴 어려울 거요. 당분간 나는 여기서 해야 될 일이 있 소."

"낚시가 아니구 따루 할 일이 있다는 건가요?"

"확인해볼 일들이 몇 가지 있어서 얼마쯤 여기 더 머물러야 할 것 같소. 지금의 이런 심정으로는 여길 떠나고 싶지 않소. 말로 설명할 수 없는 일이 세상에는 가끔 있는 법이오. 이 섬을 떠날 수 없는 것 도 바로 그 비슷한 이유 때문이오. 제대루 뒷마무리를 짓지 않구는 육지에 나간다구 해두, 마음은 줄곧 이 섬에 머물러 있을 거요."

"내 느낌을 얘기해볼까요?"

"윤사장 느낌은 아무래두 좋아. 문제는 나한테 있지 윤사장한테 있는 게 아니니까."

"혹시 이곳에 머물면서 어떤 사고라두 있었던 게 아니에요?"

이런 것을 여인의 직감이라고 하는지 모른다. 그러나 당분간 사내는 이 여인의 말을 무시하기로 작정한다. 애매하게 고개를 내두르며 인규는 물이 끓는 주전자를 버너 위에서 들어낸다. 사기 잔두 개에 끓는 물을 붓고 그는 다시 주전자를 내려놓는다.

"이 섬에 객선이 없다는 걸 윤사장은 알고 있소?"

"얘기 들었어요."

"객선이 없는 섬에서는 어떤 곤란이 따르는지 생각해봤소?"

"몰라요, 그건."

"정기 객선이 없다는 것은, 들어올 때는 마음대로 들어와도 섬을 떠날 때는 섬의 허락이 필요하다는 이야기요. 섬의 허락을 얻어내지 못하면 윤사장은 가고 싶어도 뭍으로 돌아갈 수가 없는 거요."

"허가가 왜 필요하죠? 누가 우리를 못 떠나게 한다는 거예요?"

"이곳으로 오면서 윤사장은 바다를 보지 못했소? 사방에 수평선뿐인, 너무 넓어서 숨막히는 바다 말이오. 육지로 돌아가려면 윤사장은 그 바다를 건너야 되고, 그 바다를 건너기 위해서는 윤사장은 이곳 사람들에게 배를 빌리지 않을 수 없소. 결국 윤사장이 육지로 돌아가느냐 못 가느냐는 배를 갖고 있는 이곳 사람들의 생각 여하에 달렸다는 이야기요."

"배를 세낼 돈은 있어요. 왕복 대선료(貸船料)를 지불해도 안될까요?"

"대선료는 문제가 아니오. 손님이 섬을 떠나도 좋다고 생각될 때만, 섬에서는 손님에게 타고 나갈 배를 내주고 있소. 손님이 육지로 돌아가는 것이 좋지 않다고 생각되면, 이곳 사람들은 한 달이고 두 달이고 손님을 얼마든지 섬 안에 잡아둘 수 있소."

"그런 일이 요즘 세상에 가능하다는 얘기예요?"

"물론이지. 육지의 계산법으로는 헤아려지지 않는 독특한 손익 계산법이 이 마을에는 따로 있소. 윤사장이나 내 돈으로는 살 수 없는 이 마을만의 오래된 전통적인 이익 말이오. 그 이익을 지키는 일이라면 이 섬 사람들은 세상에 못할 짓이 없다고들 생각하고 있소."

"그 이익이라는 게 어떤 건데요?"

"설명하기가 쉽지 않소. 다른 나라 말을 통역할 때처럼 적당한 말이 없다고만 이해해주시오."

"인규씨 혹시 위협당하고 있는 게 아니에요? 결국 배를 내주지 않아서 인규씨도 육지로 돌아가지 못한 것 아니에요?"

"위협 비슷한 걸 당한 건 사실이오. 허지만 지금은 위협도 없고, 오히려 내가 원해서 이곳에 머물고 있소."

돌연 주위가 대낮처럼 밝아진다. 뒤이어 천둥과 함께 세찬 빗발이 지붕을 때리기 시작한다. 엄청난 폭우다. 창 밖을 내다보았지만 보이는 것은 검은 어둠과 유리에 부딪는 빗물뿐이다. 말을 잃은 두 사람은 소리에 묻혀 아무 생각도 할 수가 없다. 꽤 오랜 시간이 지난 후에야 인규가 비로소 입을 연다.

"이런 형편으로는 마을에 돌아갈 수가 없을 것 같소. 당신만 좋다면 내가 여기다가 잠자리를 만들어 줄 수 있소."

3

"어르신, 어떻습니까? 아이가 좀 어떻습니까?"

윤오복 노인은 대꾸 없이 환자 방에서 마루로 나온다. 신을 찾아 신는 그를 향해 아이의 어머니가 애원하듯 입을 연다.

"어르신, 약을 주세요. 약을 먹여야 아이의 병이 나을 것 아닙니까?"

윤노인이 고개를 내두른다. 삭막한 그의 얼굴에 사태의 심각성이 그대로 드러나 있다.

"지금은 백약이 무효세. 약이 없어 안 주는 게 아니야. 물만 넘겨두 그냥 나오는 형편이 아닌가."

"이틀을 꼬박 물만 넘겼어요. 기력이 떨어져 이제는 아이가 눈두 제대루 뜨질 못해요."

"내가 지어줄 약은 없네. 자네에게 있는 약을 더운 물에 개어 조금씩 떠 넣어주게."

윤노인이 일러준 약은 아이 집에 보관된 비상용 아편이다. 여인은 그러나 고개를 내젓고는 울먹이듯 입을 연다.

"벌써 여러 차례 물에 타 멕였어요. 웬만한 배앓이는 그 약 한 번으루 뚝 그치는데 이번은 어떤 조환지 그 약두 통 듣질 않아요."

"어쩌겠나. 날씨라두 좋아야 뭍으루 의사를 데릴러 보내지."

윤노인이 마루에서 마당으로 내려선다. 마당에는 낙수물이 장대처럼 쏟아지고 있다. 우산을 펴드는 윤노인을 향해 지금껏 말이 없던 주인 사내가 모처럼 입을 연다.

"우리 아이 살겠습니까? 변이나 당허지 않겠습니까?"

"기다려보세. 밑으루 내더라두 물을 줄곧 입으루 흘려 넣게. 그리구 이 말만은 자네들이 꼭 명심해 듣게. 음식을 반드시 끓여 먹구 성한 사람들두 손을 자주 씻두룩 허게. 똥오줌은 받아내는대루 곧장 측간에 버리거나 땅을 파구 묻어야 허네. 혹시나 해서 하는 말이네만 고약한 돌림병인지두 알 수가 없네."

말을 끝낸 윤노인이 미련 없이 빗속으로 내려선다. 댓돌 옆에 섰던 집주인 내외가 노인을 향해 허리를 굽힌다.

"어르신, 그럼 살펴 가십시오."

"알았네. 들어들 가게."

마당으로 내려선 윤노인을 정동근이 뒤따르고 있다. 비가 장대처럼 쏟아져서 삽시간에 아랫도리가 젖는다. 우산을 받고 있지만 바람이 세차 온몸으로 비가 뿌린다. 몸으로 바람을 막듯 하면서 정동근이 입을 연다.

"향당에서들 기다리구 계십니다."

"누구누구 왔든가?"

"이장 어른하구 도유사 어른하구 일성이 할아버지하구 예닐곱 분쯤 되는 것 같습니다."

"일기 예보는 뭐라든가?"

"내일쯤은 어쩌면 비다가 갤 것두 같습니다만……"

"아픈 아이들 데려오는 게 아니었어. 뭍의 병원에 입원을 시켜야지 내 재주로는 어쩔 수가 없네."

"그렇게 심합니까?"

"양귀비 물두 듣지를 않어. 수덕이네 집 둘째 아이는 오늘을 넘기기 어려울 것 같네."

뭍 구경 나간 아이들이 돌아온 지도 이틀이 지났다. 뭍에 떨궈놓은 아이들 말고도, 돌아온 아이들 중에 세 아이가 설사를 했다. 그러나 하루가 지나고부터 설사하는 아이가 넷이나 더 불었다. 모두 일곱 아이들이 심한 설사를 시작한 것이다. 딱한 것은 그 흔한 설사병에 도무지 약이 듣지 않는 것이다.

뭍의 병원에서는 식중독이라고 했다는데, 이곳에서 살펴본 병세는 식중독 같지 않았다. 병이 더욱 고약한 것은 자꾸 딴 사람들에게 옮겨지고 있다는 것이다. 이질을 비롯한 여름철 설사가 대부분이 돌림병이라지만 이번은 그 전파 속도가 의외로 빠른 게 특징이다.

"무전 연락은 아직두 안 되나?"

"좋은 날에두 잘 터지지 않는 물건이 이런 궂은 날에 잘 될 리 있습니까."

"물에 입원한 아이들은 어떻게 됐는지 궁금허네. 그 아이들 병명이 밝혀지면 여기서두 일이 수월할 텐데."

"듣는 약이 없다면야 병명을 안들 수월할 까닭이 있습니까?"

"병든 아이들은 어쩔 수 없드라두 병이 더 이상 번지지 않두룩 예방은 헐 수 있지."

마을 복판쯤의 빈 공터에 갑자기 쏟아진 빗물이 벙벙하게 차 있다. 도롱이를 둘러 쓴 마을 사내 서넛이 물꼬를 보러 가는지 빗속에 삽을 들고 분주히 들로 나간다. 구름장이 더러 희끗거리는 것을 보면 날씨는 조만간 좋아질 조짐이다. 우산을 쓰고 마주 오던 사내 하나가 윤노인을 멀찍이 보고는 허리를 꾸벅한다.

"어르신, 우리 집에 좀 가십시다."

"무슨 일인가?"

"우리 큰애가 탈입니다. 배 아프다는 말두 없이 그저 설사를 쫠쫠 합니다."

"자네 큰애는 물에 나가지두 않았지 않나?"

"예, 삼학년이라 나이가 어리다구 물에 나가지 못했습니다."

"헌데 왜 탈이 났어?"

"꼭 물에 나가야만 탈 나란 법이 있습니까?"

"그 밀두 맞네. 그래 병세가 어떻든가?"

"측간을 서너 차례 다녀오더니 아이가 기운을 못 쓰구 죽은 듯

축 늘어졌습니다."

"낮에는 뭘 먹였나?"

"국수 삶아서 먹인 것뿐입니다."

"내가 가봐야 별수 없으니 내 말 잘 듣구 이르는 대루 해야 허네. 물을 끓여서 자주 떠 먹이구 설사가 심하거든 자네네 집에 있는 양 귀빗대를 삶아 먹이게. 함께 가봤으면 좋겠네만 난 지금 향당 모임에 가야 허네."

"그럼 모임이 끝나는 대루 제 집에 들러주실랍니까?"

"그러세. 가는 길에 들르지. 그리구 음식은 온 식구가 꼭 끓여서 먹두룩 하게."

"예, 알겠습니다. 그럼 이따 뵙겠습니다."

길이 휘어진다. 빗발은 좀 뜸해진 대신 바람은 더욱 사납게 휘몰아친다. 방향도 없이 마구 부는 바람이라 우산을 제대로 들고 있기가 쉽지 않다. 골목으로 급히 휘어진 후에야 동근이 다시 입을 연다.

"뭍에두 나가지 않은 아이가 왜 또 탈이 났죠?"

"병을 묻혀온 아이한테서 옮겨 받은 게 틀림없네."

"이렇게 되면 온 마을 아이들이 탈이 날 게 아닙니까?"

"그래서 내가 큰일이라는 걸세. 이눔의 비가 병을 더 옮길지두 몰라."

"비는 또 왜요?"

"병든 아이들이 똥질을 하면 그게 빗물에 씻겨가구, 그 빗물이 동네에 흐르면 병은 온 동네에 퍼지는 게 당연허지 않겠나."

아직 네댓 시도 안 된 시각인데 초저녁처럼 하늘이 캄캄하다. 향당으로 들어서니 큰 방의 노인들이 모두 이쪽을 내다본다. 우산을 접고 처마 밑으로 들어서는 윤노인에게 도유사 박노인이 입을 연다.

"고생이 많네그려, 그래 병세들은 좀 어떤가?"

신을 벗고 마루로 올라서며 윤노인이 걱정스레 입을 연다.

"탈일세. 뭍에 안 나간 소천이네 아이두 그예 오늘 탈이 난 모양일세."

"그건 또 무슨 까닭이여? 식중독이 아닌 게로군?"

"내 보기엔 식중독이 아니구 아주 고약한 돌림병 같네."

"양귀빗대두 듣질 않든가?"

"여러 집에서 써봤네만 증세만 임시루 진정시키는 게 고작이야."

걷어올린 바짓가랑이를 윤노인이 손으로 쥐어짠다. 물이 줄줄 흐를 만큼 바지는 정강이 부근까지 빗물에 흠씬 젖어 있다. 둘러앉은 노인들 한쪽에는 뜻밖에도 젊은 축인 송필배와 서한호의 얼굴도 보인다. 윤노인이 큰 방으로 들어서며 서이장의 큰아들인 한호를 바라본다.

"지난번 군 보건소에서 직원들이 들어와 무슨 주사를 놓구 갔나?"

"예방 주사 말입니까?"

"응."

"콜레라라구 기억합니다만……"

침묵이 흐른다. 자기에게 쏠린 모든 시선을 윤노인은 벌 받듯 묵묵히 견디고 있다. 답답함을 느낀 박노인이 한참 후에 다시 묻는다.

"콜레라가 무슨 병이여?"

대꾸가 없다. 윤노인은 눈을 감고 있고, 나머지 노인들은 젊은 한호를 바라본다. 한호가 끝내 말이 없자 성미 급한 박노인이 큰 소리로 다그쳐 묻는다.

"콜레라가 무슨 병이여? 한호 자네 입이 붙었나?"

"호열잡니다."

"호열자!"

튕기는 듯한 노인의 말에 침묵은 더욱 무거워진다. 가막도에는 아직 그 병의 발병이 없지만, 놀라운 전염성과 치사율 때문에 그 병은 이미 온 세상에 알려진 병이다. 윤노인이 한참만에 변명하듯 입을 연다.

"증세루 봐서 내 보기에 호열자는 아닌 것 같수. 허나 무슨 병이 건 하절기 배탈은 먹는 음식이 늘 탈이오. 덥다구 냉수들 벌컥벌컥 마시지 말구, 물이구 음식이구 가능허면 끓여서들 먹는 게 좋을 것 같소. 그리구 또 하나 명심헐 건 측간을 다녀오건 들을 다녀오건 손들을 꼭 비누루 씻두룩 허시우. 음식 끓여 먹구 손발만 자주 씻 으면 웬만한 돌림병은 심히 걱정을 안 해두 되우."

"호열자라면 어찌 되는 겐가? 그게 대체 어떤 병인가?"

"설사병의 일종일세. 허지만 그 병은 아니라구 허지 않나."

"호열자라는 병은 내가 좀 알지. 쥐통이라구두 허는 병인데, 한 마을에 그 병이 돌면 폐동(廢洞)이 되는 모양이더군."

서관수 노인이 남의 말하듯 담담하게 입을 연다. 그의 말이 끝나 자마자 다른 노인들이 다그쳐 묻는다.

"그럼 우리는 어떻게 되는 겐가? 이러구 있을 일이 아니잖은가?"

"시끄럽네. 잠자쿠 좀 있게. 호열자가 아니라는데 왜 이렇게 야 단들인가."

흥분된 노인들 사이에 입씨름들이 오고 간다. 그러나 판정을 내 릴 윤오복 노인만은 끝내 입을 다문 채 마당의 빗줄기만 내다보고 있다. 잠시 다툼이 뜸한 사이에 누군가가 빗속에 우산도 없이 마당 으로 뛰어든다.

"약방 어른, 얼른 가십시다! 수덕이네 둘째 딸아이가 숨이 끊어진 모양입니다!"

"죽었어?"

"자는 듯해서 그대루 뒀더니 숨소리가 들리질 않는답니다. 귀를 대어보니 맥두 끊어지구 몸두 싸느랗게 식었드랍니다. 집안에선 지금 아이가 죽었다구 곡성이 낭자합니다. 얼른 같이 좀 가십시다. 어르신 뫼셔오라구 불같이 성화들입니다."

"알았네. 먼저 가게. 내 곧 뒤따라 감세."

청년이 몸을 돌려 빗속으로 되 뛰어간다. 몸을 일으키는 윤노인을 향해 서관수 노인이 입을 연다.

"만에 하나 호열자라면 장례절차를 밟을 여가 없네. 당장 시신을 끌어 묻어야지 질질 끌다가는 온 동네에 떼죽음 나네."

"형님두 같이 좀 가십시다. 그 얘긴 나보다두 형님이 허시는 게 좋겠습니다."

"알았네. 같이 가세."

두 노인이 자리에서 일어선다. 그제야 나머지 사람들도 부산하게 몸들을 일으킨다.

4

"배다! 배가 들어온다!"

난바다에서 포구를 향해 배 한 척이 빠르게 들어온다. 산역(山役)을 끝내고 앞서 내려가던 청년들이 뒤쳐진 어른들을 향해 커다랗게 고함을 친다.

가막도 배가 아니라는 것은 달려드는 배의 속력을 보아도 알 수 있다. 그렇다고 사람을 실어 나르는 연안 객선 같은 모습도 아니다. 물 위를 날듯이 다가오는 배는 지금까지 자주 보던 배와는 구조나 생김새가 판이하다. 뱃머리에 펄럭이는 노란색의 깃발도 가막도 주민들에게는 처음 보는 물건이다.

"무슨 배야?"

막은골 박은식 청년이 뒤처진 친구 김복철을 돌아본다. 방금 힘겹게 산역을 끝낸 터라 청년들은 저마다 지친 얼굴들을 하고 있다. 자식을 잃은 가족들의 비통이 더욱 청년들의 일을 고되게 만들었다. 죽은 아이의 어머니가 하관(下棺) 때 여러 차례 청년들의 삽자루를 빼앗는 통에 한 시간이면 끝낼 산역을 두 시간 반에야 끝낼 수 있었던 것이다.

"배 한번 되게 빠르네. 대체 어디서 오는 배야?"

은식의 중얼대는 말에 복철은 벌써 걱정스런 얼굴을 하고 있다. 바다를 가르며 달려드는 낯선 배가 그들에게는 왠지 심상치가 않다.

"누가 한번 내려가 봐야겠군. 무슨 밴지는 알아봐야지."

이쪽은 당산 자락이라 지대가 높아 배가 잘 내려다보인다. 마을에서도 기관 소리를 듣고 배가 들어오는 것을 알고 있는 눈치다. 들일을 하던 마을 사람 네댓이 일손을 놓고 난바다 쪽을 멀뚱히 보고 있다. 작은 덩치의 배치고는 기관 소리가 의외로 컸기 때문이다.

"은식이 복철이 자네들 둘이 먼저 내려가게. 기다리는 우리 배는 오지 않구 웬 놈의 밴지 알 수가 없군."

두 청년들이 대꾸 없이 삽들을 맡기고 산 아래로 내려간다. 서한호는 그제야 몸을 돌려 서너 걸음 뒤처진 송필배를 돌아본다.

"자네는 일 끝내구 천천히 내려오게. 나 먼저 내려가서 무슨 일인지 알아봐야겠네."

목덜미의 땀을 타월로 닦으면서 필배가 고개를 끄덕인다. 가막도에서는 사람이 죽으면 공조회(共助會)에서 돈도 나오고 어려운 일에는 일손을 내기도 한다. 필배 뒤에는 산역 나온 사람들과 흰옷 입은 아낙네들이 이십 여 명이나 따르고 있다. 죽은 사람이 열세 살짜리 계집아이여서 나이 지긋한 마을 어른들은 아무도 따라오지 않았다. 산역을 위한 젊은이 여남은 명과 삼사십 대의 아낙네들만이 산역에 동행하여 하관까지 지켜본 것이다.

바다가 그림처럼 잔잔하다. 폭풍우 그친 뒤끝이건만 물빛은 오히려 짙은 옥색으로 투명하다. 담배를 꺼내 입에 물고 한호는 걱정스레 난바다 쪽을 바라본다.

어제 새벽녘에 뭍으로 떠난 동력선이 꼬박 하루가 지나도 돌아오지 않고 있다. 특히 이번에 걱정이 되는 것은, 병이 들어 뭍 병원에 떨구고 온 세 아이들에 대한 소식이다. 아픈 채로 무리를 해서 그대로 데려온 아이들은 그 동안 약 한 번 못 쓰고 벌써 두 아이가 목숨을 잃었다. 더욱 딱한 일은 뭍에서 묻혀온 설사병이 마을 안에 급속히 번져 불과 나흘 만에 환자가 벌써 열셋으로 늘었다는 사실이다. 뭍에 나갔던 아이들에게만 병이 번진 것은 아니다. 섬에 그대로 남아 있던 아이들도 벌써 여러 명이 병에 걸렸고, 그것도 병이 아이들에게만 옮는 것이 아니라 이제는 다 큰 어른들도 똑같은 병세로 병석에 누워 있다.

배를 서둘러 뭍으로 띄운 것도 실은 그 설사병의 이름이라도 알자는 뜻에서다. K항에 처진 세 아이들이 섬에서 앓는 아이들과 똑같은 병에 걸린 것이라면, 하루라도 빨리 병명을 알아내어 치료와 예방에 힘을 써야겠기 때문이다.

그러나 기다리던 가막도 동력선은 오지 않고 낯선 배 한 척이 포구로 들어오고 있다. 아직은 찾아온 목적이 어떤 것인지 알 수 없다. 그 배가 유난히 관심을 끄는 것은 나타난 시기가 공교로웠기 때문이다.

칡덩굴이 우거진 지름길로 빠져 한호는 비탈길 중간을 비스듬히 가로질러 내려온다. 잔솔밭 머리를 막 도는데 마을 쪽에서 내려오던 박두서가 커다랗게 말을 걸어온다.

"산역 벌써 끝났습니까?"

"끝났네. 어딜 가는가?"

"어제 나간 배에 염소를 냈는데 배가 안 와서 걱정입니다."

"자넨 염소 몇 마리나 냈어?"

"네 마립니다."

"배 안에 빈 자리가 없더군. 나간 게 모두 백 두(頭)가 넘지?"

"지난번 배루 물건들을 못 해와서 물건들 하려구 염소를 많이들 낸 것 같습니다."

한호가 고개를 끄덕이고 두서와 나란히 뒷개 포구 쪽으로 향한다. 신경은 온통 뒷개에 나타난 낯선 배에 쏠려 있건만, 두 사람은 걸음만 재촉할 뿐 엉뚱한 말들만 주고받고 있다.

"두 번을 거푸 공치더니 공판장 창고가 썰렁하게 비었어. 물건 값 뛰는 게 속상하다구 필배는 아예 뭍에 나가기두 싫다드군."

"그래서 이번엔 필배 형님 대신 정동근이가 나갔다면서요?"

"목마른 놈이 우물 판다구 필요한 물건은 우선 들여놓구 볼일이야. 석유가 제일 급해. 불 쓸 등유두 달랑댄다던데 여태 뭘 허구들 있었는지……"

"병은 좀 어떻습니까? 오늘은 또 앓는 아이가 없습니까?"

"새루 앓는 아인 없는 것 같네만, 앓구 있는 아이들이 걱정이야."

들머리로 올라선 두 사람은 눈 아래 포구를 내려다본다. 포구 안으로 들어온 배가 닻을 내리지 않고 커다랗게 돌고 있다. 배가 만드는 하얀 항적(航跡)이 포구 안에 큼지막한 동그라미를 그리고 있다.

"저게 왜 저래?"

"글쎄요, 고장이 났나……"

뭍에 나간 동력선과 입원한 아이들 소식이 궁금한 주민들은, 갯가에 벌써 이십 여 명이나 몰려나와 있다. 맴을 돌던 낯선 배가 이윽고 선수(船首)를 갯가로 돌려 잡는다. 요란스럽던 기관 소리가 멎고, 배는 이내 속력을 줄여 한 곳에 천천히 정지한다. 사람은 보이지 않고 잠시 정적이 흐르더니 배에서 느닷없이 확성기 소리가 들려온다. 귀청을 쩔 듯한 확성기 소리가 항아리처럼 옴폭한 포구 안에 커다랗게 메아리를 울린다.

"알립니다. 가막도 주민들께 알립니다. 여기는 M군 보건소 하기 특별 방역반입니다. 하절기 전염병 예방을 위해 방역반은 지금 곧 여러분의 가막도로 상륙할 것입니다. 상륙을 위해 도선이 필요하오니 여러분의 협조를 부탁드립니다. 도선을 좀 내주시기 바랍니다. 알립니다. 다시 한 번 알립니다……"

갯가에 늘어섰던 사람들이 확성기 소리를 듣고 줄레줄레 선착장 쪽으로 몰려간다. 한호가 비탈을 먼저 내려가며 두서에게 입을 연다.

"자네가 내려가 노를 잡게. 인식이 복철이두 아마 갯가에 있을 게야. 배를 낼 때 그 아이들두 함께 데리구 나가게."

"방역반이라는 게 뭐 하는 겁니까?"

"여름철에 병 번지지 말라구 소독하구 예방허는 사람들이야."

"알았습니다. 먼저 내려가죠. 저 사람들 이리루 태워만 오면 되는 겁니까?"

"그래, 딴소리는 말구 저 사람들 하자는 대루만 하게."

"형님, 그럼 내려갑니다."

두서가 옷깃을 펄럭이며 비탈진 갯가로 달려 내려간다. 두서의 뒤를 따라가면서 한호는 언뜻 불길한 예감에 사로잡힌다.

방역반이라면 이 먼 낙도까지 예사 일로는 찾아오지 않는다. 갑작스런 그들의 방문부터가 한호에게는 벌써 심상치 않다. 더구나 M군 방역반이라면 K항을 기점으로 출발했을 가능성이 많다. 어쩌면 그들은 K항 항내에서 어제 새벽에 그쪽으로 떠난 가막도 동력선을 만났을지도 모른다. 그들이 가막도 동력선을 만났다면 현재 가막도에 만연하고 있는 정체불명의 전염병에 대해서도 이야기를 들었을 것이다. 더구나 K항 병원에는 같은 시기에 발병했던 세 아이들까지 입원해 있다. 방역반 사람들이 바로 이때 가막도를 찾은 것은 어쩌면 그런 일들과 연관이 있을지도 모를 일이다.

도선이 떠난다. 선체가 작은 탓인지 보건소 배는 수심이 얕은 오십 미터 안팎의 가까운 거리까지 다가와 있다. 한호가 갯가로 내려와 선착장 쪽으로 휘어지자 정동근의 아버지 정수만 노인이 가까이 오라는 듯 한호를 소짓해 부른다.

"산역은 다 끝냈는가?"

"예, 방금 끝냈습니다."

"저것들은 어떻게 찾아온 배여?"

바를 사려놓은 큰 나무통에 걸터앉아 정노인은 시큰둥한 표정으로 보건소 방역선을 가리켜보인다. 왼쪽 눈썹 위의 큼지막한 찰과상은 며칠 전 주사 끝에 돌담에 부딪혀 난 상처다. 오늘 이렇게 갯가에 나온 것은 어제 새벽녘에 뭍으로 떠난, 아들 정동근을 기다리기 위해서일 것이다.

"저 사람들이 환자두 볼 건가?"

"글쎄요. 의사가 아니라서 환자를 보지는 않을 겝니다."

"지금 집집이 양귀비 탕을 쓰구 있는데 저 사람들헌테 환자를 보였다간 여러 사람 또 뭍으루 잽혀갈 걸?"

"배 들어온 걸 알구 있어서 저 사람들이 닥치기 전에 약들을 모두 안 뵈게 치울 겝니다."

"의사가 아니라면 저 사람들한테 환자를 뵈줄 까닭이 없잖은가?"

"보겠다면 뵈줘야지 안 뵈줄 재주 있습니까?"

"환자가 아주 없는 걸루 허지. 환자가 없다는데 보잔 소리가 나오겠나?"

"배가 K항에서 들어왔다면 아마 그쪽에서 소문을 듣구 왔을 겝니다. 알구 찾아와서 보자는 데야 우린들 어떻게 없다구 잡아뗍니까?"

"그럼 어떻게 허자는 게야? 우리는 아편들을 쓰구 있소 허구 저 사람들한테 광고라두 허잔 겐가?"

"우선은 앓구 있는 환자가 더 급합니다. 쓰던 약들을 감추더라두 병 이름을 알기 위해 환자는 외려 보이는게 좋을 것 같습니다."

"부친 말씀이 그러시든가?"

"아버님은 배 들어온 걸 아직 모르구 계십니다."

침묵이 흐른다. 도선(渡船)이 어느 틈에 보건소 배에서 사람과 물건들을 받아 싣고 있다. 스무 명도 탈 수 있는 큰 거루에 짐들과 사람들이 벌써 빼곡하게 실려 있다. 먼빛으로 본 눈어림으로도 사람들이 얼추 예닐곱쯤은 될 듯하다. 정노인 앞을 물러나오면서 한호는 역겨운 듯 바다로부터 눈길을 돌린다.

갑자기 찾아온 횡액(橫厄)으로 해서 가막도는 바야흐로 큰 어려움을 맞을 듯하다. 무서운 돌림병의 확산을 막기 위해, 가막도는 지금 당장 예방과 치료 따위의 뭍의 도움이 필요하다. 그러나 뭍에서 도움을 얻는 대신 가막도는 또 그 대가로 바다를 열어 뭍의 간섭도 받아야 한다.

감춰야 될 흉과 허물이 가막도에는 너무 많다. 이익이 된다고 생각되면 노인들은 이번에도 역시 돌림병의 발병을 은폐하려 할지 모른다. 그들에게는 사실의 은폐는 대수로운 것이 아니다. 방역반을 받아들임으로써 돌림병의 피해보다 더 큰 손해를 입을지도 모른다면, 가막도는 손해를 줄이기 위해 돌림병의 발생을 얼마든지 감출 수 있다. 사실이든 거짓이든 그런 것은 문제가 아니다. 거짓과 사실은 그것들 자체로는 아무 힘도 지니지 않는다. 가막도의 가장 큰 관심은, 무엇이 그들 모두에게 공동의 이익이 되는가 하는 데에 달려 있다. 이익만이 그들의 관심의 대상이라면 사실쯤 감추는 일은 망설일 이유가 없는 것이다.

5

해가 진다. 휑뎅그렁한 분교 마당에 나무 그늘이 반 이상 드리워졌다. 바른 쪽 끝 부분의 교사(校舍) 유리창이 새빨간 놀빛을 받아 녹아내리는 쇳물처럼 붉다. 해가 바다로 빠지려면 아직은 두어 시간은 있어야 될 것이다.

열린 창문들을 대강 닫고 서문호는 안종선과 함께 분교 교실을 빠져나온다. 흙바닥인 달개 지붕 밑에는 물건들만 보일 뿐 사람은 한 명도 없다. 붐비던 사람들이 모두 떠나서 학교는 마치 절간처럼 조용하다.

"형님, 저 상자들은 흙바닥에 그대루 둬두 되겠습니까?"

앞서 교실을 나온 문호가 한 손으로 코를 막고 흙바닥에 놓인 상자들을 눈으로 가리킨다. 손으로 코를 막은 것은 교실에 뿌린 지독한 소독약 냄새 때문이다. 안종선이 뒤처져 나오다가 애매하게 고갯짓을 한다.

"누가 손만 대지 않는다면 그대루 둬두 괜찮을 게야."

"상자 안에 뭐가 들었죠?"

"석탄산, 크레졸, 알콜 같은 소독약이라구 하는 것 같데."

오전 열한 시쯤 가막도 포구에 나타났던 방역반은 섬에서 준비한 점심 식사도 마다하고 한창 뜨거운 오후 3시쯤에 모두 가막도를 떠나갔다. 일행 9명이 섬에 상륙하여 대략 3시간 남짓 가막도에 머문 셈이다.

방역반은 상륙한 직후 여러 개의 짐들을 분교 마당으로 운반했다. 보통 때는 마을의 공회당이 그들의 작업장으로 쓰이곤 했었는데, 방역반은 딴 생각이 있었던 듯, 짐들을 분교 마당의 회나무 밑으로 운반해간 것이다. 3개조로 나뉘어 당산 마을로 흩어진 그들은 각기 분무기를 휴대한 후 마을 여러 곳에 소독액을 살포하기 시작했다. 그러나 책임자인 듯한 세 사람은 하얀 장갑에 마스크까지 하고 마을 아이들에게 길을 물어, 현재 앓고 있는 환자들의 집을 서너 곳 방문하기도 했다.

나중에 알려진 사실이지만 그들은 환자 집에서 병세만 간단히 묻고는 별 조치 없이 떠나간 모양이다. 치료나 약품을 기대했던 환자 가족들은 그들의 무성의한 태도에 몹시 실망한 빛들이었다. 하긴 방역반은 질병의 예방과 방역이 주된 업무다. 치료는 의사들이 할 일이지 방역반의 일은 아니다.

마을에서는 뒤늦게 송필배와 안종선을 방역반에 딸려보냈다. 협조를 요청할 줄 알았는데 방역반은 전혀 마을 쪽에 부탁이 없었다. 변소와 하수도와 공동 우물 주위에 소독액만 살포할 뿐, 더운 날씨에 마스크들을 쓰고 고무장갑들을 낀 채 주민들과는 의식적으로 접촉을 피하는 눈치였다. 그동안 환자들에게 아편을 사용해온 마을에서는 방역반의 무관심이 오히려 고맙고 다행스러웠다. 그러나 돌림병의 병명이라도 알아내기 위해서는 누군가가 방역반 사람들과 접촉을 가져야만 했다. 저들의 무관심이 고맙긴 하지만 병명을 모르는 마을에서는 오히려 저들과의 대화가 필요했던 것이다.

결국 송필배와 안종선에게 그 일이 맡겨졌다. 의무병 출신인 안종선에게 그 일은 아주 적격인 듯했다. 그러나 접촉의 결과는 더 큰 실망과 걱정뿐이었다. 특히 주민들을 곤혹스럽게 만든 것은 가막도 동력선에 대해 그들이 전혀 아는 바가 없다는 것이었다. 그들은 K항을 떠나오긴 했지만 가막도 동력선의 입항은 확인해보지 않았다는 것이다.

병원에 입원 중인 세 아이에 대해서도 그들은 전혀 아는 바가 없다는 대답이었다. 그들은 다만 군(郡) 보건소의 지시에 따라 하계 특별 방역을 위해 가막도에 잠시 들른 것뿐이라는 것이다.

그들이 떠날 즈음해서 마을에서는 심각한 논란이 벌어졌다. 현재 마을에 돌고 있는 설사병에 대해, 마을은 방역반을 맞아 중대한 결정을 내려야 했다. 병세와 환자 숫자와 신환(新患)의 발생 속도 등에 관해, 마을은 방역반에 알리는 것이 좋은가 어떤가를 결정해야 했다. 저들이 철저하게 조사를 해가지 않는 이상, 마을에서라도 자발적으로 병세의 심각성을 알리는 것이 옳지 않겠느냐는 주장이었다.

결국 마을의 노인들에 의해 그 논란은 종결이 지어졌다. 가막도 동력선이 돌아올 때까지 병세를 뭍에 알리는 일은 일단 보류하자는 것이었다.

바닷바람이 상쾌하다. 생울타리 사이로 빠져나온 두 사람은 통나무 의자가 박힌 회나무 그늘로 들어선다. 아직은 해가 남아서 땅의 열기가 대단하다. 둘은 마치 약속이나 한 듯 회나무 밑 통나무 의자에 나란히 걸터앉는다.

"예방 주사 약두 남겨놓구 갔다면서요?"

"두 종류를 놓구 갔네. 콜레라하구 장티푸스 약이라더군."

나이 차이가 십오 년이나 뜨지만 문호는 안종선을 아저씨 대신 형님으로 부른다. 어려서부터 두 사람은 남달리 가까웠다. 친부모가 없다는 공통의 조건이 두 사람을 가까이 접근시킨 이유인지 모른다.

"주사약을 가지구 왔으면 주사를 놔주구 가야지, 약만 남겨놓구 그냥 가는 건 무슨 경웁니까?"

한동안 말이 없다가 안종선이 문득 고개를 내두른다.

"찾아온 까닭을 알 수가 없어. 소독약쯤 뿌리는 일이라면 약품만 보내줘두 충분할 텐데 말이야……"

"저두 그 점이 이상합니다. 뭍 쪽에 혹시 딴 일이 있었던 게 아닙니까?"

"뭍에 나간 배가 제시간에 안 오는 것두 심상치 않아. 기다려봐서 오늘두 안 오면 돛배를 띄워서라두 나가보는 게 좋을 게야."

"돛배가 아직 있습니까?"

"돛이야 만들면 되지. 바람이 제대루 불어주는가가 문제지만."

"K항에서 출발했다면서 우리 배를 못 봤다는 건 무슨 소린지 모르겠더군요?"

"제일 이상한 게 그 점이야. 아무리 부두가 크다구 해두 보건소 배가 가막도루 나오면서 우리 배를 못 봤을 리가 없어. 만일 정말루 우리 배를 못 봤다면 그거야말루 우리한테는 더 큰 걱정거리지. 어제 떠난 우리 배가 아직두 K항에 들어가지 않았다는 얘기가 아닌가."

아이들 예닐곱 명이 생울타리를 돌아 운동장 귀퉁이로 뛰어들어 온다. 마을에 무서운 돌림병이 돈 후로는 아이 가진 부모들이 걸핏하면 아이들을 마을 밖으로 내몰고 있다. 이미 두 아이가 희생을 당한 터라 요즘은 온 마을이 정성을 다해 병 예방에 조심들을 하고 있다.

"계장이라는 사람하구 같이 붙어 다니던 중년 사내는 누굽니까? 나이루 보나 옷 주제루 보나 공무원 같지는 않던데요?"

"잘 봤네. 직원이 아니야. 뭔가를 조사하러 아주 높은 데서 따라 나온 사람 같더군."

"참, 우리 마을 환자들을 둘러보구 무슨 병인지는 말하지 않던가요?"

"자기들두 확실히는 모르겠구 대강 증세루 봐서는 식중독이 아니겠느냐는 이야기야. 여름철 갯가에서 자주 발생하는 장염 비브리오일 가능성이 많다는 거야."

"병원에 입원한 세 아이에 관해서두 전혀 모른다구 했다면서요?"

"병원에 입원한 환자라구 다 보건소에 신고하라는 법은 없네. 보고가 아직 없는 걸루 봐서는 대수롭지 않은 설사거나 배앓이쯤일 거라더군."

"사람이 둘씩이나 죽었는데 대수롭지 않은 병이랍디까?"

"사람 죽은 건 알리지 않았어."

"그걸 왜 알리지 않았죠? 가장 중요한 게 그 사건 아닙니까?"

놀라는 문호를 향해 안종선은 고개를 내두른다. 그렇다는 뜻인지 아니라는 뜻인지 알 수 없는 애매한 몸짓이다.

"사망 원인을 따지다보면 공연스레 일만 시끄럽게 된다는 거야. 마을 어른들이 쉬쉬 해서 그 얘긴 끝내 입들을 봉했어."

"쉬쉬 하는 까닭이 뭐죠?"

"아편 쓴 게 들통이 나거든. 여기선 이번뿐 아니구 모든 배앓이에 그 약들을 쓰구 있네."

"그 약들은 대체 얼마나 가지구들 있습니까?"

"얼마가 되는지는 나두 몰라. 항공감시(航空監視)가 없던 시절에 당산 아랫녘 으슥한 땅에, 여러 해에 걸쳐 많은 집에서 양귀비들을 밀경(密耕)했네. 배앓이에 잘 들구 진통 효과가 좋으니까 해로운 약인줄두 모르면서 서루 경쟁 삼아 생아편을 고아들 냈지."

해가 지면서 분교 운동장에 고추잠자리가 날기 시작한다.

아편 밀경이 성행한 것은 뭍 쪽에 전쟁이나 정변 등의 큰 사건이 발생했을 때다. 사건이 발생하면 뭍의 감시도 소홀해지지만, 섬에서 뭍으로 나갈 수도 없어 그 약이 더욱 절실하게 필요하기 때문이다. 그러나 개중에는 중독자의 밀경도 적지 않았다. 금단증상(禁斷症狀)이 심한 약이라 발작을 진정시키기 위해 중독자는 수시로 사용할 약이 필요하다. 그 약을 조달하기 위해 그들은 남들보다 더 많은 양귀비를 으슥한 당산 기슭에 몰래 재배해왔던 것이다.

그러나 항공감시가 시작되면서 아편 밀경은 급속히 줄어들었다.

항공사진을 찍어 밀경을 감시한다는 말을 듣고, 마을에서는 사진을 피해 나무 그늘 밑에 양귀비를 심기도 했다. 그러나 햇볕을 충분히 보지 못해 그늘 속의 밀경은 수확이 많이 떨어졌다. 꽃이 제대로 맺지 않아 약 채취가 어려웠고, 수확이 급격히 줄어들자 밀경도 그뒤로는 자연스레 쇠퇴하기 시작했다.

"그 약이 혹 밖으루 빠져나가진 않습니까?"

"안 나간다구는 할 수 없지. 하지만 요즘은 단속이 엄해서 섣불리 예전처럼 약을 내지는 못할 겔세. 약상(藥商)과의 접선이 쉽지 않아서 생각은 있어두 약 낼 기회가 없는 거지."

"중독자는 얼마나 되죠?"

"지금은 몇 명 안 돼. 많이들 죽구 겨우 네댓 명 손으루 꼽을 정도야."

"금단증상이 심한 중독자는 따루 수용하거나 제재를 가하진 않나요?"

"전에는 당산 밑에 막을 지어 따루 수용한 적두 있어. 허지만 증세가 많이들 좋아져서 지금은 중독자 스스로가 각자 집에 머물러 자가치료들을 허두룩 방치허구 있어."

가막도의 아편 밀경은 뭍에도 이미 소문이 파다하다. 그러나 뭍과의 암거래가 목적이 아니어서 당국은 소문을 듣고도 심한 핍박은 하지 않았다. 섬 자체에서 구급약으로 쓰일 정도라면 낙도라는 입지 조건을 감안해서 관대히 묵인해준 셈이다. 그러나 이러한 관용이나 무관심이 노상 통할 수는 없는 일이다. 몇 해 전에 있었던 일제단속 기간 중에는 단속반이 당산에 들어가 밀경 중인 양귀비밭에 불을 지른 것은 물론이고, 아편이 발견된 열세 가구 중에서 무려 마을 주민 9명을 한꺼번에 잡아가기도 했다.

그 사건은 처벌이 혹심했다. 두 사람이 징역을 살았고, 나머지 일곱 명도 심한 고생 끝에 겨우 풀려났다. 항공감시가 강화된 것도 그 사건 이후의 일이다. 비행기가 부정기적으로 가막도 상공에 나타나 섬을 여러 차례 왕복하며, 하늘에서 사진을 찍어 아편 밀경을 철저히 감시하기 시작한 것이다.

"환자가 둘이나 죽구 신환(新患)이 또 열 명이 넘는데, 뭍에 이 사실을 알리지 않은 건 좀 심허다는 생각이 드는군요. 며칠 새에 새루 생긴 환자가 열 명이 넘지 않습니까?"

"열댓쯤 돼. 그 중에 한둘은 또 아주 위험한 모양이야."

"형님이 고생이십니다. 요즘은 주로 형님이 환자 집들을 돈다면서요?"

"돌면 뭘 허나. 내가 하는 일이 있어야지."

"식중독이 옮기두 합니까? 음식을 잘못 먹어 생기는 병이 식중독인데, 음식 먹지 않은 사람에게두 병이 전염된다는 건 이상하지 않습니까?"

"장염 비브리오라는 식중독은 입을 통해 균이 옮겨가는 모양이야. 문제는 병에 걸린 사람들이 저마다 약간씩 증세의 경중이 다르다는 거야. 심한 아이는 금세 쓰러지구 경한 아이는 그런대루 견디구 있어. 체질 탓인지 약 탓인지 그건 확실히 모르겠어."

아이들이 돌연 운동장을 가로질러 뛴다. 앞서 달려가던 아이들이 바다를 향해 커다랗게 소리를 친다.

"배다! 배가 또 온다! 이번엔 배가 두 척이다!"

문호는 벌떡 몸을 일으킨다. 바다로 향한 그의 시선에 과연 콩알 크기의 배 두 척이 들어온다. 두 배는 마치 선단이라도 이루듯 앞선 배를 뒷배가 따르며 종(從)으로 늘어서서 들어오고 있다.

6

"이런 건 예까지 뭘 하자구 실어왔어?"

"오는 뱃길에 죽은 것들입니다. 혹시 살릴까 싶어 그냥 싣구 온 모양입니다."

염소들의 사체(死體)다. 두 개의 염소 사체가 짐들과 함께 선착 장에 놓여 있다. 첫번째로 나갔던 거루에 실려 방금 선착장에 도착 한 것들이다.

"가자."

서관수 노인이 탄식과 함께 짐들이 늘어놓인 선착장을 떠난다. 그의 옆으로 아들 한호가 부친을 부지런히 따라가고 있다.

마중 나간 마지막 거루가 방금 동력선에서 선착장으로 들어왔 다. 검역선에 예인(曳引)되어 가막도로 되돌아온 동력선은 이제 포구 안에 닻을 내리고 보건소 방역반의 감시 하에 들어갔다. 앞으 로는 방역반의 허락 없이는 어떤 사람도 동력선을 이용할 수 없다. 뭍으로 나가는 길이 완전하게 막힌 것이다.

짐들이 거루로부터 선착장에 바쁘게 내려진다. 혹시나 해서 나 와본 인규는 마지막 거루가 동력선을 출발할 때, 거루 꽁무니로 옮 겨 앉은 윤성희를 알아보았다. 이로써 정동근의 말은 움직일 수 없 는 사실로 드러났다. 어제 새벽녘에 가막도를 떠나 K항으로 향한 동력선은 K항에 닿긴 했지만 입항과 상륙이 금지당한 것이다.

뭍으로 나갔던 주민들은 하나같이 지친 얼굴들이다. 검역 묘지 (檢疫錨地)에 배가 잡혀, 사람들은 꼬박 하루 반을 좁은 배 안에 갇혀 지냈다고 한다. 싣고 나간 염소떼 역시 하역이 금지당했다.

아니, 배 안의 모든 물건은 성냥개비 한 개조차도 배 밖으로 나갈 수가 없었다. 사람 8명과 염소 103두가 좁은 배 안에 갇혀 34시간을 뒤엉켜 지낸 것이다.

땅거미가 깔리기 시작한다. 포구 밖 난바다 머리에는 동력선을 예인해 온 검역소의 검역선이 멎어 있다. 포구의 입구를 막고 있는 품이 당분간은 그곳에 머물러 가막도 주민들의 외부 출입을 감시할 모양이다. 뒷개 포구 안의 크고 작은 배들은, 검역선의 허락 없이는 한 걸음도 난바다로 나갈 수가 없다. 바로 그러한 목적을 위해 검역선은 포구 머리에 그림처럼 멎어 있는 것이다.

염소 떼가 좁은 선착장을 무리를 지어 빠져나온다. 103두가 뭍으로 나갔다가 6마리가 죽고 97두가 살아서 돌아왔다. 서로 다른 주인들에 의해 염소들은 용케도 끼리끼리 무리들을 짓는다. 땅을 밟는 것이 반가운지 짐승들은 사람과는 달리 아직은 생기들이 남아 활발하게 움직이고 있다. 꼬박 하루 반을 물 없이 굶고도 뭍 쪽의 풀 냄새를 맡고는 서둘러 뭍으로 내닫고 있다.

정동근과 송필배가 마을 사내들에게 둘러싸여 갯가를 떠난다. 이곳 저곳에서 퍼붓는 질문들을 동근은 걸으면서 침착하게 응대해 주고 있다. 그러나 목이 꽉 쉬어서 그의 대답들은 알아듣기가 쉽지 않다. 그도 역시 오랜 시간을 시달려서 두 눈이 움푹하고 아래위 입술이 꺼칠하게 터져 있다.

동행해 나갔던 박승철과 몇몇 사람들은 말하기도 귀찮은 듯 가족들에게 둘러싸여 도망치듯 비탈을 올라간다. K항에 입원했던 박승철의 딸은 다행히도 병세가 호전되어 지금은 거의 완치된 모양이다. 같이 입원했던 두 아이들 역시 위험한 고비는 넘겼다는 대답이다. 결국 가막도로 무리하게 데려온 아이들만 적기에 치료를 받지 못해 억울한 희생을 당한 셈이다.

소란이 대강 가라앉기를 기다려 인규가 뒤늦게 홀로 뒤처진 윤성희에게 다가간다. 뭍으로 돌아가기 위해 배를 타고 떠났던 그녀도, 동력선의 입항이 금지당해 어쩔 수 없이 되돌아왔다. 그간의 충격이 꽤 심했던 듯 그녀는 인규를 보고도 반기는 기색이 아니다.

"갑시다."

가방을 손에서 받아들고 인규가 앞서 걷기 시작한다. 갯가를 떠나 비탈을 다 오르도록 두 사람은 한마디도 말이 없다. 힘겨운 걸음이 위태롭게 보여 인규는 여러 번 그녀를 기다려야 했다. 가까이 접근한 그녀의 몸에서는 크레졸로 생각되는 소독약 냄새가 풍겨왔다. 배 안에 뿌린 소독약이 그녀의 몸에까지 밴 모양이다. 들머리로 올라선 무렵에야 성희가 별안간 내뱉듯 입을 연다.

"지옥이었어요."

"얘기 들었소."

"인규씬 몰라요. 그들은 우리를 야만적으로 대했어요. 결코 용서하지 않을 거예요. 공무원이라는 작자들이 국민을 그렇게 학대할 줄은 몰랐어요."

히스테릭한 음성이어서 인규는 더 이상 대꾸를 하지 않는다. 잘못하면 그의 대답이 그녀의 흥분을 부추길지도 모른다. 그녀가 자기 귀로 자기 음성을 듣고 스스로 자제하도록 기다릴 수밖에 없다.

땅거미와 더불어 박쥐들이 날기 시작한다. 아주 작은 날벌레들이 바람에 실려와 노출된 피부에 끈끈하게 부딪는다. 앞서 떠난 정동근 일행은 벌써 어둑어둑한 마을길로 접어들고 있다. 흥분을 가라앉힌 모습이어서 인규가 다시 윤성희에게 입을 연다.

"저녁 식사는 어떻게 했소?"

"먹었어요."

"어디서?"

"매 끼니마다 작은 보트가 식사하구 물을 날라왔어요. 스크루를 뽑아 우리 배를 못 움직이게 만들어놓구, 그래두 죽지는 말라구 식사는 꼬박꼬박 보트루 날라다주더군요."

지친 얼굴에도 불구하고 그녀의 입은 아직 살아 있다. 증오가 내부에서 끓고 있어서 그나마 말할 기운을 지탱해주는 모양이다.

"그동안 잘 견뎠소. 그래 K항에선 몇 시에 출발했소?"

"세 시간쯤 전일 거에요. 쾌속정 하나가 어딘가에서 돌아오자 곧이어 검역선이 우리 배에 밧줄을 걸었어요. 어디선가 지시를 받은 것 같아요. 회항(回航) 명령이 내리더군요."

"그 배가 어떻게 생겼소? 몸체가 검고 상갑판이 희지 않습디까?"

"맞아요. 어떻게 알았죠?"

"바루 여기를 다녀갔거든. 보건소 방역반이 그 배를 타구 와서 세 시간쯤 머물다가 오후 세 시쯤 돌아갔소."

"그 사람들이 섬에 올라와 무슨 일들을 하구 갔죠?"

"소독약 뿌리구 환자 집들 둘러보구, 그리구는 약품 좀 남겨놓구 부리나케 떠나들 갔지."

침묵이 흐른다. 무언가를 골똘히 생각하듯 윤성희는 걸음을 옮기며 가끔씩 고개를 제쳐 하늘을 올려다보곤 한다. 그녀의 표정이 심각해서 인규는 오히려 장난스런 기분이 된다.

"윤사장 수영 실력이 일급인데 왜 바다루 뛰어들지 않았소?"

"그 생각 안 한 줄 아세요? 헤엄을 치기는 너무 먼 거리였어요."

"K항에서 얼마나 멉디까?"

"항계선(港界線) 훨씬 밖이었어요. 부표 등대가 있는 데서두

2킬로 남짓 더 나와야 해요."

이번 사건의 가장 중요한 부분을 인규는 아직 묻지 않았다. 정동근에게 던져졌던 그 질문은 신통한 답을 얻지 못했다. 어쩌면 정동근보다도 윤성희 쪽에서 더 좋은 대답을 들을지도 모른다.

"왜 K항 검역소에서 가막도 배를 억류한 거요?"

"몰라요."

"하루 하구 반을 붙잡혀 있고도 그 이유를 모른다는 얘긴가?"

"그 이유는 나보다는 여기 사는 사람들이 더 잘 알 거예요. 누군가가 음모를 꾸미구 있어요. 제가 아는 건 그것뿐이에요."

"누군가라는 건 어느 쪽이오? 가막돈가 K항인가?"

가장 중요한 질문을 받고도 윤성희는 딴청 쓰듯 엉뚱한 말을 되묻는다.

"나 이번엔 또 어느 집에 신세를 져야 하죠?"

"당신이 집세를 주고 가서 요즘 난 오선생 댁에 머물고 있소. 우선 그쪽으로 가봅시다. 참, 오선생은 못 만나봤소?"

"얼굴두 못 봤어요. 허지만 소식은 들었어요."

"무슨 소식?"

잠시 망설이는 표정이더니 성희가 턱을 쳐들어 인규가 들고 가는 손가방을 가리킨다.

"가방 속에 육지에서 건너온 신문이 한 부 있어요. 그걸 읽어보면 그간의 소식을 대강 알 수 있을 거예요."

인규가 가방을 연다. 과연 그녀의 가방 속에는 신문 한 부가 들어 있다. 그러나 날이 어두워 인규는 신문을 읽을 수가 없다. 신문을 다시 가방 속에 넣고 그가 천천히 입을 연다.

"제목만 뵈는군. 낙도에 집단 괴질(怪疾). 당국에서 원인 규명

중. 이게 언제 신문이오? 그리구 괴질이라니, 가막도에 전염병이 발병한 걸 뭍에서 어떻게 알았소?"

"저두 그걸 알 수가 없어요. 신문은 발행일이 그제 날짜루 되어 있어요. 우리가 도착한 게 어제니까 신문은 하루 전에 이미 가막도에 식중독이 발생한 걸 알았다는 얘기예요."

"허지만 그때까지는 뭍에서 가막도에 와본 사람이 없지 않소?"

"그러니까 이상하다는 거죠. 와보지두 않은 가막도에 괴질이 돈다는 걸 서울의 많은 신문들이 어떻게 알았는지 모르겠어요. 우리가 결국 K항에 억류된 건 그 엉터리 신문기사 때문이에요."

마을에 등불이 보이기 시작한다. 분교로 휘어지는 갈림길 앞에서 인규는 발을 세우고 윤성희를 돌아본다.

"분교 교무실에서 가져올 물건이 있소. 여기서 잠깐 기다리시오. 금세 다녀올 테니까."

"같이 가요. 혼자 있기 싫어요."

인규가 웃으며 팔을 잡는데, 성희가 갑자기 팔을 뽑으며 몹시 아픈 표정을 짓는다.

"뭐요, 왜 그래?"

"주사를 맞았어요."

"무슨 주사?"

"콜레라 예방 주사예요. 사람들을 배 안에 가둬놓구 모든 승선 인원에게 그 주사를 놨어요."

잠시 말들이 없다. 인기척에 놀란 개구리들이 길가 풀숲으로 펄쩍펄쩍 뛰어든다. 인규가 한참 만에 혼잣말하듯 중얼거린다.

"괴질은 그럼 콜레라였던가……"

"콜레라는 아닌 것 같아요."

"아닌데 왜 당신들한테 콜레라 예방 주사를 놨어? 가막도에 두고 간 약두 콜레라와 장티푸스의 예방 주사 약이었어."

잠시 대꾸가 없다가 윤성희가 생각난 듯 다시 말한다.

"참, 그 신문을 제가 어떻게 입수한 줄 아세요?"

"입수하다니?"

"배 안에 갇혀 있는 동안은, 물건들을 일체 들이거나 내가지 못하게 했어요. 심지어는 휴지 한 장두 바다에 버리지 못하게 할 정도에요."

"이 신문은 그럼 어떻게 입수했소?"

"밥을 날라온 식당 종업원이 제게 몰래 신문하구 작은 쪽지를 전해왔어요. 분교 오선생이 제가 나온 줄 알구 저한테 몰래 보내온 것이었어요. 쪽지 내용이 심상치 않아요. 뭔지는 모르지만 누군가가 음모를 꾸미는 것이 분명해요."

"지금 쪽지를 볼 수 있소?"

"간단한 내용이에요. 입원했던 세 아이들은 무사하다. 그러나 병명은 아직 모른다. 이곳 병원에는 우리 애들 말고도 비슷한 환자가 여러 명 입원해 있다. 매일 환자가 늘고 있는데도 당국은 전혀 대책이 없다. 당국에서는 가막도를 괴질의 발병지로 보는 것 같다. 내가 항의를 했지만 그들은 전혀 들은 체도 하지 않는다. 가막도가 혹시 봉쇄될지 모른다. 그 점에 대해서는 미리 대처를 해두는 게 좋을 것 같다…… 대강 이런 내용인데 글씨가 몹시 어지러워요. 아마 시간에 쫓기면서 급히 쓴 편지 같아요."

잠시 말을 중단했다가 윤성희가 다시 말을 잇는다.

"저두 쪽지를 보냈어요. 서울에 있는 우리 잡지사에 현재의 이곳 사정을 알려달라구 부탁했어요."

인규가 힐끗 그녀를 본 후 혼잣말처럼 중얼거린다.

"예측한 대로야. 결국 올 게 오구 말았군."

"만일 그 쪽지가 사실이라면 우린 어떻게 해야 되죠?"

"여기 사람들의 태도에 달렸소. 어떻게 하는가 두고 봅시다."

7

"부르셨습니까?"

"올라오게."

필배가 향당 대청 마루로 올라선다. 마루에는 서관수 노인과 아들 한호를 비롯하여, 지난번에 뭍에 나갔던 정동근과 박승철과 복진이 청년이 앉아 있다.

"석유가 떨어졌다면서?"

부채질을 하던 서관수 노인이 담담하게 필배를 바라본다. 무릎을 비스듬히 꺾고 앉았다가 필배는 얼른 몸을 바로 한다.

"예, 진작 떨어졌습니다."

"비축분두 없어?"

"우리 창고에는 없습니다."

"공판장 관리를 맡은 사람이 물건 떨구구두 헐 말이 있네그려? 일을 어떻게 처리한 게야? 불 켤 등유를 떨구도록 정신을 어따 놓구 있어?"

"죄송합니다. 그 동안 두 차례나 물건을 하러 나갔습니다만 그때마다 거래처 업자가 밀린 외상부터 청산하라는 성화였습니다. 돈마련이 쉽지 않아서 일을 미루다 이 지경이 됐습니다."

"빨랫비누두 없다면서?"

"떨어진 물건이 한둘이 아닙니다. 건전지, 신발, 소금, 라면, 그리구 또 급한 게 농약하구 비룝니다."

"이번에 나간 동근이 너는 뭍엣사람들헌테 물건 떨어진 것두 얘길 안 했드냐?"

자기에게로 날아온 힐책을 동근은 기다렸다는 듯 차분하게 받아넘긴다.

"딴 건 몰라두 석유 떨어진 건 입이 닳두룩 얘길 했습니다. 알아보마던 대답이더니 막상 끝판에는 들은 척두 않더군요."

"무엇보다 석유가 급해. 앓는 사람두 적지 않은데 불을 못 켜니 밤을 어떻게 지낼 텐가?"

"포구 밖에 검역선이 있으니 그쪽으루 한번 우리 사정을 얘기해보죠."

침묵이 흐른다. 검역선을 모르는 바 아니다. 뭍에 나갔다가 땅도 못 딛고 강제로 배가 예인되어 가막도로 되돌아온 정동근이다. 문제는 그 지경에 이르렀는데도 가막도의 나이 많은 어른들이 아직도 사태를 정확히 모르고 있다는 데 있다. 배를 뭍에 붙여주지 않은 것은 가막도에 전염성이 강한 무서운 괴질이 돌고 있다고 뭍의 사람들이 믿고 있는 탓이다. 검역 묘지에 배를 잡아두고 그들은 매끼 식사를 배로 날라다줄 정도였다. 한데 이러한 뭍의 판단이 어떤 정보를 근거로 해서 얻어진 것인지 알 수가 없다.

가막도 사람들은 이번 돌림병이 뭍 구경을 나간 아이들이 뭍에서 묻혀온 것이라고 알고 있다. 그러나 뭍 쪽의 사람들은 오히려 그 돌림병이 가막도로부터 육지로 어느 날 몰래 건너온 것으로 아는 것 같다. 시기적으로 따져보더라도 이러한 판단은 잘못된 것이 분명하다. 괴질의 발생 날짜를 뭍에서는 지난 화요일로 잡고 있는데, 막상 그때 가막도에는 질병이 전혀 발견되지 않았던 것이다.

또 하나 알 수 없는 일은 포구 밖을 지키는 뭍에서 보낸 검역선이다. 가막도의 동력선을 강제로 예인해 온 그들은, 아예 거루나 작은 쪽배까지도 포구 밖으로는 나가지 못하게 막고 있다. 전염병의 확산을 막기 위해 그들의 제재는 그런대로 이해할 만하다. 그러나 포구를 막고 도민(島民)의 출입을 통제하기 위해서는, 주민들의 생활이 위축되지 않도록 별도의 조처와 배려가 있어야 된다. 대부분의 생활 용품을 뭍에서 구해 오는 도민들에게는, 갑작스런 포구의 봉쇄는 생활상의 대단한 구속이자 불편이기 때문이다. 더구나 지금의 가막도는 여러 차례 구매 기회를 놓쳐 생필품의 부족이 심각하다. 148가구의 주민들 대부분이 등유가 떨어져 벌써 여러 날 째 캄캄한 밤을 지내고 있다. 환자가 내놓은 많은 빨랫감도 비누가 떨어져 옛날 방식으로 잿물을 내려 쓰고 있는 형편인 것이다.

그뿐인가. 검역선이 포구를 막는 판이라면 당연히 보건 당국은 섬에 상륙하여 방역과 예방조처와 환자 치료에 힘을 써야 한다. 한 차례 약품만 분교 교실에 부려놓고 간 그들은, 그후로는 간호원 한 명도 섬에 올려보낸 일이 없다.

얕은 돌담 모서리를 사람 둘이 돌아 들어온다. 앞선 사내는 안종선이고 뒤처진 청년은 복진이 형인 복철이다.

"이장 어른."

안종선의 번들거리는 땀을 보고 대청에 앉은 사람들은 벌써 좋지 않은 소식임을 짐작한다. 마루 끝으로 다가온 안종선이 삭막한 얼굴로 중얼거리듯 입을 연다.

"끝동의 일순이가 운명허구, 샘터 뒷집의 아들 형제가 새루 설사를 시작했습니다."

말들이 없다. 방금 솟은 아침 해가 벌써 뜨거운 열기를 내뿜는다. 어제는 느티집의 늙은 할멈이 앓아 죽더니, 오늘은 또 열한 살짜리 계집아이가 죽었다. 그러나 죽어가는 사람보다도 매일처럼 숫자가 늘어가는 신환(新患)의 발생이 더 무섭다. 그토록 철저히 소독과 방역을 하는데도 신환은 하루 두세 명씩 계속해서 늘어나고 있다.

"자넨 또 무슨 일루 왔나?"

안종선의 뒤쪽에 붙어 선 복철이 청년이 앞으로 나선다. 손에 작은 휴대용 라디오를 들고 복철은 대청마루 끝에 엉거주춤 엉덩이를 걸친다.

"방금 아침 방송을 들었습니다. 가막도 얘기가 방송에 나오길래 어르신들께서두 들으셨나 해서 들러봤습니다."

"가막도 얘기가 방송에 나와?"

"예, 얼투당투 않은 이상한 얘기 끝에 우리 도가 이번 식중독의 발병지라구 허드군요. 하두 얘기가 허랑허구 이상해서 어르신들헌테 알아보려구 부랴부랴 이리루 왔습니다."

"이상한 얘기라는 건 대체 무슨 소리야?"

"얼마 전에 가막도에 국적 불명의 외국 고깃배가 풍랑을 피해 들린 적이 있답니다. 지금 섬 안에 돌구 있는 괴질은 그때 외국 뱃사람들이 옮겨놓구 떠나간 역질인 것 같답니다."

"무슨 소리를 허는 겐가? 가막도에 언제 외국 배가 들어왔어?"

"제 귀루 분명히 들었습니다. 고기잡이 나온 동남아쪽 외국 배한 척이 풍랑을 만나 잠시 가막도에 들렸답니다. 그때 그 배에 송장허구 환자가 여럿 있었는데, 아마두 그때 가막도 주민들이 선원들과 접촉하면서 병을 옮겨 받은 게 아닌가 싶답니다."

서관수 노인이 의아한 얼굴로 아들 한호와 필배를 돌아본다. 한호가 눈살을 찌푸리더니 다그치듯 복철에게 묻는다.

"자네 정녕 그딴 얘기를 라디오 뉴스루 들었단 말인가?"

"예, 분명히 들었습니다. 저 혼자 들은 게 아니구 박두서 형님허구 인식이두 함께 들었습니다."

잠시 말들이 없다. 어처구니없는 내용이어서 그들은 오히려 어리둥절한 얼굴들이다. 폭풍이 몇 차례 있긴 했지만 요 근래에 가막도에는 외지 배가 들린 적이 없다. 더구나 외국 배라면 대뜸 섬 안에 소문이 파다할 텐데, 한 달이 아닌 몇 달을 들춰봐도 외지 배가 환자를 싣고 섬에 기항한 일이 없는 것이다. 그렇다면 라디오 방송은 어떤 근거로 그런 엉터리 뉴스를 내보낸 것일까? 현지에서도 모르는 전혀 날조된 이야기가, 누구의 제보에 의해 전파를 타고 전국에 방송되었단 말인가? 그러나 더욱 어처구니없는 일은, 그 엉터리 방송 뉴스가 사실 확인도 거치지 않은 채, 뭍에서는 지금쯤 움직일 수 없는 하나의 사실로 받아들여지고 있으리라는 것이다. 그 방송을 들은 전국의 수많은 청취자들은 이제 가막도가 그 고약한 병의 진원지라고 믿게 되었다는 것이다. 결국 그 뉴스가 사실과 다르다는 것을 아는 사람은, 발병의 진원지라고 세상에 알려진 가막도 현지에 사는 148가구의 도민들뿐이다. 그러나 그들은 섬 안에 갇혀 그 잘못된 방송 뉴스를 바로잡아줄 기회가 없다. 마치 앉아서 구정물을 덮어쓰듯 가막도는 괴질의 진원지라는 억울한 누명을 둘러쓰게 된 것이다.

"우리는 병이 뭍에서 묻어온 것으루 알구 있는데, 뭍에서는 외려 우리가 병을 옮겼다는 이야기군?"

"알 수 없는 일입니다. 여기 사는 우리두 모르는 일을 뭍에선 어떻게 알구 그런 방송들을 내보낸 거죠?"

"알구 모르는 게 무슨 상관인가? 그게 어디 사실이어야 말이지?"

잠자코 있던 한호의 입에서 거친 목소리가 튀어나온다. 대청에 엉덩이를 걸쳤던 복철이는 죄라도 지은 사람처럼 엉거주춤 몸을 일으킨다.

"전 들은 대루 말을 전했을 뿐입니다. 그런 방송을 내보낸 걸 보면 뭍에서두 혹 들은 얘기가 있지 않을까요?"

"얘길 전한 사람이 없는데 누가 그런 얘길 들었다는 겐가? 자네라면 그런 거짓말을 뭍에 나가 지껄였겠나?"

"우리야 그럴 리 없겠지만 혹 외지 사람이 잘못 말할 수도 있지 않습니까?"

"외지 사람?"

한호가 안종선과 정동근을 바라본다. 정동근이 고개를 내젓고는 단호하게 입을 연다.

"제 생각엔 외지 사람이 아니라 어제 낮에 가막도에 들렀다는 방역반 사람들이 그런 결론을 내린 게 아닌가 싶습니다."

"그건 또 무슨 소린가?"

"K항 검역 묘지에 잡혀 있던 우리 배가 그 사람들이 돌아온 후에야 풀려날 수 있었습니다. 결국 어제 가막도에 들른 배는 방역이 목적이 아니라 환자들의 동태와 전염 경로를 알아보러 왔던 것 같습니다. 라디오 방송으로 나간 뉴스는 아마 그 사람들의 조사 보고가 근거가 됐을 겝니다."

"그 얘기가 맞습니다."

침울해 있던 안종선이 모처럼 동근의 말에 찬성한다.

"방역반을 안내하면서 제가 어제 느낀 것두, 그 사람들이 방역은 뒷전인 채 무언가를 알아내기 위해 가막도에 찾아온 게 아닌가 하는 생각이었습니다. 문제는 현재 우리 가막도에 돌고 있는 질병이 정확히 뭐며, 방역과 치료는 어떻게 해야 하는가입니다. 제 생각엔 보건소 사람들은 그 병이 무슨 병인지 알고 있는 것 같았습니다."

"병명은 벌써 발표되지 않았수? 장염 비브리오라는 식중독의 일종이라면서?"

"방송에서는 뭐라구 하던가?"

안종선이 한호를 무시하고 복철에게 눈을 돌린다.

"식중독이라는 것 같았습니다. 허지만 병명이 아직 확정된 건 아니랍니다. 당국에서 곧 역학(疫學) 조사를 끝내구 확정 발표를 하겠답니다."

잠자코 듣고 있던 관수 노인이 아들 한호와 송필배를 돌아본다.

"너희들 중에 아무라두 먼저 포구 쪽에 내려가봐야겠다. 라디오 방송이 그렇게 발표를 했다면, 이제는 그렇다 아니다가 별 소용이 없게 됐어. 너희는 우선 포구에 내려가 뭍엣사람을 만나봐라."

"만나봐서는 어쩌라는 말씀인지……?"

"포구를 막아 바깥 출입을 못 허게 하니, 우리더러 어떻게 살라는지 우선 그걸 알아보라는 이야기야."

필배가 훌쩍 몸을 일으키며 선선히 입을 연다.

"예, 곧 내려가서 저쪽 사람들을 만나보죠."

8

바닷바람이 상쾌하다. 햇솜 같은 흰 구름이 하늘 가득히 범선(帆

船)들처럼 흘러간다. 해가 구름 뒤에 숨을 때마다 뭍과 바다에는 초록과 진초록의 얼룩무늬 그늘이 진다. 멀리 난바다를 건너 온 바람은 향긋한 바다 특유의 해초 냄새를 머금고 있다.

윤성희가 잠든 것을 보고 인규는 숙소를 빠져나왔다. 어제 오후 동력선과 더불어 가막도로 되돌아온 윤성희는 그 동안의 긴장이 풀린 탓인지 아침 식사를 대충 끝내고는 이내 방으로 들어가 정신 없이 잠 속으로 빠져들었다. 안채의 오선생 어머니는 인규에게 가벼운 눈짓을 했다. 피로가 덜 풀린 그녀를 실컷 자도록 내버려두라는 눈짓이었다.

습관처럼 낚싯대를 메고 인규는 숙소를 나와 뒷개와 가까운 해안으로 향했다. 뒷개 가까운 해안을 택한 것은, 포구 밖에 머물러 있는 검역선의 움직임을 지켜보기 위해서다.

마을의 외곽을 통과하는데 두 집에서 곡성이 들려왔다. 돌담 너머로 넘겨다본 집안에는 마을 사람들이 가득 모여 있었다. 이번에도 역시 상여가 없는 간소한 발상인 듯했다. 어른의 죽음에 상여틀이 돌려져서 아이는 상여도 없이 지게에 얹혀 산으로 갈 모양이었다.

마을은 아직도 사태의 심각성을 모르는 듯하다. 뭍에 나갔던 동력선이 검역 묘지에서 되돌아온 사건은, 앞으로의 가막도의 운명에 중대한 의미를 지닌다. 환자는 계속 늘고 있다. 식중독이라는 당국의 발표는 아무래도 신빙성이 없다. 숙소에서 새벽에 청취한 라디오 방송은 가막도가 이번 괴질의 발생지라고 말하고 있다. 이것은 누군가에 의한 의도적인 왜곡 보도다. 가막도에 괴질이 발생한 것은, 뭍 구경을 나갔던 아이들이 뭍에서 발병하여 귀도(歸島)한 이후부터다. 병은 오히려 가막도 아이들이 뭍에 나갔다가 얻어온 것이다.

잘못된 라디오 방송은 그러나 단순한 실수나 오보처럼 생각되지 않는다. 당국에서 사태를 몰라 그런 발표를 내보냈을 리는 없다. 비공식 발표이긴 해도 그 보도에는 다분히 보건당국의 암시적인 의도가 숨어 있다. 그러나 이러한 숨은 의도를 가막도 사람들은 잘못된 오보로만 파악하고 있다. 뭍에서 건너온 인규만이 기자로서의 직감으로 왜곡된 방송 보도의 숨은 의도를 눈치 채고 있을 뿐이다.

포구에 밤새 머물러 있던 검역선이 잠시 자리를 옮겨 외해 쪽으로 나가 있다. 선착장에는 동력선은 물론이고 늘 보이던 거루들조차 한 척도 보이지 않는다. 아마 검역선이 끌어내어 딴 갯가로 옮겨간 모양이다.

볕을 받은 갯가 바위에서 더운 열기가 숨을 막을 듯 끼쳐온다. 낚싯대를 바위 짬에 끼워두고 인규는 볕을 피해 아예 솔밭 속에 들어와 있다. 검역선이 포구를 막고 있는데도 마을에서는 아직 보건당국에 항의가 없다. 포구를 막는 검역선의 의도를 주민들이 정확하게 이해하지 못하고 있는 탓이다.

"아저씨."

작대기를 멘 소년 하나가 땀투성이 얼굴로 인규에게 다가온다. 언젠가 갯가에서 만난 일복이라는 나이배기 소년이다.

"너로구나. 어쩐 일이냐? 낚시를 나온 모양이구나?"

"아뇨, 심부름이에요. 아저씨를 잠깐 만나보자는 사람이 있어요."

인규는 무심코 솔밭 사이로 포구 쪽을 내려다본다.

"날 만나자는 사람이 누구야?"

"아버지예요. 우리 아버지요. 절더러 아저씨를 집으루 뫼셔오라구 하셨어요."

"네 아버지? 폐가 나쁘다는? 무슨 일이야? 왜 아버지가 날 보자구 하는거지?"

"폐가 아녜요. 아버진 약이 필요해요. 약이 없으면 못 살아요. 제 얘기 모르시겠어요?"

소년의 얼굴이 열에 들뜬 듯 검붉게 상기되어 있다. 비오듯 흐르는 땀을 닦으며 소년이 다시 말을 잇는다.

"아버진 혼자예요. 마을이 아버질 버린 거예요. 약이 없으면 죽는다는 걸 알면서두 마을에선 아버지한테서 약을 몽땅 빼앗아갔어요."

한 발 길이의 긴 작대기를 소년은 길게 세워 죽창처럼 들고 있다. 소년의 흥분을 가라앉히기 위해 인규는 일부러 느긋한 표정으로 입을 연다.

"네 아버지가 필요루 하는 약이 아편인 모양이구나?"

"그래요. 전 알아요. 아저씨가 우리 아버질 뭍 사람들한테 고발할 거라는 걸요. 허지만 무섭지 않아요. 아버진 그 약이 없으면 어차피 죽을 테니까요."

"난 아무두 고발 안 해. 헌데 아버지가 왜 날 만나구 싶어하지?"

"사과를 하구 싶으시대요. 아저씰 죽일려구 했던 일을 후회한다구 하셨어요."

"날 죽일려구 했던 일이라니?"

"모르시겠어요? 우리 아버지가 아저씰 배에 태워 솔섬에다 버렸잖아요?"

인규가 턱을 당기고 살피듯 소년을 바라본다. 그런가? 바로 이 아이의 아버지가 문제의 그 사내란 말인가? 그러고 보니 소년의 눈 주위가 그 사내와 어딘가 닮은 것도 같다. 이마에 내밴 땀을 닦으며 인규는 되도록 조용히 입을 연다.

"아버지가 지금 많이 편찮으시냐?"

"네, 아주 많이요."

"혹시 아버지가 심하게 설사를 하지 않던?"

"아뇨, 미칠려구 해요. 전에두 그랬어요. 아버진 곧 죽을 거예요. 절대루 오래 살지 못해요."

"미안하다. 그런 병이라면 내가 가두 소용이 없어. 아버지한테 얘기 전해라. 솔섬에서 있었던 일은 난 벌써 잊어버렸다구."

"할 얘기가 있다구 하셨어요. 아버진 큰 약 덩이가 어디 있는지 알구 있어요."

"약 덩이라니?"

"아편 말이에요. 저두 예전에 본 적이 있어요. 같이 가서 알아보시지 않겠어요?"

"아니, 그만두겠어. 헌데 약이 있다면서 아버지는 왜 그 약을 쓰지 않지? 그 약을 쓰면 아버지 아픈 것두 깨끗이 나을텐데 말이야?"

"쓸 수가 없어요. 깊은 물 속에 있거든요."

"물 속에?"

"비닐봉지에 여러 겹으루 싸서 항아리에 넣어 바닷속에 가라앉혔대요."

"누가? 어떤 사람이 그 귀한 약을 왜 바닷속에 가라앉혔어?"

"몰라요. 그 사람이 죽어서 그 이유는 아무두 몰라요. 가라앉힌 바다두 아무두 몰라요. 아버지만 거길 알지만 아버진 그 약을 건질 수가 없어요. 낚시루 건질려구 했지만 항아리가 돼서 잘 건져지지 않나봐요. 아버지가 노상 낚시질을 하는 건 그 항아릴 몰래 건져올리기 위해서예요."

"그 약을 바닷속에 감춘 사람이 전번에 죽은 행상 아저씨냐?"

"몰라요, 전 몰라요. 알아두 그것만은 말할 수가 없어요!"

갑자기 뒷걸음을 치며 소년은 미친 듯 고개를 내젓는다. 오륙 미터쯤 물러선 소년은 이내 몸을 돌려 솔숲 속으로 내닫기 시작한다. 붙잡을 틈도 없이 소년은 벌써 시야에서 사라져 보이지 않는다. 텅 빈 숲 속을 바라보다가 인규는 어쩔 수 없이 천천히 몸을 돌린다.

갯가로 내려온 인규는 낚싯대를 걷기 시작한다. 종잡을 수 없는 소년의 말이 그제야 하나의 사건으로 질서 있게 꼴을 갖춘다. 그가 가막도에 오기 전에 권기탁이라는 약상 하나가 사망한 사건이 있었다. 도래물 근처의 바다에 떨어져 익사한 것으로 되어 있지만, 실은 무언가가 탐이 난 누군가가 그 사내를 죽여 바다에 떨어뜨린 것이라고 했다. 소년의 아버지가 약 덩이를 숨긴 바다를 안다면, 그 사건과 소년의 아버지는 분명히 어떤 연관이 있다. 죽은 약상은 고액의 현금뿐 아니라 주민들에게서 조금씩 구입한 약간의 약도 지니고 있었을 것이기 때문이다. 인규를 솔섬에 가뒀던 일도 어쩌면 그 사건과 연관이 있을지 알 수 없다. 그 즈음에 가막도에 나타난 인규에게 마을 사람들은 신경이 예민했고 몹시 경계하는 빛이었다. 인규를 뭍에서 건너온 약상의 가족이나 단속반원으로 오해했기 때문이다.

그러나 이제 소년의 아버지는 마약의 금단 증상에 의해 서서히 죽어가는 모양이다. 안종선에 의해 솔섬을 무사히 탈출한 후, 인규는 기회를 잡아, 자기에게 위해를 가했던 문제의 그 사내를 한번쯤 만나보고 싶었다. 자기를 살해할 목적을 지닌 사내여서 인규는 그 사내를 만나 살해 동기라도 알아보고 싶었던 것이다. 그러나 아들인 소년의 말에 의하면 그 사내는 마약 중독자로 마을로부터도 버림받아 폐인이나 다름없이 홀로 살아가는 모양이다. 결국 인규가 솔섬에서 당한 수난은 어느 미치광이 마약 중독자가 약에 취한 몽롱한 상태에서 인규를 위험 인물로 판단하여 자기 단독으로 저지른 살인 미수 사건인 셈이다.

"여기 계셨군요."

인기척과 더불어 사내 한 명이 소나무 사이로 비탈을 올라온다. 숲 모퉁이를 돌아가다가 그는 우연히 인규를 본 듯하다. 뭍에서 고등학교 교사로 있다는 서문호라는 동년배의 사내다.

"낚싯대를 보구 알았습니다. 고기 많이 낚으셨습니까?"

"아뇨, 어서 오십시오. 포구에서 올라오시는 모양이죠?"

"예, 보건소 직원이라두 만날까 해서 아침부터 선착장 쪽에 내려가 있었습니다."

"그래 직원을 만나보셨나요?"

"웬걸요. 난바다루 배를 물리구는 통 포구 안에 들어올 생각을 하지 않는군요."

오전에 낚은 노래미 볼락 등의 잡고기를 인규는 나뭇가지에 걸고 소나무 그늘로 들어온다. 요즘 날씨에는 낚은 고기는 당장 배를 따 말려야만 상하지 않는다.

"동행의 여자 손님은 혹 편찮은 데라두 있으신지?"

"아뇨, 아픈 덴 없습니다. 긴장이 풀린 탓인지 내쳐 잠만 자구 있습니다."

벼랑 머리에 가까운 곳이어서 바닷바람이 시원하다. 두 사람은 바람을 안고 바다를 향해 나란히 앉는다.

"밤새 마을에 신환은 또 없었습니까?"

인규의 묻는 말에 문호가 고개를 내젓는다.

"없는 게 뭡니까. 두 집에서 환자가 셋이나 늘었습니다"

"배루 포구를 막고 있는데, 마을에서는 앞으로 어떻게 이번 사태에 대처하실 생각들이시죠?"

"당국 쪽의 말을 들어봐야 되겠는데 배가 없어 나갈 수가 없으니 달리 어째볼 도리가 없군요."

"가막도는 봉쇄됐습니다. 검역권(檢疫圈)이 설치된다는 게 무엇을 뜻하는지 아십니까?"

"짐작은 합니다만…… 문제는 봉쇄의 목적이 무엇인가 하는 것입니다."

"가만히 있어서는 안 됩니다. 당국은 여론의 무마를 위해 어쩌면 사실을 감추고 가막도를 희생시킬 생각인지 모릅니다."

"여론의 무마란 무슨 뜻이죠?"

"제 생각엔 이번 선염병은 가막도 안에만 발생한 게 아닙니다. 적어도 K항과 그 인근 어촌에는 가막도 못지않게 많은 환자가 있을 겝니다."

"그걸 김선생은 어떻게 아시죠?"

"뻔하죠. 이번 질병의 발생 지역이 바로 K항이기 때문입니다. 외부와의 접촉이 거의 없는 가막도는, 이번과 같은 수인성(水因性) 전염병은 발생할 수가 없습니다. 외부에서 배와 화물이 많이 드나드는 K항이야말로 그런 무서운 전염병의 발생 소지가 가장 높은 지역입니다."

"그렇다면 환자가 발생했을 텐데 K항에선 왜 아직 발병 보고가 없습니까?"

"제 추측이 틀림없다면 그건 당국의 보도 통제 때문입니다. 당국은 민심의 동요가 무서워서 병명도 발생 지역도 보도 통제를 하는 것 같습니다."

"사실을 보도하는데 민심이 동요될 까닭이 있습니까? 더구나 통제라구 하셨는데 신문과 방송에서는 계속 속보가 나오고 있지 않습니까?"

"사실대로 발표할 수 없을 정도로 지금의 이 괴질이 무서운 전염병일 수도 있습니다. 그리고 신문이나 방송의 속보는 당국의 공식 발표가 아닌 기자들의 추측 보도들일 뿐입니다. 신환이 계속 늘고 있는데도 당국은 아직 병명조차 공식적으로 발표하지 않고 있습니다. 식중독이니 장염 비브리오니 하는 것은, 모두가 당국의 통제 하에 있는 일선 기자들의 추측 기사일 뿐입니다"

"그렇다면 당국에서 가막도를 봉쇄하는 까닭은 무엇입니까? 기자들의 추측 기사를 믿고 당국이 국민 생활을 함부로 제약할 수 있습니까?"

"그 점이 바로 가막도가 정신을 차려야 될 대목입니다. 당국은 지금 무슨 까닭인지 공식 발표를 늦춘 채 시간을 끌고 있습니다. 추측 기사만은 흘려보내면서 방역과 치료를 통해 전염병의 확산을 막아볼 생각인 것 같습니다."

"꼭 그래야 될 이유가 있을까요? 방역과 치료는 공식 발표 후에도 가능한 게 아닙니까?"

"아니죠. 문제가 있습니다. 무서운 전염병일 경우, 발표와 더불어 시민들의 큰 동요와 국제적인 문제가 따릅니다. 방역권(防疫圈)이 설치된 일부 지역은 물론이고, 항만과 공항이 폐쇄될 정도로 국가적으로도 대단한 피해를 각오해야 합니다."

문호가 잠시 숨결을 가다듬고 노타이 셔츠의 윗단추를 끄른다. 예상은 하고 있었지만 문호는 새삼스레 인규의 해박한 지식에 감탄

한다. 어쩌면 인규는 가막도 안에서는 이번 사건의 진행 과정을 가장 정확하게 파악하고 있는 사람인지 모른다. 자기류의 고집과 피해망상에 사로잡혀 있는 가막도 주민들에 비해, 이 낯선 외지 사내는 오히려 가장 밝은 눈과 정확한 판단력을 지니고 있는지 모른다.

"국가적인 피해라면 어떤 피해를 들 수 있죠?"

"항만과 공항이 폐쇄되면 우선 내외국 사람들의 국내외 여행이 제한됩니다. 입국하는 사람도 격감할 뿐더러 외국으로 나가는 사람은 아예 출국을 포기해야 됩니다. 전염병 발생을 염려해서 외국이 우리나라 사람을 입국시키지 않기 때문입니다. 그러나 더 큰 문제는 화물의 수입과 수출이 중단된다는 것입니다. 전염 경로를 차단하기 위해 외국에서 우리 수출품을 받아주지 않는 거죠. 이렇게 되면 수출길이 막혀 공장이 가동을 중단하고, 결국 이 기간이 장기화되면 국가 경제가 파탄에 이를 수도 있습니다."

문호는 새삼 이번 사태의 심각성에 놀란다. 그러나 더욱 놀라운 일은 뭍에서 계속되고 있는 매스컴의 허위 보도들이다.

"오늘 낮 방송을 들어보셨나요? 가막도에 특별 방역반이 파견되어 지금 한창 대대적인 방역 작업이 실시되고 있답니다."

"그런 방송이 나갔습니까?"

"알 수 없는 일입니다. 방역반은 커녕 사람 코빼기도 볼 수 없는데, 방송에서는 현재 가막도에 대대적인 방역이 실시되고 있다고 떠들고 있습니다."

"마을 사람들은 그 방송을 듣구 뭐라구들 하시죠?"

"젊은 축은 배를 띄워서라도 뭍에 나가 사태를 알아봐야 한다는 주장이고, 노인들은 병세가 숙어들 때까지 서둘지 말구 기다려보자는 얘깁니다. 김선생 의견은 어떻습니까? 기다려야 될까요, 서둘러야 될까요?"

"의학 지식이 부족해서 전 사태가 어느 정도로 심각한지 모릅니다. 허나 지금 가막도에 급한 일이 있다면 예방과 방역을 철저히 해서 신환 발생률을 떨어뜨려야 한다는 것입니다. 그러자면 가막도 주민들만으로는 큰 효과를 기대할 수 없습니다. 싫든 좋든 이번만은 뭍엣사람들한테 도움을 청해야 될 것 같습니다."

"그 얘기두 나왔습니다만 한 가지 곤란이 있습니다. 환자가 있는 집안에서 심한 반대를 하는 겁니다."

"반대라뇨? 그건 왜요?"

"금지된 약을 쓰는 때문이죠. 현재로선 그 약이 환자에게 가장 잘 듣는 약으로 되어 있습니다."

침묵이 흐른다. 더 이상의 말이 필요 없다. 가막도에 있어 '그약'의 존재는 늘 마지막에 부닥치는 신성불가침의 금기 대상이다. 바다로 둘러싸인 고립으로부터 '그 약'의 필요성은 절실해졌고, 다시 '그 약'을 지킴으로써 가막도는 스스로 고립을 자초하는 반복의 악순환을 되풀이하고 있다. 가막도의 어둡고 난폭한 역사는, 그 약의 발명과 더불어 시작된 것이라고 해도 좋다.

"김선생의 도움이 필요합니다. 우리를 좀 도와주십시오. 그 말씀을 드리기 위해 실은 어제부터 김선생을 찾았습니다."

갑작스런 서문호의 말에 인규는 얼핏 낭패스러운 표정을 짓는다.

"전 구경꾼이 아닙니다. 언제 저도 괴질에 걸려 병상에 쓰러질지 모릅니다. 검역선이 포구를 봉쇄하고 있는 한, 저 역시도 가막도 주민처럼 갇혀 지내는 사람이 아닙니까?"

9

포구로 비스듬히 뻗은 비탈길을 마을 청장년 예닐곱 명이 급하게 내려가고 있다. 그늘이 드리운 서너 간 앞쪽 갯가에는 흰 가운의 간호원 세 명과 남자 직원 네 명이 선착장 쪽으로 서둘러 다가가고 있다.

비탈을 내려온 마을 청년들이 어느새 자갈을 차며 물이 찰랑대는 갯가로 다가선다. 선착장 쪽으로 휘어지기 직전에 간호원과 보건소 직원들은 발을 세우고 마을 사람들을 기다린다.

"무슨 일입니까? 왜들 이러시죠?"

마을 청년들이 길을 막듯 선착장 길목에 길게 늘어선다.

"방금 안종선씨한테서 철수 소식을 들었습니다. 여러분들 못 가십니다. 이번에 다시 방역반이 철수하면 주민들이 다시는 당신들의 지시를 따르지 않을 겝니다. 철수 이유가 무엇입니까? 우리가 뭘 잘못했죠? 방역을 하러 올라오셨으면 일을 끝내구 돌아가야 하지 않습니까?"

떼를 지어 나타난 마을 청년들에게 방역반은 노골적으로 불쾌한 표정을 지어 보인다. 안경을 쓴 사십대의 사내가 직원들을 대표해서 공손하면서도 사무적으로 입을 연다.

"죄송합니다. 어쩔 수가 없습니다. 환자 가족들이 우리 치료를 방해하거나 거부하고 있습니다. 예방 접종을 실시할려구 해두 접종에 응하는 사람이 없어요. 우리가 베푸는 치료는 마다하구 환자들 대부분이 엉뚱한 한방약을 쓰구 있습니다."

선착장에 대어놓은 보트에서 경찰로 보이는 사내들 둘이 이쪽

으로 다가온다. 뒷전에 서 있던 서한호가 청년들을 대신해서 입을
연다.

"그 얘기는 저도 들었습니다. 허지만 방역반이 이대루 돌아가면
환자는 물론 이곳 주민들은 병마와 싸울래도 믿고 의지할 데가 없
습니다. 주민들의 협조가 부족한 것은 계몽이 덜 된 탓입니다. 하
루만 시간을 주십시오. 주민들을 설득해서 여러분들 작업에 불편
이 없도록 하겠습니다."

"어쩔 수가 없군요. 사실대루 말씀드리죠. 이곳 주민들은 법적으
로 금지된 마약을 쓰고 있더군요. 그 약은 약성이 강해서 한번 사
용하면 다른 약은 듣지를 않습니다. 쓰면 안 된다구 아무리 설명을
해두 우리 말은 통 들은 척두 안합니다. 마약 쓰는 걸 뻔히 보면서
우리가 어떻게 치료를 계속할 수 있겠습니까?"

서한호가 할 말이 없는 듯 입을 다물고 뒷전으로 물러선다.

오후 3시쯤 뒷개 포구에는 전에 있던 검역선 외에 또 한 척의 배
가 나타났다. 이번에 나타난 배는 선체가 흰 제법 큰 병원선(病院
船)이었다. 몇 번 뱃고동을 울리더니 병원선에서 작은 보트가 내려
졌다. 보트는 포구로 들어와 간호원과 남자 직원들과 많은 짐을 선
착장에 부렸다. 포구 안에 정박한 병원선에서 고성능 스피커가 공
지 사항을 알려왔다. 방역반이 상륙하여 분교 교정에 방역소를 설
치할 예정이니, 주민들은 예방 주사 접종과 기타 방역 작업에 협조
를 부탁한다는 내용이었다. 짐들을 분교로 운반해 온 방역반들은
고무장갑을 끼고 마스크를 하는 등, 한 시간 남짓 준비들을 갖추고
인원을 둘로 나누어 예방 주사 접종과 소독 작업에 들어갔다. 그러
나 환자들의 집을 차례로 방문하던 그들은, 세번째 집에서 예기치
않은 큰 장애에 부닥쳤다. 환자의 가족이 문 앞을 가로막아 그들의

환자 탐방을 완강히 거부한 것이다. 소독과 치료를 거절하는 가족들을 방역반 요원들은 이해할 수 없었다. 그러나 곧 다음 환자의 집에서 그 이유가 밝혀졌다. 의사의 처방이 없이는 쓸 수 없도록 된 법정 마약을, 이 가막도 주민들은 환자에게 거침없이 투여하고 있었다. 금지된 마약임을 방역반이 지적했지만 주민들은 놀라거나 당황해하는 기색이 아니었다. 방역반의 한 직원이 마약의 제시를 요구하자 사태는 오히려 험악한 국면으로 발전했다. 노인 하나가 승강이 끝에 방역반 젊은 요원 한 명의 따귀를 때린 것이다. 결국이 사건을 계기로 해서 방역반은 가막도 상륙 후 3시간 만에 철수를 작정했다. 환자에게 마약의 투여를 묵인하는 상태로는 어떤 방역이나 치료 행위도 의미가 없다고 생각한 때문이다.

잠시 멈춰 섰던 방역반의 책임자가 뒷전에 물러서 있는 현지 안내원인 안종선에게 다가간다. 환자들의 집들을 안내했던 안종선은 어느 틈에 방역반 요원들과 친숙한 사이가 되어 있다.

"약품은 그대로 두고 갑니다. 필요로 하는 주민들에게는 전표를 끊고 무상으로 분배해도 좋습니다. 그리고 이번 질병의 예방법이 적힌 작은 책자도 있습니다. 모든 집에 나누어주시어 방역과 예방에 참고하도록 하십시오. 끝으로 긴급 사태가 발생하면 언제라도 배로 연락을 주십시오. 가능한 한 여러분의 요구에 신속히 응하도록 하겠습니다. 안선생, 오늘 수고가 많았습니다. 하실 말씀 더 없으시죠?"

"한 가지 의문이 있습니다."

평소의 그와는 달리 안종선은 긴장된 얼굴로 방역반 책임자와 정면으로 마주선다.

"라디오 방송은 이번 질병을 장염 비브리오로 발표했는데 왜 가막도 주민들에게는 콜레라 예방 주사를 접종하고 있습니까?"

"예방 조칩니다. 콜레라도 일종의 비브리오 균속(菌屬)이 아닙니까? 같은 균속의 질병이어서 예방 조처로 콜레라 왁친을 권하는 것입니다."

직원의 친절한 설명을 듣고도 안종선은 전혀 납득한 얼굴이 아니다. 자기에게 집중된 시선을 의식하며 그는 더욱 긴장한 얼굴로 야무지게 입을 연다.

"섬 남서쪽 해안에 설치된 천막 세 개는 용도가 무엇입니까?"

침묵이 흐른다. 방역반 사람들이 멈칫하는 사이에 뒤쪽에 서 있던 서한호가 의아스레 입을 연다.

"형님, 그건 무슨 소립니까?"

"이분들이 포구로 들어올 때 샘골 앞 쪽으루 여러 사람이 상륙했네. 윤대인집 석이가 쥐풀을 뜯으러 갔다가 우연히 그쪽에서 천막 치는 인부들을 보았다네."

석이는 벙어리다. 벙어리가 전하는 말을 서한호는 믿을 수가 없다.

"형님이 직접 샘골에 가서 그 천막들을 확인했습니까?"

"가 봤네. 사실이더군. 내가 갔을 땐 빈 천막만 있었구 사람은 보이지 않았네."

다시 움직여 간 방역반 일부는 벌써 선착장에 대어놓은 보트에 오르고 있다. 뒤처진 40대의 사내를 향해 이번에는 정동근이 입을 연다.

"알고 싶습니다. 무슨 천막이죠? 왜 우리한텐 알리지 않았습니까?"

"우리는 모르는 일입니다. 아마 그쪽에 검역소 사람들이 임시 숙소라도 설치해두려는 게 아닐까요?"

"마을 분교를 써두 좋은데 따루 숙소를 만들 필요가 있습니까?"

"모르는 일이라지 않습니까? 그쪽 일은 우리보다 검역소 사람들께 물어보십시오."

뒤처진 남자 직원들이 차례로 보트에 탄다. 전투복 차림의 경찰 두 명이 마지막으로 배에 오른다. 뱃말에서 로프를 풀어주던 동근이 생각난 듯 다시 묻는다.

"부탁한 일용품들 잊어버리지 마십시오. 석유가 제일 급합니다. 해 지기 전에 몇 말이라도 먼저 보내주시면 고맙겠습니다."

"알겠습니다. 일용품들은 몰라도 석유는 곧 보내드리도록 하겠습니다."

모터 소리가 울리더니 배가 빠르게 선착장을 떠난다. 뱃머리를 난바다로 돌린 보트는 무서운 속도로 뭍을 떠나 바다로 질주해간다. 멀어지는 배를 지켜본 후 청년들은 하릴없이 마을 쪽으로 몸을 돌린다. 넋 나간 표정의 안종선을 향해 한호가 다시 말을 물어온다.

"형님 생각은 어떻습니까? 저 사람들이 배루 돌아가서 오늘 본 일들을 입 다물고 있을까요?"

"약을 봤으니 보고는 해야겠지. 손찌검만 안 했어두…… 무사했으면 좋겠는데."

"샘골에 천막을 왜 쳤을까요? 방역반과 검역소가 따루따루 사람들을 파견한 모양이죠?"

"검역소는 항구에 있으면서 입출항하는 배들을 검역하도록 되어 있네. 헌데 그 방면의 사람들이 가막도에 온 이유를 알 수가 없어. 여기야 항구가 아니라서 들고나는 배두 없지 않은가?"

모를 일이 한두 가지가 아니다. 라디오 방송조차도 오락가락 신빙성이 없다. 이제는 새로운 환자가 가막도뿐 아니라 K항에서도 발생한 모양이다. 병명은 식중독에서 장염 비브리오로 바뀌더니, 오늘은 또 비공식 발표라는 단서를 달고 의사(擬似) 콜레라라는 추측 보도를 내고 있다.

갯가 비탈로 올라가는데 복진이 청년이 마을 쪽에서 내려온다. 청년의 땀투성이 얼굴을 보고, 올라가던 사람들은 이미 긴장된 얼굴들을 하고 있다. 이마의 땀을 손등으로 뿌리며 복진이 숨가쁘게 입을 연다.

"동박골 욕쟁이 할머니가 죽었어요. 죽은 지 여러 날 되나 본데 혼자 죽어서 뒤늦게 안 모양이에요. 일복이 녀석이 집 앞을 지나가다 냄새가 지독해서 잠깐 들렀다가 송장을 보았다는 얘깁니다."

동박골이라면 마을 동쪽의 산길이 끝나는 골짝을 말한다. 외아들이 군대에 가고 없어서 노파는 그곳 초가에 혼자 지내고 있었다. 나이가 많은 노파여서 어쩌면 괴질이 아닌 노환인지도 알 수 없다. 전염병 때문에 경황들이 없어 죽음을 늦게 안 것이 고인에게 미안할 뿐이다.

"두서하구 인식이하구 먼저 동박골루 올라가 있게. 어른들에게 말 전하구 우리두 곧 준비 갖춰 뒤따라 감세."

한호의 짤막한 지시를 받고 박두서와 인식이 복진의 뒤를 따라간다.

자기 발 앞의 긴 그림자를 밟으며 한호는 새삼스레 숨가쁜 더위를 느낀다.

제 6 장

1

"이 사람아, 하필 자네가. 이게 대체 무슨 변곤가."

윤오복 노인이 무릎을 꿇고 환자의 머리맡에 내려앉는다. 손을 더듬어 잡았지만 환자는 자는 듯 아무런 움직임이 없다. 볼과 눈자 위가 움푹 꺼져서 환자는 어느새 몰라보게 얼굴이 피폐하다. 발병을 안지 세 시간만에 사람이 이토록 탈진 상태에 이른 것이다.

"수만이, 눈 좀 떠보게. 나 누군지 알아보겠나?"

정동근의 아버지 정수만 노인이 퀭한 눈으로 윤노인을 올려다본다. 평소에 술로 건강을 해쳐, 병마가 덮치자 한결 신색이 말이 아니다. 검게 탄 입술을 들썩이더니 환자가 뜻밖에도 주름을 잡고 웃어 보인다.

"형님, 돌아가소. 내 병 내가 잘 아느니……"

흐느끼는 여인의 울음소리가 방을 울린다. 사내들 뒤쪽 방구석에 앉은 동근의 누이동생 동숙이 흐느끼는 소리다. 병세가 위중함을 알고 있어서 가족이나 문병객이나 번다한 말이 필요하지 않다. 오히려 환자 쪽에서 성한 사람들을 위로할 정도다.

"나 죽는 건 섭섭치 않은데 가막도 앞일이 걱정이우. 병세가 속히 잽혀야 헐 텐데…… 나 말구 오늘 또 몇 명이나 자리에 누웠수?"

"남 걱정 말구 자네나 어서 털구 일어나게. 병은 곧 잽힐 게야. 정신을 놓으면 병이 더 질겨지네."

"형님께 나 부탁이 하나 있소. 내 방에 제발 여러 사람 좀 들이지 마소. 애들두 딱 꼴이 보기 싫소. 이거야 어디 시끄러워서 눈 한 번 편히 감아보겠소?"

기운이 빠진 목소리지만 환자는 의외로 죽음 앞에 당당하다. 혼자 있도록 해달라는 것은 가족이나 친지들에게 병을 옮기고 싶지 않다는 뜻일 것이다. 그것을 잘 아는 성한 사람들은 환자의 깊은 뜻이 또 한 번 고마울 뿐이다.

"나 그럼 다시 들름세. 행여나 정신 놓지 말구 마음을 야무지게 다잡아 먹어야 하네."

"세상에 빚이 많은 놈이라 나 그렇게 쉽게 죽지는 않을 게요. 가 보소 오복이 형님. 형님이 내 집에 발걸음 할 때두 있소그려."

환자의 손을 한 번 꼭 잡아준 뒤 윤노인은 몸을 일켜 말없이 방을 나온다. 마루에서 마당으로 내려서는 윤노인을 동근이 뒤따라 나와 사립문 앞까지 배웅한다. 집 밖으로 먼저 나가더니 윤노인이 다시 몸을 돌린다.

"병들었다구 다 죽는 건 아니야. 물을 팔팔 끓여가지구 심심하면 입 안에 흘려넣게. 그리구 너들두 조심해야 해. 환자 방에서 나올 때는 손 씻는 것 잊지 말구, 음식이며 물이며 먹는 물건은 모두 끓이거나 삶아서 써야 허네."

정동근이 눈물을 뿌린 후 대답 대신 고개를 주억거린다. 골목을 서둘러 빠져나오는데 뒤따르던 한호가 걱정스레 입을 연다.

"탈 났군요. 오늘 하룻새에 신환(新患)이 벌써 여덟입니다."

"병이 뿌리가 깊어져서 앞으룬 더 많은 환자가 나올 게야. 이러다가는 가막도 사람 씨도 안 남을 모양일세."

"종선이 형님이 기다립니다. 샘골에 아마 일이 생긴 것 같습니다."

"샘골에?"

"고깃배루 보이는 큰 배 네 척이 두어 시간 전에 선바위 앞으루 들어왔답니다. 천막을 치길래 이상하다 했더니, 그 쪽 갯가루 쪽배를 띄워 송장하구 병자들을 실어 나른다는 이야깁니다."

"송장이라니? 어느 송장을 실어 나른다는 게야?ʼ

"배루 실어오는 송장이니 뭍에서 오는 송장이겠지요."

"이런 쳐 죽일 놈들을 봤나. 왜 뭍에서 죽은 송장을 우리 섬으루 실어온다는 게야?"

"나름대루 까닭이 있겠지요. 병자들은 미리 쳐놓은 천막에다 부리는 것 같구, 송장들은 한데 모아 화장을 할 것 같답니다."

온화한 성품의 윤오복 노인에게서도 이제는 험한 욕설이 거침없이 튀어나온다. 그만큼 주변의 일들이 긴박하게 돌아가는 때문일 것이다. 더구나 들리는 말마다 상식으로는 납득하기 어려운 이상한 일들뿐이다. 뭍에서 이제는 환자와 사체까지 배로 실어와 가막도에 버리는 기막힌 실정인 것이다.

"안종선이 이 사람은 어디 있나?"

"공판장에 있습니다. 그쪽에서 기다리마구 절더러 어르신을 뫼셔오라구 했습니다."

윤노인의 걸음이 빨라진다. 낯선 배들이 들어온 것은 윤노인도 진작 알고 있었다. 환자들의 집을 차례로 돌다가 우연히 포구 밖에 머문 여러 척의 배들을 발견한 것이다. 그러나 배들을 보고도 윤노인은 별로 관심이 없었다. 가막도에 검역권(檢疫圈)이 설치된 마당이라 그 배들도 뭍에서 건너온 방역반의 배거나 검역선 정도로 생각한 것이다. 허지만 그 배들이 사체와 환자들을 운반해 왔다면, 그것은 어느 모로 보더라도 예사로운 일이 아니다. 병원도 없는 외딴 섬에 환자를 실어온 것도 우선 이상하고, 특히 연고자가 있을 시체들을 하필이면 이곳까지 운반해 와서 화장하는 것은 더욱더 이상한 일이다. 그러나 이유가 있을 것이다. 언제나 그러했듯이 뭍에서 하는 일에는 꼭 그럴듯한 이유들이 있었다. 그 이유가 어떤 것인지 윤노인은 궁금할 뿐이다.

공판장 앞 느티나무 그늘에 사내들 예닐곱이 둘러서 있다. 여러 사람이 둘러선 것을 보니 뭔가 사고라도 발생한 모양이다. 윤노인과 한호가 다가가자 그들 중 안종선이 반기는 얼굴로 입을 연다.

"정수만씨 병환은 어떻습니까?"

"병이 벌써 깊어졌네."

"마침 때맞춰 오셨습니다. 그러지 않아두 대인 어른께 일을 여쭤보려던 참이었습니다. 사고가 생겼습니다. 방금 복철이가 샘골에 갔다가 당터 이승평(李昇平)이가 잡혀가는 걸 봤답니다."

"승평이가 누구한테 잡혀가?"

"샘골에 천막을 친 검역반 사람들이 승평이를 결박까지 지워 보트에 태워 큰 배루 잡아갔답니다."

"사람을 잡아갔으면 이유가 있을 것 아닌가?"

"그걸 알 수가 없습니다. 무슨 까닭인지 알아보려구 승평이 아들

일복이 녀석을 찾으러 보냈습니다."

마당 귀퉁이에 놓인 평상에 윤노인이 걸터앉는다. 주위에는 안종선을 비롯하여 동근과 가까이 지내는 젊은 축들이 둘러서 있다.

"어르신, 또 한 가지 아셔야 할 일이 있습니다."

이번에는 안종선 대신 군대를 갓 다녀온 박인식이 입을 연다.

"샘골에 천막을 친 이유를 오늘사 알았습니다. 가막도를 뭍엣사람들의 환자 수용소루 만들 모양입니다. 밖에서 병들어 죽어가는 사람들을 모조리 배루 실어와서 샘골 천막에 수용할 눈칩니다. 송장두 벌써 여럿 보트에 실려 들어왔습니다. 비닐에 싸서 감춰 갖구 왔지만, 그건 누가 보더라두 틀림없는 송장입니다. 이대루 놔둬서는 안 됩니다. 왜 우리 가막도에 외지 환자를 실어와 부립니까? 돌림병 환자를 섬에 부리면 우리 가막도는 어쩌라는 겁니까?"

윤노인이 곰방대를 꺼내어 담배를 쟁인 후 천천히 불을 댕긴다. 젊은 축들의 높아지는 목소리를 윤노인의 느린 동작이 효과적으로 제지한다. 담배 한 모금을 맛있게 삼킨 뒤 윤노인이 낮은 목소리로 차분하게 입을 연다.

"짐작만 가지구 이러쿵저러쿵 말들 해봐야 소용이 없어. 누가 한 사람 저쪽에 찾아가서 저쪽 얘기를 들어봐야 해. 내 생각엔 그런 일에는 서울 낚시꾼이 좋을 것 같네. 종선이 자네가 그 사람한테 가서 부탁 좀 해보지 않으려나?"

"부탁이야 어렵지 않지만, 문제는 샘골의 천막을 그대루 둬두 되겠느냐는 것입니다. 뭍에서 온 환자를 수용하기 시작하면 우리 마을이 무사할 수 없습니다. 좁은 섬 안에 외지 환자까지 닥쳤으니 이제는 방역이구 소독이구 다 틀린 일입니다."

"천막이 모두 몇 개라구 했나?"

"큰 게 둘, 작은 게 셋, 모두 다섯으루 늘었습니다."

"환자만 실어다놓구 봐주는 사람은 따루 없든가?"

"웬걸요. 간호원두 뙤구 의사 같은 사람들두 서넛 올라와 있습니다. 밤에 전등불이 환한 걸 보면 작은 발전기두 신구 온 모양입니다."

"그렇다면 치료를 한다는 이야긴데, 왜 하필 뭍 병원을 놔두구 예까지 와서 법석들인가?"

"우리두 그 까닭을 알 수가 없습니다. 솔섬 이쪽 후미진 갯골에는 검역선 말구 보통 고깃배두 여러 척이 묶여 있습니다. 제 생각엔 바다에서 잡혀오거나 끌려온 배들 같은데, 그 배들이 어디서 왔으며 무슨 연유루 여기까지 끌려왔는지 모르겠습니다."

"생김새가 어떻게 생긴 배들인가?"

"먼 바다루 여러 날씩 고기잡이 나가는 중선(重船)들 같았습니다. 예닐곱 척이 함께 묶였는데 배 안에 뱃사람은 한 명두 뵈질 안더군요."

"허면 빈 배를 끌어왔다는 말인가?"

"사람을 죄 딴 데루 옮겼거나 선원들이 모두 죽어서 송장들을 어딘가루 옮겼는지 모르지요. 돌림병으루 죽은 송장들이 그득허게 실린 배를, 여러 사람들 지켜보는 큰 항구루는 입항시킬 수가 없었을 겝니다. 궁리 끝에 검역반에서 이리루 몰래 끌어와서는 사람 눈에 띄지 않는 으슥한 곳에 감춘 듯싶습니다."

침묵이 흐른다. 이해할 수 없는 일들이 요즘은 매일처럼 섬 안팎에서 일어나고 있다. 섬 주민과 뭍 사람들 사이에 이해와 협조가 이루어지지 않은 탓이다. 어느 쪽도 적극적으로 상대편의 의사를 알려고 하지 않는다. 귀찮은 일은 피하겠다는 듯, 서로는 적당한 선에서 상대를 아예 모르는 척 묵살하고 있다. 그러나 고통스러운 쪽은 괴질로 매일 죽어가는 가막도 주민들이다. 뭍에서 온 방역반을 거부한 채, 그들은 죽어가는 환자들을 속수무책으로 지켜볼 뿐이다.

사태가 더욱 급박해진 것은 하룻새에 크게 불어난 새로운 환자들이다. 어제까지는 열 넷이던 환자 수가 오늘 여덟이 새로 늘어 스물 둘로 불었다. 이런 추세로 병세가 확산되면 가막도 전 주민이 전염될 날도 멀지 않다. 주민들만의 소극적 예방으로는 괴질은 전혀 잡힐 가망이 없어 보인다.

발병자는 지금까지의 예로 보아 칠 할 정도가 목숨을 잃고 있다. 주민들이 믿었던 '비상구급약'도 임시변통일 뿐 큰 효과는 없어 보인다. 환자들의 주된 사망 원인은 설사에 의한 심한 탈수(脫水) 때문이다. 두통과 구토가 더러 있지만 대부분은 별다른 증세 없이 물과 같은 설사만을 계속한다. 환자는 설사에 의해 심한 탈수증에 빠져들고, 뒤이어 체온이 떨어지면서 경련과 함께 조용히 숨을 거두는 것이다.

"저게 뭐요?"

누군가가 들녘 너머를 손을 들어 가리킨다. 한 줄기 굵은 검은 연기가 청회색 하늘로 길게 가로 흐르고 있다. 용틀임을 하듯 흘러가는 연기는, 바로 그들의 눈앞에서 점점 굵은 기둥이 된다. 불길이 보이지 않는 것은 들머리가 시야를 가로막고 있기 때문이다. 솟아오르는 연기의 기세가, 타고 있는 불의 크기가 예사롭지 않음을 짐작하게 한다. 기름이라도 쏟아부은 듯 연기는 점점 크게 하늘 높이 치솟고 있다.

"저기가 어디야?"

"샘골 쪽입니다."

"뭘 태우길래 연기가 저리 큰가?"

"아마 송장들을 태울 겝니다."

해가 구름에 가려 있어서 들과 바다가 희뿌연 청회색이다. 그나마 한두 시간 후면 해는 바다로 빠질 것이다. 말이 없던 서한호가 윤노인을 향해 모처럼 입을 연다.

"이래가지군 안 되겠습니다. 온 마을이 결단나기 전에 달리 대책을 세워야 될 것 같습니다."

들었는지 말았는지 윤노인은 아무런 말이 없다. 피로에 지친 윤노인의 모습이 한호에겐 며칠 사이에 십 년은 더 늙어 보인다.

2

돌무더기의 둑길을 지나자 눈 아래로 불빛 몇 개와 무쇳빛의 바다가 보인다. 불빛은 비탈 아래쪽의 긴 공터에서 새어나오고 있다. 해안을 따라 길게 뻗은 공터는 이쪽에서는 왼쪽 끝자락만 들녘 너머로 보일 뿐이다.

역한 냄새가 바람결에 풍겨온다. 어둠 속을 떠도는 냄새는 방향을 전혀 짐작할 수 없다. 아마 공터 왼쪽 모서리의 벼랑 아래에서 피어오르는 모양이다.

드디어 밝은 불빛들과 함께 긴 공터에 천막들이 가지런히 눈 아래로 드러난다. 바다 쪽으로 터진 좁은 공간에는 유난히 불빛이 밝다. 자갈이 흘러내린 그쪽 해안 틈바구니로 보트 따위의 작은 배들이 드나드는 모양이다.

"누구요?"

바른쪽 끝머리의 천막 입구에 사내 하나가 불빛을 등진 채 뭍을 보고 의자에 앉아 있다. 이쪽의 접근을 진작부터 알고 있었던 듯, 사내는 다가오는 두 사람을 앉은 채로 기다린다.

"마을에서 왔습니다. 뵙구 말씀 좀 드렸으면 좋겠습니다."

"누구를 찾으시오? 여긴 아무나 드나들 수 없게 되어 있소."

"천막엔 들어가지 않아도 됩니다. 이곳 책임자 되는 분께 몇 마디 여쭤볼 말씀이 있습니다."

"여긴 환자들이 수용된 곳이오. 책임자를 만나려거든 내일 밝은 날 다시 오시오."

"포구 쪽으로도 가봤습니다만 아무도 만날 수가 없었습니다. 시간을 다투는 일이어서 부득이 이쪽으루 내려왔습니다."

"지금은 밤이 깊어 다들 배로 돌아갔소. 이런 시간에 찾아와서 대체 누구를 만나겠다는 이야기요?"

흰 가운을 입은 채 야외용 의자에 비스듬히 앉아, 사내는 이쪽을 전혀 용납할 기세가 아니다. 그러나 곧 이쪽에서도 사내 하나가 야무지게 입을 연다.

"이런 밤중에 찾아왔을 때는 이쪽에도 그럴 만한 이유가 있지 않겠습니까? 우리를 이대로 돌려보내면 당신들은 조만간 크게 후회를 하게 됩니다. 당신들은 이곳 주민들에게 큰 실수를 하고 있습니다. 그 실수를 알려드리는 게 우리들이 찾아온 목적입니다."

입구의 불빛이 흔들리더니 사내 하나가 천막에서 나온다. 의자에 앉았던 사내가 일어나 그 사내에게 길을 틔워준다. 이 사내 역시 가운을 입었고 입에 마스크까지 하고 있다. 잠시 이쪽을 살피는 듯하더니, 사내가 마스크를 벗으며 빈 의자를 손으로 가리켜 보인다.

"어서 오십시오. 하실 말씀이 있으시다구요? 전 책임자는 아닙니다만, 그분께 말씀을 전할 수는 있습니다."

서문호를 뒤로 달고 인규는 곧 불빛 속으로 들어간다. 갓을 씌운 전구 두 개가 노천에 세운 긴 장대에 매달려 있다. 전구 주위에 날벌레의 떼가 부옇게 날고 있고, 어디선가 모터가 작동하는지 엔진 소리가 간헐적으로 들려온다. 다섯 개의 천막들 중의 큰 천막 두 개는 내부를 전혀 볼 수가 없다. 나머지 세 개의 작은 천막들만 아랫자락을 말아 올렸고 불빛들이 환히 밖으로 새어나오고 있다.

"이쪽 의자루 앉으십쇼. 천막 안으로 모셨으면 좋겠지만 그쪽은 출입 통제 구역이라서…… 양해해주시기 바랍니다."

"아닙니다. 고맙습니다. 만나뵙는 게 목적이니까 우린 어디라두 좋습니다."

야외용 철제 의자에 인규와 문호가 내려앉자, 사내도 불빛을 등지고 가까운 의자에 앉는다. 대여섯 평 크기의 가까운 천막은 통풍을 위해 밑을 말아올려 밖에서도 내부가 훤히 보인다. 천막 안에는 철제 캐비닛과 나무 상자들과 약품이 들었음 직한 약함도 두 개나 비치되어 있다. 이곳도 역시 천막 주위로 소독약 냄새가 진동한다. 지긋한 나이와 정중한 언동으로 보아 사내는 생각보다 높은 직위에 있는 듯하다. 문호를 잠깐 돌아본 뒤 인규가 다시 입을 연다.

"이쪽 말씀을 드리기 전에 우선 몇 가지 여쭤볼 일들이 있습니다. 이 섬의 동북쪽 끝에 자라목이라는 지명이 있습니다. 혹시 오늘 검역소 당국에서 그쪽에 상륙하지 않았습니까?"

"우리는 상륙한 일이 없고 마약 단속반이 상륙한 것으로 알고 있습니다."

"상륙한 이유는 뭐죠?"

"자세힌 모릅니다만, 그곳에서 단속반이 밀조된 마약을 발견했다구 하더군요."

"마을 주민들은 그 사건에 대해 불만들이 대단합니다. 마약 관계는 잘 모르지만, 그곳은 비상시를 대비한 마을 공동의 비밀 창고로 쓰이는 곳입니다. 자기들이 소중하게 생각하는 창고를 당국이 사전 양해 없이 함부로 손을 대어 물건까지 절취해갔다고 이곳 주민들은 지금 몹시 분개하고 있습니다. 그 창고도 어엿한 국민의 소중한 사유 재산인데 아무리 단속반이라지만 수색 영장 없이 마구 손을 대어 물건을 들어내 갈 수 있습니까?"

"단속반이 아니라서 전 그쪽 일은 잘 모릅니다. 마약을 숨긴 것이 사실이라면 당국의 처사만을 탓할 수도 없지 않습니까?"

"이곳 주민들은 마약에 대해 죄의식이 별로 없습니다. 문제는 마약에 있지 않고 당국의 일방적인 부례한 처사에 있습니다. 더구나 오늘 해질녘에는 섬에서 정체 불명의 큰 연기까지 솟아올랐습니다. 그 연기는 소문에 의하면 시체를 화장하는 기름 버너의 연기라구 하더군요. 이곳에 천막을 세운 이유에 대해서도 놀라운 소문이 떠돌고 있습니다. 그것들이 단순한 소문에 불과한지 혹은 사실인지 밝혀주시길 부탁드립니다."

침묵이 흐른다. 망설이는 사내의 표정에서 인규와 문호는 이쪽에 대한 경계심과 불신감을 읽을 수 있다. 사내의 경계심을 누그러뜨리기 위해 문호가 자기 변호라도 하듯 차분하게 입을 연다.

"우린 마을을 대표해서 찾아온 사람들이 아닙니다. 당신들에게 닥칠지 모를 중대한 위험에 대해 경고를 하기 위해 찾아왔습니다. 허나 그보다 먼저 궁금한 게 있습니다. 요즘 이 부근 일대에서 알 수 없는 일들이 일어나고 있습니다. 그 일들이 어떤 일들이며 무슨 목적으로 누구에 의해 주도되고 있는지, 그 일들에 대한 정확한 사실들을 알아보기 위해서 왔습니다. 사실대로 말씀드리면 이분과 저는 이 고장 사람이 아닙니다. 우연히 이곳에 발을 들여놓았다가 괴질로 인해 발이 묶여 잠시 이곳에 체류 중인 사람들입니다."

"두 분 중에 어느 분이 김인규씹니까?"

"접니다만…… 어떻게 제 이름을 아시죠?"

"이곳 주민 중의 한 사람이 오늘 한낮쯤 해서 저희 천막을 찾아왔습니다. 알구 보니 매우 위험한 중증의 마약중독잔데 누가 자기를 해치려구 한다면서 하루라도 빨리 이 섬을 탈출하고 싶다구 하더군요. 허지만 몸에서 약간의 마약이 발견되어 마약반에 통고하여 즉시 연행토록 했습니다. 허나 그 사람의 입을 통해 그간의 마을 사정과, 마을과 연관된 여러 가지 사건들을 알게 되었습니다. 그 중에 하나가 낚시를 오신 김선생께서 이 마을에 남게 된 복잡한 사연입니다."

"그 사람이 자기를 해칠 위험 인물로 저를 지목했습니까?"

"그렇습니다. 김선생을 낚시꾼으로 가장한 마약 밀매업자라구 하더군요."

인규는 잠자코 문호를 돌아본다. 한낮쯤 해서 연행된 사내라면 마약 중독자인 이승평이 분명하다. 그는 김인규를 솔섬에 가둬 죽이려고 했던 장본인이며, 걸핏하면 인규를 찾아오는 일복이라는 소년의 아버지이기도 하다. 자라목의 비밀이 탄로된 것도 어쩌면 그 사내의 제보에 의한 것인지 모른다. 일찍이 마약 중독자로 마을에서도 버림받은 그가, 스스로 당국을 찾아가 당국의 도움을 요청한 이유가 궁금하다.

"이승평이라는 그 마약 중독자의 제보를 이곳 분들은 어떻게 생각하고 계십니까?"

"그 사람은 중증의 마약중독잡니다. 횡설수설하는 그 사람의 진술 속에서 우리는 오히려 여러 말들을 종합하여 김인규 선생의 신분을 알아낼 수 있었습니다. 선생께는 미안합니다만 잡지사로 전화를 걸어 사실 확인까지 했습니다."

"그동안 많이 바쁘셨군요. 좋습니다. 이제 제 신분을 아셨다면 제 질문에 대한 대답을 망설일 이유가 없지 않습니까? 우리는 사실을 알고 싶습니다. 이곳에 왜 많은 수의 천막을 세웠으며 기름 버너로는 무엇을 태우는지 주민들은 몹시 불안해하고 있습니다."

"그 질문에 대답하기 전에 두 분께 우선 제가 먼저 묻겠습니다. 이번 괴질을 두 분께서는 무슨 병이라고 생각하십니까?"

"장염 비브리오가 아닌가요?"

"아닙니다."

"당국의 발표가 장염 비브리오로 나오지 않았습니까?"

"발표는 그렇게 나왔습니다만 사실은 진성 콜레랍니다."

"콜레라요?"

튕기는 듯한 인규의 반문에 사내는 잠자코 고개를 끄덕인다. 한참만에 사내가 다시 다짐하듯 입을 연다.

"이왕 이야기가 여기까지 나왔으니 두 분께만은 사실 그대로를 말씀드리겠습니다. 의사의 양심을 걸고 장담합니다만 이번 괴질은 비브리오 아닌 엘톨형 진성 콜레랍니다."

"그렇다면 왜 당국의 발표는 장염 비브리오로 나왔습니까?"

"여러 가지 주변 사정들에 의해 병명을 사실대로 발표할 수가 없었습니다. K항을 비롯한 전국에서는 아직은 이번 괴질을 장염 비브리오로 알고 있습니다. 의사이자 공무원인 내 입에서 콜레라라는 말이 나온 것은 아마 오늘 두 분 앞이 최초가 될 것입니다."

"의심은 하고 있었습니다만…… 헌데 왜 당국에서는 사실대로 발표를 안 하는 거죠?"

"콜레라는 제 일종(一種)에 속하는 무서운 국제 전염병입니다. 세상에 한 번 콜레라가 발표되면 그 시각부터 민심이 들끓고 국가적인 손실도 막대합니다. 결국 이러한 국내외적인 손실들 때문에 사실 보도가 유보된 채 엉뚱한 병명이 발표된 것입니다. 방역을 통해 병세의 확산만 어느 선에서 막을 수 있다면, 굳이 병명을 사실대로 밝혀 국가적인 경제적 손실을 불러들일 까닭이 없지 않습니까?"

"하루에도 수십 명씩 사람들이 병으로 죽고 있습니다. 방역 당국은 국민의 소중한 생명보다 경제적 손실에 더 큰 비중을 둔다는 얘깁니까?"

"반드시 그렇지는 않습니다. 생명을 경시해서가 아니라 경제적 손실이 너무 크기 때문입니다. 일단 콜레라가 발표되면 모든 국가적 경제 행동이 마비 상태에 빠집니다. 우선 공항과 항만이 폐쇄되고 수입과 수출이 전면적으로 중지됩니다. 수출 화물을 적재한 채 배들은 꼼짝없이 검역소에 묶이게 되고, 관광객과 출입국자들까지 우리나라에는 출국과 입국이 전면적으로 보류됩니다. 국내 경제도 그 타격은 금액으로 환산할 수 없을 정돕니다. 발병 지역 부근 일대는 교통이 철저히 통제되고, 해산물과 채소 등의 생필품은 유통이 제한되고, 지역과 지역 간의 왕래가 끊겨 국민들의 생활권이 한정되거나 축소되고, 모든 기업이나 산업 활동이 중단되거나 통제됩니다. 그러나 더 큰 문제는 국제 사회에 미칠 국가적인 위신의 추락입니다. 전근대적인 후진국형 질병이기 때문에 콜레라는 발병

자체가 국민적인 수치일 수밖에 없습니다."

인규는 하늘을 올려다본다. 기록을 통해 그는 이미 손실의 크기를 어렴풋이 알고 있다. 특히 발병 지역으로 공표된 곳에서는 생필품 부족으로 인한 말할 수 없는 주민들의 고통이 뒤따른다. 질병에 대한 공포에서 오는 정신적인 공황(恐惶)도 엄청나다. 질병이 지닌 무서운 전파력과 치사율로 해서 콜레라는 나라 전체에 일대 재앙이 될 수밖에 없다.

"손실이 크다는 건 인정합니다만, 사실을 감춘다구 해서 문제가 해결되는 것도 아니지 않습니까? 어차피 병세가 확산되면 국민들 모두가 알게 될 게 아닙니까?"

"물론이죠. 알게 되겠죠. 허지만 발표를 보류함으로써 당국은 병세를 휘어잡을 수 있는 얼마간의 시간을 벌 수 있습니다. 최소한의 희생으로 병세만 제때에 잡을 수 있다면 사실 발표에서 오는 손실을 보상할 수 있지 않겠습니까?"

"의도는 이해가 됩니다만, 그렇게 되면 당국에서 국민들을 고의적으로 기만한 셈이 아닌가요?"

"기만입니다. 허지만 그것은 예상되는 엄청난 손실을 어떻게 해서든 극소화하려는 당국의 고통스러운 결단으로 이해해주시기 바랍니다. 방역으로도 끝내 병세를 잡을 수 없을 때는, 당국도 즉시 보도 통제를 해제하고 사실 보도를 할 겁니다."

말들이 없다. 구름이 잔뜩 낀 하늘에는 별빛 하나 보이지 않는다. 침묵이 길어지면서 인규는 그제야 자기 앞에 앉은, 스스로를 의사로 밝힌 중년 사내에게 생각이 미친다. 당국에서 엄격히 사실보도를 통제하는 마당에, 자칭 공무원이자 의사인 이 사내는 뜻밖에도 두 사람에게만 괴질의 정확한 병명을 사실대로 알려주고 있다. 괴질의 정체를 사실대로 알려주는 그의 의도가 인규에게는 어디에 있는지 오히려 궁금하고 부담스럽다.

"뭍에서는 장염 비브리오로 잘못 알고 있는 콜레라를 이곳에 갇힌 우리 두 사람이 먼저 알게 된 게 이상하군요. 검역권이 설치된 이곳에서는 사실이 밖으로 새어나갈 염려가 없기 때문입니까?"

"그렇게 말할 수도 있겠습니다만, 그보다는 이곳 주민들의 이해와 협조가 필요해졌기 때문입니다."

"어떤 이해와 협조를 주민들에게 바라고 계십니까?"

"아까 두 분께서는 저를 보시자마자 이곳에 천막을 세운 목적이 무엇이냐고 물어오셨습니다. 전 이제야 그 목적을 두 분께 사실대로 말할 수 있을 것 같습니다. 지리적인 특수한 조건 때문에 당국은 당분간 이곳 가막도를 긴요한 목적에 이용하려 하고 있습니다. 장염 비브리오로 공식 발표된 뭍에서는, 병세를 잡아보기 위해 지금 필사적인 노력들을 하고 있습니다. 그러나 환자들이 계속 늘어서 이제는 뭍에서도 수용 능력의 한계점에 이르렀습니다. 더 이상 환자를 받아들일 수도 없을 뿐더러, 그보다는 콜레라가 아니냐는 국민들의 의혹을 떨쳐버릴 수가 없게 되었다는 얘깁니다. 결국 사정이 이렇게 되자 발병 지역인 K항에서도 비상수단을 강구하기에 이르렀습니다. K항 자체에서 발생한 환자는 어쩔 수 없이 현지에서 수용할 수밖에 없지만, 밖에서 발생한 새로운 환자들은 별도의 장소에 수용하자는 것입니다. 육지와 멀다는 지리적인 조건 때문에 결국 가막도가 임시 수용소로 택해졌습니다. 뭍에서 콜레라라는 사실 보도가 나올 때까지, K항 밖에서 발생한 환자들을 임시로 이곳에 설치된 천막 진료소에 수용하자는 것입니다. 따라서 우리가 이 마당에 바라는 것은, 당국이 취한 부득이한 조처에 가막도 주민들이 이해와 협조를 해주십사 하는 것입니다. 주민들의 협조가 이루어지면 당국은 이곳 주민들에게도 내일부터 본격적인 치료와 방역을 실시할 생각입니다. 두 분 생각은 어떠십니까? 주민들의 이해와 협조를 기대해도 되겠습니까?"

서문호가 고개를 내두른다. 격한 감정을 억제하려는 듯 그는 호흡을 가다듬어 천천히 입을 연다.

"전 도무지 당국의 처사를 이해할 수가 없습니다. 섬 밖에서 발병한 외지의 환자들을 왜 현장에서 처리하지 않고, 당국은 한데 쓸어모아 가막도로 실어옵니까? 그러지 않아도 방송을 통해 가막도는 괴질의 발병지(發病地)라는 엉뚱한 누명을 쓰고 있습니다. 뭍에서도 처치 곤란한 무서운 전염병 환자들을 어쩌자구 당국은 남의 눈을 피해 몰래 실어와 가막도에 부리고 있습니까?"

"오해를 하고 계시군요. 이곳에 수용되는 환자들은 뭍에서 발병한 환자들이 아닙니다."

"뭍이 아니면 어딥니까? 하늘에서라도 떨어졌다는 말입니까?"

사내가 난처해하는 표정으로 고개를 천천히 가로 흔든다. 이해를 구하는 표정이긴 하지만 사내는 어느새 공무원 특유의 사무적인 어투로 입을 연다.

"K항은 항구일 뿐만 아니라 인근에서 손꼽히는 커다란 어항이기도 합니다. 멀리 동지나해까지 많은 어선이 선단을 이뤄 K항을 기점으로 출어(出漁)를 하고 있습니다. K항에 드나드는 고깃배만 해도 하루에 수백 척이 넘는 대단한 어항이란 말입니다. 결국 이 천막에 수용될 환자들은 고기잡이를 나갔다가 바다에서 발병한 K항과 인근 도서의 우리나라 어부들입니다. 먼 어장으로 나간 그들은 보통 보름이나 한 달씩 바다 위에서 생활합니다. 헌데 불행히도 그 사람들 중에 조업 중 배 위에서 발병한 환자가 생겼습니다. 어떤 배는 뱃사람 다섯 명중 둘은 죽고, 둘은 앓고, 나머지 한 사람이 배를 몰고 온 경우도 있습니다. 당국은 바로 이런 사람들만 K항으로 들여보내지 않고 뱃머리를 돌려 이곳 가막도에 수용하고 있습니다. 이들을 K항에 그대로 입항시키면 항내(港內) 해수가 오염되어 일이 더욱 어려워지고 복잡해집니다. 병의 확산을 최소한으로 하기 위해 우리도 어쩔 수 없이 이곳 가막도에 천막을 세운 것입니다."

이상하리만큼 주위가 고요하다. 해벽에 부딪는 파도 소리에 섞여 발전기의 기관 소리가 규칙적으로 들려온다. 코를 아프게 자극하는 냄새는 천막 주위에 다량으로 살포한 소독액 냄새일 것이다. 의혹에 가득 찼던 인규의 머릿속에 그제야 사태의 윤곽이 어렴풋이 드러난다. 당국의 방역 계획에는 그들 나름으로 이유가 있다. 문제는 주민들의 이해와 협조를 바라면서 당국은 막상 주민들에게 어떤 보상을 해줄 것인가 하는 것이다.

"아까도 말씀 드렸습니다만 저희들이 오늘 이곳을 찾은 것은, 일부 주민들이 꾸미고 있는 폭력 사태에 대한 사전 경고를 해드리기 위해섭니다. 자라목에서 마약을 수거하고, 외지인 환자들이 섬으로 마구 실려 오는 것을 보자, 몇몇 가막도 주민들 사이에 폭력을 주장하는 과격론자가 생겨났습니다. 뭍에서 저지르는 파렴치한 행동들을 이대로 가만히 두고 볼 게 아니라 천막에 불질을 해서라도 외지 환자들을 쫓아버려야 한다는 것입니다. 이것은 단순한 위협이나 경고의 수준이 아니고, 지금의 주민들 심정으로는 언제라도 돌발 가능한 위험한 단계입니다. 신환(新患)이 급격히 늘어나자 주민들도 이제는 자제력을 잃은 것 같습니다. 당장 주민들을 안심시킬 당국의 대책이 필요합니다. 마약 사용만을 탓할 게 아니라 주민들에 대한 방역과 치료가 시급하다는 얘깁니다."

"말씀 대단히 고맙습니다. 그러지 않아두 이곳 주민들을 함께 수
용하여 치료할 생각도 해봤습니다. 문제는 철저한 격리 수용인데
마을의 환자 가족들이 응할지 모르겠군요?"

"설득해야죠. 치료만 된다면 주민 설득도 어렵지 않을 것으로 생
각합니다."

"내일 회의를 소집해서라두 다시 한 번 계획을 세워보죠. 응해오
면 다행이지만 반발이 크면 저희두 어쩔 수 없습니다."

인규가 몸을 일으킨다. 뒤따라 일어나는 사내를 향해 인규가 먼
저 손을 내민다.

"만나뵈어 다행입니다. 자주 뵈었으면 좋겠습니다."

"동감입니다. 검역반의 최반장입니다. 연락하실 일이 있으면 아
무 때라두 찾아주십시오. 오늘 밤의 두 분 경고는 각별히 조심하도
록 하겠습니다."

"안녕히 계십시오."

"살펴 가십시오."

3

어렴풋한 인기척을 느끼고 인규는 가만히 몸을 일으킨다. 울타
리 밑을 통과한 인기척이 이윽고 교실 모서리를 돌아 미닫이 유리
문 앞에 멈춰 선다. 짙은 어둠 속을 잠시 살피더니 인기척은 문을
열고 조심스레 교실로 들어선다.

섬뜩하리만큼 교실은 조용하다. 짙은 어둠에 휩싸여서 아무것도

볼 수가 없다. 그러나 이런 어둠 속에서도 두 사람은 묘하게 상대편의 위치를 알고 있다. 서서 기다리는 김인규에게 손님인 정동근이 똑바로 다가간다.

"정형입니까?"

"예."

"이쪽으로 앉으십쇼. 수고하셨습니다. 정말 어려운 결심을 하셨습니다."

긴 나무 의자가 창틀 밑에 놓여 있다. 두 사람의 체중을 받아 나무 의자가 삐걱거린다. 짙은 어둠 속에 앉아 있지만 두 사람은 조금도 불편하지 않다. 상대편의 위치를 어림하여 인규가 다시 입을 연다.

"환자 용태가 어떻답니까?"

"아직은 모르겠다구 하더군요. 더 늦기 전에 데려와서 그나마 다행이랍니다."

"제 얘기를 했습니까?"

"예. 김선생님 성함을 대자 두말 없이 받아주더군요. 병상에 눕혀 링겔 꽂는 걸 잠깐 보구는 더 이상 지체할 수 없어 전 곧 나왔습니다."

정동근의 부친 정수만 노인이 방금 아들의 등에 업혀 샘골에 세워진 천막 진료소에 수용되었다. 가막도 환자가 천막 진료소에 들어가기는 정수만 노인이 처음이다. 어려운 결심이었다. 가까운 친지들에게 미리 의사를 떠보았지만 한 사람도 동근의 생각에 찬동하지 않았다. 그러나 동근은 반대를 무릅쓰고 자기 결심을 과감히 실행으로 옮겼다. 아버지를 살려야겠다는 한 젊은이의 뜨거운 효심이, 마을 공동체의 보이지 않는 저지를 무릅쓰고 뭍에서 온 사람들에게 도움을 청하기에 이른 것이다.

"천막에 환자가 몇 명이나 수용되어 있습디까?"

"빈 침상이 많았습니다. 환자는 막상 예닐곱밖에 안 됐습니다."

"침상은 몇 개나 되구 진료 시설은 어떻던가요? 환자들이 제대루 치료를 받는 것 같았습니까?"

"천막 다섯 개중 두 개가 병동(病棟)이구, 나머지 작은 천막 세 개는 숙소나 진료소 창고 등으로 쓰는 것 같더군요. 침상은 한 천막에 열다섯 개쯤 되어 보였구, 진료 사항은 전문가가 아니라서 저는 잘 모르겠습니다. 허지만 천막치구는 시설이 제법 깨끗했구, 환자들두 당직 의사가 밤새 돌보는 것 같았습니다."

날이 흐려 밖은 아직도 칠흑 같은 어둠이다. 그러나 앞으로 한두 시간 후면 동녘 하늘이 훤하게 트일 것이다. 날이 밝은 후의 마을의 동정이 인규에게는 불안하고 궁금하다.

자기 결심을 미리 알리기 위해 동근은 자정쯤 해서 분교 교사로 인규를 찾아왔다. 어떻게 왔느냐는 인규의 질문에 동근은 진지한 얼굴로 샘골에 세운 천막 진료소가 어떤 곳이냐고 물어왔다. 그가 알고 싶어하는 것은 그곳에서 과연 괴질 환자들이 치료를 받고 있으며, 또 마을에서 환자가 찾아가면 그들이 받아들여 치료를 해줄 것이냐는 것이었다. 인규는 자신 있게 그럴 것이라고 대답했고, 왜 갑자기 그런 것을 알려 하느냐고 반문했다.

"아버님을 이대로는 돌아가시게 할 수가 없습니다. 아버님을 살릴 수만 있다면 전 뭐라도 하겠습니다."

동근의 땀투성이 얼굴에서 인규는 아버지를 살리려는 아들의 놀라운 결의를 읽을 수 있었다. 그러한 결의를 하게 된 동근이 인규에게는 새삼스레 장하고 엄숙해 보이기까지 했다.

"부친을 천막으로 데려가려는 것을 마을에서는 알고 있습니까?"

"모릅니다."

"외지인 병자들이 들어왔다구 해서 마을에서는 샘골 천막에 불을 질러야 한다는 사람까지 있습니다. 그 사람들이 정형이 하려는 일을 알면 정형을 결코 용서하지 않을 텐데요?"

"각오하고 있습니다. 병명이 콜레라로 밝혀진 이상 전 집안에서는 치료가 불가능하다는 걸 알았습니다. 지금의 저한테는 무엇보다도 아버님을 돌아가시지 않도록 보살피는 게 급합니다. 마을이 제 행동을 못마땅하게 생각한다 해두, 저로서는 아버님을 살리는 쪽을 택할 수밖에 없습니다."

동근의 말은 전적으로 옳다. 그는 괴질의 정체를 알았고, 그것에 대처하는 올바른 방법을 알고 있다. 그러나 가막도 사람들은 그들이 보고 싶은 것만을 골라서 보려는 억지를 부리고 있다. 콜레라라는 병을 눈앞에 보여주어도 그들은 그것을 바로 보려고 하지 않는다. 더욱 딱한 것은 라디오 방송이 아직도 그들의 전염병을 콜레라 아닌 장염 비브리오로 발표하고 있다는 것이다. 그들은 늘 하던 습관대로 라디오가 내보내는 방송을 움직일 수 없는 사실로 받아들이고 있다. 섬에 상륙한 보건소나 검역소 사람들이 그들에게는 오히려 믿지 못할 사람들인 것이다.

나무 의자가 삐걱거린다. 불을 켤 수도 있었지만 두 사람은 필요에 의해 어둠을 그대로 두고 있다. 상대를 소리로 느낄 수 있어서 그들은 오히려 어둠이 편하다.

"방금 다녀온 천막 진료소에서 아는 사람을 만났습니다."

잠시 사이를 두었다가 동근이 다시 말을 잇는다.

"지난번 동력선으로 K항에 출항했을 때 우리를 검역 묘지에 묶어둔 바루 그 사람이더군요."

"혹시 그 사람이 최반장이 아닙니까?"

"맞습니다. 헌데 그분이 저한테 여러 가지를 물어왔습니다. 사망자의 수와, 환자들의 용태와, 현재 마을에서 하고 있는 방역 실태와 민간 요법 따위를 말입니다."

"그래서요?"

"내일 뭍에서 여러 사람이 가막도로 건너올 모양입니다. 그 사람들이 오게 되면 우리 마을에도 구체적이며 적극적인 방역 대책이 세워질 것 같습니다."

"뭍에서 오는 사람들이 어떤 사람들이라구 하던가요?"

"학자와 의사들로 구성된 역학(疫學) 조사단이라구 했습니다. 오전 중에 조사를 마치고 오후에는 곧 방역 대책을 세운다는 것입니다."

"대책이 없었던 건 아니죠. 문제는 마을 사람들이 그 대책에 얼마나 적극적으로 따라주느냐 하는 것입니다."

"최반장님두 바루 그 점을 걱정하는 눈치였습니다. 그래서 제게 어떻게 하는 게 좋겠느냐구 되묻기두 했습니다."

"뭐라구 하셨습니까?"

"어려운 질문이더군요. 대답이 궁해서 모르겠다구 했습니다."

모르는 것이 당연하다. 한 가지 사태를 두고 마을 사람들의 시선과 방역반의 시선이 서로 다르다. 뭍에서의 공식 발표는 장염 비브리오로 되어 있는 질병이, 가막도에서만은 콜레라라고 하는 데도 문제가 있다. 설득력이 없는 방역 대책에 가막도 주민들이 협조할 리는 만무하다. 그러나 설득되지 않은 상태에서의 방역은 더욱 위험하고 고통스럽다. 동근의 모르겠다는 대답은, 그가 할 수 있는 최선의 대답이다.

"방역반에서는 강제로라두 환자들을 가족들로부터 격리시킬 계획인 것 같더군요. 하수도 시설이 안 돼 있는 가막도는 방역 대책도 실효를 거두기가 불가능하다는 얘기였습니다. 조사단이 올라오면 최종 결정을 내리겠지만 현재로서 제일 좋은 방법은 아예 마을을 폐쇄하여 주민들을 딴 곳으로 이주시키는 것이라구 하더군요."

"그 방법에 정형도 동의합니까?"

"모르겠습니다. 동의를 하는 게 옳긴 하지만…… 꼭 그 방법밖에 없을까 하는 생각도 듭니다."

인규는 문득 엊그제 있었던 윤성희와의 작은 다툼이 생각난다. 오정은의 숙소에 틀어박혀 있는 그녀는, 벌써 여러 날째 집 밖으로 한 발짝도 나가지 않고 있다. 괴질이 무서워서가 아니라 아예 가막도 주민들의 얼굴이 보기 싫다는 것이다.

뭍에 있는 여교사 오정은을 대신해서 그녀는 마을 아이들을 학교로 불러모아 학교 공부를 가르칠 생각이었다. 병균이 우글대는 마을로부터 잠시나마 아이들을 끌어내어 마을과 떨어진 분교 교정에 붙잡아두고 싶었던 것이다. 그러나 선의의 그녀의 계획은 몇몇 학부모들로부터 심한 욕설과 모욕으로 되갚아졌다. '굴러온 년'이 누굴 가르치려 하느냐고 마을 여인들이 그들의 아이들을 한 명도 학교에 보내지 않은 것이다.

풍습의 차이다. 익숙치 않은 고장에서의 행동은, 그 고장의 풍습에 따라야만 본래의 효과를 얻을 수 있다. 설혹 옳은 의도라고 해도 그 고장의 풍습을 배반했을 때는, 옳은 것이 어느 틈에 그른 것이 될 수도 있다. 윤성희는 그 일 이후로는 마을 사람을 만나지 않았다. 마을의 생소한 풍습을 이해할 생각이 없었던 것이다.

방역반도 윤성희처럼 마을의 풍습을 잘못 알고 행동할 수 있다. 마을 주민들은 질병의 무서움보다 마을에 더 소중한 것이 있다고 생각할지 모른다. 그 소중함을 지키기 위해 그들은 때로는 목숨을 내걸 수도 있다. 동근이 대답을 망설이는 것은 바로 이러한 부딪침의 엉뚱한 결과를 예상한 때문이다.

4

볕이 뜨겁다. 자갈이 깔린 둑길에서는 벌써 지열이 후끈거리기 시작한다.

벼랑 머리에 다다르자 인규는 눈 아래로 검푸른 바다를 내려다본다. 수직으로 박힌 바위 벼랑에 파도가 밀려와 눈부시게 부서지고 있다. 잇대어 부딪는 파도 무리가 흡사 악의를 품은 덩치 큰 동물들의 새하얀 이빨 같다. 원래 이들 바윗덩이들은 지금과 같은 높은 벼랑이 아니었을 것이다. 파도가 억겁을 통해 무수히 물어뜯어서 바위는 견디다 못해 수직으로 깎였을 것이다.

마을 쪽을 돌아본다. 아직도 마을에는 인기척이 거의 없다. 공터에 가끔 서너 명씩 보이는 것은, 마을 사람들이 아니고 아침녘에 섬에 오른 뭍 쪽의 사람들이다. 흰 가운을 입은 사람들은 역학(疫學) 조사단과 보건소의 방역반이고, 평상복에 카메라와 녹음기 따위를 휴대한 사람들은 방역반과 동행해 온 신문사나 방송국의 기자들이다.

마을 사람들이 언제쯤 나타날런지는 지금으로서는 알 수가 없다. 공교롭게도 방역반 사람들은 가막도 사람들이 마을을 비웠을 때 배를 타고 섬에 상륙했다. 어쩌면 그들은 마을이 빈 기회를 보아 상륙했는지도 모를 일이다. 지금 그들이 하고 있는 작업이 바로 그런 짐작을 가능하게 하고 있다.

마을에서는 지금 여러 곳에 출입과 사용을 금지하는 경고 팻말과 금줄이 쳐져 있다. 빨래터로 쓰이는 개울물은 물론이고, 샘 두 곳과 공동 우물 세 곳에 취수(取水) 금지의 경고 팻말이 박힌 것이다. 역학(疫學) 조사단과 방역반의 말에 의하면 이미 그 샘과 우물들은 병균에 오염되어 사용할 수 없다는 것이다. 조사가 진행 중이어서 앞으로도 여러 우물들이 사용 금지의 판결을 받을 것 같다. 오염의 정도를 묻는 인규에게 그들은 심각한 얼굴로 자세하게 설명을 했다.

"놀랄 정돕니다. 이런 불결한 비위생적인 생활 환경에서는 질병 확산은 너무나 당연합니다. 문제는 하수도 시설이 전혀 없고, 변소의 구조가 원시적이라는 것입니다. 환자의 배설물이 그대로 변소에 노출되어 있어서 파리가 병균을 사방으로 옮길 뿐만 아니라, 하수도용 암거(暗渠)와 변기통이 설치되지 않아, 하수와 환자의 배설물이 지하수를 직접적으로 오염시키고 있습니다. 이런 상태로는 방역 작업은 헛된 노력일 뿐입니다. 환경 조사가 끝나는 대로 근본 대책을 마련할 것입니다."

근본 대책이 어떤 것인지는 아직 말할 수 없다고 했다. 조사도 대충 마무리가 되어야 하지만 산으로 올라간 마을 사람들이 마을로 돌아와야만 대책 수립도 가능하다는 것이었다.

주민들의 산행(山行)은 인규로서도 놀라운 일이었다. 갑작스런 산제(山祭)였다. 간밤에 급히 향당 회의가 소집되더니 마을 노인들이 앞장을 서서 제(祭) 준비를 시작한 것이다. 동도 트기 전인

꼭두새벽에 제 준비는 끝이 났다. 누군가가 향당에 매단 기다란 쇠토막을 망치로 땅땅 두들겼다. 천재지변이나 울력 등이 있을 때, 마을 사람들을 급히 소집하는 일종의 비상 신호였다.

비상 신호가 마을에 울리자 마을 사람들은 어둠 속에 하나 둘씩 집을 나섰다. 그들은 미리 준비해둔 풀기 빳빳한 흰옷들을 입고 있었다. 이슬 내리는 새벽길을 걸어 그들은 향당을 향해 조용히 모여들었다. 거동이 불가능한 환자들과 어린아이들을 제외하고는 대부분의 마을 사람들이 제(祭) 참례에 나선 것이다.

횃불이 밝혀진 향당 마당에는 제물과 제기 등이 알뜰하게 준비되어 있었다. 함지와 목판, 먹서리 따위에는 제물 음식이 가득했고, 젯상 제기(祭器) 노구솥 따위는 여러 개의 지게 위에 갖추 갖추 실려 있었다. 흰 두루막에 굴건(屈巾)을 쓴 제관(祭官) 노인들이 짐들을 분배해서 젊은이들에게 골고루 지게 했다. 잠시 후 그들은 횃불을 앞세운 채 마을을 한바퀴 돈 뒤 동쪽 기슭으로 당산을 오르기 시작했다.

모두 떠나버린 공회당 빈 뜰에서 인규는 혼자 남은 안종선을 만났다. 밤을 지새운 사람의 초췌한 모습으로 그는 우울하게 입을 열었다.

"누가 먼저 산제 얘기를 꺼냈는지 모르겠소. 말이 나오자 걷잡을 수 없이 온 마을이 제 준비를 서둘렀소. 병세가 크게 퍼지면서 마을이 온통 공포에 사로잡힌 거요. 차라리 제라도 지내는 게 그들에게는 다행이라는 생각이오."

인규는 간밤에 마을로 돌아간 정동근의 뒷소식이 궁금했다. 동근이 그의 부친을 샘골 진료소로 업어간 동안, 마을에서는 노인들의 독촉으로 산제 준비가 한창이었다. 진료소에서 돌아와 분교로 인규를 찾아본 동근은 새벽녘이 다 되어서야 마을로 돌아갔다. 마을의 뜻을 배반한 그를, 마을이 어떤 태도로 맞아주었는지 궁금했다.

인규의 질문을 받은 안종선은 표정 없이 담담하게 입을 열었다.

"다쳤소. 뒷머리 가죽이 크게 찢어져서 다섯 바늘이나 꿰매야 했소. 공판장 창고에 가두더니 상처가 너무 커서 나중에 집으루 돌려보냈소."

집으로 찾아가 본 정동근은 몰라볼 정도로 얼굴이 부어 있었다. 터진 입술과 피멍으로 보아 그는 심하게 구타를 당한 듯했다. 사건의 경위를 묻는 인규에게 동근은 웃는 얼굴로 짤막하게 대답했다.

"각오했던 일입니다. 그나마 사정을 봐줘서 이 정도로 쉽게 끝났습니다."

앞으로의 거취를 묻는 질문에 동근은 역시 담담하게 입을 열었다.

"날이 밝으면 샘골 진료소로 우선 아버님을 만나뵈러 가겠습니다. 앞으로 전 가막도에 더 살 수가 없을 것 같습니다."

같이 샘골에 갈 것을 제의하자 동근은 천천히 고개를 내저었다.

"저와 같이 행동하시면 김선생도 다칠지 모릅니다. 샘골에 내려갔다가 벼랑 머리로 나오겠습니다. 그쪽으로 나와주시면 제가 뵙기가 편하겠습니다."

정동근과 작별한 후 인규는 곧장 분교로 돌아왔다. 마을은 고요했다. 날이 훤히 트였지만 나다니는 사람은 한 명도 없었다. 집에 남겨진 어린아이들조차도 울안에서 서성일 뿐 밖으로 나오지 않았다. 당산 쪽을 올려다보았다. 아직은 어두워서 아무것도 보이지 않았다. 하긴 날이 밝는다고 해도 숲이 짙어서 사람들이 쉽게 보일 것 같지 않았다. 더구나 동근의 말을 들으니 당집이 산 뒤쪽에 있어서 마을에서는 볼 수가 없다는 것이었다.

아침을 지어먹고 차를 끓일 즈음 오정은의 숙소로부터 윤성희가 찾아왔다. 그녀의 등 뒤에는 노타이 차림의 사내 두 명이 서 있었다.

"신문사에서 오셨어요. 조사단과 함께 상륙한 분들이에요."

조사단이 오리라는 것은 간밤에 이미 알고 있었다. 그러나 기자들의 동행 상륙은 생각 못한 일이었다.

"선배님을 여기서 뵐 줄은 몰랐습니다. 윤여사를 통해 그간의 얘기 자세히 들었습니다. 가막도가 콜레라 발병지로 지목되어 진상을 알아보기 위해 취재 차 내려왔습니다. 앵속(罌粟) 밀경(密耕)을 비롯해서 악명이 높은 섬이더군요. 그간에 겪으신 일들에 대해 선배님 말씀을 좀 듣고 싶습니다."

선배라고 부른 사람은 인규의 학교 후배였다. 뜻하지 않은 후배의 요청을 인규는 점잖게 거절했다.

"별루 할 말이 없소. 난 낚시꾼으로 이 섬에 들렀을 뿐이오."

말할 의사가 없음을 알고 기자들은 곧 마을로 돌아갔다. 혼자 처진 윤성희가 그녀의 결심을 얘기했다.

"오늘 전 육지로 돌아가요. 콜레라 예방 접종을 받은 사람은 섬을 떠나도 좋다는 허락이 나왔어요. 아마 오늘 낮쯤 해서 전국에 방송이 나갈 거예요. 장염 비브리오로 알려진 괴질을 정부 측에서 오늘 오후에 진성 콜레라로 발표한다는 얘기에요."

"그래서 오늘 이른 아침부터 기자들이 몰려온 거로군?"

"그래요. 발병지로 지목되어 발병 경로를 취재하러 왔다더군요. 인규씬 어떻게 하시겠어요? 저랑 뭍으로 안 나가시겠어요?"

"볼일이 있소. 며칠 더 기다렸다가 난 천천히 나갈 생각이오."

"이해할 수가 없군요. 인규씬 한달 사이에 다른 사람이 된 것 같아요. 이유를 모르겠어요. 이 괴상한 섬 구석에 인규씬 대체 무슨 볼일이 있다는 거예요?"

인규는 말이 없었다. 질문이 잘못된 것이 아니다. 세상에는 가끔 대답을 들을 수 없는 질문이 있을 뿐이다. 목숨을 잃을 뻔했던 최근의 경험을 통해 인규는 뜻하지 않게도 이 가막도에 부채감을 지니고 있다. 죽음의 위협을 당한 것이 부채감으로 될 수는 없다. 죽을 수도 있었던 상황에서 죽임을 당하지 않은 것이 부채로 된 셈이다.

가막도에서는 허위와 진실이 명확한 경계 없이 함부로 뒤섞여 있다. 정의와 불의, 범죄조차도 이곳에서는 한계가 모호하다. 그럼에도 불구하고 이 고장 사람들은 별다른 불편 없이 하루하루를 평화롭게 살아간다. 이곳의 절박한 생존 환경이 그러한 명확한 한계를 뛰어넘게 하고 있는 것 같다.

뱃길로 세 시간이면 닿을 수 있는 이곳 섬에서 인규는 아무도 몰래 야만적인 방법으로 죽임을 당할 뻔했다. 아주 가까운 우리 이웃에 그러한 위험의 가능성이 존재한다는 사실은 매우 중요하다. 그러나 그러한 부당한 폭력이, 현지 사정과 풍습에 따라 아무런 거리낌없이 현지인들 사이에 용서된다는 사실은 더욱 중요하다. 그들은 마치 옷을 바꿔 입듯 뭍에서와 가막도에서의 삶을 뚜렷하게 구별하고 있다.

죽음과 맞섰던 절망의 며칠 사이에 인규는 난생 처음으로 그의 삶을 여러 겹으로 에워싼 허위의 껍질들을 보았다. 아무런 잘못도 없이 한 개인은 집단의 묵인 하에 부당하게 피살될 수 있다. 가막도가 아니라도 좋다. 도시의 잡답(雜沓) 속이나 운집한 군중 속에서도 개인의 그러한 희생은 얼마든지 가능하다. 이것은, 덜 철저히 살핌으로써 생각의 방향이 비도덕적으로 어긋나거나, 부정한 목적으로 사실을 거짓으로 막아버렸을 때, 개인에게 은밀히 찾아오는 불의의 재앙과 같은 것이다. 옳은 쪽으로 열려 있지 않은 생각들은 악의(惡意)보다도 더 위험하다. 악의는 겨루는 대상이 있지만 열려 있지 않은 생각들은, 점화된 폭탄을 들고 있는 다섯 살짜리 어린아이와 같다. 폭탄의 위험을 모르는 아이는, 그가 하고 싶은 일은 무엇이나 할 수 있다. 폭탄을 발로 찰 수도 있고, 가스 오븐 위에 올려놓을 수도 있다. 엄청난 잘못을 저지르고도 그 아이는 도덕적으로 아무런 비난도 받지 않는다. 그가 저지른 모든 잘못은 무지의 소치로 치부될 뿐이다.

인규에게 있어 가막도의 삶은, 일상적인 삶의 허위를 일깨워준 느닷없는 충격이였다. 도시에서의 습관화된 그의 삶을, 가막도는 가장 가열하게 날것으로 도마 위에 올려놓았다. 돌도끼로 무장한 듯한 가막도의 원시적 폭력 속에서, 잘 교육되고 훈련된 인규의 사고 체계는 아무짝에도 쓸모없는 도시 문명의 허울 좋은 치장에 불과했다.

작별 인사를 남기고 윤성희는 마을로 돌아갔다. 그녀가 앉았던 자리를 인규는 눈 아프게 바라보았다.

해가 제법 높이 솟아도 마을 사람들은 나타나지 않았다. 정동근과의 약속을 생각하고 인규는 그제야 벼랑바위로 향한 것이다.

인기척이 가까이 느껴진다. 몸을 드러내지 않은 채로 이쪽을 엿보는 조심스런 기척이다. 돌아볼 수도 있었지만 인규는 잠자코 인기척의 주인을 기다린다. 이쪽의 의도를 알았던지 인기척은 순순히 모습을 드러낸다.

"안녕허세요?"

"일복이구나?"

얕은 키의 잔솔밭 속에서 낯익은 소년이 다가온다. 언제 보아도 이 고장의 소년들은 손에 기다란 작대기 같은 것을 들고 있다. 염소를 먹이던 습관 때문에 작대기가 손에 익은 모양이다.

"여기서 뭘 허세요?"

"쉬구 있어. 넌 어디서 오는 길이냐?"

"샘골에 갔었어요. 동근이형님을 만났어요."

"그래? 왜 안 오지? 난 지금 동근이형님을 기다리는데?"

"안 오실 거예요. 형님이 절더러 이리루 가보라구 해서 왔어요."

"왜 형님이 안 오신다던? 그쪽에 무슨 일이 생겼니?"

"나쁜 사람들이에요. 전 진작에 나쁜 사람들이라는걸 알았어요. 우리 아버지가 잡혀간 거 아저씨두 알구 계시죠?"

"그래, 알구 있어. 헌데 동근이 형님이 왜 이리루 못 온다는거냐?"

벼랑머리 끝 쪽에 있는 긴 돌 둑에 소년은 앉는다. 작대기 끝으로 돌이끼를 찍으면서 소년은 시선을 내리간 채 엉뚱한 말을 한다.

"아저씨두 우리 아버지가 뭍 사람들한테 자라목을 일러줬다구 생각하세요?"

"글쎄, 난 모르겠다. 너희 아버진 환자니까……"

"그래요. 폐가 나빠요. 아버진 병을 고칠려구 뭍 사람들을 찾아갔던 거예요. 자라목을 일러준 건 우리 아버지가 아니란 말이에요."

"그래, 그건 그렇다 치구 동근이 형님은 왜 이리루 못 온다던?"

소년은 왼쪽 팔뚝에서 볕에 탄 묵은 살갗을 조금씩 뜯어낸다. 잔뜩 찌푸린 얼굴을 한 채 소년은 느긋하게 중얼거리듯 입을 연다.

"일이 잘 안 되나봐요. 큰소리루 싸우구 있어요."

"싸우다니? 누구랑?"

"동근이형님허구 뭍 사람들허구 말이에요."

"왜 그 형님이 뭍 사람들하구 싸우는 거지?"

"시체를 내달라구 하는데 그쪽 사람들이 안 된다구 하나봐요."

"누구 시체를?"

"동근이형님 아버지 말이에요. 수만이할아버지가 오늘 새벽에 죽었거든요."

인규는 고개를 내젓는다. 이 교활한 소년에게 그는 줄곧 농락당하는 기분이다. 이쪽의 당혹을 즐기듯 소년의 눈은 장난스럽게 반짝이고 있다.

"그 사람들이 할아버지 시체를 기름에 태울려구 해요. 태워두 내가 태울 테니 할아버지를 내달라구 하는데, 뭍 사람들이 내줄 수 없다구 해서 동근이 형님이랑 뭍 사람들이랑 큰소리루 싸우는 거예요."

솔밭 그늘 밑 바위에서 인규는 몸을 일으킨다. 정수만 노인의 사망은, 사건의 새로운 국면이다. 부친을 살리기 위해 동근은 스스로 방역반의 진료소를 찾아갔다. 그러나 부친이 사망한 지금 동근은 다시 뭍 사람들과 정면으로 맞서려 하고 있다. 당국은 방역을 위해 시체를 내줄 수 없다고 하고, 동근은 장례를 위해 부친의 시신을 돌려받으려 하는 모양이다.

5

"어찌 됐다던가?"

마당으로 들어서는 송필배를 대청의 윤노인이 급하게 맞아들인다. 필배가 마루 끝에 걸터앉으며 이마에 내밴 땀을 손수건으로 훔쳐낸다.

"아무래두 이번만은 수월히 지나갈 것 같지 않습니다. 우리 아이들 손찌검 때문에 경찰이 직접 손을 쓸 것 같습니다."

"갯가에 벌써 경찰들이 올라왔다면서?"

"예, 오정 때 한패가 왔다 갔구 방금 또 경찰 예닐곱이 방역반 따라 선착장에 배를 대놓구 있습니다."

침묵이 흐른다. 향당 큰 마루에는 서관수 이장을 비롯해서 노인들 여남은 명이 말없이 앉아 있다.

산제를 지내고 당산을 내려오자 마을에는 여러 곳에 전에 못 보던 경고판과 고지문이 붙어 있고, 출입을 통제하는 금줄이 쳐져 있었다. 우물과 샘에는 하나같이 취수 금지의 팻말이 박혀 있고, 앓는 사람이 있는 집에는 외부인의 출입을 금하는 금줄이 쳐진 것이다. 노인들의 묵인 하에 젊은 축들이 금줄과 팻말을 제거했다. 일의 순리를 따지자면 방역반 쪽에 잘못이 있다. 우물과 샘을 사용하지 못하도록 금하려면 방역반은 주민들에게 미리 사태를 주지시켜 양해를 구해야 했고, 주민들 생활에 불편이 없도록 사전 대책을 마련했어야 했다. 당장 쓸 물이 없는 주민들에게 우물과 샘을 폐쇄한 것은, 현지 사정을 고려하지 않은 당국의 일방적인 처사다. 그러나 우물에서 팻말을 제거하는 과정 중에 마을 청년들은 젊은 혈기에 뜻하지 않은 잘못을 저질렀다. 그들이 팻말을 제거하는 작업을, 취재 나온 사진 기자 하나가 카메라에 담자 마을 청년 여러 명이 달려들어 카메라를 빼앗고 기자에게 뭇매를 가한 것이다. 카메라는 박살이 났지만 기자는 다행히 큰 부상에는 이르지 않았다. 그러나 이 사건을 계기로 방역반과 기자들은 일제히 섬에서 철수했다. 갑작스레 섬을 떠나는 그들을 마을 사람들은 불안한 눈으로 배웅했다. 그들의 공손한 철수가 주민들에겐 오히려 심상치 않게 느껴진 것이다.

주민들의 막연한 불안은 곧이어 구체적인 사실로 드러났다. 포구에 정박한 검역선으로부터 고성능 스피커가 뜻밖의 결정을 알려왔다. 하루 동안의 기한을 두고 당국은 가막도 전 주민에게 마을로부터의 철거를 명령한 것이다. 주민들은 처음에는 자기 귀를 의심했다. 가막도가 생긴 이래 그러한 지시도 처음이거니와, 철거 기한과 철거 장소 따위가 도무지 주민들에게는 납득할 수 없는 것이었기 때문이다. 그러나 검역선은 그들의 지시 사항을 선상 방송을 통해 반복해서 알려왔다. 그들은 주민들의 철거 시기를 내일 오전 10시로 못 박았고, 환자를 제외한 전 주민의 이전 장소를 본도(本島)와 가까이 있는 솔섬으로 지정한 것이다.

처음의 충격과 놀라움은 자포자기적인 무관심으로 바뀌었다. 그들은 오랜 세월 뭍으로부터 무수한 위해(危害)를 당해왔다. 뭍에서 요구한 일들에 응해 서둘러서 이로웠던 적은 한번도 없었다. 시간이 경과하면서 그들은 당국의 지시가 쉽게 이행되기 어렵다는 사실을 알았다. 솔섬의 크기로 보아 8백 여 명의 주민들이 옮겨가기도 어렵거니와, 당국이 아무리 강권을 발동한다 해도 주민들의 자발적인 협조 없이는 당국의 지시가 졸연히 시행될 수 없음을 알았던 것이다.

그럼에도 불구하고 가막도 주민들에게 불안이 완전히 가셔진 것은 아니었다. 가셔지기는 커녕 그들은 오히려 더 큰 초조감과 두려움에 빠져들기 시작했다. 불안의 원인은 전염병의 무서운 확산이었다. 날이 가면서 극성스러워진 질병은 마을 사람들을 하루 사이에도 무더기로 쓰러트렸다. 장염 비브리오로 알려졌던 병명도 이제는 라디오 방송을 통해 진성 콜레라로 수정 발표되었다. 멈칫거리던 가막도 주민들이 그제야 무서운 전염병의 실체를 자신들의 두 눈으로 똑똑히 보게 된 것이다.

결국 마을 주민들은 앞으로의 일들에 관해 섬에 오른 방역 당국자와 상의할 필요를 느꼈다. 당국의 일방적인 철거 지시도 협의할 겸, 무엇보다 확산되는 질병의 예방과 방지가 급하다고 생각한 것이다. 그러나 비공식임을 전제로 하여 마을 대표자를 만난 방역 당국은, 마을의 의견은 들으려고도 하지 않고 통고 형식으로 뜻밖의 경고를 보내왔다. 그들은 마을 측에 협상을 위한 선행 조건을 제시해왔다. 방역반이 설치한 각종 경고문과 출입 통제선을 원상태로 복원하고, 기자를 폭행한 마을 청년들을 자기들에게 인계하지 않는 한, 당국은 마을 사람들과는 아무런 협의도 하지 않겠다고 통고해온 것이다. 향당 회의가 소집되었지만 신통한 타개책은 나오지 않았다. 이제 마을 사람들에게는 한 가지 일만이 남겨졌다. 전에도 늘 그래왔듯이, 그들은 그들의 운명을 시간의 흐름에 맡기기로 한 것이다.

"참, 갯가를 떠나오다가 서울 낚시꾼을 만났습니다. 선착장에 올라온 경찰들하구 꽤 얘기가 많더군요. 오선생 집에 있던 서울 여자는 오늘 아침 해뜰녘쯤 해서 뭍으로 나갔답니다."

"이젠 가두 좋을 텐데 낚시꾼 사내는 왜 같이 안 떠났누?"

"마을루 들어오면서 저하구 잠깐 얘기를 했습니다. 문호를 찾더군요. 문호 지금 어디 있습니까?"

"샘골에 내려가 있네. 정수만이 뼈 찾으러 동근이하구 함께 내려갔어."

"화장이 벌써 끝났나 보죠?"

"쇠두 달구는 기름불인데 장작불처럼 오래갈까."

침통한 얼굴일 뿐 마을 노인들은 말들이 없다. 정동근의 애원과 간청에도 불구하고 샘골 진료소 측은 끝내 정노인의 시체를 아들에게 내주지 않았다. 가족의 입회만을 허락한 채 시체는 곧 기름버너로 태워졌다. 화장에 입회할 친지들을 찾아 정동근은 화입(火入) 직전에 급히 마을로 돌아왔다. 화장 소식을 들은 주민들은 그러나 아무도 움직이려 하지 않았다. 겨우 한 사람 서문호가 그의 뒤를 따라나섰을 뿐, 마을의 뜻을 거역한 동근을 주민들은 끝내 용서하지 않은 것이다.

안종선과 서한호가 돌담을 돌아 마당으로 들어선다. 환자 집들을 둘러보고 이제야 돌아오는 모양이다.

"달우물집의 둘째 며느리가 방금 숨을 거뒀습니다."

한호의 짤막한 보고에 대청의 노인들은 별다른 반응이 없다. 연이어 사람들이 죽고 있어서 요즘은 하루에도 산역이 서너 번씩은 된다. 일일이 상여를 쓰지도 못하고 대부분의 시신들은 관곽(棺槨)도 없이 거적에 말아서 산으로 떠메어 가고 있다. 그러나 정작 달리는 것은 장례에 필요한 이웃의 일손이다. 죽음들이 줄이어 발생하자, 이제는 이웃에서도 쉽게 손을 빌려주지 않는다. 장례를 치르고 나면 병을 얻는 일이 유독 많아서, 이제는 병이 무서워 장례 참례조차 꺼리는 형편이다.

"오늘 낮 방송 들으셨습니까?"

한호가 말과 함께 대청의 노인들을 둘러본다. 대답이 없는 그들을 향해 한호가 다시 말을 잇는다.

"오늘 두 시 낮 방송에 가막도 얘기가 나왔습니다."

"가막도가 왜 또 나와?"

"고약스러운 내용이더군요. 뭍으로 나간 서울 여자가 방송국 기자들한테 해괴한 얘기를 한 것 같습니다."

"해괴한 얘기라니?"

윤오복 노인의 재촉을 받고 한호는 안종선을 돌아본다. 안종선이 시선을 피하자 한호가 다시 입을 연다.

"좋지 않은 얘기들뿐입니다. 양귀비 심구 아편두 몰래 골 뿐 아니라, 섬사람들이 성정이 흉포해서 가끔 외지 사람이 의문의 죽음을 당한답니다. 권기탁이라는 행상이 죽은 것두 가막도 사람의 살인일 가능성이 많을 뿐더러, 최근에는 김인규라는 서울 낚시꾼이 가막도 주민들의 위협을 받아 한 달 가까이나 섬에 갇혀 지내기두 했답니다."

"터무니없는…… 그런 얘기를 방송국에서는 어떻게 알았다던가?"

"가막도 현장에서 탈출해온 한 여자 손님의 제보라구 하더군요. 현지의 해당 관청에서도 가막도라면 골머리를 앓구 있답니다."

"이거야 어디……"

혀 차는 소리가 들리더니 서관수 노인이 모처럼 입을 연다.

"일 되어가는 꼴을 보니 맹랑치두 않네 그려. 어쩔 텐가, 자네들은? 내일 모두 솔섬으루 옮겨 앉을 텐가?"

갑작스런 서이장의 물음에 좌중(座中)은 잠시 말들이 없다. 솔섬으로 옮겨가는 문제는 아직 한 번도 정식으로 거론되어본 일이 없다. 당국의 지시가 그토록 엄중해도 마을은 그 문제를 침묵으로 묵살해온 것이다.

"형님 의중을 모르겠군요. 우리 가막도 팔백 명 식구가 아무 마련두 없이 솔섬에 모두 옮겨 앉을 수 있겠습니까?"

"옮겨 앉구 못 앉구가 어디 우리 소관인가? 힘 센 쪽에서 가라 허니 우리야 이르는 대루 순순히 따를밖에."

말의 여운이 묘하게 흐르고 있다. 이장인 서노인의 말이어서 그 말은 특히 다른 의미를 지닐 수도 있다. 좌중의 눈치를 살피는 듯 하더니 송필배가 다시 입을 연다.

"뭍사람들이 하잔다구 꼭 그대루 따라줄 필요는 없습니다. 우리 더러는 마을을 떠나 솔섬으루 가야 한다면서 자기네들은 무슨 배 포루 샘골에 막을 치구 외지 환자까지 실어나른답니까? 마을 비우 구 솔섬에 가서 우리가 단 하룬들 살 수 있을 것 같습니까? 짧은 생각인진 모르지만 마을에 그대루 눌러 있느니만 못합니다."

"자네 말이 옳긴 허네만 일이 어디 우리 뜻과 같아야지. 옮기라 는데 옮기지 않으면 저 사람들허구 싸움질밖에 남는 게 없네. 우리 형편에 저 사람들허구 싸움질이 가당한가? 달리 방도가 있을 게 야. 서둔다구 되는 일 아니니 느긋하게 생각해보세."

말은 부드럽게 하고 있지만 서노인의 눈빛이 서리처럼 서늘하다. 결정을 망설이는 것은 당국의 숨은 속셈이 무엇인가를 모르기 때문 이다. 당국은 방역을 위해 주민들을 임시로 솔섬에 격리 수용한다 는 해명이다. 환자를 따로 추려내어 샘골에서 치료하고, 마을은 사 람들의 출입을 막아 잠복한 병균을 철저히 박멸한다는 것이다.

그러나 당국의 이러한 지시를 마을에서는 별로 탐탁하게 여기지 않고 있다. 우선 환자와 떨어져 있는 것이 마을 사람들에게는 가슴 아픈 일이었고, 둘째로는 환자 시신을 당국이 내주지 않고 태워버 리는 게 못마땅했다. 하지만 주민들에게는 저마다 더 큰 불안들이 마음속에 있다. 삶의 근거지를 옮김으로써 그들은 더 이상 당국에 집단적인 의사 표시를 할 수 없다. 숨긴 비상 구급약을 빼앗기는 것은 물론이고, 어쩌면 그 일로 해서 당국의 개별적인 조사를 받을지도 모를 일이다. 가막도로서는 난생 처음 겪는, 안팎으로 고통스런 시련이 닥친 것이다.

6

주홍색의 거대한 불기둥이 샘골 벼랑을 너머 검은 하늘로 치솟고 있다. 어둠이 짙은 한밤이어서 불기둥은 더욱 거대하게 보이는지 모른다. 바람막이가 없는 곳이어서 불기둥은 비스듬히 뭍 쪽으로 너울거린다. 바람이 난바다 쪽에서 뭍 쪽으로 부는 모양이다.

"사망자가 모두 몇 명입니까?"

"환자 대피는 끝났습니까?"

"고의적인 방화가 분명하겠죠?"

"범인은 잡혔습니까?"

방금 배편으로 샘골에 온 기자들이 진료소 의사를 가운데 두고 질문들이 요란하다. 진료 막사의 진화 작업은 더 이상 필요가 없다. 막사 세 개가 소진되어 더 탈 것이 없어진 때문이다.

하늘로 치솟는 불기둥은 오일 탱크의 기름불이다. 노적되어 있던 드럼의 기름들이 점화와 더불어 큰 폭발들을 일으켰고, 그때 흘러나온 기름들이 사방에 흘러 불기둥으로 타고 있는 것이다.

"여기 계셨군요."

불 구경을 하고 있는 인규의 어깨를 누군가가 등 뒤에서 가볍게 건드린다. 돌아보니 뜻밖에도 진료소의 최반장이다. 가장 바빠야 될 최반장은 오히려 느긋한 표정을 하고 있다.

"딱하군요. 이래서는 안 되는데…… 여긴 언제 오셨습니까?"

"방금 오는 길입니다. 반장님은 줄곧 이곳 현장에 계셨겠죠?"

"아뇨, 저두 방금 연락을 받구 왔습니다. 달려왔지만 늦었더군요. 상상도 못 한 일입니다."

최반장의 윗몸에는 오렌지색의 구명동의(救命胴衣)가 걸쳐져 있다. 아마 본선(本船)에 나가 있다가 연락을 받고 모터보트로 달려온 모양이다.

"그러지 않아두 아까부터 김선생을 찾구 있었죠. 시간 좀 내주셔야 되겠습니다. 김선생님의 협조가 필요합니다."

권하는 담배를 거절하고 인규는 서 있던 장소에서 서너 걸음 뒤로 물러선다. 사방의 짙은 어둠으로부터 인규는 왠지 추위를 느낀다. 마치 누군가가 숲 속에 숨어 그를 엿보는 듯한 기분이다.

"사망이 모두 몇 명입니까?"

"넷입니다. 환자 다섯 중에 겨우 한 명만이 무사합니다. 기름을 붓구 불을 질렀어요. 대부분 중환자들이라 미처 대피를 못한 겝니다."

"범인이 잡혔다죠?"

"예."

"누굽니까?"

"요만한 아인데 나이는 꽤 많더군요. 열여섯 살 된 소년인데 이일복이라는 이름이었습니다."

뒤통수라도 얻어맞은듯 인규는 멍한 충격을 느낀다. 일복이 방화범일 줄은 상상도 못 한 일이다. 잘못 짚은 자기 예상에 인규는 내심 어이가 없다.

"범인이 현장에서 잡혔습니까?"

"예."

"일복이라면 저도 아는 아입니다. 지난번에 체포된 이승평이라는 마약 중독자의 아들이죠."

"본인의 고백으로 우리도 알고 있습니다. 소년의 단독 범행은 아닐 겝니다. 마을에서 누군가가 사주를 한 게 분명합니다."

단정적인 최반장의 어투에서 인규는 숨 갑갑한 불길한 예감을 느낀다. 당국과 마을은 지금 서로 고집스러운 자기 생각에 빠져 있다. 자칫 잘못하면 이번 사태는 엄청난 불행으로 발전될 수도 있다. 구명동의 지퍼를 내리며 최반장이 가까이에 있는 돌 위에 걸터앉는다.

"잠깐 이쪽으로 앉으시죠. 참 오늘 낮에 라디오 방송을 들었습니다. 김선생이 만드신 여성지는 우리 집사람두 즐겨 보는 잡집니다. 김선생 얘기가 나오던데 라디오 방송 들으셨겠죠?"

"라디오는 있는데 건전지가 없어 전 그 방송을 못 들었습니다. 밝혀두지만 전 지금 제 의사에 따라 이곳에 머물고 있습니다. 누군가가 방송 기자에게 과장된 얘기를 한 것 같더군요. 지금 이 마당에 그런 방송이 무슨 뜻이 있는지 모르겠습니다."

바람의 방향이 바뀌면서 기름 타는 냄새가 뭉클하게 풍겨온다. 시트를 덮어둔 시체들을 사내들 여럿이 들것에 실어 공터 쪽으로 운반해간다. 손을 내저어 연기를 피하면서 최반장이 다시 인규 쪽을 돌아본다.

"방화를 사주한 배후의 범인을 찾아내야 합니다. 김선생께서 무슨 목적으로 이 섬에 체류하고 계신지는 제 관심사가 아닙니다. 여러 번 대화를 시도해봤지만 마을은 도무지 응해주지를 않습니다. 마을 사정을 잘 아시는 선생께서 우릴 도와주셔야 되겠습니다."

"방화 사주범을 밀고하는 게 최반장님을 도와드리는 일이 됩니까?"

"치료 중인 중환자 다섯 명중에 네 명이 불에 타 목숨을 잃었습니다. 이 사건이 김선생에게는 아무렇지두 않게 생각됩니까? 마을에 징벌을 가하자는 게 아닙니다. 질서와 법이 무엇인가를 마을 사람들에게 가르쳐주고 싶습니다."

"방화는 이일복이라는 소년의 단독 범행일지도 모릅니다. 마을이 사주했으리라는 가정은 어떤 근거에서 나온 거죠?"

"이제까지의 증거들 말고 또 무슨 증거가 필요하죠? 마약 밀조에, 공무 집행 방해에, 언론인 폭행에, 이제는 방화와 살인까지 저질렀습니다. 섬이 원래 외지인에게 배타적인 줄은 압니다만, 이 섬의 경우 지금까지의 행동들은 아무리 생각해도 상식 밖으로 너무나 과격합니다."

"마을 쪽에서는 뭍에서 온 사람들이 경우 바르게 행동한다고 생각하는 줄 아십니까? 제가 가막도 사람이라면 지금까지의 당국의 처사에 이런 공박을 할 수 있습니다. 가막도가 어떻게 해서 콜레라의 최초 발병지며, 법정 전염병의 판정도 나기 전에 왜 가막도의 동력선을 K항에 입항시키지 않았으며, 밖에서 발병한 콜레라 환자들을 왜 가막도로 옮겨와서 집단 수용을 하느냐구 말입니다. 대화의 통로를 먼저 막은 것은 가막도가 아니고 당국입니다. 당국의 횡포에 견디다 못해 가막도는 그들 방식의 거친 대응을 하고 있을 뿐입니다."

"행정 처리를 하다 보면 가끔 본의 아니게 지역적인 피해가 발생하게 마련이죠. 문제는 누가 나서든 막힌 대화를 다시 터야 하겠다는 것입니다. 김선생에게 부탁드릴 수 없겠습니까? 직접 나서기가 어려우시면 마을 쪽의 책임자를 저희들 쪽으로 모셔와도 좋습니다."

이해와 타협을 가로막는 양쪽의 까마득한 벽을, 인규는 새삼스레 눈앞에 보는 듯하다. 오늘밤의 방화 사건은 아마 엄중한 처벌로 다스려질 것이다. 사건을 조속히 마무리짓기 위해 당국도 이번만은 강압적인 힘을 행사할 것이 분명하다. 부드럽지 못한 가막도 주민들의 생각으로는 당국의 강압적인 힘이 부당한 것으로 비칠 것이 뻔하다. 더구나 그들은 연이은 죽음들로 심한 두려움과 위기감에 몰려 있다. 궁지에 몰린 그들의 반응이 어떤 형태로 드러날지는 지금으로서는 예측하기 어렵다. 가열한 반응이 될 것이라는 것만을 어렴풋이 예상할 수 있을 뿐이다.

"반장님도 아시겠지만 전 가막도에 우연히 떨구어진 구경꾼의 한 사람일 뿐입니다. 제가 지금까지 큰 탈 없이 지내온 건 이곳 주민들과 저 사이에 일정한 거리를 유지해왔기 때문입니다. 눈에는 잘 보이지 않지만 전 그들과의 안전 거리를 본능적으로 감지하고 있습니다. 뜻하지 않은 폭력이나 사고는 이 조심스런 안전 거리가 어느 한 쪽의 부주의에 의해 침범당했을 때 발생합니다. 지금까지 가막도 사람들은 뭇사람들에 의해 무수히 그 거리를 파괴당하고 짓밟혀왔습니다. 안전 거리가 파괴되어 자기 안전이 위험해지면 사람은 자기 방어를 위해 누구나 난폭해질 수 있습니다. 특별히 가막도 사람들만이 난폭하다고는 생각하지 않습니다."

주홍빛 기름불에 얼비쳐서 최반장의 얼굴이 탈처럼 붉다. 잘 생긴 이를 약간 드러낸 채 최반장은 인규를 진지하게 돌아본다. 어깨가 들릴 만큼 큰 숨을 들이쉬더니 그가 갑자기 엉뚱한 질문을 한다.

"김선생, 이 섬에 낚시를 오신 게 사실입니까?"

"그럼 제가 이곳에 무엇 때문에 왔다고 생각하십니까?"

"그렇다면 낚시를 오신 분이 무슨 볼일루 이 섬에 한 달 가까이 머물러 계십니까?"

"볼일은 없습니다. 있구 싶어서 있을 뿐입니다."

"마약 중독자 이승평이 엉뚱한 말을 하더군요. 섬 어딘가에 고액의 현찰과 마약 덩어리가 숨겨져 있답니다."

"그 얘긴 저두 들었습니다. 제가 그 장소를 안다구 하던가요?"

고개를 가로 내젓고 최반장은 불쑥 몸을 일으킨다. 불기둥이 갑자기 줄어들어 주위가 돌연 어두워진다. 돌아보니 많은 제복의 사내들이 작은 소화기를 손에 들고 흰 거품 같은 것을 기름불에 끼얹고 있다. 불길을 잡기 위해 진화 작업반이 뒤늦게 도착한 모양이다.

"제가 지금 마을에 들어가면 김선생이 말한 안전 거리를 짓밟는 것이 됩니까?"

"지금은 그렇습니다. 이곳에 솟은 불길을 보고 마을에서도 지금은 아마 많이 놀라구들 있을 겝니다."

"내일 아침은 어떻습니까? 열 시 이전에 말입니다."

"괜찮겠죠. 헌데 마을엔 무슨 볼일루 가시려는 겁니까?"

"마을 대표를 만나볼 생각입니다. 천막 진료소가 불타버렸다구 주민 이주 계획이 연기된 건 아닙니다. 그걸 분명히 해두기 위해서는 마을 대표를 만나보는 게 좋을 것 같습니다."

인규는 최반장의 속생각이 어떤 것인가를 비로소 깨닫는다. 이주 계획을 포기시키기 위해 그는 마을에서 방화한 것으로 아는 듯하다. 하긴 천막들이 불타 없어지면 마을의 환자들을 격리 수용할 장소가 없다. 최반장으로서는 당연하게 그런 생각을 할 법하다. 어둠 속에서 최반장의 이가 저만치 하얗게 보인다. 갑자기 피로가 몰려와서 인규는 몸을 일으키며 천천히 입을 연다.

"지금까지는 구경꾼이었지만 저도 필요할 때는 기자 행세를 할 수 있습니다. 내일 마을로 들어가실 때는 제가 길을 안내해드리죠."

어둠 속에서 밝은 곳으로 최반장은 성큼성큼 빠른 걸음으로 걸어간다. 잠시 그를 바라보다가 인규도 천천히 몸을 돌린다. 오늘밤은 분교보다도 윤성희가 머물던 오정은의 숙소에서 자고 싶다. 강제 철거를 몇 시간 남겨둔 마을은 어떤 밤을 지내는지 눈여겨보고 싶은 것이다.

7

해가 머리 위에 있다. 짧아진 그림자를 밟으며 문호는 바람을 안고 마을 서쪽을 향해 걷는다.

암담한 기분이다. 더위가 갈증을 부르고 갈증은 다시 절망감을 가져다준다. 마실 물이 마을에 없다. 죽음의 질병과 싸우는 마을에 새로운 고통이 닥친 것이다.

동튼 이후부터 마을은 쥐 죽은 듯 고요하다. 연이은 당국의 경고에도 불구하고 주민들은 누구 하나 움직이려 하지 않는다. 움직이기는 고사하고 집안에 틀어박힌 채 밖을 내다보는 사람도 없다.

마을에서 서성대던 방역반원들도 지금은 모두 철수해서 분교 마당에 집결해 있다. 보건 당국의 요청에 의해 지원을 나온 경찰병력도 오전 10시가 지나고부터는 마을에서 철수하여 방역반과 행동을 같이한다. 움직이지 않는 마을 사람들을 보고도 그들은 오히려 느긋한 표정들이다.

담장 옆에 발을 세우고 문호는 여교사 오정은의 집안을 넘겨다 본다. 이 집도 역시 인기척을 느낄 수 없다. 문간 아랫방 댓돌 위에 신발이 없는 것을 보니 김인규도 외출하고 집에 없는 모양이다. 담장 옆에 붙어 섰다가 문호는 다시 걸음을 옮긴다.

방금 집에서 떠나올 때 한호가 그에게 한 말이 생각난다.

"세상에 이런 법은 없다. 일을 순리대루 처리해야지 이렇게 윽박질러서야 누가 저 사람들 말을 순순히 따를 게냐. 마을이 온통 들먹거리는 걸 어른들이 호통을 쳐서 간신히 눌러놨다. 너두 이제 구경꾼이 아니니 저들을 만나보구 얘기나 한번 들어봐라."

문호를 구경꾼으로 만든 것은 문호 자신이 아니고 마을이었다. 이제 비로소 한호의 입을 통해 문호는 마을의 일원으로 받아들여진 것을 알았다. 그는 한호형의 오만한 부탁을 별다른 내색 없이 받아들이기로 한 것이다.

분교 운동장의 측백나무 울타리 사이로 흰 가운을 입은 사람들이 조용히 어른거린다. 고성능 스피커를 통해 당국은 여러 차례 예방 접종의 실시를 알려왔다. 오전에 들어온 방역반원들도 하수도와 우물에 소독을 하면서 예방 접종에 응해줄 것을 부락민들에게 종용했다. 분교에 세운 여러 개의 천막들은 바로 그 예방 접종을 위한 임시 시설물들일 것이다.

둑길로부터 학교 진입로로 휘어지자 흰 가운을 입은 사내들이 생울타리 사이로 이쪽을 내다본다. 그들의 시선을 온몸으로 느끼면서 문호는 곧장 가까운 천막으로 다가간다.

"누굴 찾으시죠?"

밑을 말아올린 천막 속에서 가운 입은 사내 하나가 문호를 맞아들인다. 소독액 냄새가 진동하는 천막에는 각종 약 상자와 탁자 의자 들이 길게 두 줄로 잇대어 놓여 있다.

"최반장님을 뵙구 싶습니다."

"마을에서 오셨나요?"

"예."

"만날 약속이 있었습니까?"

"아뇨, 없었습니다. 그냥 잠시 뵙구 싶어 왔습니다."

"잠깐만 기다려 주십시요. 제가 가서 뫼셔오겠습니다."

사내가 빠른 걸음으로 분교 교실 쪽으로 걸어간다. 잠시 후 교실로부터 최반장을 비롯한 여러 사람들이 몰려나온다. 천막은 물론 나무 그늘 밑에도 많은 사람들이 볕을 피해 앉아 있다. 어떤 사람은 그늘에 앉아 비닐봉지 속에서 무언가를 꺼내 먹고 있다. 방역반이 먹는 음식들은 대부분 무색 투명한 비닐봉지에 밀폐된 것들이다. 아마 방역반 사람들을 위해 특수하게 마련된 음식인 모양이다. 놀이라도 나온 듯한 그들의 한가한 표정이 마을의 절박함과 대조되어 문호의 눈에는 한 무리의 불량배 패거리와 흡사해 보인다.

"서문호씨죠? 잘 오셨습니다. 자 그늘로 들어가십시다."

천막 안으로 들어가서 문호는 나무로 된 긴 의자에 내려앉는다. 최반장이 담배를 권하면서 느긋한 표정으로 입을 연다.

"이렇게까지 우리들 작업에 비협조적일 줄은 몰랐습니다. 누구를 위해 우리들이 밤낮없이 이 고생을 하는 겁니까? 지금 형편으론 마을에서는 방역두 치료두 불가능합니다. 신환 발생률을 줄이기 위해서는 격리 수용이 불가피하다는 얘깁니다."

"제가 여기 온 목적을 말씀드리죠. 마을에는 지금 식수난이 심각합니다. 우물에 투여한 약품 때문에 밥 안칠 물은 고사하고 당장 마실 물도 없습니다. 사태를 꼭 이런 방법으로 극한에까지 몰고가

야 되겠습니까? 당국 쪽에서 시간을 두고 좀더 차분하게 주민들을 설득할 수 없겠습니까?"

최반장이 고개를 내두른다. 이마에 깊은 주름을 잡고 그는 못을 박듯 또박또박 입을 연다.

"잘못 알구 계시군요. 지금은 차분한 설득을 얘기할 단계가 아닙니다. 기자를 폭행하고 공공 시설에 방화를 해서 사람이 넷이나 죽고 한 사람은 중태에 빠져 있습니다. 더구나 콜레라라는 병은 제일종의 국제 전염병으로 전염성이 워낙 강해서 방역에 분초를 다퉈야 될 형편입니다. 질병의 확산을 막기 위해서는 우리는 법이 허용하는 강제력도 행사할 수 있습니다. 섬이라는 지역적인 특수성을 참작해서 우리는 오히려 이곳 주민들에게 관용을 베풀고 있다는 사실을 아셔야 합니다."

어느 틈에 몰려왔는지 문호의 주위에 많은 사람들이 둘러서 있다. 자기에게 향한 그들의 시선에서 문호는 이해를 거부하는 국외자의 고집스런 무관심을 발견한다. 마을의 대변자라도 된 듯한 기분으로 문호는 새삼스레 자기 말에 힘을 준다.

"우물에 약을 투여한 건 무슨 의도인지 알고 싶군요?"

"모르시겠습니까? 소독을 하자는 것입니다. 병균에 온통 노출되어 있어서 마을 우물들은 하나도 생수로는 사용할 수가 없습니다."

"전염병으로 밝혀진 이후로는 마을에서도 우물물을 꼭 끓여서 먹고 있습니다. 허지만 이젠 약을 풀어서 물을 끓여서도 마실 수가 없습니다. 코를 댈 수가 없을 정돕니다. 얼마나 많은 약을 투여했는지 주민들은 아예 밥짓기를 포기하고 있습니다."

"솔섬으로 옮기기만 하면 식수는 얼마든지 해결됩니다. 방역 당국에서 선편을 이용하여 식수를 따로 공급할 뿐더러, 조사 결과 다행하게도 그곳의 샘들은 오염되지 않았더군요."

"결국 우물에 약을 투여한 건 주민들을 솔섬으로 이주시키기 위한 수단인 셈인가요?"

"몇 번 말해야 알아듣습니까? 마을에 있는 열일곱 개의 우물과 샘들은 조사 결과 병균이 검출되어 사용할 수가 없습니다. 주민들을 괴롭히기 위해 우물에 약을 투여한 게 아닙니다. 오염된 우물의 살균을 위해 정량의 약을 규정대로 투여했을 뿐입니다."

"당장 시급한 주민들의 식수난은 어떻게 해결하실 생각이십니까? 주민들이 솔섬으로 이주하지 않아도 우물에 계속 약을 투여할 작정인가요?"

"물론이죠. 하수 시설이 안 돼 있고 환자가 가족들과 혼거(混居)하고 있습니다. 이런 상태로는 환자의 배설물이 그대로 우물에 흘러든다고 봐야 합니다. 방역 효과를 높이기 위해 우물의 소독은 계속될 수밖에 없지 않습니까?"

흘러내린 땀이 눈을 찔러서 문호는 얼른 손수건으로 땀을 닦는다.

"좋습니다. 방역을 위해 우물 사용을 금한다고 합시다. 그렇다면 주민들에게 식수를 별도로 공급해야 하는 게 아닙니까? 식수 공급도 하지 않은 채 마을의 우물을 모두 폐기하면 이곳 가막도 주민들은 물 없이 살라는 말입니까?"

"솔섬으로 이주만 하면 물은 별도로 공급됩니다. 이주에 대비해서 이미 솔섬에 천막 칠 장소도 마련하고 있습니다. 선택은 주민들에게 달렸습니다. 우리는 주민들이 현명한 판단을 하실 것으로 믿습니다.

예측했던 대로 당국의 태도는 오만하고 확고하다. 그들은 이제 가막도 주민들의 솔섬에로의 이주를 강행할 필요가 없다. 열일곱 개의 우물에 약품만 듬뿍 풀어주면 주민들은 먹을 물을 찾아서도 스스로 솔섬으로의 이주를 결심하게 될 것이기 때문이다. 기발한 발상이었다. 소독을 겸한 약품 투여여서 당국은 법적으로 비난받을 이유도 없다. 이제야 당국은 합법적인 방법을 통해 주민들을 마찰 없이 솔섬으로 이주시킬 절호의 기회를 잡은 것이다.

우물에 약이 투여된 것은 해 뜨기 직전인 새벽 6시경이었다. 마을로 들어온 방역반원들은 주민들이 보는 앞에서 우물들에 약들을 풀기 시작했다. 투여된 약은 정제로 된 크롤칼키였고, 약품 투여에 소요된 시간은 불과 20분 남짓했다.

방역반원들이 마을에서 떠나자 아낙네들이 먼저 두레박을 던져 우물에서 물을 길었다. 길어 올린 물에서는 당연하게도 소독약 냄새가 코를 찔렀다. 냄새가 가시기를 기다려보았지만, 시간이 흐를수록 냄새는 더욱 심해졌다. 바닥에 가라앉은 정제들이 시간이 흐르자 더 많이 용해되기 시작한 때문이다. 쌀을 씻을 수가 없었다. 양치질도 할 수가 없었다. 불에 올려놓고 끓여보았지만 냄새는 여전히 지독했다. 밥을 안쳐도 찌개를 끓여도 온통 소독약 냄새로 코가 아플 지경이었다. 약이 투여된 우물물로는 이제 아무것도 할 수 없음을 주민들은 알았다.

먼저 분노를 터트린 것은 부엌일을 하던 아낙네들이었다. 우물 가로 달려간 사내들도 이내 사태의 심각성을 깨달았다. 당국의 고의적인 약품 투여에 주민들은 기가 막힌 듯 좀처럼 말이 없었다. 그들은 이제 선택의 여지없이 물 때문에라도 솔섬으로 떠나야 될 판이었다. 조반을 고스란히 굶은 채로 노인들은 하나 둘씩 향당으로 모여들었다. 장년층과 청년들도 향당 마당에 늘어서서 어른들이 주고받는 말들을 진지하게 엿들었다. 많은 말들이 오갔지만 신통한 결론은 나오지 않았다.

몇 가지 급한 대로 임시 대책들이 세워졌다. 환자와 어린아이들에게는 염소젖을 끓여 먹이도록 했다. 꼭 물이 필요한 사람에게는 미리 길어놓은 물을 먹이거나 냄새가 덜한 샘의 물을 쓰도록 했다. 젊은 축들의 격앙된 행동에는 이번에도 역시 노인들의 설득과 만류가 뒤따랐다. 다음 조처가 있을 때까지 기다리자는 것이 향당 회의의 결론이었다.

"부탁 하나 합시다."

잠시 말이 중단된 틈에 방역반에 끼어 있던 중년 사내 하나가 느긋하게 입을 연다. 대부분의 사람들이 흰 가운 차림인데 이 반백의 사내만은 회색 줄무늬의 노타이 차림을 하고 있다.

"여기 적힌 이분들을 제가 꼭 좀 만나고 싶습니다. 수고스럽지만 마을에 가시거든 이분들을 이리루 좀 와주십사구 전해주십시오."

사내가 탁자 너머로 작은 쪽지 한 장을 건네준다. 쪽지에는 서관수 노인을 비롯해서 다섯 명의 주민 이름들이 차례로 적혀 있다. 쪽지를 손에서 내려놓으며 문호가 담담히 사내를 건너다본다.

"이분들 중에는 고령이라서 기동이 불편한 사람도 있습니다. 여기 적힌 다섯 명 외에 다른 사람은 안 됩니까?"

"예. 책임 있는 분의 확실한 답을 듣고 싶어서요."

"말씀은 전하겠습니다만 오고 안 오고는 제가 책임질 수 없습니다."

"물론이죠. 하지만 한 가지 덧붙여둘 말이 있습니다. 뵙자구 했을 때 끝내 안 오시면, 부득이 우리는 그분들을 강제로 모셔와야 될지도 모릅니다. 간밤에 발생한 방화 사건으로 그분들께 꼭 몇 마디 여쭤볼 말이 있습니다."

쪽지를 다시 집어들고 문호는 의자에서 몸을 일으킨다.

"알겠습니다. 말씀 전하죠. 헌데 이곳의 어느 분이 뵙잔다구 전할까요?"

"K서 박경감이 뵙구 싶다구 전해주십시오."

8

뒷개 쪽 가까운 밤바다에 빛 한 줄기가 길게 나타난다. 포구 밖에 머문 큰 배로부터 모터 보트 한 척이 선착장으로 들어오고 있다. 뱃머리 쪽에서 내뻗은 빛줄기가 길게 밤바다 위를 훑듯이 비추고 있다. 빠른 속도로 다가오던 배가 선착장에 가까워지자 동력을 끄고 소리 없이 미끄러져 들어온다. 배 옆구리가 선착장에 부딪자 여러 개의 손전등 불빛들과 함께 사내들 여럿이 보트에서 뭍으로 오른다.

"본부장님, 어서 오십시오."

선착장에 섰던 사내들이 저마다 한 사내에게 허리를 굽혀 보인다. 정(鄭)본부장이 앞으로 나서며 최반장을 향해 손을 내민다.

"수고가 많군요. 사태는 아직두 진전이 없는 모양이죠?"

"예, 가면서 말씀드리죠. 심려를 끼쳐드려 죄송합니다."

"K항에 도백(道伯)까지 내려와 계십니다. 무전 받자 도백께서 직접 쾌속정을 주선해주셨습니다."

일행들이 움직인다. 손전등 불빛 여러 개가 포구 앞 비탈을 환히 비추며 올라간다. 마중 나온 사람들과 방금 도착한 사람들을 합쳐 일행은 줄잡아 열댓 명쯤 될 듯하다.

"마을엔 요원이 나가 있습니까?"

"상주하는 사람은 없구 한 시간 간격으로 순찰반을 보내고 있습니다."

"참, 최반장 인사하시오. 가막도 분교 교사로 계신 오정은 선생이 우리와 함께 동행해 왔소."

본부장 등뒤로부터 여교사 오정은이 앞으로 나선다. 반소매 셔츠에 바지 차림을 해서 그녀는 얼핏 보아 남자 같은 모습이다.

"수고 많으세요. 오정은이에요."

"K항에서 한 번 뵈었죠? 잘 오셨습니다. 많이 도와주셔야겠습니다."

멈춰 섰던 일행이 다시 움직이기 시작한다. 비탈을 다 올라오자 일행은 저마다 마을 쪽을 바라본다. 분교 한 곳을 제외하고는 마을은 완전히 어둠 속에 묻혀 있다. 불빛 하나 볼 수 없는 마을의 어둠이, 일행의 눈에는 섬뜩하리만큼 불길하다.

"반장님, 저 잠깐 마을에 들어가면 안될까요?"

오정은이다. 최반장이 의아한 표정으로 고개를 갸우뚱해 보인다.

"곤란합니다. 세 집에 한 집 꼴로 환자가 있어서 가급적 마을과는 접촉을 안 하시는게 좋습니다. 우리 반원도 마을에 들어갈 땐 마스크와 장갑을 꼭 착용하고 갑니다."

"마을에 어머니가 계세요. 잠깐 얼굴만이라두 뵙구 왔으면 좋겠어요."

최반장이 난처한 듯 본부장을 돌아본다. 방역대책 본부장(防疫對策 本部長)의 지시라면 들어줄 수도 있다는 표정이다.

"잠깐 다녀오는 거야 문제 될 것 없지 않소?"

"좋습니다. 다녀오십쇼. 허지만 마스크두 하시구 장갑두 꼭 끼어야 합니다. 한 시간 이상은 안 됩니다. 그 안에 꼭 돌아오셔야 합니다."

마을과 분교의 갈림길에서 오정은은 일행과 헤어진다. 어둠이 곧 그녀를 삼켜버려 손전등 불빛만이 조그맣게 움직여간다. 일행은 다시 걷기 시작해서 불빛들이 환한 분교 운동장으로 들어선다.

발동기 소리가 요란하다. 방역 본부로 마련된 분교에 전력을 공급하기 위한 발동기다. 느릅나무가 있는 운동장 왼쪽으로 네 개의 천막들이 한 줄로 길게 세워져 있다. 10시가 지난 한밤인데도 천막들과 분교 교실은 전등불로 휘황하다. 학교 정문을 통과하여 일행은 최반장의 안내로 두번째 천막으로 들어선다.

"변동 사항 없소?"

천막을 지키던 안경잡이 사내에게 최반장이 말을 건넨다. 의자를 물려 몸을 일으키며 안경잡이 사내가 긴장하여 입을 연다.

"안종선이란 사람이 방금 방역반을 다녀갔습니다. 자기는 마을 사람이 아니라면서 뭍으로 내보내주거나 여기 방역반에 머물게 해달라구 하더군요."

"가막도 사람이 아니라면 언제 어디서 이 섬에 들어왔단 말이오?"

"그건 물어두 대답을 않구 계속 육지로 보내달라구만 조르더군요."

"어디 있소, 그 사람?"

"시끄러워서 대꾸를 안 했더니 방금 어딘가루 가버렸습니다."

일행이 의자에 앉는다. 다른 천막에서도 사람들이 와서 비었던 천막 안이 사람들로 가득 찬다. 본부장이 자리를 잡자 최반장이 다시 입을 연다.

"이쪽은 성계장(成係長), 저쪽은 김계장(金係長)입니다. 궁금하신 점 질문하시지요. 조장으로 직접 일해와서 주민들과 가장 자주 접촉해온 사람들입니다."

"우선 발병 현황부터 들어봅시다. 지금 가막도에 환자 수가 모두 몇 명으로 집계되어 있소?"

"오늘 오후 4시 현재 환자 수 24명입니다."

"지금까지의 누계는?"

"43명으로 추산됩니다."

"사망자는 어떻게 되오?"

"14명입니다."

본부장은 잠시 생각에 잠긴 얼굴이 된다. 뭍에서는 세 배가 넘는 발병자에도 불구하고 사망자는 전체의 7퍼센트인 9명에 불과하다. 30퍼센트가 넘는 이곳의 사망률이 무엇을 뜻하는지 알 만하다.

"오늘 제가 여기 온 것은 방역 사업보다도 더 급한 사태가 발생했기 때문입니다. 가막도 주민들의 갑작스런 단식(斷食) 원인이 여러분들 생각에는 어디에 있다고 보십니까?"

말들이 없다. 세 시간의 험한 뱃길을 무릅쓰고 뭍에 있던 방역대책 본부장이 밤늦게 가막도로 달려왔다. 그가 이렇게 달려온 이유를 가막도 방역반원들은 누구보다 잘 알고 있다. 답답한 침묵에 짜증이 났던지 본부장이 다시 입을 연다.

"김계장 말해보시오. 단식 원인이 어디에 있다고 생각하시오?"

"솔섬으로 이주하라는 당국의 지시에, 주민들이 반항의 수단으로 단식을 택한 것 같습니다."

"이주의 불가피한 이유를 주민들에게 충분히 주지시킨 거요?"

"행정력이 이 섬에서는 제대로 주민들에게 전달되지 않습니다. 관에 대한 불신감이 대단해서 설득도 지시도 별 효과가 없습니다."

"불신감의 원인은 뭐요?"

"한두 가지가 아닙니다. 처음 마찰이 일어났던 건 자라목이라는 비밀 장소에서 마약 단속반이 마약 3킬로그램을 수색 압수한 사건입니다. 중독 환자 하나가 자수를 해와서 마약은 쉽게 발견할 수 있었습니다만……"

본부장이 고개를 내저어 김계장의 말을 끊는다. 잠시 사이를 두었다가 그는 천천히 여러 사람들을 둘러본다.

"내가 듣기로는 방역 활동만 성실히 했더라면 지금과 같은 극한 상황까지는 이르지 않았을 거라는 거요. 마약을 압수하고, 기자들을 상륙시켜 주민들을 쓸데없이 자극한 게 잘못이었소. 특히 이번에 잘못된 건 아무런 사전 통고 없이 우물에 다량의 약을 풀어 넣은 거요. 마을에 먹을 물을 없게 했으니 주민들이 무슨 수로 살아가겠소? 병에 걸려 죽기 이전에 갈증으로 먼저 죽게 생기지 않았소? 단식 투쟁은 마을로서는 당연한 저항이라는 게 내 생각이오."

침묵이 흐른다. 일이 이렇게까지 악화되리라고는 아무도 예측하지 못했다. 마을 대표들을 소환했을 때까지만 해도, 방역반은 마을의 단식을 아무도 눈치 채지 못했다. 집단 단식이 눈에 보인 것은 저녁때가 다 됐는데도 마을에 전혀 연기가 오르지 않는다는 것을 발견한 후였다. 사태를 확인하기 위해 몇 명의 방역반원을 마을로 파견했다. 놀랍게도 마을 주민들은 초저녁인데도 방 안에 드러누워 잠을 청하고 있었다. 환자와 어린아이들을 위해서는 지정된 네댓 집에서만 쌀죽을 쑤고 있었다. 나머지는 모두 밥들을 굶은 채 체력을 아끼기 위해 일찍 잠자리에 들었던 것이다. 방역반이 확인한 바로는 주민들은 이미 아침과 점심도 굶고 있었다. 우물에 약을 투여한 이후로는 주민들은 벌써 단식투쟁에 들어가 있었던 것이다. 사태의 심각성을 깨달은 방역반은 즉시 도(道) 대책 본부로 무전을 띄웠다. 보고를 들은 방역대책 본부에서는 보도 통제를 지시하고 비밀리에 조사단을 현지로 파견했다. 예상치 못한 사태의 발전에 당국은 비로소 놀라움과 위험을 느낀 것이다.

"의견들 있으면 들어봅시다. 무슨 수단을 써서라도 단식만은 막아야 됩니다. 굶어 죽는 사람이 하나라도 발생하면 우리는 방역 실패에 살인 누명까지 쓰게 됩니다. 그렇다고 주민들 의사대로 방역을 중단하거나 환자들을 방치해둘 수도 없습니다. 어떻게 해서든 주민들을 설득해서 단식을 풀고 우리 일에 협조하도록 해야 됩니다."

손마디로 문을 두드리자 방안에서 이내 인기척이 들려온다. 오정은은 숨을 죽인 채 방문 옆으로 가만히 비켜선다.

"누구요?"

방문이 열리고 한 사내가 어둠 속으로 머리를 내민다. 목소리만 듣고도 오정은은 그가 인규임을 알아본다.

"김선생님."

"누구시죠?"

"저예요. 오정은이에요."

"아, 오선생?"

"네, 방금 왔어요. 저 잠깐 들어가두 될까요?"

"물론입니다. 들어오십시오. 헌데 어쩌자구 하필 이런 때 오셨습니까?"

대답을 보류한 채 정은은 급히 방 안으로 들어선다. 방 안에는 등불 대신 정은이 들고 온 손전등 불빛이 환히 비친다. 깔았던 잠자리를 걷어 치우면서 인규가 손으로 불빛을 가린다.

"불 끄시죠. 아직은 마을에 오선생이 올 때가 아닙니다."

불빛이 사라지면서 방안은 다시 칠흑 같은 어둠이 된다. 그러나 마주 앉은 두 사람은, 눈으로 보지 않고도 상대편의 위치를 정확하게 알 수 있다. 창틀 옆으로 등을 기대며 인규가 먼저 입을 연다.

"단식 소식 때문에 달려오셨군요?"

"네, 놀랐어요. 어떻게 된 거예요?"

"어머님은 만나보셨습니까?"

"방금…… 김선생님이 잘 해주신다구 여간 고마워하시지 않더군요."

"아닙니다. 제가 오히려 어머님께 여러 가지루 큰 신세를 지고 있습니다. 평소 깔끔한 성미대루 음식두 꼭 끓이거나 삶아서 요리하십니다. 제가 특별히 말씀드리지 않아도 질병 예방에 여간 철저하신 게 아닙니다."

"단식은 어떻게 된 거예요? 엄마는 김선생님 덕택에 단식을 안 하셔서 다행이지만……"

"가막도 주민들의 단식 투쟁을 뭍에서는 얼마나 알구들 있습니까?"

"보도 통제를 하기 때문에 웃사람들 몇 명만 알구 있을 뿐이에요. 몹시 당황하는 표정들이에요. 예상치 못했던 사태였나봐요."

대화가 중단된다. 갑작스런 만남이어서 두 사람은 할 말들이 너무나 많다. 기댔던 벽에서 등을 떼며 인규가 다시 입을 연다.

"뭍에 처졌던 아이들은 모두 완쾌되었나요?"

"네, 완쾌돼서 지금은 모두 건강하게 지내구 있어요."

"이곳 소식은 자주 듣는 편입니까?"

"자주는 아니예요. 궁금해서 여러 차례 와보려구 했지만 그때마다 보건 당국에서 못 가게 붙잡았어요. 마을에서 저를 몹시 미워한다는 얘기두 들었어요. 최근에는 윤성희씨를 통해 자잘한 사정까지 다 들었어요."

"그 사람 아직두 K항에 있습니까?"

"아뇨, 상경했어요. 주말쯤 해서 다시 내려올 거라구 하더군요."

윤성희가 떠나버린 빈 자리를 오정은이 넉넉하게 메워주는 느낌이다. 필요한 시간에 찾아온 그녀가 김인규에게는 황송하리만큼 반갑고 마음 든든하다.

"오선생께서 돌아오신 걸 알면 주민들 중 더러는 심한 반발을 해올지도 모릅니다. 신경이 모두 예민해져 있습니다. 각별히 조심해야 될 겁니다."

"알아요. 안 올 수가 없었어요. 아이들만이라두 단식 투쟁에서 풀어줘야 한다구 생각했어요. 당국이 절 데려온 것두 바루 아이들 때문이에요."

"예측한 대로군요. 그래 당국에선 이번 사태에 어떻게 대응할 계획이던가요?"

"설득을 해보다가 여의치 않으면 경찰 병력을 투입해서라도 주민들을 여러 무리루 갈라놓을 작정인 것 같아요. 집단 행동을 못하게만 하면 단식은 저절루 풀릴 거라는 계산이에요."

"위험합니다. 전 그 방법에 찬성할 수 없습니다. 단식을 강제루 풀기두 어렵지만 감정이 격앙되면 어떤 사태가 발생할지 모릅니다."

침묵이 찾아온다. 두 사람은 어느덧 같은 생각들을 하고 있다. 상대편에 대한 이해의 부족이 이번 사태의 원인이다. 거듭된 오해와 불신이 이제는 거의 돌이킬 수 없는 사태로까지 치달았다. 샘골 진료소에 불을 지른 소년은 가막도의 풍속이 만들어낸 눈가림의 대표적인 표본이다. 그는 예전처럼 마을로 도망치기만 하면 범행을 쉽게 숨길 수 있으리라고 생각했는지 모른다. 지금까지는 그러한 범행들이 마을의 묵시적인 비호 하에 자주 숨겨지거나 무마되었기 때문이다. 우물에 약을 푼 방역반원들도 자신들의 무리한 행위가 뭍에서와는 달리 낙도에서는 쉽게 통하리라고 생각한 듯하다. 결국 소년과 방역반의 공통점은 뭍과 섬 사이를 갈라놓은 바다의 존재를 의식하고 있었다는 것이다. 섬을 에워싼 장애로서의 바다가, 그들의 부도덕한 행위들을 쉽게 숨겨줄 수 있으리라고 생각한 것이다.

"혼자 뭍에 떨어져 있으면서 가막도라는 섬을 다시 생각해볼 기회를 가졌어요. 전 오히려 이번 재난이 가막도를 위해서는 잘 된 일이라고 생각해요."

오정은의 신선한 입김이 이마에 와 닿는 느낌이다. 잠깐 숨을 돌리는 듯하더니 그녀가 다시 차분하게 말을 잇는다.

"이 가막도에는 거짓과 참에 대한 건전한 상식이 빠져 있어요. 그걸 되찾아주기 위해서는 잘못된 가막도 역사부터 다시 고쳐 써야 될 거예요."

"그렇게 하기 위해 먼저 해야 될 일이 있습니다."

그것이 무엇이냐는 오정은의 질문을 인규는 침묵 속에서 쟁쟁하게 듣는 듯하다. 진실에 대한 든든한 믿음만이 가막도의 온갖 병폐들을 치유할 수 있는 방법이다. 거짓은 그 존재 자체가 이미 옳지 않다. 설혹 진실이 현실을 향해 아무런 힘도 행사할 수 없다고 하더라도, 거짓을 방어할 수 있는 기능이 있는 한 진실의 가치는 그것만으로도 충분하다.

"전 분교루 돌아가야 해요. 내일 다시 뵙겠어요."

"잠깐 기다려주십시오. 오선생께 제가 긴히 전할 물건이 있습니다."

말과 함께 김인규가 어둠 속으로 급히 손을 뻗는다. 무언가를 손에 더듬어 잡더니 그가 다시 입을 연다.

"이런 날이 올 것에 대비해서 저는 오래 전부터 이 기록을 만들었습니다. 제가 가막도를 떠나지 않은 이유도 이 기록을 만들기 위해서였습니다."

"기록이라뇨? 어떤 기록을 말씀하시는 거죠?"

"일깁니다. 가막도에서 제가 보고 들은 모든 일들이, 이 일기 속에 날짜별로 상세하게 기록되어 있습니다."

"헌데 왜 그 일기를 저에게 주시는 거죠?"

"전 내일 가막도 사람들과 그 동안 계획하고 준비해온 단독 강화(講和)를 하려고 합니다. 강화의 결과가 좋지 않을 경우를 대비하여, 이 일기를 미리 오선생에게 맡기는 것입니다."

"단독 강화란 또 무슨 말씀이세요?"

"제 일생에 이런 일이 있으리라고는 상상도 못한 일을, 저는 지난 한달 동안 가막도에서 혹독하게 겪었습니다. 아니 정확히 말씀드리자면 가막도가 일방적으로 강요해서, 저는 할 수 없이 그 강요에 승복하는 척했습니다. 전 가막도의 그 원시적 강요를 겪으면서, 이 세상에는 제가 미처 생각 못 한 뜻밖의 삶도 있다는 것을 알았습니다. 그 삶은 제게는 새롭게 경험한 교훈적인 삶도 되지만, 다른 한편으로는 견디기 힘든 굴욕이며 시련이기도 했습니다. 이 부당한 굴욕과 시련을 만들어준 가막도를, 전 결코 이해할 수도 용서할 수도 없습니다. 그래서 전 그 잘잘못을 가리기 위해 가막도의 최고 의결 기관인 향당의 어른들과 담판을 하기로 했습니다. 담판의 장소와 방법은 대충 결정이 되었지만, 그 시기를 언제로 할지는 아직 결정하지 못했습니다. 제가 말한 단독 강화란 바로 이 담판을 두고 하는 말입니다."

심상치 않은 이야기를 끝내놓고 인규는 한동안 말이 없다. 상당한 침묵이 지난 후에야 오정은이 조심스레 입을 연다.

"담판의 내용이 어떤 것인지는 모르지만 지금 이 시점에 꼭 그런 담판이 필요할까요?"

"납득하시기 어렵겠지만 이번 담판은 제 개인적인 욕구 때문에 꼭 필요한 통과 의례 같은 것입니다."

"개인적인 통과 의례라뇨?"

"설명하기가 쉽지 않군요. 가막도가 제게 안겨준 일종의 굴욕감의 해소 같은 것입니다. 저는 지난 한 달 동안 가막도로부터 평생 잊지 못할 모진 고통과 수모를 당했습니다. 이 수모와 굴욕감을 그대로 두고는 앞으로의 제 삶은 아무 의미가 없습니다. 제 삶의 정당성과 건강성을 되찾기 위해서도, 이 수모와 굴욕감은 어떤 형태로든 해소되어야 합니다. 마을과의 강화를 통해 그것들을 해소하지 않고는, 전 이 가막도를 떠날 수가 없습니다. 말하자면 이번 담판은 제 삶을 위해 꼭 치러야 될 한 차례 큰 고비의 통과 의례 같은 것입니다."

어둠 속에서 오정은의 머리가 조용히 좌우로 흔들린다. 무언가를 부정하는 몸짓을 보이더니 그녀가 다시 인규를 향한다.

"이제야 김선생님이 스스로 가막도에 남기로 한 이유를 알겠군요. 허지만 조심하지 않으면 나쁜 일이 생길 수도 있어요. 제가 아는 가막도는 때로 상식을 벗어난 엉뚱한 일을 저지르기도 해요. 최악의 경우까지 대비하지 않으면 무슨 일을 당할지 알 수 없어요."

"각오는 되어 있습니다. 담판의 결과는 어떻게 되어도 좋습니다. 앞으로 살아갈 제 삶을 위해 담판이라는 행위 자체가 제게는 매우 중요합니다."

어둠 속에서 오정은이 갑자기 몸을 움직인다. 앉음새를 고치더니 그녀가 서둘듯 입을 연다.

"이제 갈 시간이 된 것 같군요. 이 일기 그럼 제가 보관하고 있으면 되나요?"

"일기와는 별도로 그 일기의 처리 방법을 다른 지면에 적어놨습니다. 오선생께서 읽어보시면 처리 방법은 자연히 아시게 될 겝니다."

"처리 방법은 또 뭐예요? 이 일기를 보관만 하는 게 아니구 제가 달리 또 처리해야 되나요?"

"죄송합니다. 일기 형태를 취하고 있지만 그 일기는 애초부터 공개를 목적으로 준비한 것입니다. 언제 어떤 경로로 공개할 것인가를 제가 별도 지면에 자세히 적시(摘示)해두었습니다. 지금 제 주위에서 제가 믿을 분은 오선생 한 분뿐입니다. 어려운 부탁인 줄 압니다만 저와 가막도의 앞날을 위해 오선생께서 꼭 수고를 좀 해주셔야 되겠습니다."

"말씀 듣고 보니 퍽 중요한 일 같은데 제가 그 일을 제대로 처리할 수 있을까요?"

"다시 한 번 부탁드립니다. 제 개인뿐 아니라 가막도의 장래를 위해서도 매우 중요한 일입니다. 지난 한 달간의 제 노력의 결과가 그 일기의 공개 여부에 달려 있습니다. 지난 한 달간 저는 순전히 그 일기를 위해 살았다고 해도 과언이 아닙니다."

"알겠어요. 부탁대로 해보겠지만 제대로 해낼지 걱정부터 앞서는군요. 이번에는 제 쪽에서 김선생님께 부탁할 차례예요. 어머니가 걱정이에요. 제가 다시 돌아올 때까지 우리 어머니 좀 잘 돌봐주세요."

"지금까지 아주 잘 하고 계십니다. 제가 곁에서 돌보긴 하겠지만 어머님 스스로 잘 하고 계셔서 아마 큰 걱정은 안 하셔도 될 겁니다."

오정은이 몸을 일으킨다. 소리 없이 방을 나가면서 그녀가 다시 낮게 입을 연다.

"나오시지 마세요. 그럼 담에 뵐 때까지 몸 건강히 안녕히 계세요."

"예, 나가지 않겠습니다. 밤길 조심해 가십시오."

9

인적 끊긴 적막한 마을에 아침 안개가 옅게 끼어 있다. 새벽녘에 짙게 내린 안개가 해가 뜨면서 조금씩 옅어지고 있다.

가벼운 인기척이 들리더니 향당에서 드디어 누군가가 밖으로 나온다. 정동근이나 서문호로 알았는데 상대는 의외로 공판장의 송필배다.

"들어오시랍니다."

퉁명스레 말 한마디를 던져놓고 송필배는 몸을 돌려 그대로 안으로 들어간다. 인규가 곧 옷매무새를 바로 하고 네모진 뜰을 거쳐 향당 대청 앞에 멈춰 선다.

"안녕들 하십니까, 어르신들."

응대를 기대하지는 않았지만 역시 향당에서는 아무런 대꾸가 없다. 넘겨다보니 너른 방안에 사람들이 그득하다. 노인들만 있을 줄 알았는데, 방안에는 의외로 젊은 사람들도 적지 않다. 한호 필배 승철 등의 얼굴도 보이고, 그가 특별히 와주기를 요청한 정동근과 서문호의 얼굴도 그들 사이에 끼어 있다.

대여섯 칸은 됨 직한 너른 방에 사람들이 벽을 따라 둥그렇게 둘러앉아 있다. 맞은편 복판에 앉은 사람은 이장 서관수 노인이고 그 양 옆에 도유사 박노인과 윤오복 노인이 시위라도 하듯 앉아 있다. 이틀째로 접어든 단식 투쟁에도 불구하고 노인들의 얼굴에는 곤핍한 기색이 별로 없다. 인규의 면담 요청에 그들은 오히려 긴장된 빛까지 보이고 있다.

"올라오시오, 김선생."

제일 먼저 말을 건네온 사람은 역시 경우 바른 윤오복 노인이다. 그 동안의 접촉을 통해 인규와 낯이 익은 탓도 있을 것이다. 인규가 가벼운 목례와 함께 마루를 거쳐 방 안으로 들어선다. 모든 눈이 자기를 향해 있지만 인규는 개의치 않고 편한 자세로 자리에 앉는다.

"우선 고생하시는 여러 어르신들께 충심으로 위로의 말씀을 올립니다. 서문호씨를 통해 제가 오늘 외람되게도 여러 어른신들께 면담 요청을 한 것은, 방역반에서 부탁받은 몇 가지 말씀을 전하기 위해섭니다. 그리고 다른 한편으로는 그간에 제가 이 고장에서 보고 겪은 제 개인적인 일들을 말씀드리기 위해서입니다."

방안의 분위기가 너무 엄숙해서 인규는 잠시 말을 중단한다. 문득 마주친 서문호의 눈이 격려라도 하듯 커다랗게 부릅떠 있다. 턱을 안으로 끌어당기고 인규가 이번에는 서관수 노인을 향해 입을 연다.

"방역 당국에서는 가막도 주민들이 하루빨리 단식을 풀고 당국의 방역 사업에 협조해주시기를 간절히 바라고 있습니다."

"우물에 독약 푸는 사람들헌테 무슨 협조를 허라는 게요?"

눈이 마주친 때문인지 서관수 노인이 말을 받는다. 인규는 그러나 기다렸다는 듯 서노인의 말에 재빨리 응대한다.

"그렇다구 단식을 해서 가막도가 얻는 것은 무엇입니까?"

방 안에 잠시 여러 사람들의 속삭임 비슷한 낮은 말소리가 들려온다. 그러나 곧 서노인의 아들 서한호가 아버지를 대신하여 힐난하듯 입을 연다.

"당신 눈에는 우리가 지금 하는 단식이 무얼 얻어내기 위한 떼거지루 보이시오? 이건 우리 가막도 주민들의 생존이 걸린 마지막 저항이오. 우리에게 단식 말고는 다른 의사 전달 방법이 없지 않소?"

"찾으면 방법은 있습니다. 찾으려는 노력도 해보지 않고 왜 하필 여러분들은 단식이라는 극한 투쟁만 고집하십니까?"

인규의 차분한 눈빛에 전과는 다른 강한 의지가 담겨 있다. 지금까지 그는 이들의 강압에 스스로를 낮추고 숙여 적응하려고만 애써왔다. 모든 것을 그들의 관습에 맞춰 줄곧 양보와 후퇴만을 거듭해온 것이다. 그러나 오늘은 아니다. 바뀌고 적응해야 될 쪽은 자기가 아니고 저들인 것이다.

"허지만 우물에 약을 풀어, 먹을 물두 못 길어 먹게 한 건 저 사람들의 잘못이 분명허지 않소? 우리는 지금 전에 길어놓은 얼마 안 되는 물만 가지구 연명들을 하구 있소. 이렇게 막가는 사람들을 상대루 우리더러 무슨 방법을 찾아보라는 이야기요?"

이번에는 성미 급한 도유사 박노인이다. 앉아 있기가 힘이 드는 듯 그는 등에 베개를 괴고 비스듬히 벽에 기대어 앉아 있다.

"지금은 서로 잘잘못을 따지거나 상대편의 허물을 탓할 때가 아닌 것 같습니다. 어떻게 해서든 서로 만나서 엉킨 일들을 풀어내도록 지혜를 모아야 할 때라고 생각됩니다. 사람들이 병들어 죽어가고 있습니다. 하루에도 너댓 명씩 새로운 환자가 생겨나고 있습니다. 바로 여러 어르신들의 사랑하는 가족들이 치료 한번 제대로 못 받고 허망하게 죽어가고 있습니다."

"좋소이다. 그래, 우리가 단식을 풀면 저쪽에서는 우리한테 뭘 어떻게 해주겠다는 이야기요?"

이번에는 공판장의 송필배다. 단식에도 불구하고 그는 여전히 피둥피둥한 얼굴이다.

"분교에 설치된 진료소에서 본격적으로 이곳 환자분들을 치료하겠다고 약속했습니다. 그리고 마을에 대대적인 방역을 실시해서 병이 더 이상 확산되지 않도록 철저히 조처하겠다고 약속했습니다."

"그거야 전부터 있던 얘기라 새삼스레 생색 낼 계제가 아니잖소? 우리가 지금 제일 궁금하게 여기는 건 당국에서 우리한테 제시한 말두 안 되는 이주 계획이오. 솔섬으로 우리를 이주시킨다는 계획은 아직도 변함이 없는지 그것부터 확답을 해주시오."

"제가 알기론 그 계획도 달라질 수가 있습니다. 저도 있어봐서 잘 압니다만 솔섬은 주민들 모두가 이주하기에는 장소가 너무 협소합니다. 이주 장소는 솔섬이 아닌 당산 골짝 같은 곳으로 바꿀 수도 있습니다."

"그만들 두게."

갑자기 말 짬에 끼어 든 사람은 이번에도 역시 서관수 노인이다. 주머니에서 종이 한 장을 꺼내더니 서노인이 그것을 아들 한호에게 건네준다.

"여기 우리 가막도의 요구 사항이 자세허게 적혀 있소. 우리들 단식을 풀게 하려거든 거기 적힌 조건들을 뭍엣사람들이 우선적으루 들어줘야 하오. 그 조건들 중 하나라두 빠지면 우리는 여기서 모두 굶어죽을 작정이오. 내 말 한마디두 보태거나 빼지 말구 저쪽 사람들헌테 그대루 전하시오."

목소리는 낮고 차분했지만 그의 말속에는 대단한 결의가 스며 있다. 한호가 종이 쪽지를 받아 인규에게 전해준다. 인규는 그러나 종이를 받자 보지도 않고 그대로 주머니에 찔러 넣는다. 자기에게 쏠린 방 안의 모든 시선을 인규는 고개를 숙여 모르는 체 외면한다. 묘한 긴장과 침묵 끝에 윤노인이 이윽고 조용히 입을 연다.

"그 안에 뭐가 적혔는지 당신두 한번 꺼내 보시구려."

"아뇨, 전 보지 않겠습니다."

당돌한 그의 대답에 방안에는 다시 긴장이 감돈다.

"우리한테 저쪽 말을 전허러 왔으면 우리 생각이 어떤 건지 알아는 보아야 허지 않소?"

"이 쪽지는 제 의견을 물어보는 내용이 아니지 않습니까? 어르신 부탁을 받아 전 이 쪽지를 저쪽에 전할 뿐입니다."

"그렇다면 손은 우리한테 무슨 볼일루 찾아왔소? 그런 심부름은 손이 아니라두 우리 아이들이 얼마든지 할 수 있지 않소?"

"전 심부름꾼이 되어 여러 어르신들을 찾아뵌 게 아닙니다. 엉킨 일들이 잘 풀리도록 저쪽의 부탁을 받구 찾아온 사람입니다. 허지만 어르신들께서 이렇게 불쑥 종이 한 장만 내주시니 저로서는 어르신들 분부대루 이 종이만 전할밖에 없지 않습니까? 가막도라는 이 외진 섬에서는 모든 일들을 늘 이렇게 일방적으로 처리하시지 않았습니까?"

말을 하는 인규의 몸가짐이 말하는 내용과는 달리 한층 단정하고 공손하다. 두 손을 얌전히 앞으로 맞잡은 채 꾸중을 기다리는 학생처럼 인규는 방바닥 한곳만을 다소곳이 내려다보고 있다.

　"헐 말 끝났으면 이제 그만 가보시오."

　내뱉듯 하는 말소리는 이번에도 역시 서관수 노인의 목소리다. 인규는 그제야 고개를 들어 서관수 노인을 정면으로 바라본다.

　"제가 오늘 외람되게도 여러 어르신들께 면담을 요청한 것은, 공적인 일과 사적인 일의 두 가지 볼일이 있었기 때문입니다. 그 중에 공적인 일은 이제 대충 마무리가 된 것 같고, 지금부터는 제 사적인 일을 여러 어르신들께 말씀 올리도록 하겠습니다."

　공손하고 조용한 목소리와는 달리 인규의 부릅뜬 눈에는 당당한 힘이 주어져 있다. 전과는 다른 서울 낚시꾼의 눈빛에, 방 안에는 어느덧 팽팽한 긴장이 느껴진다. 그 긴장을 밀쳐버리듯 인규가 다시 차분히 입을 연다.

　"말씀드리기 송구합니다만 우선 여러 어르신들께 제가 드리고 싶은 말씀은, 가막도 주민 여러분들이 직접적이든 간접적이든 모두 마약 밀조자며 살인이라는 범죄 행위의 공범자 혹은 방조자라는 것입니다. 저는 그것을 증명할 수 있는 많은 증거들을 가지고 있습니다. 제가 바로 그 살인 행위의 피해 당사자이기 때문입니다."

　방안 이곳 저곳에서 대뜸 웅성거리는 소음이 들려온다. 어떤 음성은 아예 큰 소리로 '무슨 소리야 이게' 하며 노여움까지 드러내고 있다. 그러나 인규는 아랑곳 않고 방안의 소음을 제압하듯 좀더 큰 목소리로 다음 말을 이어간다.

　"저는 가막도라는 외진 섬에 고기를 낚으러 온 평범한 낚시꾼이었습니다. 배낭 하나에 낚싯대 몇 개 둘러메고 생전 처음으로 이 섬에 찾아온 낚시꾼 중의 한 사람이었습니다. 헌데 이 가여운 낚시꾼은 오늘로 벌써 스무 여드레째 이 섬에 발이 묶여 꼼짝도 못하고 눌러 살고 있습니다. 낚을 고기가 많아서가 아닙니다. 풍광이 아름답거나 인심이 좋아서도 아닙니다. 저는 다만 죽임을 당하지 않기 위해, 살아서 무사히 이 섬을 빠져나가기 위해, 이 척박하고 인심 사나운 섬에, 적당한 기회를 엿보며 하루하루 힘들게 연명하고 있었던 것입니다."

"이런 고이헌 작자를 봤나. 여기가 어디라구 그딴 헷소리를 지껄이는 게야?"

도유사 박노인이다. 평소의 급한 성미대로 그는 노여움을 드러내듯 두 주먹을 불끈 쥐고 있다. 인규는 그러나 표정 하나 변치 않고 같은 태도 같은 어조로 다음 말을 이어간다.

"제가 여러 어르신들께 이런 말씀을 올리는 것은, 제 개인적인 고통이나 원한 때문이 아닙니다. 저는 대한민국 국적을 가진 평범한 이 나라 국민 중의 한 사람입니다. 저는 원하면 이 나라 어느 곳이든 마음대로 갈 수 있고, 또 마음대로 떠날 수가 있습니다. 군대의 작전 지역 같은 특수한 지역을 제외하고는 제가 이 나라 국내에서 갈 수 없거나 떠날 수 없는 곳은 어디에도 없습니다. 그러나 가막도에서만은 저는 그렇지를 못했습니다. 낚시를 끝내고 어서 집으로 돌아가고 싶었지만, 저는 이 가막도에서만은 제 뜻대로 떠날 수가 없었습니다. 타고 갈 배가 없어서가 아닙니다. 돈이 없어서도 아닙니다. 저를 섬에 붙잡아두기 위해 여러분들이 이 핑계 저 핑계로 배를 내어주지 않았기 때문입니다."

"그만허면 이제 됐소. 더 듣구 싶지 않으니 이제 그만 돌아가시오."

모처럼 젊은 축에서 서한호가 입을 연다. 창백한 그의 얼굴은 단식 때문만은 아닌 것 같다. 노여움을 삭이기 위해 애써 자제력을 발휘하고 있는 얼굴이다.

"죄송합니다. 제 얘기는 아직 끝나지 않았습니다. 저는 이 섬에서 아무도 몰래 목숨을 잃을 뻔했던 사람입니다. 사형 선고를 받은 사형수에게도 재판관의 재량에 의해 최후 진술이라는 것이 허용됩니다. 목숨까지 잃을 뻔했던 이 사람에게 그 정도의 진술 기회는 허락해주셔야 하지 않겠습니까? 여러분들도 잘 아시다시피 저는 어느 마약 중독자의 소행으로 아무도 모르게 솔섬에 갇혀 굶어 죽을 뻔했습니다. 여러분은 제가 굶어죽을 뻔한 사실을 몰랐다고 말씀하실 것입니다. 그것은 이승평이라는 마약 중독자가 혼자 저지른 일이지 우리와는 상관없는 일이라고 발뺌을 하실지 모르겠습니다. 그러나 감히 말하지만 그것은 사실이 아닙니다. 여러분은 그 살인 미수 사건의 간접적인 공범자거나 방조자 내지 방관자입니다."

"허허 이거야 어디 면구스러워 더 들을 수 있나? 무엇들 허는 겐가? 나는 이 사람 말 더는 듣구 싶지 않네!"

꾸짖는 듯한 서관수 노인의 말에 방안은 갑자기 어수선한 소음에 휩싸인다. 이곳 저곳에서 욕설과 함께 인규를 성토하는 듯한 거친 말들이 튀어나온다. 그러나 곧 아주 큰 목소리가 좌중을 제압하듯 방안을 쩌렁 울린다. 지금껏 잠자코 있던 윤오복 노인이 큰 소리로 고함을 내지른 것이다.

"조용히들 하게! 사람 하나 뎅그러니 앉혀놓구 이게 무슨 소란들인가! 이러니 이 사람 입에서 할 소리 못할 소리가 대중없이 튀어나올 밖에!"

좌중을 호되게 꾸짖은 뒤 윤노인이 다시 인규를 향한다.

"하던 말 계속하시오. 그래, 우리가 어째서 그 사건의 공범자라는 이야기요?"

"여러분들은 제가 마을에서 없어진 것을 알고 바쁜 농사철에 두 차례나 사람들을 풀어 저를 사방으로 찾았습니다. 그러나 저는 이 두 차례의 수색 작업에 대해 여러분들께 아무런 고마움도 느끼지 않습니다. 왜냐하면 여러분이 저를 찾은 것이, 제 생사가 걱정이 되어서가 아니라 제 탈출 여부를 알아보기 위한 확인 작업이었기 때문입니다. 제가 그렇게 생각하는 이유는 그 당시 저를 대하는 여러분의 눈빛에 그렇게 씌어 있었기 때문입니다. 나중에 제가 살아서 돌아왔을 때 여러분들은 섭섭하게도 저를 반기는 얼굴들이 아니었습니다. 반기기는커녕 마치 죽었어야 될 사람이 살아 돌아온 듯, 여러분은 몹시 난감해하며 당혹해하는 표정들이었습니다. 그렇지 않다고 말씀하시는 분은 양심에 손을 얹고 다시 한 번 생각해 보십시오. 여러분은 내가 솔섬에 갇혀 죽을 뻔했다는 사실을 뒤늦게 알았습니다. 그러나 그 사실을 알고도 여러분은 늘 하던 관습대로 이번에도 역시 모르는 체 침묵으로 일관했습니다. 한 사람을 부당하게 살해하려고 했던 살인 미수 사건이, 여러분이 사는 섬 안에서 발생했는데도 불구하고 여러분은 아무도 그 사건을 문제 삼지 않았습니다. 범인을 잡으려고도 하지 않았고, 사건의 내막을 알아보려고도 하지 않았으며, 그런 사실을 뭍에 연락하여 사건을 해결하려는 노력도 하지 않았습니다. 저는 여러분들의 이런 태도가 지금의 이 문명 사회에 있을 수 있는 일인지 몸서리가 쳐지도록 놀랍고도 무서웠습니다. 이 섬에서는 어떤 범죄도 제대로 처리되거나 처벌되지 않는다는 것이, 제게는 마치 무법천지에 온 듯한 두려움으로 다가왔습니다. 이렇게 해서 뭍에서 건너온 한 가여운 낚시꾼은 무려 한 달 가까이를 이 가막도에 억지로 눌러 살게 되었습니다. 떠나도 좋다는 섬 사람들의 허락이 언제쯤 떨어질 것인지 기약 없이 기다리면서, 그 어리숙한 낚시꾼은 가끔씩 죽음의 공포까지 느껴가며, 아무도 반기는 이 없는 이 살벌한 가막도에 무려 한 달 가까이를 눌러 살게 된 것입니다. 저는 그러나 가막도에 갇혀 산 세월이 날자로 따져 고작 스무 여드레밖에 안 됩니다. 제가 우연히 가막도에서 알게 된 어떤 분은, 그렇게 가막도에 억류되어 산 지가, 햇수로 쳐서 무려 30년이 넘는다고 했습니다. 그분은 그 30년 동안 가막도 밖으로는 단 한 번도 나가본 일이 없습니다. 여러분의 출도 (出島) 허락을 30년 동안이나 목마르게 기다리며, 그분은 이 척박한 땅에서 그분의 아까운 청춘을 고스란히 소진해버린 것입니다."

"그게 누구요?"

갑작스런 반문에 인규는 잠시 말을 중단한다. 말을 물어온 사람은 30대의 박승철이다. 인규가 잠시 호흡을 고른 후 박승철을 향해 또박 또박 입을 연다.

"젊은 분들은 잘 모르시겠지만 나이 자신 어르신들은 잘 아는 분입니다. 마을의 온갖 허드렛일을 하며 지금껏 어렵게 살아오신 안종선씨가 바로 그분입니다."

박승철이 확인하듯 주위 사람들을 둘러본다. 그러자 갑자기 누군가가 자리에서 벌떡 몸을 일으킨다.

"저자가 나가지 않으니 내가 나갈 수밖에 없군!"

자리에서 일어선 사람은 역시 도유사 박노인이다. 좌중을 가로질러 방을 나가자 이번에는 송필배가 버럭 소리를 내지른다.

"이눔아, 니가 뭔데 남의 동네에 와서 감 놔라 대추 놔라냐? 우리가 언제 널 불렀냐? 제 발루 찾아와 실컷 잘 지내구는 이제 와서 뭐가 어쨌다구 개나발 같은 소릴 허는 게야?"

"그눔이 정말 경우 없는 놈일세. 우리 마을 사람들을 모두 천하에 몹쓸 죄인 보듯 허질 않나?"

방 안에 갑자기 소동이 인다. 이곳 저곳에서 욕설이 터지고 어떤 사람은 분을 삭이듯 인규를 향해 주먹까지 내둘러 보인다. 그러나 그때 커다란 고함이 다시 한 번 방안을 울린다.

"어르신들 고정하십시오! 정말 왜들 이러십니까?"

고함을 친 사람은 서문호다. 그가 두 팔을 벌려 인규를 막듯 하자, 박승철이 대들어 문호의 팔을 낚아챈다. 그러나 다시 곁에 앉은 정동근이 애원하는 표정으로 승철의 손을 부여잡는다.

"형님은 좀 가만 계세요! 저 사람 다치기라두 하면 가막도는 아주 끝장이에요!"

방 안이 갑자기 조용해진다. 정동근의 마지막 말이 흥분한 좌중을 진정시킨 것이다. 잠시 사이를 두었다가 인규가 다시 차분하게 입을 연다.

"이제는 제 이야기를 마무리 짓도록 하겠습니다. 빠르면 이삼 일, 늦어도 닷새 안으로 가막도의 과거에서 현재까지 가막도가 숨겨온 온갖 궂은 일과 험한 일들이 국내의 여러 언론 기관을 통해 이 세상에 낱낱이 밝혀질 것입니다. 가막도의 어두운 역사와, 육이오 사변 때 저질러진 뒷개의 참혹한 학살과, 그리고 대대로 이어져 온 가막도의 아편 밀경과, 권기탁이라는 행상의 의문의 죽음과, 그리고 제가 솔섬에서 죽을 뻔했던 살인 미수 사건에 이르기까지, 모든 것이 사실 그대로 신문이나 방송에 잇달아 보도될 것입니다. 여러분들 중에 어떤 분은 육지에 나가 재판을 받게 될지도 모릅니다. 그리고 또 어떤 사람은 30년 만에 처음으로 이 좁은 가막도를 떠나

넓은 육지를 밟게 될지도 모릅니다. 우물에 약을 푼 방역반에게 가막도 주민 여러분들은 몹시 역정들을 내셨습니다. 그러나 제가 보기엔 가막도 여러분은 방역반에 역정 낼 계제도 자격도 없으신 분들입니다. 왜냐하면 여러분들은 우물에 약을 푼 것보다 더 험한 일들을 그분들에게 이미 저질렀기 때문입니다. 여러분들이 저지른 비상식적이며 불법적인 일들은, 일일이 열거하기도 역겨울 정도로 그 종류가 다양합니다. 여러분들은 우선 법적으로 금지된 아편이라는 마약을 밀경하고 제조했습니다. 그리고 각종 질병의 거의 모든 환자에게 여러분은 의사의 처방 없이 그 마약을 공공연히 투여해왔습니다. 최근에는 제일종 국제전염병으로 확인된 환자에게, 방역과 치료를 목적으로 의사가 접근하는 것을 여러분들은 작당하여 물리적인 힘으로 가로막기도 했습니다. 그뿐이 아닙니다. 취재차 뭍에서 찾아온 신문 기자를 폭행했고, 심지어는 공공시설에 불을 질러 치료 중인 여러 명의 환자를 불에 타 숨지게까지 했습니다. 왜 이러한 상식 밖의 일들이 가막도에서는 아무렇지도 않게 일어나는 것입니까? 여기 향당에 계신 어르신들께서는 왜 이런 끔찍한 일들을 사전에 막지 못하셨습니까? 이런 일들이 묵인되고 용납되기 때문에 방역반은 방자하게도 마을에 금줄을 둘러치고 식수용 우물에 약을 풀 수 있었던 것입니다. 가막도가 무언가를 감춘 채 밝고 정당하게 행동하지 않기 때문에, 그들은 안심하고 바다에 갇힌 가막도를 콜레라 발병지로 허위 보도를 할 수 있었고, 뭍에서 죽은 여러 송장들을 이곳으로 몰래 실어와 소각할 수가 있었던 것입니다. 이제 저는 마지막으로 여러 어르신들께 이 자리를 빌어 작별 인사를 올리고 싶습니다. 저는 빠르면 내일이나 모레쯤 북한군 낙오병인 안종선씨와 함께 가막도를 떠날 것입니다. 떠나도 좋다는 여러분의 암묵적인 허락 없이도 이제야 겨우 가막도를 안심하고 떠날 수 있게 되었습니다. 허지만 전 언젠가는 반드시 이 가막도에 다시 찾아올 것입니다. 제가 죽을 뻔한 솔섬에 건너가 팔뚝만한 힘 좋은 농어를 꼭 한번 낚아보고 싶습니다. 제 말씀을 끝까지 들어주셔서 대단히 고맙습니다. 여러 어르신들 다시 뵈올 때까지 몸 건강히 안녕히들 계십시오."

말을 끝낸 김인규가 큰절을 올린 후 몸을 일으킨다. 좌중은 물을 뿌린 듯 누구 하나 말이 없다. 서관수 노인은 눈을 감은 채 돌처럼 부동으로 앉아 있고, 윤오복 노인 역시 눈을 감은 채 무연한 표정으로 말이 없다. 그러나 인규가 방을 나오자 조용하던 방 안에서 잇달아 작은 인기척이 들려온다. 서문호와 정동근 두 사람이 좌중에서 몸을 빼어 인규의 뒤를 따라나온 것이다.

10

흰 가운을 입은 건장한 사내들이 마을로부터 긴 열을 지어 분교 쪽으로 몰려온다. 그들은 네 명이 한 조가 되어 들것 세 개를 운반해 오고 있다. 고무장갑을 끼고 마스크를 한 사내들은, 들것을 들고 오면서도 머리들은 모두 들것 밖으로 돌리고 있다. 들것에 시체가 담겨 있어서 그들은 냄새를 피해 머리들을 모두 밖으로 돌린 것이다.

"본부장님, 소각장에 가보시지 않겠습니까?"

앞서 들어온 성계장이 본부장에게 말을 건넨다. 본부장은 시선을 마을로 향한 채 가슴 높이의 생울타리에서 서너 걸음 뒤로 물러

선다.

"아뇨, 여기 있겠소. 헌데 시체들은 신원을 모두 확인했는지 모르겠군?"

"마을에서 가족들을 통해 각 시체마다 신원을 확인했습니다. 유골만 가족에게 전달하면 우리들의 일은 끝납니다."

"화장에 입회할 가족은 없답디까?"

"몇 차례 권유를 해봤지만 한 집도 응하질 않았습니다."

반원들 일부가 운동장으로 들어온다. 들것을 든 시체 처리반은 학교 왼쪽 비탈에 설치된 임시 화장장으로 가고 있다. 방역 팀은, 비탈진 학교 왼편 공터에 여러 개의 구덩이를 판 뒤, 주위에 디귿자로 블록을 쌓고 그 복판에 철가(鐵架)만 설치하여 임시 화장장 세 틀을 급조했다. 바람의 방향을 고려해서 화장장은 마을과 등진 비탈을 택했다. 시체를 태우는 역한 냄새가 마을로 향하지 않도록 나름대로 신경을 쓴 것이다.

"본부장님, 아무래도 일이 어려울 것 같습니다."

마을에 나갔던 최반장이 조장들과 함께 천막으로 들어선다. 오후의 따가운 햇볕을 피해 본부장은 의자를 천막 안에 들여놓고 있다.

"마을 이장이라는 서노인을 만나봤습니까?"

"아뇨, 기운이 없다구 아들이 대신 나오더군요."

"우리한테 바라는 게 뭐랍니까? 단식은 대체 언제쯤에나 푼답니까?"

"요구하는 건 없답니다. 자기들 일에 간섭 말구 우리더러 마을을 떠나달라는 얘깁니다. 사람을 잡아가구 우물에 약을 풀구 하는데 자기들로서는 그런 간섭을 참구 견딜 수가 없다는 얘깁니다."

"서너 시간 후면 육지에서 다시 기자들이 대거 몰려옵니다. 누군가가 육지 쪽에 가막도 사태를 제보한 게 분명합니다. 그 전에 사태를 수습하지 않으면 우리는 여론에 몰려 살인 누명을 쓸지도 모릅니다."

"경찰 병력을 투입하는 문제는 생각해보지 않았습니까?"

"뭍에서 허락을 받았지만 한 번 더 기회를 보고 싶소. 점심 무렵쯤 나를 찾아와서 중재를 자원한 사람이 있어요. 지금 마을에 들어가 있으니까 그 사람이 나오거든 다시 한 번 생각해봅시다."

"누굽니까, 그 사람이?"

"서울에서 낚시를 왔다는 김인규라는 사람이오."

말들이 없다. 마을과의 대화 노력은 이미 여러 차례 실패로 끝났다. 한 시간 전에 시도해본 대화 역시 마을 측의 일방적인 거부로 대좌(對坐)조차 하지 못했다. 그러나 놀라운 일은 마을 주민들이 환자 사체들을 집 밖으로 내놓은 것이다. 어떻게 할 것인가를 묻는 방역반에, 환자 가족들은 내놓은 시신들을 방역반의 뜻대로 처리해도 좋다고 했다. 사체 처리를 일임해온 것은, 지금까지의 태도로 보아 마을 쪽에 뭔가 변화가 있음을 시사하는 일이다. 그러나 방역반의 기대는 이내 실망으로 이어졌다. 면담을 요청하는 방역반의 간청을 마을은 이틀째 계속 침묵으로 묵살한 것이다.

"우리가 방금 마을에서 오는 길인데 김인규 그 사람은 언제 마을에 들어갔습니까?"

"날 만난 것이 점심 무렵이니까 아마 방역반보다 조금 먼저 마을에 들어갔을 게요. 나두 지금은 그 사람이 어디 있는지 행방을 몰라요."

"마을에 들어가서 누굴 만난다구 하던가요?"

"구체적인 얘기는 하지 않구 경찰력 투입을 보류해주면 자기가 몇 사람을 만나 최후로 한번 부닥쳐보겠다구 합디다. 마을 사람들이 시체를 집 밖에 내놓은 것두 어쩌면 그 사람의 설득 덕인지 모르겠소."

최반장이 뜻밖이라는 듯 자기 반원들을 둘러본다. 한 마디 상의도 없이 김인규를 만나본 본부장에게 최반장은 순간적으로 배신감 비슷한 불쾌감을 느낀 듯하다.

"본부장님 생각에는 김인규가 마을과 우리 사이의 중재 역할을 해내리라고 보십니까?"

"해내고 못 해내고를 따질 만큼 우리가 지금 한가한 처지가 아니잖소? 이번 사태만 해결해준다면 난 누구라도 만나볼 생각이오."

본부장의 짜증스런 말 속에는 최반장에 대한 질책의 뜻도 담겨 있다. 사태를 이 지경으로 만든 것이 바로 최반장임을 은연중 일깨우고 있는 것이다.

"사태를 보고 받은 육지에서는 거의 매시간마다 주민들의 동태를 물어오고 있소. 지금은 아예 스물네 시간 무전 대기를 지시하고 있을 정도요."

본부장이 상륙하고부터 무전은 분교에도 설치되어 있다. 포구에 정박한 검역선을 포함하여 가막도에는 이미 두 개의 무전기가 준비된 셈이다.

"김인규가 저기 옵니다."

햇볕이 눈부신 분교 운동장에 뜻밖에도 화제의 주인공인 김인규가 나타났다. 시선을 아래로 떨군 그는 본부장을 발견하자 곧장 천막으로 다가온다.

"다들 여기 계시군요."

"어서 오십시오. 어디서 오시는 길입니까?"

"먼저 마을에 들어갔다가 지금은 포구에 들러 오는 길입니다."

"포구엔 무슨 일루 가셨습니까?"

"오정은씨가 뭍으로 나간다기에 배웅하고 오는 길입니다."

"오선생이 뭍에 나가요?"

"예, 모르셨습니까? 방금 보급선 편으로 K항으로 떠났습니다."

잠시 침묵이 흐른다. 자기에게 집중되는 여러 사람의 시선들을 인규는 찌푸린 얼굴로 담담하게 받고 있다. 수염이 더부룩한 턱을 만지며 인규가 다시 예사롭게 입을 연다.

"여러분들이 생각하는 것보다 마을의 현재 사정은 훨씬 더 심각합니다. 제가 만나본 노약자 몇 사람은 당장 손을 쓰지 않으면 생명이 위태로운 형편입니다. 남은 시간이 별로 없습니다. 본부장님의 결단이 필요합니다."

"주민들과 접촉은 가져보셨나요?"

"예."

"누구를 만나보셨죠?"

"윤오복이라는 노인입니다. 가막도 노인치고는 생각이 온건한 사람입니다. 마을의 한의사로 있으면서 지금까지는 이분이 가막도의 모든 환자들을 치료하고 돌봐왔습니다. 이번에도 역시 일이 잘 풀리도록 홀로 동분서주하며 많은 애를 쓰고 있더군요."

윤오복이라면 방역반에서도 잘 아는 노인이다. 방역반에서도 만나기를 원했지만 지금껏 응해주지 않아서 만나지 못한 노인이다. 김인규가 그를 만나보았다니 방역반으로서는 자존심이 상하지 않을 수 없다.

"그래 접촉해본 결과 그 노인의 요구 조건은 뭐죠?"

"일곱 가지 조건들을 내세우고 있습니다."

"일곱 가지나요?"

"첫째는 마을과의 협의 없이는 어떠한 방역 작업도 마을에서 실시할 수 없다. 둘째는 주민들이 지금까지 사용해온 마약에 대해 당국은 압수와 처벌 등 단속 행위를 하지 말 것. 셋째는 샘골 진료소의 방화 사건에 대한 책임을 더 이상 마을 사람들에게 추궁하거나 전가하지 말 것. 넷째는 주민들을 솔섬으로 이주시키려는 계획을 지금 당장 백지화시켜 없었던 일로 할 것. 다섯째는 기자와 경찰 등 필요 없는 사람들을 더 이상 섬과 마을에 함부로 상륙시키지 말 것. 여섯째는 주민들의 요구가 있을 때까지는 방역반은 무슨 이유로도 마을로 들어오지 말 것. 끝으로 일곱째는 지금까지 있었던 가막도 주민들의 다소 과격한 행위에 대해 당국은 일체 문제 삼거나 책임을 묻지 않겠다고 약속할 것……"

"내용을 혹시 종이 같은 데 적어오지 않았습니까?"

"필요하다면 받으시죠. 여기 적어둔 쪽지가 있습니다."

인규가 건네주는 쪽지를 본부장이 받아본다. 한동안 쪽지를 들여다보던 본부장이 머리를 절레절레 내두르며 초조하게 입을 연다.

"결국 이 종이에 적힌 대로라면 우리더러 짐을 싸들고 섬을 떠나라는 얘기가 아닙니까?"

"전 그렇게 생각하지 않습니다."

"자기들의 허락 없이는 마을에 들어올 수 없다는 말은, 결국 뒤집어 해석하면 우리더러 섬을 떠나라는 얘기잖소?"

"어쩌면 마을 사람들은 상징적인 행동을 요구하는지도 모릅니다."

"상징적이라뇨?"

"저 사람들도 지금의 전염병을 퇴치하기 위해서는 방역반의 도움이 필요하다는 걸 알구 있습니다. 주민들이 의식적으로 여러분의 도움을 거절하는 건 여러분들의 접근 방법이 애초에 못마땅했기 때문입니다. 내가 말한 상징적인 행동이란 여러분들에게 악의나 고의가 없었다는 걸 저 사람들에게 알게 하는 정도로 충분합니다. 섬을 떠나기를 저 사람들이 원한다면 한 번쯤 짐을 싸들고 떠나는 척하는 것도 한 방법이 아니겠습니까?"

"말두 아닌! 김선생은 지금 그걸 말이라구 하는 거요? 하루에두 수십 명씩 사람들이 죽어나가는데 우리더러 섬을 떠나라니 우리가 지금 이 섬에 가을 소풍이라두 나온 줄 아시오?"

잠자코 있던 최반장이 모처럼 격하게 입을 연다. 상기된 최반장의 얼굴을 보며 인규는 미련 없이 자리에서 몸을 일으킨다.

"제가 맡았던 중재 역할두 결국 이것으로 끝을 내야 될 것 같습니다. 저두 이젠 짐 싸들고 이 섬을 떠나야 될까 봅니다."

천막을 빠져 나오면서 인규는 비로소 푸른 하늘을 올려다본다. 이 섬에서 그가 할 몫은 이제 아무것도 남아 있지 않다. 방금 뭍으로 떠난 오정은이, 그가 이 섬에 머물렀던 이유를 밝히는 기록들을 지니고 있다. 기회가 오면 그 기록들은 빠른 시일 내에 여러 보도진에 넘겨져서 그가 의도했던 본래의 목적을 충분히 해낼 것이다.

그의 중재 역할에도 불구하고 가막도나 방역반은 그들의 거짓 굴레로부터 벗어나기를 원하지 않았다. 거짓의 고약스러운 점은 한 번의 거짓이 자기 방어의 필요에 의해 연쇄적으로 또 다른 거짓들을 더 많이 생산한다는 것이다.

그러나 이제 그러한 거짓들은, 그것을 만든 사람들의 동의 없이 타의에 의해 강제적으로 세상에 발표된다. 왜곡된 지난 일들을 원래 모습으로 바로잡기 위해, 대부분의 거짓들은 폭로라는 강제 수단을 동원할 수밖에 없다. 오랜 세월 반복되어 고질화된 악의적인 거짓들은 관계자의 동의와 협조를 얻어내기가 불가능하기 때문이다. 여러 번의 탈출 기회에도 불구하고 가막도를 떠나지 못하고 머뭇거린 인규의 숨은 뜻도, 이로서 그 절반쯤은 소기의 성과를 거둔 셈이다.

어느새 인규의 마음속에 가막도가 살 만한 땅으로 조금씩 밝은 모습을 드러내기 시작한다. 자신도 모르게 좋아지려는 가막도에 대해, 그는 이제 애정과 공포를 동시에 느끼고 있다. 이번에야말로 그는 서둘러 가막도를 떠나야 한다. 미움이 불러오는 집착보다 사랑이 만들어내는 이끌림이 더 끈끈하고 집요하기 때문이다.

종 장

1

"라디오 소리 좀 키워."

뉘었던 몸을 힘겹게 일으키며 송필배가 바른쪽 벽 앞의 백승철을 바라본다. 책상 위에 놓인 라디오에 손을 뻗어 승철이 서둘러 라디오의 볼륨을 높인다. 방 안에는 송필배와 백승철 외에도 정동근과 서문호 형제 등 젊은 축은 물론이고 좀체 이들과 어울리지 않던 안종선까지 함께 앉아 있다. 안종선이 이들과 합석한 것은 마을 주민의 단식 농성에 동참하기 위한 것 같다. 체력을 최대한 아끼기 위해 그들은 대부분 벽에 기대어 앉아 있거나 아예 방바닥에 목침을 베고 누워 있다.

라디오 소리가 커지면서 사람들의 피로한 얼굴에 새로운 긴장이 감돌기 시작한다. 오전에 이어 오후에 다시 '가막도 비밀 일기'라는 것이 성우들에 의해 입체 낭독으로 방송되고 있기 때문이다.

7월 ○일.

날짜가 확실치 않다. 솔섬에 갇혀 지낸 날짜를 정확히 기억할 수 없기 때문이다.

솔섬을 탈출하여 이곳에 몸을 숨긴 지도 오늘로 벌써 사흘째다. 동굴에 도착한 첫날밤을 나는 결코 잊을 수가 없다. 배를 댄 해안으로부터 동굴은 약 백 미터 남짓 떨어져 있다. 가파른 절벽 틈을 올라 폭 일 미터쯤의 바위 시렁을 통과하면 한 무리의 돌출 바위들이 군집을 이루어 나타나고, 그 바위군을 끼고 돌아 칡 따위의 만목(蔓木) 숲 사이를 뚫고 가면, 비스듬히 돌아앉은 동굴 입구가 나타난다. 네댓 칸 넓이의 장방형의 길쭉한 동굴은 천장이 매우 높았고 한쪽 벽 밑에 통나무로 엮어 만든 뗏목 형태의 평상이 놓여 있다. 염소 몰이 후 갑작스런 악천후로 마을에 돌아가기 어려울 경우를 대비하여, 안종선은 섬 여러 곳에 이런 비상용의 은신처를 마련해두었다고 한다. 동굴에는 평상 외에도 깔개용의 마른 풀과 덮을 것 한 장과 유지(油紙)로 싼 성냥과 초 토막 등이 준비되어 있다. 특히 평상을 뗏목 형태로 통나무를 엮어 튼튼하게 만든 것은, 단순한 평상의 용도 외에 비상시 바다에 띄워 뗏목배로 사용할 목적인 것 같다. 이유는 확실치 않지만 안종선 역시 이 가막도를 가끔씩 탈출하고 싶었던 때가 있었던 게 아닌가 싶다.

나를 솔섬에서 구출해온 안종선은 내게는 생명의 은인이자 한편으로는 정체를 알 수 없는 불가사의한 인물이다. 그는 가막도의 토박이도 아닌 것 같고, 그렇다고 외지에서 입도(入島)한 육지 사람도 아닌 것 같다. 어느 때는 철저한 가막도 주민으로 외지인인 나를 혹독히 냉대하다가도, 때로는 또 외지인인 내게 가막도의 비밀이나 비행을 은근히 귀뜀해주기도 한다. 특히 내게 놀라운 것은 다방면에 걸친 그의 해박한 지식이다. 정규의 고등 교육을 받지 않고는 알 수 없는 전문 지식도 그는 예사로 구사할 때가 있고, 특히 의학 지식은 전문의를 뺨칠 만큼 폭넓고 깊게 숙지하고 있는 듯 했다.

소심하고 치밀한 성격의 소유자인 안종선은, 솔섬에 갇혀 여러 날 굶주린 나를 위해, 첫날은 밥 대신 멀건 흰죽을 끓여 조금씩 나누어 먹게 했다. 탈진 직전에까지 이른 나는 사실 안종선의 만류가 없었다면 난폭한 과식에 의해 더 큰 위험을 맞을 뻔했다. 그의 차분한 권고대로 멀건 흰죽을 천천히 섭취함으로서 처음 하루는 탈진한 몸을 안정시키고 추스르는 데 주력했다.

"내일 이맘때쯤 다시 오겠소. 내가 좀 늦거나 불안하더라도 동굴 밖으로는 절대로 나가지 마시오. 마을 사람들의 눈에 띄면 당신은 그길로 끝장이오."

같은 말을 여러 차례 반복한 후 안종선은 불안한 표정으로 서둘러 동굴을 떠났다.

내가 안종선을 다시 만난 것은 다음 날 해가 높이 뜬 정오 무렵이다. 그는 아침녘에 일찍 왔었지만 내가 정신없이 자고 있어서, 일단 동굴을 떠나 잠시 딴 일을 본 후 다시 들른 길이라고 했다. 마른 짚이 깔린 포근한 침상에서 비록 모기에 뜯기긴 했지만 나는 죽음의 공포 없이 15시간 이상을 깊은 잠에 빠졌던 것 같다. 볼이 미어지게 밥을 퍼넣는 나를 향해 (안종선은 전날의 약속대로 다음 날은 흰죽 대신 좀 무른 듯한 흰밥을 가져왔다) 안종선은 이날도 역시 내게 여러 가지 질문을 했다. 허기가 대충 메워진 무렵에야 나는 안종선의 질문들의 맥락 속에서 어떤 숨겨진 의미가 담겨져 있음을 깨달았다. 종잡을 수 없는 안종선의 다양한 질문들 속에서, 오히려 내가 모르던 새로운 정보들이 자연스레 흘러나왔기 때문이다.

내가 갇혀 지낸 솔섬에서는 특수한 물질이 제조되었던 모양이다. 하긴 그곳 움막 부근에서 나는 용도가 의심스러운 여러 개의 화덕 자리를 발견했다. 솥이나 냄비가 걸렸을 그 화덕들 부근에는 오랫동안 불을 땐 흔적으로 검댕과 재와 숯 토막들이 흩어져 있었다. 아마 누군가가 그 화덕들에 솥을 걸고 특수한 용도의 약재를 고열로 오랫동안 달이거나 끓였던 모양이다.

내가 화덕의 용도를 묻자 안종선의 질문은 끝이 났다. 그의 대답을 듣지 않고도 나는 화덕의 용도와 솥으로 달여낸 액체의 농축물이 무엇인지 짐작할 수 있었다. 그러나 내가 농축물의 정체를 짐작하고 있다는 것을, 안종선이 눈치 채도록 한 것은 나의 부주의한 실수였다. 안종선이 던져온 여러 가지 질문들의 본뜻이 바로 내가 그 농축물의 정체를 아는가 모르는가를 확인하는 작업이었기 때문이다.

"당신을 솔섬에 가둔 이유가 이제야 분명해졌소."

나는 의아했다. 지금까지 그 이유를 알기 위해 백방으로 고심해온 나였기 때문이다.

"전 까닭을 모르겠습니다. 어떤 이유로 내가 그 섬에 갇힌 거죠?"

"솔섬이라는 장소가 문제요. 그 섬은 가막도 사람 중에서도 특별히 선택된 사람들만이 드나들도록 되어 있소. 아편을 고아 만드는 비밀스런 장소여서 마을 장로(長老)들이 지정하는 몇몇 사람들만 드나들 수 있다는 이야기요."

"그렇다면 왜 제가 그런 장소에 갇히게 된 겁니까?"

"당신을 가막도 밖으로 내보내지 않기 위해서요."

"그건 또 무슨 소리죠?"

"당신은 솔섬에 건너감으로써 가막도가 숨기고 싶은 중대한 비밀을 알게 되었소. 그 비밀이 뭍으로 새어나가지 못하게 하기 위해 가막도 주민들은 당신이 가막도를 떠나는 것을 원치 않게 되었다는 이야기요."

"내가 알고자 해서 알게 된 비밀이 아니지 않습니까? 비밀이 있는 장소에 나를 짐짓 데려다놓아 그 비밀을 알게 하고는 나를 다시 그곳에 가둔다는 건 앞뒤가 전도된 이야기가 아닙니까?"

"그렇지 않소. 가막도는 애초부터 당신이 그 비밀을 알고 있다고 확신하고 있었소. 문제는 당신이 솔섬의 비밀을 알아버려서 이제는 가막도 주민과 운명을 같이해야 한다는 사실이오. 어떤 사내가 당신을 솔섬으로 데려간 이유도 바로 그 사실을 당신에게 확인시키기 위한 사전 정지 작업이었던 거요. 불행하게도 당신은 가막도가 쳐놓은 교묘한 덫에 꼼짝없이 걸려든 거요."

보이지 않는 힘으로 옥죄어오는 덫의 정체가 이제야 비로소 내 주위에 하나의 실체(實體)로 느껴진다. 분노나 항의는 아무런 소용이 없다. 그 비밀을 발설하지 않는다는 서약이나 맹세도 통하지 않는다. 안종선의 설명에 의하면 이미 여러 차례 가막도 주민들은 외지 사람들의 그런 약속에 기만당해왔다는 것이다. 외지인에 대한 그들의 불신은 철저했고 집요했다.

"그건 법치 국가에서는 있을 수 없는 무법이며 범죄 행윕니다. 나는 어떻게 해서든 이 섬을 탈출할 것입니다."

안종선은 고개를 내둘렀다. 그런 생각은 건강만 해칠 뿐 사태 해결에 아무런 도움도 되지 않는다고 했다. 가막도 탈출을 끝내 고집하면 그에게는 예상치 않은 더 큰 불행이 닥칠지도 모른다는 것이다. 그 불행이 어떤 것인지 밝힐 필요는 없을 것이다. 솔섬의 비밀을 지키기 위해 가막도 주민은 인규의 입을 영원히 봉할 수도 있다.

재앙이라는 생각이 들었다. 전혀 예상치 않은 불의의 재앙이었다.

그 재앙은 멀리 고립된 어느 소수 집단의 괴팍스런 폭력에서 비롯되었다. 상대가 아프리카 오지의 만족(蠻族)들이라면 그런 폭력쯤 이해할 수도 있으리라. 그러나 가막도는 만지(蠻地)도 아니고 야만인의 오지도 아니다. 그들은 명백하게 범법 행위를 하고 있었고, 그 범법을 숨기기 위해 더 큰 폭력을 행사하고 있는 것이다.

그러나 이러한 항의도 안종선에게는 대수로운 의미로 전달되지 않았다. 그는 내가 비난하는 폭력을, 정당한 것일 뿐 아니라 가막도 주민들에게는 신성한 것일 수도 있다고 했다. 폭력이 모두 나쁜 것은 아니다. 자기를 지키기 위한 폭력은 정당방위라는 이름으로 법으로도 보호 받고 있다. 더 큰 폭력을 방지하기 위한 예방적인 폭력도 있다. 다수와 소수의 개념이라는 것도 경우에 따라서는 해석이 달라져야 한다. 도둑 10명이 한 사람의 시민을 공격했다면 도둑이 다수라고 하여 법이 도둑을 편들 수는 없다. 약한 다수와 선한 소주 중 보호를 받아야할 것은 마땅히 소수여야 한다.

그리하여 가막도는 뭍의 일방적인 횡포에 대항하여 그들만의 율법으로 정당방위적인 폭력을 행사할 수 있다. 뭍에 사는 모든 사람들을, 그들은 언제라도 그들의 적으로 돌릴 수 있는 것이다……

"라디오 꺼!"

방안에 돌연 고함이 울린다. 고함을 지른 송필배는 물론이고 방안의 모든 시선이 안종선에게 향해 있다. 고개를 떨군 채 한동안 말이 없던 안종선이 부스스 몸을 일으켜 비척대며 방을 나간다. 안종선의 등을 향해 이번에는 서문호가 부드럽게 입을 연다.

"형님, 어딜 가슈?"

"일 좀 보려구……"

"일이라니 무슨?"

"안 되겠어, 이대루 뒤서는…… 한번 만나서 담판이라두 지어야
겠어."

"무슨 소리요? 담판은 뭐며 만나긴 누굴 만난다는 거요?"

"없던 얘기를 지어내지 않나, 하지도 않은 말을 내가 한 양 떠벌
리지 않나……"

"김인규를 만나겠다는 얘기구려?"

안종선이 대꾸 없이 신을 꿰어 신고 댓돌로 내려선다. 서문호가
따라 일어서며 의논성스럽게 다시 묻는다.

"그래, 그 사람 만나서는 무슨 얘기를 할 겁니까?"

"잘못된 얘기들 바로잡구, 더 이상 지어낸 얘기들 내보내지 못하
게 해야지."

"방송을 못 하게 한다는 얘기요?"

"하는 데까진 해봐야지 이대루 앉아서 당할 수야 없지 않나. 해
서 안 되면 명예 훼손으루 고소라두 해서 막아야지."

"그 사람 만나려면 나하구 같이 갑시다. 나두 그 사람 만나 꼭 전
할 말이 있소."

서문호가 방에서 툇마루로 나온다. 그러나 등 뒤에서 다시 차분
한 말소리가 들려온다.

"공연히 힘 빼지 말구 실없는 짓 그만들 둬. 나가는 방송 막을
수두 없을 뿐더러 내가 듣기엔 일기 내용이 별루 틀린 얘기두 아니
드군."

문호의 형 서한호다. 한호의 뜻밖의 말에 아우가 다시 멈춰 선
다. 잠시 어색한 침묵이 흐르자 안종선은 도망치듯 빠른 걸음으로
뜰을 나간다.

달빛이 어슴푸레하다. 그러나 자갈 깔린 길쭉한 갯가 쪽은 여러 불빛들이 한데 어우러져 대낮처럼 휘황하다. 검역선과 감시선을 비롯한 각 매스컴의 취재선들이 제각기 밤일들을 보기 위해 가까운 해변에서 불들을 환히 밝힌 때문이다.

"어딜 가십니까?"

총을 멘 순경 한 명이 다가오는 김인규에게 위협조로 말을 건넨다. 방역을 위해 마을 사람들의 선착장 출입을 통제하고 있는 모양이다.

"K서의 조경감님 좀 만나뵈러 왔습니다."

"약속이 되어 있소?"

"예."

순경이 갯가에 가까이 댄 경찰 감시선을 턱짓해보인다.

"아마 3호선에 계실 거요. 조타실 쪽으로 가보시오."

인규는 고개를 꾸벅 하고 감시선과 연결된 긴 뱃널로 올라선다. 사람들이 드나들기 편하도록 그새 갯가에 간이 부교가 놓여져서 사람들은 도선(渡船) 없이도 뱃널을 타고 쉽게 배에 오를 수 있다.

30톤 미만의 작은 배여서 조경감을 찾는 일은 어렵지 않다. 조타실에서 직원들과 무슨 얘긴가를 주고받던 조경감이, 인규를 발견하고는 의외라는 듯 눈을 크게 뜨고 자리를 권한다. 갯가의 입초 순경에게 미리 약속이 되어 있다고 한 것은, 통행을 막는 순경과의 쓸데없는 시비를 피하기 위한 거짓말이었다.

"어쩐 일이시오 김선생? 라디오로 나가는 가막도 일기 나두 요즘 재미있게 듣고 있소."

조경감이 안내한 곳은 조타실 바로 뒤의 작은 선실이다. 반기는 품으로 보아 그도 김인규를 만나고 싶었던 모양이다.

"이쪽으로 앉으시오. 마을 분위기는 아직두 요지부동이죠?"

"걱정입니다. 노인들 몇 명은 실신 직전의 매우 위험한 상탭니다."

조경감이 혀를 차더니 담배를 꺼내 인규에게 건네준다. 인규가 받아 물자 조경감이 다시 입을 연다.

"김선생 일기 때문에 요즘 방송사 사이에 진본 시비가 요란한 모양입디다?"

"진본 시비라뇨?"

"여러 방송사에서 경쟁적으로 가막도 일기를 내보내는데 일기 내용이 조금씩 달라서 어느 게 진짠지 혼란스러워 시청자와 청취자가 방송사에 문의도 하고 더러는 항의도 한다구 하더군요."

"방송이란 게 원래 그런 것 아닙니까. 큰 줄기만 다치지 않으면 전 별로 신경 쓰지 않습니다."

인규의 반응이 덤덤하자 조경감은 이내 화제를 바꾼다.

"최근에 안종선씨 만나보셨어요?"

"아뇨, 왜요?"

"그 사람 화가 많이 났더군요. 방송에 나가는 김선생 일기가 일기가 아니구 소설이래요. 내용이 사실과 많이 다르구 더러는 김선생이 지어낸 거짓말두 있다구 하더군요."

"그 얘기는 저두 들었습니다. 그래서 근간 한번 만나볼 생각입니다."

"그 사람 아마 옆에 정박한 검역선에 와 있을 거예요. 오해를 바로잡겠다구 마약 단속반에 자진 출두한 모양입니다."

피차 본론은 제쳐두고 두 사람은 엉뚱한 대화들을 주고받고 있다. 김인규가 드디어 찾아온 목적을 솔직하게 꺼내놓는다.

"가막도 주민들에 대한 본격 수사가 곧 있을 예정이라더군요."

"예, 권기탁이라는 행상의 실종 사건은 물론이고, 주민들이 마약을 밀조하여 사용한 증거들이 분명해서, 실종 사건 수사와 마약 단속은 증거 인멸 예방 차원에서 시간을 끌 수 없을 것 같소."

"예상 구속자의 명단과 숫자가 각 기자들에게 배포된 걸 봤습니다. 제 일기 때문에 가막도 주민들이 상당수 구금되거나 처벌될 걸로 되어 있더군요."

"구속자 명단이라니, 우린 그런 명단 배포한 일이 없어요."

"취재진들 사이에 나도는 명단이 그럼 가짜라는 말입니까?"

"언론사에서 자기들 나름으루 명단을 만들어 내돌린 모양입니다. 주민들 명단을 어떻게 구했는지 나두 많이 놀랐소이다."

"주민 무려 20여 명이 구속자 명단에 올랐더군요. 마약 단속반도 따로 몇 사람을 구속한다는 소문이던데 그렇게 되면 가막도 주민 중 사내는 모두 구속되는 게 아닙니까?"

"매스컴에 나도는 명단 같은 건 우린 전혀 모르는 일이라니까요. 허지만 죄상이 명백한 주모자급 몇 사람은 단식 사태가 진정되는 대로 아마 구속이 불가피할 겁니다. 마약을 밀조하여 사용한 사실도 분명해서 그쪽으로도 주모자 몇 사람은 구속을 피할 수 없을 거요."

예상치 못한 일들이 일기 발표 후에 연이어 발생하고 있다. 벗겨진 진실 뒤에 뒤따르는 뒷수습들은 인과응보의 성격을 지닌 피할 수 없는 후유증이다. 그러나 일기가 발표된 후 가막도 주민에 대한 무더기 구속 사태가 발생하는 것은, 인규가 바란 바도 아니고 있어서도 안 되는 불행한 일이다. 결국 사태를 이대로 방치하면 김인규가 발표한 일기는, 진상 규명이라는 본래 의미보다 가막도 주민들의 범법 행위들을 폭로 고발하는 엉뚱한 결과로 되고 만다. 예상치 못한 이런 사태에 인규는 비로소 자신의 의도가 새로운 어려움에 부닥친 것을 깨닫는다. 여러 날에 걸친 단식으로 탈진 상태에 이른 가막도 주민에게, 경찰과 마약 단속반의 강도 높은 수사는 엎친 데 덮친 격의 또 하나의 재앙이 아닐 수 없다. 이 재앙을 막기 위해 인규는 이제 좀더 껄끄러운 억센 상대와 새로운 싸움을 치러야 한다.

"주민들에 대한 무더기 구속 수사는 이렇게 되면 결국 이번에 발표된 제 일기가 빌미가 된 셈이군요. 조경감님도 아시다시피 이런 결과를 만들기 위해 제가 일기를 발표한 것은 아니지 않습니까?"

"김선생 일기는 참고 자료일 뿐 더 이상의 의미는 없습니다. 우리들 나름으로 여러 증거도 수집했고, 가막도가 처한 주위 정황도 범죄 개연성이 매우 높다는 판단입니다."

"가막도의 정황을 말씀하셨는데 그 점이 바로 문제예요. 아시다시피 가막도는 뭍과는 전혀 다른 생활 환경과 여건 속에 있습니다. 지금껏 뭍의 행정력과 경찰력은 한번도 가막도 주민들을 따뜻하게 감싸 안거나 돌보아준 일이 없어요. 보건소나 경찰 모두 지서 하나도 상주시킨 일이 없고, 심지어는 행정선마저 두 달에 한 번 들리는 둥 마는 둥이었어요. 말하자면 가막도는 뭍의 배려나 보살핌 없이 도민들 자체의 노력만으로 지금껏 어렵게 살아왔다는 얘깁니다. 헌데 이제 와서 수사 당국은 이런저런 실정법을 내세워 가막도 주민들을 뭍의 방식으로 엄하게 처벌하려 하고 있습니다. 지금껏 관심 밖으로 내동댕이쳐둔 가막도 주민들에게, 왜 요즘 들어 뭍엣 사람들이 이처럼 많은 관심을 내보이는 것입니까? 지금까지 외면과 무관심으로 일관해온 경찰 당국이 뒤늦게 양심의 가책이라도 느껴 과거의 무관심을 만회하려는 것입니까?"

비꼬임이 섞인 김인규의 항의성 공박에 조경감은 당황한 듯 잠시 아무런 대꾸가 없다. 그러나 곧 그의 얼굴에 의미를 알 수 없는 묘한 웃음이 떠오른다.

"김선생, 지금 우리 경찰에 수사 중단을 요구하고 계시는 겁니까?"

"요구가 아니고 요청입니다."

"알 수 없는 일이군요. 가막도 일기를 발표해서 가막도의 여러 비행들을 만천하에 고발한 사람이 누굽니까? 권기탁씨 실종 사건의 석연찮은 점을 지적하고, 주민들의 고의적인 방해로 김인규씨 자신도 한 달 가까이 가막도에 감금되었다고 공표한 사람이 누굽니까? 피해 당사자인 김선생이 가막도의 비행을 고발해놓고, 이제 와서 가막도의 범죄 사실들을 없었던 일로 덮어두자는 말입니까?"

이번에는 인규 쪽에서 대꾸를 잃고 난감한 표정이다. 그렇다. 가막도 체류 일기를 방송으로 내보내면서 그는 가막도의 온갖 비행들을 만천하에 공개했다. 며칠 전 향당에서는 마을 노장들을 한 자리에 모아놓고 그들의 삐뚤어진 양심과 잘못된 관행들을 통렬하게 꾸짖고 공박했다. 그렇다면 지금의 이 당혹감은 어떻게 된 사태의 반전인가? 흡사 불장난을 하다가 큰 불을 낸 어린아이가 자신이 저지른 실수에 놀라 울음을 터뜨리기 직전의 꼴이 아닌가?

"김선생 같은 분이 이런 결과를 예측하지 못했을 리는 없고……사실 우리도 가급적이면 주민들과의 타협 속에 불구속 수사 쪽으로 일을 처리하고 싶었어요. 헌데 단식 사태가 터지면서 도무지 주민들과는 타협의 여지가 없더군요. 더구나 한창 어려운 판국에 김선생의 일기까지 방송되면서 불난 데 기름 끼얹듯 사태가 더욱 나쁜 쪽으로 기울었어요. 요컨대 주민들의 집단 단식이 문제예요. 똥

뀐 놈이 화낸다구 지금 이 마당에 단식이 무슨 놈의 단식입니까?"

말을 끝낸 조경감의 얼굴에 알 수 없는 웃음이 그대로 머물러 있다. 그제야 인규는 예고 없이 찾아온 그를 반겨 맞아준 조경감의 숨은 뜻을 알 것 같다. 그의 뜻을 배반하지 않기 위해 인규는 작심한 듯 천천히 입을 연다.

"많은 방송사와 신문 기자들이 저와의 인터뷰를 요청해오고 있습니다. 쓸데없는 잡음과 오해를 피해 지금까지는 그들의 요청을 간곡히 거절해왔습니다만, 조경감님의 협박 말씀을 듣고 보니 갑자기 생각이 바뀌는군요."

"김선생, 지금 뭐라구 하셨죠? 제가 협박을 했다구 했습니까?"

"제게는 그렇게 들렸습니다. 협박이라는 표현이 심하다면 압력이라구 해두 되겠군요."

"김선생, 지금 제가 누굴 어떻게 협박한다는 이야기죠?"

"구속자 명단을 사전에 언론에 흘린 것과, 구속 수사를 원칙으로 한 강경 수사 방침 따위가, 주민들의 단식 투쟁을 저지하기 위한 경찰 측의 압박 수단이 아닙니까? 궁지에 몰린 쥐는 고양이를 물 수도 있습니다. 가막도 주민들의 단식 농성은 그들이 할 수 있는 최후의 수단입니다. 더 이상 물러설 곳이 없어 최후로 택한 것이 바로 단식 농성입니다."

조경감의 얼굴에서 갑자기 웃음이 사라진다. 담배를 거칠게 비벼 끄더니 그가 다시 입을 연다.

"환장하겠군. 좋소, 김선생. 구속자 명단이니 구속 수사 원칙이니 하는 것은 애초부터 없었던 일이었소. 기자를 만나든 방송사 피디를 만나든 그건 김선생이 알아서 할 일입니다. 허지만 한 가지 분명히 해둘 일이 있습니다. 사태를 원만히 해결하시려건 앞으로는 제발 불 난 집에 기름 좀 끼얹지 마십시오. 보건소와 마약 단속반 그리구 우리 경찰들은 요즘 하루가 멀다 하고 언론들의 집중 포화를 맞고 있습니다. 콜레라 발병 후 일 처리가 미숙해서 처음 얼마간 갈팡질팡하다가 주민들을 자극해서 반발을 산 것은 인정합니다. 허지만 이제는 각 부서별로 반성도 많이 했고, 대민 관계도 많이 개선되고 있습니다. 말하자면 우리도 달라지고 있으니까 앞으로는 우리에게도 과오를 만회할 기회를 한번 달라는 것입니다."

조경감의 자기 변명이 장황하게 이어진다. 인규는 그러나 조경감의 변명을 귀담아 듣지 않고 있다. 이런 부류의 사람들과는 감정의 교감 보다 실질적인 흥정이 더 중요하다. 천천히 자리에서 몸을 일으키며 인규가 다시 입을 연다.

"만회할 기회를 달라고 하셨는데 저는 그럼 그 대가로 단식 중인 가막도 주민에게 어떤 선물을 들고 갈 수 있습니까?"

"언론에 나도는 명단이나 강경 수사 방침 따위는 모두가 사실이 아닌 헛소문일 뿐입니다. 단식만 풀어주면 우린 주민들의 요구 조건을 무엇이든 들어줄 준비가 되어 있습니다."

"그것으로는 부족합니다. 주민들이 신뢰할 수 있는 수사 당국자의 확답이 필요합니다."

"제가 각서라도 쓸까요?"

"좋죠, 각서."

조경감이 어이없다는 표정으로 고개를 천천히 내두른다. 당황해하는 그를 외면하며 인규는 미련 없이 조경감에게 등을 돌린다.

"다시 한 번 상기해드립니다만 언론사에서 요즘 경쟁적으로 저와의 인터뷰를 요청해오고 있습니다. 제 인터뷰가 원만히 진행되기 위해서는 조경감님의 협조가 절대적으로 필요합니다. 다시 한

번 협상을 위해 제가 마을로 건너가보죠. 일이 순조롭게 풀릴 수
있도록 경감님도 마음 속으로 기원해주십시오."

2

　동녘 하늘이 부옇게 밝아온다. 들길에는 밤새 이슬이 흠뻑 내렸
건만, 바다에도 산자락에도 안개는 보이지 않는다. 선뜻선뜩한 초
가을 바람이 새벽녘에 안개를 말끔히 쓸어간 때문일 것이다.
　마을 길이 흐지부지 사라지고 겨우 길 같은 흔적이 비탈진 갯가
로 흐릿하게 이어져 있다. 사람보다는 벼랑을 잘 타는 염소 같은
짐승 무리가 자주 다녀 만든 길이다.
　길 끝에 멈춰 서서 인규는 눈 아래 바다와 갯바위 따위를 굽어본
다. 이 부근으로 알고 있는데 정동근의 모습은 어디에도 보이지 않
는다. 일러준 장소가 틀릴 수도 있고, 길을 잘못 들어 엉뚱한 장소
에 찾아왔을 수도 있다. 그러나 꼭 필요한 만남은 아니다. 몇 가지
물건을 전하기 위해 숙소로 동근을 찾아갔더니, 찾는 사람은 집에
없고 그의 누이동생만이 부엌일을 하고 있었다. 갈라진 토순(兎
脣)의 입술을 한 손으로 가리고 동숙이라는 그 처녀는 바람 새는
소리로 오빠의 행방을 알려주었다. 촛대바위 쪽으로 낚시를 간 듯
하지만 확실히는 모르겠다면서 어색하게 말끝을 흐렸다. 부근 해
수(海水)의 병균 오염을 염려해서 방역반은 인근 바다에서는 당분
간 어떤 해산물도 채취하지 말 것을 마을 사람들에게 당부하고 있
다. 먹지 못할 물고기를 낚으러 바다에 갔을 리는 만무하고, 무언
가 다른 일로 해변을 찾았으리라는 생각이다. 얼마 전에 부친의 원

하지 않은 화장을 치른 터라, 동근은 갑갑한 심사라도 달랠 겸 홀로 집을 빠져나와 새벽 바다를 찾았을지 모른다.

벼랑 위에서 바라보는 새벽 바다는 오늘도 변함없이 거대한 몸을 듬직하게 뒤척이고 있다. 그러나 잠시 후 해가 뜨면 바다는 다시 옷을 바꿔 입어 온몸에 화려한 새 치장을 할 것이다. 묵청색(墨靑色)이 자색으로, 자색은 다시 주홍과 빨강으로, 바다는 붉은색을 주조로 한 눈부신 황금색으로 변신할 것이다.

오늘 드디어 가막도를 떠난다. 정오 무렵에 배가 뜨기로 되어 있어서 출발까지는 아직 대여섯 시간의 여유가 있다.

가막도 체류 일기가 신문과 방송에 연이어 발표되자 고집스런 침묵으로 일관하던 마을도 그제야 단식을 풀고 원래의 생활로 돌아갔다. 단식을 시작한 지 무려 엿새만인 어제 오전 10시경의 일이다.

분교 마당에 몇 개의 천막이 더 늘었을 뿐, 마을은 외견상으로는 별다른 변화가 없어 보인다. 그러나 자세히 보면 마을의 변화는 놀라울 정도로 뚜렷하다. 우선 눈에 띄는 것은 마을에 이는 자욱한 연기다. 그 동안 집단 단식으로 취사를 하지 않아 연기 한 줄기 보이지 않던 마을이, 이제는 끼니때가 되면 집집이 밥을 짓느라 연기들을 자욱하게 피워올리고 있다. 그러나 가장 큰 변화는 방역반에 대한 마을 사람들의 적극적이며 능동적인 협조다. 방역반의 작업을 거들어 주민들이 스스로 집안 청소와 소독을 하고 있고, 어제는 아이들이 방역반 간호원의 인솔 하에 개천가에 임시로 설치된 간이 목욕통에서 집단으로 물을 데워 더운 목욕을 하기도 했다.

변화가 찾아온 것은 마을 쪽만이 아니다. 그 동안 분교에 본부를 두고 방역 활동을 해오던 방역반이, 지금은 모두 뭍으로 소환되고 다른 얼굴의 방역반원으로 전원이 교체되었다. 새로 도착한 방역반원들은 뭍에서 이미 사전 교육을 받고 온 듯, 주민들을 대하는 태도가 송구할 정도로 상냥하고 친절했다. 여러 차례의 안내 방송 후에 그들은 우선 향당으로 마을 노인들을 찾아갔다. 우물에 약을 푸는 등 지금까지의 과격한 행동들에 대해, 그들은 머리를 조아려 노인들에게 정중하게 사과했다. 사과 방문을 끝내자 그들은 즉시 여러 개의 진료 팀을 만들어 환자 가족들을 집집이 찾아갔다. 앓고 있는 환자들에게 치료와 간호를 시작했고, 원하는 사람에 한해서는 분교에 설치된 진료소에서 입원 치료와 예방 접종을 실시했다. 얼굴이 달라진 방역반원들에게 주민들은 늘 해온 버릇대로 무뚝뚝한 표정과 침묵으로 일관했다. 그러나 그들은 침묵 속에서도 고마움을 표시하는 작은 몸짓들을 잊지 않았다. 뻗댈 이유가 없어진 그들은 방역반의 헌신적인 봉사에 비로소 안심한 얼굴들이 된 것이다.

신문과 각 방송들은 예측했던 대로 날짜별로 기록된 김인규의 일기를, 여러 차례에 걸쳐 특종으로 다루었다. 기록의 내용이 비상식적이고 충격적인 데다가 기자들의 상상력과 과장 표현까지 가미되어, 날짜별로 재편집된 김인규의 일기는 신문 독자와 라디오 청취자 그리고 텔레비전 시청자들에게 매우 큰 반향을 불러일으켰다. 특히 가막도의 어두운 역사와 폐쇄성에 대해서는, 매체들마다 사건별로 뚜렷한 편차를 보여주었다. 어느 매체는 객관적인 시각으로 날카로운 비판과 더불어 가막도의 비행들을 낱낱이 지적했고, 어느 매체는 섬이라는 특수성을 고려하여 뭍으로부터 끊임없이 불이익을 당한 피해자의 시각으로 동정적인 기사를 싣기도 했다. 그러나 방역반의 고의적인 진실 호도와 주민들에 대한 고압적인 일 처리에 대해서는, 각 매체마다 예외 없이 신랄한 비난을 퍼부었다. 가막도 주민과 방역 당국 양쪽이, 여론의 공개 재판 속에

호된 질타를 당한 셈이다.

　자신들의 실수와 잘못이 언론에 정확하게 지적되자, 방역반도 가막도 주민들도 어쩔 수 없이, 자기들의 주장과 고집들을 접었다. 날짜별로 기록된 김인규의 자세한 일기가, 양측의 주장이나 변명을 근본부터 봉쇄했기 때문이다.

　허탈하다. 큰 짐을 부려놓은 듯한 홀가분함은 잠시 뿐이다. 얼마 전까지도 간절히 원했던 가막도에 대한 사실 보도가, 지금의 인규에게는 묘한 허망감과 아쉬움으로 다가오고 있다. 특히 하루 늦게 도착하는 신문보다 매일 시간별로 전달되는 라디오 방송들의 흥미 위주의 날조된 보도들은, 듣기가 민망할 정도며 때로는 역겹기까지 하다. 역겹다고 말했지만 그것은 차라리 남의 옷을 강제로 벗긴 듯한 부끄러움에 더 가깝다. 감춰진 상처를 치유하기 위해 거짓으로 위장된 옷은 반드시 벗겨져야 한다. 그러나 모든 상처가 진실의 이름으로 반드시 즉석에서 고쳐져야 하는 것은 아니다. 경우에 따라 어떤 상처는 수술을 뒤로 미룬 채 환자와 함께 관 속에까지 동행하는 것도 있다. 사람 사는 세상에서는 드러난 상처보다 그 상처를 도려내는 시술이 더 위험할 수도 있기 때문이다.

　인규가 예상치 못한 것은 거짓들이 벗겨진 이후 가막도가 마주치기 시작한 갑작스런 변화와 다양한 외부의 충격이다. 진실만 밝혀지면 그는 가막도의 모든 병폐가 치유되어 더 이상 손볼 일들은 없을 것으로 생각했다. 그러나 그것은 인규의 오만한 공상 속의 계산일 뿐, 방송이 계속되면서 가막도는 전혀 새로운 시련 속에 노출되기 시작했다. 많은 방송 매체에서 수많은 기자들이 새로운 기삿감을 찾아 물밀듯이 가막도로 밀려들었고, 그들은 또 당국의 만류에도 불구하고 은밀히 주민들을 만나 새로운 특종감을 혈안이 되어 찾고 있다. 김인규 역시 예외는 아니다. 인터뷰 요청을 거절하는 것은 어려운 일이 아니다. 가장 인규를 난처하게 만드는 것은, 현장 보도라는 허울 좋은 구실 아래 가막도를 예쁘게 포장하여 상품화하려는 각 매체들의 욕심스런 경쟁이다. 상품만 될 듯싶으면 그들은 세상에 못할 짓이 없다. 이들의 무차별 공격에 속수무책인 가막도는, 과거보다 더 어려운 새로운 시험에 들지도 모른다. 뻔히 보이는 가막도의 어두운 앞날이 인규에게는 예상치 못한 또 다른 괴로움이다.

결국 앞으로 가막도가 겪을 어려움은, 김인규라는 외지인의 주제넘은 간섭이 불러온 재앙이 될 수도 있다. 하나의 진실을 밝히는 대가로 또 다른 거짓들이 만들어지는 것을 참아야 된다면, 그것은 진실과 거짓의 숨바꼭질을 참는 것과 다름없다. 인규는 문득 가막도를 처음 찾았을 때 주민들이 그에게 내뱉은 퉁명스런 첫말이 생각난다. '아무두 청허지 않았는데 여긴 무슨 일루 찾아왔소?' 이들의 퉁명스런 질문 속에는 타인에 대한 거부나 배타의 뜻만이 있는 것은 아니다. 겉으로 드러나는 즉흥적인 적대감 외에, 그들의 질문의 한편 구석에는 더 큰 함의(含意)가 숨겨져 있다. 뭍에서 건너오는 최신 문명의 바로 옆에는, 그 문명과 함께 성장해온 오염과 병폐도 함께 동행한다. 가막도 사람들의 퉁명스런 질문에는 뭍에서 함께 묻어오는 오염에 대한 경계의 뜻도 포함되어 있다. 아니 오히려 오염에 대한 경계가 그들의 퉁명스런 질문의 참뜻인지도 알 수 없다.

요즘 며칠 새의 가막도의 오염은, 눈에 보이는 콜레라의 오염을 훨씬 능가하는 느낌이다. 예전과 달리 고분고분해진 가막도 주민들의 태도 속에는, 어느새 뭍에서 건너온 오염의 징후가 뚜렷하다.

퉁명스러움이 사라진 가막도는 더 이상 가막도 본래의 질박한 모습이 아니다. 갑자기 고분고분해진 가막도 주민들의 빠른 변화를 바라보며 인규는 새삼스레 자기가 저지른 일에 후회와 두려움이 느껴진다.

바람결에 문득 매운 연기 냄새가 풍겨온다. 화장장과는 거리가 멀어 시체를 소각하는 냄새는 아니다. 이불이나 옷가지 따위의 헝겊을 태우는 매캐한 냄새다.

"아부지! 안녕허시지요? 저예요, 동근이에요!"

울부짖는 듯한 외침 소리가 바로 인규의 턱 아래에서 들려온다. 터지려는 울음을 애써 참는 듯한 그 외침은, 차라리 목놓아 우는 통곡에 더 가깝다.

"아부지! 용서허세요! 이 불효자를 용서허세요!"

같은 외침의 반복을 들으며 인규는 벼랑 왼쪽의 좁고 가파른 비탈을 따라 내려간다. 소리의 방향으로 보아 외침의 주인공은 벼랑 바로 아래 바닷가에 있는 모양이다. 타인을 전혀 의식하지 않은 그 외침은 그래서 더욱 듣는 사람에게 절규에 가까운 비통함을 전하는 것 같다.

비탈을 내려와 갯가에 다다르자 돌밭 한 켠에 푸르스름한 연기 몇 가닥과, 너울거리는 불꽃이 보인다. 사내 하나가 긴 작대기를 손에 들고 자갈밭에서 옷가지로 보이는 헝겊들을 태우고 있다. 사내가 드디어 인기척을 느끼고 다가오는 인규 쪽을 힐끗 돌아본다. 이쪽으로 향한 사내의 눈에 물기가 고여 질척하다. 인규가 좀더 가까이 다가가자 사내가 옷소매로 부지런히 눈물을 닦는다. 말을 건네기가 민망해서 인규는 말없이 사내 옆에 멈춰 선다. 동근이 갯가에서 태우는 것은 아마 죽은 아버지의 유품들인 모양이다. 불꽃 속에는 옷 외에도 곰방대, 돋보기 따위의 일상 용품들도 함께 들어 있다.

"어떻게 아셨어요?"

착 가라앉은 목소리로 동근이 먼저 말을 물어온다.

"정형 집에 먼저 들렀어요. 누이동생이 일러줍디다."

"엊그저께 이쪽 바다에다 아버지 유골을 뿌렸어요."

"압니다."

"돌아가시기 전에 당신이 유언을 하셨어요. 허지만 뿌리구 나니 여간 섭섭하구 후회되는 게 아니에요."

"유품들을 태우는 모양이죠?"

"삼우제 때 많이 태웠는데 아직두 집에 아버지 물건이 많이 남았어요. 볼 때마다 생각이 나서 기념될 만한 것 몇 개만 남기구 다 없애야 될까 봐요."

주민들 몰래 병든 부친을 들쳐 업고 최초로 방역반의 진료소를 찾아간 정동근이다. 폭력을 앞세운 주민들의 격렬한 반대에도 불구하고, 그의 지극한 효심은 꺾이지 않았다. 그러나 애쓴 보람도 없이 부친 정노인은 방역반 진료소에서 허망하게 숨을 거두었다. 아들의 요청에도 불구하고 방역반은 규정에 따라 부친의 시신을 화장했다. 그 유골을 망자(亡者)의 유언대로 동근은 며칠 전 이 부근 바다에 뿌린 모양이다.

"오늘 떠나신다면서요?"

"예, 열두 시 뱁니다."

"마을에 일이 있어서 전 배웅두 못 해드릴 것 같군요."

"마을에 무슨 일이 있죠?"

"어떤 방송국에서 인터뷰를 요청해왔어요. 향당에서 약방 ○

신 뫼시구 방송국 기자들을 만나기루 했어요."

"약방 어르신이라면 윤오복 어르신 말입니까?"

"예."

한사코 인터뷰를 거절하던 윤노인도 이번만은 방송국의 요청을 피할 수 없었던 모양이다. 응낙한 까닭이 따로 있겠지만 인규는 거기까지는 알고 싶지 않다.

"실은 정형 댁에 물건을 전하러 들렀었습니다."

"무슨 물건을요?"

"제가 쓰던 낚싯대들입니다."

"어쩌자구?……"

"정형이 잠시 맡아주십시오. 쓰시다가 제가 오면 대〔竿〕 몇 개만 빌려주시구요."

"가막도에 다시 오실 생각이십니까?"

"와야죠. 오라는 사람은 아무두 없지만 꼭 다시 오고 싶습니다."

옷들이 거의 다 타고 잿더미 속에서 약간의 연기가 일고 있다. 자갈밭 왼쪽의 둥글넓적한 갯돌 위에는 사기 잔 하나와 반쯤 비워진 소주병이 놓여 있다. 아마 옷을 태우기 전에 망자의 넋에 술을 올린 모양이다.

"약방 어르신 뵙거든 제 안부 좀 전해주십시오. 한번 뵙구 싶어 댁으로 찾아뵈었더니 몸이 편찮으시다는 핑계루 만나주시지 않더군요."

"마약 단속반에서 소환장이 왔어요. 마약에 관해 알아볼 게 있다구 이달 말까지 뭍에 나와 조사를 받으라구 했답니다."

구인(拘引)이 아니라 소환장 정도라면 단속반으로서는 매우 관대 처분을 내린 셈이다. 인규의 항의 방문이 경찰의 강경 수사를 사전에 예방했고, 피치 못할 마약 상용이 세상에 널리 알려짐으로 서, 여론의 동향이 처벌보다는 정상 참작 쪽으로 기운 때문이다. 일기로 드러난 가막도의 비행에 대한 경찰 쪽의 수사도, 동정론 쪽으로 기운 여론의 압력으로 어쩔 수 없이 후퇴하고 말았다. 주민들의 단식 투쟁으로 사태를 악화시킨 비난의 화살이, 자기들 쪽으로 돌려질지도 모른다는 불안 속에, 경찰 당국도 여론을 의식하여 관대한 처분을 내리기로 한 것 같다.

"방역반 사람을 만나봤는데 어제는 처음으로 마을에 신환(新患)이 발생하지 않았답니다. 이대루 며칠만 잘 버티면 병두 대충 잡힐 것 같습니다."

"죽은 사람만 억울하죠. 철저한 방역에다 날씨마저 서늘해져서 마을에서두 이제 어려운 고비는 넘긴 걸루 생각하구 있더군요."

정동근이 말을 끝내고 남은 불씨를 발로 밟아 끄기 시작한다. 어느새 날이 밝아 묵청색 바다가 자색으로 변하기 시작한다. 잠시 후면 해가 솟아 온 바다는 다시 타는 듯한 붉은색이 될 것이다.

"낚싯대들은 오선생 댁에 그대루 두고 떠납니다. 지금 오선생 댁에 들러 짐을 옮기지 않겠습니까?"

"먼저 가십시오. 전 아직 볼일이 있어 여기 좀더 있겠습니다. 그리구 낚싯대 고맙습니다. 잘 보관하구 있겠습니다."

네모진 정동근의 얼굴이 오늘따라 낯설고 무심하다. 아마 이 무심한 표정이 가막도 사람들의 본래의 모습일 것이다. 몸을 돌려 떠나려는데 정동근이 문득 손을 내민다.

"전 아무것두 드릴게 없군요. 앞으로는 낯선 고장에 함부로 찾아가지 마십시오."

"충고 고맙습니다. 명심하겠습니다."

악수를 풀고 몸을 돌리면서 인규는 힐끗 동근의 얼굴을 돌아본다. 이제 막 터오는 여명으로 정동근의 얼굴이 상서로운 자색을 띠고 있다. 살짝 드러난 입술 사이로 동근의 청결한 이가 보인다. 그 미소에 답하듯이 인규도 마주 웃어 보인다.

"정형, 그동안 고마웠습니다."

"저두요, 안녕히 가십시오."

"편지 띄울게요. 답장 주세요."

"예, 꼭 편지 주세요."

해가 중천에 있다. 뒷개 포구를 굽어보는 한갓진 언덕 위에 앉아, 인규는 느긋한 마음으로 마을 사람들을 기다리고 있다. 뭍으로 나갈 보건소의 큰 배는 어느새 닻을 뽑고 떠날 채비로 분주하다. 오늘도 아마 가장 많은 승객은 각 방송국의 기자들이 될 것이다. 그러나 보건소 배에는 기자들은 별로 눈에 띄지 않는다. 촬영 팀까지 대동하여 오륙 명이 한 조가 된 그들은, 대부분 오후 늦게 그들이 준비해온 쾌속선으로 철수할 예정이다.

해가 쨍쨍한 한낮이라 갯가에 묶인 도선(渡船)에는 짐들만 가득 실렸을 뿐, 선객들은 아직 많지 않다. 도선이 세 척이나 대기하고 있는 것은 내항(內港)에 묶인 큰 배가 여러 척인 데다가, 보건소 사람들이 배와 뭍 사이를 수시로 왕복하기 때문이다. 검역선을 포함한 보건소 배가 세 척이고, 나머지 네 척은 가까운 K항에서 각 방송국의 기자들이 전세를 낸 쾌속선이다.

떠날 시간이 임박해서야 뭍으로 나갈 가막도 선객들은 뒷개 쪽 밋밋한 고개를 무리 지어 넘어올 것이다. 방역반의 엄격한 검역 쳐 가막도 주민 몇 사람이 오늘 처음으로 뭍으로 나가도 좋다는 허락을 받았다. 그러나 뭍으로 나가도 그들의 거주지는 당분간 K항 일대의 일정 지역으로 제한되며, 그들의 모든 활동은 보건소 직원의 감시 감독 하에 놓여진다. 병세가 잡혀 더 이상 신환(新患)이 발생하지 않을 때까지, 가막도 주민은 주거지 통제와 활동 제한 등 당국의 철저한 감시를 받도록 되어 있다. 따라서 그들은 배를 타거나 내리는 것도 보건소 사람들의 지시와 명령에 따라야 한다. 보건소 사람들의 허락 없이는 그들은 섬 밖으로 한 걸음도 나갈 수가 없다.

솔더백을 둘러멘 와이셔츠 차림의 사내 하나가 아랫녘 포구 쪽에서 인규를 향해 빠른 걸음으로 올라오고 있다. 서울에서부터 알고 지내던 모 일간지의 최모라는 기자다.

"선배님, 여기 계셨군요. 지금 방송으로 선배님 일기가 나가구 있습니다."

들어보라는 듯 라디오의 볼륨을 키우는데 인규가 부지중 손을 뻗어 난폭하게 최기자를 제지한다.

"됐소, 최형. 나 좀 가만히 내버려두시오."

인규에게 손목이 잡힌 채 최기자는 당황한 표정이다. 손목에 느껴지는 인규의 힘이 예사롭지 않았기 때문이다.

"죄송합니다. 듣구 싶어하실 줄 알았는데."

인규가 고개를 내둘러 보이자 최기자가 이번에는 카메라를 들이댄다. 피할 수 없음을 깨닫고 인규가 드디어 자기 옆자리를 손으로 가볍게 쳐보인다.

"이쪽으루 앉으시오. 나 최형한테 부탁이 하나 있소."

"무슨 부탁이죠?"

풀밭 위로 엉덩이를 내려놓으며 최기자가 아첨하듯 환한 얼지어보인다. 줄곧 거절만 당해오다가 이제야 김인규와의 인터뷰 기회를 얻었기 때문이다.

"최형 가막도에 언제 왔소?"

"그제 왔습니다."

"언제 떠날 거요?"

"오늘 오후쯤에 떠날까 합니다."

잠시 무언가를 생각하는 빛이더니 인규가 가는 눈으로 가막도 마을 쪽을 돌아본다.

"그동안 최형두 둘러봐서 잘 알겠지만 이 섬에는 유난히 후천적 인 지체부자유자가 많소. 외팔이 벙어리 애꾸눈 절름발이 등 육지 에서는 볼 수 없는 치명적인 장애인들이오."

"눈여겨보지 않아서 저는 잘 모르겠던데요?"

"지금이라도 늦지 않았소. 사람들 생김생김을 자세히 한번 살펴 보시오."

"좋습니다. 헌데 왜 이 섬에만 그런 장애인이 많은 거죠?"

"치료 시간을 놓쳤기 때문이오. 폭풍우 치는 바다가 뭍으로 나가 는 배를 가로막아 그들이 제시간에 치료를 받지 못했기 때문이오."

"그럴 듯하군요. 폭풍우가 아편 같은 불법적인 마약도 만들고, 애꾸눈 절름발이 같은 장애인도 양산하는 셈인가요? 헌데 선배님 부탁은 뭐죠? 이곳 장애인과 연관이 있는 것입니까?"

성급한 최기자의 질문에 인규는 잠시 대답을 망설인다. 잘못하 면 그의 부탁이 당사자에게 오히려 폐가 될 수도 있기 때문이다. 그러나 내친김에 인규는 빠르게 입을 연다.

"최기자 출입처가 보건부 맞소?"

"맞습니다."

"의사들두 자주 만나겠군?"

"자주는 아니지만 일 때문에 가끔 만나는 편입니다."

"내 소개를 받았다구 하구 오늘 오후 두 시쯤 해서 마을에 들어가 정동근이란 사람을 만나보시오. 지금은 아마 마을 노인정에서 방송국 기자와 인터뷰 중일 거요. 내가 알기로는 그 사람이 가막도의 현지 사정을 누구보다 정확히 알고 있소. 그리구 한 가지 덧붙일 일은 그 사람의 누이동생이 되는 정동숙이라는 처녀도 만나보시오. 이제 스물두 안 된 처녀데 한 가지 흠만 빼면 매우 건강하고 아름다운 미인이오. 가막도의 험한 바다 때문에 그 처녀도 지금 얼굴에 보기 흉한 흠이 있소. 최형 혹시 토순(兎脣)이라는 의학 용어를 들어본 일 있소?"

"토순이라면 우리 말루 언청이를 뜻하는 게 아닙니까?"

"바로 맞췄소. 가막도 역사를 소개하면서 최형이라면 한두 개쯤 그럴듯한 미담을 만들 수 있을 거요. 미담의 주인공으로 그 처녀를 선택해서 뭍의 의사에게 그 처녀의 토순을 수술할 수 있도록 주선해달라는 게 내 부탁이오. 최형이 어렵다면 나라도 뭍에 나가 그 일을 기어이 성사시킬 생각이오. 상품 될 기사만 요란하게 만들지 말고, 이 험한 낙도를 위해 뭐든 한 가지 좋은 일도 좀 해보시오."

"나쁘지 않습니다. 만나볼 사람이 누구라구 했죠?"

"정동근."

수첩을 꺼내 이름을 적더니 최기자가 이내 자리에서 몸을 일으킨다.

"선배님 고맙습니다. 서울 올라가서 제가 술 한잔 사겠습니다."

떠나가는 최기자를 눈으로 바래준 뒤 인규는 고개를 돌려 마을 쪽을 돌아본다. 떠들썩한 소음과 함께 때맞추어 마을 쪽에서 ㅁ

사람들이 무리를 지어 뒷개 쪽으로 넘어오고 있다. 뭍으로 떠나는 마을 사람은 서너 명에 불과하고, 대부분은 그들을 배웅하는 마을의 이런 저런 전송객들이다. 떼지어 내려가는 마을 사람들 한복판에, 말쑥하게 양복을 차려 입은 키 껑충한 안종선 씨가 끼어 있다.

인규의 일기가 발표됨으로써 안종선은 졸지에 각 매스컴의 초점 인물로 떠올랐다. 북한군의 낙오병으로 30년 이상을 가막도에 숨어 살던 그가, 인규의 일기에 의해 뒤늦게 세상에 알려졌고, 그는 다시 화제의 인물로 떠올라서 30여 년이 지난 이제야 처음으로 뭍에 나가는 기회가 주어진 것이다. 간밤에 초췌한 얼굴로 불쑥 인규를 찾아온 안종선은, 평소의 그답지 않게 울먹이는 목소리로 입을 열었다.

"고맙소 김선생. 이것으로 김선생과 나는 주고받을 빚이 없어졌소. 솔섬에서 당신을 구해준 것은 역시 내 일생 중에 가장 잘한 일이었소."

말을 끝낸 안종선은 긴장된 목소리로 이런 말을 하기도 했다.

"이번에 가막도를 떠나면 다시는 섬으로 돌아오지 않을지도 모릅니다. 뭍에 새롭게 정착해서 글이나 써볼 생각이오. 어떤 출판사가 계약금이라며 제게 큰 돈을 쥐어줍디다. 인민군 낙오병으로 지난 30년간 가막도에 갇혀 지낸 이야기를 글로 한번 써보라는 이야기요. 허지만 뭍에 정착해도 가막도를 원망하진 않아요. 뭍에 어느 정도 자리가 잡히면 김선생을 초대할 테니 내게 한번 놀러 오시오."

인규는 웃어 보였을 뿐 아무 말도 하지 않았다. 가장 극명한 뭍의 오염을 그는 안종선의 갑작스런 변신에서 보고 있다. 아마 안종선은 가막도에서보다 더 혹독한 시련을 뭍에서 겪게 될 것이다. 그가 뭍 생활에 익숙해질 무렵에는 그는 더 이상 옛날의 안종선이 아닐 것이다.

떠들썩한 소음과 함께 고개를 넘어오는 사내들의 얼굴들이 하나
둘 보이기 시작한다. 송필배와 서한호와 박승철 등 대부분 낯이 익
은 얼굴들이다. 여러 날 전부터 인규의 기록이 신문과 라디오 방송
에 동시에 발표되기 시작한 후, 마을 사람들은 약속이나 한 듯 인
규를 보면 고개들을 돌려 외면했다. 예측했던 일이긴 하지만 인규
는 그래도 한두 사람쯤은 그의 기록에 공감해오리라 기대했다. 그
러나 자신들의 숨겨진 약점을 찔린 아픔이, 그들에게는 끝내 삭이
기 힘든 고통이었던 모양이다.

"김선생, 내려갑시다!"

마을 사람들 사이에 끼어 안종선이 인규에게 손을 흔들며 커다
랗게 소리를 친다. 그를 에워싼 나머지 사내들은 여전히 언덕 위의
인규에게 눈길조차 주지 않는다. 인규가 풀밭 위에 앉은 채 고개를
크게 흔들어 보인다.

"안선생 먼저 내려가십시오. 아마 선착장에 서문호씨가 기다리
구 있을 겝니다."

비탈이 시작되면서 사내들이 줄레줄레 포구 쪽으로 내려간다.
인규가 담배에 불을 댕기는데, 무리 속에서 사람 하나가 뒤로 처져
느린 걸음으로 비탈을 올라온다. 앞서 내려간 마을 사람들은 아무
도 그를 눈여겨보지 않고 있다. 홀로 비탈을 올라오는 사람은 뜻밖
에도 서이장의 아들 서한호다. 등 뒤로 세찬 바닷바람을 받아 숱
많은 그의 머리털이 소쿠리처럼 크게 부풀었다.

"무슨……?"

경계하는 듯한 인규의 질문에 서한호는 대꾸 없이 그의 옆자리
로 내려앉는다. 인규와 나란히 포구 쪽을 굽어보며 서한호는 한동

안 뜸들이듯 말이 없다. 용건이 있어 찾아온 것은 분명한데 입을 열기가 난처한 모양이다. 인규가 담배를 권하자 그제야 서한호가 느릿느릿 입을 연다.

"아버님이 김형에게 작별 인사를 전허라구 허십디다. 그동안 고생이 많았다구, 언제든 시간이 되면 마을에 다시 한 번 들러달라구 허시는군요."

목의 근육이 뻣뻣해질 정도로 인규는 갑자기 걷잡을 수 없는 격정에 휩싸인다. 그 인사말이 사실과 달리, 서한호가 인규의 면전에서 지금 당장 지어낸 거짓말이라고 해도 좋다. 가막도에서는 단 한 사람의 공감자도 기대하지 않았던 인규에게, 서한호가 전하는 관수 노인의 인사말은, 뒤통수를 후려치는 듯한 가슴 뭉클한 감동이다.

마음의 문을 닫아버린 것은 어느새 가막도가 아니고 인규 자신이었는지도 모른다. 이제 막 가막도를 떠나려는 인규에게, 서관수 노인은 작별 인사를 빌어, 그가 미처 깨닫지 못한 뜻밖의 가르침을 전하고 있다. 마음의 닫힘과 열림은, 보는 사람의 입장과 위치에 따라 얼마든지 달라질 수 있다. 닫힘이 곧 열림이 될 수 있고, 열림은 다시 상대편의 시선 속에 닫힘으로도 보일 수 있다. 서관수 노인이 전하는 인사말 속에는, 그 구분의 경계를 넘나드는 삶의 관용과 유장함이 보인다.

마을의 단식 농성을 푼 것은 바로 관수 노인이었다. 조경감과의 단독 흥정으로 마을에 불구속 원칙의 새로운 선물을 들고 간 인규에게, 관수 노인은 오랜 침묵 끝에 한마디 불쑥 내뱉었다.

"제대루 싸울려면 먹어야지. 굶어서야 싸울 힘두 없지 않나."

고희를 넘긴 노구에도 불구하고 관수 노인은 마을의 수장으로 가막도를 지키기 위해 혼신의 노력을 다했다. 단식을 풀고 형형한 눈빛으로 마을 청년들의 반발을 제압하던 관수 노인의 초췌한 모습이, 인규에게는 문득 멸종을 앞둔 어느 인디언 부족의 마지막 추장 같은 근엄한 모습으로 다가온다.

"댁으로 찾아뵙고 작별 인사라도 여쭸어야 하는 건데…… 많은 것 배우고 떠납니다. 제 인사 말씀도 대신 좀 전해주십시오."

"전하죠. 그리구 떠나는 마당이라 묻습니다만, 김형은 우리 가막도를 어떤 고장이라구 생각하십니까?"

무슨 대답을 기대하고 한호가 이런 질문을 하는지 알 수 없다. 그의 속뜻을 알 수가 없어 인규는 입을 다문 채 묵묵히 말이 없다. 대답 없는 인규에게 한호 역시 채근하지 않고 침묵으로 일관한다. 더 묻지 않는 한호의 침묵이 인규에게는 더없이 고맙고 편안하다.

사람들이 사는 모습에는 좋고 나쁘다거나 옳고 그르다는 시시비비의 표현은 적절하지 않다. 살 만한 곳이기에 사람들은 그 곳에 산다. 내 눈에 탐탁치 않은 곳이, 사람 살 수 없는 곳이 아니다. 천국이나 낙토(樂土)에서도 도망치는 사람은 있다. 그곳이 살 만한가 살 수 없는 곳인가는, 바깥 사람들의 시선에서보다는 현지인들의 판단 속에서 그 답을 찾아야 한다. 인규가 한참 만에 대답처럼 입을 연다.

"가막도 체류 중에 제가 느낀 것 중 가장 궁금한 게 뭔 줄 아십니까?"

"뭐죠?"

"가막도 사람들은 언제 웃습니까?"

예상치 못한 질문인 듯 한호는 대답 없이 물끄러미 인규를 돌아본다. 질문의 진의를 살피려는 듯 그의 표정은 전에 없이 심각하다. 인규 역시 심각하게 보충 설명하듯 입을 연다.

"한 달 가까운 가막도 생활에서 저는 단 한 번도 가막도 주민들의 활짝 웃는 모습을 본 일이 없습니다. 웃는데 세금도 붙지 않는데 가막도 사람들은 왜들 그렇게 웃음에 인색하죠?"

"생활이 각박한 탓이겠죠. 뭍에서는 잘 웃지 않으면 그것도 법에 저촉됩니까?"

만만치 않은 역습이다. 바람에 불려 소쿠리처럼 부푼 머리털을 한호가 손가락 빗으로 쓱쓱 빗어 뒤로 넘긴다. 인규를 돌아보는 그의 얼굴은 여전히 돌로 깎은 듯 심각하고 근엄하다.

"저도 궁금한 게 있습니다. 김형은 낚시가 취밉니까, 낯선 고장에 몰래 잠입해서 일기 쓰는 게 취밉니까?"

"어려운 질문이군요. 일기는 뭍에서도 가끔 써온 것이니까 낚시가 아마 제 취미가 될 겁니다."

"다른 사람에게 보일 목적으로 쓰여진 일기도 일기라고 할 수 있습니까?"

"아니죠, 제가 알기론 그건 일기가 아닙니다."

인규를 돌아보는 서한호의 얼굴에 그제야 잔잔한 미소가 떠오른다. 답을 알고 있는 질문들이어서 두 사람은 미소만으로도 넉넉하게 대화가 된다. 무리를 지어 갯가로 내려간 사람들이, 두 사람의 합석이 궁금한 듯 고개를 돌려 두 사람 쪽을 힐끗힐끗 올려다본다. 주민들의 시선이 부담스러운 듯 한호가 다시 인규를 돌아본다.

"제가 정식으로 초대하면 김형 다시 한 번 가막도에 와주실 수 있겠습니까?"

"물론이죠. 가막도에 한 달 가까이 살면서 생각만 굴뚝 같았을 뿐 해보지 못한 일이 한 가지 있습니다. 힘이 장사라는 팔뚝만 한 농어를 가막도 사람들처럼 통대로 한번 낚아보고 싶습니다. 솔섬에 농어가 많다는데 자짜리 넘는 대물 농어는 언제 많이 붙습니까?"

"낚시꾼이 아니라서 저는 잘 모릅니다. 허지만 제가 알기로는 농어는 가막도에서는 사철 어디서나 잘 낚이는 고기루 아는데요?"

"농어도 핑계가 되지 않는군요. 실은 한 네댓새 동안 작은 천막이나 하나 치고 솔섬에서 별이나 보며 혼자 지내고 싶습니다."

"솔섬이라구 했습니까?"

"하마터면 죽을 뻔했지만 그 섬을 저는 잊을 수가 없습니다. 세상살이가 밋밋하고 지겨울 때 그 섬을 찾아가면 정신이 번쩍 들 것 같아서요."

"유념해두겠습니다. 그때는 제가 직접 김형을 솔섬에 모셔다드리죠."

두 사람은 약속이나 한 듯 자리에서 함께 일어선다. 때맞추어 갯가 쪽에서 뱃고동 소리가 길게 들려온다. 각기 다른 생각에 잠겨 그들은 한동안 주위 풍물들을 말없이 둘러본다. 눈 아래 포구에서는 뭍으로 나갈 선객들이 도선에 오르기 전에 배웅 나온 주민들과 떠들썩하게 작별 인사들을 나누고 있다. 한낮이라 짧아진 자신들의 그림자를 밟으며, 두 사람은 이윽고 허청허청 비탈을 내려간다.

길게 누운 가막도의 바다는 오늘도 늘 보는 거무튀튀한 무쇳빛이다.

▌작가의 말

　연재했던 소설을 책으로 묶다 보면 이야기의 중복도 많고 작가가 즐겨 쓰는 반복 표현도 자주 눈에 띈다. 그 중에 가장 민망한 것은, 잦은 빈도의 상투적인 어법과 버릇으로 굳어버린 자기류의 껄끄러운 글꼴이다. 이런 것을 좋게 말해 작가의 개성이라고 하는지 모르지만, 개성도 눈에 튀면 보기 흉하기는 마찬가지다.

　연재 직후 서둘러 책을 만드느라 현대문학사에서 나온 초판에는 연재물의 모든 단점들이 그대로 드러나 있다. 비슷한 내용의 이야기가 다른 장에 중복되어 나타나고, 꼭 있어야 될 이야기는 뒤로 미루다가 오히려 빠져 있다.

　이번에 새로 쓰고 고치면서 이러한 중복과 소루(疏漏)들을 바로잡거나 보완했다. 그러나 20년 전에 발표된 작품이라 그 즈음의 풍속과 지금의 세태 간에 큰 격차가 있음을 실감한다. 남녘 바다 시산도에 낚시를 다니던 80년대 초반 무렵에는, 요즘 유행하는 개인 휴대폰은 상상도 못한 물건이다.

　세태와 풍속은 변했지만 사람들의 심성만은 예나 이제나 큰 변화가 없어 보인다. 과학이나 문명처럼 사람의 심성도 진보하거나 발전한다면 문학과 철학의 고전들은 존재 이유가 없을 것이다. 작품에 손을 대면서 새삼스레 확인한 것은, 진실이란 무엇이며 우리의 삶에 어떻게 기능하는가 하는 것이다. 진실은 거짓의 반대가 아니다. 거짓은 능동적으로 일을 만들고 꾸려가지만 진실은 스스로는 아무 일도 하지 않는다. 존재가 바로 진실의 발언이며, 침묵과 무위가 진실의 본래 모습이다.

침묵하는 진실과 일 만드는 거짓 사이에서 우리가 할 일은 매우 단순해 보인다. 그러나 거짓을 상대로 하여 맞서 싸우는 데는 대단한 용기와 결단이 필요하다. 거짓은 우리보다 목소리도 클 뿐더러, 자기 변호와 사후 대처도 매우 민첩하고 능숙하기 때문이다. 더불어 살기를 권장하는 세상이라, 어떤 사람은 맞서 싸우려 하지 말고 거짓과 적당히 더불어 살기를 권하기도 한다. 한번 생각해볼 일이긴 하지만 썩 좋은 권고는 아닌 것 같다. 한 끼 밥을 굶을망정 거짓과는 가까이 하고 싶지 않다고 고집하는 사람도 세상에는 많다. 그런 사람들의 고집이 옳은가 그른가를 가리는 일은 별 의미가 없다. 세상에는 쓸모 있는 거짓과 쓸모 없는 진실이 함께 섞여 있기 때문이다.

2004년 세모에
홍성원

480